Isabel

Feridun
Zaimoglu

Isabel

Roman

Kiepenheuer
& Witsch

MIX
Papier aus verantwortungsvollen Quellen
FSC® C083411

Verlag Kiepenheuer & Witsch, FSC® N001512

1. Auflage 2014

Umschlaggestaltung: Barbara Thoben, Köln
Autorenfoto: © Klaus Haag
Gesetzt aus der Whitman
Satz: Buch-Werkstatt GmbH, Bad Aibling
Druck und Bindung: CPI books GmbH, Leck
ISBN 978-3-462-04607-6

Für meine Schwester Belhe

Männer ohne Land. Frauen ohne Himmel. Zeit nach den Exzessen. Aufgebrauchtes, aufgesogenes Licht – Schluss.

Isabel las die Zeilen, riss den Zettel vom Block, zerknüllte ihn und steckte ihn in die Rocktasche. Kein alberner Abschiedsbrief. Sinnlos. Ihr stieg die Hitze ins Gesicht. Keine Lüge tünchen. Ratten fraßen Ratten, Liebe ging zu Ende, Liebende lagen wie glühende Leichname nebeneinander. Nach drei Jahren und zwölf Tagen war das Licht erloschen. Isabel hastete durch die Wohnung, schaute sich um: sein Hausrat, seine Siebensachen, seine Beutestücke, die er aus anderen Städten mitbrachte. Der schöne Mann, ihr gewesener Freund. Seine Sammlerwut: in den Regalen Muskelmänner, Gliederpuppen, verpackt in bunter Glanzfolie. Er hatte beim Trennungsgespräch gesagt: ›Ich weiß, es ist lächerlich. Bin erwachsen und horte Spielzeug. Arbeite hart, leiste mir Luxus. Das steckt dahinter.‹

Sie rannte in die Küche. Schnell durchsehen, nichts vergessen. Eine Haarsträhne verfing sich am Leimstreifen an der Tür des Hängeschranks. Sie riss und schnitt mit dem Messer. Ihre Locke am Fliegenfänger – das würde ihm gefallen.

Jo rief sie ins größte Zimmer. Teure Geräte, Ledersofa. Kahle pockige Wände, die Tapete hatte sie allein heruntergerissen. Der Liebhaber bezahlte die Miete, das Liebchen machte den Haushalt. Sie starrte auf die schwarze japanische Bodenmatratze, sein Geschenk für sie.

Du warst sein Haustier, sagte Jo, du passt in seine Welt wie das Schwein auf das Sofa.

Alles seins, sagte sie.

Er sieht nicht nach Geld aus. Aber die richtig reichen Leute tragen den Pelz nach innen.

Die erste Zeit war schön.

Ist es immer ... Welche Schuhgröße hat er?

Fünfundvierzig.

Schade.

Ich will ihn nicht beklauen, sagte Isabel.

Dann tu ich das, sagte Jo.

Bitte nicht.

Nimm dir, was du brauchst. Plünder ihn. Er wird es verstehen.

Ich bin kein Dieb.

Ein hässliches Wort.

Sie stritten sich, sie verstand ihn: Jo war der Einzige von ihren Freunden und Bekannten, der ihr beim Umzug half. Seine Bedingung: drei Fuhren. Sie konnte ihn nicht bezahlen, er liebte teure Geschenke. Das gefüllte Glas Saft stand auf dem Tisch, er hatte es nicht angerührt.

Bald hab ich wieder Geld, sagte sie, dann darfst du dir etwas wünschen.

Wer's glaubt.

Ich bin dir wirklich dankbar.

Weg hier, sagte Jo.

Sie schob und drückte die Matratze durch die Wohnungstür, bat Jo um etwas Geduld, machte kehrt, griff in die Werkzeugkiste, hieb mit dem Schraubenzieher in das Waschbecken. Porzellansplitter sprangen ab, einer riss die Haut ihrer Wange auf. Sie strich das Blut über Stirn und Schläfe. Seine Ersatzschlüssel warf sie in die Badewanne. Die Tür fiel hinter ihr zu.

Frag nicht, sagte sie und ging vor. Die Matratze schleifte sie hinter sich her, vier Stockwerke herunter, Jo trug zwei kleine Kisten, er pfiff gut gelaunt eine Melodie. Wahrscheinlich hatte er eine Kleinigkeit mitgehen lassen.

Sie überquerten die Straße, die Menschen blieben stehen und starrten sie an: Eine fluchende Irre zerrte an etwas, das nach einer schweren Bettdecke aussah. Sie stiegen in die Straßenbahn, der Schaffner wollte sie abweisen, Isabel sagte: Seien Sie nicht hartherzig, Sie wollen doch nicht in die Hölle kommen. Der Schaffner murmelte eine Verwünschung und fuhr los. Was glotzt ihr, dachte sie, ich bin nicht verrückt. An der dritten Haltestelle stieg sie aus. Alexanderplatz, neue Welt. Jo stellte die Kisten im Aufzug ab.

Wirst du ein braves Mädchen sein?

Was meinst du damit?

Ruf ihn nicht an.

Nein.

Es gibt blonde Männer wie Sand am Meer.

Du bist auch blond, sagte Isabel.

Ich stehe auf dunkelhäutige Männer.

Ja.

Vergiss ihn. Du wirst mir später dankbar sein für diesen Rat.

Bin dir sowieso dankbar, sagte Isabel.

Deine Freundinnen sind Schnepfen, sagte Jo, mach's gut.

Isabel drückte auf den Knopf. Vom vierten Stock in den vierten Stock, dachte sie, alles wird besser. Sie hörte ihre Hündin an der Tür bellen, schloss auf, und Ruby sprang sie sofort an. Ihren Plastiknapf füllte sie mit Trockenfutter, dann stellte sie sich an das Panoramafenster. Fernsehturm,

Kaufhaus, Hotelhochhaus. Marienkirche. Das ehemalige Staatsratsgebäude. Der Neptunbrunnen. Sie drehte sich um und sah: eine lichtdurchflutete Grabkammer. Ummauerte Luft. Das zusammengeklappte Bügelbrett auf dem Linoleumboden. Das ausgestopfte Murmeltier auf Hinterpfoten hatte sie auf das Bücherbord über dem Kopfende des Bettes gestellt. Sie rührte Sesam und Honig zur Paste, stippte Fladenbrot hinein, aß und stillte ihren Heißhunger. Dann wählte sie seine Nummer, sprach auf den Anrufbeantworter: Ich war überwältigt, es hat mich umgehauen, du musst mir schon verzeihen. Du hast bestimmt mit einem letzten Wutanfall gerechnet. Deshalb bist du ferngeblieben. Es tut mir leid. Wie immer, jedes Mal, wenn ich es nicht zurückhalten kann, entschuldige ich mich. Ich wollte nicht anrufen, ich habe es sogar Jo versprechen müssen. Ich lasse dich in Ruhe. Schön war es trotzdem, oder nicht? Doch, es war schön. Ich habe mich in dich verliebt. Das ging schnell. Die beiden Geldscheine liegen neben deinem Bett. Wenn nicht, hat sie Jo mitgenommen. Dann ruf mich bitte an, und ich sorge dafür, dass du das Geld zurückbekommst. Er wollte, dass ich dich bestehle. Ich bin aber nicht habgierig. Danke für alles. Und nichts zu danken für all das, was ich dir gab.

Sie legte auf und schämte sich. Dummer Einfall. Auf der Küchenanrichte stand ein großer Saftbeutel mit Zapfhahn. Morgentrunk. Isabel füllte ein Glas, leerte es in einem Zug. Erste Nacht, ohne Freund, das Grübeln verdarb. Berliner Zerfall: Ihr Körper funkelte und glühte. Ablenkung – sie wischte die Türklinke mit Essigwasser. Dann klebte sie an die Innenseite des Fersenriemchens ein Schaumgummistück. Jetzt hatten die Schuhe Halt. Sie war die Tochter ihrer Mutter. Was hätte sie jetzt an ihrer Stelle getan? Gewischt, geputzt, gereinigt. Isabel erinnerte sich an das

Zündholzheftchen auf dem Spülkasten und an die strikte Weisung ihrer Mutter: Riecht es streng im Bad, brenne ein Streichholz ab. Schließe nicht die Augen, dachte Isabel, es ist vorbei. Ihre Hündin Ruby bohrte die Schnauze in den alten Teppich und wühlte sich schnappend hinein. Raus aus der Zelle.

Draußen: tropfender Mond. Sie ließ Ruby von der Leine, pfiff sie zurück – ihr Gebell verschreckte die Frauen. Hündin und Herrin liefen zum Club in der Unterführung. Der Türsteher winkte sie durch, er kannte ihren ehemaligen Freund, er wusste von ihrer Trennung, es war ihm egal. Fremdbenutzer zahlten eine Toilettengebühr von fünfzig Cent, darauf achtete er besonders. Und auf die jungen Perversen. Ein Stehtisch in dunkler Nische, Isabel steuerte darauf zu, Ruby an straffer Leine, nach kurzem Streit mit einem Studenten erkämpfte sie sich einen Barhocker. Ein Kellner fegte herbei, sie bestellte das billigste Getränk. Im schwachen tiefgelben Licht tanzten Frauen in glitzernden Blusen. Sie prüften ihre Ausschnitte: nicht zu tief und nicht zu hoch. Sie schwitzten die Cocktails aus. Harter Schnaps, versetzt mit süßer Frucht. Jeder starrte, Isabel kam sich nicht schäbig vor. Regentropfen klatschten gegen die Fenster, ein kurzer Schauer.

Hier drin war sie sicher vor Wind und Missstimmung. Amerikanische Schlager von gestern, nicht laut, man konnte sich unterhalten. Wasser vom Himmel versiegte. Isabel schaute: Ein Mädchen tupfte mit der Papierserviette die Spitzen ihrer Lackschuhe ab. Ihre Freundin zog sich die Lippen nach. Taumelnde Kinderkörper. Eine Frau nickte Isabel zu – wer war das? Irgendjemand aus der Kultur, irgendeine Assistentin. Sie saß mit Minderjährigen an einem Tisch. Statisten. Doch keine Minderjährigen, knapp über achtzehn, sie hatten bestimmt dem Türsteher ihre Ausweise vorzeigen müssen. In der Tischmitte ein Dreiliterglas Weißbier mit Cola, das Getränk hieß ›Neger‹, und wer es bestellte, grinste breit. Junge Trottel im Freiheitsrausch.

Isabel zählte die knallgrünen Knickstrohhalme im Glas: acht Stück. Sie saugten, sie steckten die Köpfe zusammen und saugten. Ein Junge und ein Mädchen nebeneinander, ihre Arme und Schultern berührten sich, der Junge flüsterte dem Mädchen etwas ins Ohr, es zeigte mit dem Finger auf die Tanzfläche. Er war beleidigt, er saugte. Er hielt es nicht mehr aus auf seinem Platz, erhob sich halbherzig. Niemand in der Runde, der ihn bat, zu bleiben.

Das Mädchen stand auch auf, eilte ohne Abschied zur Tanzfläche. Hohe Pfennigabsätze, rote Sohlen. Sie liebte wohl das kleine Karo auf ihren Kleidern. Eine Großbusige. Sie spielte herunter, dass es im Kampf um die Blicke der Männer ein Vorteil war. Der Junge stürmte aus dem Club.

Die entlaufene Nonne mischte sich unter die Geilen – Isabel hatte sich nicht geschminkt, sie hielt sich nicht an die Regeln der Geilen, sie würde um Mitternacht oder etwas später ihre Welt verlassen. Ihre Hündin würde keinen Männergeruch an ihr riechen. Manchmal glaubte Ruby, ihre Herrin wäre geküsst worden. Dann warf sie sich auf die Flanke, täuschte einen Krampf vor, Isabel streichelte sie am Hinterbein, der Schmerz verging. Manchmal witterte sie einen streunenden Rüden und bellte jeden und alles an. Jetzt schlief sie zu Isabels Füßen.

Aus der Dunkelheit zu ihrer Linken trat ein Mann heraus. Jung, weicher Flaum an den Wangen. Einsame Seele verhärtet. Auf der Haut an seinem Adamsapfel war die medizinische Zeichnung eines Kehlkopfs tätowiert. Hatte er den richtigen Zeitpunkt abgewartet? Ja. Hatte er es auf sie abgesehen? Ja. Er sah Isabel fest an, er wollte den Mann spielen. Die Maske, die die netten Bubenmännchen auflegten, hatte er abgenommen. Er bekannte seine Liebe zu einem Amokläufer auf seinem T-Shirt. Seine Hose hing herunter, die Poritze war zur Hälfte unbedeckt.

Du vertust deine Zeit, sagte Isabel, ich bin nur zum Schauen hier.

Es muss nicht gleich Liebe sein, sagte er.

Es muss nicht gleich das sein, was du dir erhoffst.

Ein wildfremder Mann. Ein kalter Nagel in Isabels Brust. Sie wollte später nur schlafen, ohne einen befriedigten Mann im Bett. Der Kellner stellte ein Glas Rotwein auf den Tisch, es ging aufs Haus, man hielt große Stücke auf ihren Exfreund, sie sollte davon profitieren. Der wildfremde Mann kam einen Schritt näher, sie versteifte sich, er ging wieder auf Abstand.

Er fing an zu reden, er sprach mit gepresster Stimme: Weißt du, was mein Lieblingsgeräusch ist? Mit dem Löffel in der Schüssel zu Schaum geschlagenes Eiweiß unter den Teig rühren … Die Schüssel stelle ich in den Kühlschrank. Am Abend stelle ich fest: Der Waffelteig ist zu hart geworden. Ich muss den Teig mit Sahne strecken … Ich zerbreche die Kuvertüre in kleine Brocken, lasse sie lächelnd, ja wirklich lächelnd, in einen Becher fallen und stelle den Becher in einen kleinen Topf mit heißem Wasser. Der Topf steht auf der glühenden Herdplatte. Die Schokolade schmilzt im Wasserbad …

Um Gottes willen, hör auf, sagte Isabel.

Ich dachte, es lockert dich auf.

Ein Mann mit einer brutalen Tätowierung erzählt mir von selbst gemachten Waffeln. Das gibt's doch gar nicht.

Das Lächeln fror auf seinen Lippen ein. Er dachte nach, er grübelte über seinen nächsten Zug. Ein schön gescheitelter Junge. Um Harmlosigkeit bemüht. Enttäuscht, dass man ihm nicht den großen Zauberer ansah.

Ich bin jünger als du, sagte er.

Ja, und?

Das müsste dir doch schmeicheln.

Tut es nicht.

Dein Hund kann mich gut riechen. Sonst hätte er dich verteidigt.

Sie schläft, sagte Isabel, sie schläft und verdaut.

Bist so prüde wie ein Serviermädchen. Ich raub dir schon nicht die Unschuld.

Isabel stemmte sich dagegen. Sie durfte keine Lust empfinden. Kleine Jungs fingen Katzen und schnitten ihnen die Ohren ab, und sie lächelten nach dieser Heldentat vor Glück. In jedem Jungen steckte ein Mann. Männer sprachen von Frauengeschichten. Sie wollte keine Männergeschichten. Verbrannte Wildnis, überall. Aufgehellte Schwärze an der Wand hinter ihr: Ihr Schatten sah aus wie eine Frau in dunklen Lumpen. Es beleidigte ihn, dass sie sich abgewandt hatte – das war kein schönes Spiel mehr. Nun wollte er den Schlag nicht abmildern.

Bist außen bunt und innen grau, sagte er, das ist hier keine Trauerfeier.

Ich bin unten verstopft, sagte Isabel.

Ach ja?

Ich möchte mich nicht in die Höhe tragen lassen.

Ich könnte das schon.

Danke. Nein.

Hast du ein schweres Herz?

Nein. Ich bin aufgeräumt.

Sie hätte sagen können: Ich knirsche im Schlaf mit den Zähnen. Ich muss eine Zahnleiste tragen. Ich habe sie verloren. Isabel dachte: Niemand dankt es mir, dass ich aus

Rücksicht auf den Boden oder himmelaufwärts blicke – ich will keine bösen Schläfer wecken. Die Hündin streckte sich, sie kraulte sie zwischen den Ohren. Der Junge hatte aufgegeben. Isabel sah ihn bei einer verschwitzten Frau stehen, die ihre Haare in Ordnung brachte. Sie lachte ihn an, sie ermutigte ihn. Keine zehn Minuten später verzogen sie sich in einen uneinsehbaren Winkel.

Es dauerte nicht lange, bis sie wieder auftauchten. Die Frau war bereit, sie war einverstanden. Drogengeilheit. Die beiden verließen den Club. Auch Ruby zerrte an der Leine, es reichte ihr, es reichte Isabel. Kälte nach dem Regen. Die Hündin kannte den Weg und führte die Herrin zum Monbijoupark. Vertropfter Mond, blasse Scheibe in der Höh. Isabel starrte hoch, folgte dem kleinen Tier, das anderer Tiere Duftmarken erschnüffelte. Dort hinter den Büschen rissen sie sich auf, seine Hände unter ihrem Pullover, sie saß mit nacktem Unterleib auf seinem Schoß. Isabel eilte weiter, bis sie einen Polizisten entdeckte.

Hallo, Sie!

Was? Haben Sie sich an mich angeschlichen?

Nein. Ich will einen Verstoß melden.

Der Polizist schaute sie genauer an – es gab viele frei laufende Irre in Berlin, in allen Bezirken, sie machten sich einen Spaß daraus, Gesetzestreue vorzugaukeln. Diese Frau war angespannt, er kam zu dem Schluss, dass von ihr keine Gefahr drohte. Ihr Hund nagte an Grashalmen. Worum geht's?, sagte er.

Sex in der Öffentlichkeit, sagte Isabel.

Und wie weiter?

Ich führ Sie hin. Sie treiben es hier im Park.

Haben Sie sie beobachtet?

Isabel verstand – der Polizist hielt sie für eine Abartige.

Sie musste aufpassen, sie musste sich zügeln. Ihre Hände in den Manteltaschen machten ihn nervös. War er von einem verrückten Menschen angefallen worden? Fast hätte sie ihn gefragt, ob ihn die Schlechtigkeit der Menschen niederdrückte. Sie schüttelte den Kopf, er verspannte sich, als erwartete er einen Angriff.

Ich gehe nur spazieren, sagte Isabel, ich bin nicht diejenige, die Sie festnehmen müssen.

Und wen sollte ich stattdessen festnehmen?

Kommen Sie doch einfach mit.

Was dann?

Dann sehen Sie es mit eigenen Augen.

Gehen Sie bitte weiter, sagte er.

Öffentliche Unzucht ist doch strafbar.

Sie wollen sich Ärger einhandeln.

Nein.

Also: Ich fordere Sie auf, Ihren Spaziergang fortzusetzen. Haben Sie mich verstanden?

Wie feige, flüsterte Isabel.

Wie war das?

Nichts. Genießen Sie den Mondschein.

Sie trat wieder in die Dunkelheit – sie wusste, er würde ihr hinterherstarren, unschlüssig darüber, ob es richtig gewesen war, sie wegzuschicken. Rauschen in ihrem Kopf, der Zorn. Ein Pfiff, Ruby rannte davon. Dort stand sie: Helga, die Flaschenpflückerin. Kaum trat Isabel näher, fing sie an zu sprechen.

Bin hier geboren. Bin gar nicht weggekommen. Ich geh hühnerblind durch die Straßen. Ich erkenn die Leute nicht. Ich muss angeredet werden. Ich weiß nicht, wie viel der Kaffee kostet.

Es kostet Geld, sagte Isabel.

Ja, Geld, sagte Helga.

Darin kannte sie sich aus. Für eine gute Pfandflasche bekam sie fünfzehn oder fünfundzwanzig Cent, für Bierflaschen bloß acht. Vier Flaschen machten einen Euro. Sie trug schwer an den Tüten, es kam ihr nicht in den Sinn, sie abzusetzen. Das beladene Gespenst. Sie wog nicht mehr als fünfzig Kilo, war wohl nicht schwerer als ein prall gefüllter dicker Männerbauch.

Ich habe mich gerade bei einem Polizisten beschwert, weil ein Pärchen es miteinander treibt – gleich hier in der Nähe.

Bist dumm, sagte Helga.

Bin ich nicht.

Helga ging los, Isabel hinterher. Sie wollte ihr eine Tüte abnehmen, doch Helga stieß ihr leicht den Ellenbogen in die Seite. Diese leeren Flaschen waren ihr Besitz, keiner hatte ein Anrecht darauf.

Hab Bucheckern gefressen, rief sie, hab's für Schweinefett gemacht.

Ich verstehe nicht, sagte Isabel.

Als junge Dame kamst du her. Glaubst, alles ist abenteuerlich. Alles schick. Berlin ist das armseligste Zuhause.

Ich führ kein leichtes Leben, sagte Isabel.

Dumm, sagte Helga, hab Trümmerschutt gekarrt. Hab Haare geschnitten. Hab rasiert und frisiert. Hab Kindernasen geputzt. Fußnägel geknipst. Für zwei Kartoffeln. Hat alles nicht geholfen.

Wann?

Tausend Tode. Tausend Männer, tausend Frauen, tausend Kinder tot. Trichter voll mit Blut und Schlacke. Fiel im Hagel der Tod vom Himmel herab.

Der Krieg?

Kriegsende, die letzten Tage. In die Bombenkrater haben wir die Leichen reingeworfen. Leichen einzeln, Leichen in

Haufen. Tote begraben? Keine Zeit. Nächstenliebe? Keine Zeit. Es hieß nur: Seuche. Arische Mädchen haben angebändelt mit den siegreichen Soldaten. Flittchen. War selbst eins. Für Mehl, Butter, Zucker, Speck, Kaffee hab ich's gemacht. Für Hopfenbrause, für Milchsuppe mit Vanille. Für Damenstrümpfe mit Naht. Für 'ne Ami-Zigarette. Für gefälschte Lebensmittelkarten. Der Schieber. Der Schnapsbrenner. Der Russ, der Franzos, das Albino – hab sie alle gekost. Hatte glatte Haut, zum Streicheln schön …

Isabel hörte nicht mehr hin. Helga stapfte in gelöcherten Gärtnergaloschen durch die dunklen Straßen. Die spärliche Habe steckte im Zugschnurbeutel, er stieß bei jedem Schritt gegen den Steiß. Sie erzählte von den groben und weichen Händen der Männer, sie sprang von einem Jahr zum nächsten: Sie nahm Brot von Fremden an, und die Fremden wollten nach dem vielen Schießen und Lärmen getröstet werden.

Ich spür, wenn jemand die Augen verdreht, rief sie, ich hab eine Tochter erzogen. Ich weiß, wenn ein Mädchen hinter meinem Rücken Grimassen schneidet.

Hab nix gemacht, sagte Isabel.

Lügen tust du schlecht.

Wo gehen wir hin?

Ich trag doch nicht Sand zum Strand!

Ist ja gut, Helga.

Sie fluchte, sie knurrte, sie schrie. Isabel schwieg, wartete ab. Die Flaschenpflückerin hatte nicht gern Menschen um sich. Man musste ihr die Zeit lassen, die sie brauchte, um sich zu gewöhnen. Das Dunkel verblasste, Morgendämmerung. Die Hündin war müde vom langen Auslauf. Helga führte sie über Schleichwege zur Armenhilfe in der Parochialkirche. Die Wohlfahrt verteilte Gaben, und die Armen kamen in Scharen.

Sie wurden eingelassen, man kannte sie gut. Sie stiegen in den Keller. Knochige, bärtige alte Kerle. Mütter. Dicke Frauen in viel zu großen Kleidern. Unbrauchbar gemachte. Gelbe Zähne, schwarzer Kragen. Ein wilder Wind fegte durch ihre Tagträume. Für keinen Menschen im Saal war es unwürdig, mit der Bettlerschale herumzugehen. Jetzt hatten sie Pause. Jetzt saßen sie an gedeckten Tischen und aßen wie Maden pickende Vögel.

Isabel hakte sich bei der erstarrten Helga unter, geleitete sie zum Tisch mit zwei freien Plätzen. Ruby leinte sie an, wickelte die Leine um das Stuhlbein. Die Ausgabehelferin bedachte sie mit einem strengen Blick – jeder Verstoß gegen die Hausordnung wurde geahndet. Isabel durfte nicht an ihren Hunger denken, sie musste lauschen. Der Pastor erzählte eine Geschichte über Zwillinge: Die Zwillingsschwestern unterhalten sich im Mutterbauch. Die eine Schwester sagt: Uns geht es hier gut. Wieso sollen wir weggehen? Es gibt sonst nichts. Die andere Schwester sagt: Das kann nicht alles sein. Das eigentliche Leben kommt noch … Gesenkte Häupter, neben dem Teller ruhende Hände. Erst stirbt der Mensch, dann erwacht er im Jenseits. Der Pastor beendete die Predigt, er wünschte allen Gottes Schutz und gesegneten Appetit. Endlich essen. Keiner, der nicht die Serviette entfaltete und sie auf den Schoß legte. Jeder zog den Kopf ein. Kuchen, Kaffee. Die Helferin kam an den Tisch und gab die Erlaubnis, die restlichen Kuchen einzupacken. Der Mann neben Isabel fing sofort an, die Kuchen in eine Tüte zu stopfen. Mensch, Helga, tu mir den Gefallen und iss was.

Bin satt.

Bist du nicht, sagte Isabel.

Helga holte aus ihrem Beutel altes Brot heraus, nagte lustlos daran. Dann gab sie es auf und legte das Brot auf den großen Kuchenteller. Die junge Mutter am Tisch griff sofort danach, die heftige Bewegung weckte den Säugling auf ihrem Schoß. Helga packte ihre Tüten, ging zum Rauchen vor die Tür.

Sie wollen schlauer sein als wir?, sagte Isabel.

Wieso?, sagte der Mann.

Packen Sie die Kuchenstücke aus der Tüte. Sie haben alles eingestrichen.

Ist genug da.

Tun Sie das jetzt, damit Sie nicht als Arschloch vor Gott treten. Sie bessern sich lieber, bevor Sie sterben.

Was regst du dich auf?, sagte die junge Mutter.

Er wiegt doppelt so viel wie Helga.

Das ist für meine Enkelkinder, sagte der Mann, ich frier die Kuchen ein.

Du kannst Helga ja deinen Anteil abgeben, sagte die Mutter.

Zünd nicht unser Haus, zünd anderer Sünder Häuser an, flüsterte Isabel, ihr sitzt im Gotteshaus und stimmt böse Gebete an. Ihr würdet Helga in Streifen schneiden, weil ihr immer fressen wollt.

Du bist selber gierig, sagte die Mutter, du hängst dich an sie, weil es bei ihr was zu holen gibt.

Wer hat gerade Helgas Brot geklaut?

Schimmliges Brot – sie hat es weggeworfen.

Die Flaschenpflückerin hatte es sich wohl anders überlegt, sie kam zurück, nahm Platz, starrte, spielte mit der Tischtuchfalte.

Willst du Kuchen?, sagte der Mann.

Nein.

Mensch, was fragen Sie. Natürlich will sie Kuchen. Morgen zum Frühstück.

Sie kann doch für sich sprechen, sagte die Mutter.

Wenn du ihr das Brot nicht zurückgibst, lass ich dir den Himmel auf den Kopf stürzen.

Du musst zum Kopfdoktor, sagte sie.

Ich mache keine Stöße in die Luft, rief Isabel, jeder Schlag trifft.

Der Pastor erteilt dir Hausverbot, sagte die Mutter, ich muss ihm nur verraten, dass du mich bedroht hast. Es gibt sogar Zeugen.

Petzer, Petzer ging zum Laden/wollt für 'n Sechser Käse haben/Käse, Käse gab es nicht/Petzen, petzen darf man nicht. Helga summte leise vor sich hin. Sang mit Kinderstimme die Strophe zu Ende.

Eine wahre Christin. Aß wenig, sie brauchte fast nichts. Sammelte Pfandflaschen. Man sagte über sie: schwach, grimmige Teufelin, schlechte Zähne. Isabel tat sie leid. Isabel tat der Mann leid, den sie hart angefasst hatte. Ein müder Mensch, der an manchen Tagen sein Gesicht im Topflappen vergrub. Der bei lauter Ausländermusik vor der Kirche Verwünschungen ausstieß. Nun wandte er sich ab, und auch die junge Mutter war besänftigt. Jeder behielt ein Stück der kümmerlichen Beute, die Ausgabehelferin musste nicht einschreiten.

Die Hündin wurde unruhig, Isabel beugte sich vor und kratzte sie am Fellwirbel am Hals. Der Mann schaute an Isabel vorbei, räumte seinen Platz für einen Neuankömmling.

Der Pastor hatte auf Christines Ankunft gewartet, er brachte ihr einen vollen Teller: Das galt als große Ehre – warmes Essen aus der Hand des Hausherrn. Handtellergroßes Fleisch. Pfifferlinge, die zwischen Christines Zähnen knirschten, als sie aß. Alle Blicke ruhten auf ihr, sie legte die Gabel weg und rieb am zerkratzten Glas ihrer Uhr. Sie würde bis auf den letzten Bissen aufessen müssen. Wer einen Anstandsrest übrig ließ, galt als verkommen.

Entweder habe ich seit gestern drei Kilo abgenommen, oder das Kleid ist ausgeleiert.

Das Kleid steht dir gut, sagte Isabel.

Die Farben sind ausgewaschen. Hab es schon lange.

Farben dürfen diese Saison nicht leuchten, sagte Isabel, das steht im Modemagazin.

Ja.

Blau, Rot, Gelb – darf man alles tragen. Glitzern darf die Schminke, nicht die Farbe der Kleider ... Wie geht's dir?

Na ja.

Dein Essen wird kalt, sagte die junge Mutter.

Braucht dich nicht zu kümmern, rief Isabel.

Ich kann mich auch umsetzen, sagte Christine.

Nein, bleib. Wir werden uns gut benehmen. Kommst du sonst zurecht?

Wie soll das gehen? Ist eh alles vorbei.

Solang du dich an sie erinnerst, lebt ihre Seele, sagte Isabel.

Christine begann, das Fleisch in mundgerechte Häppchen zu schneiden. Es war die Zeit nach der Schneeschmelze. Die Toten hatte man begraben, die Lebenden sprachen über die Toten. Sie nahm nur widerwillig Trost an. Ihre Tochter war tot. Natürlich hatte sie der Heiterkeit abgeschworen. Wenn sie jenseits des Lebens ist, dachte Isabel, sollte sie sich einen leichten Schnitt, viele kleine Schnitte, zufügen. Oder sie sollte einen Mann bitten, sie in den Arm zu kneifen. Das gibt blaue Flecken, aber sie erwacht.

Isabel ging ohne Hund hinaus ins Freie, rauchte eine Zigarette. Sie starrte auf den Baum mit dem abgeknickten Zweig, von dem der nachlassende Regen abtropfte. Müde vom Laufen, müde vom Sprechen. Sie schaltete ihr Mobiltelefon ein, vier Nachrichten von ihrer Mutter Derya, alle von gestern. Später lesen, nicht jetzt. Zurück am Tisch, Hund wedelte sie an.

Ist Schluss mit deinem Freund?, sagte Christine.

Ja. Das Ende war schlecht.

Hängst du noch an ihm?

Ich darf nicht jammern, sagte Isabel.

Der eine geht, der andere kommt.

Die Kerle, sagte Isabel.

Gibt es einen Nachfolger?

Es gibt eine Nachfolgerin.

Wie? … Ach so. Dann hat er sie sich angelacht, als er noch mit dir zusammen war.

Wahrscheinlich.

Du wirst schon sehen, sagte Christine, es werden dich viele anschmachten. Bist eine Fesche.

Ich will damit nix mehr zu tun haben.

Bin den Vater meines Kindes auch losgeworden, sagte die junge Mutter, er hatte Augen nur für mich. Dann wurde ich schwanger, und aus war's.

Du kommst schon über die Runden, sagte Isabel und schämte sich. Durchhalten, standhalten – so sprachen die Prediger mit den wässrigen Augen.

Ich habe eine Idee. Aber du musst versprechen, dass du einwilligst.

Kann ich nicht, sagte Christine.

Wir machen einen Wohnungstausch. Du ziehst bei mir ein, ich ziehe bei dir ein. Wie in alten Zeiten.

Die gibt's nicht mehr, die alten Zeiten.

Nur zwei Tage. Du machst Urlaub.

Bist doch erst eingezogen, sagte Christine.

Und ich habe fast nichts ausgepackt. Ein unmöbliertes großes Zimmer. Man hat einen tollen Ausblick.

Wo?

Alex. Weißt du doch.

Das bringt doch alles nichts.

Hör auf sie, sagte Helga, sei keine blöde Kuh.

Die Frauen am Tisch erstarrten. Bei der Armenhilfe, bei den Armen, hieß es: Die Flaschenpflückerin lässt man am besten in Ruhe, sie ist ungesellig, und wenn man sie bedrängt, kann sie einem schnell eine Flasche über den Kopf ziehen.

Da hörst du's. Das wird dir guttun.

Und die Nachbarn?, sagte Christine, die denken doch: Die Neue schleppt gleich die ganze Sippe an.

Seit wann kümmern wir uns um das, was die Leute reden, sagte Isabel.

Ist auch wahr.

Ich warne dich vor, sagte Christine, aus den Schwulen sind gesetzte Herren geworden.

Spießer?

Ja, Spießer. Die glauben, Mode ist das Leben. Stecken sich dann auch noch einen Ehering an.

Gepuderte Heterosexuelle, sagte Isabel.

Nicht wirklich. Aber fast.

War ja öfter bei dir in Schöneberg – wann war's das letzte Mal?

Egal, sagte Christine.

Isabel bemerkte ihren Fehler. Das letzte Mal war kurz vor Juliettes Tod gewesen. Der Wohnungstausch: das Mädchenspiel, das schöne Geheimnis von Isabel und Juliette. Erst später hatten sie Christine als dritten Spieler zugelassen. Juliette starb, die Mutter zog in die Wohnung ihrer Tochter.

Gleich morgen, ja?

Ich klingele bei dir Punkt zehn Uhr früh, sagte Christine.

Aufbruch. Längerer Aufenthalt wurde nicht geduldet. Die Flaschenpflückerin war fort. Spuk, Seele, hinausgewehter Geist. Die junge Mutter wollte weiterziehen, sie bat um Begleitung. Es gab bei der Treberhilfe NuGuGu: Nudeln, Gulasch, Gurkensalat. Es schlossen sich zwei Frauen an. Der Pastor entließ die Halbsatten mit Händedruck und Lächeln. Im leichten Regen strebte Isabel nach Hause. Es war im Himmel beschlossen, dass den Frauen die Seele aus dem Mund entwich. Die Männer – sie wusste nicht, aus welchem Loch sie ausströmten. Sie atmeten durch die Nase, wenn sie starben, ein letztes Mal. Sie hatte keinem Menschen beim Sterben zugesehen, sie lebte sich allein lustig.

Allein im Hauseingang. Allein im Aufzug. Allein im Etagenflur. Schnell rein, Tür zu, abschließen, Riegel vorschieben, horchen. Keine Schritte. Der Vormieter hatte ihr die Gardinen überlassen. Sie waren vergilbt und am Saum zerfranst. Ihr gewesener Freund wollte, dass sie ihn als guten Mann in Erinnerung behielt. Über gemeinsame Bekannte erfuhr er doch von ihrer neuen Adresse, kaufte für sie einen kleinen Kühlschrank, eine Waschmaschine, Töpfe und Pfannen. Sagte zu Isabel: Eine Woche musst du ohne Geräte auskommen. Dann werden sie geliefert.

Sie füllte den Napf, sah der Hündin beim Aufknacken des Röhrenknochens zu. Sie zupfte das Weiche aus einem Laib Brot, knetete es zu losen Kugeln. Die Rinde würde sie in Wasser einweichen und in das Hundefutter hineinwalken. Sie dachte: Hier ist es auch möglich. Auch hier werden sie meinem Ruf folgen.

Sie öffnete das große Fenster, legte die Brotkugeln auf

den Sims, schloss das Fenster, ging zwei Schritte zurück. Warten. Da. Die erste Möwe flog herbei, landete hart, flappender Flügel strich übers Fensterglas. Zweite Möwe. Mehr Möwen. Ein Hacken und Schreien. Rotgelbe Schnäbel. Dunkle Knopfaugen im schmutzweißen Gefieder. Wer war die Stärkste, wer kämpfte sich frei, wer pickte mehr Kugeln, wer fraß sich fett? Isabel wählte einen windschnittigen Vogel zu ihrem Favoriten. Er wurde von einer schlankeren Möwe aus dem Spiel gehackt. Alles weg, der Sims blank gepickt. Die Vögel flogen in den grauen Himmel. Das Telefon schrillte, sie zuckte zusammen. Erst verbot sie Ruby das Bellen, dann drückte sie auf die Annahmetaste.

Hallo, Mutter.

Warum hast du nicht zurückgeschrieben?

Hatte zu tun. Der Umzug.

Hast du dein Eigentum behalten?

Bis auf die letzte Haarnadel.

Er ließ dich ziehen. Einfach so.

Ich bekomme Abschiedsgeschenke, Mutter.

Das ist ehrenvoll. Du hast ihn uns vorgestellt. Er gab mir einen Handkuss. Das hat mir geschmeichelt. Ein guter Mann.

Ja. Leider, sagte Isabel.

Du liebst ihn noch.

Mit der Zeit verblasst sein Bild, da bin ich mir sicher.

Ich schätze dich, sagte ihre Mutter, du hurst dich nicht durch die Betten. Das gilt in unserer Zeit ja als besonders modern.

Ich bin nur ich. Nicht modern und nicht von gestern.

In unserem Haus im ersten Stock wohnt eine recht einfältige Frau. Diese Frau kann kein Geheimnis für sich behalten. Frag sie nach der Farbe ihrer Unterhose, und sie wird es dir verraten. Verstehst du?

Nein, sagte Isabel.

Ruby hatte sich im Körbchen eingerollt, biss sanft in ihren Stummelschwanz, leckte ihr glänzendes schwarzes Fell. Sie legte ihren Kopf zwischen die Pfoten, schloss die Augen.

Ihre Mutter sagte: Sehr oft und sehr leicht geschieht es, dass Männer die Ehrbarkeit der Frauen in Zweifel ziehen. Es ist ein Zuhälterzeitalter. Sex: Hose auf, in dreißig Sekunden fertig … Verzeih meine Offenheit.

Ich verstehe. Eine Freundin von mir – sie ging mit einem Bluterguss am Hals zur Arbeit.

Was arbeitet sie?

Sie macht Kundenbetreuung am Schalter einer Bank, sagte Isabel.

Gut, weiter.

Also die Freundin. Ihr Freund hat sie stürmisch umarmt.

Eher heftig geküsst, sagte ihre Mutter belustigt.

Du kicherst, sagte Isabel.

Das ist das Rauschen in der Leitung. Weiter.

Ihre Kollegen haben sie aufgezogen. Eine Kollegin hat sie gefragt, ob sie sich das Staubsaugerrohr an den Hals gehalten habe.

Böse Menschen.

Die Frau wollte sich nur wichtigmachen.

Kann sein. Ich habe die Fotos von deinem Hund erhalten.

Hündin, sagte Isabel.

Der Hund fängt auf Kniehöhe an, sagte ihre Mutter, du hast dir eine kläffende Katze zugelegt.

Sie ist mir treu. Sie schützt mich.

In jedem Haus wird die Zwiebel anders zerhackt.

Sie sprachen noch eine Weile. Wäre es Nacht gewesen, hätte Isabel gelegentlich gegähnt, und ihre Mutter hätte verstanden. Sie musste schlafen, also gab sie sich einsilbig, das Gespräch erstarb, sie versprach, keine Tabletten einzunehmen. Ihre Mutter glaubte, Pillenschlucken wäre chemische Trunksucht. Isabel wünschte gute Nacht, verbesserte sich, wünschte einen schönen Tag.

Sie gehörte nicht zu denen, die überzeugt davon waren, dass sie ihre Mutter an Klugheit übertrumpften. Isabel könnte ihre Mutter belächeln wegen der altmodischen Worte, die sie benutzte, aber sie tat es nicht – sie liebte diese ehrwürdige, störrische Dame. Das Böse steckte in allen – diese Überzeugung hatte sie ihrer Tochter eingehämmert. Sie erteilte oft ungefragt Ratschläge. Aber sie wedelte den dunklen Nebel in Fetzen. Große Fußstapfen, die Isabel ausfüllen sollte.

Die Hoffnung der Mutter: Isabel, der Spätgeburt, der Spätberufenen, würde es später, als ihr eigentlich zustand, gelingen. Sie verzögerte den Erfolg, das war der Vorwurf ihrer Mutter. Kampfhärte, das war die Forderung ihrer Mutter. Mit Glückslosen lockte man die Glücklosen von den Bäumen.

Der Kühlschrankkompressor machte Geräusche. Das Hündchen sprang auf das Fußende des Bettes. Es hatte sich hochgearbeitet, es durfte bei der Herrin schlafen. Licht aus. Im Traum stand Isabel im Zwielicht, hinter ihr Rankengewirr. Jemand, den sie nicht deutlich erkennen konnte, sprach mit verstellter Stimme. Dieser Jemand entfernte sich in Richtung einer brennenden Asphaltstraße. Der Widerschein des Feuers ein züngelnder Schatten. Isabel schrak auf, das Tageslicht verwirrte sie. Schlafende Hündin mit bebender Flanke. Sie sank wieder in den Schlaf und in den Traum.

*

Fingerdicker Staub. Da sie diese Welt verlassen hatte, hütete die Mutter allen Besitz der Tochter. Verschmutzte Stofftiere auf den Sofakissen. Isabel ging durch die Zimmer wie durch einen großen verbotenen Raum. Vergrößertes Passfoto im teuren Rahmen an der Wand: Juliette im Jahr ihres Niedergangs. Sie kam nicht nach der Mutter, dachte Isabel, makellos schöne junge Frau, Wasser in den Augen, keine Tuschebröckchen an den Wimpern. Ein seltsamer Augenblick war eingefangen: Juliette schaute in die Kamera, als wollte sie gleich zuschlagen. Kurz spielte Isabel mit dem Gedanken, sich zu schminken – nein, lieber nicht. Sie schloss die Fenster, leinte Ruby an, schlüpfte in den Schlechtwettermantel, zog einen Geldschein aus ihrer Börse, versteckte sie im Wäschekorb.

Türken und Araber in der Steinmetzstraße. Familienväter, deren Blicke umherschweiften: In dieser herben Gegend waren ihre Töchter in Gefahr. Jeder kümmerte sich um sein Leben und seine kleinen Geschäfte. Die Männer schauten Isabel an, als wäre sie eine Sehenswürdigkeit. Vor dem Bierlokal fochten junge Ausländer einen Überbietungswettbewerb aus. Sie hatte keine Lust, an ihnen vorbeizulaufen. Besser in die andere Richtung, an der umzäunten Ruine vorbei, Hund eng am Bein. Kleiner Puff in der Seitengasse an den Yorckbrücken. Herz aus rotem Neon. Der Türsteher rief ihr zu: Für dich, Schätzchen, hack ich mir das Ohr ab!

Isabel wechselte sofort die Straßenseite, kehrte um. Der Kerl machte eine anzügliche Bemerkung, lachte ihr hinterher. An der Lutherkirche leinte sie Ruby ab, sie schnüffelte am Stamm der kranken kahlen Bäume. Keine andere Seele. Sie zügelte ihre Ungeduld, blieb auf dem erleuchteten Fleck an der Straßenlaterne stehen. Die Hündin schnürte heran, sie hatte sie nicht rufen müssen – floh sie vor einem beißwütigen Tier? Eine verzogene Zofe bist du, dachte sie und musste darüber lächeln.

Auf den Terrassen der Kneipen in der Bülowstraße sah sie Weinschorle trinkende Kultivierte. Potsdamer Straße, Straßenstrich. Frauen aus dem Osten, Bilderbuchnutten, jung und gierig. Keine hohen Stulpenstiefel, keine aufgeschnürten Mieder, kein Lippenrot. Jeden Mann, der vorbeiging, lockten sie mit einem Pfiff und einem Wort an: Schatzi!

Isabel fand in der Manteltasche eine verschrumpelte Mandarine, sie schälte sie beim Gehen und ließ die Schalen auf den Boden fallen. An der Ecke Bülowstraße/Frobenstraße pfiff sie jemand aus dem Dunkeln an: Alles gut? Alles dran? Herz nicht gebrochen?

Sie wollte schon fliehen, doch dann erkannte sie die Stimme.

Herbert?

Nicht so laut, rief er, du verscheuchst meine scheuen Kunden.

Der stark gepuderte Transvestit winkte sie unter die Hochbahn, ließ sich Rubys Gebell gefallen, umarmte Isabel, spitzte den Mund, drückte beim Küssen nur Wange an Wange, dreimal. Geblümter Hausfrauenrock, der straffe breite Bund teilte den Bauch in eine große untere und in eine kleine obere Hälfte. Herbert blieb trotz Schminke und Verkleidung ein Mann, er wusste es und rasierte sich deshalb nicht jeden Tag. Sie musterte ihn, er musterte sie.

Er sagte: Die Slawenflittchen fangen die Männer ab. Sie wussten beide, dass es nicht stimmte: Wenn es gut lief, kam Herbert auf einen Freier in der Woche, das war schlechter als Taxifahren. Er brauchte nicht viel zum Leben, er lebte seine Neigung aus.

Er zog sie mit in den Kiosk, in den ›Transenpausenhof‹. Lärmende lustige Männer, Zirkusattraktionen, sie empfingen Frau und Hündin mit Hallorufen. Auf Isabel mussten sie nicht neidisch sein, sie war unmöglich angezogen, sie hatte sich nicht ausgehfein gemacht. Ein Friedrich sang ein frivoles Lied zur Einstimmung, das Volk johlte. Ruby kläffte den grell geschminkten Wirt an und ließ sich aber von ihm streicheln. Es gab Tee, Kaffee, Erdnüsse und Salzstangen – was wollte sie haben? Pfefferminztee. Herbert griff in einer jähen Bewegung zur Perücke, riss sie vom Kopf, legte sie auf den Tisch, zerwühlte die Haare, strich sie glatt und scheitelte sie.

Ist hoffentlich nichts Schlimmes passiert, sagte Isabel.

Wie lange warst du weg?

Ein paar Wochen?

Eher ein paar Monate, sagte Herbert, nein, keine Sensationen. Das mit deiner Freundin tut mir leid. Ich kam gut aus mit ihr.

Sie war schon etwas schwierig.

Hat sich was bei dir geändert?

Meinen Freund bin ich losgeworden.

Schick ihn zu mir, sagte Herbert, werd ihn gebührend trösten.

Glaub nicht, dass ich ihn wiedersehe.

Wie gefällt dir der Lippenstift?, sagte Herbert.

Deiner?

Raffiniert, oder? Er glänzt nicht, und man sieht nicht furchtbar angemalt aus. Die Leute schauen mich an und denken: Hat der aber gut durchblutete Lippen. Ich habe sogar ein Kompliment von einem Slawenflittchen bekommen.

Das will was heißen, sagte Isabel und trank einen Schluck.

Nicht wahr? Sonst gibt's nur böse Blicke und Beleidigungen.

War bestimmt teuer. Chanel?

Nein, hat nix gekostet. Ja, Chanel.

Du hast ihn geklaut.

Pfui, sagte Herbert.

Pass auf deine Tasche auf, rief Friedrich, der ist fingerfertig. Er hätte es gern anders. Hab mal seinen Stammfreier bedient. Der sagt mir doch mittendrin: Herberts Hände sind so schwielig, schleppt er neuerdings schwere Kisten?

Träum weiter, sagte Herbert laut, du ziehst das Negligé deiner Mutter über und schlotterst in der Kälte. Bist ein Kinderschreck, und kannst nix daran ändern.

Transvestit Lothar, Künstlername Lotta, mischte sich ein: Ihr beide seid reif für den Abdecker.

Herbert: Du bist ganz still. Trägt der Mann zum Faltenrock Wanderschuhe – ist das zu fassen!

Ein Streit entbrannte, es ging um Tüll und Rüschen. Der Jüngste im Raum ahmte das Gewöllewürgen einer Eule nach, er hatte ihrer aller Aufmerksamkeit. Er sagte: Die schmucken Türkenjungen sehen uns in den Kleidern ihrer Mütter – das macht sie verlegen. Sie halten uns nicht wirklich für abartig.

Lotta warf ihm vor, die blutigen Gemetzel zu verharmlosen. Es hatte in diesem Jahr keine wirklichen Übergriffe gegeben. Hohn und Spott – das ja. Ein Janitschar zog in den Krieg, schlug sich die Nase blutig, kehrte zurück zu Heim und Sippe – das ja.

Wölfe im Rudel hatte Herbert nicht gesichtet. Er lenkte das Gespräch auf Geldsorgen. Er sagte: Das Mäusehungern hat begonnen.

Isabel verstand nicht recht. Sie gaben vor, von Luft,

Brot und Wasser zu leben. Sie hatten aber Kurven an den falschen Stellen. Fett setze immer an, behauptete einer vom Tisch neben dem Erdnussautomaten: Fett sei Polster und Reservekraft für die mageren Jahre. Was denn nun? War die Notzeit angebrochen, oder kam sie erst? Man lebte in ihr – Frauen rochen den Regen, Männer die Not. Was half? Gurkenscheiben auf die Tränensäcke legen. Die glänzende Nase mit Mandelkleie einreiben. So tun, als tränte nicht das Auge. Oder ganz anders: morgens dick Meerrettich auf trocken Brot streichen, zwei Scheiben, und mutig bis zum letzten Bissen essen. Das tat weh, spornte an, heizte vor für den bevorstehenden Tag.

Herbert: Wer sich wehrt, behält sein Pferd.

Isabel hatte viele Fragen. Was konnte eine Frau tun, wenn sie plötzlich Männern aus dem Weg ging? Antwort: Nix. Verblühe nur nicht, das ist die Hauptsache. Nächste Frage: Was tun gegen Verdruss? Antwort: Nix. Hündin hilft, das wird reichen, Glück nicht dauerhaft.

Sie alle ödete auf einen Schlag das Grundsätzliche an. Der Jüngste schwärmte von seiner Wohnung. Auf dem Balkon saß er nachts, aß Wurstsalat, trank gekühlten Schnaps.

Streit über die richtige Temperatur. Schnaps schmeckte am besten bei Zimmertemperatur. Die Wirte servierten nur billigen Discount-Schnaps gekühlt.

Der Wirt vom ›Pausenhof‹ schaute finster drein. Nichts für ungut. Baldiges Unwetter machte die Männer in Frauenkleidern nervös. Schlecht fürs Geschäft. Schlecht fürs Gemüt. Der Wind frischte auf. Ein Doppelblitz erhellte die Nacht. Wetterleuchten.

Herbert: Der Arzt hat mir gesagt, ich hab viel Wasser im Leib. Darf mich nicht hinlegen, ist wie bei der Wasserwaage, die Blase wandert ans falsche Ende. Die Männer einigten sich auf den Grundsatz: Wichtig ist, dass man seine Rechnung bezahlt und sich nicht danebenbenimmt. Diese Worte galten dem Wirt, sie wollten ihn gütig stimmen.

Lotta: Ich freu mich jede Woche auf den schönen Sonntag.

Friedrich schimpfte ihn daraufhin einen blöden Bananenbieger.

Lärm, Tumult, Wirt brüllte um Ruhe. Donnerhall draußen.

Du kannst bei mir schlafen, sagte Herbert, ich halte das Gästezimmer rein.

Dir fallen am Hinterkopf die Haare aus, sagte Isabel.

Wie lieb du bist.

Danke, ich schlaf bei Christine.

Hast du keine Angst?

Wegen der brünftigen Männer?

Nein. Du weißt schon.

Isabel fiel es wieder ein. Herbert glaubte an Gespenster. Er glaubte, dass die Geister die Gardinen bewegten, wenn er nachts im Bett lag und die Augen schloss. Ein Windstoß war kein Windstoß, sondern die Armbewegung eines Geistes.

Die Einzige, die durch die Räume schleicht, wird Ruby sein, sagte Isabel.

Ein Abschiedstrunk?, sagte Herbert.

Lieber nicht. Sonst sterb ich morgen früh beim Aufstehen.

Aufbruch. Sie umarmte die Männer, sie liebten es. Lebenslust ließ sich zur späten Stunde einpegeln. Sie würden ihre Regenschirme aufspannen und nach Hause tippeln – manch einer hatte im Beutel solide Schuhe zum Wechseln. Dann, vorm Fernseher: Schnaps trinken, bis das Auge tränte.

Herbert wollte sie nach Hause geleiten, sie lehnte dankend ab. Baldiges Wiedersehen hoffentlich, bis zum nächsten Mal.

Isabel ging zum Nollendorfplatz, bog in die Motzstraße ein. Enthaarungsstudio. Bessere Lokale. Bedarfsladen für harte Schwule. Gitterstäbe im Schaufenster. Furchtbare Artikel: Lederbeutel für Hände, Hundemaske, Gasmaske, Anglerstiefel, Metzgerschürzen, Reitgerte, Noppenlederringe. Sie las die Werbezeile: Spielzeug für Erwachsene, alles, was dem Spieltrieb dient. Die maskierten Schaufensterpuppen sahen wie Herrenmenschen aus.

Willst du dir was abschauen?

Isabel fuhr herum, Ruby hatte nicht angeschlagen, sie wurde wütend. Jo schaute sie lächelnd an. Hob die Arme, als wolle er sich vor dem kommenden Schlag schützen.

Mach das nicht noch mal, sagte sie, fast hättest du dir was eingefangen.

Wer weiß, vielleicht stehe ich darauf.

Die einzige Frau, von der du dich schlagen lässt, ist deine Mutter.

Schön wär's gewesen, sagte Jo, sie war kinderlieb. Jetzt muss ich Männer anwinseln, damit sie mir Gewalt antun.

Interessiert mich nicht.

Siehst du das Haus dort drüben?

Ja. Und?

Du gehst einfach auf die andere Straßenseite, klopfst an und wartest. Du siehst dann ein Auge am Guckloch. Das Auge blinzelt. Wenn du Glück hast, lässt man dich hinein.

Will ich nicht.

Du müsstest als Frau sowieso draußen bleiben. Außerdem ist das Lokal nichts für zarte Gemüter.

Toll, sagte Isabel, ich wünsche dir viel Spaß.

Als Wachhund taugt sie nicht, sagte Jo und streckte der Hündin die Hand hin. Jetzt bellte sie, und Jo zuckte zurück.

Sehr lustig, sagte er, du hast sie falsch erzogen.

Sie macht meistens, was sie will.

Was treibst du hier?

Bin heute und morgen bei Christine.

Wohnungstausch, stellte Jo fest, wie war die erste Nacht in deiner neuen Zelle?

Nichts passiert, sagte Isabel, wir werden nass.

Ich gehe rüber. Werde fragen, ob ich dich mitnehmen darf. Dann musst du aber ein Hundehalsband tragen.

Grüß mir die großen Jungs, sagte Isabel, und tu dir nicht weh.

Er lief lachend über die Straße. Isabel sah ihn anklopfen, einige Wimpernschläge später öffnete sich die schwere Tür und er wurde eingelassen. Für den heutigen Tag hatte sie zu viele Geschlechtliche getroffen – war dieses Viertel verflucht? Ich will mich von euch nicht anstecken lassen, dachte sie, ihr seid zu Tieren der Wollust verkommen. Die Worte ihrer Mutter.

Aus Trotz entschied sie, das zu tun, was ihr widerstrebte: Sie trat in die Lesbenbar ein, eine dicke kurzhaarige Frau starrte sie an. Du bist so fett, dass du die Lederweste nicht zuknöpfen kannst, dachte Isabel. Auf dem Fenstersims ein Schrein aus bunten Bastelbögen, Kerzenstumpen in Haltern aus Alufolie, im Kreis der abgebrannten Kerzen die kolorierte Postkarte. Ein Tiergötze, berüsselt.

Die Barbesitzerin kam an ihren Tisch, erkannte sie, spürte ihre Kälte, brachte das Glas Saft, ließ sie in Ruhe. Isabel konnte ungestört trinken. Eine Frau in derben Langschäftern setzte sich an den Tresen, schaute hinüber.

Ich bin keine Beute, sagte Isabel böse, glotz nicht so gierig. Es tat ihr sofort leid, sie entschuldigte sich. Bald saß auch sie am Tresen und lauschte den Neuigkeiten. Hier in die Bar kamen Besucher aus Westdeutschland, sie hatten Angst, nachts im Schwulenviertel auszugehen. Wie in den alten Zeiten, in denen die Mauer noch stand. Das Geschäft ging gut, Männern war der Zutritt nicht verboten, sie saßen und staunten und gaben viel zu viel Trinkgeld. Dankbare höfliche Männer ohne Hintergedanken. Die Wirtin sprach vom Umzug ihrer Bekannten in süddeutsche Städte, Berlin gaben sie auf, sie verließen die Stadt ohne Reue.

Isabel hörte nur zu. Sie bezahlte, pfiff nach der herumstreunenden Hündin, ging in Christines Wohnung. Es gab nichts zu tun, sie saß am Fenster und beobachtete einen Mann im Haus gegenüber. Mann mit Glatze voller Falten. Das Licht der Lampe beschien seinen blanken Kopf. Die Lampe: eine stilisierte Pusteblume. Wenn er aufstand und in die nicht einsehbare Küche ging, fiel sein Schatten auf den Läufer im Flur. Der Schatten bewegte sich, flackerte, verblasste zum grauen Streifen. Das, dachte Isabel, ist seine hingespuckte Seele. Plötzlich schaute er auf, entdeckte die heimliche Späherin an Fenster, löschte vor Schreck das Licht. Isabel tat es ihm gleich, sie blieb im Dunkeln stehen und horchte. Es war kalt, sie fror. Mit dem Haartrockner blies sie heiße Luft unter die Decke und schlüpfte dann schnell ins Bett.

Das Schrillen der Türglocke weckte sie. Tageslicht. Hündin stand hechelnd am Napf. Aus tiefem Schlaf erwacht. An den Wänden keine Uhr. Zurück ins Zimmer, Blick auf das Mobiltelefon – früher Morgen. Es klingelte wieder. Isabel schlich durch den Flur, schaute durch den Türspion. Ein Mann, das Haar an den Schläfen kurz geschoren, wüstes

Gesicht. Weißes Hemd, Kragen schmutzig. Zweiter Knopf von oben hing am letzten Faden.

Mach bitte auf. Ich hab dich gehört.

Wer sind Sie?

Der Mann runzelte die Stirn, nahm den Finger vom Klingelknopf. Isabel sah ihn nachdenken. Ruby kratzte mit den Vorderpfoten an der Tür.

Was ist das?, sagte er.

Mein Wachhund. Er steht neben mir.

Dann haben Sie nichts zu befürchten. Lassen Sie mich kurz rein.

Ganz sicher nicht.

Bitte, sagte er.

Sie konnte es nicht fassen, sie schloss ihm auf.

Er stürmte an ihr vorbei, Ruby bellte kurz und lief ihm hinterher. Isabel folgte ihnen, griff schnell nach einer Porzellanfigur auf der Kommode. Er aber blickte sich nur um, sein Blick fiel kurz auf den Gegenstand in ihrer Hand.

Kommen Sie nicht auf dumme Gedanken, sagte sie, ich hab die Tür aufgelassen. Es hallt im Treppenhaus, die Nachbarn hören also mit.

Wo ist Juliette?, sagte er.

Nicht da.

Das seh ich. Also?

Was wollen Sie von ihr?

Zu kompliziert. Hab nicht so viel Zeit.

Ich kenn Sie nicht, sagte Isabel.

Für mich sind Sie auch eine Fremde. Das ist Juliettes Wohnung. Wo find ich sie?

Sie ist weg.

Verreist?

Nein.

Umgezogen ist sie nicht. Das sind alles ihre Sachen.

Ach, wirklich?

Fragen Sie nicht so blöd, rief er, ich hab hier gelebt.

Was?

Bin … nein, war ihr Freund.

Sie hatte keinen Freund, sagte Isabel.

Sieht ihr ähnlich, dass sie mich verschwiegen hat.

Sah ihr ähnlich, sagte Isabel leise.

Wie war das?

Sie ist tot.

Er starrte Isabel hart an. Er blickte ihr in die Augen. Sie sah in seinen Augen – was? Der Schmerz schmolz zum schwarzen Klumpen. Narbe am Kinn, kein Rasurschnitt. Hose spannte an den Oberschenkeln. Gefahr. Nein, hoffentlich nicht.

Seit wann?

Ich möchte, dass Sie gehen.

Wann ist sie gestorben?

Raus hier, rief Isabel.

Bitte. Ich tu Ihnen nichts.

Ich gebe Menschen keine Auskunft, die ich nicht kenne, sagte Isabel, los jetzt.

Ich geh ja schon. Ich stelle auch keine anderen Fragen. Wann starb sie?

Sie verlassen die Wohnung, ich sperre hinter Ihnen zu, dann verrate ich es Ihnen.

Versprechen Sie es mir?

Ja, sagte Isabel.

Er gehorchte, sie drehte den Schlüssel zweimal im Schloss, schaute durch den Türspion: Der Mann stand einfach nur da – er würde nicht eher gehen, bis er es von ihr erfahren hatte.

Vor vier Monaten, rief sie.

Er drehte sich um, stieg langsam die Treppen herunter.

Sie war überrascht, sie hatte mit weiteren Fragen gerechnet.

Die hungrige Hündin sprang an ihrem Bein hoch, Isabel füllte den Napf. Saß im Morgenmantel auf dem Sessel, starrte auf den geplatzten Lack an ihren Nägeln. Fand in der großen Geschenktüte der Armenhilfe Croissants. Luxusmarke, Verfallsdatum neun Tage überschritten. Die Verpackung riss sie mit den Zähnen auf, biss sich dabei auf die Zunge. Blut und Teig, dachte sie. Kein Kaffee im Haus.

Lange hielt sie sich im Bad auf. Böse Gedanken – zu schwach, um sie zu vertreiben. In der Wohnung war es so kalt wie auf einem Hinrichtungsplatz. Sie versuchte Christine zu erreichen, aber ihr Telefon war abgeschaltet. Wollkleid in bunten Farben, Wollstrumpfhosen, wetterfeste Jacke – Kleider wechseln brachte Glück.

Vor dem Haus sog sie die frische Luft ein. Hexerei: Sonnenschein. In den Schatten kauernde Rasselpuppen, sie sah die Frauen der Tagesschicht, sie reckten und streckten sich wie Echsen. Auf der Terrasse der Lesbenbar waren fast alle Tische besetzt.

Die Wirtin sagte: Soll ich für Ruby einen Wassernapf hinstellen?

Nein. Isabel griff in die Tasche, klappte den tragbaren Napf auf, goss Wasser hinein. Sie las die Zeitungsmeldungen: Einen Sonnenschirm mit Betonständer schleuderte der Wind über die Terrasse eines Ausflugslokals, einem Sommerfrischler wurde der Kiefer gebrochen. Die Polizei nahm einen Autoantennenbrecher fest. In entlegenen Gegenden anderer Kontinente brachen Aufstände aus, die Aufständler auf den Fotos hatten Pupillen wie schwarz geröstete Erbsen.

Die Lesbenwirtin setzte sich ungefragt hinzu. Sie erzählte: Ich war in der Sauna. Ich hatte genug und ging zum Duschen. Ein Mann, der mir heimlich Blicke zugeworfen hatte, rannte mir hinterher. Das muss man sich mal vorstellen. Ich nackt, er nackt, und er sagt: Wollen wir uns draußen zum Wein treffen – natürlich wären wir dann ordentlich angezogen.

Isabel lächelte sie an. Eine lustige Geschichte, eigentlich hätte sie laut lachen müssen. Die Wirtin bediente andere Gäste: An den Nebentisch setzten sich ein älterer Freier und ein Strichjunge. Freier: gespornt und parfümiert. Strichjunge: Abschaum – billige Bomberjacke, Karottenhose, keine Strümpfe. Er sprach mit hechelnder Stimme, fragte den Älteren über seinen Nebenbuhler Kinko aus.

Hat er's drauf?, sagte er, er hat's nicht drauf?

Mach mir jetzt keine Szene, sagte der Ältere.

Stich ihn bald ab!

Tu das. Ich komm dich aber nicht besuchen.

Wo?

Im Knast. Ich will was trinken.

Der treibt's mit Türken, sagte der Stricher.

Was?

Für zwanzig im Keller.

Du warst dabei.

Nix, rief der Stricher, der Sohn des Türken hat die beiden beim Rammeln erwischt. Kinko sagt, der Sohn will auch ran. Gelogen. Der Sohn will Ehrenmord. Geht bei uns rum und fragt nach. Sammelt Beweise. Bin mir sicher, der sticht Vati ab.

Ich trinke ein Bier, sagte der Ältere.

Der Türke hat vom Sohn Stubenarrest gekriegt, sagte der Stricher, darf zu Hause nur den Teppich ausrollen und beten. Kinko meint, die Mutter hat dem Sohn ihren Segen gegeben. Bald gibt's Moslemmord im Viertel.

Das geht mich nichts an.

Kinko steckt mit drin.

Ja, und?

Du nimmst ihn mit, der Türke tritt die Tür ein und sticht euch beide ab …

Der Freier verzog das Gesicht, stieß eine Verwünschung aus, ging weg. Der Stricher lief ihm schreiend hinterher.

Isabel musste die Hündin in Spiellaune zurückpfeifen. Ihr Telefon klingelte, die Nummer wurde unterdrückt, sie hasste anonyme Anrufer. Verena. Sie bat sie um ein Treffen am Riesenrad, bitte sofort. Die Anfahrt würde eine Stunde dauern. Sie werde auf Isabel warten, es mache ihr nichts aus.

Eine Dreiviertelstunde später stieg Isabel an der Station Plänterwald aus. Sie ging den geteerten Weg entlang, rechts Wald, links Kleingartenkolonien. Keine Angst. Als sie auf den Vorplatz des verfallenen Vergnügungsparks hinaustrat, schaute sie über die Schulter. Kein Verfolger, sie hatte es geschafft. Neu angestrichener roter Gitterzaun, Sicherheitsschloss an schwerer Kette am Seiteneingang: Dort stand reglos Verena. Große blonde Frau, sie trug zu jeder Jahreszeit eine dunkel getönte Sonnenbrille. Hager, ein weiblicher Knabe. Mehr als nur knabenhaft. Isabels Freundinnen wollten bessere Frauen werden. Sie taten so, als hätte man sie in ein Gefecht geschickt. Sie bildeten sich den Kriegslärm nur ein. Die eine mahlte den Kaugummi, bis er im Mund zu Bröckchen zerfiel. Die andere kratzte mit dem langen Fingernagel Laufmaschen in die Strumpfhose. Ihr Blick ging himmelwärts, wenn sie glaubten, sie wären verliebt. Wenn sie glaubten, sie müssten die Münzen auffangen, die ihnen lächelnde Jungs zuwarfen. Verrückte, dachte Isabel, aber nicht Verkommene.

Verena musterte sie beim Näherkommen, trat einen Schritt zurück, als Ruby an ihren Schuhen schnüffelte. Hunde und Katzen hielt sie für domestizierte Ratten, sie streichelte nie anderer Leute Haustiere.

Die Frauen schauten einander an, eine Umarmung war nicht möglich. Isabel las die eingeschweißten Werbezettel am Zaun: Spreepark-Führungen samstag- und sonntagmittags, nach der Führung konnte man sich im Café Mythos Spreepark erholen.

Gehen wir rein, sagte Verena.

Das Gelände wird bestimmt bewacht, sagte Isabel.

Dein Hund schlägt an. Komm.

Sie liefen zur Waldseite, in den Maschendrahtzaun war ein Durchschlupf geschnitten. Isabel trat den Zaun herunter, Ruby sprang durch, die Frauen folgten. Kniehohes Gras, die Gleise der Parkbahn überwuchert. Vermodertes Holz des Kassenhäuschens. Einige Gondeln des Riesenrads hatten sich aus der Verankerung gerissen, sie hingen herab.

Verena blieb am Kinderkarussell stehen. Hier ist's gut, sagte sie.

Vandalen oder Souvenirjäger hatten den Holzpferdchen den Kopf abgeschlagen. Verena stieg über den Schlag der Kinderkutsche, fegte das Laub vom Sitz, Regenwasser spritzte ihr von der Handkante. Sie wischte mit Papiertüchern die Sitzbank trocken, setzte sich, machte eine einladende Geste.

Ich stehe lieber, sagte Isabel.

Dann wird man dich sehen.

Sie nahm neben Verena Platz, und sofort roch sie den Männerduft. Der Mann, der sie aushielt, schenkte ihr jeden Monat ein Aftershave-Flakon. An einer Frau duldete er kein Parfüm. All diese Geschichten, sie waren Isabel zuwider, sie musste aber den Geschichten ihrer Freundinnen lauschen.

Wie geht's deinem Freund?, sagte Verena.

Tot und begraben. Ich pflück lieber Gänseblümchen, statt zu lieben. Und danke, mir geht's auch gut. Einigermaßen.

Der erste Junge, den ich geküsst habe, hatte eine Mädchenhaut. Der letzte Mann, der mich küsste, stieß mich weg. Ich habe ihm fest in die Lippe gebissen. Er wollte sich mit einem Kuss mit mir versöhnen.

Ja. Wieso sind wir hier?

Früher war das mal ein toller Rummelplatz, sagte Verena, meine Eltern brachten mich her. Hatte immer rosa Zuckerwatte im Haar.

Ihr aus dem Osten, sagte Isabel.

Was ist mit uns?

Ihr trauert alten Zeiten nach. Wir im Westen kennen das nur von alten Leuten.

Ist auch egal, sagte Verena laut.

Gut. Weshalb hast du mich herbestellt?

Modenschau in Paris, sagte Verena, ich darf meine Kleider zeigen.

Das ist ja schön.

Keine große Sache.

Aber eine Chance, sagte Isabel.

Genau. Du reist mit dem Zug an. Wirst privat untergebracht. Ich kleide dich ein, und wir schießen Fotos von dir.

Geld?

Nichts. Die Kleidermacher und die Models müssen alles aus eigener Tasche bezahlen. Wenn es schlecht läuft, hat man eben einen Ausflug nach Paris gemacht. Oder es geschieht ein Wunder, und man wird entdeckt.

Wunder gibt's nicht, sagte Isabel.

Willst du zu Hause Däumchen lutschen?

Tu ich ja nicht.

Ein Bekannter hat dich bei der Armenhilfe gesehen.

Ist keine Schande, sagte Isabel, steht mir zu.

Na ja. Du bist ganz schön abgestiegen.

Wie meinst du das?

Freund weg, tolle Wohnung weg, sagte Verena, dann musst du auch noch beim Staat betteln gehen.

Du redest wie ein Spießer.

Wirklich? Schau dich doch an. Du hast nichts geschafft im Leben.

Isabel stieg aus dem Karussell, wandte sich zum Gehen, hielt inne – sie würde noch eine Zigarette rauchen. Sie sagte: Verena, du bist keine nette Frau.

Hab ich auch nie behauptet.

Hör auf mit den Spielchen.

Willst du jetzt nach Paris oder nicht?

Nein, sagte Isabel.

Nein?

Ich weiß ja, was dabei herauskommt. Du wirst immer etwas an mir auszusetzen haben. Wie du schon gesagt hast: Ich lebe unter deinem Niveau.

Kaum hatte sie die Worte ausgesprochen, flog der erste Stein in ihre Richtung. Isabel duckte sich, rief nach der Hündin, lief zum Durchschlupf, brach durch das Loch. Ruby sprang und jaulte – ein Stein hatte sie getroffen. Frau und Hündin rannten davon. Isabel hörte das Gebell des Wachhundes, Verena würde auch ihn in die Flucht schlagen.

Sie hat es satt, nur mit dem Finger auf der Landkarte zu reisen, dachte Isabel. Sich mit dem bescheiden, was man besaß – Verena hielt es für einen Kalenderspruch.

Während Isabel den Teerweg zurückging, fluchte sie

laut über ihren schwachen Willen. Umgeben von Menschen niederer Gesinnung. In ihrer Umgebung fast nur kinderäugige Träumer, die den Halt verloren. Die so taten, als gehöre es sich, Teil der Ordnung zu sein. Sie verdarben ihr den Tag. Beleidigten sie. Sagten: Du hast aufgegeben. Sagten: Unbrauchbar bist du geworden, und du zeigst auch noch stolz die Spuren deiner Abnutzung. Sie sagten: Zeig beim Lachen mehr Zahnfleisch. Zeig ein bisschen mehr nackte Brust. Lass dich von diesem oder jenem so lange küssen, bis du keine Luft mehr bekommst. Leide leise, schnaufe nicht beim Leiden. Häng dich an die Entscheidungsmächtigen, schwöre ihnen Gefolgschaft. Sie sagten: Arbeite dich an eine höhere Einsicht heran. Du trödelst, du singst zu laut beim Duschen. Wer morgens singt, den holt abends die Katze. Es ist doch längst ausgewürfelt, wer bestehen wird, und wer fällt … Ein Elend.

Das Elend. Ihre Wut verraucht. Sie durfte es nicht an Ruby auslassen, fast hätte sie die Hündin angeschrien. Sie lief zur Haltestelle, stieg ein, hielt sich während der Fahrt an der Halteschlaufe fest. Starrte blind in die Nacht hinaus. Blind war richtig. Blind an der falschen Station aussteigen. Blind durch die Straßen treiben. Blind auf der Caféterrasse unter der Markise sitzen. Auf der anderen Straßenseite ein erleuchtetes Schaufenster: schwarze Puppen ohne Kopf, in Brautkleidern, die Schleppen zu Vogelnestern drapiert.

Ein Junge, der die Kapuze über Kopf und Stirn gezogen hatte, stürmte aus dem Café, er begann, die Stühle an die Tische zu ketten.

Ich geh gleich, sagte Isabel.

Müssen Sie nicht, sagte der Junge, ich arbeite nur vor.

Das sind aber schwere Schlösser.

Machen Krach, was?

Mich stört's nicht.

Die Leute klauen wie die Raben, sagte der Junge, die bestellen was, essen den Teller leer, wischen ihn sauber und stecken ihn ein. Die denken, wenn sie schon Trinkgeld geben, dann können sie Geschirr und Besteck auch mitnehmen.

Kenn ich, sagte Isabel.

Arbeiten Sie als Kellnerin?

Nein. Aber ich klau gerne.

Der Junge ließ das Vorhängeschloss fallen, starrte sie an, schüttelte den Kopf. Er hielt es nicht für einen Scherz, er ging hinein. Bestimmt würde er dem Chef von der zwielichtigen Frau auf der Terrasse berichten.

Wenige Minuten später forderte man sie auf, die Rechnung zu bezahlen. Sie bat um Stift und Papier, der Kellner riss ein Blatt vom Bestellblock ab und reichte ihr widerwillig seinen Kugelschreiber. Sie schrieb Verenas Telefonnummer auf und darunter die Zeile: Du hast mir gefallen. Ich bin kein Tellerdieb. Sie faltete den Zettel und bat den Kellner, ihn dem Jungen zu geben – er würde verstehen. Dann eilte sie davon.

*

Er kratzte an der juckenden Narbe. Er drückte den Rücken durch. Er zeichnete mit dem Finger die Griffmulden am Lenkrad nach. Geierhafte Menschen auf den Straßen. Wurden sie auf ihn aufmerksam? Sie hatten Besseres zu tun. Mann im Auto ist kein Spektakel. Er schaute auf die Armbanduhr: Wurde Zeit.

Er rief bei der Arbeit an, beschrieb kurz die Malaise: Habe das große Kotzen, werd heut fehlen, hol den versäumten Tag nach. Der Mann am anderen Ende der Leitung: Will's doch hoffen. Ende der Unterhaltung.

Lästiges Insekt fliegt ihm um den Kopf. Keine Wespe, kein Grund, es wegzuwedeln. Sollte er an der Tür klopfen? Stramme, magere Frau – würde auf ihn losgehen. Würde schreien. Magerer Hund würde kläffen.

Warten. Nach zehn Minuten hatte er genug, er wollte aussteigen, der Gurt hielt ihn im Sitz fest – er dachte: Gibt's doch gar nicht, beschatte angeschnallt Zielperson, wie blöd bin ich denn.

Staub des Kosovo. Ödland. Schwelender Himmel. Gesprenkeltes Licht zu beiden Seiten der Straße: Der Soldat am Steuer des tonnenschweren Jeeps späht in die Ferne. Staubwolke? Blassgraue Bodennebel. Der Major ermahnt ihn, sich im Sitz zu strecken. Sonst gibt es später Haltungsschäden. Beifahrergeschwätz. Letztes Dienstjahr, denkt der Soldat, leiste dir keine Fehler, mach auf dumm und halte den Mann für weise.

Er fährt stumpf geradeaus, Risse und Schlaglöcher im Teer. Albaner in der Hocke – kein Hinterhalt: Er starrt auf die Scharrspuren auf der Erde, auf die Rinnen im Lehm. Der Major treibt zur Eile an, in Priština wartet der Chef des Stabes, ein Amerikaner. Wichtige Besprechung. Streber, schlotternde Ratte, denkt der Soldat. Mit dem Mann ist nicht zu spaßen, Lachfalten täuschen. Er schaut drein, als würde er sich über eine volle Naschtüte vom Jahrmarkt freuen. Ein Schinder. Man hüte sich vor lächelnden Offizieren. Soldat sieht in den Rückspiegel. Rolf fährt den Hauptmann im zweiten Jeep. Auch er wird auf der Hut sein: Nix Falsches sagen, starres Reptiliengesicht, damit kommt man durch. Letzte Nacht bot er ihm selbst gebrannten Schnaps vom Bauern an. Einen Fingerhut, mehr nicht. Doch er trank drei Gläser, wachte heut früh mit Schädelspalterschmerzen auf. Besäufnis von zwei Hauptgefreiten, große Freude, Soldat sang: Lass sie lieben, lass sie küssen. Wer weiß, wann sie sterben müssen.

Kram von gestern, Schluss jetzt. Maisfelder, Tankstelle, kniehohes Gras, Stundenhotel.

Major brüllt gegen den pfeifenden Fahrtlärm an: Auf den Frieden würd ich mein Leben nicht verpfänden!

Jawohl, Herr Major.

Der Mann starrt ihn von der Seite an und stutzt. Riecht er den Schnaps? Kann er nicht, er riecht selbst nach schwerem Aftershave. Böse Zungen behaupten: Der Major pinselt durchsichtigen Nagellack auf Stern und Eichenlaub der Schulterklappe. Der Soldat schert sich wenig um Gerüchte, es gibt Zuträger im Lager, sie halten die Schnauze auf Kommando, man schwätzt und meckert, und sie erstatten sofort Bericht. Hoffen auf Begünstigung. Aufpassen jetzt.

Major hält Lehrstunde: Friede ist nix für kleine Teufel. Feind zerschlagen, Land befriedet, dank unserer Feuerkraft. Volk muss anpacken, doch Volk bummelt – wieso? Die Leute hier – muntere Leute. Die Männer: machen gern Lärm, sind Messerwetzer. Die Frauen: streng, unantastbar. Das Problem: Blutfehde, Rache. Ich halte den Kosovaren nicht für verrückt. Sie etwa?

Nein, Herr Major.

Gut. Der Haken bei der Sache: Mentalität. Sie verstehen?

Nicht auf Anhieb, Herr Major.

Hätt mich auch gewundert. Ich erklär's Ihnen: zu viele junge Männer. Weiter Himmel, enger Raun, wenige Spielplätze für die Jungs. Atmen allein reicht denen nicht. Die Sitte wirkt, die Sitte ist stärker als jedes vernünftige Wort. Hören Sie zu?

Bin ganz Ohr, Herr Major.

Schlafen Sie mir bloß nicht ein. Also Sitte. Brauchtum. Liebe ganz kompliziert. Da kann der Junge nicht zum Mädchen hin, und beide verschwinden im Busch. Vater, Brüder, Cousins des Mädchens reißen dem Jungen das Herz aus der Brust. Liebes-

weh? Vergessen Sie's! Hass hat sich aufgestaut. Der Albaner schaut schon finster, was meinen Sie?

Ist mir auch aufgefallen.

Tödliche Blicke, schreit der Major. Blicke sind Stärke. Wenn der Albaner böse starrt, dann aber gute Nacht. Am besten erst einmal wegschauen. Oder kennen Sie eine andere schlaue Methode?

Nein, Herr Major.

Staub – von Männern, Schafen, Wind aufgewirbelt. Friede im Kriegsgebiet. Soldat drückt den Rücken durch. Beide Hände am Steuer, Blick schweift kurz zur Seite: Der Mann soll wissen, dass er lauscht. Bleib achtsam.

Der Major schwadroniert. Brüllt sich die Kehle wund. Schlagloch, Fahrzeug wird durchgeschüttelt, Soldat nimmt den Fuß vom Pedal und handelt sich Verweis ein: Pünktliche Ankunft unabdingbar, haben Sie verstanden?

Jawohl, Herr Major.

Lehrstunde geht weiter. Ein großer Haufen macht noch keinen Staat, schreit er, auch wir haben zunächst die Scherben weggefegt. Man darf doch nicht an der alten Pracht hängen. Hier gibt es Stammesführer, die nennen sich nicht so, aber Fakt ist, sie führen die Männer an. Keine Greise. Ein Stammesführer sitzt bei mir im Zimmer, ich habe ihm Tee im Tulpenglas angeboten, er lässt fünf Stück Würfelzucker ins Glas fallen und rührt aber nicht um. Er bemerkt meinen Blick und sagt: Das ist bei uns Brauch. Verstehen Sie?

Nicht auf Anhieb, Herr Major.

Die Sache verhält sich folgendermaßen: Man trinkt im Dorf des Mannes schwarzen Tee ohne Zucker. Aber man will zeigen, dass man es nicht deshalb tut, weil Knappheit an Zucker herrscht. Also erfindet man eine kleine Zeremonie. Eigentlich ein sinnloses Ritual. Seit Ewigkeiten Tradition. Sohn schaut es sich vom Vater ab, gibt es an seinen Sohn weiter. Und so weiter.

Dann kommen wir Deutschen und sagen: Haushalten ist besser. Man könnte bei Überschuss Zucker gegen was weiß ich, gegen Schnaps tauschen.

Verdammt, er hat die Schnapsfahne gerochen. Der Soldat verkrampft kurz, streckt sich, drückt den Rücken gegen die Lehne – er wird gemustert. Nicht die Zähne zusammenbeißen, der Major würde das Spiel der Kinnmuskeln bemerken. Rolf hat ihn reingerissen, das gibt ein Nachspiel. Drittel Strecke abgefahren beim Durchschnittstempo von 70 km/h.

Major spricht vom Stammesführer zu Besuch, der war lange Zeit in Deutschland, was hat er in der Zeit getrieben? Wahrscheinlich Exilpolitik in der Kleinstadt. Dann plötzlich König im Heimatdorf, noch beißen ihn die jungen Männer nicht weg, noch darf er den Häuptlingsstab schwenken.

Was geht mich dein Häuptling an?, denkt der Soldat, ich bin bloß dein Chauffeur.

Nebelschwaden sind verschwunden. Staub überall. Wird ein heißer Tag. Ortsschild: Suva Reka. Männer: dünn, sehnig, kantige Gesichter. Wenige Frauen unterwegs. Kleine Prozession alter Frauen, eine reibt den Apfel am Zipfel ihres Schultertuchs. Licht bricht sich an den Pailletten.

Major stiert ernst geradeaus, ein auf Kanister kauernder Kerl winkt ihnen zu, Major reagiert nicht. Der Soldat weiß, dass er jede Jubelbekundung genießt. Gerüchte: Der Offizier ist zwar in Ordnung. Aber die Wunde schwärt. Hat sein Herz an ein albanisches Mädchen verloren. Das Mädchen hat viele Bewerber, Vater und Mutter bestehen auf Eheanbahnung gemäß der Tradition. Dem Major wird's zu heiß, er springt ab.

Jetzt sagt er: Sie haben getrunken.

Jawohl, Herr Major.

Macht Ihnen etwas zu schaffen?

Nein, Herr Major.

Raus mit der Sprache, Mensch!

Fremdes Land das, Herr Major.

Verstehe schon. Sie haben Sehnsucht nach Deutschland.

Jawohl, Herr Major.

Wenn das nicht einreißt, bleibt es unter uns.

Sie haben mein Wort, Herr Major. Kein übler Kerl, denkt der Soldat, der könnte mich unmöglich machen beim Kommandeur. Vielleicht tut er das noch. Glaube nicht.

Große Reklametafel, die Eisenstützen im brüchigen Beton: Eine Frau trinkt dunkle Brause. Augen ausgeschossen, durch die Löcher pfeift der Wind. Hab ich mich blöde gesoffen, denkt der Soldat, was hab ich für Gedanken?

Major hat das Grübeln satt, er redet sich wach: Nur Verräter jubeln fremden Soldaten zu. Für die Albaner sind wir nur Personenschützer in Uniform. Haben Sie sich nicht gefragt, was Sie hier verloren haben?

Befolge Befehle, Herr Major. Druckreife Antwort. Gilt für alle Dienstgrade. Früher galt die Regel: Wer wankt, wird erschossen. Heute heißt es: Wer wankt, kommt ins Spital.

Der Soldat ist sich sicher – der Mann fühlt ihm auf den Zahn. Will mit der Taschenlampe in seinen Kopf leuchten. Erstattet später dem Kommandeur Bericht: Habe den Hauptgefreiten Marcus intensiv auf Tauglichkeit geprüft. Ergebnis steht fest: Er ist bedingt verlässlich.

Verdorrte Melonenscheiben. Unordnung. Verstreuter Müll. Zerschlitzte Plastiktüten. Blick in den Rückspiegel: Zweites Fahrzeug folgt. Blick geradeaus: Am Rand der Teerstraße steht ein Zigeuner im Festtagsanzug. Wiesenblume im Knopfloch. Die schwarzen Lackschuhe trägt er wie Pantoffeln – hinten durchgetreten, Naht an der Ferse aufgeplatzt. Seine rechte Hand ruht auf der Schulter seiner Tochter. Was ist mit ihr los? Pummeliges Mädchen, kleine Nase. Mongoloid.

Nein.

Zigeunervater stößt das Kind auf die Straße.
Soldat trifft das Mädchen mit Kühlergrill und Stoßstange.
Dumpfer Schlag.
Soldat fährt darüber.
Bremst.
Jeep kommt zum Stehen.
Major: Himmel Arsch!
Raus aus dem Wagen.
Das Mädchen liegt zwischen dem ersten und zweiten Fahrzeug.
Staub und Schmutz übers ganze Gesicht.
Schwarzes, mittig gescheiteltes Haar.
Major: Scheiße!
Barfuß. Nicht einmal Autoreifensandalen an den Füßen.
Rüschen an Puffärmeln. Rüschen am Glockenrock.
Puppenkleidchen. Synthetik. Wind lässt Rocksaum flattern.
Heiß. Hitze. Heiß.
Arme und Beine wie ausgerenkt. Kopf weggeknickt.
Genickbruch.
Augen offen.
Zigeunervater reißt die Arme hoch. Schreit klagend.
Dich bring ich um.
Volk läuft zusammen, Männer drängen heran, Soldat riecht ihren Schweiß.
Dich mach ich tot.
Schleier in den Augen des Mädchens.
Linke Kopfhälfte rot angeschwollen.
Risswunden. Schürfwunden an Handrücken, Unterarm, Schulter.
Fahrer bleibt am Fahrzeug.
Was?
Soldat blickt Zigeunervater in die Augen.
Fahrer …

Was?

Major: Zum Fahrzeug, Mensch! Sofort!

Hauptmann beugt sich über die Tote. Soldat steigt in den Jeep. Major rennt zu der Toten.

Rückspiegel verstellen.

Albaner – sie stehen und glotzen.

Keiner, der am Wagenschlag zieht.

Keiner, der ihn herauszerrt.

Wind hebt Kleidchen an.

Droht dem Major Gefahr?

Aussteigen. Bleib sitzen, er hat es dir befohlen.

Der Jeep wiegt anderthalb Tonnen. Wen er trifft, stirbt.

Major verhandelt mit Polizist. Der schüttelt den Kopf.

Major zückt das Handy, spricht hinein.

Meldet das besondere Vorkommnis, denkt der Soldat.

Major redet auf den Polizisten ein. Schulterzucken.

Major telefoniert wieder.

Fordert einen beweglichen Arzttrupp an, denkt der Soldat.

Major am Telefon.

Redet mit dem Kommandeur, denkt der Soldat, meldet Vorfall und Verspätung.

Soldat fächert die Hände auf den Oberschenkeln.

Nasser Stoff.

Keiner trommelt gegen die Scheibe.

Puffärmel.

Zigeunervater fällt. Magere Albaner haken sich bei ihm unter. Richten ihn auf.

Aussteigen jetzt.

Soldat öffnet die Tür. Doch der Major ist zur Stelle.

Rüberrücken! Ich fahre. Los!

Was?

Das ist ein Befehl!

Blick in den Rückspiegel: Oberstabsarzt führt den Sanitätstrupp an.

Konvoi fährt los.

Der Soldat blickte auf. Da – die Frau verließ das Haus.

*

Isabel fuhr mit der Bahn von der Bülowstraße zum Alexanderplatz. Schönerer Tag als gestern. Im Regenmantel fiel sie auf. Eine Studentin fragte sie nach der Rasse der Hündin. Sie sagte: Sie ist Jack-Russel-Terrier-lastig. Es ist Spitz, Pinscher und Dackel durchgegangen. Sie riss an den Klettverschlüssen des Hundemäntelchens. Gesteppter Kinderanorak: Die Studentin wollte sie streicheln, Ruby schnappte. Böses Gesicht.

Auf dem Weg zu ihrer Wohnung versuchte Isabel Christine zu erreichen. Telefon abgeschaltet. Hatte sie einen Liebhaber, einen älteren Herrn, den sie mitgenommen hatte? Erschien Isabel unangemeldet, würde sie in ein kaltes, erloschenes Liebesdings hineingeraten. Noch ein Anruf vor dem Haus. Liebesdings, dachte sie, ich werde zum zynischen Luder, wäre doch ein schöner Zeitvertreib für sie, vergessen könnte sie. Es würde nicht passieren. Die Tür war offen, durch den Spalt blickte sie in den Flur: umgeworfene Umzugskisten. Sie hielt die drängende Hündin mit einem Ruck an der Leine zurück. Sie rief nach ihr, bekam keine Antwort.

Isabel drückte die Tür auf, sagte laut: Ich habe lange Fingernägel. Ich zerkratz dir das Gesicht. Stille. Bad: menschenleer. Flur, Küchenzeile, großer Raum, kleiner Raum: menschenleer. Keine Spur von Christine. Isabel legte den Regenmantel ab, schlüpfte in eine Sommerjacke, kämmte sich mit dem zerspaltenen Kamm. Suchte nach einem Haarband, fand aber nur Spangen – nicht trödeln, los jetzt. Sie musste sich bei der Treberhilfe in die Schlange stellen. Wer Ärger machte, bekam Zutrittsverbot. Alle mussten sich fügen und wurden mit Brot und Suppe belohnt.

Der Ungewaschene vor ihr schaute die Hündin an, sagte: Oh, wie elegant. Heut ist nicht Sonntag. Heut ziehen wir trotzdem unser Schönstes an.

Wir?, sagte Isabel.

Na, du und die Kleine da unten.

Sie hat nichts an. Sie ist mit glattem schwarzem Fell zur Welt gekommen.

Dafür hat sich ihr Frauchen ausgehfein gemacht, sagte er.

Halt den Mund, sagte sie, sonst gibt's beim Chef 'ne Beschwerde.

Was hab ich denn gemacht? Nur geschmeichelt, nur gesäuselt.

Er glaubte, das große Glück hätte nach ihm gepfiffen. Ratlos war er, weil es sich nicht einstellte. Verrückt war er, weil er sie alle sanft bekehren wollte. Isabel hasste es, von ihm angelächelt zu werden. Er rief: Jeder Kracher ein Katzelmacher! Draußen trieb er Unfug, doch kaum trat er ein, beugte er den Kopf wie ein armer Sünder.

Ein Obdachloser hatte sein Tablett fallen gelassen. Zitternde Hände. Alkohol. Die Scherben kehrte man zu einem Haufen zusammen. Er durfte nicht helfen, er jammerte. Die Aufsicht erlaubte ihm eine Extraportion, er strahlte. Als Isabel an ihm vorbeilief, flüsterte er: Hast schadet.

Sie fand Christine im dunklen Winkel des Saals, sie aß die Nachspeise mit großem Appetit.

Wer hat meine Wohnung verwüstet?, fragte Isabel.

Christine erschrak, legte die Gabel auf den Tisch. Doch es ließ ihr keine Ruhe. Also rieb sie die Gabel mit der Stoffserviette sauber.

Ich war's, sagte sie leise.

Wieso?

Fremde Sachen. Fremde Möbel. Nichts davon gehört Juliette.

Es gehört alles mir. Das weißt du doch.

Ja. Ich hatte einen Anfall.

Bist du krank?

Die Organe sind intakt, sagte Christine.

Wutanfall?

Ich bin nicht wütend gewesen, rief Christine.

Ist ja gut. Ich dachte, es hilft dir.

Mich heilt nix.

Wie hat's dir sonst bei mir gefallen?, sagte Isabel.

Willst du nichts essen?

Vielleicht später.

Die Sonne scheint rein. Weiß ja nicht, wer über dir wohnt. Er schlurft morgens. Und abends stampft er. Der müsste einen Teppich auslegen.

Dünne Wände, sagte Isabel.

Christine erstarrte plötzlich, und Isabel drehte sich um. Der Mann, dem sie aufgemacht hatte. Der Mann, der ihr durch die Stadt gefolgt war. Sie wollte sich schon auf ihn stürzen, sein Gesicht zerkratzen, doch da sagte er: Hallo, Christine.

Sie schwieg, schaute ihn nur an. Ich kenne Sie nicht.

Ich bin's, Marcus. Hab mich nicht groß verändert.

Sie sind mir unbekannt, sagte Christine.

Was soll das?, sagte er.

Der Apfelkuchen schmeckt gut. Du musst davon probieren, Isabel.

Das ist jetzt ein Scherz, oder?, sagte er.

In diesem Haus muss man die Regeln peinlich einhalten. Alkohol, Drogen – verboten. Laut fluchen, schreien, unanständige Lieder singen – verboten. Schlimm wird's erst, wenn ein Penner eine Frau belästigt.

Du nennst mich einen Penner?

Hier hast du deine Schlüssel, sagte Christine.

Isabel steckte sie ein, legte einen Schlüsselbund auf den Tisch. Einen weiteren Wohnungstausch würde es nicht geben, das wusste sie. Der Mann mit der Narbe im Gesicht wich nicht von der Stelle.

Ich will Juliette sehen, sagte er.

So geht's nicht weiter. Ich rufe die Aufsicht, sagte Christine.

Isabel sah es ihm an: Er widerstand der Versuchung, die sitzende Frau zu schütteln. Isabel sah es ihr an: Sie log. Griff sie zu dieser Notlüge, weil der Mann mit ihrer Tochter wie mit einer Rasselpuppe gespielt hat? Es roch nach angebranntem Essen und schlechtem Atem, ihr wurde übel. Christine war hier geschützt, sie brauchte ihre Hilfe nicht.

Ohne ein Wort lief sie weg. Fliehe vor dem Gesindel. Wage keinen Blick über die Schulter.

Zu Hause roch es auch schlimm. Sie riss die Fenster auf. Fruchtfliegen schwirrten über der aufgeplatzten Schale einer Banane. Sie warf sie in eine Plastiktüte, Ruby steckte die Schnauze hinein, weil sie Aas witterte – Isabel stieß sie zur Seite. Am Müllcontainer traf sie auf Tante Eva. Vorzeitig ergraut, sie kam nach der Mutter, es lag an den Genen. Wann immer Isabel ihr begegnete, wunderte sie sich über die Schönheit dieser Frau. Es hieß, sie entstaubte sogar die Stecknadelköpfe.

Sie hat hoffentlich keine Würmer, sagte Eva.

Meine Hündin ist gesund, sagte Isabel.

Schön. Wie geht's dir?

Hab noch Mist im Kopf.

Kenn ich. Gefällt's dir in der neuen Wohnung?

Weiß ich noch nicht, sagte Isabel, wie ist es bei dir?

Muss sich noch herausstellen. Ich wohne acht Tage länger hier als du.

Tante Eva und Isabel waren fast zur gleichen Zeit eingezogen. Sie hatte im Ausländerviertel gewohnt, wegen der niedrigen Miete, und war aber vor den wilden dunklen Hunnenmännern geflüchtet: Lärm, Messertänze auf den Straßen, finster blickende Reservatsmütter.

Isabel sah eine Katze, die aus der Pfütze trank. Ruby ließ sie in Ruhe schlecken. Sie stellte sich neben Evas Sohn und hielt seine Hand. Eva stand rechts von ihm. Sie liefen los, im Kinderschritt, sie riefen: Engel – flieg!, und zogen ihn an den Armen hoch. Das Kinderlachen war ansteckend. Nach dem vierten Engelsflug führte sie die Hündin zum Denkmal hinter dem Plattenbau. Dort gab es nichts außer der Auslauffläche und Beton.

Sie hörte jemanden sagen: Bitte nicht erschrecken, sie fuhr herum und schlug zu. Traf. Luft. Der Mann war zur Seite gewichen.

Du bist ein Stalker, sagte Isabel.

Ich will nichts von dir, sagte Marcus.

Juliette ist tot.

Das weiß ich jetzt, ja.

Ruby sprang an seinem Bein hoch, wedelte mit dem Stummelschwanz. Isabel rief: Eine kleine Hure bist du, biederst dich bei jedem an!

Der Mann verzog bei diesen Worten das Gesicht. Er bat um ein Gespräch für die Dauer von drei oder vier Zigarettenlängen. Sie wechselten die Straßenseite, Isabel sammelte an den Imbissständen auf dem Alexanderplatz Reste und Wurstzipfel von den Papptellern. Sie warf der Hündin die Häppchen hin. Die Hündin schnappte nicht gleich – sie sicherte, sie wartete.

Isabel sagte: Es ist nicht so, dass sie sich die Schnauze nicht verbrennen will. Sie isst nicht, wenn wir ihr dabei zuschauen.

Sie ließen sie in Ruhe kauen. Dann setzten sie sich auf die Terrasse eines Touristenlokals. Heizstrahler, Fleecedecken, bunte Bierdeckel. Zweimal Kaffee schwarz, zweimal Wasser ohne Sprudel.

Wir waren zusammen, sagte der Mann, am Anfang große Gefühle, dann flau. Wie das halt so ist. Sie war 'ne bessere Schneiderin. Mode für Frauen. Freizeitkleider. Alte Strickmuster auf Überröcken aus Tüll. Hat sie mir alles gezeigt. Hat sie mir alles erzählt. Mir. Das ließ mich alles kalt. Heuchelte aber Interesse. Wollte ja, dass sie Erfolg hat. Dass sie recht bekommt. Sie hat über die dicken Frauen geschimpft, die auf dünne Frauen schimpfen.

Juliette war mager, sagte Isabel, ihre Freundinnen sind es auch.

Sie vergaß manchmal zu essen, sagte der Mann, ich kann nicht kochen, ich hab ihr was von draußen besorgt. Etwas Gesundes vom Thailänder oder Chinesen. Sie probierte ein oder zwei Bissen. Verschwendung ist schlecht. Also aß ich ihren Rest. Und da hat sie gesagt: Mir wird schlecht. Also aß ich nur noch dann, wenn sie nicht dabei war.

Sie haben sie sehr gemocht.

Wieso siezt du mich plötzlich?

Ist besser, sagt Isabel.

Soll mir recht sein. Ich mochte sie sehr. Aber sie war schwierig.

Ihr Haartick, sagte Isabel und schaute ihn an.

Genau. Ich durfte ihre Haare nicht berühren. Und nachts, im Bett, trug sie eine Skimütze …

Zipfelmütze, sagte Isabel.

Gut, Zipfelmütze. Sonst war aber alles in Ordnung.

Nein, war es nicht, rief Isabel wütend.

Damals dachte ich es. Nichts brachte sie aus der Fassung. Ich fragte sie: Wie geht's dir? Sie sagte: Ich atme, ich lebe. Viel Arbeit, wenig Brot. Jedes Mal dasselbe. Sie mochte mit mir nicht ausgehen. Wahrscheinlich wollte sie mit mir nicht gesehen werden. Ich war ja keine gute Partie.

Was machst du?, sagte Isabel und biss sich auf die Zunge. Sie hatte ihn geduzt, ein Versehen, sie würde dabei bleiben.

Ich war Soldat, sagte er.

Jetzt nicht mehr?

Nein, sagte er hart.

Der Soldat und die Modemacherin.

Passte nicht wirklich, ich geb's zu. Hab ihr gesagt: Du brauchst nur mit den Fingern zu schnipsen und die Kerle stehen an, für einen einzigen Kuss von dir.

Und sie?

Hat mich angeschrien. Ich sollte keine Andeutungen machen. Wollte ich nicht. Wollte nur, dass sie weiß, wie schön sie ist.

Wunderschön.

Woran ist sie gestorben?, sagte er plötzlich, hatte sie Krebs?

Du weißt es nicht?

Kein Krebs, stellte er fest.

Sie hat sich umgebracht, sagte Isabel.

Er schwieg, drückte Nagelkerben in den Bierdeckel.

Isabel bestellte Kinderschnaps: saure Limonade. Sie

schaute dem Kellner hinterher und sagte: Ein Kellner hat mehr Finger als ein normaler Mensch.

Er hob nicht den Kopf, nahm sich einen zweiten Bierdeckel vor: ein Mann, der langsam ungebärdig wurde. Ein Schweiger, die meiste Zeit des Tages. Er erstickte fast an jedem überflüssigen Wort.

Isabel riss sich von seinem Anblick los, stürmte auf den Platz, er folgte ihr. Am Neptunbrunnen blieb er an ihrer Seite, sie sagte: Wenn Tiere in die Hölle oder in den Himmel kommen, müssen sie bis in alle Ewigkeit um einen versiegten Brunnen laufen.

Wieso?, sagte er.

Es ist ihre Bestimmung.

Blödes Wort.

Ja.

Ist das aus einem Märchen?

Hat mir mal meine Tante erzählt, sagte Isabel.

Was können die Tiere dafür, dass sie sterben? Tot heißt erledigt.

Pferd, Hund, Nager, Maus. Sind irgendwann tot. Und dann drehen sie eine Runde nach der anderen ... Ich gehe in die Kirche.

Kann ich mitkommen?

Mach, was du willst, sagte Isabel.

Vor dem Gotteshaus leinte sie Ruby an und trat durch den Haupteingang in die Marienkirche. Wandbild hinter Glas. Totentanz: Der Tod führt den Reigen, hält die Hand der Männer und Frauen aller Stände. Ausgewaschene Farben. Ein schlechter Einfall, ihn hierher mitzunehmen, dachte Isabel, soll er glauben, dass Juliette im Himmel ist?

Sie machte sich den Kopf schmutzig, sie grübelte viel, sagte sie leise, sie hat sich in eine Idee eingesponnen.

Welche Idee?, sagte er.

Dass es nicht mehr lange dauert …
Bis zum Durchbruch?
Bis zum schönen Leben.
Hat nicht geklappt, sagte er heiser.

*

Sein Nacken tat weh. Seine Rippen taten weh, und er fragte sich, warum. Weil er nicht mehr Soldat war. Weil er in Zivilkleidung herumlief. Kein Schinder heizte ihn an. Kein Brüllknecht machte ihn zur Memme. Es roch nicht mehr nach ungewaschenem Fuß im Saal. Er wusch sich Gesicht und Hände mehrmals am Tag, morgens und vorm Schlafengehen. Lange stand er im heißen Wasserstrahl, glotzte auf die Kacheln. Der geblümte Duschvorhang klebte ihm am nassen Leib. Machte ihm nichts aus. Das Glotzen beunruhigte ihn, er trieb ab: Er bestand dann nur noch aus Hals, Rumpf, Gliedmaßen. Sein Kopf verdampfte. Er drehte den Hebel auf heiß und heißer, und da – sein Kopf saß wieder auf seinen Schultern, kurz vor der Verbrühung. Trocknete sich, zog leichte Kleider an für die Stube – die Übungen hatten nicht geholfen. Wie nannte diese Frau ihn? Soldat. Nicht Marcus, weil Allerweltsname. Sie wollte ihn nicht beleidigen, sprach es nur aus. Soldat – ein Witz. Er war hungrig. Später essen. Lange saß er auf dem Stuhl, blinder Blick. Füße still halten – ausgeschlossen.

Griff zum Telefon, wählte die Nummer der Kripo, ließ sich zu Janpeter durchstellen. Wie ging es ihm? Auf kriminelle Afghanen angesetzt, übersetzte abgehörte Gespräche. Janpeter, der Exkamerad: Ist anders als beim Militär. Aber auch hier gilt: Das Leben ist am schwersten drei Tage vor dem Ersten. Marcus ließ ihn reden, bat ihn schließlich um einen Gefallen: Juliettes Obduktionsbericht. Kamerad versprach es. Kamerad versprach zu tun, was er konnte. Sie verabredeten sich für den nächsten Tag.

Er streifte durch das Haus. Waschen, Wäsche aufhängen. Währenddessen ein Gedanke: Zerschlag die Porzellanvasen im Regal. Schwarzweiß lackiert. Sehen aus wie Zwergpinguine in Reih und Glied. Alt, aus den Fünfzigerjahren. Andenken bewahren. Seine Mutter selig hatte sie gesammelt, er zügelte sich. Blieb den Rest des Tages zu Hause.

Am Abend zweiter Anruf: Kann nicht kommen, kotze mich halb tot.

Antwort: Lass es nicht zur Gewohnheit werden.

Ging früh zu Bett, stand früh wieder auf.

Den Vormittag und den Nachmittag verbummelte er. Stieg abends in den Wagen, fuhr zum Treffen. Halb volle Kneipe, er sah ihn: großer Mann und wie bei allen Hünen auch bei ihm gebeugter Rücken. Handschlag, Janpeter zeigte ihm die rechte Hand.

Wenn ich mit Daumen und Zeigefinger zehn Uhr mache, bleibt der Finger stehen. Arzt hat gesagt: Kann ich nix tun. Bin auf die Hand gefallen, bei einer Hatz damals.

Afghanistan, stellte Marcus fest.

Der Herr schütze uns vor den Klauen des Tigers, vor dem Biss der Kobra und vor der Rache der Afghanen.

Von wem ist das?

Von einem britischen Offizier. Die Briten haben ein Arschvoll gekriegt.

Ja. Geschichtsunterricht.

Bei den Paschtunen gilt ein Mann, der von seiner Frau beschämt wird, als Mann ohne Nase – das hab ich vor Ort gelernt.

Die haben große Nasen, die Männer dort … Und?

Was trinkst du?, sagte Janpeter.

Werde wacklig nach'm halben Glas, sagte Marcus, lieber nicht.

Na gut. Also, wer ist diese Frau?

Tut nix zur Sache.

Meinetwegen. In der Akte steht Selbstmord.

Kann ich nicht glauben.

Musst du aber. Ist einwandfrei bewiesen. Und da ist noch etwas.

Na?

Sie hat ein Kind zur Welt gebracht.

Was?, rief Marcus.

Wahrscheinlich Kindstötung. Vom Kind fehlt jede Spur. Wieso wohl? Sie gebärt, wird kirre, tötet das Kind, verscharrt es irgendwo, kehrt zurück, macht ihrem Elend ein Ende.

Schwanger, sagst du?

Abgetrieben hat sie es jedenfalls nicht.

Janpeter musterte ihn, machte sich seinen Reim. Es war ihm egal. Hartes Gesicht half meistens. Sog die Wangen ein, biss ins Fleisch. Bestellte keinen Alkohol, nicht vor dem anderen. Janpeter erzählte Sonntagsgeschichten, kam ins Schwätzen.

Die Wirtin schaute ihn unverwandt an, das befeuerte ihn. Die Wirtin: halb verblühte Grazie. Musste früher schön gewesen sein. Sammle dich, Mensch.

Wie lange ist es her?, sagte Janpeter.

Afghanistan?

Klar.

Weißt du doch, drei Jahre.

Da war doch was mit dir im Kosovo. Sprach sich rum.

Vater stieß die eigene Tochter vor den Jeep, sagte Marcus.

Ich könnte nicht so viel fressen, wie ich kotzen muss.

Ich fuhr den Major, der hat es aber nicht gesehen.

Scheiße.

Der Kommandeur hat mir geglaubt. Durfte aber nicht mehr fahren. Blieb im Lager, sortierte Akten. Dem Vater hat man Blutgeld bezahlt.

Da geht einem das Messer in der Tasche auf, rief Janpeter.

Bat um Repatriierung aus persönlichen Gründen. Quittierte den Dienst. Zurück nach Deutschland. Hatte vier Wochen Resturlaub. Unterschrieb die Papiere, wurde entlassen. Zehn Tage später bin ich in Berlin.

Abfindung?

Ein paar Tausend Euro, sagte Marcus.

Das Schwein hat bestimmt mehr Geld gekriegt, sagte Janpeter und nahm einen großen Schluck.

Vor ihm stand inzwischen ein Teller auf dem Tisch. Er riss am Salatgurkenfächer, führte die Gabel zum Mund. Spießte vier Bratkartoffeln beim ersten Stich auf, zermahlte sie im geschlossenen Mund. Marcus schaute weg. Soldat, dachte er, Soldat ist gut. Der Kamerad kaute an weiteren Bissen.

Ich fahr mal einen Oberstleutnant spazieren, sagte er, zwei Afghanen rechts und links an der Straße. Haben Knüppel in der Hand. Hatte vergessen, Spritzwasser aufzufüllen. Der eine Afghane wirft das Fell eines frisch gehäuteten Schafes auf die Windschutzscheibe. Bin im Wagen blind. Ich geb Gas, das Fell fliegt weg. Blut auf der Scheibe. Macht nix. Kehre um. Fahr die Männer über den Haufen. Hat zweimal gebumst.

Tot?

Bin wie der Henker abgehauen. Würd mich wundern, wenn sie's überlebt haben. Wir oder sie, darauf läuft's hinaus.

Stimmt, sagte Soldat.

Gib's zu – Zivilist sein ist Dreck.

Kann mich nicht beklagen, sagte Soldat.

Keine Front, keine Befehle, dafür der Spiegel im Bad. Was siehst du drin? Ein Gesicht, das du rasierst.

Na ja.

Abholscheine, Geschenkgutscheine, Rabattmarken, sagte Janpeter, jeder grinst dich blöde an … Ich esse wie ein Schwein, was?

Bist halt kein Ästhet, sagte Soldat.

Janpeter aß seinen Teller blank, lief zur Hochform auf. Sprach von den Zuständen. Trübe Stimmung bei den Gesetzestreuen. Dschungelkämpfe. Traute sich wer was zu sagen, knüppelte man ihn zu Brei. Das Land ging unter – wen kümmerte es? Hauptsache, die Fassade stand. Andererseits: Es bildeten sich Haufen. Üble Typen, die vom Volkstod und von Umvolkung schwätzten. Dann die Sorte ausgeflipptes Reicheleutesöhnchen. Chaotenkrawall. Rote Edelpenner. Ihr Spruch: Drei Flaschen Korn bringen mich jeden Tag nach vorn.

Soldat ist nicht gut, dachte Marcus. Er blieb noch eine Weile sitzen, hörte seinem Exkameraden zu. Abziehen – er übernahm die Rechnung, versprach zum Abschied, den Kontakt zu halten.

Während der Fahrt rechnete er zurück: Trennung von Juliette vor ungefähr zehn Monaten – da musste sie schon schwanger gewesen sein. Selbstmord vor vier Monaten. Er versuchte, sich an ihr Gesicht zu erinnern, er fügte es zusammen, es verschwamm. Vor dem kleinen Kino fand er eine Parklücke. Löste eine Karte für die Nachtvorstellung.

Die Filmmusik klang wie mongolischer Kehlkopfgesang. Er verstand die Geschichte nicht. Amerikanisches

Pathos. Männer hatten Bulettenvisagen, Frauen erzählten sich ihre neuesten Bettgeschichten. Unsinn.

Marcus hatte bezahlt, trotzdem verließ er das Kino nach einer halben Stunde. Draußen dachte er: Der ganze Spaß hier, die Leute, die Stadt, das Vergnügen, das kostet was. Janpeter – er schimpfte Zivilisten Zivillumpen. War kein Soldat mehr, hielt sich aber immer noch an Soldatenregeln. An Ehrenpflichten glaubte Marcus längst nicht mehr. Er hörte Schreie von Männern, Inbrunst oder Schmerzen. Gräuel der Nacht. Berlin: kein undurchdringliches Dickicht. Man erkannte und entdeckte sie alle, die Irren und die Normalen. Trüber Himmel, klare Sicht. Ein Kerl stieß einen Sterbensschrei aus, ging zu Boden. Marcus sah genauer hin: ein Betrunkener, der sich auf dem nassen Pflaster schlafen legte.

*

Die Frau des Hauses sagte an der Tür: Versau den Hund nicht. Gib ihr nicht zu viel zu fressen. Flinke Hunde leben länger. Und sie können besser laufen. Wo ist sie?

Unten, sagte Isabel.

Im Haus?

Nein.

Sie wittert mich. Aber jetzt bist du ihre Mutter.

Mutter? Ich weiß nicht.

Komm rein, sagte die Frau.

Isabel legte Mantel und Tasche im Flur ab. Sie war ihr und ihrem Mann nicht ebenbürtig, deshalb durfte sie ihren Mantel nicht am Garderobenhaken aufhängen. Sie schwieg gemäß der Vereinbarung.

Die Frau forderte sie auf, sich umzuziehen.

Isabel schloss sich im Badezimmer ein. Sie prüfte im

Spiegel ihr Gesicht – gut, die Creme war eingezogen. Keine Schminke. Ausziehen.

Die Frau klopfte einmal gegen die Tür, ließ das Leibjoch auf den Boden fallen, sagte: In zehn Minuten.

Isabel griff durch den Spalt nach der Schambinde. Sie hielt den breiten Hüftgurt mit beiden Händen fest, zog ihn hoch, bis der senkrechte Lederlatz auf ihrem Bauch auflag. Der mit scharfen Zacken bewehrte Schuppenschild drückte gegen ihr Geschlecht, sie schob und rückte, bis er richtig saß. Loch im oberen Gurtriemen auf den Dorn am unteren Riemen – gegürtet. Das verschlossene Mädchen. Rock über den Keuschheitsgürtel. Weiße Zofenbluse. Haare mit schwarzer Samtschleife zum Zopf binden. Gepanzerter Schoß. Schoßrinne geschützt.

Die Frau hatte es Isabel erklärt: Treueschutz. Das Verschlussgerät diente dazu, die Schwärmer abzuschrecken.

Was für Worte! Sie verwandelte sich in ein Jungfrauenmonster. Der Leib unantastbar.

Leise trat sie hinaus, ging durch den Flur. Es war vereinbart: Sie hüstelte.

Die Frau bat sie ins Schlafzimmer. Isabel legte die Handkante an die Schläfe, schritt schnell nach rechts. Auf dem Stuhl gebrauchte einfache Schuhe, Größe sechsunddreißig. Sie hatte Schuhgröße siebenunddreißig. Isabel musste Schuhe tragen, die ihre Zehen stauchten.

Kleiderrascheln, Mann und Frau entkleideten sich. Stöpsel ins Ohr. Die Frau hat mit dicker Nadel Löcher hineingestochen, hat sie untauglich gemacht. Mann und Frau schlüpften ins Bett: Isabel setzte sich mit dem Rücken zum Ehebett auf den knarrenden Stuhl. Jetzt werden sie den Beischlaf exerzieren, dachte sie. Sie hörte die kopulierenden Äffchen. Es war wichtig, dass der Stuhl knarrte. Also verlagerte sie das Gewicht von der linken auf die rechte Pobacke. Starrte die weiße Wand an. Dösende Katze. Ausgestopftes Tier. Sie schielte an sich herunter, sah den durch den Dorn aufgebauschten Stoff in der Mitte ihres Leibes. Den Bausch wollte sie glatt streichen, doch sie durfte nicht. Die Äffchen machten Geräusche – baldiger Höhepunkt nicht ausgeschlossen.

Juliette, dachte sie, dir habe ich das alles zu verdanken. Juliette hatte sie seinerzeit gefragt, ob sie Geld verdienen mochte. Ein Ehepaar suche eine Beisitzerin für den Beischlaf. Isabel willigte ein. Mal saß sie allein im Zimmer, mal saßen Juliette und Isabel auf knarrenden Stühlen. Immer abgewandt, immer ernst. Die Frau fing an zu kichern: Das war das Zeichen für Isabel, das Zimmer zu verlassen.

Im Bad zog sie sich um, ließ den Keuschheitsgürtel auf den glänzenden weißen Bodenfliesen liegen. Hand zur Scheuklappe formen, am Schlafzimmer vorbei, ins Wohnzimmer hinein. Sie stand und wartete.

Setz dich doch, sagte die Frau.

Gut, sagte Isabel.

Das Geld, sagte die Frau und reichte ihr den Hunderteuroschein, willst du gehen?

Diesmal nicht.

Da wird sich aber mein Mann freuen.

Für die Sitzung bekam Isabel hundert Euro. Wenn sie zum halbstündigen Anschlussgespräch blieb, weitere fünfzig Euro. Sie lauschte: Der Mann hob das Verschlussgerät auf, die Schlitzzacken kratzten über die Kacheln. Er würde es erst im Schrank verstauen, dann Gläser mit Saft füllen. Im normalen Leben war er ein guter Gastgeber. Er erschien mit einem Tablett – ein schöner Mann.

Du siehst blass aus, Isabel, sagte er.

Andere Zeiten, ich muss mich umstellen.

Ich hörte davon.

Wer hat geplappert?

Na, wer wohl?, sagte die Frau.

Jo.

Natürlich, sagte die Frau, hat er dich betrogen?

Jo? … Ach so, nein, die Liebe ist erloschen.

Neuer Freund, neues Spiel, neues Glück, sagte er.

Sie unterhielten sich über Trennungsgespräche. Mal schied man im Guten, mal gab es Gemetzel. Man wurde nicht weise, man ermüdete nur mit der Zeit.

Die Frau erzählte von einem Jungen, dem sie eröffnet hatte, dass sie ihn nicht mehr ertrug – das war ihr vorletzter Freund vor ihrem jetzigen Ehemann. Der Junge, neunzehn und damit neunzehn Jahre jünger als sie, der Junge also hatte sie in ein kompliziertes Gespräch verwickelt. Das Komplizierte faszinierte sie, heute wie damals, sie konnte nicht widerstehen und schlief mit dem Jungen.

Ihr Mann lächelte nachsichtig, nickte ihr zu. Die Frau brauchte keine Aufforderung, sie sagte: Ich schlief mit ihm, es war nicht gut und nicht schlecht. Es war kein Fehler und keine Notwendigkeit. Wir haben sogar am nächsten Morgen zusammen gefrühstückt. Er wollte danach wieder mit mir ins Bett gehen, aber die Trennung war schon vollzogen.

Isabel sagte: Das ist mir noch nie passiert.

Und dir?, sagte sie.

Schluss heißt nicht gleich Schluss, sagte er.

Was mich betrifft, doch, sagte Isabel.

Das Angebot spricht dich nicht an.

Die Frau verbat ihrem Mann jede weitere Einmischung. Grobe Sitten im feinen Haushalt. Er lächelte niemanden Bestimmten an, vielleicht war er verrückt. Hatte sie ihm bedeutet, sich aus dem Frauengespräch herauszuhalten, oder verstieß er gegen eine Abmachung, von der Isabel nichts wusste?

Sie fragte ihn: Wieso?

Wieso wir dich dabeihaben wollen?

Nein, wieso hat sie sich umgebracht?

Ich kannte sie nicht gut, sagte er.

Und du?

Besser, sagte die Frau, aus ihr hätte was werden können. Sie machte nicht die übliche Konfektionsware. Auch nicht den Modepfusch der jungen Wilden. Die klassische Linie konnte sie gut.

Stoff und Silhouette.

Wie bitte?

Sie hat es mir erklärt, sagte Isabel, beides macht das Kleid.

Darüber muss ich nachdenken.

Die Zeit ist um, rief der Mann. Er brachte sie zur Tür, fast hätte Isabel Mantel und Tasche vergessen.

Wir melden uns. Oder möchtest du nicht mehr?

Geld ist knapp, sagte Isabel.

Unten auf der Straße. Brustenge. Wird vergehen, das Gefühl. Die Hündin scheute – keine Angst, sagte sie, ich verlasse dich nicht, eher verlässt du mich. Da sah sie es: Eine sterbende Hummel auf dem Pflaster machte Ruby verrückt.

Sie wurde wieder aus dem Schlaf geklingelt, Haustür, nicht Telefon. Gebell. Isabel zischte sie an, die Hündin wurde ruhig. Was witterte sie? Vier Umzugskisten ausgepackt, das Zeug aus ihrem früheren Leben lag zu Haufen geordnet auf dem Linoleumboden.

Sie rief: Ich brauche fünf Minuten. Schlüpfte in das zerknitterte Kleid neben dem Bett, zog eine Strickjacke über.

Sie öffnete ihm, er wartete auf ihre Erlaubnis, sie schwieg und also trat er ein. Am unteren Spalt jeder Tür eine Stoffrolle – seltsam. Zugluft. Das kleine Tier sprang wieder an ihm hoch, er streichelte sie, ohne Isabel zu fragen.

Soldat meldet sich zurück, sagte sie.

Juliette war schwanger, sagte er.

Ich muss erst wach werden.

Solche Sätze kannte er aus Seifenopern: Ein Mädchen, nicht abgeschminkt, strich morgens durch die teure Wohnung, schaltete die Espressomaschine ein, atmete geräuschvoll durch den Mund, zupfte an losen Strähnen. Isabel tat nichts dergleichen. Sie hatte nur kurz wie ein dummes Mädchen geklungen.

Du bist mir gefolgt, sagte sie.

Ja, aber ohne böse Hintergedanken.

Kaffee?

Nein. Bin überdosiert.

Komischer Mann, sagte sie lachend.

Du hast nichts gemerkt?

Sie quoll nicht auf. Sie war mager. Woher weißt du das?

Von einem Freund bei der Kripo. Sie hat das Kind ausgetragen.

Wo ist das Kind?

Wahrscheinlich tot, sagte er und fügte dann hinzu: Verscharrt.

Ich hab schlecht geträumt, sagte Isabel, ich las in einem Buch, es fesselte mich wie nichts in den letzten Jahren. Dann wachte ich auf. Schrecklich. Ich kann das Buch nicht aufschlagen und weiterlesen.

Es tut mir leid, sagte er.

Du hast mich nicht geweckt. Ich bin mitten in der Nacht aufgeschreckt, von einem Poltern vor der Tür. Warst du das?

Das ist abartig, sagte er heftig, ich mache so was nicht.

Ich will dir ja glauben, sagte Isabel und beobachtete ihn. Tu mir den Gefallen und hör dich um. Frag Christine. Oder Juliettes Freundinnen. Oder ihren Bruder. Jemand muss doch etwas mitbekommen haben.

Sie hat einen Bruder?

Der Freund hat im Melderegister nachgeschaut, sagte er, wir haben seine Adresse.

Du hast sie, nicht wir.

Du warst dabei, für Christine bin ich Luft.

Hast du Juliette geschlagen?

Was?

Kamst besoffen nach Hause. Bist unter ihre Decke gekrochen. Wolltest vorm Einschlafen deinen verdienten Sex …

Lüge!, rief Marcus.

Du hast Töten und Verletzen gelernt, sagte Isabel ruhig, da ist alles möglich.

Bei meiner Seele, nein!

Komischer Mann, komischer Schwur. Sie beruhigte die kläffende Hündin, ging ins Bad, wusch sich das Gesicht mit lauwarmem Wasser. Dann hielt sie inne, stürmte heraus und sagte: Wer über den Rand fällt, ist tot.

Was?

Die Zeile stand im Buch, sagte sie strahlend, sie ist mir wieder eingefallen.

Ich habe sie nicht geschlagen, sagte er, ich bin kein kaputter Soldat. Man soll nicht alles glauben, was man in Filmen sieht.

Für Filme hab ich keine Zeit, sagte Isabel.

Ihr Bruder. Bitte.

Nein.

Er sah sie an, sein Kopf ruckte zur Seite: Eine Möwe war

hart auf dem Fenstersims gelandet. Sie hackte gegen das Fenster. Isabel schaute hin: eine weitere Möwe im Anflug.

Sie stand auf. Sagte: Ich begleite dich. Du sprichst mit ihm, ich mische mich nicht ein. Sie würde erst die Möwen füttern, dann sich ausgehfertig machen. Während sie altes Brot brockte, dachte sie an das Buch im Traum.

Bald saßen sie im Auto, die Hündin hechelte auf dem Rücksitz. Der Bruder wohnte am Tegeler Hafen, Isabel pfiff anerkennend. Feine Adresse. Die, die es sich leisten konnten, zogen aus den überlaufenen Vierteln in die besseren Quartiere. Dort waren sie ungestört, nur die Ausflügler mussten sie ertragen. Sie parkten am Wasser. Soldat drängte, doch Isabel wollte kurz am Kanal spazieren gehen. Sie verbat ihm den Sturmschritt. Schöne Brücke, sie schlenderte voran, stützte sich auf dem Scheitel auf das niedrige Eisengeländer. Unten Häuser mit kleinem Anleger für kleines Boot.

Siehst du es?

Mann füttert Schwan, sagte er.

Für dich ist das wohl alltäglich.

Der Mann weiß, dass wir ihn begaffen.

Wir sind nicht die Einzigen, sagte sie.

Genau. Er ist der Wärter. Zur Hauptfütterungszeit kommen die Besucher zum Glotzen.

Wie im Zoo.

An seiner Stelle würd ich mich beschweren, sagte Marcus.

Vielleicht ist er auch ein Tier, sagte Isabel, er füttert den Schwan, dafür pickt ihm der Schwan die Läuse vom Kopf.

Soldat starrte sie an, Isabel fühlte seinen aufkommenden Ärger. Noch wollte sie ihm nicht nachgeben, er hatte sie um einen Gefallen gebeten. Keine Kleinigkeit.

Wieso hat es mit euch beiden nicht geklappt?

Juliette wurde eigenartig, sagte er ruhig.

Du bist derselbe geblieben?

Die ganze Zeit.

Nicht immer gut, sagte sie.

Stimmt.

Wieso eigenartig?, sagte Isabel.

Wenn ein Mensch dir den Rücken zukehrt, sprichst du nur noch mit seinem Hinterkopf.

Sie hat sich nicht mehr für dich interessiert?

Ja. Und dann, wie aus dem Nichts, war sie ganz die Alte.

Das ist alles?

Eines Tages, wir sitzen am Frühstückstisch, schaut sie mich an und sagt: Du bist eine Leiche. Dir wachsen Haare und Nägel, aber du bist schon tot. Sie warf mich hinaus.

Soldat konnte es nicht mehr aufschieben, Isabel gab nach. Sie kehrten um, eilten an der Bootsvermietung und am Minigolfplatz vorbei – sie passte sich seinem Schritt an.

Stadtvillen an der Karolinenstraße. Haus mit neuem weißen Anstrich. Treppen hoch, er nahm zwei Treppen auf einmal. Zweiter Stock. Kein Name auf dem Klingelschild. Sie drückte auf den Knopf, leise Glocke. Schritte auf Parkett. Die Tür wurde aufgerissen. Er. Der Weichmacher. Der Seelenspalter. Isabel wurde übel, als sich sein Gesicht beim Lächeln verzog. Sie lief den Männern davon.

*

Sein Gewehrlauf zeigt auf den Boden, sagte ihre Mutter. Isabel war verblüfft. Sie presste den Hörer an das Ohr, drückte das Telefon in die Halsbeuge. Legte die Bluse auf den Schoß, drehte die Kappe vom Fläschchen auf. Fing an, die stumpfen Knöpfe mit durchsichtigem Nagellack zu bepinseln: Über welchen Mann sprach die Mutter? Über einen neuen Nachbarn, der seine Frau vernachlässigte. Die Guten hielten es aus, um die anderen war es nicht schade. Die vernachlässigte Frau: geschwätzig und also nicht gut. Das Gezänk anderer Eheleute ging ihre Mutter nichts an. Sie teilte die Menschen in die Gewöhnlichen und die Vornehmen ein. Das Betreten der oberen Etagen war nur den Vornehmen gestattet. Ihre feste Überzeugung.

Er trägt Sockenhalter, sagte ihre Mutter. Zwei Frauen sprachen über einen Mann, der sie eigentlich nicht interessierte. Der unbefleckten Frauen nachstellte – die Gerüchte. Wenn man sich sehnte, konnte man nicht die ganze Zeit angezogen bleiben: Derya fiel ins Entsetzen.

Vorgestern Nachmittag, hatte ihre Mutter ihn heimlich beobachtet. Er vergrub sein Gesicht in den Händen. Schämte er sich einer Schande? Nein, er verdeckte nur sein leeres Gesicht. Die verletzlichen Stellen, die todbringenden Wünsche.

Mutter, sagte Isabel, was geht mich dieser Mann an?

Ich beschreibe ihn dir.

Ja.

Er ist eine entbehrliche Person, sagte Derya, ein Gewöhnlicher. Einer, der eine Schneekugel schüttelt, auf die rieselnden Flocken starrt und wehmütig wird.

Einer, der zwischen Rahmen und Spiegel Postkarten klemmt, sagte Isabel.

Einer, der am Rand eines leer gepumpten Teiches steht und traurig wird.

Sie überboten sich mit weiteren Beispielen. Mutter und Tochter spielten. Derya: Er badet in der Milch des Widerscheins eines kalten Lichts.

Jetzt wurde es albern, Isabel brach das Spiel ab, sie

beugte sich über den dritten Knopf. Es ist so weit, dachte sie, sie wird es gleich ansprechen.

Hat dich das Glück verlassen?, sagte ihre Mutter.

Wie ist es mit dir?, sagte Isabel.

Ja, vor zwanzig Jahren.

Du bist länger mit meinem Vater verheiratet.

Sei nicht böse, sagte Derya, jeder liebt auf seine Weise.

Seltsame Antwort. Ihre Geschichte: Sie, eine Schuldirektorin, heiratet ihn, einen Bankangestellten, der bald nach der Hochzeit kündigte. Neubeginn, drohendes Fiasko. Er handelte mit Alltagsgegenständen aus der Werkstatt junger Designer. Mittelsmann. Kassierte Provision. Großhändler wollten ihn übergehen. Machten sein Geschäft kaputt. Er sprach drei Fremdsprachen. Er fuhr in deutsche, englische, französische Städte. In Frankreich ließ man ihn auflaufen. In Deutschland und England knüpfte er lohnende Kontakte. Schwere Zeiten. Dann: Export. Dann: Erfolg. Isabels Mutter trat in den Vorruhestand. Sie waren gute Bürger. Das Geld verdarb sie nicht. Sie entdeckten die Kultur, besuchten Konzerte und Ausstellungen. Ein Einzelkind: ihre Tochter.

Besinne dich doch eines Besseren, sagte die Mutter, letztes Jahr riet ich dir: Nimm Klavierunterricht für Fortgeschrittene.

Ich müsste von vorn beginnen, sagte Isabel, ich habe alles vergessen.

Du weißt, dass das nicht stimmt. Du spukst in deinen vier Wänden herum und nennst es Leben. Ein Gespinst – das ist deine Welt. Ein Gespenst – das bist du. Ein Gespenst im Gespinst – das ist dein Alltag.

Wo steht das?

Nirgendwo. Stammt von mir. Du bist marginal. An den Rändern sind die Armen.

Ruby bellte den Regen an, die Tropfen prasselten gegen das Fenster.

Derya hörte das Gebell, fragte, ob sich die Hündin Geister einbilde, um sie zu bekläffen. Sie nannte Ruby einen Zirkushund.

Isabel hielt die Bluse mit spitzen Fingern gegen das Deckenlicht, prüfte. Legte sie vorsichtig auf das Bett. Sie rauchte an der Dunstabzugshaube.

Ich soll heiraten, ist das die Lösung?, sagte Isabel.

Ein reicher Mann, zwei Kinder, sagte Derya, du würdest über deine eigene Ordnung wachen. Jetzt hütest du nur einen Hund.

Macht viel Arbeit, sagte Isabel und bereute ihre Worte sofort.

Eben. Hasst du Männer?

Nein. Ich bin nur nicht unterwürfig.

Verlangt das dein Vater von mir?

Du kennst ihn besser als ich.

Weich nicht aus, sagte Derya, ich bin immer noch in ihn verliebt.

Wirklich?

Spotte nicht. Ja, es ist wahr. Die schlichten Seelen bilden einen großen Haufen. Manchmal hebt er sich nicht von diesem Haufen ab. Dann werde ich wütend.

Die Wutanfälle habe ich also von dir, sagte Isabel.

Zurück zum Thema. Ich liebe ihn deshalb, weil er mir nichts vorschreibt.

Ich weiß.

Ein solcher Mann an deiner Seite, und du findest wieder zurück.

Wohin zurück?, dachte Isabel. Habe ich mich verirrt? Natürlich glaubte ihre Mutter, dass sie abgekommen war. Dass sie mit dem Lotterleben in Berlin brechen sollte.

Eine arrangierte Ehe. Eine Liebesfalle. Aber dann konnte sie sich endlich an die mütterlichen Ratschläge und Hinweise halten:

Schmutzspritzer an Strümpfen mit Radiergummi entfernen.

Weiße Socken weißen: Lege sie ins mit etwas Zitronensaft versetzte heiße Wasser.

Spröde Hände? Heiße Pellkartoffeln abziehen.

Drücke unter die Toilettenseife ein Stück Aluminiumfolie und lege die Seife auf gerieftes Holz. Sie löst sich nicht auf.

Die Streifen und Schlieren am Fenster mit abgetragenen Strumpfhosen auswischen.

Stopfe in die Fingerspitzen der Gummihandschuhe kleine kugelrunde Wattebäusche. Du hast lange Fingernägel, sie bohren sich durch, und du musst dann wieder Geld für neue Handschuhe ausgeben.

Riecht es streng im Schrank, stelle eine Schüssel heiße Milch hinein.

Straffer schöner Ausschnitt? Kalte und warme Kompressen.

Ins Wasser des Spülkastens einen Tropfen Lavendelessenz träufeln. Riecht gut.

Alte Korken riechen schlecht. Koche sie in Salzwasser auf. Schneide zwei Stückchen nach dem Trocknen ab, stecke sie auf das Ende der Stricknadeln auf. So rutschen die Nadeln nicht aus den Maschen, an denen du strickst.

Nagellöcher in der Wand? Ein Streichholz mit Watte umwickeln und in das Loch hineinstecken.

Streusalzrand am Schuh mit Essigwasser und Schneerand mit Zwiebel abreiben.

Fotografien mit spiritusgetränkter Watte reinigen …

Streichelst du das Biest?, sagte Derya.

Nein.

Komm her und heirate. Du bist überfällig.

Ich werde darüber nachdenken.

Es gibt geeignete Kandidaten.

Isabel wollte schon bemerken, dass sie nicht die Absicht hatte, Unglück auf sich zu ziehen, da erinnerte sie sich an das Gesicht des lächelnden Mannes: Er schmiegte sich an die kalte Seele. Die Seele lernte, sich anzuschmiegen. Er verschwand, tauchte plötzlich wieder auf. Er beschenkte die Seele. Nichts Herkömmliches, keine Blumen, nichts, was man im Geschäft kaufen konnte. Sondern: eine Hand voll Muscheln. Einen zum Armreif gebogenen Draht. Eine billige Vase vom Flohmarkt.

Gut, Mutter, sagte Isabel.

Ich verstehe. Dich ermüdet unser Gespräch.

Nein, ich komme. Vielleicht schon übermorgen.

Sie stand um fünf Uhr auf, verließ um sechs das Haus. Der Mann im ersten Auto an der roten Ampel hatte die Fenster heruntergekurbelt. Radio eingeschaltet, volle Lautstärke. Der Nachrichtensprecher: Reisewarnung für Fernost. Und: Stammeskriege in wilden Ländern.

Sie ging Schleichwege, die Hündin sprang nach Wespen in die Luft, rannte zu Hausecken, schnüffelte. Um Viertel vor sieben kam sie an und wurde auf einen Schlag wütend. Die dicke Blinde vor der Tür der Armenhilfe. Sie schaute in Isabels Richtung, ließ sie näher kommen. Ließ sie in Ruhe verschnaufen.

Du bist es, stellte sie fest.

Kannst du mich sehen?, sagte Isabel.

Ich weiß, du hältst mich für eine Schwindlerin. Aber Blinde sind nicht gütig.

Sie fing an, von ihrem Sohn zu erzählen. Sie hatte sich ein leises Grunzen angewöhnt, zwischen den Sätzen, sie betonte die Pausen mit Grunzlauten. Ihr gefräßiger Junge aß zwei Tafeln Schokolade am Tag. Sie rechnete es Isabel vor: Das macht sechzig Tafeln im Monat, siebenhundertzwanzig Tafeln im Jahr. Er schnitt das Frühstücksbrötchen auf, belegte die eine Hälfte mit zwei Scheiben Mortadella, auf die andere Hälfte strich er Marmelade. Isabel rechnete es ihr vor: siebenhundertzwanzig Wurstscheiben und dreihundertsechzig Marmeladenbrötchen im Jahr. Er hatte sich das Fettsein von der Mutter abgeschaut. Beim Essen summte und seufzte er. Und die Mutter fragte sich: Wieso war er schon als Kind dick? Die schweren Knochen? Das Erbgut? Die Drüsen?

Plötzlich sagte sie: Der Puder, den ich auftrage, bröckelt. Es rieselt auf meinen Ausschnitt.

Woher weißt du das?

Ich zupfe ständig am Kleid, ein Tick. Habe dann klebrige Hände.

Wasche sie, sagte Isabel.

Tu ich.

Billiges Puder.

Die teure Marke gibt's nicht umsonst, sagte die Blinde.

Kann dir nicht helfen, sagte Isabel.

Schminkst du dich nicht?

Nein. Nicht mehr.

Und früher?

Habe die Schminknäpfchen meiner Mutter benutzt, sagte Isabel.

Heut früh hab ich Stulle auf Stulle gegessen.

Was?

Trocken Brot mit was drauf, sagte die Blinde.

Ja.

Er frisst mir alles weg.

Bedroht er dich?

Muss er nicht, sagte die Blinde, er braucht mich nur leicht zu schubsen, und ich falle.

Du füllst den Napf deines Sohnes, sagte Isabel, und ich fülle den Napf meiner Hündin.

Die Blinde lief rot an, sie versetzte Isabel mit dem Gehstock einen Stoß gegen die Hüfte. Der Schmerz fuhr ihr in den Knochen. Isabel erhob die Hand zum Gegenschlag – nein. Die Dicke würde es der Chefin erzählen. Die Chefin würde sich auf die Hausordnung berufen und Isabel ausschließen. Isabel rieb die schmerzende Stelle. Ruby hatte nicht einmal gebellt.

Solche Leute wie dich hat man früher vergast, sagte die Blinde und holte zum nächsten Schlag aus. Isabel war außer Reichweite. Sie trat einen weiteren großen Schritt zurück.

Das stimmt, sagte Isabel, und dich hätte man hinterhergeschickt.

Geh lieber anschaffen, sagte die Blinde, bist ein junges Ding. Ziehst die Kerle magnetisch an.

Böse bist du. Besser dich lieber, bevor du stirbst.

Das reicht, rief die Chefin. Sie war wohl vom Seiteneingang herausgetreten, sonst hätten sie sie gehört.

Ende und vorbei, dachte Isabel. Sie wandte sich zum Gehen, leinte Ruby an.

Wo wollen Sie hin?, sagte die Chefin.

Das hat hier keinen Sinn mehr, sagte Isabel.

Ich habe alles mitbekommen, sagte die Chefin zur Blinden, fast alles. Noch einmal, fürs Protokoll: Sie haben sie gerade in die Gaskammer gewünscht?

War nicht so gemeint.

Entschuldigen Sie sich.

Bei Ihnen?, sagte die Blinde.

Stellen Sie sich nicht dumm, zischte die Chefin.

Die Blinde atmete tief durch, sie warteten. Sie entschuldigte sich leise und nach einer scharfen Aufforderung lauter.

Sie tat Isabel leid – sie kroch zu Kreuze, um ihre Stofftasche mit Essen zu füllen. Ihr Sohn war hungrig, er würde ihr nicht vergeben, wenn sie ohne Beute zurückkehrte.

Mittlerweile bildete sich eine kleine Schlange vor dem Haus. Geduckte Köpfe: Die Chefin war anwesend. Am Haupteingang steckte jeder einen Euro in den Schlitz der Büchse. Hinsetzen, Kaffee trinken.

Isabel eilte dann mit den anderen zum Gabentisch. Trüffeltortellini, Biofalafel, eingeschweißt, vor drei Tagen verfallen. Jemand sagte: Immer dasselbe. Eine hagere Frau sagte: Hier Ansprüche stellen, und zu Hause frisst du den Kitt von den Fenstern. Die Chefin lauerte an den Früchtekörben, sie passte auf – drei Äpfel standen jedem zu.

Typischer Apfelpreis ist zwoneunundvierzig das Kilo, sagte die Blinde.

Ein zerschundener Mann erzählte einen Witz, der keiner war: Trinker am Tresen, schaut nach jedem dritten oder vierten Schluck in die Brusttasche. Wieso? Trinkt seine Frau schön. Isabel lachte, einige Hartgesottene starrten sie finster an.

Kein Aufschub. Weiterziehen. Stadtmission. Kaffee, Tee, belegte Brötchen, man durfte sich für eine Dreiviertelstunde im Warmen aufhalten.

Sie aß hastig, sie trank langsam aus. Dann wechselte sie zur Kleiderkammer im Nebenraum. Student machte Vertretung. Als sie eintrat, schaute er sie verblüfft an.

Penner sind nicht immer alt und faltig, sagte Isabel.

Ich wollte nicht glotzen, sagte er.

Hast du daran gedacht, als Model zu arbeiten?

Das macht mich verlegen.

Muss es nicht, sagte Isabel, ich brauche neue Sachen.

Soll ich helfen?

Nein, ich sehe mich um.

Nach zehn Minuten legte sie Daunenjacke, Handschuhe, Mütze und Schal auf den Tresen. Sie hielt inne, ging zurück, streifte einen Lammfellmantel vom Kleiderbügel, warf den Mantel auf den Haufen.

Ich weiß nicht, sagte der Student.

Was denn?

Ich darf nicht so viel herausgeben.

Vor einem halben Jahr hab ich mir einen roten Anorak bei euch geholt. Der Reißverschluss ging kaputt, und der Wind zieht rein. Ich brauch was Wetterfestes.

Sehe ich ein. Trotzdem.

Russen, Polen, jeder greift ab, was er will, sagte Isabel, nur ich soll frieren?

Nimm den Mantel und die Mütze, sagte er, komm nächste Woche wieder und hol dir den Rest.

Nein. Ich will alles.

Dann krieg ich Ärger mit der Leitung.

Hältst du mich für eine Asoziale?, rief Isabel.

Hat damit nichts zu tun.

Doch. Soll ich dich anbetteln?

Nein.

Sei nett.

Oder was?, sagte der Student.

Oder ich gehe raus und erzähle, dass du mich angefasst hast.

Das würdest du tun?

Muttersöhnchen werden bestraft, sagte Isabel leise, du glaubst, du hast Macht über uns Penner. Wahrscheinlich lügst du deiner Freundin was vor. Sagst ihr, dass wir stinken. Dass wir an offenen Wunden kratzen.

Hör auf, rief er.

Verpetzt du mich, verpetz ich dich.

Sie stopfte die Kleider in die Taschen und stürmte hinaus.

Die Blinde stand ihr im Weg, sie sagte: Wenn du deinen Hund entlausen willst, misch Kürbiskernmehl mit grüner Heilerde.

Isabel verstand. Sie wollte sich mit ihr versöhnen. Sie dankte ihr, eilte ins Freie, band Ruby los.

Nach Hause, Taschen auspacken, Beutezug fortsetzen.

Zum Franziskanerkloster. Taschen voll: weiße Lederstiefel, mit Bisonfell gefüttert, Schal, Socken, Mütze, Handtücher, Nierenwärmer, batteriebetriebenes Fußmassagekissen, Zahnpasta, Mundspülung, Hygienespray.

Ins City-Hostel, Luxusabsteige für junge Touristen. Sie stahl sich ins Lager im Erdgeschoss. Beute: vier Paar Gummihandschuhe in Rot, Gelb, Weiß. Geschirrspül- und Waschmitteltabs. Ihr erwischt mich nicht, dachte Isabel, ich bin leise, und meine Hündin gibt keinen Mucks.

Im Hostelfoyer Asiaten und Amerikaner, alberne Menschen in der deutschen Hauptstadt. Man sah sie nicht, sie war unsichtbar.

Sie fuhr nach Kreuzberg zum Supermarkt ›Internationale Nahrungsmittel‹. Der Metzger starrte ihr auf die Brüste.

Die sind nicht für dich, sagte sie.

Verstehe nicht.

Großes Problem. Weil du nichts verstehst, ist das auch nicht dein Land.

Was?

Knochen.
Wofür?
Weißt du doch. Für meine Hündin.
Nicht für deinen Mann?
Bin nicht zu Scherzen aufgelegt, sagte Isabel.
Bist du verlobt?, sagte der Metzger.
Geht dich das was an?
Du bekommst die Knochen von mir.
Ich bin vergeben, ja.
Glücklicher Mann … Nein, du lügst.
Du bist bestimmt verheiratet, sagte Isabel.
Frau und Kinder. Zusammen fünf.
Dich mit eingerechnet?
Was?
Die Knochen, bitte.

Er beugte sich zur Plastikschüssel, hievte sie hoch und knallte sie auf die Marmorplatte neben der Fleischwaage.

Hacken?

Sehr nett, ja, sagte Isabel.

Sie dachte: Wenn man sich ergibt, wird man krank. Der Mann ließ immer wieder das Hackbeil niedersausen, und jedes Mal flogen ihm Knochensplitter gegen die Schürze. Er schaufelte die Stücke in die Plastiktüte, reichte sie ihr über den Tresen. Sein letzter Blick. Isabel hatte damit gerechnet, sie hielt den Arm vor die Brüste, ging lächelnd zur Kasse. Ein Euro.

Die gute Laune verflog, der Bus fuhr ihr vor der Nase weg. Der nächste Bus kam später als angegeben. Sie legte Zeitungsseiten aus, klopfte, Ruby sprang auf den Sitz.

Alte Frau: Das ist ein Menschensitzplatz, Hund gehört auf den Boden. Die ruhelosen Alten – sie konnten nicht leben, ohne zu ermahnen. Keinen Streit entfachen, keinen baldigen Tod wünschen.

Plötzlich fiel ihr ein Satz aus dem Buch im Traum ein: Hyazinthenpurpur strich sie auf Hals und Ellenbeugen. Isabel war beglückt.

Zu Hause: packen. Und: Knochen kochen im Topf – ihr wurde vom Geruch übel. Sie sagte zur grollenden Hündin: Siehst du, wie weit die Liebe geht?! Nicht mal für einen Kerl würd ich das machen. Ich würde ihm sagen: Friss das Lamm draußen.

Später: knackende Knochen, Isabel am offenen Fenster, kühle Luft. Sie ließ das Biest dösen und verdauen. Ihr Spielzeug, ihr Futter, ihr Leibchen für die kalten Tage und einen Sack Knochen stopfte sie in zwei große Taschen. Die Hündin witterte den Abschied. Isabel sagte zu ihr: Keiner wird mich anrühren, hörst du? Ich kehre zurück, weiß wie ein Nonnenbauch wird meine Haut sein.

Leichter Regen, Kapuze über den Kopf. Sie ließ Ruby freien Lauf. Bereute es sofort: Die Hündin schnüffelte und lief auf einen knorrigen Baum im Park zu. Isabel sah sie auf den Rücken fallen, sie wälzte sich im Aas, tote Vögel waren ihr am liebsten.

Sie packte die Hündin am Genick, schüttelte sie. Tierinstinkt – sie leckte ihr Fell, das sie an der toten Amsel gerieben hatte. Zwei wütende Frauen im Regen. Isabel schrie: Dann beiß mich ins Gesicht, dann kämpfen wir! Zwei böse Geister an der Krüppeleiche. Sie hätte das Tier zu Hause sauber waschen müssen – sie durfte sich nicht verspäten. Das Tier war beleidigt, es trottete hinter ihr her. Isabel drehte sich zu ihr um, ließ sie näher kommen. Sie sagte: Es tut mir leid. Wirklich. Ich kraule dich gerne. Aber ich habe keine Lust auf Leichengifte an meinen Händen. Die Hündin traute ihr nicht. Brennende Brust, keine Zeit für so etwas.

An der Wohnungstür zupfte sie an ihren Kleidern. Vor

Aufregung hechelnde winselnde Hündin. Die Frau des Hauses schloss die Tür auf.

Sie stinkt, sagte Isabel.

Aas?

Ja. Entschuldige.

Sie wuschen Ruby in der Wanne, sie leckte ihrer früheren Herrin die Finger. Isabel wurde eifersüchtig und schämte sich dafür. Der Mann war außer Haus. Was er trieb, ging die Frau nichts an. Ob ihm wohl eine Marietta, eine Silva, eine Raja zu Diensten war?

Isabel stellte sich taub, sie erregte sich nicht über Männer mit viel Freizeit. Sie nahm ihren Mut zusammen und sagte: Dein Mann ist kein alter Windhund.

Das aus deinem Munde, sagte die Frau.

Ich habe euch noch nie nackt gesehen.

Er hat mir vorgeschlagen, dich durch eine junge Slawin zu ersetzen.

Meinetwegen, sagte Isabel.

Kommt nicht infrage, sagte die Frau heftig, er will absteigen. Und diese Nataschas möchten in bessere Kreise aufsteigen.

Ein Handel.

Er sucht draußen seine Eckchen aus. Und der Regen wäscht seine Kleider aus.

Es ist doch nur ein Verdacht, oder?

Ich lasse ihn nach dem Frühstück von der Kette, sagte die Frau, er kommt abends zu mir zurück. Vielleicht sitzt er nur viele Stunden in einem Café, liest Zeitungen, schreibt Briefe. Vielleicht tut er das, nachdem er sich mit einer Silva oder einer Raja vergnügt hat. Ich frage nicht nach. Er ist säuisch, ich bin es auch.

Diese Bekenntnisse, dachte Isabel, Lügen kleben an euch wie zerquetschte Fliegen am Fensterglas.

Ruby legte den Ball vor die Füße der Frau, sie spielte mit ihr, doch sie war in Gedanken bei ihrem Mann. Plötzlich sagte sie: Er ist nicht die hellste Kerze auf der Torte.

Isabel musste lachen, die Frau lachte mit.

Wie lange bleibst du weg?, fragte die Frau.

Zehn Tage. Nicht länger.

Keine Vorfreude?

Ich weiß, was mich erwartet.

Was denn?

Meine Mutter will mich verkuppeln, sagte Isabel.

Jetzt müsste ich sagen: Deine Mutter meint es gut mit dir.

Bestimmt.

Die Südländer, sagte die Frau.

Im Süden ist es heiß, da kocht das Blut – wie oft habe ich das gehört.

Also falsch?

Nein, richtig, sagte Isabel, gerade das macht mich rasend.

Brauchst du Geld?

Isabel hielt ihrem Blick stand, sie war wachsam. Diese Frau hatte kein Geld zu verschenken. Blieb man ihr einen Gefallen schuldig, forderte sie ihn doppelt und dreifach zurück. Zur ungelegenen Zeit. Die Ermahnung ihrer Mutter: Sei auf der Hut vor jenen, die eine Bonbontüte aufreißen – nimm nichts an.

Habe genug, sagte Isabel.

Ruby wird dich vermissen.

Kann ich mir den Keuschheitsgürtel ausleihen?

Wie extravagant!

Ja, sagte Isabel.

Bei der Flughafenkontrolle fällst du damit durch.

Ich lege ihn nicht gleich an.

Dein Koffer geht durch die Schleuse, sagte die Frau, und der Angestellte sieht den Gürtel auf seinem Bildschirm.

Er wird Fragen stellen, sagte Isabel, ich werde ihm irgendeine Geschichte erzählen. Ein Requisit aus dem Theaterfundus. Oder das Zaumzeug für ein Pony. Danke fürs Aufpassen.

Komm heil wieder, sagte die Frau.

*

Zwei offene Koffer im vollgestellten Wohnzimmer. Lackkommode, chinesischer Teppich, englische Sitzmöbel. Schon- und Zierdeckchen auf den Sessellehnen. Ihre Mutter war erstarrt, als würde sie für einen alten Maler Modell sitzen. Ihr Vater massierte sich nervös die Handknöchel.

Sie hätte mit der Geschenkübergabe warten sollen. Die Vase auf dem Beistelltisch, dachte sie, bestimmt das Meisterstück einer Studentin: schmelzendem Wachs nachempfunden, dünne rote Adern durchzogen das Glas. Sie vermisste ihre Hündin, die Wärme ihrer Pfoten, das Gebell.

Die Kleider muffeln, sagte Derya.

Es ist ihr erster Tag, sagte ihr Vater Kambay, wir wollen sie nicht quälen.

Du quälst mich nicht, Vater, sagte Isabel.

Der Lammfellmantel reicht dir bis knapp unter den Schritt, sagte Derya, die Garnstickerei an den Säumen ist recht ornamental. Was glaubst du, was die Männer denken, wenn sie dich sehen?

Ein Mann geht mit der Mode?, rief Kambay.

Sie werden denken: ein weibisch geratener Mann.

Probier du den Mantel an. Dir steht er bestimmt gut.

Nein.

Wieso nicht?

Er muffelt.

Muffelt vielleicht der Koffer?

Es sind die Kleider, sagte Isabel.

Ich werde sie zur Reinigung bringen.

Das wird teuer.

Die Geschenke meiner Tochter werfe ich nicht weg, sagte Derya.

Du machst es mir nicht einfach, dachte Isabel, fast war ich so weit, dich glühend zu hassen.

Ihre Mutter brachte Schmutzwäschesäcke, und sie stopften Mützen, Schals, Mäntel und Jacken hinein. Auch Isabels eigene Kleider rochen streng, Derya schaltete die Waschmaschine ein.

Im Bad blickte sie sich um: Derya hatte eine Schnur um den tropfenden Wasserhahn gebunden. Das Wasser lief an der Schnur herunter in den Ausguss. Silberfäden im Haar ihrer Mutter, das blasse Gesicht leicht geschminkt, dünne Rückennaht an der Nylonstrumpfhose, der Faltenrock endete unter den Knien. Händewaschen. Die Koffer trug sie ins Gästezimmer. Keine Zierfiguren, weggeräumt. Keine Bilder an den Wänden, abgehängt. Der Tochter zuliebe hatten sie den kleinen Hausrat auf den Dachboden verbannt. Bett, Schrank, Tisch, Stuhl. Keine Läufer, zusammengerollt. Auf dem Balkon ein gusseiserner Gartenstuhl, Aschenbecher auf dem Fenstersims.

Du hast das Rauchen nicht aufgegeben, stellte Derya fest.

Ich komme auf höchstens fünf Zigaretten am Tag, sagte Isabel.

Ich habe wieder angefangen.

Wirklich?

Überrascht dich das?

Deine Prinzipien, Mutter.

Privatschulmanieren sind mir verhasst … du darfst nicht dünner werden.

Das ist mein Stoffwechsel.

Später am reich gedeckten Tisch sprachen sie darüber. Isabel erzählte: Weder hasste sie sich, noch hasste sie das Fett in ihrem Körper. Mal aß sie große Portionen, mal nagte sie an einer Scheibe Brot. Mageres Mädchen. Auch Kambay hatte abgenommen. Vorgeplänkel. Kein Nachtisch, der Tochter zuliebe gestrichen.

Derya blickte auf die aufgefaltete Stoffserviette auf ihrem Schoß, blickte auf, blickte Isabel in die Augen. Sie wollte die richtigen Worte finden, die Ungezähmte saß ihr gegenüber – es galt, auf Schroffheit zu verzichten.

Also, sagte Isabel, kommen wir doch zu den Kandidaten.

Ein junger Zahnarzt, sagte Derya.

Kambay sagte: Ich zitiere seine Mutter: Er steht auch im heftigen Sturm seinen Mann.

Hoho!

Sie hat ihn großgezogen. Sie sieht in ihm das Teuerste in ihrem Leben. Was ist daran so lustig?

Nicht aufregen, Mutter. Ist sie alleinstehend?

Wie meinst du das?

Ist sie Witwe? Lebt sie in wilder Ehe?

Können wir die Scherze lassen?, sagte Derya, der Vater ist ein pensionierter Oberst. Der junge Mann bringt eine Eigentumswohnung und ein Auto in die Ehe.

Knappe Mittel.

Das war auch mein erster Gedanke … Du scherzt.

Gut. Ich verspreche. Ab jetzt keine Witze.

Ich habe kurz mit dem jungen Mann gesprochen. Dein Vater war unabkömmlich.

Hatte zu tun, sagte Kambay.

Wie auch immer. Als an einer Stelle das Gespräch stockte, sagte er: Ich erstrebe eine hohe Kultur.

Ein Musterschüler.

Wieso?

Das klingt auswendig gelernt.

Glaube mir, ich prüfe jeden Bewerber auf Herz und Nieren, sagte Derya, wir dürfen bei dieser Angelegenheit eines nicht vergessen: Die Männer, die um deine Hand anhalten, wissen, was auf dem Spiel steht. Natürlich sind sie sehr aufgeregt. Und natürlich wollen sie sich in einem günstigen Licht präsentieren.

Alles Verstellung, flüsterte Isabel.

Da tust du ihnen unrecht, sagte Kambay, du, deine Mutter und ich, wir sind die Prüfungskommission.

Seine Eltern wollen mich doch auch sehen.

Nein.

Das überrascht mich.

Die Zeiten ändern sich, sagte Derya, der besagte Bewerber hat seinen eigenen Kopf. Er hat seinen Eltern verboten, dich, Zitat, wie ein Paradeross zu begaffen.

Dabei bin ich nur ein müdes Grubenpferdchen, sagte Isabel.

Ihre Eltern überhörten die Bemerkung: Ihr mageres Mädchen, so hofften sie, war einfach nur überhitzt. Es würde vielleicht zwei Jahreszeiten dauern, bis es sich davon erholte. Wovon? Von der Müdigkeit. Die Tochter nahm kein Geld an, sie wollte nicht erpresst werden. War sie dekadent geworden? Hatte Berlin sie zersetzt? Nein. Müdes Mädchen.

Derya räumte den Tisch ab, Kambay referierte Rang und Reichtum der übrigen zwei Kandidaten. Zweiter Kandidat hatte frisch im Außenministerium angefangen.

Hochgewachsen, Neigung zur hohen Stirn, von Kahlköpfigkeit in zwei Jahren war auszugehen. Geld vorhanden. Dritter Kandidat: junger Unternehmer. Kantiger Typus, antiromantisch, antibarock, Poeten waren seiner Meinung nach, Zitat, Befehlsempfänger des Schicksals. Geld vorhanden.

Derya löste ihren Mann ab, erzählte von der Entkräftung des gemeinen Volkes: Die Menschen zahlten Kredite ab, ließen sich einstellen und feuern, abends Fernsehoperetten, nachts der letzte Streit des Tages, das schlafende Kind wachte auf, Geschrei und Schreie.

Isabel schaute auf ihren Vater, er war still geworden. Starrte auf seine Hände, spielte das Spiel: Der Floh, den nur ich sehen kann, hüpft von Knöchel zu Knöchel.

Vater, Mutter, Tochter – sie starrten alle drei auf zehn Handknöchel.

Sie sagte: Mir fallen die Augen zu.

Das Bett war frisch bezogen, es roch nach verwehtem Weihrauch. Wahrscheinlich hatte Derya das halbe Probefläschchen eines teuren Parfüms in die Waschtrommel geleert. Sie schlüpfte in das Mädchennachthemd ihrer Mutter. Hing den Keuschheitsgürtel über die Stuhllehne. Setzte sich auf die Bettkante. Kahles Zimmer, ihre Schuld. Bei ihrem letzten Besuch hatte sie auf den Reicheleutetand geschimpft.

Das ist keine Busenstütze, sagte Derya leise.

Isabel fuhr zusammen. Unbemerkter Eindringling, dachte sie, das Lieblingsspiel der Mutter. Sie stand schnell auf, verstellte Derya den Weg zum Stuhl.

Nein, sagte sie.

Kein haltendes Busenband, wiederholte Derya, was ist das für ein Geschirr?

Nichts.

Gefallen dir Züchtigungsspiele?

Ob es mir gefällt, geschlagen zu werden?

Oder zu schlagen.

Nein, sagte Isabel müde.

Ist es das, wofür ich es halte?

Es verschließt den Eingang in meinen Körper.

Du bist doch keine Jungfrau mehr, sagte Derya, das da ist Spielzeug für Entartete.

Ein Anstandsgestell.

Wofür brauchst du es?

Es ist doch ganz nach deinem Geschmack, Mutter. Du müsstest dich freuen.

Noch einmal: wofür?

Für nichts Besonderes.

Bist du im Kopf krank? Wirst du behandelt und verheimlichst es uns?

Dramatik vor dem Schlafengehen, sagte Isabel lächelnd.

Dein Brustpanzer wird sich spalten, sagte Derya, in deinen späten Jahren. Das Geschirr, mit dem du dich heute bewehrst, wird abfallen. Und wer schützt dich dann? Kein Mann, kein Kind. Nur eine Wand ohne Fenster.

Klingt wie aus einem heiligen Buch.

Schlaf gut, sagte Derya und verließ das Zimmer.

Isabel schlief nicht gut. In ihrem Traum schabende scheuernde Steine. Knirschendes rostiges Zeug. Aus großen Geräten herausgerissene Maschinenteile. Sie taute träumend auf, krächzend.

Für die Morgentoilette nahm sie sich Zeit: Sie hörte ihre Mutter frisch gewaschene Wäsche ausschlagen. Isabel legte den Gürtel und die Schaumstoffschalen an. Falsche Hüften. Sie konnte sich nicht unsichtbar machen.

Sie konnte aber dafür sorgen, dass der erste Blick des Mannes auf ihre künstlichen großen Hüften fiel. Verdoppelte Hüften als Schutz gegen den Dreck. Magerer Rumpf, dicke Taille. Für eine spät berufene Jungfer, die ihre Ruhe haben wollte, schaute sie aber zu oft Männern hinterher. Sie ertastete blind mit ihren Füßen die Hausschuhe neben dem Bett und schlüpfte hinein.

Frühstück: vier Käsesorten, Rinderschinken, selbst gemachte Orangenmarmelade. Frisches Brot. Sie aß mit Heißhunger, rupfte große Stücke vom Brot, tunkte sie in die Marmelade in ihrem Schälchen. Ihre Mutter bekam gute Laune, Isabel hatte, wie von ihr geargwöhnt, doch keine Essstörung. Jeder blickte auf seinen Teller. Der besondere Tag. Kambay verlor kein Wort über die Verwandlung der Tochter. Die Hüftschalen rutschten nach unten, sie ging zur Toilette, nahm sie ab, verstaute sie im Koffer, kam zurück, aß weiter. Sie wusste: Der Zahnarzt würde sie mit dem Wagen abholen vom elterlichen Haus, in knapp zwei Stunden. Beim Kauen des letzten Bissens dachte sie: Ich pfeife auf meine Vorsätze. Also bat sie Derya um Rouge, Lidschatten, Lippenstift, Bürste. Ihr Vater fühlte sich ermuntert, ihr die Geschenke zu überreichen: schöne Kleider. Sie zog sie an und wurde schön. Sie schminkte sich und wurde schöner.

Als es an der Tür klingelte, war Isabel vorbereitet. Sie schloss dem Bewerber auf: Bei ihrem Anblick schoss ihm das Blut in die Wangen. Ein höflicher Gruß. Die Bitte um die Erlaubnis, die Tochter des Hauses ausführen zu dürfen. Gewährt, sagte Kambay knapp. Derya bat ihn der Form halber hinein, er lehnte dankend ab.

Während der Fahrt erkundigte er sich nach ihrer Laune und ihrer Gesundheit. Sie sagte nur: Gut. Er beließ es dabei, achtete auf den Verkehr, versuchte nicht, sie zu unterhalten. Angenehm.

Vor der Pizzeria scherte er rückwärts in die Parklücke ein, stieg aus, eilte um den Wagen, öffnete den Seitenschlag: Der Chauffeur stand stramm. Sei kein zynisches Luder, dachte Isabel. Und sie erinnerte sich an die Worte ihrer Mutter: Erstarre unter Menschen zur wandelnden Mumie, schweige still. Nein.

Er hatte einen Tisch reserviert, sie folgten der Kellnerin, die Isabel verstohlene Blicke zuwarf. Sie entschuldigte sich kurz, eilte zur Toilette, schaute missmutig in den Spiegel: Porzellanpuppengesicht. Sie rieb das dunkle Wüstenrot von den Wangen, legte das Taschentuch zwischen die eingesogenen Lippen, drückte sie aneinander. Besser.

Kaum saß sie am Tisch, reichte ihr die lächelnde Kellnerin die eingeschweißte Speisekarte. Was war das? Der Bewerber spielte im Sitzen mit den Münzen in seiner Hosentasche. Er erwartet, dass ich dem Kater den Stachel aus der Pfote ziehe, dachte sie. Wer ist der Kater? – Er. War sie tadelsüchtig? Nicht denken.

Vorspeise. Er fragte sie nach ihren Eindrücken, die wichtigste Frage: Fühlte sie sich in diesem Land, das ihr bestimmt fremd geworden war, einigermaßen wohl? Weiß ich nicht, sagte sie, das ist jedenfalls keine Urlaubsreise. Nächste Frage: Konnte sie sich vorstellen, in diesem seinem Land zu leben? Er tastet mich ab, dachte Isabel. Sie blieb ihm eine Antwort schuldig.

Hauptspeise. Ein Tomatenspritzer auf seiner Wange. Sie befeuchtete den Finger, rieb ihn weg. Er starrte. Eine intime Geste. Glaubte er, Isabel hätte ihn zum vorehelichen Beischlaf ermuntert? Sie nahm ein Gabelstück, behielt den Bissen im Mund, lange.

Wollen Sie nicht schlucken?, sagte er.

Sie meinen?

Ich glaube, Sie haben diesen Bissen … seit zehn Minuten im Mund.

Und?

Es macht mich nervös.

Ist mir auch aufgefallen, sagte Isabel, die Frauen an den anderen Tischen schauen herüber. Die Beule an meiner Wange macht sie wütend. Sie stellen sich dumme Sachen vor, sie sind verdorben.

Um Gottes willen, ich habe nichts andeuten wollen.

Ich weiß, sagte Isabel, also.

Wie bitte?

Wie gefalle ich Ihnen?

Toll …

Entschuldigen Sie. Ich bin mit einem Leiden geschlagen.

Ja?

Haben Sie je versucht, mit voller Blase ein gescheites Gesicht zu machen?

Äh, nein. Vielleicht. Ich kann mich nicht erinnern.

Bin gleich wieder da.

Sie trat insgesamt fünfmal aus, verwies auf ihre schwache Blase. Sie las es in seinen Augen. Als künftige Mutter seiner Kinder kam sie nicht infrage.

Er bezahlte bei der schadenfrohen Kellnerin die Rechnung, fuhr sie nach Hause. Der Bewerber, der keiner mehr war, wünschte gutes Gelingen – wobei? Isabel hatte ihm nichts von ihrer Arbeit erzählt.

Beim Ausziehen ihrer Schuhe im Eingang sagte sie: Der Zahnarzt ist ausgeschieden. Keine Nachfragen.

Sie legte sich auf den Rücken, ließ den Arm baumeln,

tastete nach der Hündin, stockte mitten in der Bewegung. Die Frau und der Mann werden sie gut pflegen, dachte sie. Ihre Schminke zerlief in der Hitze, sie ging sich frisch machen. War es ein Fehler, in dieses Land gereist zu sein? Sie empfand nichts. Südländer. Fast alles fand draußen statt. Verwilderte Hunde nachts neben den Mülltonnen. Tugend und Lebensmittelpreise: die Gesprächsstoffe der Frauen. Derya hatte bestimmt dafür gesorgt, dass die Nachbarn um den Besuch der Tochter wussten. Isabel kannte die Frauen im Haus, sie sprachen am liebsten über schlechte fremde Einflüsse. Sie war sich sicher, sie beobachteten sie heimlich aus ihren Verstecken. Versuchten aus der Ferne, das dunkle Mal, das Zeichen der Entstellung zu entdecken. Isabel: das von der Säure einer fremden Kultur verätzte Mädchen.

Kambay klopfte gegen die Tür, fragte, ob sie sich unwohl fühlte. Isabel hatte eine halbe Stunde im Bad verbracht. Sie trank mit ihnen frisch gepressten Traubensaft. Dann zog sie sich um. Rouge am Blusenkragen.

Der zweite Bewerber rief an, kündigte eine Verspätung an, bat um Nachsicht. Stau in der Hauptverkehrsstraße.

Derya sagte: Ein Mann muss das Unvorhergesehene einplanen.

Isabel: Was ist mit einer Frau?

Derya: Welches wichtige Ereignis ist schon in unserem Leben vorgesehen? Ihr Vater murmelte etwas von den sanften Anfängen des militanten Feminismus seiner Frau.

Das Telefon klingelte wieder, der Bewerber saß im Auto vor dem Haus – waren sie abkömmlich, durfte er kommen?

Ja.

Kambay sagte: Kavalier oder Kavallerist – entscheiden Sie am besten selber! Über zu viel Höflichkeit wurde er ungehalten.

Ein leises Klopfen, Kambay riss die Tür auf. Er hat kaum Haare auf dem Kopf, dachte Isabel.

Teurer Wagen, es roch im Innenraum nach Poliermittel. Er führte sie in ein Künstlerlokal aus.

Ein Langhaariger im verwaschenen Hemd musterte die Bürgerlichen, bat sie an einen Tisch in der Mitte des Esssaals. Auf der Speisekarte: Volksküche. An den Wänden: linker Kitsch. Wollte er sie prüfen? Nein. Er fühlte sich wohl, er grüßte einen Bekannten, er erzählte: Das ist ein angehender Professor. Soziologe. Ein Stubenbolschewist, natürlich. Männer seiner Profession nähen aus der Haut der Ikonen ein Kleid aus anschmiegsamem Stoff. Sie werden es bemerkt haben, er unterhält sich mit einem Studenten. Studentinnen sieht man nicht an seiner Seite. Wieso? Weil es sogar in seinen progressiven Kreisen als unschicklich gilt. Man sollte nicht von ihm behaupten können, dass er junge Frauen ausbeute.

Tut er das denn?, sagte Isabel.

Sein Privatleben geht mich nichts an.

Sie klingen, als wären Sie aus der linken Spur rechts ausgeschert.

Ich empfehle Reis und Bohnen, sagte er.

Sie bestellten, das Essen kam keine fünf Minuten später. Es schmeckte. Isabel fielen seine kleinen Fingerkuppen auf. Gute Tischmanieren. Wahrscheinlich wollte er wegen Kleinigkeiten nicht getadelt werden und hielt sich deshalb an die Benimmregeln. Was machte sie hier?

Schmeckt es Ihnen nicht?, fragte er.

Ich bin satt.

Darf ich zu Ende essen?

Tun Sie's.

Ich stand tatsächlich mal links.

Ein Überläufer, sagte Isabel.

Meinen Sie? Ist ein großes Wort. So wichtig bin ich nicht, dass die Genossen von früher zur Hatz auf mich blasen.

Deshalb werden Sie hier eingelassen.

Genau. Das Bürgersöhnchen hatte seine wilde Zeit. Jetzt dürfen wir ihn mästen. Sehen Sie hier Menschen aus dem einfachen Volk?

Nein.

Genau, sagte er, ein Widerspruch. Der Kommunist nennt die Fülle der Widersprüche Dialektik.

Das alles langweilt mich, sagte Isabel. Sie griff in die Tasche, faltete die Seiten auseinander, reichte sie dem Kandidaten.

Was sehen Sie?

Er studierte die Fotos, ließ sich Zeit mit seiner Antwort. Er tat so, als hätte Isabel ihn aus dem Tiefschlaf gerissen.

Ich habe Sie etwas gefragt – was sehen Sie?

Schwarze Männer mit Königskrone, sagte er.

Richtig. Und wie weiter?

Der hier ist umringt von Lakaien auf Knien. Der da trägt einen Lampenschirm aus Perlenschnüren.

Wen halten Sie für besonders heimtückisch?

Den sitzenden König, sagte er, dicker roter Lidstrich. Nein – er hat sich eine Brillenfassung um die Augen gezeichnet.

Von den Weißen abgeschaut.

Meinen Sie?

Ich glaube schon, sagte Isabel. Wer mächtig ist, bestimmt die Kleiderordnung. Die Bürger haben die Art, sich zu kleiden, von den Fürsten abgeschaut. Hier und da was weggeschnitten, bis der Stoff saß. Die kleinen Leute tragen Bürgerkleider.

Und der Abhub des Volkes?

Was?

Die Habenichtse, sagte er ungeduldig.

Die lieben die Verbrechermode. Jedenfalls die Jungen.

Isabel verlor die Lust am Gespräch, sie hatte sich leer geredet. Doch dieser Mann wollte unterhalten werden. Ein Mann seines Standes war auf Frauen wie sie nicht angewiesen. Er fröstelte, zog sein Jackett aus, schlüpfte in einen beigen Pullover, zog sein Jackett an.

Isabel sagte: Wir passen nicht zusammen. Liege ich falsch?

Er sagte: Es tut mir leid. Der angehende Professor grinste ihn vielsagend an.

Von solchen Leuten sich befreien lassen?, dachte Isabel, niemals. Sie bat um die Seiten mit den Fotos afrikanischer Könige.

Er fuhr sie schweigend nach Hause, sie unterhielt ihn nicht. Kambay sah es ihr an, legte den Finger auf die Lippen, kein Wort darüber.

Derya ging es schlecht, ihr Zuckerwert war gefallen. Isabel erzählte von ihrer abwesenden Hündin: Wenn eine Hündin nicht warf, bildete sich nach fünf Jahren eine Geschwulst in den Harnwegen. Rubys Liebling hieß Schmulo, sein Herrchen hatte nichts dagegen, dass er Ruby schwängerte. Schluss mit der Familienplanung. Der erste Welpe ging an den Rüden, der zweite an das Weibchen.

Es gibt also Familienzuwachs bei mir. Bald, höchstwahrscheinlich, sagte Isabel.

Hast du kein Herz?, sagte Derya kühl.

Ich habe eine Hündin. Sie folgt mir auf Schritt und Tritt. Sie ist loyal.

Meine Gesundheit interessiert dich nicht?

Mutter, wieso stellst du mir solche Fragen?

Schönheit ist dir beschlossen. Doch die Türen schließen sich – weshalb? Weil deine groben Hände an der Ehre der Männer nesteln. Weil sie deine Keckheit abstößt.

Worte, sagte Isabel, nichts als Worte.

Zwei Bewerber in die Flucht geschlagen, sagte Derya, tolle Leistung.

Zweimal kostenlos gegessen, das ist ökonomisch.

Du musst bei uns nicht hungern, sagte Kambay.

Du schlägst dich auf die Seite deiner Frau.

Rohe Bohnen sollen dir wie Mandeln schmecken – so haben wir dich erzogen, sagte Derya, du aber führst dich auf wie ein verwöhntes Kind.

Wieso denn das?

Das Geschirr, sagte Kambay leise.

Isabel wusste, es war nur ein Vorwand. Derya hatte Kambay von dem Keuschheitsgürtel erzählt. Die Verwirrung ihres rechtskonservativen Vaters konnte sie verstehen. Er sprach von falschen Absichten. Keine Widerrede, dazu fehlte ihr die Kraft. Er sprach vom Privatleben seiner Tochter, in das er sich einzumischen verbot. Aber: Er und Derya waren keine Idioten, keine rückständigen Südländer, die man mit einer bizarren Lebenseinstellung beeindrucken könnte. Keine Widerrede. Was war los mit ihr, die geliebte Tochter verhalte sich wie eine parfümierte Genossin.

Isabel schwieg. Sie saßen nebeneinander auf dem großen Sofa, Nachrichten zur Hauptsendezeit. Die Aufnahmen eines Amateurfilmers, unglaubliche Bilder: Ein Viehtransporter auf der Autobahn, die Ladefläche halb abgedeckt, die Plane löst sich, ein Dutzend Krähen stürzt sich auf die Schafe, rupft Wolle, Krähen fliegen mit Büschel im Schnabel davon. Die Nachrichtensprecherin atemlos, sie liest stammelnd vom Blatt ab: Schwarm krimineller Krähen, Schafswolle, Nestbau.

Isabel zog sich in ihr Zimmer zurück. Schminke, teure Kleider, alles umsonst. Sie hörte ihre Mutter telefonieren, sie horchte. Derya sprach der Mutter des zweiten Bewerbers ihren Dank aus. Kurzes Gespräch. Plötzlich glühten ihre Wangen, sie stürmte aus dem Zimmer, stürmte zum Telefontischchen, umarmte ihre Mutter.

Kambay bekam feuchte Augen. Familienglück.

Derya wollte frisches Obst pressen, sie alle hätten jetzt eine Erfrischung nötig. Sie stand am Arbeitstresen, mit dem Rücken zu Isabel, sie sagte leise: Gott gibt leisen Wind, wenn die Schafe geschoren sind.

Schön, sagte Isabel.

Ich war auch mal ein junges Mädchen. Es lebt immer noch in mir, es wird nie alt.

Was sollte sie antworten? Sie trank das ihr gereichte Glas aus. Folgte ihrer Mutter. Derya zeigte Isabels altes Spielzeug vor, das sie aufbewahrt hatte: Puppe im Frotteehemdchen – sie weinte, bis man ihr den Schnuller gab. Puppenwippe. Handpuppen mit Plastikköpfen.

Der pochende Kopfschmerz vertrieb Derya ins abgedunkelte Schlafzimmer. Migräne. Liegen, bis die Attacken mit Dröhnen verstreichen.

Wo steckte ihr Vater? In der Küche. Er schabte mit dem Messerrücken Seim und Schuppen von den Bachforellen. Sie betrachtete ihn heimlich, erfand Namen für ihn: der Lastträger der Familie. Der entrückte Mann. Das flackernde Totenlicht. Kein räuspernder Rentner mit kratzendem Rachen. Isabel dachte: Männer mit Licht im Gesicht, zu ihnen gehört mein Vater. Seine Schwester war jung an Krebs gestorben. Alles zu viel. Wie konnte sie sich aus all dem Kummer und Unglück heraushalten? Die

Südländer: Sie putzten, wie überall in der Welt auch, den Dreck von der Schwelle. Was war aber ihr Glaube, was stieß sie ab? Sie glaubten: Der Schmerz reinigte das Nervensystem. Schluss damit.

Eine Stunde später saßen Kambay und Isabel allein am Tisch, Derya hatte sich entschuldigt. Sie knabberte an den Flossen der gegrillten Forelle. Ihr Vater löffelte vorsichtig das Fleisch aus den Kiemenbäckchen. Delikatesse. Es fiel Regen, sie schlossen die Fenster.

Ist sie ernsthaft krank?, sagte Isabel.

Nicht lebensbedrohlich, wenn sie ihre Medikamente nimmt, sagte Kambay.

Tut sie das?

Natürlich, du kennst sie doch.

Und ihr Kopf?

Die Migräne sucht sie zweimal im Monat heim.

Gibt es kein Mittel dagegen?

Sie hat Angst vor der chemischen Trunksucht.

Ach, ja, stimmt.

An Leidenssucht leidet sie nicht.

Ihr wünscht euch sehr, dass ich heirate, oder?

Deine Entscheidung.

Vater, bitte!

Wozu sonst der ganze Aufwand?

Ihr habt mir den Flug bezahlt, sagte Isabel.

Das ist nicht wichtig.

Und was ist wichtig?

Wenn ich das so genau wüsste, sagte Kambay.

Sie blickte zu Boden, sah die Watte zwischen den äußeren zwei Zehen an jedem Fuß. Es rührte sie, die nackten Füße ihres Vaters rührten sie. Isabel eilte in die Küche, öffnete den Kühlschrank, griff zur Wasserkaraffe. Sie sah zwei halbe Zitronen auf einem Unterteller. In Tüll eingeschlagen, damit beim Pressen die Kerne nicht herausfielen. Alles zu viel – sie trank. Und trank. Sie hörte die Türglocke läuten. Späte Stunde – wer?

Kambay schloss auf, sprach leise mit einem Mann, schloss die Tür.

Wer war das?

Der zum Monatsende mittellose Nachbar, der sich Geld auslieh.

War das der Mann, der sein Gesicht in den Händen vergrub?

Ihr Vater stutzte. Ja, er hätte ihn im Garten in der besagten Haltung sitzen gesehen.

Sorgen?

Ein kleines Alkoholproblem.

Was bedrückte ihn?

Kambay: Gott weiß es, wir wissen es nicht.

Isabel wünschte eine gute Nacht. Sie bekam Lust zu singen.

Später hörte sie nebenan ihre Mutter zu ihrem Vater sprechen: Du darfst nicht schnarchen. Das lockt die Diebe an.

*

Dritter Tag morgens: Derya benommen von den abgeklungenen Schmerzen. Von der Arbeit ließ sie sich nicht abhalten. Sie telefonierte mit ihrer älteren Schwester. Suchte nach einem Zettel, auf dem sie die Telefonnummer einer Schneiderin mit annehmbaren Preisen notiert hatte. Rief zu Isabel: Hast du, wie ich dir auftrug, im Topf gerührt? Zweiter Schalter von rechts, von dir aus gesehen. Dreh auf mittlere Hitze, zwei Striche nach links.

Sie hatte alles im Blick, sie hatte alles im Griff.

Isabel unterliefen Fehler, sie wollte sich an die Regeln und Weisungen halten. Mal ließ sie einen Teller fallen, mal schwappte die Soße über den Topfrand. Derya: die härteste Deutsche, die Isabel kannte. Gründlich schaffen. Gerade sagte sie am Telefon: Die Faulen, die Verwahrlosten – was bewegt sie, was berührt sie? Nichts! Sie sind aus dem Dung des Lebens geschaffen und fallen irgendwann als Dung auf die Erde. Sie hinterlassen nichts von Bedeutung.

Die kaukasische List, dachte Isabel am Herd, sie setzt sie ein, um sich zu verbessern. Bin ich die Tochter meiner Mutter? Als ich alt genug war, um mich nicht von Puppen, Wolken und Mücken ablenken zu lassen, warnte sie mich vor den kranken Männern: Frauen konnten sie nur mit Gewalt brechen, also hielten sie sich an Mädchen mit gestärkter Unterwäsche ...

Ihre Mutter eilte in die Küche, übernahm die Arbeit, band sich die Schürze um.

Wie geht es ihr?, sagte Isabel.

Deiner Tante? Sie ist beleidigt, weil du sie noch nicht besucht hast.

Ich werde es nachholen.

Wir müssen schummeln, sagte Derya, nein, müssen wir ja gar nicht. Wenn du ihr erklärst, dass die Reise nicht geplant war, wird sie nur fünf Minuten schmollen.

Hat sie immer noch Gelenkschmerzen?

Ja, hat sie. Ich habe ihr erzählt, dass du dich mit Bewerbern triffst.

Und?

Hat sich gefreut. Sie wünscht gutes Gelingen.

Was hat sie wirklich gesagt, Mutter?

Sie hat gefragt, ob du einen Faden durch das Nadelöhr fädeln kannst.

Kann ich.

Sie hat gewisse Vorstellungen, wie man eine Ehe anbahnt. Der Mann soll dir einen Liebesring darreichen.

Einen teuren Goldring, sagte Isabel.

Einen Ring mit teuren bunten Steinen, von links nach rechts in folgender Reihenfolge: D wie Diamant. E wie Emerald, also Smaragd. A wie Amethyst. R wie Rubi…

Ruby?, rief Isabel.

R wie Rubin, sagte Derya, nicht wie deine Hündin. Jetzt hast du mich durcheinandergebracht. Ja genau, so geht's weiter: wieder E wie Emerald. Und S wie Saphir. Die Anfangsbuchstaben bilden das englische Wort Dearest.

Liebste.

Ja, sagte Derya.

Hat meine Tante einen solchen Ring bekommen?

Sie entschied sich damals für einen bettelarmen Mann. Das weißt du doch. Deine Tante sagt immer: Mein Mann brachte nur sein Herz in die Ehe ein. Du musst dich langsam vorbereiten.

Große Unlust, aber Isabel fügte sich. Auf dem Tellerbord zwei kleine Schüsseln. Tote Fruchtfliegen trieben im Essig. Fliegenfalle. Kambay übernahm Handlangerdienste im Haushalt. Er hatte auch Brennnesselsträucher vor jedes Fenster gelegt, um die großen Fliegen zu vertreiben.

Bluse, langer Rock, Dutt. Sitzen auf der Bettkante. Warten. Türklingel. Kambay rief nach ihr.

Ihr erster Eindruck: ein Heuschrecken hütender Narr. Einer, der versuchte, einen Korb voller Flöhe zu bändigen.

Im Restaurant dachte sie: Wenn er den Mund öffnet, blickt man hinein wie in eine geborstene Frucht. Da erinnerte sie sich an die Worte ihrer Mutter: eiserner Wille! Flatternde Geister bleiben an Zweigen hängen. Der Wind sollte die Tochter nicht davonwehen.

Er sagte: Gefällt es Ihnen in unserem Land?

In Ihrem Land?, sagte Isabel.

Sie sind eine Fremde.

Das gefällt mir, sagte sie, Sie sind also Unternehmer.

Ich handle mit Kleidern.

Ach?!

Kennen Sie sich darin aus?

Nein, aber eine Freundin von mir.

Die Ware ist uninteressant, das Drumherum aufregender.

Der Bewerber hielt sich mit weiteren Angaben zu seiner Arbeit zurück. Kluger Mann – er hätte sie nur damit gelangweilt. Isabel trug keinen Büstenhalter. Galt sie in seinen Augen deshalb als zweifelhafte Person? Er hatte keinen heimlichen Blick gewagt.

Nach der Vorspeise erzählte er eine kleine Geschichte: Ein junger Holzfäller schafft zehn Bäume am Tag. Irgendwann nur noch neun. Am Ende fünf. Er ist verzweifelt. Fragt einen anderen Holzfäller: Woran liegt's? Der ältere Holzfäller: Du solltest zwischendurch deine Axt schärfen.

Worauf wollte er hinaus? Sie nannte ihn aus einer Laune heraus eine Raubameise, die aus den Ideen anderer Menschen Kapital schlug. Was redete sie nur daher? Er war nicht beleidigt.

Erneuter Versuch: Wieso hielt er nichts von Poeten? Auf die Gegenfrage war sie nicht gefasst: Lesen Sie denn Gedichte? Isabel sagte: Nein. Nach dem nächsten Versuch, ihn zu beleidigen, lehnte er sich zurück.

Ich verstehe, sagte er.

Was denn?

Für Sie bin ich ein reich gewordener Trottel.

Es ist vielleicht nur das Reizklima, sagte Isabel.

Nein.

Muss ich mich entschuldigen?

Wir zahlen getrennt, dann ist alles gut.

Was?

Sie geben doch auch nichts auf die Etikette.

Ich habe kein Geld mit, sagte sie.

Dann spiele ich eben den Kavalier, rief er aus.

Isabel hob unter dem Tisch das Bein, trat mit Wucht auf seinen polierten Schuh. Überhörte seine Verwünschung. Stand auf. Sagte dem herbeieilenden Kellner: Der Mann hat mich beleidigt. Rufen Sie mir ein Taxi, ich warte draußen.

Sie dachte: Er kommt raus. Er kommt nicht raus. Das Mädchen, das Blatt für Blatt ein Gänseblümchen rupft – es machte sie wütend. Sie stieg ein, nannte dem Taxifahrer die Adresse. Der Rentner am Steuer ertrug ihr Brüten nicht. Er hob an, sah sie im Rückspiegel den Kopf schütteln, er schwieg.

Plötzlich sagte Isabel: Fahren Sie mich zu einem Damenfriseur.

Der Fahrer musste sich erst mit seiner Frau beraten, er klappte das Mobiltelefon zu und beschleunigte. Sie gab ihm einen Eurogeldschein, stieg aus, trat durch die Tür eines noblen Frisierladens. Frauen unter Trockenhauben, in Magazinen blätternd. Frauen am Waschbecken, den Kopf in den Nacken gelegt. Frau an der Kasse: Sie haben keinen Termin? Rechnen Sie mit einer halben Stunde Wartezeit.

Sie nahm Platz, blätterte im Magazin. Paparazzifotos von kleinen Stars am Strand: Orangenhaut, auffällige Narben nach chirurgischem Eingriff. Ein Artikel über die Grande Dame der Popmusik: Den Schreiber trieb die Frage um, was sie derart hatte altern lassen. Das Nachtleben? Drogen? Junger Liebhaber? Isabel las die Geschichte ohne Reue bis zum letzten Satz.

Sie wurde auf den Frisierstuhl gebeten. Blicke der Frauen. Sie sagte: Ich möchte eine Brautfrisur. Lächelnde Frauen. Die Chefin persönlich eilte herbei, sprach vom besonderen Glück und vom besonderen Tag, reichte ihr die Mappe. Sie war verwirrt, Isabel kam ohne Anhang, also fragte die Chefin nach: Wer war der Glückliche? Fand die Trauung im kleinen Familienkreis statt? Isabel sagte: Nichts von alledem. Sie entschied sich für eine aufwendige Hochsteckfrisur. Eine Gehilfin teilte das Haar in eine rechte und eine linke Schläfensträhne und in einen dicken Pferdeschwanz. Brachte ein Knotenpolster an der Wurzel des Pferdeschwanzes an. Arbeitete mit dem Lockenstab. Steckte die Locken fest. Flocht Zöpfe. Steckte die Zöpfe mit Clips und Nadeln fest. Isabel lehnte das Haarspray ab. Unverständnis bei der Gehilfin. Die Chefin: Der Nieselregen wird Ihr Haar ruinieren. Isabel: Soll auch nicht lange halten. Sie bezahlte nach kurzer Verhandlung mit Eurogeld. Ließ sich nach Hause fahren.

Große Überraschung. Doch Isabel machte ihre Hoffnungen zunichte.

Ich sollte mein Essen bezahlen, sagte sie.

Das ist nicht herzerfrischend, sagte Derya, drei Kandidaten, drei Nieten. Es wird sich herumsprechen.

Dass ich unleidlich bin?

Du weißt, wie die Mütter ihre Söhne großziehen. Sie werden die Schuld natürlich bei dir suchen.

Die Südländer, sagte Isabel leise.

Was ist mit uns?

Nein, nein, ich meine die jungen Männer.

Männerhass bringt dich nicht weiter, sagte Derya.

Sie sind wie eine Hose – es gibt sie in verschiedenen Größen, aber nur in einer Einheitslänge.

Na ja, sagte Kambay.

Übertreibe ich?

Ihr Vater antwortete nicht. Sie sah ihm beim Apfelschälen zu. Er ordnete die Schnitze zu einem Kranz, reichte ihr den Teller. Derya sprang auf, kam mit einem Handspiegel zurück. Sie bat Isabel hineinzuschauen.

Was siehst du?

Mich.

Was stimmt nicht?

Die Frisur?

Nein.

Ich bin übergeschminkt?

Nein. Die Augenbrauen. Hat man dich nicht im Frisiersalon darauf hingewiesen?

Sie waren froh, als ich ging, sagte Isabel.

Ich bringe es in Ordnung. Keine Widerrede.

Derya verdrillte einen langen doppelten Bindfaden, in der Mitte eine Schlaufe. Isabel dachte: Eine Blindschleiche hat ein Mausjunges verspeist. Ihre Mutter biss das eine Fadenende zwischen den Schneidezähnen fest, das andere Ende hielt sie mit der rechten Hand. Daumen und Zeigefinger der linken Hand in der Schlaufe, Schlaufe an das Gesicht geschmiegt. Deryas Kopf ruckte vor und zurück, die Schlaufe zog sich zusammen: Ein Brauenhärchen wurde abgezupft.

Nach kurzer Zeit war Derya fertig, Isabels Haut hatte sich an den gezupften Stellen gerötet. Danach unterhielten sie sich über den Wunsch der Tante: Isabel sollte einige Tage bei ihr unterkommen. Und ihr Mann, der angeheiratete Onkel? Er würde in Isabels Gegenwart auf seine leicht obszönen Anekdoten verzichten. Sie glaubten nicht wirklich daran.

Isabel dachte: Ich habe die alten Frauen satt, die mich beseufzen. Was erwarten sie von mir? Soll ich Dressurkunststücke vorführen?

Sie telefonierte mit der grimmigen Tante, der es missfiel, dass Isabel keinen Bewerber beeindruckt hatte.

Die Tante: Man wird dich zerstückeln und in einem Geigenkasten durch die Straßen schleppen.

Isabel kicherte, und bald standen ihr die Lachtränen in den Augen. Sie wurde wegen Albernheit getadelt. Sie packte für zwei Nächte, versprach Derya, bei ungehörigen Worten ihre Wut zu zügeln, und ging los.

Ihre Tante Fidan: in ihrem Haar Perlmuttspangen. Ihre Augenbrauen wie bemalte Messerrücken. Ihr Onkel Taylan: düsterer Mann mit Bauch, die wenigen Haare über die schimmernde Kopfhaut nass gekämmt. Er nickte ihr zu, trottete ins Fernsehzimmer.

Fidan in der Küche: Sie walzte den Teig mit dem Flaschenkörper aus.

Meinst du es ernst mit der Heirat?, fragte sie.

Nein. Ich weiß es nicht, sagte Isabel.

Deine Launen.

Bin eben nach dir gekommen.

Dich hat der wilde Esel im Galopp gekackt, sagte Fidan. Sie wartete, bis Isabel sich ausgelacht hatte, dann fuhr sie fort: Prüf jedenfalls die Kandidaten und lass dich erst dann auf den Richtigen ein. Wenn du einem Bewerber zum Abschied die Hand gibst, schau nach dem Händedruck, ob deine Finger vollzählig sind.

Deine sind noch dran, sagte Isabel.

Hör auf zu kichern.

Wie geht es deinem Stiefsohn? Macht er dem Onkel immer noch Kummer?

Ich wollte, er hätte den Kopf voller Läuse und zu kurze Arme, dass er sich nicht kratzen kann.

Angelockt von Isabels Lachanfall kam Taylan in die Küche. Füllte das Glas mit zwei Fingerbreit Schnaps, trank in Spatzenschlucken. Er hatte eine Heldentat vollbracht: Er war einem lauernden Lustmörder in den Rücken gesprungen, vor ein paar Tagen. Stimmte das? Seine Gegenfrage: Woher hast du das? Das Gerücht stammte vom Hausmeister.

Taylan erzählte die wahre Geschichte. Er war auf seinem täglichen Spaziergang über ein Bein gestolpert. Der liegende Mann hatte sich aufgerichtet und dem verdutzten Taylan eine geklatscht. Geklatscht? Lahm, keine Schlagkraft, mehr Ohrfeige als ein Fausthieb. Der Kerl war dann weggeschlendert. Du hättest ihm das Genick brechen sollen, sagte Fidan ruhig.

Wie denn? Mit bloßen Händen?

Wie sonst?

Bei dem Versuch wäre ich gestorben … Kannst du bei der Mutter atmen, Isabel?

Ja, Onkel.

Eine Mutter verschlingt ihren Sohn und macht die Tochter zum Lakaien, sagte er, das gilt für die meisten vierköpfigen Familien.

Ihr gefiel es nicht, dass man schlecht über Derya sprach. Fidan schlug vor, mit Kreppeisen Wellen in ihr Haar zu arbeiten. Isabel lehnte ab. Sie aßen. Zum Nachtisch gab es süßen Grieß mit goldbraun gerösteten Pinienkernen. Der Onkel: Schnaps. Die Tante: stark verwässerter Schnaps. Isabel: jugendfreies Getränk.

Abräumen, abwaschen. Ihre Tante rieb mit einer alten Nylonstrumpfhose Fussel vom Kleid am Bügel. Sie sagte: Er hat nicht mehr lange zu leben.

Oh, nein.

Ein halbes Jahr. Wenn er Glück hat.

Krebs?, sagte Isabel.

Zerfrisst seine Lungen. Zerfrisst sein Fleisch.

Er raucht und trinkt wieder.

Ich habe es ihm erlaubt. Ich habe ihm sogar gesagt: Habe keine Einwände, wenn du ins Freudenhaus gehst.

Das tut mir sehr leid, Tante.

Stell dir das vor, sagte Fidan, der einzige Sozialdemokrat in der Familie stirbt uns weg.

Was wählst du?

Seine Partei, aber nur ihm zuliebe.

Sie wetterte gegen die dicken Lumpen, die sich eine Krawatte umbanden: Man sollte sie am Krawattenende packen wie an einem Kälberstrick und sie durch die Straßen führen. Damit sie sehen konnten, dass das Land vor die Hunde ging. Reizbare Mädchen wackelten mit dem Hintern, lockten Ehemänner in den Hinterhalt. Aber: Die Ehre der Männer wäre das Elend der Frauen.

Isabel staunte. Kämpferische Tante. Sie rief Kampfparolen aus, bis sie heiser wurde. Dann begann sie zu fluchen: auf die Fussel, auf die rostigen Beine des Wäscheständers, auf die Krawatten der Politiker. Ihre Stimmung schlug um, sie lachte auf bei einem Gedanken, den sie Isabel trotz Bitten nicht verriet. Sie schimpfte Isabel eine verdorbene Person, weil sie sich nicht um ihre Cousins und Cousinen kümmerte. Die Tochter ihres Bruders wurde wundersam: Ein Stück Stein, von der Grabstele eines Heiligen abgeschlagen, bewahrte die Nichte unter dem Kopfkissen.

Wird sie religiös?, sagte Isabel.

Eher abergläubisch, sagte Fidan.

Du hast sie bestimmt ermahnt.

Sogar im Beisein ihres Mannes. Er nahm sie in Schutz. Obwohl er die Pfaffen hasst. Ach ja, er ist auch ein Sozialdemokrat.

Wovor soll der Stein sie schützen?

Frag nicht so dumm.

Vor Geistern?

Falsch, sagte Fidan, vor ihrer Einbildung. Es würde mich nicht wundern, wenn sie an dem Stein nuckelt wie an einem Schnuller. Außerdem sieht sie Elefanten an der Zimmerdecke.

Was?, rief Isabel aus.

Bei ihrem letzten Besuch versteift sie sich. Als hätte man ihr ins Fleisch geschnitten. Sie starrt nach oben zur Zimmerdecke. Ich schaue auch hin: nicht eine einzige Spinnwebe. Da spricht sie von einem elefantenartigen Tier, das sie schweben sieht …

Oh, nein.

Ich springe auf, rieche an ihrem Atem. Keine Alkoholfahne. Weißt du, wieso ich dir das erzähle?

Ich soll nicht verrückt werden?

Du wirst von Tag zu Tag dümmer, sagte Fidan grimmig, nein, das ist nicht der Grund. Mein Bruder und meine tolldreiste Schwägerin haben sie zur Heirat gezwungen. Sie war noch ein halbes Kind, da fingen sie schon an, ihr zuzusetzen …

Wo du von der Frau meines Onkels sprichst, hast du dich mit ihr ausgesöhnt?

Das Tischtuch ist zerschnitten, die kommt mir nicht in die Stube. Unterbrich mich nicht!

Ja, Tante.

Also. Sie haben das arme Kind zur Haussklavin erzogen. Damit sie später ihrem Mann dienen kann. Ich empfehle dir: Heirate nicht.

Das aus deinem Munde, Tante.

Wieso? Ist mein Mund schmutzig?

Isabel wollte das Missverständnis klären, doch Fidan war nicht zu halten. Sie erzählte eine andere Anekdote aus dem Leben ihrer Nichte. Es gab da einen Musiker, der durch die Straßen ihres Viertels zog und Lieder sang. Den Frauen, die auf den Balkonen Wäsche aufhängten, gefiel das. Sie stellten sich vor, dass ein Minnesänger ihre Schönheit rühmte. Die Nichte aber fühlte sich belästigt. Was tat sie? Sie erhitzte Münzen in der Pfanne, öffnete das Fenster, kippte die Pfanne aus. Der Musiker wollte hastig die Münzen aufsammeln ... und na ja. Die Frau, die mir das zugetragen hat, sagte, er habe vor Schmerzen geschrien.

Das ist aber ein böser Streich.

Deine Cousine hat den Sänger bestraft, sagte Fidan, sie macht keine Scherze.

Was sollte Isabel davon halten? Ihre Tante befragte sie nicht nach ihrem deutschen Leben. Stattdessen: verderbende Cousine. Und: baldiger Tod des Onkels.

Sie stahl sich in den Flur, beobachtete ihn heimlich. Rentner, fernsehsüchtig. Alter Mann, katzenhaft, zu müde, um der Garnrolle hinterherzuflitzen. Früher war er dicker, Stühle brachen unter seinem Gewicht. War Maschinenschlosser, Rangierarbeiter, verlegte Überlandwasserleitungen. Rücken kaputt. Ausgerechnet in ihn verliebte sich Fidan – eine Frau, die ihren Damenbart mit Puder kaschierte.

Er stierte blind auf die flackernden Bilder, er rief: Willst du mich anfallen, Nichte? Isabel gefiel das Bild: das Raubtier, lauernd hinterm Blattwerk tief hängender Zweige. Sie setzte sich an das andere Ende des Sofas, starrte auf den Bildschirm. Nachrichten. Politiker bei der Pressekonferenz, er sprach von der spirituellen Erneuerung des Landes, Taylan sagte: Ich würde dem Kerl gern die Zähne lockern.

Fidan nahm in der Sofamitte Platz. Verdrossenes Ehepaar. Tatsächlich: schlimmer dunkler Flaum auf der Oberlippe.

Isabel zog sich ins Gästezimmer zurück. Setzkästen an den Wänden. Spitzensaum an der Gardinenkante. Auf Wunsch ihrer Mutter hatte sie Keuschheitsgürtel und Hüftpolster im Koffer verstaut, sie zog sich aus, schlüpfte in das nach Altdamenduft riechende Nachthemd.

Augen auf, nächster Morgen. Falsch, dachte sie, bis jetzt lief es verkehrt – ich muss es geradebiegen. Ihre Tante klagte über Morgensteifigkeit und über den behandelnden Arzt – er hatte ihr Haltungsschule verordnet.

Isabel aß hastig zu Ende, machte sich ausgehfein, fuhr mit dem Bus ins Zentrum. Deryas erster Kontrollanruf des Tages: keine weiteren Bewerbungen, Isabel war verbrannt, die Junggesellen verschmähten sie. Ja, Mutter, nein, Mutter. Sie betrat Boutiquen, Buchläden, Parfümerien, Fachgeschäfte für Kunstbedarf und Büroartikel. Sie suchte die Rastplätze der Bürger auf. Wenn ein Blick zu lange auf ihr ruhte, floh sie ins Freie.

Dann sah sie ihn: Er stand am Bücherregal, beobachtete sie. Dünner kleiner junger Mann in teuren zerknitterten Kleidern. Sie ermunterte ihn mit einem Lächeln, er sprach sie an. Sie zogen in eine Konditorei im Erdgeschoss des Einkaufszentrums um. Tisch am Fensterplatz. Er sagte: Du bist älter als ich. Macht nichts.

Einer Frau, die man nicht kennt, sollte man erst schmeicheln, sagte Isabel.

Kann sein.

Studierst du?

Bin ein unwilliger Student, sagte er, muss mich noch daran gewöhnen.

Woran?

Dass wir nicht gleichaltrig sind.

Das ist für dich ein Problem.

Ich habe eine Freundin, sagte er, sie ist kleiner als ich.

Eine Liliputanerin.

Stehst du auf Knirpse?

Von der Körperlänge hängt es nicht ab.

Hast du einen Mann zu Hause?

Keinen Mann, keine Kinder, sagte sie, du stellst wohl gerne Fragen.

Du doch auch.

Stimmt.

Meine Freundin, sie will sich bald verloben. Mein Vater ist dagegen. Er sagt: Die Evolution ist keine Kellertreppe, die man heruntersteigt.

Ich verstehe, sagte Isabel.

Was ist?

Jeder erzählt mir seine Geschichte. Als wäre ich eine Hexe mit Heilkräften.

Sei doch froh, sagte er, oder willst du vereinsamen?

Siehst du? Das muss ich mir auch immer anhören.

Ich klinge wie deine Eltern.

Ja.

Dann was anderes: Ich glaube, ich bin dein Fang.

Stimmt.

Du willst dich rächen.

Stimmt.

Luft und Ausdauer, sagte er.

Was?

Für die Rache braucht man frische Luft und langen Atem.

Wieder so ein blöder Satz, sagte Isabel heftig.

Er stand auf und ging. Es hatte nicht geklappt.

Sie fühlte sich wie eine Rasselpuppe. Wurde wütend,

weil sie auf der Rechnung sitzen blieb. Wollte ihn einholen und schlagen. Blies die Wangen auf, atmete aus. Bin ein Ruinengeist, dachte sie. Wein doch. Andere Modalitäten, anderer Himmel, andere Männer. Nein.

Sie fuhr mit dem Bus zurück. Ihre Tante in der Wohnungstür: versteinertes Gesicht. Im Flur flog Isabel ein Kristallaschenbecher entgegen – ein halbherziger Wurf, sie duckte sich trotzdem weg.

Herkommen, sofort, schrie Taylan. Sie wurde von ihrer Tante ins Wohnzimmer eskortiert.

Hinsetzen!

Was ist los, um Gottes willen?

Sag du es mir.

Dein Onkel hat dich mit einem Jungen gesehen.

Ja, und?

Das war kein Heiratskandidat.

Du spionierst mir hinterher, Onkel?

An das Gewäsch von Tugend und Moral glaub ich nicht, sagte er laut, aber dass meine Nichte loszieht, um einen Knilch ins Bett zu zerren, geht zu weit.

Du hast recht, er war ein Knilch, sagte Isabel.

Was arbeitet er?

Er studiert.

Lach dir keinen Studenten an, sagte Taylan. Er zog den Kugelschreiber aus der Brusttasche, klopfte Isabel auf die Finger. Wie lange bleibst du bei uns?

Nur noch heute.

Häng noch einen Tag dran.

Ich weiß nicht.

Wenn du das nächste Mal deine Tante besuchst, wird sie Witwe sein.

Isabel starrte ihn an, stürmte ins Badezimmer. Weinte,

bis Fidan gegen die Tür klopfte: Sie habe ihren Esel von Mann getadelt, sie solle den Nachtisch probieren kommen.

Später sprachen sie über die kaukasische Verwesung – das war eine besondere Schmerznote. Isabel wusste um das Elend ihrer Verwandtschaft. Heimatvertriebene, Übriggebliebene, im neuen Land zur Welt Gekommene. Passten sich gut an, lobten die schöne Heimat. Doch an manchen Abenden stach sich von innen ein Dorn durch das Fleisch. Dagegen musste man ankämpfen: mit scharfen Gewürzen, mit harten Getränken, mit sanfter Liebe im Ehebett. Fidan und Derya, die Töchter des Kaukasiers, der vor den Rotarmisten floh. Der in schwarzen Reitstiefeln die Gassen und Straßen seines Viertels abschritt. Die Töchter wussten: Temperament war ein Idiotenwort, war die Floskel der Idioten, die Lärm und Geschrei lebenserhaltend nannten. Die Töchter wurden zu sachlichen Frauen. Isabel zeigte ihren rechten Mittelfinger vor, der Nagel wuchs schief. Sie sagte: Meine Mutter hat mir beigebracht, den Nagel rund zu feilen. Und ich lernte, die Nagelhaut an einem Stück zu schneiden. Fidan drehte die Heizung herunter. Verschwand, kam wieder. Reichte Isabel und ihrem Mann einen Fächer. Sie fächelten sich schweigend Luft zu.

*

Soldats Weg zur Arbeit: fünfundvierzig Minuten. Stadtautobahn. Britzer Tunnel mit Schwarzlichtblitzern. Am Flughafen Tempelhof vorbei. Nicht mehr in Betrieb, Zutritt erlaubt. Auf den Startbahnen Läufer, Kinderwagen schiebende Männer und Frauen, Spaziergänger. Stadtautobahn durch Schöneberg. Abfahrt Kreuz Wilmersdorf. Stau in der Konstanzer Straße. Chaos am Olivaer Platz. Verrückter Gedanke: Er wünschte, er wäre einer, der sich sattsah am Kotfaden seines gestreiften Aquariumfischs. Mommsenstraße, dreißig km/h. Abbiegen in Knesebeckstraße. Halber Bogen um den Savignyplatz. Am Steinplatz raus. Soldat dachte an Isabel. Die kleinen Gegenstände in ihrem Wohnloch waren glanzlos wie Grabbeigaben. Er hatte einen schwarz gelackten Tisch im Sperrmüll gefunden, den könnte er ihr schenken. Ampel, links ab, durch die Toreinfahrt auf den Hof vom Studentenwerk.

Acht Uhr morgens, Soldat trat die Arbeit pünktlich an. Grüßte den Hausmeister – ein Aktivkrüppel. Am rechten Auge blind, Halbinvalide. Konnte Gabel und Löffel unterscheiden, das musste genügen. Soldat grüßte den Pförtner: gesunder guter Mann. Soldat grüßte die Angestellten in der Cafeteria. Alles Frauen, stämmige Körper in Kitteln. Kaffee, belegtes Brötchen, ab in den Lagerraum. Kopierpapier, Servietten, Klopapierrollen. In der Ecke Tisch und Stuhl.

Fünf Minuten, Frühstück vorbei. Das Haustelefon klingelte: Ärger im Hinterhof, bitte schneller Antritt. Er war in blutrünstiger Stimmung. Blieb mitten im Spurt stehen, atmete ein und aus, ein und aus. Wir sind nicht im Yogakurs, dachte er, kümmer dich lieber um das Problem. Draußen traf er die alte Irre am Kunstwerk: ein Ding aus angefressenem Metall, aus dem Drahtstreben herausragten. Die Irre hängte ihre Wäsche zum Trocknen über die Drahtantennen. Griff in den Einkaufswagen neben sich, schüttelte ein Wäschestück aus, hängte es auf.

Was machen Sie da?, rief er.

Geht dich nix an, sagte sie mit dem Rücken zu ihm.

Ich frage Sie, was Sie da machen.

Siehst du doch.

Das dürfen Sie nicht.

Was darf ich nicht?

Kunst beschädigen ist verboten, sagte er.

Wo ist Kunst?

Runter mit den Fetzen.

Soldat wollte nachhelfen, doch ein Student näherte sich der Irren. Gleich gibt's einen Volksaufstand, dachte er, der Eierkopf wird mich anschwärzen: Ich hab's mit eigenen Augen gesehen, Herr Direktor, der Wachschützer hat die arme alte Frau brutal misshandelt. Soldat sah den Studenten eine nasse Jeansjacke aus dem Einkaufswagen herausgreifen.

Was wird das?, sagte er.

Ist meine Jacke, sagte der Junge wütend.

Gib das zurück, schrie die Irre.

Ruhe!, rief Soldat.

Ich steig in den Waschkeller und will meine Sachen holen, sagte der Junge, mach die Klappe auf, die Trommel ist geplündert. Ist nicht das erste Mal, dass die das tut.

Die Irre stürzte sich auf die Jacke, der Student ließ nicht los. Soldat ging dazwischen, gab der Irren einen kleinen Stoß. Er sagte zu dem Jungen: Ist das alles Ihre Wäsche?

Nicht alles. Aber ein Teil.

Hab's gefunden, sagte die Irre, gehört jetzt mir.

Machen Sie, dass Sie Land gewinnen, sagte Soldat.

Ist alles meins.

Verlassen Sie das Gelände, sofort! Und der Wagen bleibt hier. Ab, los!

Die Irre gab nach und ging davon. Sie verschwand um die Ecke.

Soldat folgte ihr – tatsächlich, sie kauerte hinter der Hausecke. Er bellte einen scharfen Befehl. Zischte ihr zu, dass er sie an Ort und Stelle erschießen würde. Spielte Theater: Die rechte Hand nestelte an der Jackeninnentasche, die linke Hand hatte er zur Faust geballt. Sie rannte weg.

Soldat kehrte zurück, der Junge stand wie gelähmt da und starrte in den Einkaufswagen.

Sie hätten die Polizei rufen müssen, sagte er leise.

Ging auch ohne. Wollen Sie hier Wurzeln schlagen?

Was?

Packen Sie Ihre Sachen zusammen. Erzählen Sie den Leuten im Heim von der Beute hier. Wenn jemand beklaut worden ist, kann er sich bei mir melden. Ich roll den Wagen rein. Helfen Sie mir.

Sie hängten die Wäsche ab. Die Drahtstreben hinterließen Roststreifen. Sauerei.

Der Student wollte die Polizei einschalten. Eierkopf, Halbwisser.

Soldat war drauf und dran, ihm eine zu knallen. Stattdessen bat er ihn, noch mal darüber nachzudenken. Feiste Fratze. Pochte auf seine Rechte.

Soldat: Sie behindern mich in meiner Arbeit. Das werde ich den Polizisten auch erzählen. Rollte den Wagen in den Lagerraum, wollte hinter sich abschließen, der Pförtner stand in der Tür. Grinste breit. Sprach von der Irren. Eine Altbekannte. Sei vor drei Jahren von der Bildfläche verschwunden. Er hätte gedacht: Die liegt steif in irgendeinem Heizungskeller. Heutige Erkenntnis: Die ist so leicht nicht totzukriegen.

Soldat wollte ins Kabuff, er durfte nicht, musste mitkommen zum Glaskasten. Pförtner montierte den Metalldeckel ab, nahm das Blatt heraus, rollte das Blatt zusammen, übergab es Marcus. Versteck es im Kabäuschen, sagte er.

Gibt es eine neue Hausordnung?

Vorhin pinnt ein Hippie Flugblätter an die Wand. Ich

sag ihm, weg damit, das sind alles vermietete Werbeflächen, mach woanders Revolution. Er sagt, nix da, Studenten haben das Recht auf Aushang, der Kapitalist kriegt unsere Wände nicht.

Gewäsch.

Ja, aber der Kerl hat recht. Steht tatsächlich in der Hausordnung. Ich hab aber strikte Order, dass die Wände frei bleiben. Rief den Leiter an. Der sagt: Geheime Kommandosache, lass die Hausordnung verschwinden.

Gut. Noch etwas?

Wenn eine bunte Kuh durchs Dorf trottet, meld ich mich, sagte der Pförtner.

Soldat trank kalten Kaffee aus. Draußen: Erstsemesterrundgang. Er verschloss die Tür. Manchmal stellte der Mann, der die Studenten durchs Haus führte, ihn den Mädchen und Jungen vor. Hauptgefreiter stand dann stramm. Heute konnte er ihn gerne haben. Er spielte toter Mann in der Gruft. Das Kinn sank ihm auf die Brust. Schlecht geschlafen.

Pförtner klopfte ihn wach: Junkie schlägt Krach. Soldat zog sich Arbeitshandschuhe über. Zu zweit schritten sie zur Tat. Erster Eindruck: verlauster Mann, hochinfektiös. Erster Aufruf: keine Reaktion. Pförtner und Soldat nahmen ihn in die Zange, schleiften ihn hinaus. Junkie brüllte wie am Spieß. Gewalt tat not, Tritt und Stoß, hasserfüllte Blicke von Studentinnen. Abgang Junkie.

Zweiter schwerer Fall des Tages: Irrer Penner schlug auf Asiatin an der Bushaltestelle ein. Spuckte sie an. Zerriss ihr die Bluse, rechte Brust entblößt. Soldat rammte dem Penner die Faust in die Fresse, Penner ging sofort zu Boden. Rappelte sich hoch, bekam harten Treffer, krachte aufs Pflaster. Pförtner hatte Polizei gerufen. Marcus zum Polizisten: Ist nicht das erste Mal, dass er Frauen anfällt.

Polizist zu Marcus: Der ist uns bekannt. Asiatin stand unter Schock. Wurde aufgefordert, die blanke Brust zu bedecken. Anzeige? Unbedingt.

Zurück ins Kabuff. Brennende Handknöchel trotz dicker Handschuhe. Dritter Fall gegen Mittag: Ein Irrer schlug mit einem Tablett auf einen Mann ein. Handgemenge. Soldat bekam Tablettkante gegen die Stirn gedonnert. Platzwunde. Pförtner begrub den Irren unter sich. Diesmal rief Marcus die Polizei. Schilderte Hergang und Vorfall. Polizistin: Die Wunde muss genäht werden. Marcus: Werd's schon überleben.

Essen ging aufs Haus, Blut trocknete ihm während des Essens auf der Stirn. Gewaltpause. Schlurfende Gestalten in den Fluren, Pförtner übernahm den Kontrollgang. Soldat musste auf Zuruf anrücken: Bekannter irrer Penner machte das Haus unsicher, verschreckte die scheuen Rehe.

Eine Studentin: Er hat mich beim Vorbeigehen plötzlich angebellt.

Andere Studentin: Er hat mir einen Spieß gezeigt.

Was?

Einen Eisenspieß, das eine Ende scharf und spitz.

Pförtner und Soldat umkreisten den Irren. Er knurrte, er grollte. Theater. Filmreif.

Pförtner: Hau ab – du stinkst uns alles voll!

Der Mann hatte sich besudelt. Knurren machte keinen Eindruck, er sprach mit normaler Stimme: Brauche einen Schlafplatz, war die ganze Nacht auf den Beinen.

Soldats Antwort: Ab zur Stadtmission!

Der Irre hatte ein Einsehen, lief raus. Kleine Pause, sie saßen am Kunstwerk.

Pförtner sagte: Wir sind Qualitätssicherungsmänner mit einem Restleistungsvermögen.

Klar doch, sagte Marcus.

Der Leiter denkt, du und ich haben auch einen an der Hirse.

Soll er denken.

Er glaubt, die kaputten Typen, die wir rausschaffen, sind nur gemütskrank.

Genau, sagte Marcus, die vertreten sich hier bloß die Beine.

Es gab eine Beschwerde, sagte der Pförtner ernst.

Wer?

Die Irre, die die Plastikpuppe säugt.

Saß halb nackt vor der Pappenpresse. Ich schob gerade einen Stapel durch die Luke. Der Stampfer presste das Zeug zusammen. Plötzlich stand die neben mir, packte meine Hand und drückte sie sich auf die nackte Brust.

Tja, es gab wohl Zeugen.

Und?

Zwei Frauen.

Studentenpack, rief Marcus aus.

Die eine hat dem Leiter gesagt, du hättest die Irre erst betatscht und ihre Hand in die Luke gesteckt. Die Presse war noch in Betrieb.

Stimmt alles nicht.

Die andere sagt, du hättest die Irre durch den großen Fleischwolf drehen wollen.

Gelogen.

Was ist wirklich passiert?

Ich war noch am Reindrücken, mit der einen Hand. Dann fällt sie mich an und reißt mir fast die andere Hand aus. Der Stampfer hat mir den Arm zermalmt – das hab ich in dem Moment gedacht.

Und dann?

Ich wollte die Irre grün und blau schlagen.

Versteh ich völlig, sagte der Pförtner.

Sie hat einen Griff wie eine Schraubzwinge. Musste mit Gewalt ziehen.

Das sah dann aus, als wolltest du sie umarmen.

Die klebte an mir wie eine Napfschnecke, sagte Marcus.

Sie ist nicht unansehnlich.

Was soll das heißen?

Überleg doch mal. Wär sie hässlich oder alt, hätte der Leiter die Frauen gleich weggeschickt.

Der glaubt, ich bin ein Vergewaltiger?

Der Pförtner schaute ruckartig auf. Der Jubelschrei eines Studenten – er beruhigte sich wieder. Bot Marcus Zigaretten an, sie rauchten. Keiner in der Nähe, keiner, der sie belauschen konnte. Das bleibt unter uns, sagte er.

Klar, sagte Marcus.

Der Hinterhof ist der Lieblingsplatz der Irren. Neulich, da treibt sie sich hier rum. Hat sich irgendwo verkrochen, wo ich sie nicht finden konnte. Kriecht raus. Schlüpft aus ihren Kleidern. Drückt die Plastikpuppe an die Brust. Ich stand im Dunkeln.

Gefährlich, sagte Marcus und zertrat die halb aufgerauchte Zigarette.

Wenig hat gefehlt, sagte der Pförtner.

Ich weiß, worauf du hinauswillst. Die bringt mich aber nicht in Versuchung.

Wahrscheinlich bekommst du einen Anpfiff. Der Form halber. Würde an deiner Stelle nicht rummaulen.

Gut.

Sie sprachen über Lohn und Brot. Über Benzinpreise. Mitten im Gespräch Abbruch. Mussten einen heiß laufenden Kerl in den Schwitzkasten nehmen. Wurden von einem Dozenten als Reinigungspersonal beschimpft. Soldat machte einen Schritt in seine Richtung, Dozent floh.

Allein im Kabuff. Er roch an seinen Arbeitshandschuhen und verzog das Gesicht. Letzter Kontrollgang durchs Haus. Wer hat sich wo versteckt?

Soldat fand einen Schnapsbruder unter dem Treppenaufgang. Platzverweis. Der Bruder rollte seinen Schlafsack zusammen, fluchte nicht, knurrte nicht, wünschte schönen Feierabend, trollte sich.

Soldat meldete sich beim Pförtner ab. Kurzer Plausch über den bewölkten Himmel. Über kommenden Regen.

Rein ins Auto – was wollte er tun? Nach Hause? Nein.

Er fuhr zum Alex, stellte seinen Wagen ab, lief über den Platz, bis er freie Sicht auf den Plattenbau hatte: kein Licht in Isabels Wohnung. Vorhänge zugezogen. Er stand da wie ein Bittsteller, und es gefiel ihm nicht. Von den Nachbarn erfuhr er mehr, als ihnen lieb war – ein Märchen, dass man wildfremden Menschen nichts anvertraute. Reise in ein fernes Land, mehr wussten sie nicht. Wer goss ihre Pflanzen? Sie hatte keine Pflanzen. Die Hündin? In Pflege bei Freunden. Wo wohnten sie? Im Westen der Stadt. Soldat kehrte um, stieg in den Wagen. Glotzte blind durch die Windschutzscheibe hinaus. Der Bruder, dachte er und fuhr los.

Kahle Männer in Schrottautos. Schöne Frauen im Kleinwagen: Sie umgriffen das Steuer, als wäre es ihr teuerster Besitz. Ihm fiel es wieder ein: Juliette hatte das Fahren gehasst. Endlich, später als gedacht, kam er an, rollte am Straßenrand aus, schaute hoch: In Patricks Wohnung brannte Licht. Der Mann hatte ihm das letzte Mal die Tür vor der Nase zugeschlagen. Ihn befragen? Ihm sagen: Ich war der Liebhaber deiner Schwester, ich bin nicht schuld an ihrem Tod. Großes Glück – Patrick trat aus dem Haus. Schritt gemächlich zu einem alten Kleintransporter auf dem Parkplatz, startete den Motor und gab Gas. Hinterher. Fahrt durch Tegel, dann ein Stück in den Wedding hinein. Halt vor einem Altberliner Wirtshaus. Parkte in zweiter Reihe – betrat die Kneipe. Hinter dem Schild draußen war es dunkel, dort stellte sich Soldat hin, spähte in den spärlich beleuchteten Raum. Streit. Patrick fuchtelte mit dem Finger vor dem Gesicht des Wirts, Wirt schlug ihm die Hand weg. Patrick schlug mit der Faust auf den Tresen, spielte den Berserker, drohte und brüllte, rannte heraus, fuhr weg. Was jetzt? Rein.

Wir haben noch nicht geöffnet, sagte der Wirt.

Will Ihnen nicht auf den Geist gehen, sagte Marcus, für 'ne kalte Brause wär ich aber sehr dankbar.

Es roch nach Beizmittel und Farben. Schwacher Geruch. Nach einer Stunde würden die Augen tränen. Der Mann hatte sich nicht von der Stelle bewegt.

Dann komm ich wohl später wieder, sagte Marcus.

Was wollen Sie?

Der Typ von gerade eben will mich bescheißen.

Will er das?

Kenn ihn nicht besonders, sagte Marcus, ging mir zur Hand und jetzt fordert er Nachzahlung.

Aufpassen müssen Sie bei dem, sagte der Mann, hier haben Sie Ihre Brause.

Hab von anderen Geschädigten gehört. Männer, die er ausgenommen hat.

Bin einer davon.

Fahr rum und hör mir die Geschichten an.

Sie sammeln.

Ich sammle, sagte Marcus.

Und dann?

Dann steig ich ihm aufs Dach.

Ich halt mich aus allem raus.

Schon klar. Das ist mein Feldzug.

Der Kerl gab sich als Kunsttischler aus, sagte der Wirt, hat behauptet, er baue sich gerade eine eigene Werkstatt aus. Wollte fünftausend Euro pumpen. Von mir, der ich gerade renoviere.

Neuer Fußboden, neuer Tresen, sagte Marcus.

Hat die Steckdosen auf falscher Höhe angebracht. Es ging mehr kaputt als sonst. Schmirgelte den Rost an der Heizung. Brauchte den Rest des Tages zur Erholung. Stellte mir aber die Zeit in Rechnung.

Genau, sagte Marcus.

Betrog bei den Abrechnungen, sagte der Wirt. Gab ich ihm fünfhundert mit, kam er mit Material und Quittungen über dreihundert.

Haben Sie nicht nachgehakt?

Sie nicht?

Doch, sagte Marcus und riet: Er dreht den Spieß um.

Tut freundlich, fuhr der Wirt fort, ist aber kalt wie ein Reptil. Hat mir während der ganzen Zeit die Ohren vollgejammert. Seine Exfrau ist mit dem Kind abgehauen. Kassiert Unterhalt für sich und die Kleine. Seine neue Freundin hat keinen Job, aber ein Kind von seinem Vorgänger. Da muss er reichlich schaffen, um alle Mäuler zu stopfen.

Das Herzchen, sagte Marcus.

Haben Sie Frau und Kind?

Passt mir im Moment nicht in den Kram.

Kenne die Not von Männern und Frauen, die Kinder haben. Dachte, der steckt in der Klemme, der kann das mal machen. Sonst müsste ich einen Polen anheuern.

Gute Leute, sagte Marcus.

Sind korrekt und fleißig.

Wir waren früher auch mal so.

Was wollen Sie mit ihm anstellen?, sagte der Wirt.

Ich reich bestimmt keine Sammelklage ein.

Da reißen Sie sich mit rein.

Richtig. Es gibt Wege und Mittel.

Hab nix gehört, sagte der Wirt.

Hab nix gesagt.

Ich will nicht, dass er wieder auftaucht.

Wird er, sagte Marcus.

Was tu ich dann?

Erzählen Sie ihm was von Albanern, die Sie kennen.

Nicht schlecht.

Danke für die Brause, sagte Marcus.

Schwindler, Dieb, dachte er, zockt ehrliche Männer ab. Er schaute sich draußen kurz um, die Gegend gefiel ihm nicht: muckende kleine Leute. Streckte man ihnen die Hand hin, würden sie beißen, ohne zu schnüffeln. Für heute Pflicht erfüllt. Rest des Tages durchschlafen.

Am nächsten Morgen in der Mensa: Marcus, der Wachsoldat. Ein Servierwagen, vollgestellt mit Gläsern. In den Gläsern: exotische Fruchtsäfte. Marcus hatte den Wagen zu bewachen, bis die Verkäuferin eintraf.

Dein Vorgänger, sagte der Pförtner, der stand auch stramm neben dem Wagen.

Ja.

War aber sein letzter Arbeitstag. Bekam Durst und trank alle Gläser leer. Dreißig Gläser Fruchtsaft in einer knappen halben Stunde.

Verrückt, sagte Marcus.

Wurde gefeuert. Wurde zur Legende.

Saftvergiftung.

Nee. Hat sogar Farbe im Gesicht gekriegt.

Ein Irrer schlurfte vorbei: Er nagte an einem Einweckgummiring. Sie mussten eingreifen. Die Verkäuferin beendete Marcus' Wachdienst. Er wusste, er musste sie nur zum Bier und zum langen Gespräch einladen, und sie würde sich küssen lassen. Schöne Augen, schöne Beine. Magenfalten, verbittert. Ihre Kollegin rief ihr zu: Mach zu, sonst kriegst du noch ein Kind von ihm. Alle lachten, Marcus blieb ernst – kein Interesse, bin dein Liebster nicht.

Er wurde zum Leiter zitiert. Leiter: Erzählen Sie. Lassen Sie nichts aus! Marcus brauchte fünf Minuten. Weitere zwanzig Minuten für Antworten auf Nachfragen. Keine Zeugen? Keine Zeugen. Verleumdung? Ja, die Irre mauschelt sich die Welt zurecht. Die Irre war irre, doch was war mit den beiden Studentinnen? Sie hatten den Vorlauf verpasst, sie sahen, was sie sehen wollten. Aussage steht gegen Aussage, sagte der Leiter, ich kenne Sie nicht. Aber ich glaube Ihnen. Vorsichtiger Umgang mit dem Fall war angeraten, sonst verdächtigte man sie der Kungelei. Mann gegen Frau – war das Krieg? Bestimmt nicht Harmonie, dachte Marcus und traute sich nicht, es auszusprechen. Stattdessen sagte er: Die Arbeit ruft. Er wollte, dass Blut floss.

Er lauerte auf einen, der das Haus verdreckte. Keiner tat ihm den Gefallen. Ein Junge, kerngesund, ordentlich angezogen, füllte sein mitgebrachtes Glas in der Toilette mit kaltem Leitungswasser. Begab sich an einen der hinteren Tische im Esssaal. Achtete nicht auf Marcus, der ihm heimlich folgte und heimlich zusah. Drückte Teewurst aus der Pelle ins Brötchen. Kein Geld. Armes Schwein. Soldat machte einen Rundgang nach dem anderen, die Wut versiegte. Um zwei Uhr mittags wurde er abgelöst, Kollege übernahm die Nachmittagsschicht. Hatte Urlaub nach vier Tagen abgebrochen: Kakerlaken im Hotelzimmer, grölende Säufer nebenan.

Soldat fuhr zum Kneipenwirt. Plauderte. Erfuhr: Heut

war der Tag, an dem Patrick seine Tochter sehen durfte. Als er ihm beim Renovieren zur Hand ging, hatte er sich dafür immer freigenommen. Wirt: Machst du ihn fertig, ist es endlich so weit? Soldat: Du ziehst die falschen Schlüsse.

Er zog ab nach Tegel, parkte in der Nähe des Einkaufshauses. Wartete eine Stunde, zwei Stunden. Mädchen in Arschbetrügern: kurze Hemdchen, die den Hintern nicht bedeckten. Beim Runterkurbeln des Fensters auf der Beifahrerseite stieß er sich den Kopf am Rückspiegel. Mädchen auf dem Bürgersteig kicherte. Die Hände seiner Mutter steckten im Falschpelzmuff. Oder echter Pelz? Mann, pass auf, dachte Soldat. In der dritten Stunde: Patrick im Kleintransporter. Rauschte an ihm vorbei. Soldat ließ sich Zeit, er kannte das Endziel. Der Wirt war ein guter Mensch, hatte ihm alles verraten, was er wusste: Die Exfreundin wohnte am Marie-Luise-Platz in Schöneberg.

Patrick hielt in einer Bravebürgerstraße, betrat ein Bravebürgerhaus. Kam mit Händchen haltendem Kind heraus. An den Enden der Hängezöpfe rote Samtschleifen. Eine Springmaus hüpfte von einer Gehwegplatte zur nächsten. Der Vater brachte die Tochter zum Auto, schnallte sie an. Weiterfahren. Ein paar Straßen weiter machte er halt.

Spielplatz. Die Tochter hing am niedrigen Holzreck. Die Tochter saß auf der Reifenschaukel. Sie kletterte am Stricknetz hoch, rief nach dem Vater – der winkte ab, weil er am Telefon sprach. Das Kind wurde des Spielens müde. Quengelte. Zerrte den Vater zum Kiosk. Patrick zeigte mit dem Finger auf Lutschstangen, Lakritzschnecken, Fruchtbonbons. Grinste. Ließ das Kind winseln. Schwein, dachte Soldat. Seine Hand am Türgriff, er beherrschte sich. Vater kaufte der Tochter doch eine Tüte Süßigkeiten. Behielt die Tüte, schlenderte zurück zum Spielplatz, gab der Tochter nur ein Bonbon. Schwein. Vater starrte hoch zur Baumkrone. Legte eine Lakritzschnecke auf den Betonpfeiler, hielt die Tochter fest. Krähe stürzte herunter, schnappte nach dem Happen. Vater nahm der Tochter das Kuscheläffchen weg, legte es auf den Pfeiler. Das Kind schrie wie am Spieß. Schwein lachte, Kind wollte sich losreißen, konnte nicht.

Soldat stieg aus – Eingriff sofort. Eine junge Frau kam ihm zuvor. Böse Worte, Streit. Soldat hörte: Mischen Sie sich nicht ein! Claudia liebt mich. Claudia? Ungewöhnlich. Mütter gaben heute ihren Töchtern modische Namen. Welche anderen Namen waren noch aus der Mode gekommen? Anne. Kathrin. Iris. Inge. Renate. Pass auf, Mensch! Vater und Tochter saßen auf der Terrasse einer Eisdiele, das Kind hatte sich beruhigt und löffelte seinen Becher leer. Sollte Soldat es wagen? Lieber auf Abstand bleiben. Wagemut zur falschen Zeit wurde bestraft. Kuscheläffchen auf dem Schoß der Tochter, Eis kleckerte auf das Fell. Zeit vorbei, zurück zur Mutter.

Soldat lehnte sich im Sitz zurück, er konnte warten. Er sah Jungs und Frauen, die das nicht konnten: Sie beschäftigten sich. Sie spielten mit dem Kleinkram, den sie aus ihren Taschen holten. Sie zupften an sich herum. Sie gingen auf die Toilette, sie standen oder saßen in der Einzelkabine, endlich unbeobachtet von den anderen. Soldat beobachtete Gossenpunker. Der Bettelbecher hing an der Handschelle, die Schelle an der Gürtelschlaufe. Abzugbügel von Bierdosen am Reif. Der Punker rief Soldat zu: niedliche Puppe auf drei Uhr. Soldat starrte hin, schämte sich. Eine schöne Frau ging vorbei, es war für sie das reinste Spießrutenlaufen, Männer auf den Gehwegen. Dann: Anmarsch von Jugendlichen, Ausländer. Ihre Haut mit Knastmalen beschriftet. Soldat konnte sie nicht verstehen – sie fluchten auf Deutsch, sie verständigten sich auf Ausländisch. Ein Schwuler kam den Parkweg entlang: geföhnt, gekämmt, gerüstet für den Abend und die Nacht im Kiez. Ein Türkenjunge schrie: Ich kastrier dich mit dem Mund. Die fremde Brut setzte sich in Bewegung. Feiglinge im Nahkampf. Horde von Beißern, jung, dunkeläugig. Die Beißer: Käfer, die einen Baum benagten. Sie sprangen den Schwulen an, er ging zu Boden. Die Feiglinge: Gefechtsidioten, Tölpel der kleinen Gefechte.

Eingriff, sofort. Einen Beißer rammte er um, einem anderen fegte er die Beine weg. Sterbt, ihr Seelenlosen, dachte er – Fehler. Schläge rechts, Schläge links, Soldat, von den Treffern benebelt. Lag jetzt als zweiter Knochenabfall neben dem Schwulen. Starker Männerduft wehte ihn an. Feiglinge traten die am Boden Liegenden. Ein Schmerzensschrei – wer schrie da?

Soldat richtete sich auf, Kopf geschützt: Harte Männer kamen über die Gossenschläger, drängten sie mit Fausthieben zurück. Halb nackt, Piercingringe in den Brustwarzen, Polizeimützen aus Leder. Ein Kerl schwang den Knüppel, traf einen Schwuchtelhasser am Kinn. Beißer hauten ab, die harten Männer halfen dem Schwulen und Soldat auf. Der Abschaum sickerte in die Ritzen, wurde aufgesogen. Türken, Araber – was suchten sie auf Berlins Straßen? Was hatte er damals auf Kosovos Straßen zu suchen?

Ein Kerl sagte: Alles gut? Ja, nur Prellungen. Der Kerl: Bist blau und grün im Gesicht. Machte nichts, er war keine Schönheitskönigin. Sie nahmen ihn mit ins Lokal, der Schwule küsste zwei Schwule auf den Mund. Das war nicht in Ordnung, das war verkehrte Welt – Soldat wandte sich ab.

Die Toilette sah aus wie ein Männernuttenpuff: Poster von nackten Männern mit hinterm Nacken verschränkten Händen, Metall am Penis. Furchtbar. Er stellte sich ans Urinbecken, schloss die Augen. Prüfte das Porzellan auf Blutspritzer, auf Blutschlieren. Nichts. Man bat ihn an den Tresen, der Knüppelkerl knallte ihm das große volle Bierglas hin, der Schaum spritzte hoch. Prost! Harte Männer soffen wie die Rüpel. Soldat war wachsam: Die hier konnten das vollenden, was die dort draußen nicht zu Ende gebracht hatten. Er machte Anstalten zu gehen. Wurde abgehalten. Er sog Luft ein durch die Nase, in der Küche briet man Kartoffeln.

Jagdsaison?, sagte er.

Einmal über die Grenze und zurück, sagte ein Mann mit herunterhängenden Hosenträgern, ich heiße Bertram.

Marcus. Wo kommen die her?

Aus dem Schaschlikviertel.

Von Schwulen geklatscht – keine Heldengeschichte.

Bist du andersrum?

Nein, bin normal.

Jetzt starrten ihn Bertram, der Knüppelkerl, und drei umstehende Männer an. Soldat wurde rot, er dachte: Das war's, ich bin tot.

Mein ich ja, sagte Bertram grinsend, du bist andersrum.

Wollt' euch nicht zunahetreten.

Hätte nichts dagegen, sagte der Kerl mit dem Knüppel, Heiko.

Marcus.

Siggi.

Mathias.

Gustav.

Freut mich, sagte Soldat.

Auf Glattrasierte steh ich ja sonst nicht, sagte Heiko.

Ich liebe Frauen, sagte Marcus.

Streber, rief Gustav.

Geht vorbei, sagte Bertram.

Hast du eine Freundin?, sagte Heiko.

Nein.

Na, also. Finde zurück zu deinem wahren Selbst.

Sie ist tot.

Es war schlagartig still im Lokal. Die Männer in der Nähe brachen mitten im Gespräch ab. Soldat bekam Schulterklapse – sentimentaler Blödsinn. Zehn Minuten später stellte ihm der Koch einen Teller auf den Tresen: gelbes Auge, auf Rand genäht. Bratkartoffeln mit Spiegelei. Die harten Kerle taten auf gut Freund. Schwachsinn. Marcus aß grinsend. Bedankte sich bei dem Koch. Dankte den Männern. Wollte bezahlen. Sie drohten mit eins in die Fresse. Ihr seid abartig, dachte Soldat und umarmte sie der Reihe nach. Er durfte wiederkommen, auch im Spießerkostüm, in dem er steckte.

Draußen schaute er sich um. Keine Beißer, kein Patrick. Schmerzen beim Gehen, nur gestauchtes Fleisch, kein Riss. Was tun? Zeitvertreib. Ein Mietmädchen an der Ecke? Laufen, stundenlang, bis er wieder in seinem Körper steckte? Schnaps, auftauen, das Elend auskauen? Auf kleine beißende Viecher losgehen, versteckt im Schatten, Hände in den Taschen? Der Kleintransporter war weg.

Er fuhr zum Kino. Nachmittagsvorstellung. Der Film: Frauen, die beim Kochen träumen und beim Träumen aus der Nase bluten. Die schönste Frau im Film eine isolierte launische Supermarktangestellte. Eltern lange tot, mal tumb, mal schnell und geschminkt, aber immer wochenmüde. Kein Mann, in den sie sich verliebte, das gefiel Marcus. Kleine, schwarz gefärbte Knochen im Stofftäschchen: Sie zog jeden Abend zu Hause an der Zugschnur, ihre Nasenspitze verschwand im Täschchen – was sollte das? Sie blutete beim Kochen aus der Nase. Marcus starrte. Außer ihm nur ein knappes Dutzend Menschen im Saal. Eine junge Frau blickte ihn im Ausgang hasserfüllt an. Er hakte nach: Habe ich Ihnen etwas angetan? Sie: Mir nicht, aber der armen verwirrten Frau. Zweiter langer Blick: Marcus erkannte sie als eine der beiden Studentinnen, die ihn beim Leiter angeschwärzt hatten. Seltsamer Zufall. Frauen hielten ihn für gemeingefährlich: Christine, Isabel, diese Studentin. Er bat sie, ihm einige Minuten ihrer Zeit zu schenken. Sie verwünschte ihn nicht, sie ließ ihn nicht stehen, sie kam mit zum Colaautomaten, lehnte Getränk ab. Marcus erzählte die ganze Geschichte.

Ich bin also zu spät gekommen?

Sie ist geistig verwirrt, sagte Marcus, man hat mich eingestellt, damit ich Sie und Ihresgleichen vor diesen Leuten schütze.

Die Arbeit wollen Sie natürlich behalten.

Ich falle keine Frauen an.

Wie hat Ihnen der Film gefallen?

Was? Na, sehr gut.

Wieso?

Nicht der übliche Liebesschmonzes, sagte Marcus.

Nur deshalb?, sagte sie lachend.

Alle Frauen im Film tragen Strickjacken. Altmodisch, aber gut.

Und die Geschichte?

Sie wird eben nicht glücklich. Auch zum Schluss nicht. Gefällt ihr, dass sie hübsch ist und Arbeit hat.

Nicht zu wenig?

Finde ich nicht.

Ich habe einen Freund, sagte sie, er wartet auf mich. Machen Sie's gut.

Ja, wollte Marcus sagen, doch sie war schon weggesprungen. Der Film brannte lange nach, Bilder flackerten und erloschen in seinem Kopf. Ein Bild: Juliette, aus der Nase blutend. Es riss ihn entzwei.

*

Ihr Vater holte sie ab, er gab Fidan die Hand, musterte Taylan schweigend. Die Männer hatten sich vor Monaten zerstritten. Weswegen? Tante und Onkel verrieten es ihr nicht. Später im Wagen fragte Isabel Kambay nach dem Grund. Er winkte ab, sie gab nicht auf. Wegen meiner Gespielinnen aus meinem Vorleben, sagte Kambay. Dummer Scherz des Onkels: Du, Kambay, bist der klassische Abstauber – du tröstest traurige Grazien, und sie schenken dir ihre Liebe. Die Männer der Grazien haben das Nachsehen. Eklat beim sonntäglichen Pflichtbesuch. Derya und Taylan waren aneinandergeraten. Versöhnung unmöglich.

Isabel starrte während der Fahrt hinaus. Spuckwettbewerb von Kindern. Kosende Liebende. Streunende Katzen. Fliegende Händler, die honiggetränktes Esspapier verkauften. Spuckende Angestellte in Anzügen. Da ist nichts, was mich berührt, dachte sie.

Kein Begrüßungsdrama zu Hause. Derya bügelte altes Geschenkpapier. Sie wollte, dass sich Isabel erst ausruhte, doch sie hatte keine Lust, sie schaute ihrer Mutter beim Bügeln zu.

Gab es ein besonderes Vorkommnis?, sagte Derya.

Der Onkel.

Ja, ich weiß.

Sonst nichts.

Beschwert sich Fidan darüber, dass wir, ihre Verwandten, undankbar sind?

Das tut sie, sagte Isabel, sie glaubt, ihr würdet sie mit Absicht vernachlässigen.

Ich bin keine Lazarettschwester.

Ich habe nicht gut schlafen können.

Die durchgelegene Matratze, sagte Derya, ich wollte ihr ein komplettes neues Bett schenken. Oft bleiben ihre Gäste über Nacht: Neffen, Nichten, Freunde. Am nächsten Morgen sitzen sie mit bleichem Gesicht am Frühstückstisch und lassen beim Durchdrücken des Rückens die Wirbel knacken.

Fidan hat abgelehnt?

Sie sagte: Du hast eine blühende Phantasie. Und: Du neigst zur Verschwendung.

Mutter.

Wir sprechen später darüber.

Nein, jetzt. Wo hast du den Keuschheitsgürtel versteckt?

Weggeworfen, sagte Derya.

Das stimmt doch nicht.

Du brauchst kein Gestell.

Es gehört mir nicht, ich muss es zurückgeben.

Eine Leihgabe?

Genau, sagte Isabel.

Wer so etwas besitzt, hat … gewisse Probleme, sagte Derya.

Sie sind keine guten Freunde von mir.

Sie?

Ein Ehepaar.

Schließen sie dich in ihre Spiele ein?

Nein, sagte Isabel mit fester Stimme. Derya stellte das Bügeleisen auf die Ablage, hielt das Geschenkpapier an zwei Enden hoch. Fast knitterfrei. Jetzt zog sie vorsichtig die Klebestreifen ab.

Dein Vater hat mich gebeten, mit dir zu sprechen.

Traut er sich selber nicht?, sagte Isabel.

Ein Gespräch unter Frauen.

Gut. Aber ich will es wiederhaben. Sonst bekomme ich großen Ärger.

Versprochen, sagte Derya, Keuschheit und Gürtel – zwei Worte, die wohl zueinanderpassen. Aber lassen wir das. Ich schicke eins voraus: Ich will dich weder ärgern, noch will ich mit dir streiten. Schließt du bitte die Wohnzimmertür.

Isabel ging erst in die Küche, trank hintereinander zwei Gläser kaltes Wasser. Sie musste nur eine kleine Prüfung bestehen, sie durfte nicht überschnappen. Sie schloss die Tür hinter sich. Es begann.

Derya sagte: Du hattest schon einige Männer in deinem Leben.

Nicht viele, nicht wenige, sagte Isabel.

Deine Entscheidung.

Du warst Jungfrau?

Unberührt. Dein Vater ist der erste und letzte Mann in meinem Leben.

Alle Achtung.

Verhöhn mich nicht. Nun zu dir. Hat dich jemand …

Nein, Mutter.

Was, nein?

Ich wurde nicht vergewaltigt.

Gott sei Dank, rief Derya aus.

Habt ihr das befürchtet?

Was sollen wir denken? Du nimmst von uns kein Geld an. Du verkehrst mit Obdachlosen. Du schaffst dir eine Hündin an, die bestimmt vor großen Ratten flüchtet.

Glaub ich nicht, sagte Isabel.

Du tauchst bei uns nach langer Zeit mit diesem Gestell auf, fuhr Derya fort.

Und ich verschmähe die Männer, die sich um mich bewerben.

Sie sind mir egal, sagte Derya.

Was?

Ihre Mütter riefen noch einmal an. Sie schlugen vor, es unter uns Damen zu regeln.

Verstehe ich nicht, sagte Isabel, ich habe doch bei ihren Söhnen überhaupt nicht gut abgeschnitten.

Sie sind ohne Ausnahme von dir angetan. Und das hat mich stutzig gemacht.

Wieso?

Das Zuchtpferd wechselt das Gestüt, sagte Derya.

Die Stute bekommt das neue Gestützeichen auf die Hinterbacken, sagte Isabel lächelnd.

Der Gestütherr hat etwas zum Vorzeigen.

Zum Zähmen Zuckerwürfel für die Stute.

Wir sind natürlich böse und ungerecht, sagte Derya, aber so ist das nun einmal. Ich will mich aber nicht bei dir einschmeicheln. Ein Ehemann und vor allem Kinder sind deine Rettung. Daran glaube ich felsenfest.

Na ja. Wenn du denkst, du hast ihn drinne, klemmt er in der Sofarinne.

Was soll das denn wieder heißen?

Sagt man bei uns in Berlin.

Isabels Vater hatte vor einiger Zeit angefangen, den Bauch einzuziehen. Das tat er nie draußen, sondern nur in der Wohnung. Wollte er Derya imponieren? Übte er zu Hause, um dann vor einer Jüngeren zu bestehen?

Die Ehefrau stellte den dazugekommenen Ehemann zur Rede, die Tochter gab sich unbeteiligt.

Kambay sagte: Weder noch. Dir will ich immer gefallen. Mein Bauch macht mir einfach schlechte Laune.

Das Telefon klingelte, Derya führte lange Gespräche mit Müttern, die für ihre Söhne eine letzte Schlacht schlugen. Verlorene Gefechte. Ihre Mutter sprach mit der festen Stimme einer ehemaligen Schuldirektorin, wünschte guten Tag und guten Weg. Im Bad las Isabel die Aufschriften auf den Salbentiegeln: Naturkosmetik für faltenfreie Haut. Sie ging in ihr Zimmer, sah den Keuschheitsgürtel auf dem Bett, packte ihn in den Koffer, legte ihre sauber gewaschene Obdachlosenwäsche obenauf. Sie hatte bei ihrer Tante zwar fast jede Nacht durchwacht, aber in den wenigen Stunden, in denen sie schlief, im Buch im Traum lesen können. Dritte und vierte Zeile lauteten: ›Zerbrochene Gefäße, groteske Musik. Sie stand am Fenster mit Ausblick auf den Hügel.‹

Kambay ging mit ihr die Punkte auf seiner Liste durch: Pass, Mobiltelefon, Schminktäschchen, Taschentücher, Geldbörse, Münzen und kleine Scheine in der Hosentasche, Reiseproviant. Ihre älteste Cousine bestand auf einem kurzen Treffen am Vorabend ihrer Abreise. Sie hatte oft angerufen, es klang dringlich. Sie konnte ihr absagen. Nein, sagte Isabel, Fidan hat von ihr erzählt – ist sie eine verzweifelte Person geworden? Die Eltern schwiegen.

Sie fuhr mit dem Taxi zum Lokal ihrer Wahl. Eine verschreckte Ayda saß am Eingang des Esssaals, als wollte sie sichergehen, dass man ihr den Fluchtweg nicht versperrte. Bei Isabels Anblick sprang sie hoch, die Handtasche auf ihrem Schoß fiel auf den Boden. Erster Eindruck: gepflegt. Dicker Lidstrich, sehr viel Farbe im Gesicht. Hüftschwer. Weiße Bluse, schwarzes Kostüm, es stand ihr gut. Sie küsste Isabel auf beide Wangen, reichte ihr die Serviette zum Abreiben des Lippenstifts. Tee, keine Speisen. Der langhaarige Kellner sagte: Die Bürgerlichen ziehen wie ein Vogelschwarm zu uns, als wären wir ein Baum mit vielen Nistplätzen. Sie starrten ihn an.

Ich bin solchen Linken dankbar, sagte Ayda, sie bestärken mich in meiner Abscheu vor dem Bolschewismus.

Er wird keiner dogmatischen Lehre anhängen, sagte Isabel.

Als der Kellner mit der Bestellung an ihren Tisch zurückkehrte, fragte Ayda: Sind Sie ein sanfter Linker oder doch, wie ich vermute, chinesenhörig? Der Mann würdigte sie keines Blickes, stellte die Teegläser ab, trottete leise fluchend zum Tresen.

Da hast du's, sagte Ayda.

Du hast ihn ja fast beleidigt.

Wieso? Habe ich ihn eine Latrinenlochqualle genannt?

Nicht so laut, Ayda.

Die stärkste Waffe gegen Bolschewisten ist Munterkeit. Die schimpfen uns doch immer Himmelhennen.

Isabel lachte auf. Ayda beugte sich vor, entzündete die Zigarette an der Flamme in der hohlen Hand. Noch hielt man sich nicht in allen Lokalen an das Rauchverbot. Isabel rauchte mit. Der Kellner schickte ein Aushilfsmädchen vor: Es musste bei dieser einen Zigarette bleiben, die anderen Gäste hätten sich beschwert.

Ayda: Sag dem Langhaar folgende Zeile auf: kein Schulterschluss mit den Kanaillen.

Das Mädchen folgte der Forderung, der Kellner schaute finster herüber. Unsere grimmige Tante hält mich für völlig verblödet, sagte Ayda.

Eher für sonderbar, sagte Isabel.

Sie hat also getratscht.

Fidan redet in freundlichen Worten über dich.

Lass die Scherze. Ich darf sie nicht mehr besuchen. Wenn sie meine Stimme am Telefon hört, legt sie sofort auf … Woher kennst du dieses Lokal der Seligen?

Ein Bewerber hat mich hierher ausgeführt.

Hoho, rief Ayda aus, ist bestimmt nichts geworden.

Nein.

Du bist die einzige Unverheiratete in der Familie.

Keine Ratschläge, bitte.

Doch, mein Rat ist: Geliebter ja, Ehemann nein. Womit ich bei meiner Bitte bin. Du musst mir Potenzmittel besorgen.

Was?

Mich kümmert es nicht, wenn du klatschst. Du kennst meinen Mann. Sieht gut aus, schöner kleiner Arsch und Disziplin in den Knochen.

Ayda!

Wir sind doch nicht auf der Lämmerweide. Früher war er ein rascher Hirsch.

Hab's verstanden, sagte Isabel.

Heute ist er eine Seelenantenne. Ich komme mir vor wie eine abgelegte Flöte.

Liegt ihm eine Last auf der Seele?

Wo hast du gelernt, so zu schwätzen?, sagte Ayda, ich schleppe fast jeden Tag schwere Einkaufstüten nach Hause – das ist Gewicht.

Ich meinte Trauer.

Traurig ist sogar der streunende Hund in unserer Straße. Habe ihn gefragt: Der Kamm schwillt dir nicht, woran liegt's?

Und?

Viel Blabla. Soweit ich verstanden hab, hat er sich jedenfalls nicht entliebt.

Die Arbeit?

Acht Stunden am Tag machen mürbe. Umso mehr will man sich doch gehen lassen.

Hast du keinen Verdacht?

Eine vorübergehende Störung, sagte Ayda, damit können wir beide leben. Schau mich an, bin ich abstoßend?

Nein, Ayda.

Eine Frau ohne Kurven ist behindert ... Wollte dich nicht kränken. Du bist aber wirklich zu mager. Liegt es am deutschen Essen?

Es liegt an mir, sagte Isabel leise.

Wie auch immer. Tust du mir den Gefallen?

Ja.

Schön, danke. Hier hast du das Geld.

Ich kann es nicht annehmen.

Doch, kannst du. Mein Mann weiß von unserem Treffen. Er hat mich erst davon abbringen wollen. Ich sagte ihm: Calcium für deinen Knochen, was ist daran falsch? Lass dir bitte keine Pfuschpillen andrehen. Man liest viel von Männern, die den erblühten Schritt nicht mehr loswerden.

Isabel wagte es nicht, sie nach ihrem Vater zu fragen: Er hatte sich nach dem Tod seiner Frau über seine Kerkerhaft beschwert. Derya und Fidan mobilisiert, um für ihn schnell eine Folgefrau zu finden. Die erfolglose Suche wurde abgebrochen. Ein pensionierter Beamter? Ein Mann mit einem ergrauten, am Lippenrand gestutzten Schnurrbart? Ein Witwer, der eines Morgens vom Blick in den Spiegel verrückt würde? Die Witwen und alten Jungfern winkten ab. Sie erzählte von ihrer Mutter, sie sagte: Derya ist gewaltig, sie verdrängt alles. Ich sollte es endlich einsehen, sie ist kein Gegner mehr. Alles Wichtige war besprochen, die Cousinen bezahlten getrennt. Sie wussten: Ein baldiges Wiedersehen war unmöglich.

*

Isabel dachte: Wenn sich mein Inneres nach außen stülpt – wie sehe ich aus? Wie eine Frau mit glänzender Haut, mit Knochen aus Perlmutt.

Zurück in Berlin, seltsame Berliner Gedanken. Stundenlanger Flug, stundenlange Fahrt in die Stadt, zermürbender Tag. Nicht ausgepackt, durchgeschlafen. Warmer Regen. Möwenfütterung. Eine Mücke flog in den offenen Kühlschrank. Sie blies Luft in ihre Richtung, die Mücke wurde herausgeweht. Sie erinnerte sich an Aydas Abschiedsworte: Wo wir sind, ist vorn. Wenn wir hinten sind, ist hinten vorn. Es gab in ihrer Familie fast nur amüsierte sachliche Frauen.

Sie zog sich wetterfest an, lief los. Gewaltmarsch tat gut.

Die Dame riss die Tür auf und sagte: Einen Tag zu spät. Isabel durfte eintreten, Ruby bellte wie verrückt, ihre Freude war diesmal nicht ansteckend. Isabel durfte kurz zu Atem kommen. Sie zeigte auf die große Tüte. Danke.

Hast du ihn denn gebraucht?

Nicht so oft, wie ich dachte, sagte Isabel.

Und wie war's?

Ich war auf einem anderen Kontinent. Jetzt bin ich da.

Die ersten beiden Tage hat sie geweint, sagte die Dame, ich habe ihr die Plastikkrause angelegt, damit sie Ruhe gibt. Sie hat sich freigebissen. Ich erkenne sie nicht wieder.

Ruby lebt in einem wilden Haushalt. Es färbt ab.

Es ist unfein, nach den Fersen kleiner Kinder zu schnappen.

Ich versuche es ihr abzugewöhnen.

Ohne Erfolg.

Sonst alles gut?

Mein Mann?

Ja, sagte Isabel.

Er hat jedenfalls keine Affäre. Aber er hat es zugegeben.

Er geht zu Nutten?

Nein, sagte die Dame und verstummte.

Was ist los?

Du – er schwärmt für dich.

Bei mir ist nichts zu holen, rief Isabel wütend.

Er weiß es, ich weiß es, sagte die Dame.

Ich komme hierher zum Geldverdienen. Das geht nicht, dass man die Regeln bricht.

Wir sind uns darin einig, sagte die Dame steif.

Immer nur Scherereien.

Was soll ich ihm von dir ausrichten?

Was?

Er will von dir eine Antwort.

Sag ihm: Herzlichen Dank aber auch, dass ich mich nach anderer Arbeit umsehen darf.

Sie sprang auf, die Hündin fiel von ihrem Schoß. Erschrak, bellte. Isabel streifte ihr den Kinderanorak über, stürmte ins Freie. Noch Zeit bis zum nächsten Termin. Menschen meiden. Sturmschritt. Im Monbijoupark Betrüger, Schmarotzer, sudelnde, schmierige Säufer. Sie pfiff Ruby zurück – da sah sie es. Rechts zwischen den Sträuchern. Etwas, das nicht dorthin gehörte. Eine Skulptur? Sperrmüll? Es bewegte sich, trat ins Freie. Ein Fuchs. Die Hündin grollte ihn an. Der Park war Rubys Revier, ihr Totenreich, ihr Spielsumpf. Das fremde Tier erstarrte.

Isabel sagte streng: Bleib bei mir, hörst du? Wirst du wohl hierbleiben! Stürz dich nicht in sinnlose Kämpfe. Er wird dich zerreißen.

Der Fuchs machte einen Satz zur Seite, verschwand. Es wimmelte im Park vor Kaninchen, das fremde Tier jagte Beute. Die Nachbarin Tante Eva hatte auf einem Spaziergang eine Fuchsfamilie entdeckt, sie war entzückt gewesen. Abfall lockte das Getier an, die Füchse suchten in den Müllcontainern an der Marienkirche nach Fraß. Hungrige Tiere streiften in den Hinterhöfen umher, man hörte sie in der späten Nacht oder im Morgengrauen.

Isabel leinte Ruby an: Sie schnüffelte immer an jedem Dreck, der Fuchs schiss auf dieselbe Erde im Park, ihre Hündin würde sich Fuchsbandwürmer holen. Das Hundezeug in Tüten brachte sie nach Hause: Napf, Futter, Ball.

Sie verharrte lange am Fenster, überwand die Starre. Keimende Unlust. Bewegung. Hund blieb im Heim. Sie rief bei Herrn Hagen an: Komme pünktlich, lassen Sie die Tür wie üblich angelehnt. Der Mann grunzte ins Telefon. Was sollte sie für ihn einkaufen? Wurst, Käse, Brot, billigste Sorte Nudeln, kleine Buletten in Dosen, zwei Flaschen Schnaps. Der Mann grunzte: Reicht dein Geld, Mädchen? Ja. Er legte auf.

Später stieß sie mit dem Kopf sachte die Tür auf, füllte den Kühlschrank, legte den Kassenzettel auf sein Knie, er nickte und sie nahm Geld aus seiner abgewetzten Börse. Kunstleder, dachte sie, genauso wie das stinkende Ledersofa, auf dem er sitzt. Pyjama, gestreift. Morgenmantel, Frottee. Eine Stunde, sagte Isabel, was soll ich tun? Ich lüfte ein bisschen.

Nix, schrie Herr Hagen.

Es riecht bei Ihnen schon etwas streng.

Bist ja nicht zum Amüsement hier. Obwohl, Putzlappen kann ja jeder schwingen.

Ist gut, sagte Isabel, also was jetzt?

Siehst den Schein dort aufm Tisch?

Zwanzig Euro.

Verdien sie dir.

Deshalb bin ich hier, sagte Isabel.

Extrapappe, sagte Herr Hagen.

Weil ich immer nett bin?

Für Luft gibt's Luft, sagte Herr Hagen, du verstehst schon.

Soll ich Fenster putzen?

Schnäuz mir den Kaspar, sagte er.

Was?

Zwanzig Euro dafür, dass du mich munterschabst. Ich rühr dich nicht an, du schaust weg und schabst mich munter.

Das mache ich nicht, sagte Isabel leise.

Ist wie Blümchen pflücken. Oder wie am Schellenbaum klimpern.

Nein.

Ich hab Gicht, Mensch. Kann es mir nicht selber besorgen. Stell dich nicht so an. Brauche eine, die mir die Pfeife ausklopft.

Hören Sie auf damit!

Die Frau vor dir hat sich nicht geziert. Die war 'ne Handballerina.

Schluss damit, rief Isabel.

Du bist aber ein kleines Arschloch. Dann zieh dich aus, und lass mich gaffen.

Ich bin doch kein Posierfleisch.

Schließlich gab er nach. Beschimpfte sie als nutzloses Arbeitsgerät. Gebissklacken während des Wutanfalls.

Brachte ihm sein Glas Schnaps, setzte es auf seiner Unterlippe an, kippte langsam. Seine Zunge am Glasboden, leckte den letzten Tropfen. Sie aß aus Rache in der Küche das Marzipanbrot, sie biss große Brocken ab, schluckte sie fast ungekaut hinunter. Lagen lange im Magen, hielten lange satt. Sie: Was kann ich für Sie tun? Er: Mach den Käfig sauber, kriegst zehn Euro. Sie drückte die Käfigtür auf, ließ den Wellensittich frei. Grau wie Herr Hagen. Kackte alle fünf Minuten. Flog hoch auf den Kleiderschrank. Beäugte den Mann. Beäugte die Frau. Isabel kratzte den Boden des Vogelbauers sauber. Sagte: Sie müssen eine Doppelseite Zeitung auslegen. Die Vogelkacke klebt daran fest. Muss man nur alle zwei Tage wechseln. Er: Wer liest denn heute noch Zeitung, Mädchen? Sie ließ die Käfigtür offen, der Wellensittich würde irgendwann wieder auf der Plastikschaukel mit Schelle sitzen wollen. Herr Hagen hatte ihm keinen Namen gegeben: kein Mensch, kein Name.

Er schickte sie wieder zum Einkaufen: noch eine Pulle. Die nächste Viertelstunde außer Haus bleiben – sie wusste, weshalb. Herr Hagen würde sich auf Knien an der weichen Matratzenecke reiben. Sie ließ zwanzig Minuten verstreichen. Vogel auf der Schaukel, Herr Hagen in Unterwäsche.

Gicht ist scheiße, Mädchen, sagte er.

Ja, sagte sie.

Nichts für ungut.

Soll ich mich für Sie umhören?

Du willst mich verkuppeln? Is' ja 'n starkes Stück.

Feste Tarife, sagte Isabel, dreißig Euro für reden und Hand.

Deine Kupplergebühr ist wohl mit drin.

Vergessen Sie's.

Ich zahl nicht mit dicker Pappe, sagte er, fünfundzwanzig kann ich entbehren.

Plus Anfahrt.

Was gibt's da für Modelle?

Wählerisch dürfen Sie nicht sein, sagte sie.

Hautfarbe ist mir egal, Größe ist mir egal, sagte er, du

weißt, Mädchen, bin kein böser Kerl. Die darf mir nur nicht die Stube plündern.

Sie unterhielten sich über Isabels Kontakte zur Unterwelt – seine Worte. Transvestiten schloss Herr Hagen aus: Umgemotzte hatten Männerhände, ein komplettes Frauenset bekamen die nicht angenäht. Isabel führte ihn ins Bad, streifte ihm Unterhemd und Unterhose ab. Er saß mit geschlossenen Augen auf dem Hocker, sie wusch ihn sauber. Seine Krallenhände ruhten auf den Knien. Als würde er posieren, als wäre er Posierfleisch. Alter Mann mit durchgedrücktem Rücken. Er lehnte Haarwäsche ab. Trocken reiben, beim Anziehen helfen, zurück zum Ledersofa. Er: Wann kommt die Schüttlerin? Sie: Geduld. Werd mich darum kümmern.

Worauf warten?, dachte Isabel auf der Straße. Dass die Flüsse bergauf fließen? Dass mich die Schweinekrämer in Ruhe lassen? Was sahen sie in ihr? Ein einsames junges Ding, das immer wieder die Schranktür aufriss und am Lavendelsäckchen schnupperte?

Sie besorgte in Schöneberg Potenzpillen – billiger als erwartet. Schrieb auf ein Blatt Papier: ›Liebe Ayda, das ist eine Art Beipackzettel. Man hat mir versichert, dass das Mittel wirkt. Es macht aus Männern Bärenbändiger. Bete für mich. Deine Cousine.‹ Sie schickte das Paket ab. Sie durfte die Hündin nicht lange allein lassen, sonst würde sie vor Wut die Wandecken zerbeißen.

Auf dem Alex schaute sie in alle Richtungen – wo war Soldat? Sie holte Ruby ab, lief zu Fuß zur Suppenküche. Helga, Tüten voll mit Pfandflaschen, irrer als sonst, sie stellte sich Isabel in den Weg, schrie: Die Verkehrtheit – überall. Die Gestörten werden gelobt. Die Seelenlosen – sie sterben auch. Darin ist Trost. Tod täuscht nach rechts und löscht links das Leben aus. Wer ist der Nächste, wen trifft der nächste Schlag? Für Worte unempfänglich, sie ließ sich nicht berühren, packte ihr Zeug, rannte weg.

Isabel ging rein, ein Bärtiger im Weg, er sagte: Zermatscht wie 'ne Praline. Helga tauchte auf, stieß ihn zur Seite, sie hatte wohl nur ihre Tüten im Gebüsch versteckt. Sie wisperte Isabel ins Ohr: Christine tot. Spielende Kinder haben sie in einem Abbruchhaus gefunden. Arme Christine, tolle Christine, Körper kaputt, Seele futsch.

Isabel: eine Rasselpuppe, zu Boden geschleudert. Man half ihr auf.

Isabel: heulende Puppe auf dem Stuhl, lauwarmes Wasser trinkend. Man erzählte ihr: Eingeschlagener Schädel, eingeschlagenes Gesicht, mausetot, die Kinder werden wochenlang schlecht träumen, vom Mörder keine Spur. Die Armen, die Säufer, die Berber riefen durcheinander: Es war einer von uns – wo warst du, Isabel? Nicht in Berlin. Kann jeder behaupten. Helga scheuchte sie in andere Winkel, an die Tische, Verweis von der Aufsicht: Drohen Sie den Leuten nicht. Sie stehen kurz vorm Rauswurf! Helga versprach Besserung und Läuterung.

Sie singen ihm Oden, sagte sie leise, sie flechten Ehrenkränze, sie flüstern Flüche, weil sie glauben, es würde ihn anlocken, den Mörder. Ein von Katastrophen träumender Mörder. Ein Hurenbock mit magisch schönem Gesicht, ein Beischlafketzer. Ein nachgemachter Mensch.

Wovon redest du, um Gottes willen?, sagte Isabel.

Wie die Krüppel die Krücken schwenken. Wie der blinden Alten das Gesicht glüht. Zeichen, dass sie ihn erwarten, den Verderbten. Hasshitze, Liebesglut, alles eins.

Dein Geschwätz bringt dich noch um, sagte Isabel und schämte sich.

Noch bin ich nicht dran.

Tut mir leid.

Noch nicht, sagte Helga wieder, nicht heute, nicht morgen. Übermorgen bin ich tot.

Wer hat ihr das angetan?

Genug geheult, fuhr Helga sie an.

Erst Juliette, dann sie, sagte Isabel, gibt es wirklich keinen Verdächtigen?

Schütz dich gut, sagte Helga, übermorgen leb ich noch. Will nicht über Leichen stolpern.

Sie schaute der Flaschenpflückerin hinterher – seltsam klare Worte für diese verwirrte Frau. Summende Laute stießen die Armen im Saal aus, sie klapperten mit dem Besteck, lauter als sonst, sie tranken den aufgewärmten Tee, schlürfend und schmatzend, mutlos und ungebärdig, sie stellten die Gläser, die Tassen grob zurück, das Wasser, der Tee schwappte über, und sie schoben die tropfenden Tabletts in den Wagen für benutztes Geschirr. Schwung und schlechter Atem. Wenn Idioten jubelten, war das, worüber sie jubelten, falsch und schlecht. Sie freuten sich. Ein Kerl sagte: Ich freu mich wie ein Negerkind. Ein anderer Kerl sagte: Soll er kommen. Hab feste Knochen, scheuer ihm eine, puste ihn um. Man hatte sie verschont und ihre Frist verlängert, sie wurden lebenslustig.

Die Hündin zerrte an der Leine, Isabel folgte ihr. Viele Straßen weiter sah sie ihren gewesenen Freund, er übersah sie absichtlich und verschwand im Hauseingang. Der Tag der schlechten Zeichen. Es war kindisch, daran zu glauben. Den Schreck ausspucken, Isabel wischte sich Speichel von der Lippe. Ein Bildband im Schaufenster eines Altertandhökers. Auf dem Umschlag: liegender Hundeschakal aus schwarzem Stein. Sie durfte darin blättern. Der Höker: Stammt aus einem Raucherhaushalt, deshalb billig. Vier Euro nach Verhandlung.

Eingebung: Hin zum Spätkauf in der Seitengasse,

Büchse kaltes Bier, ein Stück erst mal. Sie setzte sich auf die Bank vor dem Kiosk, zog umständlich den Bügel ab, nahm einen großen Schluck. Blätterte im Band. Der Hundeschakal hieß bei den alten Ägyptern Anubis. Griff in den Mund der mumifizierten Leiche, riss die Seele heraus, führte die Seele ins Totenland. Isabel las: Anubis leitete die Wägung des Herzens. Gottheiten saßen über die Seele zu Gericht, wogen das Herz. Wurde es für leicht befunden, wurde die Seele zerrissen. Isabel blätterte in den Seiten, trank die Dose leer, holte eine zweite Dose, trank. Benommen, benebelt, hüpfendes Kleinesmädchenherz. Sie entdeckte die Ähnlichkeit, sagte zur Hündin leise: Du Schakalkopf. Ein Junge wurde auf sie aufmerksam, sie wies ihn mit einem scharfen Wort zurecht. Jemand setzte sich neben sie, Ruby sprang an seiner Wade hoch, sie weigerte sich, ihn anzuschauen.

Schließlich sagte er: Lange weg gewesen. Sie folgte mit dem Finger den Umrissen des Priesters auf dem ganzseitigen Bild: Schakalmaske, er hielt ein Zepter in der Hand, ein Schakalkopf aus Gold war auf das obere Ende aufgesteckt.

Du riechst nach Tod, sagte sie, wo du auftauchst, sterben die Frauen.

Ich bringe kein Glück, sagte Soldat.

Er ließ sie weinen, er ließ sie in Ruhe. Die Hündin saß auf seinem Schoß und leckte ihre Hände. Die Seite mit dem schakalköpfigen Mann wellte sich. Soldat ging hinein, holte Bier für sich und Wasser für Isabel. Sie leerte die Flasche. Der neugierige Junge glotzte, Soldat blickte ihn finster an, er drehte ihnen den Rücken zu.

Unten alles gut gelaufen?, sagte Soldat.

Ich war auf einem anderen Kontinent. Jetzt bin ich da, sagte Isabel.

Schönes Land?

Ein Land wie eine Buntstiftzeichnung. Blau, Rot, Gelb, Grün. Wenig Schwarz, viel Durchgestrichenes.

Ich verstehe.

Wirklich?

Ich war im Kosovo. Dort ist es ähnlich.

Männer unterschreiben mit Füller. Wie in der Grundschule.

Hier auch, sagte Soldat.

Frauen haben hier bunte Spangen am Kopf. Dort stecken sie mit schwarzen Nadeln die Haare fest. Ich war auf Bräutigamschau.

Und, ist es was geworden?

Geht dich nichts an, sagte Isabel.

Ja. Gut.

Frag dich auch nicht, wem du hinterherhechelst.

Niemandem, sagte Soldat.

Du hast dir bei keiner die Augen verblitzt?

Nein.

Wieso nicht?

Albernes Getue.

Stimmt.

Ein Igel zum Arschwischen ist besser.

Was?

Grober Vergleich, sagte Soldat, es passt mir nicht, andere können es besser, sollen sie mal.

Hast du mir die letzten Tage aufgelauert?

Ich lauere nicht. Ja, ich habe mich nach dir erkundigt.

Wusste ich's doch, sagte Isabel.

Sie fühlte sich traurig gut, sie wollte ihn schlagen, er saß zu nah bei ihr. Kalter Kerl. Sie sagte: Ich will noch ein Bier, er blieb sitzen. Kranker Kerl. Nicht aufstehen, sonst würde sie hinfallen. Blick heften auf die Füße der Passanten. Hündin nah am Bein. Soldat erzählte: Er hatte an seinen freien Tagen Patrick beschattet. Isabel schüttelte den Kopf.

Frische Wunde, sagte sie und wies auf seine Stirn.

Tablettkante, sagte Soldat, ist schon verschorft.

War er das?

Nein. Ein Irrer, den ich rausschmiss.

Bei der Arbeit?

Ja.

Harte Arbeit, sagte sie, bist du Rausschmeißer?

In der Mensa.

Wieso holst du mir kein Bier?

Bist schon beschwipst. Noch eine halbe Dose, und du bist betrunken.

Begleitest du mich später?

Wohin?

Zum Geburtstagsfest eines Malers.

Künstler, ich weiß ja nicht.

Du hast ein Auto, sagte Isabel.

Fahr dich hin und hol dich wieder ab, sagte Soldat.

Ich brauch einen, der auf mich aufpasst.

Kommt mir vor wie eine Totenfeier.

Halt bloß den Mund, rief Isabel aus, du hast ja keine Ahnung.

Du tust alles, damit es dabei bleibt.

Sie stieß mit der Fußspitze gegen die Bierdosen, eine davon rollte weg. Am liebsten würde sie sich auf der Bank ausstrecken und den Rest des Tages verdämmern. Soldat half ihr auf, schnalzte nach der Hündin, öffnete den Wagenschlag, ließ sie einsteigen. Er sagte: Wohin? Sie sagte: Teufelsberg. Staub und Haare auf der Ledermanschette des Schaltknüppels. Staub auf den Lenkradspeichen. Staub und Dreck auf den Bodenmatten. Hinausschauen.

Du hast ihn beschattet?, sagte sie.

Er quält seine Tochter, sagte er.

Wie?

Mieser Kinderdrill. Füttert mit ihren Süßigkeiten eine Krähe. Reißt ihr das Plüschtier aus der Hand, legt es für die Krähe aus. Tochter weint und schreit. Das Schwein freut sich darüber.

Kranker Kerl, sagte sie.

Ein Schwein. Er hat gelächelt.

Jede Nacht höchstens drei oder vier Stunden Schlaf. Ihr Rücken schmerzt, im Liegen wie im Sitzen. Masseur sagt: Muskel gehorcht dem Willen. Therapeut sagt: Kopf ist die Klinge, die hineinsticht, wenn man ihn lässt. Isabel weiß: Verrücktwerden – eine Frage der Zeit.

Sie bleibt lange wach, sitzt wie eine Katze dicht an der Wand, hört keine Musik, liest kein Buch, starrt die Wand an, bis ihr Blick das Weiß verdunkelt. Keine Körperkraft. Ihr Freund: Versuch es mit heißen Körnerkissen. Sie entzieht sich ihm. Er darf sich ihr nicht nähern. Für einen ganzen Monat fährt er in eine Stadt im Süden. Viel Geld für wenig Arbeit, er darf das Angebot nicht ablehnen. Isabel ist es recht. Sie beschließt eine Hungerkur, essen will sie nur einmal am Tag. Helga mahnt: Mager lohnt nicht, mager verendet, mager verreckt. Juliette wird komisch, Isabel erkennt: Sie hat sich verliebt, will ihn aber nicht vorzeigen. Klinge dringt tiefer ins Fleisch. Kloschüssel locker. Riecht streng in der Wohnung, gelbes Wasser läuft in Rinnsalen unten aus. Sie meldet es an. Kleiner Reparaturauftrag. Legt den Zettel in das Fach des Hausmeisters. Tagelang warten, es tut sich nichts. Sie ruft bei ihrem Freund an. Sein Rat: nachhaken. Sie ruft beim Handwerksbetrieb an: Der Antrag wird bearbeitet. Sie feudelt und wischt, sie brennt im Bad Streichhölzer ab, stellt Duftkerzen auf. Zwecklos: Uringeruch überall. Juliette vermittelt ei-

nen Mann. Kein Handwerker, aber handwerklich begabt. Ein Hüne mit Muskeln und Bauch. Inspektion der Kloschüssel. Er sagt: Es gibt viele tödliche Unfälle im Haushalt. Du könntest mit der Schüssel zur Seite wegkippen. Ich werde den Sockel verschrauben. Du bekommst einen erhöhten Klositz mit Lehnen und zwei Haltegriffen. Der Mann veranschlagt zwei halbe Tage, macht sich an die Arbeit. Will Kaffee, will Essenspause, will Betreuung. Isabel: Das wird mir zu viel. Hier ist die Kaffeedose, hier ist Geld für Hörnchen und Kuchen, reden will ich nicht. Er zuckt mit den Schultern. Sie setzt sich an die Wand, Schmerzen fast unerträglich, plötzlich brüllt er, flucht böse. Sie stürmt ins Bad – er ist mit dem großen Schraubenzieher abgerutscht. Zwei Kacheln zerritzt. Schade, sagt sie. Er: Zieh es dann von meinem Lohn ab, verdammt noch mal. Schreit sie an, rotes Gesicht wie ein Kind. Klinge sticht, tiefste Nacht, sie ruft ein Taxi. Der Hüne: Ich schraub hier so lange weiter, bis du wiederkommst. Der Fahrer unbeeindruckt, sie zwängt sich stöhnend auf den Rücksitz. Zur nächsten Apotheke. Apothekerin: Ihre EC-Karte ist ungültig. Isabel: Ich habe mir wahrscheinlich einen Nerv geklemmt. Kann nicht stehen. Ich bring morgen das Geld vorbei. Nein. Isabel: Bitte. Ich lasse meinen Krankenversicherungsausweis hier. Nein. Zurück zum Taxi, zur nächsten Bankfiliale. Taxifahrer: Machen Sie mal nicht so einen Wind, ich hab auch mal Schmerzen. Isabel möchte ihm Haare in Büscheln ausreißen. Geld abheben, zurück zur Apotheke, Pillen gegen Geld, zurück zur Wohnung. Pille wirkt, alles psychisch. Der Hüne ist fertig mit der Arbeit, er schnauft. Die Lehnen sind nicht fest verschraubt, halbe Stunde noch, dann aber wirklich Feierabend. Isabel dämmert auf der Liege, im Zimmer am anderen Ende des Flurs. Er ruft: Fertig! Sie will ihn auszahlen – wo ist das Portemonnaie? Sie sucht, er sucht mit. Sie spürt wieder das Messer im Rücken. Der Hüne läuft mit ihr lächelnd durch die Wohnung …

Schläfst du?, sagte der Soldat.

Der Kerl hat mich beklaut, sagte sie, er hat für mich schwarz Fliesen gelegt.

Nein!

Doch. Juliette hat mir nichts davon erzählt, dass es ihr Bruder ist.

Für so einen in der Verwandtschaft würde ich mich auch schämen.

Nicht deshalb, sagte Isabel, sie war seltsam, ich hab sie nie wirklich verstanden.

Ja, das stimmt.

Dieser Patrick – Zellenmost ist er, in schwarzer Pfütze ausgebrütet.

Was?

Ich habe ihn dabei erwischt, wie er den Trinkrand meines Glases abgeleckt hat. Glaubte, er wäre ungestört. Gott sei Dank hatte ich keinen Lippenstift aufgelegt.

Mein Kumpel bei der Kripo sagt, Juliette hat sich umgebracht.

Ja, und?

Wenn ich mir diese Geschichten anhöre, dann weiß ich nicht so recht.

Du warst mit ihr zusammen. Sie war nicht lebensfroh. Sie faulte langsam ab.

Harte Worte.

Stimmt doch, oder nicht?, rief Isabel, du hast ihr nicht helfen können.

Wie denn?, schrie er, ich gab ihr Feuer, sie schlug mir auf die Hand. Markierte die Emanze. Scheiß Männer hier, scheiß Männer da. Einen wegstoßen und dann darüber jammern, dass man sie nicht wirklich verstand – das konnte sie gut.

Da ist dir dann die Hand ausgerutscht, sagte Isabel leise.

Hab kein loses Handgelenk. Hab's dir schon mal erzählt: Ich schlage nur Kerle.

Ist gut.

Bist du betrunken?

Nicht mehr. Dank dir.

Das alles tut mir leid, Isabel, wirklich.

Er hatte zum ersten Mal ihren Namen ausgesprochen. Sie schwieg, zupfte die Hündin am Ohr.

Soldat fuhr einen Umweg, einige Straßen auf der kürzesten Strecke waren gesperrt, eine große Demonstration. Sie schlüpfte aus der Jacke, faltete sie auf dem Schoß, gurtete sich wieder an. Gut, dachte sie, ich bin nüchtern. Wenig später dachte sie: Nichts gelingt.

Die Feier ist ein Hyänenfest.

Erwarte nichts anderes, sagte Soldat.

Wieso hat Juliette dich nicht mitgenommen?

Ich tanze nicht. Ich hasse Weinbesäufnisse. Ich schwätze mir über blöden Kram nicht die Lippen blutig. Deshalb.

Der Huflattich blühte, es war Frühling. Vergiftetes Tageslicht. Sie wollte wie ein Kind, das sich beim Fallen am Tischtuch vergriff, zu Boden stürzen. Sie kamen an, Isabel stieg hastig aus. Arbeiter im Bauwagen, sie zeigten grinsend auf die Kuppe des großen Hügels. Die lustige Gesellschaft feierte auf dem Trümmerberg. Soldat ging voran, es überraschte sie, er wollte sich also nicht hinter ihr verstecken. Hundert Treppenstufen. Sie holten eine Frau in hochhackigen Stiefeln ein, ihre Wangen bebten bei jedem Schritt. Isabel kannte sie nicht, sie grüßte sie aber zurück. Der Maler Georg und seine tausend Bekannten. Sie erinnerte sich an den rechtschaffenen Krämer, einen dicken pralinensüchtigen Mann, der Georgs Bilder kaufte, um sie in der Bank zu deponieren. An die Wände seines Wohnzimmers wollte er sie nicht hängen: zu viel Blutrot, zu viele Eulenköpfe auf Menschenrümpfen. Ein Missverständnis – der Maler hatte es dem Krämer erklärt: Ich male Eulen, die nicht auf Ästen hocken. Diesen Krämer sah sie sonderbarerweise an der letzten Treppenstufe stehen. Er sagte: Wie schön – ach, du hast Begleitung mitgebracht. Er würde es weitererzählen. Soldat unbekümmert, gab ihm die Hand, nickte, nannte nicht seinen Namen. Kurzer Plausch, sie zogen weiter. Georgs Hofstaat: Freunde, gewesene Freundinnen mit ihren neuen Freunden, Kunden, blöd gewordene junge Wilde, schöne Frauen über fünfzig, görenhaft aufgehübschte Mittzwanziger, verschmächtigte Körper im Gedränge. Auf Tapeziertischen in der Mitte des Plateaus Wein- und Wasserflaschen, Salatschüsseln. Schlange vor dem Grill, die knochige Freundin des Malers legte gerade eine aufgeplatzte Wurst auf den Pappteller. Das Gerücht: Sie hatte den geerbten Kaufmannsladen verkauft. Sie wohnte zur Miete, kleidete sich jedes Vierteljahr neu ein. Sie hielt ihr Idealgewicht, fütterte Georg mit teuren Delikatessen. Soldat erstarrt – genoss er die Aussicht? Als hätte er ihre Gedanken gelesen, sagte er: Im Westen Abhöranlage aus dem kalten Krieg, der Osten wurde belauscht. Im Osten Funkturm West, dahinter Fernsehturm Ost. Im Norden das Olympiastadion, im Nordwesten Spandau. Isabel fragte ihn, ob er den Maler kennenlernen wolle – er wollte nicht. Die schlecht riechende Klasse war nicht zugelassen, fühlte er sich deshalb unwohl? Sie ließ ihn brüten, ging langsam zwischen den Frauen und Männern mit vollen Papptellern in den Händen hindurch. Rausch verflogen, schöne Luft auf der Anhöhe. Jo inmitten schwuler Nachwuchskünstler, sie plapperten demonstrativ laut, sie verstummten jäh, als sie bei ihnen ankam. Jo: Du siehst fürchterlich aus. Und seit wann liebst du eine Wachsfigur? Sie verstand: Er hatte Soldat entdeckt. Isabel fuhr ihn an, er lachte laut auf. Trauerte er nicht wegen Christine? Hier öffentlich trauern?, sagte er, Herrgott, das ist ein Fest. Ich kannte sie nur flüchtig. Wo war ihre hässliche Hündin? Bei ihm, sagte sie, die Lebenslust bringt euch kleine Mädchen noch um. Isabel zog weiter, hörte sie kichern und klatschen. Sie hatte sich in ihre Herzen gesprochen. Auf dem Weg zum Maler fing sie seine Freundin Leonie ab. Aus gegebenem Anlass stark geschminkt. Eine schöne Frau bist du, sagte Isabel. Leonie strahlte sie an: keine Küsse mit spitzem Mund, echte Küsse auf die Wangen. Sie musste immer sichergehen, dass man um ihre besondere Stellung wusste: keine Malermuse, aber so etwas wie seine starke nichtmalende linke Hand. Oder war Georg Linkshänder? Isabel verharrte bei ihr, sie würde sie zu ihm begleiten wollen. Große Silberspange am Rock, aufgefächerte Falten, grobe Stiefel. Sie sei aufgeregt, Georg habe letzte Nacht eine Andeutung gemacht, sie zitierte ihn: Ich bin in einem Alter, da mir eine Heirat geradezu herrlich unbürgerlich erscheint. Was dachte Isabel darüber? Nur Worte? Ein versteckter Antrag? Solle sie ihn darauf ansprechen? Verschrecke sie ihn nicht dadurch? Wolle sie sich überhaupt binden? Er sei ja nicht wohlhabend, werfe aber trotzdem mit Geld um sich. Deswegen habe er sich in eine fast aussichtslose Lage hineinmanövriert. Wären da nicht seine vielen gutherzigen Freunde, die immer den Ruin verhindern konnten. Ihr gefielen nur nicht seine verlausten Kumpel von der Straße. Sie scharten sich um das Lagerfeuer, nahmen ihn aus. Isabel wollte diese Frau den Hang hinunterstoßen. Sie reckte den Hals – dort. Soldat erwiderte ihren Blick, setzte sich in Bewegung. Pflügte sich eine Schneise durch die Menschen. Wer ist das?, sagte Leonie. Soldat starrte sie mit unbewegtem Gesicht an. Als sie keine Antwort bekam, führte sie Frau, Mann, Hündin zum Maler. Er goss gerade Weinbrand in den heißen Kaffee. Er sagte: Libel. Du bist auch da. Danke. Neuzugang? Soldat: Wer Sorgen hat, der hat auch Likör. Seine Worte verwirrten Maler, Freundin, umstehende enge Freunde.

Er ist mein Fleischer, sagte Isabel, ich wollte ihm zeigen, wie Künstler feiern.

Ach, Sie sind Metzger, rief Leonie aus.

Schneide Fettrand ab, wenn der Kunde es will, sagte Soldat.

War das jetzt ein Witz?

Ist ernst gemeint.

Ich glaube, Sie machen sich lustig über mich, sagte Leonie.

Wieso?

Sie spielen doch auf meine Figur an.

Sie kämen mir jedenfalls nicht auf das Hackbrett.

Wir kennen uns nicht besonders gut, sagte der Maler, da wollen wir doch nicht gleich übertreiben. Ein Mann neben ihm gab ihm recht. Die Freundin rauschte davon. Alles verdorben – Georg würde es diese Nacht nicht bei einer bloßen Andeutung belassen können. Er erzählte von der großen bemalten Leinwand mit dem klaffenden Riss an der rechten oberen Ecke. Das Bild: eine Studie über einen schweren Säufer, schlechte Zähne, blasse Haut, gute Augen. Der Riss: Isabels Hieb mit dem Bleistift, frisch gespitzte Mine – was war der Grund für den Streit?

Du hast behauptet, ich würde mir die Rückenschmerzen nur einbilden.

Hatte ich unrecht?

Ja.

Da hast du dann ein Bild zerstört. Sie könnte bei Ihnen anfangen, sie hat Schwung im Arm.

Brauche keine Angestellte, sagte Soldat.
Ich bin mir sicher, dass Sie kein Fleischer sind.
Sie liegen richtig. Wie alt sind Sie?
Über sechzig, sagte Georg.
Was malen Sie?
Er ist großartig, sagte Isabel.
Danke. Ich male Eulen in Kostümen. Eulen in Anzügen. Eulen in Berufsbekleidung.
Seltsam, sagte Soldat.
Nicht wahr? Ich gelte in meinem Viertel als großer Narr. Sehen Sie sich um. Das sind Freunde aus ganz Berlin. Kein einziger Mensch aus dem einfachen Volk. Woran liegt's? Habe einige eingeladen, bin sogar zu jedem Einzelnen hingegangen. Jeder versprach, trotz des weiten Weges zu kommen. Es gibt Grillfleisch und Bier. Es gibt recht hübsche Frauen. Ich locke also mit Belohnung. Wieso also sind diese Männer abwesend? Ich glaube, ich kenne den Grund.
Der Spinner will uns blamieren, sagte Isabel.
Richtig. Er ködert uns mit Frauen. Worüber sollen wir uns mit ihnen unterhalten? Über den Butterpreis? Über die hohe Politik? Oder über die richtige Rocklänge der Saison? Über das Frühlingserwachen?
Über die tote Tochter. Über die ermordete Mutter, sagte Isabel leise.
Ach, Libel.
Herzlichen Glückwunsch. Und noch viele Bilder für die Zukunft.

Frau, Mann, Hündin wandten sich ab, Soldat eilte wieder vor. Sie dachte: Ab jetzt ist es ausgeschlossen, freundliche Worte über ihn zu verlieren. Der Maler nahm und gab, er tauschte Bilder gegen Geld. Er behielt etwas für sich, den Rest verteilte er unter seinen verwahrlosten Freunden.

Ein verwegener Mann – trotzdem. Sie wurden aufgehalten: von Jo und den großen Jungs, die wie kleine Mädchen kicherten. Jo stellte sich und die anderen Soldat vor, ein Junge mit zwei tätowierten Schriftzeichen am Hals unterbrach ihn. Soldat: Wenn die Brötchen reden, haben die Krümel Pause. Große Erheiterung. Alle Augen waren auf den harten Mann an ihrer Seite gerichtet, es machte ihn verlegen. Jetzt drehte sich das Gespräch um Abwesende: gestorben, abgestiegen, in andere Städte umgezogen. Margret und Heinrich Hochheiser.

Sie sind nicht hier?

Sind mit Hege und Pflege der Brut beschäftigt, sagte Jo, entweder hat er eine Gebärmutter gemietet. Oder sie hat sich von einem Hengst besteigen lassen. Vermutlich ist das Kind schwarz, deshalb zeigen sie es nicht vor.

Red nicht so, sagte Soldat leise.

Bist wohl kinderlieb?

Kann dir egal sein.

Er meint es nicht wirklich böse, sagte Isabel.

Doch, tut er.

Sie bat Soldat, mit Ruby unten am Auto zu warten, sie würde nachkommen. Er musterte sie, dachte nach. Loste er vor jedem großen Schritt die richtige Richtung aus? Als würde er über einen Boden mit Falltüren schreiten, so ging er davon. Er hatte den Gang eines mürrischen Alten oder des Helden einer Schauderballade. Isabel nahm Jo beiseite.

Kein Humor, sagte er.

Er war Soldat, sagte sie.

Schießt wohl alles tot, was ihm nicht passt.

Du musst mir helfen.

Natürlich muss ich das.

Ich schau einmal in der Woche bei Herrn Hagen vorbei …

Kenn ich ihn?

Nein, hör zu. Der Mann hat Gicht. Er braucht eine Schüttlerin.

Ah ja, sagte Jo, da komme ich ins Spiel.

Keine große Sache, sagte Isabel, reingehen, massieren und auf Wiedersehen. Fünfundzwanzig plus Anfahrt.

Ein Hungerlohn.

Ich weiß. Gerät er an die Falsche, ist er erledigt.

Man erzählt sich eine Geschichte über einen Mann, der sich mit Schaschlikbrüdern geprügelt hat.

Ja, und?

Halb Schöneberg hat sich in ihn verliebt. Dein Soldat passt zum Steckbrief.

Jo, hilfst du mir bei dieser Sache?

Er willigte ein, diesen Gefallen würde er irgendwann zurückfordern. Isabel gab ihm Hagens Adresse und Telefonnummer, bat um Stillschweigen. Jo zeigte mit dem Finger auf die Gäste: Der mit der Röhrenhose – er wäscht die Hose nie. An jedem Monatsende legt er sie ins Gefrierfach, holt sie nach acht Stunden wieder heraus, hängt sie zum Trocknen auf. Er stinkt. Die da – sie sticht den schönen Frauengesichtern auf den Plakaten die Augen aus. Sie stinkt. Dort, die Alte im hässlichen Kleid – sie feilt die Nägel bis aufs Fleisch. Sie stinkt auch. Ich bin diskret, Schätzchen. Isabel dankte ihm, verabschiedete sich. Winkte Leonie am Grill zu, sie tat, als hätte sie Isabel nicht gesehen. Treppen runter. Soldat: ernst, in Gedanken. Ruby: schnüffelnd streunendes Tier.

Wohin?, sagte er.

Nicht nach Hause, sagte sie, irgendwohin, wo man spazieren gehen kann.

Sie schlief während der Fahrt ein, er weckte sie: Fingertrommeln auf ihrer Schulter. Wo waren sie? Tiergarten.

Frischer Wind tat ihr gut. Spielplatz. Aufgebockte Einhornköpfe aus Holz. Kinder warfen mit Ringen nach dem Hornspross. Die meisten verfehlten. Ein Junge ging auf Stelzen, die Schwester stützte ihn, der Junge stolperte und fiel hin. Er fing an, auf die gemeinsame Mutter zu fluchen. Schwester wich einen Schritt zur Seite. Jungs in der Nähe. Sahen aus, als hätten sie sich unter einem Pfadfinderwimpel versammelt. Lachten dreckig. Der Junge ermuntert. Ballte die Faust, schlug Schwester auf die Brust. Gezücht, dachte Isabel. Soldat fasste sie an der Schulter, zwang sie weiterzulaufen. Jungs starrten herüber. Plage.

Isabel sprach:

Sie sind verflucht. Sie lieben Vergewaltigungspornos. Bestien, die sich auf Sitten einschwören. Sie sagen: Deutsche Frauen sind dreckig. Wir kneten ihr Fleisch. Wir reiten sie hart. Sind Nutten, wir müssen aber keine Nuttenmiete bezahlen. Sie sagen: Unsere Frauen sind rein. Wir holen eine Unschuld vom Lande ins Bett. Wenn die Jungfrau stöhnt vor Lust, wissen wir, sie hat sich vor uns besteigen lassen. Wir kennen uns aus: Ein beschädigtes Weib geht zum Arzt. Es gibt Spezialisten, die löten die aufgeknackte Büchse. Die vernageln die Kiste. Die verschließen die Tür. Unser Bettschatz muss ihr Pulver trocken halten. Sie muss ein Trauermädchen sein. Nicht beschmutzt. Nicht von anderer Männer Saft bekleckert. Halbjungfern erkennen wir sofort. Die darf sich nicht unter uns winden. Keine Schonung – die schicken wir zurück, die jagen wir aus Haus und Hof. Jungfrau aus dem Dorf. Wir stecken sie ins Brautkleid, in das Totenhemd. Nach dem Fest zieht sie sich aus: vor uns. Trägt sie Untergeknüll aus Spitze, wissen wir: eine aufgemachte Tasche. Schießt ihr nicht vor Scham das Blut in die Wangen, wissen wir: Sie betrügt uns um unseren Lohn. Legt sie sich gleich auf den

Rücken und reißt die Beine auseinander, wissen wir: Sie ist ein Nuttenkind, ihre Mutter hat sie unterwiesen. Will sie uns niederringen, will sie unten liegen, führt sie unseren Finger an die kleine Feige, lässt sie ihr Becken gegen unsere Lenden klatschen, bohrt sie uns die Zunge in den Mund, kratzt sie unsere Arschbacken oder unseren Rücken, flüstert sie schmutzige Worte uns ins Ohr, nennt sie uns: Mein Hengst, sammelt sich zu viel Speichel in ihrem Mund, drückt sie unseren Kopf zwischen die Beine, dann wissen wir: Die Ruine wurde renoviert. Wir haben das Recht erkauft, wir wollen es tun: die Gans enthäuten, die Tür aufstemmen, das Pflänzchen umhacken. Gezücht! Gehen zum Puff, nennen den Puff: Hurenaquarium, Stoßkaserne, Fleischmarkthalle. Sie kommen um vor Brunst. Haben einen Fisch ohne Gräte im Hosenstall. Sie beben vor Wut, wenn eine Frau sie unterbricht. Wenn sie sich vor Frauen versprechen. Wollen die Frau wie ein Pferd mit Schenkeldruck dazu bringen, zu springen. Ihre Mütter haben ihnen ein Schlaflied zum Einlullen gesungen. Leise. Sie aber brüllen. Sie können wassernasse Seife nicht anfassen. Fliegen auf dem Honigbrot, das sind sie. Geschmeiß nennen sie alle, die sie sehen – es summt in ihrem Kopf, weil sie nicht verstehen. Negeroperette nennen sie das, was sie dumm dastehen lässt. In ihrem Kopf nur Spuk des Heimatdorfes. Vernichten wollen sie, mit Blut und Glut ziehen sie in die Kämpfe. Rollen den Feind auf. Wer ist der Feind? Das Mädchen, das nicht will, wie es soll. Färben ihm den Buckel blau und sonnen sich im Weltruhm. Wer ist der Feind? Die Tochter des Hauses. Sie sagen: Jedes Fläschchen braucht sein Pfröpfchen. Es freit sie schon der richtige Mann, sie wird ihm schon beim ersten Wurf einen Sohn schenken. Will sie nicht, wie sie soll, schießen sie ihr in den Kopf. Lassen die Schwester, die Cousine, die Verdorbene wie eine blutende Ratte im Rinnstein liegen. Die Stelle zwischen den Beinen einer Frau beschäftigt sie – Bauchfleck nennen sie die Stelle. Brunstrutsche, Haartruhe, Entschleimer: Moospolster, Glocke, Kapelle, Fummel. Nudelsieb, Rührbutte, Tastenbrett. Spalte, Rille, Schlucht. Bademulde. Spind, Koje. Mutti, Dattel, Tunnel, Stollen, Quetschmaschine. Kranke Viecher! Worüber denkt das Vieh am meisten nach? Übers Jungfernhäutchen. Über den Verschlussdeckel, das Schutzgitter, die Mädchenhaut. Ehre, schreien sie, mir gebührt Ehre. Die Mutter ist heilig. Aber was fluchen diese Kerle ständig? Ich vögele deine Mutter. Anderer Leute Mütter zu schänden – ihr großer Traum. Die eigene Frau im Heim ist heilig. Sie bekocht den Kerl, lässt ihn nachts in sich hinein, sie liegt da wie vier Kissen, wie gestauchte Tagesdecke. Sie zieht seine Blagen groß, sie kämmt den Knaben das Haar, sie knotet Schleifen an die Zöpfe des Mädchens. Heimfleiß, das ist Ehre des Kerls. Draußen treibt sich der Kerl herum, mit seinesgleichen zieht er durch die Straßen. Sie schwätzen über Autos. Über Häuser bauen. Übers Vögeln. Über Ehre. Über die Deutschen. Sie sagen: Die Männer tragen Windeln. Schwuchteln sind sie. Sie sagen: Sie sprechen nicht das richtige Gotteslob. Sie hassen uns wegen unserer Reinheit. Wir strahlen, sie sind verkümmert. Wir tragen saubere Kleidung. Sie sind von oben bis unten besudelt. Sie sagen: Nach jedem großen Stuhlgang waschen wir uns den Hintern. Die laufen mit dreckiger Arschritze herum. Wenn man ihnen die Hand gibt, klebt nach jedem Händedruck eine Million Scheißebakterien an der eigenen Hand. Sie sagen: Wer Schweinefett frisst, wird zum Schwein. Schau sie dir an, sie sind Pack, und wir sind das Volk aus der Steppe. Sie sagen: Wenn ich sterbe, soll mein Leichnam in mein eigentliches Land überführt werden. Die

Erde hier ist nicht gesegnet. In ihren Friedhöfen verrotten die Perversen. In den Gräbern hier liegen die Knochen der Unreinen. Gezücht! Sie prügeln ihre Kinder zu Kopien ihrer Väter. Sie machen aus ihnen Bauern. Sie lehren sie die Kojotenmoral: Die Sünden der Männer straft man an den Töchtern. Und ihre Frauen? Haben schwere Unterbauchkrämpfe. Hohen Blutdruck. Zucker. Sie singen am Topf auf der Herdplatte, sie rühren im Topf und singen dumme Lieder. Über die Schönste im Dorf, die in den Fluten ertrank. Über erloschene Sterne. Über den Ahnungslosen, der sich vor der Himmelsschwärze fürchtet. Der deshalb den Himmel anspuckt. Der mit Spucke auf dem Schuhspann nach Hause eilt. Diese Frauen singen, beschürzt und ungeschützt, Lieder über die Gebete von geschundenen weisen Männern in Ruinen. Sie rühren und singen. Sie singen das Lied über den Jüngling. Getötet durch die scharfe Kante einer Glasscherbe. Die Scherbe hielt der Nebenbuhler in der Hand und stach zu. Die Seele des Jünglings wird jede Nacht ins Dorf geweht. Sie erscheint der jungen Frau, die ihn liebte. Was ist das für ein Lied? Die Frauen summen beim Kochen, bis die aufgedunsenen Kerle zum Trogausschlecken herbeikommen. Fressen und fressen. Große Köpfe. Große Bäuche. Kleine Männchen mit Wachtelbeinchen. Weib hat gekocht, Männchen futtert. Seufzt beim Fressen. Sohn schaut es sich vom Vater ab, frisst und seufzt. Die Söhne, diese widerliche Brut. Kopien. Schänden und schinden ihre größte Lust. Stopfen sich voll mit Teig und Fleisch, saufen süßen Sirup, schlecken Tröge aus. Damit sie auswachsen, damit sie stark werden. Damit sie später, wenn sie Vater geworden sind, zur Tochter sagen können: Du bist fünfzehn. Jeder Tag, der verstreicht, ist ein Schritt zur Schande. Du musst heiraten. Die Söhne fressen. Damit sie die Schwester schlagen können …

Ruhig, sagte Soldat.

Sie blieb stehen, blickte ihn voller Hass an. Blickte sich um. Sie waren am Auto angelangt, sie hatte es nicht gemerkt.

Gezücht, rief sie.

Ja.

Du weißt gar nichts.

Hab mich mit diesen Leuten geschlagen. Schwulenhatz.

Dann warst du das?

Spricht man darüber?, sagte Soldat.

Für Jo und seinesgleichen bist du ein Held, sagte Isabel.

Ich pfeif darauf. Hab genug für heute. Wo soll ich dich absetzen?

Uns.

Dich und Ruby, ja.

Zu Hause.

Gut.

Danke, sagte sie. Das Gezücht hatte alle anderen vom Spielplatz vertrieben. Die Kerle rangelten aus Spaß. Euch wird man nie lieben, dachte Isabel, hassen wird man euch, solange ihr hier lebt. Eure alten Sitten stinken schlimmer als alte Schuhe.

Hältst du mich für verrückt?

Für sehr zornig, sagte Soldat.

Hab ich unrecht?

Kenn die Brüder nicht gut genug.

Und wie wirken sie aus der Ferne besehen?

Wie Banditen aus einem alten Film.

Hattest du mal was mit einer Fremden?

Keine Lust darauf.

Du willst nicht zurückfragen?

Nein.

Ich hatte auch nichts mit einem Südländer.

Lebe und liebe in deinem Kiez, sagte Soldat, und wenn du die weite Welt sehen willst, buch eine Reise nach Portugal.

Genau. Wieso Portugal?

Da wollte ich schon immer hin. Die singen übrigens auch traurige Lieder.

Es gibt solche und solche, sagte Isabel.

Kann sein. An manchen Orten gibt es nur solche.

Sie lachte böse auf, der Hass glühte noch in ihrem Körper. Sie beugte sich vor, strich der Hündin über den Schakalkopf. Schwarze Seide ihr Fell. Soldat streckte sich, beide Hände am Lenkrad. Dunkle Wolken, baldiger Regen. Die Freunde und Bekannten des Malers würden den Trümmerberg herunterlaufen. Isabel lächelte, sie freute sich ehrlich.

*

Gebell der Hündin, sie fuhr im Bett hoch. Schreckensbleich. Kurz nach sieben Uhr morgens. Jemand war draußen im Flur. Kratzte mit dem Fingernagel am Türholz. Sie rief: Wer ist da?

Männerlachen. Mann scharrte mit dem Fuß an der Schwelle.

Isabel rief: Ich hol die Polizei.

Der Mann: Nicht doch, ich bin's.

Stimme eines Schmeichlers. Sie stand auf, schlüpfte in einen alten dicken Wintermantel, legte die Kette vor, schloss auf. Blick durch den Spalt: Bruder der Gemordeten, Patrick. Zeigte ein Schmuckkästchen vor. Stand wie ein dummes Kind am Zaun.

Du warst die beste Freundin meiner Mutter, sagte er, sie hätte es bestimmt gewollt. Hier.

Was suchst du hier?, sagte Isabel.

Im Kästchen ist kein Schmuck.

Ist mir egal.

Ringe ohne Wert, dünne Goldketten, falsche Steine, sagte er, ich wollte sie versetzen. Der Händler hat mir ins Gesicht gelacht. Weißt du, wo sie sind?

Hau ab, zischte sie.

Im Müllcontainer in deinem Hinterhof. Kannst ja drin wühlen.

Du hättest reinsteigen sollen. Du bist Müll.

Meinst du? Vielleicht hole ich mir doch den Schmuck zurück. Sag dem Köter, er soll nicht bellen.

Sonst passiert was?

Dein Köter ist klein. Hat ein kleines Herz. Die Aufregung schadet ihm.

Ihr.

Bei Menschen gibt es Mann und Frau, sagte er, Tiere sind Dinger.

Er schaute ihr unverwandt in die Augen. Lächelte. Kavalier, der lebensdemolierte Mädchen tröstete. Handwerker, der die Dellen zurück ins Blech drückte. Der Schnecken im Frühling rettete, nur wenn eine Frau es später bezeugen konnte. Strähnen hatten sich vom zurückgekämmten Haar gelöst, fielen ihm in die Stirn. Schinder.

Lass uns sprechen, sagte er.

Woher hast du meine Adresse?

Steht sie nicht im Telefonbuch?

Nein.

Dann habe ich wohl nette Menschen gefragt. Menschen, die mir meinen Kummer ansehen. Ich bin ja jetzt ein Waisenkind.

Mein Beileid.

Klingt falsch aus deinem Mund. Meine Mutter, sie jagte mich davon. Wie traurig.

Wieso lächelst du dann?, sagte Isabel.

Sie verkam, sie verdarb. Ich bin mir sicher, deine Freundschaft tat ihr nicht gut.

Du bist ein Dieb, Patrick. Wahrscheinlich hast du sie beklaut.

Vor zwei Jahren war ich auch auf Georgs Geburtstagsfest. Dieses Jahr war ich nicht eingeladen.

Du hast dich unbeliebt gemacht.

Kann mich gar nicht erinnern, sagte Patrick, nein, warte. Meine Worte waren: Wenn ich Schuhwichse auf einen alten Lappen schmiere, ist es bessere Kunst als deine Bilder.

Du bist ein armes Schwein, sagte Isabel.

Hat dein Köter Schlupf- oder Stupswarzen?

Scher dich zum Teufel, sagte sie und drückte schnell die Tür zu.

Er hatte nicht damit gerechnet. Kratzte wütend an der Tür. Sprach von Ruby als einem missgeborenen Dackel. Man müsste sie und weitere drei Dutzend Dackel vor einen großen Schlitten spannen und über den Alexanderplatz peitschen.

Isabel täuschte einen Notruf bei der Polizei vor. Sie meldete einen zudringlichen Mann, der sich gewaltsam Eintritt verschaffen wollte. Sie hörte den Schinder davongehen. Eingeschlossen in ihrer Zelle. Halbe Stunde lauern. Reizgas in die Tasche. Scharfes Fleischermesser obenauf. Dem riss sie ein Loch in den Bauch, wenn er sie ansprang. In den schnitt sie tief hinein, wenn sie musste. Sie schnallte zwei Gürtel um das Berliner Telefonbuch auf ihren Oberschenkeln. Ihr Spiegelbild: die verwachsene Frau. Der Schinder konnte sie dort unten nicht verletzen, die Klinge würde abbrechen.

Sie stürmte hinaus – nichts. Im Flur, im Aufzug, draußen vor den Haus – nichts. Ihre Hand in der Tasche, das Messerheft fest umschlossen. Fahrt zur Kleiderkammer am Bahnhof Zoo. Umwege – nichts. Kein Verfolger.

Neue Bestimmung: ein Oberteil, ein Unterteil, ein Paar Schuhe. Sie wählte eine Männerjacke aus, sagte zu der verwunderten Angestellten: Mir egal, Hauptsache, sie hält warm.

Eingebung: Soldat besuchen. Kurzer Fußweg zur Mensa. Isabel lief herum, fragte einen Mann, der Fruchtquarkschüsseln bewachte. Er sagte grinsend: Besuch während der Arbeit ist strengstens verboten. Dort müssen Sie anklopfen – Sie sind doch geistig gesund, oder? Ja.

Soldat rief: Wer ist da? Sie drückte die Klinke herunter, er riss die Tür auf. Wutverzerrtes Gesicht. Er beruhigte sich schnell. Soldat schob ihr den Stuhl hin, setzte sich auf die Sprosse einer Aluminiumleiter. Sie erzählte: Patrick hatte sie gefunden. Soldat fluchte. Der Mann von vorhin bat ihn hinaus. Soldat bat Isabel, bis zu seiner Wiederkehr im Zimmer zu warten.

Schwein, dachte er, rieb sich übers Gesicht. Was war los? Der Leiter bestellte ihn zu sich: Beide Beschwerden zurückgezogen – Himmel aufgerissen, Marcus stand im Lichtstrahl –, wollte der Mann ihn veräppeln? Leiter: Ich kann mir den Sinneswandel nicht erklären – können Sie es etwa? Soldat merkte wegen des Untertons auf. Wofür hielt er ihn? Glaubte er, Marcus hätte die Frauen unter Druck gesetzt? Leiter: Glimpflicher Ausgang, nur das zählt.

Sie stand an der angelehnten Tür, sie hatte es drin nicht ausgehalten. Er wischte sich den kalten Schweiß von der Stirn. Isabel reichte ihm die Männerjacke.

Ein Geschenk. Ist leider schon getragen.

Macht nichts.

Für die kalten Tage. Oder bist du abgehärtet?

Nein, sagte er, danke.

Will dich nicht von der Arbeit abhalten.

Hab das Gröbste hinter mir. Bleib, wenn du magst. Kannst in die Kantine und Zeitschriften lesen – gebe sie dir mit, sind aber von vorletzter Woche.

Gern, sagte sie und stockte. Ein spitzer Schrei, Soldat rannte sofort los, sie folgte ihm in die Cafeteria. Eine Studentin saß wie festgenagelt auf ihrem Stuhl, schrie und starrte auf ihren Teller. Geröstete Wespe im Spinat. Soldat griff nach dem Tablett, hielt den Teller schräg in den Mülleimer, das Essen fiel herunter. Sprach mit einer Frau in weißem Kittelkleid. Frau bat Studentin um ein Gespräch unter vier Augen.

Was passiert jetzt?, sagte Isabel.

Die Kollegin wird sie für den Schock entschädigen. Vier Wochen freie Kost.

Damit sie die Mensa nicht verklagt?

Genau.

Sie suchte sich einen Platz am Fenster. Das Wetter schlug um. Regen, Sonne, neue Wolken. Soldat kam, berichtete von kleinen Zwischenfällen. Er griff ein, befriedete. Gewalt gegen Gewaltsüchtige. Von den einsichtigen Irren sprach er, als ginge es um tote Feinde. Isabel aß nichts, trank nichts, blätterte in alten Magazinen. Mageres Mädchen im Versteck.

Soldat holte sie ab, er hatte die neue Jacke angezogen. Er sagte: Falsche Größe. Seh aus wie falsch gewickelt.

Kein Ziel, sie liefen trotzdem gemeinsam los. Zwischen zwei geparkten Autos fand Isabel eine vollgepackte Einkaufstüte. Beute: antibakterielle Hautseife, teure Zahnbürste, Salbe für sanfte Schälung der Gesichtshaut, Shampoo, Duschgel. Sie nahm die Tüte an sich, sagte zum verblüfften Soldat: In Berlin gibt es ein Gesetz. Greifst du nicht ab, greift es ein anderer ab. Man hat mir dreimal das Telefon und zweimal die Börse geklaut. Ich habe auch Minus gemacht im Leben. Du wirst bestohlen, dann findest du was, dafür verlierst du was. Lässt du alles liegen?

Er war blind für vergessene Dinge.

Sie zählte auf: Ich finde Mützen, Handschuhe, halb volle Zigarettenschachteln. Spielbälle für Ruby, Hundeleinen. Dann ein Portemonnaie im Park. Das Geld hat der Dieb eingesteckt. Auf dem Alex treiben sich Taschendiebe herum. Sie beklauen die alten Männer und Frauen. Gehen einfach über die Straße, werfen die Börse weg.

Als sie im Auto saßen, fragte Soldat: Wohin? Hündin musste essen, also zu ihr nach Hause. Karl-Liebknecht-Straße abgesperrt – was war los? Aussteigen, hinlaufen. Ihr Haus. Feuerwehrwagen. Brand. Qualm. Schwarzer Rauch quoll aus dem Fenster des Treppentrakts im zweiten Stock. Sie durfte nicht rein. Feuerwehrmann: Kleiner Brandherd, bald unter Kontrolle, warten Sie ein bisschen. Hündin schnappte nach den Fersen der Schaulustigen, Isabel schrie sie an. Soldat unruhig, musterte die Männer, blieb in ihrer Nähe. Feuerwehrmann: Sofapolster angezündet, das war kein Kinderstreich.

Isabel wies sich aus, Polizist entdeckte ihren Namen auf dem Klingelschild, winkte Frau, Mann, Hund durch. Sie fuhren hoch, vor ihrer Tür erstarrte sie – aufgebrochen. Soldat stahl sich an ihr vorbei, griff zum Gürtel am Rücken, schlug in die Luft, hielt den Teleskopknüppel fest in der Hand.

Was wird das?, sagte sie leise.

Nicht bewegen, bis ich euch rufe!

Er schlüpfte aus der großen Jacke, ließ sie einfach auf den Boden fallen. Duckte sich. Verschwand in der Wohnung.

Hecheln der Hündin, Isabel atmete durch die Nase.

Er rief sie.

Stechender Geruch. Ihre Kleider: zerrissen, zerschlissen. Ihre Sachen: kleine Müllhaufen überall. Ihre Kopfkissen: nass. Isabel zerrte an der Leine, Ruby wollte schnüffeln.

Ist das Urin?, sagte sie.

Genau hier am Bett hat er gestanden. Und losgeharnt.

Wer?

Denk mal nach.

Das widerliche Schwein.

Er besucht dich. Du lässt ihn nicht rein. Er wartet, bis du das Haus verlässt. Legt zur Ablenkung einen kleinen Brand, nachher. Kann in aller Ruhe abhauen.

Verrecken soll er, rief sie.

Intime Art, dich zu beleidigen, sagte er.

Diese kranken Kerle, schrie Isabel, ich hasse sie.

Meldest du es?

Ja … Nein. Ich habe keine Beweise. Das alles ist nicht wahr.

Böser Traum.

Was soll ich jetzt tun?

Du ziehst zu mir, sagte Soldat, ich bin mir sicher, er sucht dich wieder heim. Nachts, wenn alle schlafen.

Vom Regen in die Traufe, flüsterte sie.

Was?

Freust du dich, dass ich hilflos bin? Bestimmt. Der Soldat beschützt das arme magere Mädchen. Es kommt dir sehr gelegen, oder nicht? Vielleicht steckt ihr unter einer Decke. Zwei Rollen, ein Plan: Mach die Frau kaputt.

Ich mach Frauen nicht kaputt, rief er laut.

Ihr belästigt mich, ihr beide. Ich red doch mit den Bullen.

Bitte, ich werd dich nicht daran hindern.

Du denkst doch auch: Wenn eine Frau Nein sagt, meint sie Ja.

Isabel, willst du mich kaputt machen?

Schwein, rief sie.

Mit einem Satz war er bei ihr, umarmte sie fest. Sie versteifte sich. Wollte sich frei ringen aus der Umklammerung. Wollte sein Gesicht in das besudelte Kissen drücken. Soldat streichelte sie nicht. Soldat küsste sie nicht. Soldat strich ihr nicht übers Haar. Soldat presste nicht seinen Körper an ihren Körper. Soldat war kein Trostabstauber. Soldat umarmte sie nur. Mann und Frau: vom Stamm steil abgehende dünne Äste. Frau hatte kein heißes Herz. Hatte keine Lust auf Lüge Liebe. Empfand nichts, spürte nur Hunger.

Dreckschwein, sagte er leise, immer wieder: Dreckschwein, und es beruhigte sie. Er ließ sie plötzlich los, im richtigen Augenblick. Öffnete Hängeschränke in der Küche: Fand Stofftaschen. Öffnete andere Schränke. Fand Hundefutter, packte es ein. Roch vorsichtig an ihren Kleidern, sagte: Sind sauber. Fand den Koffer, griff wahllos zu zwei Kleiderhaufen, packte ein. Fand die Schokolade, las das Haltbarkeitsdatum, stutzte, riss die Verpackung auf, probierte eine Kante, gab ihr den Riegel, sagte: Schmeckt nicht komisch.

Sie aß sitzend, aß alles auf. Ich wäre schüchtern in einer fremden Wohnung, dachte sie, er bewegt sich, als würde er hier wohnen. Kurz wurde sie wütend: Kerle berührten ihre Kleider.

Er sagte am offenen Koffer: Es gibt Sachen, die du mitnehmen willst, ich warte draußen. Sie stand auf, ging zur Kommode – seltsam, das Schwein hatte sich an ihrer Unterwäsche nicht zu schaffen gemacht. Tochter ihrer Mutter: gefaltet, geordnet. Sie nahm alles mit. Schrieb dem Hausmeister kurzen Brief: Meine Tür wurde aufgebrochen. Bin verreist. Bitte kümmern Sie sich darum. Danke und mit freundlichen Grüßen. Napf ausspülen. Spielball, Beißring in die Tüte.

Können wir?, sagte er.

Noch nicht, sagte sie und bat ihn, sie in den Keller zu begleiten. Kaltes Licht, Kreuzsprosse am Fenster, Soldat rüttelte am Vorlegeschloss und war zufrieden. Isabel stieß einen Schuhkartonturm um, wühlte, hielt ein paar Slingpumps hoch.

Von meiner Mutter, sagte sie, als sie noch dachte, sie müsste mir die Mitgift zusammenkaufen.

Sind schön, sagte er.

Jetzt benutze ich sie als Tresor.

Sie griff in den linken Schuh, zog das dünne Geldbündel heraus, sagte: Meine eiserne Reserve, meine Notgroschen.

Nicht mehr als dreihundert, dachte er.

Soldat drängte, Aufbruch sofort, Schwein könnte sie im Keller böse überraschen.

Sie liefen zum Auto, Kram in Tüten und im Koffer auf den Rücksitz, Fahrt nach Rudow. Isabel nahm den Anruf ihrer Mutter an. Ich höre ein Rauschen, sagte sie, du bist unterwegs. Sie musste Derya beruhigen, sie lachte in den Hörer und hoffte, dass Derya über ihre falsche Heiterkeit hinwegging. Kurzmeldungen aus dem Viertel. Der Mann, der sein Gesicht in den Händen vergrub, hatte sich einer Krawattenguerilla angeschlossen. Bürger im Zorn. Er agitierte, er rief die Nachbarn zum Sturm auf das Rathaus auf. Jedes Maß verloren. Es würde nicht lange dauern, bis sein Irrsinn der zuständigen Behörde auffiel. Grüß den Mann am Steuer, sagte sie und legte auf.

Ihr siebter Sinn. Sie kamen an, Isabel las das Straßenschild: Seidenbastweg. Ein kleines Haus mit kleinem Garten. Verwitterte Fassade. Unkraut gerupft, Rasen gemäht. Soldat trug Koffer und Tüten hinein, sie folgte ihm mit Hündin. Kalt. An der Wand des größten Zimmers hingen farbige Kalenderblätter: illuminierte Tiere in der Tiefseefinsternis. Sie spuckten Licht. Sie lockten mit erhellten Blasen an ihrem weichen Leib. Sie lockten Beute an. Schnappten und verdauten langsam.

Wieso?, sagte sie, wieso begeisterst du dich für sie?

Ganz unten im Wasser ist knapp an der Kruste, sagte Soldat.

Versteh dich nicht.

Dort im Dunkeln kann eigentlich nix leben. Zu kalt, zu viel Druck, zu finster. Man müsste am Meeresgrund bisschen bohren, und schon würde eine Lavafontäne hochschießen.

Stimmt das wirklich?

Wahrscheinlich nicht.

Diese … Dinger sind ekelhaft.

Ich will sie ja nicht lieb gewinnen.

Haben die Viecher eine Seele?

Sie fressen, das genügt. Hast du Hunger?

Nein.

Hier auf dem Sofa schlafe ich. Warte, ich bin gleich da.

Er ging ins Schlafzimmer, klappte den Bettschrank herunter, bezog das Bett neu. Sie sah ihm dabei zu: Jeder Handgriff saß, er war geübt. Die Schmutzwäsche stopfte er in den Korb, rief sie, zeigte ihr das Bad, alte saubere Duschvorhänge, angeschlagenes sauberes Waschbecken, sauberes Handtuch am Haken. Häkelrand.

Deine Mutter?, sagte sie.

Meine Mutter. Liebte das Häkeln. Hab das Haus geerbt.

Schön.

Nein. Müsste entrümpeln und verschönern.
Hat ja Zeit.
Werd das Haus verkaufen, sagte er.
Zu weit weg.
Wovon?
Von der Mitte, sagte sie.
Da will ich nicht hin.
Ich meine nicht Prenzlauer Berg.
Ich auch nicht. Kerngebiet ist für ’n Arsch. Schlaffe Zivilisten.
Es wird dort auch geschossen.
Araber, Türken, Ostdeutsche.
Du magst sie nicht.
Du doch auch nicht.
Jetzt würde meine Mutter sagen: Tochter, deine extremen Ansichten bringen dich noch um.
Er lachte. Lief in die Küche. Kam zurück, stellte Wurst- und Käseplatte auf den Tisch, streifte die Frischhaltefolie ab. Schwarzbrotscheiben, fingerdick geschnitten. Keine Butter, keine Margarine. Sie aß alleine. Er schaufelte alte Asche aus dem Ofen in den Kübel. Riss Pappe in kleine Stücke. Brach Obstkistenholz in Splitter und Späne. Schichtete Pappe, Späne, Holz- und Kohlebriketts im Ofen übereinander. Hielt brennendes Zündholz an die untere Pappschicht, blies und fachte das Feuer an. Schweiß an seinem Nacken. Er setzte sich ihr gegenüber auf den Stuhl.
Bald wird’s wärmer.
Musst du weg?, sagte sie.
Soll ich?
Von mir aus nicht.
Ich verhänge die Bilder, sagte er, dann kannst du weiter in Ruhe essen. Oder wir wechseln die Plätze.
Es geht schon.

Willst du Tee?

Später.

Hab nur Teebeutel. Lindenblüten. Pfefferminz. Und schwarzen Tee.

Hast du eine Waffe im Haus?

Nix zum Schießen. Du meinst wegen des Schweins?

Wegen mir, sagte Isabel.

Warte.

Er verschwand im Schlafzimmer, kam mit einem Messer zurück. Eingearbeitete Griffmulden am Heft. Glänzender Stahl. Er legte das Messer vorsichtig neben ihren Teller:

Das gehört dir.

Ein Geschenk?

Ja. Du hast jetzt zwei Wachhunde. Ruby bei dir im Zimmer. Und mich hier im Wohnzimmer. Wenn dieser Kerl an mir vorbeikommt, schnappst du dir das Messer.

Du rechnest damit?

Uns ist keiner gefolgt, sagte er.

Sicher bist du dir aber nicht, sagte sie.

Der dreht langsam durch. Wird auffällig. Platzt bald.

Und dann?

Dann belässt er es nicht bei Drohungen.

Da hilft auch kein Messer.

Messer schneidet, sagte er.

Sie schwiegen, Isabel streichelte Ruby in den Schlaf. Hätte sie länger bei ihren Eltern bleiben sollen? Sie bewaffnete sich, das war nicht richtig. Gute Freundin tot, bessere Freundin tot, und sie dachte darüber nach, ob ein Stich in den Unterleib einen rasenden Kerl aufhalten konnte. Das alles war nicht richtig. Aufgenommen und geduldet in fremden Wohnungen. Der Gnade von Männern ausgeliefert, die nicht einmal die Schwärze fürchten. Die Klinge an das Fleisch setzen – konnte sie das? Sie hatte genug vom Sitzen. Stemmte sich hoch, Soldat überrascht. Sie setzte den Fuß auf das knarrende Schwellenbrett, drückte leicht, drückte mit mehr Gewicht: ein sprechender Mensch. Oder ein quengelndes Kind. Wollte sie spielen?

Soldat bekam keine Antwort. Er sprach von alten Spielen: Schnur durch Löcher eines Pyjamaknopfs fädeln, Doppelschnur strammziehen, um die Achse des Knopfs drehen, dann auseinanderziehen, wirbeln. Oder: Wettrennen mit Garnspulen aus Holz. Isabel schob einen Schemel in die Nähe des Ofens, setzte sich, wandte ihm den Rücken zu.

Er verstand: Raum zu eng für Frau und Mann. Stürmte in den Garten, Hündin wurde von ihr zurückgepfiffen. Verkriech dich, dachte er, versteck dich, werde ein Schatten.

Er fing an, ein Loch zu graben, mit bloßen Händen. Von der Gärtnerei hatte er einen hochstämmigen Obstbaum und zwei Torfmullballen gekauft. Musste sich darum kümmern. Riss sich einen Fingernagel ein. Holte Kombihacke und Pflanzkelle aus dem Geräteschuppen. Hausrat des Vaters weggegeben, bis auf die Werkzeuge. Soldat hackte, lockerte, wühlte. Frau ohne Plan, dachte er, du steckst fest, du bist die Hündin, und deine Hündin ist dein beseelter Wischlappen. Du wischst mit ihr den Staub und den Dreck weg, der sich auf dein Fell legt. Soldat schaufelte, riss auf, brach mit Gerät hinein in feuchte Erde. Kalte Zutzelhexe, dachte er, schlägst jedem in die Fresse, der dir zu nahe kommt. Weißes Kleid ohne Flecken möchtest du tragen. Den Maimond anschmachten, allein. Hab dir nix getan, verdammt noch mal. Kellenspitze stieß auf Stein. Soldat grub mit verkrallten Fingern frei – kein Stein. Knochen.

Was machst du?

Scher dich rein, schrie er, und nimm den Hund mit.

Weg – sie verkroch sich wieder. Soldat grub weiter. Hundeschädel, Hunderippen. Er schlug rein, einmal, zweimal, die Haut an seinen Knöcheln platzte auf, er riss sich los. Tiergebein im Loch. Er trat zu. Heulte auf. Wischte sich übers Gesicht. Ließ alles liegen. Machte einen Schritt, verharrte – nein. Schob die Erde mit dem Fuß in das Loch, trat sie fest. Kleiner Buckel. Nachbarn würden einen Maulwurf vermuten. Soldat ging ins Haus, wusch sich Blut und Erde vom Gesicht. Hielt die Hand in den Wasserstrahl. Abfließendes Blutwasser. Sie saß mit durchgebogenem Rücken auf dem Schemel, Ruby lag ihr zu Füßen, Kopf auf den Vorderpfoten, sie schaute ihn an wie ein kleiner Mensch.

Wollte dich nicht anschreien, sagte er.

Hast du im Garten Krieg gespielt?, sagte sie.

Grub ein Loch. Zufällig war es das Grab des Hundes meiner Mutter.

Sie hat ihn dort draußen begraben?

Scheint so.

Wurde ihr Hund alt?

Weiß ich nicht.

Ruby hätte nur geschnüffelt. Und ich hab keine Angst vor Knochen und Fell.

Konnt ich nicht wissen, sagte er.

Wurde deine Mutter alt?

Sie wurde neunundsiebzig.

Wo ist sie begraben?

Wieso?

Besuchst du sie manchmal?

Lange her.

Meine Tante sagt: Wenn man das Grab seiner Mutter nicht besucht, stinkt einem das ganze Gesicht.

Deine Mutter lebt doch noch.

Die Tante will mich nur warnen, sagte sie, sie liebt Unterweisungen.

Fremde Welt, sagte er leise.

Alles fremd außer der eigene Vorgarten.

Was soll das schon wieder?

Du bist nicht gern unter Leuten.

Das aus deinem Munde.

Wieso? Ich bin die meiste Zeit draußen.

Hältst hier ein Schwätzchen und dort ein Schwätzchen.

Ja, und?

Auf der Feier des Malers … alles Menschen mit Panzerhaut.

Wir waren nicht länger als eine Stunde dort. Vielleicht anderthalb Stunden, sagte Isabel, du hast sie also alle durchschaut.

Von solchen Leuten halt ich mich fern, sagte Soldat. Er wollte keinen Streit. Hatte diese vereiste Frau angebrüllt, hatte so etwas wie eine Entschuldigung ausgesprochen. Musste reichen. Er wollte schlafen. Sie verzog sich schweigend ins Schlafzimmer, kam gleich wieder heraus. Putzte ihre Zähne im Bad. Gekämmte Haare. Drückte hinter sich die Tür zu, schloss ab.

Soldat starrte auf das Messer auf dem Tisch. Legte sich hin, zog die Wolldecke über Körper und Kopf. Schlief ein. Träumte von dem toten Mädchen, dem Zigeunerkind. Es lag zerschunden auf der Straße, Katze leckte an seinen Händen – Soldat wachte auf. Erstickte fast. Lief aus dem Haus, stand im Dunkeln an dem zugeschütteten Loch, steckte die halbe Faust in den Mund, biss zu. Stopfte den Schrei zurück in den Hals. Fuhr zusammen, als er eine Hand auf der Schulter spürte.

Nicht fürchten, sagte sie leise.

Er rührte sich nicht. Wind bewegte Blätter. Rauschen aus der Ferne. Biss in die Faust.

Komm, sagte sie.

Bitte nicht, flüsterte er.

Bitte nicht, wiederholte sie seine Worte leise.

Geh rein.

Komm, sagte sie, hier ist nichts.

Nein.

Bitte nicht, sagte sie ein zweites Mal.

Er folgte ihr, Faust im Mund. Sie zog ihn, er widerstand nicht. Sie schob ihn ins Zimmer, hechelnde Hündin trug sie hinaus. Soldat reglos. Sie drückte ihn auf die Bettkante, legte die Hand auf seine Stirn, Faust raus aus dem Mund. Erde löste sich von seinen nackten Füßen. Sie drehte ihn herum, drückte ihn herunter. Er lag, Faust im Mund. Hose und Unterhose an den Knien. Er schaute hoch, blind. Ihre Haare in seinem Gesicht. Seine Hände zu Fäusten geballt. Kraft in ihren Händen, gehärtetes Fleisch. Ihr Gewicht auf seinen Leisten.

Nein, sagte er.

Bitte nicht, sagte sie, bitte nicht. Bitte nicht. Bitte nicht. Bitte …

Nein.

Sie ließ seine Fäuste los. Umschloss sein Gesicht, hielt es zwischen ihren Händen. Faust in den Mund, sie ließ es nicht zu. Seine geschnürte Brust.

Bitte nicht, bitte nicht, bitte nicht. Fäuste zu Händen. Seine Hände an ihrem Rücken. Sie kratzte über die Bartstoppeln an seinen Wangen, immer wieder. Immer wieder. Immer wieder.

Atme aus, schrie sie.

Verkriech dich nicht, rief er laut.

Immer wieder.

Lange unversiegt.

Lange. Wiederbelebt.

Ist doch nur Mitleid, dachte er.

Sie kratzte ihre Wange an seinen Bartstoppeln rot.

Soldat hörte auf zu winseln, zu wimmern.

Er sagte: Hast ein schönes Gesicht.

Gut.

Bist schön. Hör auf mich.

Rasierst du dich mit trockenem Brot?

Ich mach das weg.

Isabel nahm seine linke Hand, zeigte auf die erste waagrechte Linie auf der Innenfläche: ein durchgehender Strich. Die Affenfurche. Sie erzählte: Gefurchte Menschen, so hieß es, würden erst verrücktspielen und dann verrückt werden. Isabel gab Soldat das Stichwort, sie sprachen über das Schwein, es verdarb ihnen nicht die Laune. Sie sagte: Er verspricht nicht, dass es Goldstaub vom Himmel regnet. Idiotenzauber macht er nicht. Jeder Dahergelaufene kann dich anstecken. Soldat hatte verstanden, Patrick war ein Naturtalent – womit hatte Gott ihn ausgestattet? Sie verriet es ihm: Zwei Tage brauchte Schwein, um das Behindertenklo zu installieren. Beklaute sie. Kam am nächsten Tag vorbei – Arbeit getan, was konnte er wollen?

Ja, was?, sagte Soldat.

Nachfragen, ob die Haltegriffe fest verschraubt sind.

Blödsinn.

Ich ließ ihn rein.

Fehler, sagte Soldat.

Dich hab ich ja auch reingelassen. Wir standen im Bad, er rüttelte an den Griffen. Alles in Ordnung. Plötzlich sagte er: Wir spielen ein Spiel. Ich schüttelte den Kopf, das war ihm egal. Er machte das Licht an und aus.

Was?

An und aus. Und jedes Mal, wenn das Licht wieder anging, ruckte sein Kopf vor: ein Vogelkopf.

Und du?

Ich war erstarrt. Der Vogelkopf kam immer näher.

Scheiße.

Ich roch seinen Atem. Minzpastillen. Roch auch Deo und Schweiß. Licht an und aus.

Hat er dir was getan?

Hat mich berührt, sagte Isabel leise.

Wo?

Geilt dich das auf?, sagte sie heftig.

Isabel, sagte er leise, berührte sie nicht.

An der Brustwarze. Ich trug nur ein dünnes T-Shirt. Keinen BH. Kleine Brustwarze zwischen seinem Daumen und Zeigefinger …

Nicht weiterreden.

Dann fing er an. Er drückte. Und quetschte. Es tat weh. Ich schlug ihm die Hand nicht weg.

Du hattest Angst, sagte Soldat.

Nein.

Nein?

Es geilte mich nicht auf – wenn du das denkst.

Denk ich nicht.

Er ließ nicht los und ich war gefangen. Das hat ihm gefallen, er hat gelächelt.

Das dumme Lächeln muss man ihm aus der Fresse hauen, sagte er.

Ging weg. Nicht weil ich es wollte. Hatte die Lust am Spiel verloren. Hatte mich besiegt.

So krank.

Mücke fressen nennt er das. Ich habe es mir gemerkt, sagte Isabel, seine Finger waren die Katzenschnauze, meine Brustwarze die Mücke.

Hab heute frei, sagte Soldat, werd ihn beschatten.

Wir kommen mit.

Sie schliefen ein. Wachten in der Frühe auf. Schon wieder essen – Isabel hatte keinen Appetit. Trank schnell den Kaffee aus, brachte Ruby in den Garten. Sie machte ihr Geschäft, schnüffelte an einem Erdbuckel.

Sie fuhren nach Tegel, parkten am Einkaufszentrum, warteten. Nichts. Fuhren durch die Straßen: kleine und größere Kreise. Nichts. Soldat fuhr zur Kneipe nach Wedding. Halbe Stunde im Auto sitzen. Weiter nach Schöneberg, zum Marie-Luise-Platz. Keine Spur von dem Schwein. Zurück nach Tegel. Warten. Stunden waren nutzlos vergangen. Soldat schlug Isabel Abwechslung vor: Sie könnte bei der Armenhilfe anklopfen, Tüten füllen, er würde die Stellung halten. Sie lehnte ab. Da entdeckte, mitten im aufkommenden Streit, Soldat den Kleintransporter von Patrick – er saß drin. Parkte irgendwo hinterm Haus, ging vorne rein. Sie mussten über zwei Stunden ausharren, bis er wieder auftauchte.

Hat sich herausgeputzt, sagte Soldat, trägt ’ne Ganovenjoppe. Möchte Eindruck schinden.

Hausbesuch bei einer Frau, sagte Isabel.

Wir werden sehen.

Glaubst du nicht?

Der geht jedenfalls nicht tanzen. Und los!

Stadtautobahn. Am Dreieck Funkturm setzte Patrick den Blinker, nahm die Abbiegespur.

Keine Täuschung – er bog tatsächlich ab. Hatte er sie bemerkt und lockte er sie? Und wenn schon, dachte Soldat, dich schlitz ich auf. Messer an der Wade, Klinge mit Stoff umwickelt, mit Isolierband fixiert. Kerl fuhr Richtung Potsdam. Abfahrt Hüttenweg.

Dahlem, sagte Isabel.

Bei vornehmen Leuten zu Gast.

Sie fuhren durch dichten Wald, viele Autos auf der Straße. Geht hier dein Traum in Erfüllung?, dachte Soldat. Er ließ sich zurückfallen – vornehmes Viertel, Fußgänger, wenige Autos. Große bepflasterte Straße, Schwein hielt an. Sie parkten in einigem Abstand, spähten. Stiegen aus, postierten sich an der Ecke einer Gasse. Der Kerl stand vor der Tür, strich erst durchs Haar, zog Hose hoch. Machte sich schön für die Begegnung. Liebesnest. Schöne Frau schloss ihm auf –

Nein, sagte Isabel.

Was denn?

Ich kenne sie. Margret.

Wer ist das?

Ich sprach mit Jo über sie.

Mit dem Schwulen?

Mit Jo. Sie hat einen Mann.

Den sie wahrscheinlich betrügt.

Sie ist nicht der Typ dafür. Tut sie nicht, nicht mit dem da.

Ein Mann tauchte hinter der Frau in der Tür auf. Kein freundliches Gespräch. Der Besucher wurde nicht hereingebeten. Vielleicht hatte er damit gerechnet. Schwein sprach. Heftige Entgegnung vom Mann, Frau fasste ihn am Arm, hielt ihn zurück. Soldat rechnete mit Schlägerei. Körpermasse gegen Wut – wer würde gewinnen? Schwein spielte mit einer Haarsträhne, sagte ein paar Worte. Tür wurde ihm vor der Nase zugeschlagen. Er drehte sich um, lächelte, hob die Hand zum Gruß. Soldat erschrak. Nein, sie waren nicht gemeint. Der Kerl wusste, dass die Frau am Fenster stand. Er winkte mit dem Rücken zu ihr. Ging durch den Vorgarten zum Transporter, fuhr davon.

Folgen wir ihm nicht?, sagte Isabel.

Würde auffallen. Deine Hündin bellt.

Gib mir den Schlüssel, ich hol sie.

Er schaute kurz zum Haus gegenüber, lief mit. Eine Nebelkrähe krallte sich an einem Mülleimer am Laternenpfahl fest, hackte hinein, flog nicht auf, als sie sie passierten. Sie gingen nebeneinanderher wie lustlose Sonntagsspaziergänger. Nur Reicheleutehäuser zum Bestaunen. Soldat hasste es, Isabel hasste es. Vor einer französischen Bäckerei standen Studenten. Eine junge Frau wollte Ruby streicheln, sie schnappte kläffend. Isabel blieb bei Hündin, Soldat betrat den Laden. Geschminkte Französin, eingebildet – tat so, als wäre er gestaute Luft. Süßgebäck mit bunter Glasur im Glastresen. Blutroter Belag, gelbe Schicht, klein gestückelte grüne Früchte. Kuchenkennzeichnung auf Französisch.

Was heißt framboise?, sagte Soldat. Er sprach das Wort wie frambojße aus.

Sie korrigierte ihn: frambuas. Zwei Stücke zum sofortigen Verzehr vor der Tür. Zweimal Kaffee, klein. Überhöhte Preise, feine Papierservietten aus dem Spender gratis. Als Deutscher braucht man hier ein Wörterbuch, sagte er draußen und stellte Teller und Pappbecher auf den Stehtisch, weißt du, was frambuas bedeutet?

Himbeer, sagte Isabel.

Er starrte sie an, begann dann missmutig zu essen. Schmeckte gut, war den Preis wert. Keine eingebackene Wespe im Kuchen. Kaffee war stark, man sah nicht auf den Becherboden.

Margret, sagte er, und wie heißt ihr Mann?

Heinrich. Frau und Herr Hochheiser.

Ich lag falsch. Der fuhr nicht zum Schäferstündchen her.

Sie kennen sich.

Das sah mir nach einem Streit aus, sagte Soldat.

Patrick …

Wieso nennst du ihn bei seinem Namen?

Sei nicht albern, sagte sie, Patrick und die beiden waren auf der Feier vor zwei Jahren.

Und?

Ich stelle es nur fest.

Das ist eine miese Ratte.

Musst du mir nicht sagen.

Ein Hund ist ein teures Vergnügen. Die Hälfte deines Kuchens hast du an sie verfüttert. Du nimmst ab, sie nimmt zu.

Ist meine Sache. Hier riecht es wie auf einem Friedhof.

Abmarsch, sagte Soldat und fand sich im selben Augenblick lächerlich. Was glaubst du, wer du bist, dachte er, und was glaubst du, was das ist – eine Militärübung? Dann fiel es ihm ein: Juliette. Hatte er deshalb mit dieser Frau geschlafen? Um sie auf seine Seite zu ziehen? War sie Lockfleisch? Schande.

Er sagte: Wir fahren auf die Pfaueninsel. Hast du Lust? Sie dachte darüber nach, nickte. Sie schwiegen während der Fahrt. Sie hing ihren Gedanken nach, er ließ sie brüten. Nieselregen. Er hielt verbotenerweise am Fähranleger. Keine anderen Menschen, Fähre drüben an der Insel.

Willst du nicht aussteigen?, sagte er.

Nein.

Im Wirtshaus, auf unserer Seite, gibt es gute Pfifferlingssuppe.

Wir haben doch gerade gegessen.

Du willst nur sitzen und schauen.

Warst du schon mal auf der Insel?, sagte sie.

Ja.

Was gibt es dort?

Alte Eichen. Kaninchen. Früher auch bengalische Hirsche, auf Wunsch des Kaisers. Der hat auch den russischen Rollberg bauen lassen. Eine Rutschbahn.

Man muss Eintritt bezahlen?

Muss man immer. Ist ja eine Freiluftausstellung.

Du kaufst dir eine Karte. Schließt dich der Kuhherde der Touristen an. Glotzt.

Richtig. Bis auf das Glotzen. Ich lausche.

Das Blätterrauschen.

Nein. Die Vögel. Die Vogeluhr. Hab nachgeschlagen. Die Vögel erwachen vor dem Sonnenuntergang. Nicht alle gleichzeitig. Es gibt eine Reihenfolge: Rotschwanz, Drossel, Rotkehlchen, Kuckuck, Zaunkönig, Buchfink, Zilp-Zalp …

Zilp-Zalp?

Nach seinem Gesang benannt, sagte Soldat.

Sie stieg aus, Hündin sprang ihr hinterher. Flitzte zu einem Mann und einer Frau, sie trug einen Rucksack, an dem kleine Stofftiere hingen. Ruby bellte, schnappte nach den Fersen der Frau. Mann griff zum Zweig am Boden und drohte: Im Ernstfall kann ich ganz anders.

Schlägst du sie, schlag ich dich, rief Soldat.

Zwei streitende Männer – Isabel kehrte zum Auto zurück. Soldat schimpfte den Mann eine dumme Fratze. Sie brüllten einander an. Sie drehte den Autoschlüssel um, drückte auf die Hupe. Mann, Frau, Soldat zuckten zusammen. Soldat: ein Kampfköter ohne Revier. Über die Glienicker Brücke nach Potsdam, ziellos durch die Straßen. Villen am Wasser. Er drosselte das Tempo, schaute zu ihr hinüber, sie hatte die Augen geschlossen. Zurück. Er sagte: Was hast du eigentlich für einen Beruf? Sie: Schauspiel.

Geht jetzt wegen meines Rückens nicht mehr. Mann loswerden, dachte sie, soll bloß nicht glauben, dass in mir Liebe keimt. Soll lieber Wagen reinigen, Staub überall.

*

Die Dame des Hauses empfing sie im Morgenmantel. Ihr Mann war unabkömmlich. Isabel trank teuren Fruchtsaft, hörte zu. Sie wunderte sich: Man sprach immer nach der Sitzung. Was hatte die Frau auf dem Herzen? Sie stimmte sich ein. Wahrscheinlich würde man die abgewandte Zeugin des Beischlafs entlassen: Isabel war eine hungrige Aaskrähe, dafür hielt man sie in diesem Haus. Sie fieberte in Erwartung des tödlichen Hiebs. Sie wurde dramatisch. Rieb ihr Knie. Dame verschwand, tuschelte mit ihrem Mann, kam wieder. Bat Isabel auf den Stuhl. Was war los? Sie kostümierte sich für das zweite Mal der Eheleute, sie bekamen nicht genug voneinander. Die Dame: Diesmal bitte nur still sitzen. Keine Schuhe. Statue Isabel. Die gelähmte Zofe. Hinter ihrem Rücken: küssende Liebende. Höhepunkt Frau, Höhepunkt Mann. Die Tote erwachte auf Zuruf zum Leben, schlüpfte im Bad aus dem Keuschheitsgürtel, schlüpfte in ihre Kleider. Zweites Glas Saft, kurzes Gespräch erwünscht. Die Frau: Wir waren uns nicht einig – sollen wir, oder sollen wir nicht. Isabel verstand, ihr Gefühl hatte sie nicht betrogen. Arbeitsverhältnis noch nicht beendet.

Ihr dürft mich nicht aus Mitleid behalten, sagte sie.

Keine Sorge.

Ist … die Krise ausgestanden?

Das Flämmchen züngelte hoch, sagte die Frau, jetzt ist er wieder der Alte.

Die Hochheiser …

Margret. Heinrich.

Ja. Jo hat gesagt …

Er soll nicht so viel Unfug erzählen, rief die Frau.

Oh.

Reden wir nicht über Abwesende.

Von mir aus.

Du bist sehr blass.

Schlafe in letzter Zeit nicht so gut, sagte Isabel, eine andere Frage: Hast du schon einmal von einem Buch geträumt, in dem du liest? Du wachst auf und bist unglücklich. Weil du weiterlesen möchtest. Du kannst aber nicht.

Ist mir noch nie passiert. Ich träume nie.

Geht das denn überhaupt?

Nicht zu träumen? Natürlich.

Vier Sätze aus dem Buch im Traum sind mir wieder eingefallen. An mehr werde ich mich nicht mehr erinnern können.

Gut, Isabel. Wir haben keine Wünsche mehr.

Entschuldige. Ich gehe sofort.

Ich melde mich bei dir, sagte die Frau zum Abschied. Frostige Hausherrin. Zofe rannte die Treppen herunter. Kläffende Hündin, leckte der Dienerin die Hand. Der Geldschein in der Tasche.

Sie rief Jo an: Modenschau in der Friedrichstraße – bin beschäftigt, keine Zeit. Er legte auf. Würde wissen, dass sie sich nicht so leicht abwimmeln ließ. Eine halbe Stunde später betrat sie den Laden, der altmodisch ›Konfektionsgeschäft‹ hieß. Kleiderkammer für Gattinnen. Isabel sah Frauen auf gepolsterten Stühlen an einem Becken sitzen. Sie trat neugierig heran: Kleine rote Fische schwammen um die Füße im Wasser. Fischpediküre. Jo hakte sich grob bei ihr ein, zog sie hinaus. Hunde bleiben draußen, sagte er wütend, wann lernst du es endlich? Gib mir eine Zigarette.

Sie gab ihm auch Feuer, er sog den Rauch tief ein, verzog das Gesicht.

Damenstengel. Parfüm und heiße Luft. Schmeckt ekelhaft.

Du weißt, ich … sitze Modell.

So kann man das auch nennen, sagte Jo lachend.

Sie meinte, du hättest etwas ausgeplaudert. Sie fuhr mir über den Mund.

Spießer, rief er aus, ziehen einen Schlussstrich über ihr früheres Leben.

Was war denn früher?

Bei einem Dreier haben sich Herr und Dame gelangweilt. Unter einem flotten Fünfer machten sie es nicht. Ich und Christine, wir waren schon ein wildes Gespann.

Was?

Suchst du nach Heiligen, geh zum Friedhof.

Gott hab sie selig, sagte Isabel.

Klar, sagte Jo, wünsch ihr einen Stammplatz dort, wo sanfte Lüfte wehen.

Patrick.

Was ist mit ihm?

Steht der … auf Kinder?

Der hat ganz andere Hobbys, sagte Jo lächelnd.

Schwul ist er aber nicht.

Ansichtssache.

Bitte, Jo.

Wer im Dunkeln schleicht, erfährt viele Geschichten. Manchmal steh ich auch herum und warte auf Kunden.

Du bist eine Sau.

Nicht wahr? Da erzählt mir ein Junge, knapp volljährig, wie er diesen Patrick bedient. Schnelle Abfertigung, schnelles Geld.

Nein!

Böse Welt, sagte Jo, Patrick, das ist ein verklemmter Idiot. Von seiner Sorte gibt es Millionen.

Der ist bei mir eingebrochen, hat die Wohnung verwüstet, sagte Isabel, wieso tut er das?

Bei dem Kerl geht es immer um Geld.

Ich hab nichts.

Denk darüber nach … So, Mädchen, ich geh rein. Die armen Fische, findest du nicht? Futtern Fersenhornhaut. Heut Abend treiben sie tot an der Oberfläche. Und irgendein Starkoch hackt sie zu Sushi …

Isabel kam nicht dazu, mit ihm zu schimpfen – jemand rief laut nach ihr. Sie drehte sich um: Verena. Trug dickes Armband, das aussah, als hätte sie fünf Grillen aufgefädelt. Sie wollte Isabel umarmen, Isabel wich zur Seite. Kranke Heuchlerin.

Ich hätte auch Grund, böse zu sein, sagte Verena, du gibst wildfremden Männern meine Nummer.

Und?, sagte Isabel, seid ihr ein Paar?

Kellner sind unter meinem Stand.

Ach, wirklich?

Sie holte tief Luft, entschuldigte sich: Zwei magere junge Frauen standen ratlos auf dem Bürgersteig, keine der beiden sprach ein Wort der Versöhnung. Der Augenblick verstrich.

Verena bat Isabel, für ein Model mit Kreislaufschwäche einzuspringen. Sie willigte sofort ein – wieso? Weil es trostlos war, Gattinnen beim Einkaufen zuzuschauen. Sie gingen zwei Häuser weiter. In der Parfümerie warb man für natürliche Schönheitspflege. Stylistin bat sie auf einen Thronsessel: gelbgold besprühter Korbsessel, roter Grobrippbezug der Polster. Kalter Wind trieb die Passanten in die Geschäfte. Isabel wurde begafft. Eine ältere Dame: Sie haben hohe Jochbögen, waren unter ihren Vorfahren Hugenotten? Eine Schülerin wollte ein Autogramm, Stylistin verbat Isabel, sich zu rühren, pinselte und strich blauweiße Farbtöne auf ihr Gesicht. Sie schlüpfte in einen Skianzug, blaue Streifen auf weißem Grund. Stieg auf einen runden Sockel, der in den Eingang geschoben wurde. Verena wies sie ein: eine halbe Minute in einer Körperstellung ausharren, dann zum nächsten Bild übergehen. Isabel verhandelte: nicht unter zwanzig Euro die Stunde. Sie musste eine blau flackernde Neonlichtröhre in der Hand halten. Pose eins: Soldat im Wachhäuschen. Pose zwei: abgewandter Körper, Hals recken, Mund spitzen. Pose drei: zugewandter Körper, Knick in der Körpermitte, Hände auf die Knie, Schmollmund. Pose vier: Denkmal. Neonfackel zeigt zum Himmel, Po raus, Bauch rein, Haare fallen in die Stirn. Pose fünf …

Willst du mich verarschen?!, zischte Verena, du bewegst dich wie eine Putzfrau beim Ballett. Pose fünf: träumerischer Blick, Körper wie mitten im Schwerthieb erstarrt. Pose sechs: dem Publikum zugewandter Rücken, Füße fest im Boden verankert …

Große Pläne, dachte Isabel, und jetzt mache ich die Promotionsfee. Männer in Anzügen – sie versuchten, Blickkontakt herzustellen. Es verwirrte sie. Gesichtskorrigierte Frauen über fünfzig – sie lächelten spöttisch. Isabel wirbelte herum, verharrte in der einen oder anderen Pose, die Kälte setzte ihr zu. Halbe Stunde Pause, Kaffee und belegte Brötchen. Stylistin giftete: Man merkt, dass du nicht geübt bist. Sie wollte schon zur harschen Widerrede ansetzen, überlegte es sich anders – am Ende wurde sie noch um ihren Lohn geprellt. Wo war Verena? Sie stieg wieder auf den Sockel, versuchte es mit gleitenden Bewegungen. Pose achtzehn: liebestötender Blick, Katzenfrau. Pose neunzehn: Lilie am Wegesrand. Pose zwanzig: Hass im Herzen. Pose einundzwanzig: Diebin, versteckt in der Speisekammer. Pose zweiundzwanzig: Reue der schwächelnden Amazone. Pose dreiundzwanzig ... Sie hörte auf zu zählen.

Die Ladenchefin half ihr herunter. Zweieinhalb Stunden Arbeit, fünfzig Euro verdient. Isabel musste mit Verena abrechnen – wo steckte sie?

Jo tauchte auf, er strahlte vor Glück: Auftrag an Land gezogen. Er wollte sie zur Feier des Tages zu Hause absetzen. Verena erschien zur rechten Zeit, sie trug den Mantel aus falschem Pelz von der Armenhilfe, Isabel hatte ihn ihr geschenkt. Raus aus dem Skianzug, Schminke mit feuchtem Tuch abreiben. Rein ins alte Auto, Jo pfiff ein Lied. Verena auf dem Rücksitz schob die hechelnde Hündin weg. Isabel fror.

Leih ihr deinen Mantel, sagte Jo.

Wieso?

Sie klappert mit den Zähnen.

Das würde sie nur ermutigen!

Wie meinst du das?, sagte Isabel.

Du hast da oben gestanden wie eine alte Puppe.

Die Rasselpuppe bist du.

Zickende Puppen, rief Jo lachend aus.

Der Abend ist nicht so gelaufen, wie ich mir das vorgestellt habe, sagte Verena.

Die Leute waren zufrieden.

Welche Leute? Der Pöbel der Straße? Das sind alles Proleten. Die klatschen immer.

Es gab weder Sekt noch Häppchen umsonst.

Und?

Keine gekauften Claqueure, sagte Isabel, sie haben geklatscht, weil es ihnen gefallen hat.

Du weißt ja nicht einmal, wie man Claqueure schreibt.

Gib mir mein Geld, Verena.

Du willst für die lausige Vorstellung auch noch Geld?

Jetzt wird es hart, rief Jo, dass mir euer Blut ja nicht auf das Polster spritzt.

Legst du es darauf an?, sagte Isabel.

Worauf?, sagte Verena.

Dass ich dich tot mache.

Lächerlich.

Ich habe die Arbeit getan. Die Chefin hat sich nicht beklagt.

Dafür hat sie mich angeschnauzt. Sie fragte mich, ob du Drogen nimmst.

Du lügst doch wieder.

Sie hält dich für ein kaputtes Mädchen, das unter der Brücke schläft.

Weißt du, was ich glaube?, sagte Isabel, du hast mich bei ihr schlecht gemacht. Dafür gesorgt, dass ich nicht wieder eingestellt werde. Denn du bist böse.

Nein.

Doch, bist du. Kannst es nicht vertragen, dass du nicht den ganzen Ruhm einstreichst.

Du redest dich in den Wahn, schrie Verena.

Es herrscht Krieg, rief Jo und schlug lachend auf das Steuer.

Ich will mein Geld haben.

Du pflegst dich nicht, du stinkst, schrie Verena, den Skianzug müssen sie zur Reinigung bringen. Wahrscheinlich rasierst du dich nicht zwischen den Beinen. Rott bist du.

Fünfzig Euro, sagte Isabel kühl, her damit. Und dann will ich dich Miststück nie wiedersehen.

Verena schrie sich heiser, sie wollte sofort aussteigen. Sie nahm einen Geldschein aus der Börse, tat so, als würde sie sich damit den Hintern wischen, warf ihn Isabel ins Gesicht. Stieg fluchend aus dem Wagen, lief davon.

Reif für die Klapse, sagte Jo.

Bösartig ist sie.

Dafür fehlt ihr das Format. Ich gebe ihr noch drei Wochen. Entweder springt sie vom Dach, oder sie entdeckt die Freuden des Valiums.

Ihr Problem.

Das war aber nicht nett, sagte Jo, wo darf ich dich absetzen?

Am Alex – bitte.

Ihr Mädchen geht euch gegenseitig an die Gurgel. Und dann jammert ihr über die Männerwirtschaft.

Er sprach über die Stadt, in der er lebte – Berlin: verwalteter Stillstand. Neulich habe er einen Künstler gesehen, der sich unter die Hauptstadtbesucher mischte. Er hielt ein Schild hoch, darauf stand: Ich will mit der Tröte Glückssignale hupen. Der Kunstkasper hatte aber keine Hupe dabei, es blieb bei dem Versprechen. So sei es hier, und weil sich Durchschnitt gern zum Durchschnitt geselle, kamen junge Menschen aus Polen, aus Tschechien, aus fast dem ganzen Exostblock. Sie liefen in dieselben Viertel, kauften Schnickschnack für Geistesnullen, bekamen vor Glück rote Bäckchen. Romantische Esel: Töchter und Söhne von Kommunisten.

Isabel musste lachen. Jo hatte recht. Kleine Maschinen strömten herbei von überall, sie waren der Kinderspiele überdrüssig geworden und mochten aber in Berlin alberne Tage verbringen. Verena – eine Zugezogene. Was stimmte nicht mit ihr? Eine Gekränkte. Eine, die sich das Haar raufte, immer dann, wenn ein Mann hinsah. Schnabelmund aus Kork. Bei jeder Begegnung mit ihr dachte Isabel: Sie erinnert mich an ein erschossenes Rebhuhn, das auf der Anrichte liegt.

Alexanderplatz. Ihre kleine Hündin bellte andere kleine

Hunde an. Verlangsamte Betrunkene, sie stritten sich. Der Ältere: Du hast nie gearbeitet. Hast du schon mal einen Baum gefällt? Der Junge: Du etwa? Alter Mann: Ja. Was kannst du denn? Die Seitenspiegel von anderer Leute Autos abbrechen. Der Alte etwas später: Schwamm darüber. Alles gut. Ich kann dich leiden. Der Junge wollte Ruby streicheln, sie schnappte und biss ihn in den Finger. Geschrei und Gereiße. Flucht war wie immer die beste Möglichkeit. Sie rief bei Soldat an. Kalte harte Stimme, das gefiel ihr. Isabel schlug Abendessen im Zentrum vor. Er sagte: Meinetwegen, sie verabredeten einen Treffpunkt, er legte auf.

Isabel fand auf der Wirtshausterrasse einen Tisch unter dem Heizstrahler, sie legte die Fleecedecke über die Beine. Hündin bekam Wasser in den Napf, dann drei rohe Würste. Kaum Touristen, fast nur Menschen des Viertels. Ostdeutsche in etwas besseren Kleidern als zu Ostzonenzeiten. Soldat setzte sich wortlos neben sie. Lehnte die volle verschmutzte Stofftasche gegen das Tischbein.

Was ist da drin?, sagte sie.

Kantinenfraß.

Von der Kassiererin?

Ja.

Sie ist wohl verliebt in dich.

Kann sein, ja.

Willst du nicht sprechen?

Nicht über Blödsinn, sagte Soldat.

Es passiert zu viel auf einmal.

Juliette tot, Christine tot, Liebesnacht mit Wachschützer.

Wie du das sagst.

Wie denn?

Herzlos.

Eins will ich klarstellen: Bin kein Mädchentröster.

Ich brauch keinen Trost, sagte Isabel.

Ich auch nicht. Hab die Schnauze voll von schwierigen Frauen. Nachts hui, morgens pfui – ich hasse das.

Ja und Amen ist dir lieber.

Ganz normaler Umgang, darauf steh ich, sagte Soldat, man hat Lust oder keine Lust, man muss pinkeln oder muss es nicht. Rumeiern ist die Pest.

Wir sind nicht verheiratet – ich mache, was mir passt.

Wer hindert dich daran?

Du, sagte Isabel leise.

Soldat setzte zur scharfen Entgegnung an, dann verstand er.

Sie betrachtete ihn beim Rauchen, sie hatte es noch nie bei einem Mann gesehen: gerillte Lider, feine Längsrillen am Lid, alt gewordene Lider. Augen frisch, strahlend blau …

Einen Kerl an meiner Seite, das möcht ich nicht, sagte sie.

Kellnerin kam, Soldat fragte: Wir bestellen was zu trinken. Hab belegte Brötchen mit, können wir die hier essen? Gibt's Ausnahmeregelungen bei Ihnen? Kellnerin musste Genehmigung vom Chef holen, Chef kam zum Tisch, sagte: Pro Mann zwei Getränke, dann dürfen Sie futtern. Gut. Soldat schob ihr Fischschrippe zu. Hunger war bald gestillt.

Lärmende junge Männer – letzter Junggesellenabend. Junggeselle drückte aufgeblasene Lustpuppe an den Leib, er musste sie verkaufen. Seine Freunde spornten ihn an. Er blies in ein Nebelhorn, zeigte auf die Puppe, rief: Ich werde sie bald heiraten, weil ich sie liebe. Er lallte. Er feixte. Er hielt sich gerade noch auf den Beinen. Die Männer auf der Terrasse klatschten, einige Frauen klatschten mit.

Er ist trunken vor Glück, sagte Isabel.

Nein, er ist nur besoffen.

Junggeselle zog von Tisch zu Tisch. Isabel schüttelte den Kopf, er wollte wenigstens einen Kuss auf die Wange. Soldat: Zieh Leine. Der Junge: Ich hau dir den Kopf ein, Arschloch.

Chef stürmte hinaus, der erste Schlichtungsversuch schlug fehl, Chef drohte mit der Polizei. Freunde zogen den fluchenden Junggesellen weg.

Das meine ich damit, sagte Isabel, ich kann für mich selber sprechen.

Du hast dagesessen wie 'ne Taubstumme.

Quatsch.

Ein Kuss war dem Kerl zu wenig. Er hätte sich auf deinen Schoß gesetzt.

Und?

Soll ich ihn zurückrufen?

Isabel lief zum Junggesellen, gab ihm einen Kuss auf die Wange. Seine Freunde johlten, der Junge sagte mit schwerer Zunge Danke schön. Sie hinderte ihn, Ruby zu streicheln, Alkoholgeruch machte sie verrückt. Der Junge lallte: Ich heirate meine Jugendliebe. Isabel: Hält nicht lang.

Sie kehrte ihm den Rücken zu. Sie hatte es erwartet. Geldschein auf dem Tisch, unter dem Limonadenglas. Soldat ließ sich nicht vorführen, ließ sich nicht anzicken.

Sie suchte nach ihm – erfolglos. Übernachten in der Bahnhofsmission? Frauennotunterkunft? Isabel dachte an seine Worte: Man muss pinkeln oder muss es nicht. Keine Lust. Sie fuhr mit der Bahn zu ihm. Soldat stand im Garten und rauchte, sah sie nicht an.

Ich bin trotzig, sagte sie.

Spiel mit anderen Jungs, und lass mich in Ruhe.

Gut. Ist vielleicht besser so.

Der Junge hatte sich einen Bart aus trockenem Moos angeklebt und ihn ihr als Dank für den Kuss geschenkt. Isabel starrte im Bad darauf, das Moos zerbröselte zwischen ihren Fingern. Sie warf den falschen Bart in den Klappeimer. Spritzendes Wasser, Waschbecken zu hoch, Kalkflecken an den Kacheln.

Zwischen ihr und Soldat tat sich auf: ein Riss, ein Spalt, eine Kluft. Isabel näherte sich ihm, bis sie in einem Abstand von einem Kinderschritt vor ihm stand. Sie hielt die flache Hand vor ihr Gesicht, sie legte die Handmaske an.

Spuck, sagte sie leise.

Was?

Spuck mich an.

Du bist verrückt, sagte er.

Spuck auf die Hand, mein Gesicht ist geschützt.

Lass das.

Nein.

Isabel, das ist pervers.

Hass spuckt man aus.

Ich bin nicht wie er.

Wie Patrick?, sagte Isabel.

Jeder verdorbene Mann ist ein Feind.

Lächerlicher Glaubenssatz – Isabel legte trotzdem die Handmaske ab. Lächerliches Gesicht: Er blickte sie an wie ein Jäger, der kurz davor war, aufzuspringen, um das Wild aufzuscheuchen.

Soldat wich von ihr, sie hatte ihm Angst eingejagt. Er füllte zwei Gläser mit Wein, sie setzten sich hin. Isabel legte die Zigarettenschachtel auf ihr Glas, eine Fruchtfliege schwirrte im Licht. Die Schachtel fiel hinein, sie holte sie heraus, Wein tropfte herunter.

Bist du nervös?, sagte er.

Nein. Nur ungeschickt.

Wir wissen nicht viel voneinander.

Richtig.

Es soll auch dabei bleiben. Du bist fremd, ich bin fremd – bestens.

Heut ist wohl dein Tag der Bekenntnisse, sagte Isabel.

Wir können uns auch anschweigen.

Nein, nein. Red nur.

Ich lege es nicht darauf an, sagte Soldat.

Worauf?

Auf Gefühlsoper.

Schön, sagte Isabel lachend.

Bin kein Soldat mehr. Nagel mich nicht darauf fest.

Marcus, der Zivilist.

Ist eben so gekommen. Du kannst hier tun, was du willst. Das Haus gehört meiner Mutter, auch ich bin Gast.

Ich küsse einen anderen Mann. Und du sagst mir: Herzlich willkommen in der Mutterpension. Bist du nett, weil ich mit dir schlief?

Ja.

Was?

Du hättest es nicht tun müssen.

Werd nicht weich, sagte sie leise, Weichheit find ich widerlich.

Mit diesen Worten verdarb sie ihm den Abend, und sie freute sich darüber. Keine Gefühlsoper.

Soldat ließ sie allein, verzog sich in den Geräteschuppen. Sie hatte sein geheimes Versteck in der untersten Schublade der Werkbank entdeckt: eine Pistole, Munition, zwei Messer. Kalter Kerl – er berührte Stahl und Eisen, es beruhigte ihn.

Sie spielte mit dem Gedanken, sich anzuschleichen. Spiele waren Soldat zuwider. Das alles war für ihn eine ernste Sache: neue schwierige Frau langsam in sein Leben einbinden, das Schwein zur Strecke bringen. Du willst mich mit Discountwein bestechen?, dachte sie, ich bin keine Soldatennutte.

Hündin bekam Futter, das Glas spülte sie aus. Schloss die Schlafzimmertür ab, ging zu Bett.

Am nächsten Morgen: tatendurstiger Soldat. Arbeit ließ er sausen, Kamerad Pförtner würde ihn decken. Er wollte nach Dahlem fahren. Isabel konnte wählen: mitkommen oder eben nicht. Sie sagte: Setz mich bei mir ab. Dann, kurz davor, sagte sie: Fahr weiter. Soldat fragte nicht nach. Unrasiert, ungebügeltes weißes Hemd, verwaschene Hose. Es roch im Wagen nach seinem Schweiß, er roch gut. Er beachtete sie nicht. Hatte sie abgeschrieben. Juliette, dachte sie, bin ich dir wirklich so ähnlich? Soldat parkte direkt vor der Haustür. Keine Versteckspiele, keine Verschanzung. Er ging vor, drückte auf die Klingel. Isabel drei Schritte hinter ihm. Margret in der Tür. Sie sprach Isabel an.

Wer ist das?

Ein Bekannter.

Deine Verstärkung?

Es geht um ihn, nicht um mich, sagte Isabel.

Natürlich.

Du warst nicht auf Georgs Geburtstagsfeier.

Schickt euch das Arschloch?, rief Margret.

Welches Arschloch?

Bist tief gefallen. Erst Schauspieler, jetzt Geldeintreiber.

Welches Geld?, sagte Isabel.

Haut ab, sagte Margret und schlug die Tür zu.

Sie liefen zur französischen Bäckerei. Kein Kuchen, nur Kaffee. Soldat blickte die Studenten so lange finster an, bis sie den Stehtisch freigaben. Dunkle Wolken zogen auf, baldiges Unwetter.

Ist klar, oder?, sagte Soldat.

Er erpresst die beiden.

Ja.

Sie hatte Angst vor dir. Du siehst aus wie ein Gauner.

Kann daran nichts ändern. Was tun wir jetzt?

Ich gehe zurück. Allein. Wir treffen uns hier in einer Stunde.

Gespräch unter Frauen, sagte er.

Sie würdigte ihn keiner Antwort, pfiff Hündin herbei, lief los. Sie klopfte zweimal, trat zurück, Margret erschien am Fenster, schaute sie an. Isabel stand im Nieselregen – sie bewegte nicht die Lippen, sie machte keine bittende Geste. Tür wurde aufgeschlossen.

Dein Hund darf nicht rein, sagte Margret.

Kann sie hier im Eingang bleiben?

Meinetwegen.

Isabel verknotete die Leinenschlaufe an einem Garderobenhaken, trat ein. Eine Bürgerstube. Schränke aus gekalktem Eichenholz, älter gemachte Möbel. Weiß getünchte Backsteinwand, auf weiß lackiertem Schemel gemalte Kornähren. Fensterbank. Bunte kleine Teppiche. Spitzenbezogene Nackenrollen. Isabel fing an, still die pastellfarbenen Gegenstände zu zählen, sie verzählte sich. In diesen Räumen war alles fein bestäubt, jedes Wort wurde gleich verweht. Margret bedeutete ihr, Platz zu nehmen. Wo? Nicht auf die Fensterbank, man konnte sie von draußen sehen. Auf den Korbstuhl. Hündin schlug an: Spaziergänger, die Schirmspitzen klackten bei jedem Schritt auf dem Pflaster.

Es geht um Patrick, sagte Isabel.

Margret schwieg: starke Frau ohne Schmerzen. Benutzte in der Not die Fingernägel zum Reißen und Stechen. Hass in den Augen.

Du liegst falsch, setzte Isabel an, mich musst du nicht hassen.

Er hat immer Frauen eingespannt, sagte Margret.

Patrick bedroht mich.

Warst du nicht mit ihm zusammen?

Was? – Nein, um Gottes willen.

Also lügt er.

Er lügt, rief Isabel aus.

Was willst du von mir?

Ich bin umgezogen, in einen Plattenbau. Dort hat er gezündelt. Ist bei mir eingebrochen. Hat auf mein Bettkissen uriniert.

Weil du ihn abgewiesen hast?

Er tut Frauen gerne weh.

Ich weiß, sagte Margret leise.

Dein Mann …

Kann nichts ausrichten.

Margret.

Ja.

Bitte sprich mit mir.

Hast du Angst?

Sehr.

Du hast nichts mit der Sache zu tun?

Womit?, sagte Isabel.

Vorhin hast du die Geburtstagsfeier erwähnt. Ich wollte eigentlich hin. Alte Bekannte treffen. Endlich wieder unter Leute gehen. Heinrich war dagegen.

Schade.

Er will unser Kind schützen.

Und er tut des Guten zu viel, sagte Isabel.

Hast du ein Kind?

Nein.

Dann hast du auch keine Ahnung. Heinrich habe ich geheiratet, weil ich wusste: Der lässt sich nicht von Nutten trösten, wenn ich schwanger bin. Ich habe mich geirrt.

Oh.

Nicht in ihm. Ich bin unfruchtbar.

Ich verstehe.

Was verstehst du?, sagte Margret heftig.

Ihr habt ein Kind adoptiert.

Ja. Es schläft jetzt … Er hat es arrangiert.

Scheiße.

Es war vielleicht nicht hundertprozentig legal.

Er will Geld, sagte Isabel.

Ich wünschte, er wäre tot, sagte Margret leise.

Ich auch.

Wenn man ihn mir wegnimmt …

Sie brachte den Satz nicht zu Ende. Isabel las in ihren Augen: Kraft sammeln gegen den Schmarotzer. Las in ihrem Gesicht: Böses muss man mit Bösem überbösen. Wieder ein Mensch, der versengen wollte. Wie Soldat, dachte Isabel, ihr seid dem Schwein nicht gewachsen.

Der Mann, sagte Isabel.

Der dich begleitet.

Den ich begleite. Er tut dir nichts. Juliette war seine Freundin.

Der Unbekannte von damals, sagte Margret.

Wusstest du, dass Patrick Juliettes Bruder ist?

Ja.

Ich hatte keine Ahnung.

Du bist in deiner Welt.

Ist doch jeder, sagte Isabel.

Das stimmt nicht, sagte Margret, ich bin in der Welt meines Kindes.

Er wird wiederkommen.

Das letzte Mal hat er gesagt: Ich dreh an eurem Glücksrad, es wird hässlich für euch. Heinrich war fertig. Ich weiß nur, die Angst schlich sich aus.

Was?

Irgendwann hat man so viel Angst, dass man sich nicht mehr fürchtet.

Ja, sagte Isabel, ich muss jetzt gehen.

Margret wollte sie noch nicht ziehen lassen, also blieb sie sitzen. Zwei schweigende Frauen. Isabel wusste: Margret sprach es nicht aus, aber sie bat um Hilfe. Um Schutz. Jeder schützte sich selbst. Traum ging in Erfüllung, diese Frau wurde endlich Mutter. Isabel hatte nichts damit zu tun. Jeder benagte seinen Knochen. Knurrte, wenn man dem Napf zu nahe kam. Jeder verlebte seine schönen Tage allein, klagte offen nur über böse Nächte. Isabel hatte damit nichts zu tun. Jeder füllte seinen Sack, jeder schrie vor Glück, wenn der Schmerz nachließ. Jeder täuschte eine Behinderung vor, jeder keuchte laut vor den anderen, jeder rief: Kommt mir nicht zu nah, ich bin ansteckend. Wieso? Weil es nicht half, nur die Gardinen zuzuziehen. Die Stube mit feinen Möbeln zu bestücken. Berlins Winde verbliesen die Leidenschaft. Jeder war gewillt, besiegt zu werden.

Jeder raufte nur mit Essbesteck. Dann kam der Herr der Säuberung und infizierte. Isabel hatte damit nichts zu tun.

Isabel kündigte ihren Abschied ein zweites Mal an – nicht einmal ein Wort des Verdrusses von Margret. Eine vor Blutrunst zitternde Racheratte, eine bebende Mutter. Draußen am Zaun blickte sie zurück: Die Frau im Haus hatte sich nicht bewegt.

*

Nackte Frau, nackter Mann, sie lag auf dem Sofa, er lag auf dem Boden. Es war wieder geschehen, sie hatte sich auf ihn gestürzt und mit ihm gerauft. Hatte fest in sein Ohrläppchen gebissen, als sie aufplatzte. Er fiel aufgerissen herunter. Nachtschwärze, kein Licht, sie flüsterten im Dunkeln. Er sagte: Kinder, überall Kinder. Was hat der Kerl nur mit Kindern?

Ich habe dich gewarnt, sagte Isabel.

Hast du nicht.

Du bist auch verdorben.

Wieso?, rief Soldat.

Hast Eierschalen auf die Erde im Garten gestreut.

Es ist wegen der Schnecken.

Sie schneiden sich an den Schalenkanten.

Und weichen auf die Nachbargärten aus.

Ist doch schäbig, sagte Isabel, ist doch böse.

Dann ist jeder Kammerjäger ein schlechter Mensch.

Halt den Mund.

Ich will dich was fragen. Über den Kerl.

Was? Ob wir was miteinander hatten?

Nein, sagte Soldat leise.

Frag.

Er ist ein Wurm. Die Frauen machen ihn groß. Wieso tun sie das?

Halt den Mund, sagte Isabel wieder.

Soldat richtete sich auf, tastete nach dem Lichtschalter. Isabel war kurz geblendet. Schloss schnell die Augen. Öffnete sie: Er stand mit glänzendem Geschlecht am Sofaende und sagte: Du bist eine feige Frau.

Männer und ihre Dreckssätze, dachte sie. Schleuderte die kleinen Kissen in seine Richtung. Ein Leierkastenmann bist du, schrie sie, drehst an der Kurbel, spielst Lieder ab. Sie wollte sich bedecken. Tat es nicht. Stürmte zum Ofen, griff zum Aschekübel, kippte den Kübel über das Sofa, streute Asche über Kissen, Polster. Sie stand stramm, brüllte bellende Hündin nieder, packte Zeug und Kram in die Tasche. Spuckte aus.

Hinaus in die Nacht. Eine Blume macht noch keinen Kranz, dachte sie, zwei Blumen machen keinen Kranz. Nie wieder schlafe ich mit dir. Hast nichts geschafft, hast es zu nichts gebracht im Leben. Ein Soldat muss nur stur ballern. Hat keinen eigenen Willen, muss nur niedertrampeln. Muss nur Leben nehmen. Hast nicht mal das hinbekommen: Henker, Schlangenherz! Bin keine Henne, die dich verliebt angackert. Willst mich dick machen, willst dich mit mir trösten. Nennst ihn Schwein, bist selber Schwein. Denkst: Das Mädchen bekommt leicht ein Leck. Das besitze ich dann. Liebe erzwingst du nicht. Den Mund stopfst du mir nicht, die Ohren halt ich zu. Dreckssätze. Hol dir ein Miststück, das du küssen kannst. Du erniedrigst mich nicht! Werd nicht unter dir liegen, dass du auf meinem Fleisch zappeln kannst. Bist ein mieser Schinder. Hast kein Kind und redest über Kinder …

Schlag auf die Schläfe, sie fiel. Wurde aufgefangen. Fremder Geruch. Jaulende Hündin. Wollte Augen aufreißen, schaffte es nicht. Nächster Schlag. Nichts mehr.

Von einem Kuss wurde sie wach. Alles verbogen, verkrümmt, verzerrt. Sie blinzelte, davon wurde ihr übel. Licht drang durch ihre Lider. Lippen nass. Die Hand, sie konnte sie bewegen. Wischte Mund trocken. Blinzelte ein Gesicht an, das sie anhauchte. Soldat? Nein.

Ich habe deine Lippen eingesogen, sagte Patrick, habe an ihnen genuckelt wie ein Baby. Und weißt du was? Du hast gestöhnt. Es war ein tiefer Seufzer. Sonst hört man das von Frauen auf Knien in der Kirche …

Er sprach weiter, sie wimmerte. Dröhnender Kopf. Sie wischte immer wieder über ihren Mund. Hörte sein Lachen, erst aus der Ferne, dann immer näher. Er fuhr mit der Zunge über ihr Gesicht, sie schlug nach ihm. Kraftloser Hieb. Sie schaute an sich herunter. Gott sei Dank – sie war nicht nackt.

Du hast kleine Brüste, sagte er, habe mit ihnen gespielt. Hast wohl nichts gemerkt? Doch. Du hast nur so getan, als ob.

Abartiges Schwein, sagte sie leise.

Hier, sagte er und versetzte ihr eine Ohrfeige.

Bitte nicht.

So ist es besser.

Ich hab dir nichts getan.

Diese Pfeife, mit der du rummachst – wer ist das?

Er war mal Soldat.

Ach. Ist ihm langweilig?

Er hat Arbeit.

Wieso geht er herum und fragt nach mir?, sagte Patrick.

Deine Schwester war mal mit ihm zusammen. Wo bin ich?

Er hob die Hand zum Schlag, sie zuckte zurück und schlug mit dem Kopf gegen die Wand. Schrie vor Schmerzen auf. Steinsplitter, zerknickte Dosen, leere Flaschen, kleiner Müll auf dem Boden. Es roch nach Unrat. Verfallenes Haus, dachte sie, Pennerbleibe. Er kann mit mir tun, was er will.

Meine Mutter, sagte Patrick, sie war abartig. Habt ihr … es getrieben?

Nein, sagte Isabel.

Sie hat nicht viel von dir gehalten. Weißt du, wie sie dich nannte? Die trübe Sieglinde. Sie war hemmungslos. Als Mensch hat sie nicht viel getaugt. Glaubst du, ich mache sie schlecht?

Wir waren nicht eng befreundet.

Schlechte Ausrede. Aber das alles ist mir scheißegal. Wo ist mein Geld?

Welches Geld?, sagte Isabel.

Ihr Kopf flog zur Seite, sie hatte es nicht kommen sehen. Er ließ sie eine Weile weinen. Trat nach den Dosen, traf sie zweimal. Sie war seine Rasselpuppe.

Das Geld, Isabel. Ich habe in deiner Hosentasche vierhundert Euro gefunden.

Gehört mir, sagte sie.

Jetzt nicht mehr. Meine Mutter hat dir Geld gegeben. Geld, das sie mir weggenommen hat.

Nein, sagte Isabel, ich schwöre, das ist nicht wahr.

Viel Geld, sagte er, viele, viele Hunderteuroscheine.

Ich weiß nichts davon.

Ich könnte dich die ganze Nacht prügeln, Isabel. Muster in dein Gesicht schneiden. Du wirst ohnmächtig werden. Dann nutze ich die freie Zeit und schmuse mit dir. Wenn du wieder zu dir kommst, hast du keine Kleider mehr an. Du quälst dich mit der Frage: Was hat er getan? Ich würde es dir natürlich nicht verraten.

Ich habe in der Schule immer still gesessen.

Lauter, rief er, ich verstehe dich nicht.

Ich war das stillste Mädchen in der Klasse, sagte Isabel, niemand wollte neben mir sitzen.

Was geht mich das an?

Die anderen glaubten, ich bin eine Baumhöhle, in die sie flüstern konnten. Ich verriet nichts.

Brav, sagte er, ich habe die Jungs bestochen, damit sie für mich den einen oder anderen Jungen prügeln. Das klappte gut. Schluss mit den Schulanekdoten. Her mit meinem Geld!

Ich habe es nicht.

Warte. Bin gleich wieder da.

Fliehen. Sie versuchte aufzustehen. Ihr drehte sich der Kopf, sie fiel gegen die Wand. Messer im Schädel. Unglaublich – der fünfte Satz aus dem Buch im Traum fiel ihr ein: Eine hell leuchtende Frau trat aus den Schatten, sie prangte im Tageslicht.

Sie hörte das Maunzen, er kam mit einer kleinen gescheckten Katze zurück. Kätzchen im Klammergriff.

Süß, nicht wahr? Gehört meiner Tochter. Ihre Mutter verwöhnt sie. Ich war dagegen. Ein Haustier in dem Alter? Luxus. Aber sie hat ihren Willen bekommen. Diese Katze kann Kunststücke, da staunst du. Ich werde jetzt zaubern. Schau genau hin.

Mit der einen Hand hielt er sie am Genickfell, mit der anderen schlug er eine Tüte aus. Steckte Katze in Tüte, hängte die Tüte am Türgriff auf. Kätzchen maunzte. Kopf zwischen den Plastikhenkeln. Gelbes Wasser tropfte von der Tüte auf den Boden.

Bitte nicht, sagte Isabel.

Tütentier, rief Patrick, armer dummer Fellbalg.

Sie hat Angst.

Eine Blase voll mit Organen, mehr ist das da in der Tüte nicht.

Bitte, Patrick, sagte sie.

Schön, wie du meinen Namen aussprichst. Noch einmal.

Patrick.

Das klang wie auf Knopfdruck.

Patrick.

Wir spielen, sagte er, du hauchst meinen Namen. Als würdest du mich bitten, dich zu nehmen. Gefällt es mir, mache ich einen Schritt zum Tütentier. Sprichst du wie ein Automat, mache ich einen Schritt zurück.

Und sie spielten. Nach elf Malen, da sie den verhassten Namen aussprach, hatte er nur vier Schritte zurückgelegt. Kätzchen maunzte. Er verbot ihr, die Augen zu schließen – sie musste ihn die ganze Zeit ansehen.

Dreckspuppe, dachte sie. Hass stählte ihre Stimme. Zwei Schritte zurück. Isabel riss sich zusammen, fing an zu gurren. Immer wieder: Patrick. Endlich: Katze aus dem Sack. Leere Tüte am Türgriff, tropfnass.

Jetzt hast du mich so oft gerufen, sagte er, ich müsste dich eigentlich durchpumpen.

Ja, komm, sagte Isabel.

Was?

Sie knöpfte sich auf, hob ihren Hintern kurz hoch, schob die Hose herunter bis zu den Kniekehlen. Schaute ihm in die Augen, lächelte.

Komm, Patrick.

Schnauze, schrie er.

Fick mich, gurrte sie.

Halt's Maul, Tütenhure! Noch ein Wort und ich schlag dich zu Brei. Hoch die Hose, sofort.

Isabel knöpfte sich zu. Er brüllte Kätzchen an, packte sie, lief raus, kam wieder. Gesicht: böse Maske. Mund: nass. Augen: glotzendes Kind. Körper: steife Muskeln.

Du Nuttenscheiße, sagte er, fast hätte ich das Ding zertreten. Doch dann plärrt meine Tochter. Das dreckige Nuttenstück, die Mutter, gibt es an die Behörde weiter. Sie streicht mir das Besuchsrecht. Das alles spulte sich ab, hier in meinem Kopf. Also dachte ich, lieber nicht. Und ich dachte: Was mache ich mit der Barackenschlampe Isabel? Zwei Schläge mit der Eisenstange, sie blutet aus, und ich hocke daneben. Was hältst du davon?

Sterben ist gut, sagte sie, alles vorbei.

Wirklich?

Probier es aus.

Vielleicht nicht heute, sagte er, irgendwann bist du dran. Ich stand draußen und mein Kopf glühte. Wird die Nutte abhauen wollen? Hoffentlich, dachte ich. Schöne Jagd, schöner Spaß. Ich dachte: Nein, geh rein. Setz ihr eine Frist. Verstehst du?

Ja.

Ein Tag.

Gut.

Nein, zwei Tage. Weißt du, wieso?

Weil du gerade Zahlen liebst?

Frech. Ich lasse es dir durchgehen. Neuntausend Euro, Frau. So viel steht mir zu. Mein Geld plus Zins und Zinseszinsen. Neuntausend. Bis übermorgen.

So viel, sagte Isabel leise.

Der Affe, der dich befingert – bei ihm wirst du betteln. Klimper mit den Augen, streck ihm deinen Arsch hin. Sag ihm: Zahl mich für meine künftigen Nuttendienste aus. Verhandle gut. Neuntausend für hundert Ficks – hej, ich spreche mit dir!

Ja.

Neuntausend für hundertmal das tun, was du im Schlaf kannst. Glaubst du, er wird ablehnen?

Nein.

Bestimmt nicht. Gestern Juliette, heute du. Morgen irgendeine andere. Ihm ist es doch völlig egal, wo er ihn reinsteckt.

Wann übermorgen?

Schlag was vor, sagte er lächelnd.

Morgens um zehn?

Abends um zehn läuft die Frist aus.

Und dann?

Ich finde dich. Vielleicht stehst du unter der Brücke bei

den Transvestiten. Verdienst gerade die letzten zwanzig Euro, die dir noch fehlen.

Kann sein, ja.

Du wirst zu dem Affen laufen. Wirst dich ausheulen. Der Affe wird dich zu irgendeinem Blödsinn anstiften wollen: Ich mache Patrick kalt. Oder: Wir gehen am besten zur Polizei. Ich merke alles, mein Kopf glüht. Seh ich, dass du mich verarschst, war's das für dich. Den Affen erledige ich nebenbei. Alles klar?

Hab's verstanden, sagte Isabel.

Neuntausend, sagte er und verschwand.

*

Der schwule Pfau drückte ihr den nassen Waschlappen auf die Schläfe. Blutwasser spritzte auf das Becken – er wurde wütend. Er schrie: Mädchen im Haus bringen Unglück. Er schrie: Muss hinter dir putzen, bist eine tropfende Kiki.

Sie schwieg, er hatte sie aufgenommen. Ein falsches Wort, und er warf sie hinaus.

Er schrie: Wo ist dein Bettgenosse?

Sie erklärte es ihm: Er taugte nur als gelegentlicher Bettwärmer. Fühlte sich schlecht, weil sie Soldat schlechtmachte. Aber Jo war besänftigt, Meldungen über Kämpfe zwischen Mann und Frau hoben seine Stimmung. Seine Wohnung in der achten Etage glich einer Hotelsuite. Möbel aus hellem Holz, viel Platz dazwischen.

Isabel musste im Bad so lange ausharren, bis es nicht mehr aus der Wunde sickerte. Die blauen Flecken im Gesicht ließen sich nicht überpudern. Jo riet ihr, die nächsten Tage die Haare offen zu tragen.

Der ist verrückt, sagte Jo, der hat ein nasses Hütchen auf.

Hab's gemerkt, sagte sie.

Komm nicht auf die Idee, mich um Geld anzubetteln.

Nein.

Hab ein kleines Polster. Für die Behandlung – falls es mich erwischt.

Die Seuche.

Nenn es, wie du willst … Was ist dein Plan?

Hab mir noch nichts überlegt, sagte Isabel.

Dacht ich's mir doch. Ich fasse mal zusammen. Du ziehst aus der Wohnung deines Exlovers aus. Ziehst in ein Proletenloch ein. Ziehst in die Wohnung einer Toten ein, in der ihre Mutter haust. Kurz darauf ist sie tot. Du ziehst ins Haus eines abgebrochenen Soldaten ein.

Was willst du andeuten?

Du rennst von einer Notaufnahme zur nächsten, Mädchen.

Sag nicht Mädchen.

Wieso?

So hat mich der Perverse genannt.

Na gut. Isabel, das hier ist kein Frauenhaus.

Ich weiß.

Der Knallverrückte ist dir auf den Fersen. Du hast mich in diese Geschichte hineingezogen.

Du bist doch kreuz und quer gefahren.

Er verfolgt dich, Isabel. Den kannst du nicht einfach abschütteln.

Ich kann über Nacht nicht bleiben.

Leider.

Wieso hast du dich aufgedonnert?

Ich gehe aus, sagte Jo.

Neuen Mann angeln.

Mir steht der Sinn nach Hausmannskost.

Nimm mich mit.

Unmöglich, sagte Jo.

Werden Frauen nicht eingelassen?

Doch. Aber welche Frau tut sich das an?

Ich.

Lauter schöne Männer. Sie tanzen. Für sie bist du Luft.

So bringe ich die Nacht herum, sagte Isabel.

Jo zierte sich, sie durchkreuzte seine Pläne. Isabel massierte seine Schultern und seinen Nacken. Sie hatte Schmerzen, durfte sich aber vor dem Pfau nichts anmerken lassen. Endlich geschafft, dachte sie, jetzt sehe ich wirklich aus wie eine, die bei der Armenhilfe Schlange steht. Bleich, strähniges Haar, Angstfalten um den Mund. Verdreckte Kleider.

Jo gefiel es, er warf ihr heimliche Blicke zu und grinste. Er musste sich nicht vor den anderen Männern schämen, er konnte sie als hungerndes Entlein verkaufen. Jo gab Anweisungen: Schweige still beim Einlass. Lass mich reden. Klette dich nicht an mir fest. Sind wir drin, sind wir geschiedene Leute. Keine Leidensmiene, versuch dich zu amüsieren. Ja. Ja. Ja. Ja. Ja.

Jo ließ sich vom Türsteher auf den Mund küssen, der Mann blickte sie nicht an, sie durfte rein. Ein großer Kellerraum, man hatte einige Wände durchgebrochen. Punktstrahler an der Decke. Heruntergekommene Dorfdiskothek. Die halb nackten Männer taten so, als wären sie in einer anderen Welt. Stechender Schweiß, scharfe Männerdüfte. Wenige Frauen. Sie tanzten und waren weggetreten. Sie tranken und schrien Jubelworte – drei Studentinnen am Tresen.

Isabel wurde von ihnen beäugt, lächelte nicht zurück, wurde sofort mit Desinteresse bestraft. Meine Hündin hätte euch in die Ferse gebissen, dachte sie. Eine blutjunge

Frau stolperte, hielt sich an ihr fest. Ein Absatz brach ab. Das musste natürlich passieren, sagte sie laut. Bist du auch mit deinem Freund hier?

Nein, sagte Isabel.

Ich schon. Er glaubt, er ist bisexuell.

Trenn dich von ihm.

Was? Wieso?

Egal.

Hast du dich geprügelt?

Ja.

Mit wem?

Verzieh dich, rief Isabel.

Zicke, sagte das Mädchen und lief humpelnd zum Tresen.

Isabel fragte einen tätowierten Aufpasser im schwarzen Nazihemd nach der Toilette. Geradeaus und dann rechts: dunkle Kammern, aus denen laute Lustgeräusche drangen. Kabinen mit zugezogenem dicken Vorhang. Chemischer Gestank, ein aufgeputschter Kerl am Urinbecken, er drehte sich nach ihr um, verzog das Gesicht. Sie schloss sich ein. Wählte seine Nummer.

Wo steckst du?, sagte Soldat, geht's dir gut?

Ist Ruby bei dir?

Ja. Was ist das für ein Lärm?

Schwulenlärm, sagte Isabel laut.

Ein Tritt gegen die Toilettentür ließ sie aufschreien. Der Mann draußen sagte: Wenn's dir nicht gefällt, kannst du abhauen.

Hallo? Was ist da los?

Alles gut, sagte Isabel. Bin in Sicherheit. Ich tauche unter. Pass auf meine Hündin auf.

Halt, rief Soldat.

Sie drückte ihn weg. Vor der Kabine lauerte der trittwütige Kerl, er sah die Prellungen in ihrem Gesicht, wandte sich ab.

Raus aus dieser Hölle. Auf niemanden war Verlass – kein Schutz. Schneisen im Dickicht, Schwein konnte überall sein, konnte sie anspringen – nicht daran denken.

Der fidele Homo Jo hatte sie auf die Idee gebracht: Endlich stand sie vor der Frauennotunterkunft. Gesichtskontrolle. Die Wunde an ihrer Schläfe überzeugte die Einlasserin. Sie sagte: Du hast ein Bett für drei Stunden, wir schließen um acht. Sie teilte das Zimmer mit einer Kasachin. Dickbusiges Sowjetbiest. Kasachischer Leidensweg, Biest erzählte: Vom Mann mit dem Gürtel gepeitscht, jeden Tag; der Westen verdarb, er aber bewahrte den Zustand der Reinheit.

Isabel wollte nicht trösten. Sie lag in der flachen Matratzenmulde, lauschte der Frau, die ihr eine halb volle Wodkaflasche reichte. Ein Schluck, zweiter Schluck, es schüttelte sie. Flackerndes Licht der Tischlampe.

Kasachin schnarchte sie wach. Sie zogen los, Kaffee und Pfannkuchen unterwegs, die Frau riss große Happen und schluckte laut. Ich heiße Elsamaria, sagte sie.

Bitte keine neue Freundschaft – fast hätte Isabel die Worte ausgesprochen. In der Frauentagesstätte wollte man ihre Papiere sehen, sie versteifte sich, zischte böse: Seid ihr von der Amazonen-Gestapo?!

Elsamaria schlichtete, ihr harter Akzent machte Eindruck.

Viele geprügelte Hündinnen, dachte Isabel, der Anblick von Frauen in Trainingsanzügen deprimierte sie. Kleiner Knast. Schnatternde Opfer in der Gemeinschaftsküche.

Elsamaria kratzte sich mit langem Fingernagel am Bein, riss eine Laufmasche in die Strumpfhose. Sie sagte: Wer hat dich so zugerichtet?

Bleibt mein Geheimnis, sagte Isabel.

War's dein Vater? Oder der Bruder?

Weder noch.

Wer dann?

Lass mich in Ruhe, schrie Isabel, kratz dich blutig und halt einfach den Mund.

Sie wurde von der Angestellten herausgebeten und verwarnt. Ja, gut, ein Ausrutscher, es wird nicht wieder vorkommen.

Sie stahl sich ans Ende des Flurs, wählte die lange Nummer.

Mutter, ich bin's.

Bist du schwanger?, sagte Derya.

Was? Nein.

Dann steckst du in Schwierigkeiten.

Ich weiß, ich sollte mich öfter melden.

Ein guter Vorsatz – du wirst dich nicht daran halten.

Mutter.

Ja.

Ich brauche neuntausend Euro.

Wieso?

Angehäufte Schulden. Jetzt will man es zurück.

Wer ist man?, sagte Derya.

Die Bank. Privatpersonen. Das Geld müsste ich morgen abheben können.

Eine Blitzüberweisung.

Ja, sagte Isabel, ein Darlehen, ich zahle es zurück.

Du reist her. Machst dich über uns lustig. Überlässt es mir, die Scherben zusammenzukehren.

Mutter, nicht.

Mutter, doch, rief Derya aus, deine Freundinnen dort sind richtige Prachtmädchen. So hast du jedenfalls früher von ihnen gesprochen. Sie werden dir bestimmt helfen.

Du verstehst nicht …

Nur Gottlose verachten ihre Eltern, sagte Derya und legte auf.

Keine Rettung, kein Glück. Die verstörte Kasachin tauchte auf, sie hatte ihr vergeben. Jeder bleibt auf seiner Seite des Zauns, sagte Isabel, lief an ihr vorbei, meldete sich nicht ab, verließ das Haus.

Isabel entdeckte ein Spinnenbein an ihrer Bluse, stieß einen Schrei aus. Wischte es weg. Warmer Spätabend. Echte Berliner strichen durch die Straßen, leicht verschmutzt und verstumpft. Nicht stehen bleiben, sonst fiele sie um. Sie hatte es gewusst, sie hatte es nicht gemerkt: Ihr Weg führte sie nach Hause. Am Neptunbrunnen auf dem Alexanderplatz verharrte sie, schaute hoch zu den Fenstern ihres Wohnlochs. Rechnete er damit? Wartete er auf sie? Lächelnder kranker Kerl, Schädling, der die Frauen befiel wie einen unverrückbaren Baum. Grämliches Mädchen, sagte jemand hinter ihr. Helga, die Tüten halb voll – die Touristen machten einen Bogen um sie.

Komm mir nicht zu nah. Ich stinke.

Ja, sagte Isabel.

Die Früchte reifen und faulen. Die Magd darbt.

Was?

Nicht empfindendes Herz, flüsterte Helga, Herz, das sich in der Kinderbrust ausgeseufzt hat. Hätte ich ihm nichts zu trinken gegeben, wäre er verdurstet. Stotterte. Stammelte. Wollte wie feiges Wild wegspringen. Blieb sitzen. Seufzte.

Ganz ruhig.

Du kommst mit, rief Helga, jetzt sind wir Kriegsleute, Waffe in der Hand, wir wagen und lassen Gott walten. Du folgst mir, schwaches mageres Mädchen.

Der wirr plappernden Flaschenpflückerin hinterher – Isabel hielt Schritt. Männer, Frauen, Kinder: Sie sprengten auseinander. Böse Hexe, Wind herbeihexendes Weib, keiner stellte sich ihr in den Weg. Kopf gesenkt, stoßender Rammbock. Sie hatte Jacken und Mäntel übereinandergezogen, Fetzen hingen von zerrissenen Säumen herab, leckten über die Waden. An seltsamen Bäumen vorbei, die Blätter hingen wie schlafende Fledermäuse von den Zweigen herab. Schnaufende Flaschenpflückerin. Langes Leben für eure Liebe, schrie sie den Frauen auf den Klappliegen am Wasser zu, Gott ist nicht so freundlich, wie ihr denkt. Oft hat er Plagen geschickt, und nichts, was größer war als ein Feldhase, hat überlebt … Helga drehte sich zu Isabel um. Sagte: Nahe beim Feuer sitzen diese Mädchen, sie wissen es nur nicht, ihre Wachsgesichter werden schmelzen.

Helga …

Sei du still! Auf sicherem Steg stehst auch du nicht! Tanz ist der Huren Finanz. Schaffe am Werktag deine Sache. Das kennen diese Mausmädchen nicht. Und du auch nicht. Wie habt ihr euch verändert, ihr Frauen. Seid jung, habt weiche Schnäbel, beim Würmerhacken brecht ihr euch die Schnabelspitze. Mein Jungfernherz war ein Taubenhaus, es flog einer rein, der andere raus. Hast du dir gemerkt, was ich dir erzählt hab vom Krieg?

Ja, Helga.

Ach was! Hast du nicht. Du denkst doch auch: Altes Weib gib Ruh, sing die Psalmen, sitz am warmen Ofen. Nicht mit mir! Die Witwe betet sich ein Wall ums wehe Herz. Bin nicht Witwe, bin nicht Jungfrau mit rosigen Wangen. Damals hab ich gelegen auf dem Boden. Niedergerungen hat man mich. Krieg ist, wenn die Mettwurst knapp wird. Hab ich gedacht, als ich lag, und der Russe in mich hineinstach. Hab ich gedacht: Danach gibt's Fleisch. Auch wenn er mich dazu zwang. Nichts versprochen hat er mir. Hat mich geschlagen. Rock hoch, Unterrock hoch. Der Russe stank, so wie ich jetzt stinke nach Gammel, nach Schimmel. Mettwurst hab ich nicht bekommen …

Wohin laufen wir?

Zur Stalinallee. Blöd bist du. Stalins Russe kam und ging. Nix hat er mir geschenkt, nahm und gab nix. Wollte nicht beim ersten Mal, wollte nie. Schlug mich immer zu Boden. Beim siebten Mal, mittendrin. Hab ihn zerstochen.

Was?

Häng den Brotkorb höher, Mädchen. Müssen uns beeilen. Der Teufel ist unser Herrgotts Affe. Ist dir egal, oder? Kein Himmel, keine Hölle. Ist dein Herz rein? Bestimmt. Armes, armes Mädchen Juliette. Hat Pappe mit Spucke an Pappe geklebt. Hielt nicht. Und sie glaubte: immer nur Pech. Und sie glaubte: Mir wird das Glück schon pfeifen, wenn nicht morgen, so doch bald …

Isabel lief neben ihr und Helga schrie gegen den Lärm der Autos an. Sie sah nichts und niemanden, die Flaschenpflückerin war abgetaucht. Wovon sprichst du?, dachte Isabel, willst du mich anstecken mit deiner Verrücktheit?

Willst du mich verrückt machen?, sagte Isabel.

Hör zu!

Tu ich die ganze Zeit.

Juliette …

Ja?

Juliette.

Ja, doch. Was ist mit ihr?

Jetzt verlassen wir die Stalinallee, schrie Helga, rechts ab.

Was hat er mit dem Kind gemacht?, rief Isabel.

Neue Eltern, neue Kleider, neues Spielzeug.

Mein Gott!

Wo führte die Flaschenpflückerin sie hin? Schwein – was hatte er mit Soldats Kind gemacht? Sie fragte wieder, Helga schüttelte den Kopf, hetzte weiter, drängte sie zum Weitergehen. Isabels Waden schmerzten, sie bog den Rücken durch und biss sich auf die Lippen. Helga bog jäh ab. Straße mit Altbauhäusern, unrenoviert, graue Fassade. Rein in ein Haus, kein Aufzug. Drei Stockwerke hoch.

Helga legte die Hand an die Klinke, drehte sich zu ihr um: Hörst du das?

Was?

Alles still.

Sie drückte die Tür auf. Isabel sah: Helga hatte einen Vorrat an Konservendosen angelegt. Für die kommende Hungerzeit. Für die Zeit des Krieges. Süßlicher Geruch, widerlich. Alles aufgeräumt, alles sauber – Isabel war überrascht. Geruch.

Helga zog sie in die Küche. Da sah sie es, da sah sie ihn. Am Tisch saß reglos Patrick, Kopf leicht gebeugt über einer Porzellantasse. Schaum an den Lippen. Erbrochenes am Hemd. Mund wie Schlitz im Fleisch.

Ist entschlafen, sagte Helga, trank meinen Kräutertee und starb.

Was hast du getan?

Dummes Ding bist du. Muss alles gerecht zugehen.

Gift, sagte Isabel leise.

Ein Männchen wollte ein kleines Tuch über einen großen Tisch spannen, sagte Helga, das Tuch zerriss.

Du hast ihn vergiftet.

Deine Nerven sind angegriffen, du tust dich schwer.

Helga –

Vor der Herbstzeit ist er umgekommen. Schau, wie er thront. Müdes Männchen. Er ist eben nur so viel gesalzen, dass er nicht faule. Hab ihm Salz eingerieben in Stirn und Schläfen. Jetzt verschläft er sein Leben.

Isabel drang nicht zu ihr durch, Helga rief: Flaschen sammeln, und sprang davon.

Isabel setzte sich ans andere Tischende, beschaute die Leiche des Männchens. Sie fühlte nichts, sie hatte keine Angst. Dann rief sie Soldat an, gab ihm die Adresse durch. Wartete. Stand auf, füllte ein Glas mit Wasser, trank es, füllte es ein zweites Mal, setzte sich hin, betrachtete den Toten.

Sie hörte ihn eintreten, er nahm neben ihr Platz.

Schönes Bild, sagte er.

Ja.

Wer wohnt hier?

Helga.

Die Irre?

Sie ist nicht verrückt.

Nein, sagte Soldat, das ist sie nicht.

Wir müssen aufräumen, sagte Isabel.

Vergiftet, stellte Soldat fest.

Er muss hier raus.

Ich weiß.

Ich werd dir helfen. Helga hat mir alles erzählt.

Juliette liebt ihn nicht mehr. Sie schickt Marcus weg. Einen Soldaten als Vater wünscht sie sich nicht für ihr Kind. Er soll verschwinden. Eine Mutter braucht das Kind. Niemanden geht das etwas an. Christine: Ratschläge gibt sie ungebeten. Sie würde ihr zu nahe kommen, das kann sie nicht gebrauchen. Einmal sprechen sie über Patrick. Christine: Er hat das Böse vom Vater. Juliette: Auf deinen Mann schiebst du alle Schuld. Der ist tot, der schweigt, das ist dir doch nur recht. Großer Streit. Juliette wirft ihr vor, eine Sau zu sein. Danach Kontaktsperre. Ihr könnt mir alle gestohlen bleiben, denkt Juliette, mein Kind gehört mir. Blutende Fingerspitzen, sie frisst ihre Nägel. Sie schluchzt immer wieder grundlos auf und weint. Es hat keinen Sinn. Doch. Nein. Sie schneidet sich. Durchhalten. Sie verkleidet sich, huscht raus, kauft schnell ein, kehrt zurück. Ihr Leben, keiner schwätzt dazwischen, keiner redet ihr rein. Tagsüber dämmern, nachts wachen. Sägemehl bindet Staub, sie streut es auf den Boden ihrer Wohnung. Die Sicherung brennt durch, sie überbrückt den Sicherungskasten mit Kupferdraht, wirft den Porzellanzapfen weg. Sie kann sich also von Mann und Mutter frei machen. Lernen, die Kleider im Dunkeln abzulegen. Lernen, sich im Dunkeln anzukleiden. Manchmal hält sie mitten in der Bewegung inne und horcht: Ist da jemand, der sie heimlich beobachtet? Oft hat sie den Geruch von verbranntem Stoff in der Nase – dann geht sie mit Feuereifer ans Werk. Flickt und stopft. Näht Fetzen zum Kostüm. Selten geschieht es, dass sie den Liedern einer Stimmungssängerin lauscht. Meist in der Morgenstunde. Sie dreht die Musik leiser, versucht einige Tanzschritte auf dem Sägemehl. In ihrem Bauch ist ein ungewohntes Gewicht. Sie trommelt mit Fingerkuppen auf ihrem Bauchnabel. An einem anderen Tag wird sie von Mücken umflogen. Gutes oder schlechtes Zeichen? Beim Panieren des Schnitzels zittern ihre Hände, ein leichter Wind an ihrer Wange, sie schaut auf: keiner da. Sie übergibt sich immer wieder, sie weiß, es ist bald so weit. Für das kommende Kind macht sie sich hübsch. Beige Schnürschuhe, Kamelhaarmantel. In schönen Kleidern sitzt sie im Dunkeln zu Hause. Erschrickt, als es an der Tür klingelt. Christine darf eintreten, sie denkt: In diesen Räumen haust eine Kranke. Ihre Tochter starrt leeren Blickes. Ihr Blick fällt auf den großen Tapeziertisch: in der Spucke ihrer Tochter ersoffene Mücken. Später wird sie Helga sagen: Juliette will ein Kalb mit fünf Beinen greifen – sie will mehr, als ihr zusteht, sie will das Unmögliche wahr machen. Jetzt hier, im Schein der Kerzenlichter, traut sie sich nicht, die scheinbar Erkrankte mit schönen Worten zu trösten. Du hättest nicht herkommen dürfen, sagt Juliette, was geht dich meine Not an? Du bist schwanger, sagt Christine leise, Marcus? Juliette flüstert: Es ist bis dahin noch ein kleines Stückchen. Geld wird knapper, man muss schon rechnen – darüber reden sie. Dekoration kann sie gut, aber man versperrt ihr den Weg zum Luxussegment. Also bleibt ihr nur das Schneidern für die Mittellosen. Christine hörte zu. Sie will ihre Tochter maßregeln, als sie sagt: Beim Pipi machen alle die Knie krumm. Doch sie reißt sich zusammen. Stattdessen spricht sie: Die Knochen verschieben sich um zehn Zentimeter, wenn man ein Kind bekommt. Gebären macht aus dürr schlank und aus schlank vollschlank. Kein Widerwort. Juliette wird fahrig, bittet sie zu gehen. Sie will nichts versprechen. Hilfe benötigt sie nicht. Das Sägemehl? Das Bücken fällt ihr schwer, deshalb. Die Mutter geht endlich. Auf dem Tisch mit toten Mücken ein Umschlag: zweihundert Euro. Schön. Juliette denkt: Das Geld gebe ich morgen aus. Am nächsten Tag traut sie sich, verlässt die Wohnung, streicht durch die Straßen. Sie findet einen Schuhladen, jedes Paar Schuhe zwanzig Euro. Der Besitzer hatte einen Schlaganfall. Geschäftsaufgabe. Juliette schleppt drei Tüten Schuhe nach Hause. Modenschau vor dem Spiegel – mittendrin starke Schmerzen, Schmerzen in Wellen, sie wird zerrissen. Sie ruft bei ihrer Mutter an, Christine ist sofort zur Stelle. Geburt ist Blut. Geburt ist Auspressen von Eingeweiden. Gebären ist Gewichtsabgabe. Juliette schreit sich die Seele aus dem Leib, schreit sich die Schmerzen vom Leib in den Kopf, der fast zerspringt. Nichts hat eine Farbe, farblos alles, obwohl sie sieht: Christine tut etwas unten, wischt es ab, es schreit, legt es auf ihre Brust, es schreit. Juliette zappelt: Schrei des Kindes schneidet in sie hinein. Schneidet ihren Kopf in Stücke. Darf nicht sein. Kann nicht sein. Christine: Wir sind jetzt zwei Mütter. Sie bebt, das Kind bebt. Sie wartet, bis sie schlafen. Geht leise ins Bad. Schneidet sich auf.

Christine findet die tote Tochter in der Badewanne. Erster Gedanke: Ich habe es kommen sehen. Du feige Frau! Bist du erlöst? Dann Zusammenbruch. Sie wiegt das schreiende Kind in ihren Armen – was?

Ich darf es nicht, denkt sie, und sie tut es doch. Ihr Sohn. Hört der Mutter am Telefon zu, hört der Frau zu, die ihn hasst. Er ist sofort zur Stelle. Schaut herab auf die entseelte Schwester in der Wanne. Betrachtet kalt das Kind. Sagt zu der Mutter: Das da müssen wir loswerden. Es gibt eine Möglichkeit. Wir werden Geld verdienen und es unter uns beiden aufteilen. Christine bockt und schimpft, schließlich gibt sie nach. Patrick verschwindet mit dem Kind. Christine stiehlt sich aus der Wohnung. Tage später benachrichtigen die Nachbarn die Polizei. Schlimmer Geruch. Tote Juliette. Die Mutter wird benachrichtigt, sie weint, sie fällt vor Gram in Ohnmacht. Tage der Trauer. Sie zieht in Juliettes Wohnung ein. Offizieller Grund: Nachlass ordnen. Ist sie herzlos? Sie sagt laut: Juliette, du warst eiskalt. Mich hast du immer abgewimmelt wie einen Bettler. Du wolltest dieses Ende. Du bist ein schlechter Mensch.

Patrick klingelt sie nachts wach. Das ist für dich, sagt er und reicht ihr das Geld. Viertausend Euro. Sie denkt: Das meiste hast du behalten. Er schaut sich um, lächelt. Sie hat aufgeräumt, sie hat das Sägemehl gekehrt, sie hat geputzt. Seine Worte beim Abschied: alles in allem ein befriedigendes Ende …

Wir laden ihn ab im Tegeler Wald. Da ist er fast bei sich zu Hause, sagte Soldat.

Sie standen auf.

Soldat sagte: Der Patrick macht Ihnen keinen Ärger mehr.

Isabel sagte: Helga ist eine gute Freundin von mir. Sie war auch eine gute Freundin von Christine – Pat… das Schwein gibt etwas von dem Geld, das er von euch bekam, an seine Mutter. Sie gibt es Helga. Und Helga spendet das Geld einem Tierheim.

Er ist also verschwunden, sagte Heinrich und blickte Soldat in die Augen.

Für immer, sagte Soldat.

Danke.

Margret stürzte zum Kind, das sich an der Tischdecke hochziehen wollte. Sie hatte sie hereingebeten und bislang geschwiegen. Sie wollte nicht auffallen, sie wollte unsichtbar bleiben.

Soldat sah: eine Mutter, ein Kind. Auf dem Teppich Spielzeug mit Kratzern, mit Bissspuren. Heim, Haus, Dach. Wände, Bilder, Heizung. Kein Kriegsgebiet.

Seine Tochter biss sich an Margrets Haaren fest.

ENDE

Weitere Titel von Feridun Zaimoglu bei Kiepenheuer & Witsch

Leyla. Roman. Gebunden.
Verfügbar auch als eBook

Ruß. Roman. Gebunden.
Verfügbar auch als eBook

Leseproben und mehr unter www.kiwi-verlag.de

Kiepenheuer
& Witsch

Christoph Moning
Thomas Griesohn-Pflieger
Michael Horn

Grundkurs Vogelbestimmung

Eine Einführung zur Beobachtung und Bestimmung unserer heimischen Vögel

unter Mitarbeit von Daniel Lingenhöhl

Quelle & Meyer Verlag, Wiebelsheim

Bibliografische Information der Deutschen Nationalbibliothek
Die Deutsche Nationalbibliothek verzeichnet diese Publikation in der Deutschen Nationalbibliografie; detaillierte bibliografische Daten sind im Internet über http://dnb.d-nb.de abrufbar.

www.verlagsgemeinschaft.com

Umschlagabbildungen: siehe S. 421
Satz: Satz- & Verlagsservice Bogun, Berlin
Druck und Verarbeitung: Freiburger Graphische Betriebe, Freiburg
Printed in Germany/Imprimé en Allemagne

ISBN 978-3-494-01416-6

Inhaltsverzeichnis

Vorwort

Die Begeisterung für Vögel ist in vielen Kulturen tief verwurzelt. Jeder, der dieses Buch in den Händen hält, hat erkannt: Man muss nicht in die Ferne schweifen, um sich dieser Faszination hinzugeben. Schon vor der eigenen Haustür lockt der Reiz der Neuentdeckung, die sich keinesfalls auf das bloße Registrieren von Vogelarten beschränkt. Die Verhaltensweisen der Vögel sind vielseitig und teilweise sehr einfach zu beobachten. Sie sind nicht nur wichtiger Bestandteil unseres eigenen Naturerlebens, sondern schlagen viele Menschen ein Leben lang in ihren Bann. Doch der Zugang zu den Geheimnissen und Spielregeln der Natur ist auch bei den so auffälligen Vögeln nicht immer ganz leicht. Ein kurzer Blick ins Fernglas genügt nicht. An dieser Stelle setzt unser Buch an, das zu einem genaueren Beobachten anregen und anleiten möchte.

Sowohl die Autoren als auch der Verlag waren von Beginn an überzeugt, dass ein populär geschriebenes Buch über das Beobachten und Bestimmen von Vögeln nicht nur eine Chance am Markt haben wird, sondern regelrecht notwendig ist. Nun ist es nicht so, dass es nicht genug deutschsprachige Bücher zum Bestimmen von Vögeln gäbe. Im Gegenteil, mancher wünscht sich statt der Quantität eine bessere Qualität der Neuerscheinungen. Positiv ist jedoch, dass die wachsende Zahl der Bücher ein ebenfalls wachsendes Interesse an der Vogelbeobachtung spiegelt.

Dieses Buch bietet den vielen Menschen Unterstützung, die als Einsteiger, Gelegenheitsbeobachter oder Urlaubsornithologen Erfahrungen sammeln wollen. Sie bekommen ein Hilfsmittel, mit dem sie die Begeisterung für die gefiederte Lebenswelt steigern und ihre Kenntnisse systematisch ausbauen können. Aus eigener Erfahrung wissen wir, dass mit zunehmenden Wissen und wachsender Erfahrung die Begeisterung nicht nachlässt, sondern wächst. So scheint der Leitsatz „je mehr begeisterte Vogelbeobachter und öffentliche Wirkung, desto bessere Chancen für den Vogelschutz" keine reine Spekulation zu sein. Andere Länder machen es uns vor.

Wir haben viele Jahre lang vogelkundliche Gruppen geführt: vielköpfige Reisegruppen, langjährige Arbeitsgemeinschaften, Gruppen aus Kindergärten und Vereinen, Schulen und Volkshochschulen. Dabei haben wir sicher ebenso viel gelernt wie die vogelkundlichen Anfänger. Viele der in diesem Buch präsentierten Fragestellungen, Erfahrungen, Tipps und Hinweise wären nie ohne die Wissbegierigkeit und Ungläubigkeit, Begeisterung und Offenheit der Menschen, denen wir begegnet sind, formuliert worden. Für diese Chance, begreifen zu können, was und wie andere Menschen lernen wollen und können, sind wir dankbar.

Michael Horn hat für den zweiten Teil des Buches in mühevoller Kleinarbeit zahlreiche Farbtafeln gestaltet. Im ersten Teil hat Daniel Lingenhöhl an drei Kapiteln mitgeschrieben. Irmela Dörries sei für die Redigierarbeit im ersten Teil gedankt.

Es ist immer wieder beeindruckend, wie die vielleicht zufällig entstandene Hinwendung zu den Vögeln manche Menschen beglückt und erfüllt. Wenn dieses Buch dazu beiträgt, dass Menschen dieses Glück für sich entdecken, wäre das ein schöner Lohn für die Arbeit.

Hattingen, im Sommer 2009

1. Einführung

Wer zu diesem Buch greift, muss nicht erst davon überzeugt werden, dass die Beschäftigung mit der wundervollen Welt der Vögel eine sinnvolle Freizeitbeschäftigung ist, die viel Freude bereiten kann. Wer dieses Buch liest, ist bereits der Faszination der Vögel erlegen und begeistert von ihren anmutigen Bewegungen, ihrer Farbenpracht, ihrer Allgegenwart, ihrem Sozialverhalten und den höchst erstaunlichen Anpassungen an ihre Umwelt.

Die Zahl der Menschen, die sich für Vögel interessieren, hat in den vergangenen Jahrzehnten stark zugenommen. In einigen Ländern wie Großbritannien, den Niederlanden oder den USA hat das Birdwatching schon Formen eines Volkssports angenommen. Beobachtungen von Seltenheiten bringen Vogelbilder auf die Titel der Tageszeitungen oder werden in den Nachrichten des lokalen Fernsehens erwähnt. So weit ist es in Deutschland noch nicht, doch auch hier nimmt die Zahl der Vogelbegeisterten stetig zu.

„Wir werden immer mehr!"

Beobachter der Szene schwanken bei ihren Schätzungen von einigen oder mehreren Hunderttausend bis zu über einer Million Vogelbeobachtern in Deutschland; zu unterschiedlich sind die Definitionen, was denn ein Vogelbeobachter eigentlich ist. Im Gegensatz zu etwa Großbritannien sind die Vogelfreunde in Deutschland nur sehr wenig organisiert (zu möglichen Gründen siehe Kapitel 12), weshalb sie sich nur schlecht erfassen lassen. Festzustellen ist aber, dass ein Vogelbeobachter, der sonntags mit dem Fernglas an einem See Vögel beobachtet, kaum mehr als Sonderling betrachtet wird. Stattdessen sieht er sich immer öfter in Gesellschaft anderer Beobachter oder wird von Spaziergängern und Freizeitsportlern in „vogelkundliche Gespräche" verwickelt.

Diese Faszination üben Vögel auf Menschen schon sehr lange aus. Vogeldarstellungen finden sich in der frühesten menschlichen Kulturgeschichte und Vögel spielen eine große Rolle in Mythen, Märchen und im Volksglauben. Es gibt kaum eine andere Tiergruppe, die sich den menschlichen Sinnen so gut präsentiert. Bereits die Vielzahl populärer Vogelnamen ist ein gutes Indiz für

In der Gruppe macht das Vogelbeobachten nochmal so viel Spaß. Man lernt voneinander und viele Augen sehen mehr.

die tiefe Verwurzelung der Vögel in der Kultur des Menschen. Keine anderen Lebewesen weisen eine so hohe Popularität auf wie die Vögel. Die meisten Säugetierarten sind entweder scheu, nachtaktiv oder hausen sogar in der Erde und lassen sich deshalb schlecht beobachten. Insekten sind – mit Ausnahme der meisten Tagfalter, Libellen oder mancher Käfer – relativ unscheinbar und in unseren Breiten klein und wenig auffällig. Fische leben in trüben Seen oder in fließenden Gewässern und entziehen sich so unserem Blick. Daher ist es kein Zufall, dass die farbenfrohen und lebhaften Vögel, die zudem meist noch ansprechende Rufe und Gesänge äußern, die Aufmerksamkeit auf sich ziehen.

Vögel sind überall und fast immer zu sehen

Es ist ebenfalls kein Zufall, dass viele Vogelbeobachter, vor allem in Großbritannien, neben den gefiederten Fliegern auch den Tagschmetterlingen und Libellen ihre Aufmerksamkeit widmen. Auch bei diesen beiden Insektengruppen gibt es auffällige Flüge und oft beeindruckende Farbmuster zu bestaunen. Allerdings sind sie meist nur wenige Wochen des Jahres zu sehen. Ein Riesenunterschied zu den Vögeln! Es gibt wohl keinen Ort auf der Erde, den nicht schon ein Vogel überflogen hätte, und vor allem gibt es in unseren Breiten keine „vogelleeren" Zeiten. Wir können Vögel immer und überall erwarten – und begeisterte Vogelbeobachter tun dies auch!

Die Begeisterung der Menschen für die Vogelwelt findet in der Wissenschaft ihren Niederschlag. Keine andere Organismengruppe kann als so gut erforscht gelten, wie die Vogelwelt – was sich zum Beispiel gut an dem Umfang des aus 14 Bänden mit 33 Büchern bestehenden Werkes „Handbuch der Vögel Mitteleuropas" ablesen lässt. Hobby-Vogelbeobachter haben einen großen Anteil an den Erkenntnissen der wissenschaftlichen Ornithologen. Denn spätestens, wenn ein Vogelbeobachter damit beginnt, wirklich systematisch zu beobachten und seine Beobachtungen nachvollziehbar zu erfassen, macht er eine Auswertung seines Naturgenusses auch für andere möglich. Aber längst nicht jeder Gelegenheitsbeobachter möchte sich diesen Zwängen hingeben, sondern beobachtet eben gelegentlich und deshalb mit wenig wissenschaftlicher Aussagekraft, aber zu seiner eigenen Freude. Wer in die Vogelbeobachterszene hineinschnuppert, wird bald die Unterschiede feststellen, die sich aus der Intention der Beobachter ergeben.

Birder, Twitcher, Ornis …

Gelegenheitsbeobachter, „Vogelgucker", begeistern sich für die Schönheit der Vögel und genießen das mit ihrem Anblick verbundene Naturerlebnis. „Birder" (vom Englischen „bird" = Vogel) betreiben das Vogelbeobachten weniger zufällig, sondern bei jeder Gelegenheit. Viele von ihnen führen Listen, auf denen sie die Vögel eines Gebietes, eines Zeitabschnittes, einer Reise oder ihres Lebens aufführen oder abhaken. Übertroffen werden die Birder in ihrem Enthusiasmus nur noch von den „Twitchern" (von Englisch „to twitch" = zucken, hier: abhaken). Sie haben nur eines im Sinn: möglichst viele Vogelarten zu „twitchen", also abzuhaken. Hier hat die „Sammelleidenschaft" die Oberhand. Da kann es zu skurrilen Situationen kommen, zum Beispiel wenn eine Seltenheit – ein armer Vogel, den ein ungünstiger Sturm zu uns verschlagen hat – von Dutzenden oder

Jeder Mensch kennt ein paar Vogelarten und kann von Erlebnissen mit Vögeln erzählen.

Hunderten von Beobachtern „abgehakt" wird, die nach diesem Akt wieder ins Auto oder gar Flugzeug steigen, um zur nächsten Rarität, die noch auf ihrer Liste fehlt, zu rasen.

Und es gibt die Ornithologen (Vogelkundler). Sie arbeiten häufig an bestimmten wissenschaftlichen Programmen mit, erfassen die Siedlungsdichte oder andere Daten der Vögel oder spezialisieren sich auf wenige Vogelarten, deren Leben sie erforschen. Aber auch hier war fast immer die reine Freude an der Beobachtung der Vögel der Beginn einer zumeist lebenslangen Begeisterung für die Gefiederten.

Aus welchem Grund auch immer alle diese Vogelbegeisterten zum Fernglas greifen, der Einsteiger in die Vogelbeobachtung sollte sich nicht abschrecken lassen. Es ist wie überall: Es gibt Kenner, Experten, Spezialisten, Anfänger mit großer oder kleiner Kenntnis und Gelegenheitsbeobachter, die gar nicht den Ehrgeiz haben, möglichst viele Haken auf ihrer Liste zu machen oder das Intimleben bestimmter Vogelarten zu erforschen. Eines gibt es aber nicht: jemanden, der gar nichts über Vögel weiß.

Jeder kennt Vögel

Wo immer man als Vogelbeobachter geoutet wird, sei es auf einer Geburtstagsfeier, bei einem Thekengespräch oder der Vogelfütterung am See, ergeben sich Gespräche, werden Fragen gestellt und Beobachtungen mitgeteilt. Selbst die Mitmenschen, die vorgeben überhaupt kein Faible für die Vogelwelt zu haben und sich deshalb auch nicht auszukennen, können auf Nachfragen meist mehr als eine Handvoll Vogelarten nennen. Amsel, Krähe, Elster, Meise, Taube, Ente, Gans, Schwan – die Allgegenwart der Gefiederten in unseren Siedlungen, Gärten und Parks lässt niemanden unberührt.

Vogelbeobachtung ist so einfach! Probieren Sie es aus, schauen Sie eine Viertelstunde aus dem Fenster, machen Sie einen kleinen Rundgang durch die Siedlung, gehen Sie im Park spazieren oder mit Ihrem Hund durch Feld und Flur – Sie werden Vögel sehen!

Nicht nur in altägyptischen Hieroglyphen werden Vögel dargestellt, auch in der Neuzeit finden wir Vogeldarstellungen zuhauf. Zum Beispiel als Firmenlogos oder moderne Graffiti.

Achten Sie einmal darauf, welche Vögel in welchen Gebieten häufiger sind: Gibt es Elstern im Wald? Sehen Sie Amseln auf einem Acker? Sitzen Meisen auf dem Dach? Kreisen Krähen um den Kirchturm?

Wie bewegen sie sich? Hüpfen Stare über den Rasen? Können Spatzen trippeln wie ein Buchfink? Verneigen sich die Kohlmeisen beim Singen wie die Krähen beim Rufen?

Wie singen die Gefiederten? Und wann?

Vogelbeobachter sind reicher!

Lassen Sie sich nicht entmutigen, wenn Sie nicht alles beobachten können und viele Fragen ohne Antwort bleiben. Fangen Sie einfach mit dem an, was Sie wissen und Sie werden feststellen, dass Sie mit anderen Augen durch die Welt gehen. Sie werden schnell merken, wie Ihr Interesse wächst und das Bewusstsein für die Vogelwelt (und darüber hinaus!) schärfer wird. Sie werden viel Neues entdecken, sich daran erfreuen, die Natur mit allen Sinnen zu genießen und Entspannung beim Draußensein finden. Wer aufmerksam und neugierig durch die Welt geht, erlebt mehr. Schnell ist der Zeitpunkt erreicht, von dem an man sich als „Vogelbeobachter“ betrachtet und die Augen nicht mehr von Vögeln lassen, kann.

Wir wollen Ihnen viele Tipps geben, wie Sie beglückende und spannende Beobachtungen machen können. Und schließlich soll dieses Buch Ihnen dabei helfen, die Vögel bei ihren Namen zu nennen – das heißt sie zu bestimmen.

2. Ein Grundkurs: Was soll's?

Vogelbeobachtung: sinnlich und sinnvoll

Vogelbeobachten ist ein Hobby, das alle Sinne anspricht, da wir es mit Lebewesen zu tun haben, die wir draußen bei Wind und Wetter erleben. Außerdem lernen wir Vögel nicht nur optisch, sondern auch akustisch kennen. Deshalb lässt sich die Vogelbeobachtung als *sinnliches* Naturerleben beschreiben. Wir spüren den Wind auf der Haut, riechen den Frühling oder das Meer, hören die Wellen und empfinden Kälte oder Wärme. Ein Großteil der entspannenden Wirkung, die Mediziner der Vogelbeobachtung zuschreiben, ist sicher auf dieses Ansprechen vieler Sinne zurückzuführen. Neben Gartenarbeit gibt es wahrscheinlich nur wenige Freizeitbeschäftigungen in unserem Kulturkreis, die so schnell entspannend wirken.

Die Hinwendung zur Natur ist als hervorragende Entspannungsmöglichkeit bekannt.

Auf der anderen Seite kann der, der Vögel nicht nur zum Selbstzweck beobachten will, weit darüber hinausgehen und Erfüllung in der Freizeit-Wissenschaft („Citizen science") finden. Die hohe Bedeutung, die die Ornithologie in der Biologie hat, wo sie erheblich zum Verständnis vieler Fragen wie zum Beispiel aus der Populationsökologie, der Biorhythmik oder der Stoffwechselphysiologie beigetragen hat, wäre undenkbar ohne das engagierte Mitwirken Tausender Hobby-Ornithologen. Deshalb kann man die Vogelbeobachtung auch als *sinnvolles* Naturerleben beschreiben. Selbst die Auswertung von Gelegenheitsbeobachtungen kann wichtige Erkenntnisse zu ökologischen Zusammenhängen eines Landschaftsteiles und Grundlagen für den Naturschutz liefern. Immer wieder werden gerade die relativ leicht zu beobachtenden Vögel als wichtige Bioindikatoren für die Beurteilung der Qualität unserer Umwelt herangezogen.

Vogelbeobachtung als Grundlage des Naturschutzes

Das Buch mit dem Titel „Der stumme Frühling" gilt als der Beginn der modernen Umweltschutzbewegung überhaupt. Es wurde 1962 von der todkranken Biologin Rachel Carson verfasst. Sie schildert darin erstmals die vielfältigen negativen Auswirkungen des ungehemmten Pestizideinsatzes in der Landwirtschaft und stellt „den stummen Frühling" als erschreckende Konsequenz in Aussicht.

Auch bei uns waren es die Vogelschützer, allen voran Lina Hähnle, die die erste große schlagkräftige Naturschutzbewegung, den „Bund für Vogelschutz" gründeten. 1899 hatte der Bund bereits über 3000 Mitglieder und er lebt seit der Wiedervereinigung unter dem Namen „Naturschutzbund Deutschland (NABU)" mit fast 500 000 Mitgliedern fort.

Was fliegt denn da?

Die verschiedenen Vögel wiederzuerkennen und bei ihrem Namen nennen zu können, das ist die Voraussetzung für jede Vogelbeobachtung, egal ob als gelegentliches Hobby im Urlaub oder als enthusiastische Leidenschaft über das ganze Jahr betrieben. Wer den Zusammenhängen in der Natur nachspüren möchte, will auch wissen „mit wem er es zu tun hat". In einem späteren Stadium, wenn man die Arten sicher bestimmen kann, ist es für manchen fortgeschrittenen Vogelbeobachter dann sogar besonders reizvoll, nicht nur die Artzugehörigkeit eines Vogels zu kennen, sondern den Vogel wirklich individuell ansprechen zu können.

Das Ansprechen einer Vogelart und vielleicht auch noch das Bestimmen eines bestimmten Alters und des Geschlechts ist das A und O der Vogelbeobachtung. Während einige Vögel sich recht einfach bestimmen lassen, wie zum Beispiel das Rotkehlchen, geben andere Vogelarten auch Experten so manche Nuss zu knacken. So gelten beispielsweise einige Möwenarten als besonders schwer zu bestimmen, was dazu führt, dass sie vor allem von Einsteigern zunächst nur als „Gruppe" gesehen oder sogar ignoriert werden. Dabei sollte man meinen, dass mit den modernen Methoden heute das Vogelbestimmen eine einfache Sache sei.

In früheren Zeiten, als Bücher noch Mangelware waren und zudem das Lesen eine Kunst war, die nicht jedermann beherrschte, wurden unbekannte Vögel abgeschossen, um ihre Kennzeichen studieren zu können. Denn auch Ferngläser gibt es erst verhältnismäßig kurze Zeit – und für breite Schichten der Bevölkerung sind sie auch erst seit wenigen Jahrzehnten erschwinglich. Mit so einem geschossenen Vogel beziehungsweise dessen Balg musste man in ein Museum zum Vergleichen der Merkmale gehen oder man konservierte den Balg zum Beispiel durch Ausstopfen oder Trocknen, um ihn in aller Ruhe studieren und beschreiben zu können.

Bessere Optik: mehr zu sehen

Heute sind Ferngläser für jedermann erschwinglich und die Regale in den Buchhandlungen stehen voll mit mehr oder weniger brauchbaren Vogelbestimmungsbüchern (siehe Kapitel 3.2), sodass wir glücklicherweise heute auf die „Abschussmethode" zur Bestimmung der Vögel verzichten können. Aber was trotz

Ferngläser, Fernrohre und Spektive haben eine vor Jahrzehnten noch kaum vorstellbare Qualität erreicht. Sie erleichtern das Beobachten und Bestimmen der Vogelarten erheblich.

aller technischen Hilfen immer noch fehlt, sind konkrete Anleitungen für Vogelbeobachter, *wie* sie möglichst sicher lernen, die Vögel tatsächlich bestimmen zu können. Es fehlen praktische Tipps zum Beobachten, denn die meisten Bestimmungsbücher streben eine große Vollständigkeit an und sind aus Sicht des Anfängers mit den zahlreichen Abbildungen der Arten und Kleider überfüllt. Ein Teil der Bücher, die wir in Deutschland benutzen, sind in Großbritannien entstanden und nur bedingt auf unsere Verhältnisse in Mitteleuropa anzuwenden.

Heute ist das Beobachten von Vögeln weniger mühsam als früher. Im Gegensatz zu den Zeiten, als viele Vogelarten auch in Mitteleuropa noch bejagt wurden, sind die meisten Arten heute wesentlich weniger scheu. Die gute Optik, die Vogelbeobachtern heute zur Verfügung steht (siehe Kapitel 3.1) erlaubt es zudem, Merkmale zu erkennen, die man früher nur am toten Balg feststellen konnte. Das führt zu enormen Fortschritten bei der Determination der Vogelarten draußen im Feld und konsequenterweise wurde die Rolle der Feldornithologen in den letzten Jahrzehnten immer wichtiger.

Für den Einsteiger heißt das aber, dass auch die Fülle der zu erkennenden Merkmale und der Unterscheidungsmöglichkeiten enorm zugenommen hat und nicht mehr so schnell zu überschauen ist. Hieß es in einigen Bestimmungsbüchern der Achtzigerjahre noch, dass die Bestimmung unausgefärbter Möwen „eine ausgesprochene Kunst sei", so sind heute mit einem Spektiv und etwas Geduld die Artdiagnosen zumindest für die bei uns häufigen Arten auch für den Einsteiger nicht unbedingt ein Kunststück. Man muss allerdings wissen, worauf zu achten ist und welche Arten aus der großen Menge, die uns die Bestimmungsbücher anbieten, überhaupt infrage kommen.

Vor dem Bestimmen steht das Beobachten

Wenn es eine Kunst in der Vogelbestimmung gibt, dann die, möglichst viele Details des Gefieders beim ersten und zweiten Blick zu erfassen, denn oft genug bleibt für einen dritten Blick keine Zeit mehr. Und es gibt mehr als das Gefieder eines Vogels zu beobachten! Als immer wichtiger haben sich die kleinen Gefiederdetails und die Verhaltensmerkmale der Vögel erwiesen. Eine wichtige Bestimmungshilfe bieten auch die Stimmen der Vögel, die man sich mithilfe der neuen Medien bereits zu Hause am CD-Player oder PC anhören kann, um sie dann im Feld wiederzuerkennen.

Grundlage für das Bestimmen der Vögel ist das Beobachten. Mit der richtigen Beobachtungstechnik wird die Basis dazu gelegt, erst dann werden Bücher und Ferngläser wichtig.

Deshalb ist es wichtig, in einem Grundkurs Vogel*bestimmung* zunächst Kenntnisse über das Vogel*beobachten* zu vermitteln. Wie, wo und wann finden wir Vögel? Welche Ausrüstung ist nötig? Wie lerne ich die wichtigsten Gestaltmerkmale sowie die Vogelstimmen am effektivsten? Auf was sollten Einsteiger besonders achten? Wie übe ich meine Beobachterqualitäten?

Das sind nur einige der Fragen, die uns Einsteiger bei Führungen und Vorträgen immer wieder stellen und auf die wir unter anderem im ersten Teil dieses Grundkurses eingehen.

Im zweiten Teil stellen wir die Familien der Vögel Mitteleuropas und ihre wichtigsten Merkmale vor und geben ganz konkrete Tipps zum Vogel*bestimmen*. Dabei wird keine Vollständigkeit angestrebt, sondern es werden gezielt Hilfestellungen zum Unterscheiden ähnlicher und verwechselbarer Arten gegeben. Es wird auch über das hinausgegangen, was man in den gängigen Bestimmungsbüchern und Feldführern findet.

3. Was Vogelbeobachtern hilft

Eines der besonderen Merkmale des Hobbys „Vogelbeobachtung" ist, dass man mit kleiner oder sogar überhaupt keiner technischen Ausrüstung anfangen kann. Vögel umgeben uns in allen Lebensräumen; man muss nur lernen hinzusehen. Aber schon nach kurzer Zeit will man mehr, und mit steigenden Ansprüchen an die Beobachtungsqualität steigen auch die Ansprüche an die Ausrüstung. Dieses Kapitel beschäftigt sich zuerst mit dem wichtigsten Utensil der Vogelbeobachter, dem Fernglas sowie anderen optischen Hilfsmitteln. Gleich danach werden wir uns den Medien widmen, also mit Literatur, Audio-CDs, Videos und dem Internet. Aber ebenso das, was wir selbst festhalten – während und nach unseren Beobachtungen – ist wichtig, deshalb interessieren uns Kalender, Listen, Notizen und Skizzen.

Auch wenn wir in Mitteleuropa kaum noch irgendwo eine richtige Wildnis finden, ist es hilfreich, sich über wichtige und nützliche Utensilien im Rucksack Gedanken zu machen. Deshalb geben wir schließlich noch weitere Ausrüstungstipps zum Thema „Kleidung, Schuhe, GPS und Handy".

3.1 Näher ran mit Fernoptik

Jedes Tier hat seinen potenziellen Feinden gegenüber eine gewisse Fluchtdistanz. Diese kann sowohl genetisch bedingt sein, sie kann aber auch durch Erfahrungen beeinflusst werden. In Gebieten, in denen der Mensch als Jäger auftritt oder in der Vergangenheit gejagt hat, ist diese Fluchtdistanz meist relativ hoch.

Deshalb wundert man sich oft, wie vertraut Vögel sein können, wenn man in bereits länger unter Schutz stehenden Gebieten in Amerika oder Afrika Tiere beobachtet oder in unseren Breiten arktischen Gästen gegenübersteht. Auch bei Vögeln in Gärten und Städten sind in der Regel die Fluchtdistanzen sehr niedrig. Die verhängnisvolle Rolle der Jagd, die die Tiere scheu macht, wird hier deutlich. Aber selbst in den Nationalparks Nordamerikas mit ihren fast „zahm" wirkenden Tieren wird man mittelfristig nicht ohne

Nicht ganz maßstäblich, aber eindrucksvoll. Mit dem bloßen Augen sieht man – mit Glück – einen Klumpen im Baum. Mit dem Fernglas (10x) kann man die Art erahnen und mit dem Spektiv (30x) können wir einen adulten und einen immaturen Seeadler bestimmen.

Man braucht nicht viel um Vögel zu beobachten. Standard ist ein vernünftiges Fernglas, aber selbst ohne das geht es.

Fernglas auskommen. Ein Fernglas gehört zur Grundausstattung eines Vogelbeobachters. Die starke Popularität der Vogelbeobachtung hat sicher auch damit zu tun, dass ein Fernglas mittlerweile nicht mehr zu den Luxusgütern gehört – sieht man von den High-End-Produkten der Optikindustrie einmal ab.

Wer ein- bis zweitausend Euro für ein Fernglas ausgeben kann, hat es leicht, sich das richtige auszusuchen, denn in dieser Preislage kann man kaum etwas verkehrt machen. Auf der anderen Seite kann es aber recht mühevoll sein, mit einem knappen Budget ein brauchbares Fernglas zu erstehen. Wer als Einsteiger noch nicht sicher ist, dass er die nächsten Jahrzehnte Vögel beobachten will, wird sich eine Investition von mehreren Hundert Euro genau überlegen. Da kommt ein guter Rat gelegen. Orientierung bieten Fernglas-Testberichte, wie sie in ausländischen Vogelbeobachter-Magazinen gang und gäbe sind. In Deutschland erscheinen sie regelmäßig in der Zeitschrift „VÖGEL“.

Ein Wort vorweg: Die Anschaffung einer, unter Vogelbeobachtern sogenannten „Billigscherbe“ lohnt sich mit Sicherheit nicht. Schon nach kurzer Zeit wird man die Fehlinvestition bereuen und dann doch mehr Geld ausgeben. Die fünfzig Euro, die man beim Lebensmitteldiscounter für Optik ausgegeben hat, sind rausgeworfenes Geld.

Vielfalt und Qualität der Ferngläser sind enorm gewachsen. Wer das Glas fürs Leben sucht, sollte sich gründlich informieren und auch mit kompetenten Vogelbeobachtern sprechen.

Ferngläser: zwei Bautypen

Auf was muss man achten? Grundsätzlich lassen sich zwei Bautypen unterscheiden – beide kommen für Vogelbeobachter infrage: Ferngläser mit Porroprismen und solche mit Dachkantprismen.

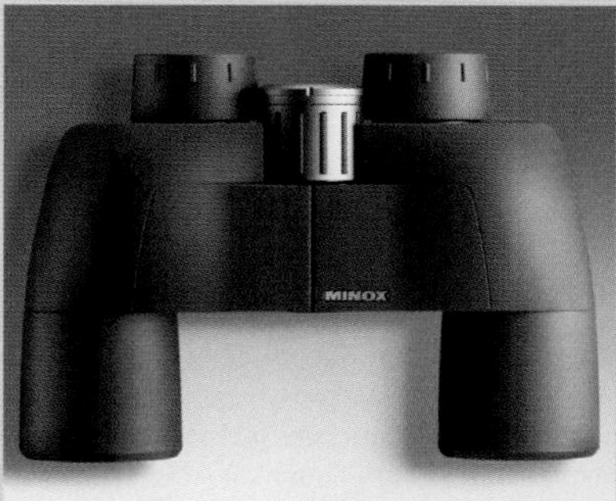

Moderne Porrogläser können in der Mitteklasse ohne Weiteres mit den Dachkant-Ferngläsern mithalten.

Ferngläser mit Dachkantprismen sind mittlerweile Standard in der „Sportoptik".

Porroferngläser haben einen „Knick in der Optik", der einfallende Lichtstrahl wird einmal um die Ecke gelenkt. Man erkennt sie daran, dass die Okulare, also die Augenteile, näher beieinanderliegen als die Objektive, die auf das Objekt gerichtet werden. Porroferngläser werden von einigen führenden Herstellern gar nicht mehr angeboten. Sie sind in mancher Hinsicht den Dachkantferngläsern technisch und in der Handhabung unterlegen, allerdings gibt es auch heute noch sehr gute Porroferngläser, die allemal besser sind als „billige" Dachkantferngläser.

Dachkantferngläser sind leicht zu erkennen, ihnen fehlt der „Knick in der Optik", denn Okular und Objektiv liegen in einer Linie, deshalb sind sie in der Regel kompakter. Aber das ist nicht der entscheidende Vorteil. Viel wichtiger ist, dass viele Porrogläser nicht die optische Leistung erreichen, die bei Dachkantgläsern fast Standard ist. Ebenfalls sehr wichtig ist, dass sich bei Dachkantferngläsern die Innenfokussierung durchgesetzt hat. Das Scharfstellen der empfindlichen Linsen spielt sich also innerhalb des Gehäuses ab. Dadurch ist das Fernglas weitgehend vor eindringendem Staub, Sand sowie Wasser und somit auch vor Salz am Meer (!) geschützt. Besonders gute Ferngläser sind sogar luftdicht abgeschlossen und mit Stickstoff gefüllt. Ein Beschlagen der inneren Glasflächen ist daher fast unmöglich. Bei Porroferngläsern dagegen dringen irgendwann alleine durch die Bewegung der Fokussierschraube, des Scharfstellrades, Fremdkörper und Feuchtigkeit in das Gehäuse ein und die Linsen beschlagen, werden langfristig blind und unbrauchbar.

Trotzdem halten sich Porroferngläser immer noch am Markt, weil sie einfacher herzustellen sind und weniger kosten als die aufwendig produzierten Dachkantferngläser. Gerade für Einsteiger in die Vogelbeobachtung kann es sinnvoll sein, mit einem preiswerten Porrofernglas den Anfang zu machen und erst dann, wenn man überzeugt ist, dass die Leidenschaft für die Vogelbeobachtung anhält, zu einem teureren und hochwertigeren Fernglas zu wechseln.

Brauchbare Porroferngläser (Hersteller sind zum Beispiel Optolyth, Vixen, Bresser und Minox) bekommt man ab etwa 100 Euro. Einsteigerferngläser mit Dachkantprismen gibt es ab etwa 250 Euro und nach oben geht es bis circa 2000 Euro. Die Spitzenhersteller sind Firmen wie Leica, Swarovski, Nikon, Zeiss, Minox – meist kennt man ihre Namen von anderen optischen Geräten wie Kameras, Brillen oder Mikroskopen.

SuperZoomVerwacklungsfrei ...

Manchmal werde ich von Exkursionsteilnehmern mit „Super-Optiken" überrascht, die mir stolz vorgehalten werden. Meist sind es Einsteiger, die meinen, sie hätten ein besonders gutes Schnäppchen gemacht. Sehr oft steckt hinter diesem Schnäppchenkauf ein tüchtiger Drogist, zu dem man sonst seine Filme oder Speicherkarten zur Entwicklung bringt. Auch Super-Nachtgläser aus den Beständen der Roten Armee („Die gehen nie kaputt! Die sind berühmt!") gehören dazu – bei ihnen hat man den Eindruck, man schaue durch eine leere Schnapsflasche, so unscharf und milchig ist das Bild.

Oder ein anderes Highlight: das Zoomfernglas! Vergrößerung 8- bis 20-fach. Mit einem Hebel am rechten Okular kann man stufenlos die Vergrößerung verstellen. Wozu man das braucht, weiß kein Mensch. Zieht man am Hebel, hat man das Gefühl, man führe mit einem Kleinwagen durch einen Tunnel – irgendwo am Ende ist Licht.

Eher Sinn machen die „verwacklungsfreien Ferngläser". Je stärker die Vergrößerung, desto leichter wird das Bild verwackelt. Deshalb haben einige Anbieter Ferngläser entwickelt, bei denen das Zittern der Hände kompensiert wird. Neben einem sehr schweren Fernglas von Zeiss (20x60), gibt es auch leichtere, weil batteriebetriebene, zitterfreie Ferngläser. Diese arbeiten mit einem Bildstabilisator, wie er bei teuren Kameratypen zu haben ist. Nachteil: Man ist von Batterien abhängig, die das Stabilisatorensystem betreiben. Und aufgepasst: Neben seriösen Anbietern tummeln sich auf dem Markt der stabilisierten Fernoptik auch obskure Produzenten meist aus Fernost, bei denen man in Sachen Garantie oder Reparatur seine Zweifel haben darf.

Einsteiger sollten unbedingt dem Rat von anderen Beobachtern mehr Gewicht geben als dem des örtlichen Optikhändlers, der es sicher gut meint, aber vielleicht keine Ahnung hat, was Vogelbeobachter brauchen. Zweitens sollten sie die Finger von technischen Zusatzleistungen lassen. Sie machen die Ferngläser empfindlicher und teurer. Lieber erst ein Standardfernglas und dann auf der Grundlage der gesammelten Erfahrungen ein Aufsteigerfernglas anschaffen.

Noch ein Tipp: Im Internet werden immer wieder von Vogelbeobachtern für Vogelbeobachter gute gebrauchte Ferngläser angeboten.

Thomas Griesohn-Pflieger

Im Detail: größer, schneller, heller …

Unabhängig von der Bauweise sind weitere Kriterien beim Vergleich von preisähnlichen Ferngläsern wichtig: Vergrößerung, Helligkeit, Schnelligkeit, Naheinstellung, Gewicht, Haltbarkeit.

Unter Vogelbeobachtern trifft man zum übergroßen Teil auf Ferngläser mit zehnfacher Vergrößerung, auch die achtfache Vergrößerung ist noch nennenswert verbreitet, siebenfach vergrößernde Ferngläser sind schon die Ausnahme, genauso wie Ferngläser, die mehr als zwölffach vergrößern. Als Standard haben sich Ferngläser mit den Kombinationen 10x42 oder 8x42 durchgesetzt. Die erste Ziffer bezeichnet die Vergrößerung und die zweite gibt den Objektivdurchmesser in Millimetern an. Je größer die Eintrittsfläche für das Licht ist, desto heller ist das Bild. Allerdings wird das Fernglas mit größer werdendem Objektiv auch immer schwerer. Da Vogelbeobachter in aller Regel keine große Dämmerungsleistung benötigen, wie sie Jäger mit ihren „Nachtgläsern" (typisch 7x50, 10x50, 9x63) erreichen wollen, ist der Kompromiss mit Objektiven von 40 mm Durchmesser voll ausreichend. Neuerdings scheint sich sogar ein Trend zu noch leichteren Qualitätsferngläsern abzuzeichnen, die als sogenannte „Frauenferngläser" nur noch etwa 30 mm Objektivdurchmesser aufweisen (8x bzw. 10x32) und durchaus als sehr gute Vogelferngläser einsetzbar sind.

Welche Rolle spielt die Vergrößerung? Wenn ich nicht näher an die Vögel herankommen kann, ist es da nicht besser, sich Ferngläser mit 15-facher oder gar 20-facher Vergrößerung zuzulegen? Ferngläser sind jedoch immer ein Kompromiss zwischen theoretisch möglicher optischer Leistung und wirklicher Brauchbarkeit. Ferngläser mit zehnfacher Vergrößerung lassen sich von jungen Menschen meist noch ruhig in der Hand halten, achtfache auch noch von älteren. Dies wird man zu schätzen wissen, wenn zum Beispiel der Prachttaucher nach fünfminütigem Tauchgang und fünfminütigem Starren durch das Fernglas endlich wieder auftaucht! Ferngläser mit stärkerer Vergrößerung sind aber nicht nur schwerer und daher ermüdender für Gelenke und Muskeln, jedes kleine Zittern wird durch die Vergrößerung noch potenziert. Für stationäres Beobachten, also wenn man sich aufstützen kann oder das Fernglas sogar auf einem Stativ montiert ist, sind solche starken Vergrößerungen einsetzbar. Für „Otto Normalbeobachter" dagegen scheiden sie aus.

Viele Beobachter halten diese Abmessung (8 x 32) für die ideale Kombination aus Vergrößerung und Lichteinfall. Achtfache Ferngläser sind meist leicht und lassen sich gut halten, ohne zu verwackeln. Achtfache Vergrößerung reicht vor allem, wenn sowieso ein Spektiv dabei ist.

Dieser Vogelbeobachter macht es richtig. Bei längerem Beobachten, schon wenige Minuten, lohnt es sich das Fernglas abzustützen.

Je kleiner man die Vergrößerung wählt, desto ruhiger wird das Bild, weshalb viele Beobachter, besonders wenn sie auch noch über ein Spektiv (siehe S. 19) verfügen, ein nur achtfach vergrößerndes Fernglas bevorzugen. Die etwas schwächere Vergrößerung macht sich kaum bemerkbar, die Bildruhe ist aber erheblich größer. Weniger bei Vogelbeobachtern, sondern vor allem bei Insektenfreunden sind Ferngläser mit siebenfacher Vergrößerung und kurzem Nahpunkt beliebt. Der Nahpunkt ist der dichteste Punkt, bei dem man ein Objekt durch das Glas bereits scharf sehen kann. Dieser sollte bei höchstens fünf Metern liegen. Oft steht man nahe vor einem Busch und die ersehnte Grasmücke oder der „Rätsellaubsänger" lässt sich nicht scharf beobachten, weil sie oder er zu nahe ist. Ein Fernglas soll kein Mikroskop sein, aber in der Praxis ist es gerade für die Feststellung von kleinsten Details sehr hilfreich, wenn man sehr nah an den Vogel herankommt und trotzdem noch das Fernglas einsetzen kann. Wer schon mal versucht hat, Ringe bei markierten Kohlmeisen oder anderen Kleinvögeln abzulesen, weiß ein Fernglas mit kurzer Naheinstellung zu schätzen.

Der „farbige Belag", der vor allem an den Objektiven zu sehen ist, wird Vergütung genannt. Diese aufgedampfte Schicht aus Metalloxiden und -fluoriden dient der Vermeidung von Reflexen. Möglichst viel Licht soll in die Objektive eindringen können.

Einstellungssache

Es mag überraschend sein, aber viele Vogelbeobachtungseinsteiger wissen nicht, wie man ein Fernglas richtig einstellt. Woher auch?

Oft genug, wenn ich eine Gruppe von Vogelbeobachtern um mich habe, werfe ich einen oder zwei Blicke durch die mitgebrachten Ferngläser. Und oft genug zeigt dieser Blick dann ein schlechteres Bild, als es das Fernglas von Typ und Alter her hätte vermuten lassen. Meistens liegt dies an der Einstellung!

In nur drei Schritten kann man das Fernglas auf seine individuellen Bedürfnisse einstellen:

Schritt 1: Jeder Mensch hat einen anderen Abstand zwischen den Augen. Aus diesem Grunde lassen sich die Ferngläser „knicken", dazu sind die beiden Okulare mit einem Scharnier verbunden. Es ist wichtig, dass man für seine Augen den richtigen Abstand einstellt, den man am besten durch Probieren herausbekommt. Stehen die Okulare zu weit auseinander, sieht man im Zentrum des Bildes einen dunklen Fleck, stehen sie zu eng, bleibt der Randbereich des Bildes dunkel. Das Fernglas ist richtig eingestellt, wenn man bei einem Blick ins Unendliche das Gefühl hat, ein kreisrundes Bild zu sehen.

Schritt2: Das gilt auch für die Einstellung der Augenmuscheln, die man bei neueren Gläsern meist herausdrehen kann. Sie stellen den richtigen Abstand zwischen Auge und Okular her. Probieren lohnt sich, denn der richtige Abstand ist wichtig!

Bei den modernen Ferngläsern lassen sich die Augenmuscheln in mehreren Stufen oder sogar stufenlos anpassen. Sie müssen individuell angepasst werden, um ein optimales Sehfeld zu erreichen.

Schritt 3: Jetzt geht es noch um die Sehschärfe. Sie ist bei vielen Menschen bei beiden Augen unterschiedlich, deshalb lässt sich der Ausgleich zwischen den Augen mittels des „Dioptrienausgleichs" einstellen.
Dazu geht man folgendermaßen vor:

a) Mit geschlossenem rechten Auge sieht man durch das Fernglas und stellt das Bild für das linke Auge mit der Fokussierschraube scharf.
b) Im zweiten Schritt wird das linke Auge geschlossen und nun wird das Bild für das rechte Auge, falls es unscharf ist, mit dem Dioptrienausgleich scharf gestellt. Der Dioptrienausgleich befindet sich meist am rechten Okular (Porrogläser) oder bei vielen der modernen Dachkantferngläser über oder unter dem Fokussierrad (Okularbrücke).
c) Nun schaut man mit beiden Augen durch das Fernglas. Das Bild sollte nun scharf sein und in Zukunft reicht dann zum Scharfstellen alleine die Fokussierschraube.

Bei diesem Fernglas erreicht man die Dioptrieneinstellung, indem man die Fokussierschraube etwas anhebt, sie dient dann als Einstellungsrad für die Augenschärfe.

Hier ist ein Rändelrad anzuheben, das die Dioptrieneinstellung verbirgt. Mit diesen sinnvollen Einrichtungen verhindern die Hersteller, dass die Einstellung unbeabsichtigt verändert wird.

Mancher hat sein altes oder geerbtes Fernglas wieder „liebgewonnen" und einen geplanten Neukauf verschoben, sobald er durch sein neu eingestelltes und am besten auch noch gereinigtes Fernglas geschaut hat.

Kann man schnell gucken?

Dies ist ein weiterer wichtiger Punkt: die Schnelligkeit. „Guck mal schnell …!" – das ist ein häufiger Ausruf bei gemeinsamen Exkursionen. Und tatsächlich kommt es oft auf Sekunden an. Die Schnelligkeit, mit der ich ein Ziel erfasse und fokussiere (scharfstelle), ist in vielen Fällen entscheidend, gerade bei scheuen Vögeln, die man selten sieht.

Wer gerade auf das gelbe Sperbergrasmückenauge in dem Schlehengestrüpp fünf Meter vor der Beobachtergruppe scharfgestellt hat, muss schnell reagieren können, wenn 200 Meter weiter plötzlich eine „verdächtige Rallengestalt" auf dem Feldweg steht. Wie kann ein Fernglas beim „schnellen Gucken" helfen?

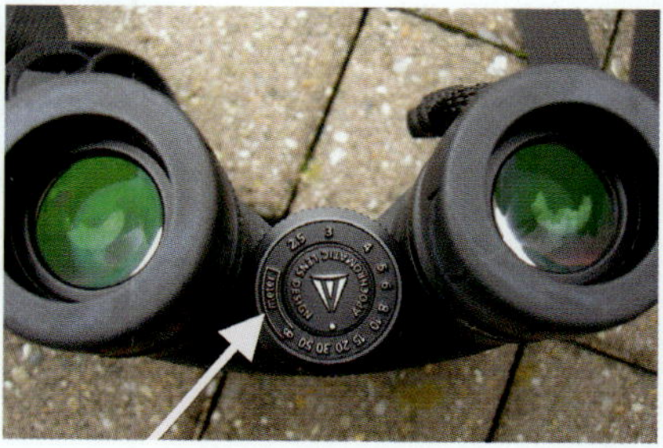

Bei diesem Glas ist an der Fokussierschraube, ähnlich wie bei Fotowechselobjektiven, eine Metrik angebracht, die die Entfernung in Metern anzeigt.

Neben der generellen Handhabung ist es vor allen Dingen die rasche Fokussierung des Fernglases. Es ist schon ein großer Unterschied, ob die Fokussierschraube nur drei oder zehn Umdrehungen braucht, um von ganz nah auf „unendlich" gedreht zu werden. Weitere Details kommen hinzu: Ist die Schraube leichtgängig, sodass sie sich schnell drehen lässt? Ist die Schraube *zu* leichtgängig, sodass sie sich schon durch das Hin- und Herbewegen des Fernglases beim Gehen verstellt? Die Einstellräder mancher, vorwiegend alter Ferngläser federn sogar leicht zurück beim Drehen, sodass man mehr mit Scharfstellen als mit Beobachten beschäftigt ist.

Keine neue Erfindung, aber der „Durchgriff" bei den Swarovski-El-Ferngläsern erregte in den 1990er-Jahren weltweit Aufsehen. Er soll es ermöglichen, das Fernglas nur mit einer Hand zu führen.

Aber auch die allgemeine Bedienung des Fernglases spielt eine Rolle bei der Reaktionsgeschwindigkeit. Der Weg der Hände von Brust oder Bauch zu den Augen sollte kurz sein. Das Fernglas sollte gut in der Hand liegen und möglichst mit Griffmulden den Daumen den richtigen, intuitiven Weg weisen. Sehr lästig ist es, wenn die Augenmuscheln auf den Okularen keinen rechten Halt haben und sich ständig durch das Reiben an Anorak oder Hemd verstellen. Bei aufgesetzter Brille werden sie eingedreht und erlauben so ein größeres Sichtfeld, weil das „bebrillte Auge" näher an das Okular gelangt.

Die Augenmuscheln sollten sich, wie bei diesem Fernglas, zwar leicht herausdrehen lassen, aber so viel Widerstand bieten, dass sie in der Position verbleiben.

Solche Augenmuscheln sind bei modernen Ferngläsern selbstverständlich: Sie lassen sich eindrehen für Brillenträger oder ausdrehen für brillenlose Beobachter. Auch für den brillenlosen Vogelgucker haben sie sich bewährt, denn jede Augenhöhle ist anders und der richtige Abstand des Auges vom Okular, der durch diese Augenmuscheln geregelt wird, erleichtert das Beobachten. Die Augenmuscheln sollten sich einerseits leicht verstellen lassen, aber dennoch so guten Halt haben, damit sie sich andererseits nicht selbsttätig verstellen.

Bei den Ferngläsern spielt also eine Vielzahl von Faktoren eine Rolle. Wer all diese Details ausprobiert und bewertet, entwickelt ein Verständnis dafür, warum die Preisunterschiede bei der Fernoptik so groß sind.

Nehmen Sie sich Zeit für den Kauf von teurer Optik, vertrauen Sie einem vogelerfahrenen Verkäufer mehr als dem Internet oder dem Schnäppchenanbieter. Es geht um Ihre Augen!

Spektive: noch weiter weg!

Spektive, Fernrohre, waren früher die bestaunte Ausnahme. Heute gehören sie bei allen Exkursionen dazu. Das heißt nicht, dass jeder Vogelbeobachter ein solches Rohr sein Eigen nennt, doch früher oder später, kann sich kaum jemand den Reizen des genussvollen Beobachtens mit einem stationären Fernrohr entziehen, und so finden sich immer mehr „Spektivträger" in den Beobachtergruppen.

Bei vogelkundlichen Beobachtergruppen waren sie noch vor 25 Jahren die Ausnahme, heute hat fast jeder eines: Beobachtungsspektive.

Spektive bringen Vergrößerungen, die man mit einem Fernglas nicht erreicht bzw. nicht nutzen sollte (siehe S. 14). Heute sind meist Zoom-Okulare im Gebrauch, die von 14/20- bis 40/60-fach vergrößern. Je nach Lichtbedingungen, Winddruck und nötigem Sehfeld kann man dann seinen Bildausschnitt wählen. Der Objektivdurchmesser beträgt meist zwischen 60 und 80 Millimeter. Es gibt auch sehr helle, aber dann ziemlich schwere Spektive mit einem Objektivdurchmesser von 100 Millimetern. Sehr modern sind die leichten Spektive mit etwa 60 und sogar 50 Millimeter Objektivdurchmesser. Sie wiegen vergleichsweise wenig, sind klein und in Verbindung mit einem leichten, modernen Carbon-Stativ gut dazu angetan, auch von Beobachtern mit lädierten Bandscheiben längere Zeit getragen zu werden.

Ein Spektiv bringt einen erheblichen Gewinn sowohl in der Bestimmungssicherheit als auch im Naturgenuss. Mit dem Fernglas erkennt man hier Gänsegeier. Mit dem Spektiv erkennt man einen adulten und einen immaturen Gänsegeier. Ein erheblicher Informationsgewinn!

Mit dem Fernglas suchen und dann mit dem Spektiv bestimmen und genießen! Entspannter Vogelgenuss.

Spektive lassen sich nicht freihändig einsetzen, wie zu Zeiten des Captain Cook die Teleskope auf den Piratenschiffen in der Karibik. Spektive taugen nur zum stationären Einsatz mit einem Stativ – das macht die ganze Angelegenheit etwas aufwendiger und teurer. „Mal eben schnell gucken", das ist mit einem Spektiv nicht drin. Aber sie sind hervorragend dazu geeignet, größere Flächen fast ermüdungsfrei abzuscannen oder längere Zeit das Verhalten der Vögel zu studieren. Und natürlich sind sie für die Beobachtung von Objekten ideal, die einfach zu weit weg sind. Den Berghang auf der anderen Talseite nach Geiern absuchen oder die drei Kilometer entfernten Meeresvögel auf Basstölpel durchmustern – das funktioniert nur mit einem Spektiv.

Dazu kommt noch, dass die moderne Vogelbestimmung immer diffizilere Unterscheidungsmerkmale herausfindet. Das können die Bestimmungsexperten natürlich nur mit einem Spektiv, und wir Einsteiger können das ebenfalls nur mit einem Spektiv nachvollziehen. Wenn zum Beispiel bei Möwen nur die Farbverteilung auf einigen wenigen Federn Alter und Art erkennen lässt, kommt man ohne Spektiv nicht aus.

Ganz nebenbei: Selbst im Garten oder sogar vom Balkon aus sind mit einem Spektiv genussvolle Beobachtungen möglich, die eine ganz andere Dimension der Vogelbeobachtung eröffnen. Die Scheitelfedern einer Blaumeise, die fast permanent in Bewegung sind, ein sich badender Grünling oder der feine Verlauf des Graus auf dem Hinterkopf der Heckenbraunelle, die Türkentaube auf der Antenne des Nachbarhauses, die jede Schwanzfeder beim Putzen einzeln durch den Schnabel zieht – das ist Naturgenuss, der mit einem Spektiv komfortabel aus dem Lehnstuhl heraus möglich ist.

3.2 Literatur und Medien

Sicher, man braucht nicht viel zum Vogelbeobachten, aber wer es intensiv betreibt, wird sich seine eigene kleine Ausstattung zulegen: Fernglas, Bestimmungsbücher, Notizheft …

Bestimmungsbücher und Feldführer

Die Zeiten, in denen der Buchhändler die vorrätigen Vogelbestimmungsbücher an den Fingern einer Hand aufzählen konnte, sind lange vorbei. Heute ist es weniger der Mangel an Titeln, als die verwirrende Vielfalt an brauchbaren oder weniger empfehlenswerten Büchern, die Probleme macht.

Mein erstes Bestimmungsbuch, das ich als Kind mit Stolz selbst erwarb, stammte aus der Pfarrbücherei und wurde dort ausgemustert. Für drei Mark wurde Heinrichs Frielings „Was fliegt denn da?" mein Eigentum. Drei Jahre später trugen viele der dort spartanisch abgebildeten Vogelarten ein kleines Kreuz vor ihrem Namen und der junge Vogelbeobachter richtete den Appell an den Vater, mittels einer Sonderzahlung dem hoffnungsvollen Erforscher der heimischen Avifauna den Kauf eines weitergehenden Feldführers zu ermöglichen. Die erste enttäuschende Antwort lautete: „Du hast doch noch gar nicht alle Vögel aus diesem Buch gesehen! Wenn du alle gesehen hast, bekommst du ein zweites Buch."

Es bedurfte einiger rhetorischer Kunst und ausgefeilter Argumentation, bis der potenzielle Financier einsah, dass die Bestimmung mancher Vogelarten mit dem kleinen Band nicht möglich ist und deshalb das Ausmerzen der Lücken in der Liste nur mit weitergehender Literatur möglich sein würde. Es wurde dann durch eine Verwechslung nicht „der Peterson" („Die Vögel Europas"), sondern „der Makatsch" („Wir bestimmen die Vögel Europas") angeschafft – und schlagartig erweiterte sich der vogelkundliche Horizont um das Drei- bis Vierfache!

Thomas Griesohn-Pflieger

Man sieht ihnen an, dass sie oft in die Hand genommen werden. Wenn man ein paar Jahre dabei ist, sind in der Handbibliothek die wichtigsten Bestimmungsbücher versammelt.

Einsteiger stehen vor der Frage, ob sie sich beschränken sollen auf eine Auswahl der europäischen Vogelwelt, die mit großer Wahrscheinlichkeit in ihrem Beobachtungsgebiet vorkommt, oder ob sie gleich die ganze Palette an Brut- und Zugvögeln, Gästen und seltenen Ausnahmeerscheinungen präsentiert bekommen wollen.

Ein einfaches Beispiel soll das Problem deutlich machen: Laubsänger zählen nicht zu den Vogelarten, die man allgemein kennt wie Rotkehlchen, Amsel, Star und Fink. Sieht man nun im Frühjahr einen der kleinen grünlichen Singvögel durchs Gebüsch schlüpfen, greift man zum Buch und will den Vogel bestimmen. Hat man den umfassenden Feldführer von Svensson zur Hand („Der neue Kosmos-Vogelführer. Alle Arten Europas, Nordafrikas und Vorderasiens") steht man als Einsteiger zunächst vor der schwierigen Aufgabe mindestens ein Dutzend Laubsängerarten nach geeigneten Merkmalen zu sortieren. Wenn man als naiver Neuling überhaupt so weit kommt, denn auch Spötter und mancher Rohrsänger können graubraungrün erscheinen. Im Klassiker „Was fliegt denn da?" von Frieling muss man sich

Handliche Bestimmungsbücher sind dafür gemacht, mit raus ins Feld genommen zu werden. So lernt man am besten!

höchstens mit der Hälfte von infrage kommenden Arten herumschlagen. Noch weiter eingedampft wird die Auswahl, wenn man ein Buch zum Thema Gartenvögel in die Hand nimmt, dann hat man die Wahl zwischen Zilpzalp, Fitis und Gelbspötter und wird in 99 Prozent der Fälle damit auch gut bedient sein.

So ein Gartenvogelbuch nützt freilich nicht viel, wenn man im Urlaub an der Küste Watvögel und Möwen beobachtet. Und der Klassiker (außer in seiner neuesten Ausgabe!) von Frieling bringt den Vogelbeobachter nicht wirklich weiter, wenn er ihn bei einer Wanderung durch die spanische Coto Doñana zurate zieht, denn dann ist sein Wirkungskreis erschöpft.

Ein anderes Problem ist dagegen keines mehr: Der Streit, ob Bestimmungsführer mit Fotos besser seien als die mit Zeichnungen, ist entschieden. Mittlerweile haben die Vogelzeichner eine solche Qualität erreicht, dass sie selbst brillante Fotos schlagen. Zeigt ein Foto immer einen konkreten Vogel in einer konkreten Lebenssituation, bei der nicht nur Alter, Geschlecht, Mauserzustand und Kondition, sondern auch Wetter, Beleuchtung und Perspektive zu berücksichtigen sind, bilden Vogelzeichner, wenn sie gut sind, den Vogel idealtypisch ab. Sie abstrahieren von der konkreten Situation und „fangen die Seele des Vogels ein" mit Aquarellstift, Bleistift und viel Erfahrung. Dennoch haben auch mit Fotos ausgestattete Bestimmungsbücher noch ihre Existenzberechtigung, vor allem (was leider nur selten der Fall ist) wenn sie Ort und Datum der Aufnahme nennen. Denn nur mit solchen Angaben kann man verlässlich Rückschlüsse auf Alter und Mauserzustand ziehen und erhellende Vergleiche zwischen seiner Beobachtung und den abgebildeten Vögeln anstellen.

Was nun? In Sachen Bestimmungsbücher sollte man getrost sowohl A als auch B sagen. Unsere Empfehlung: Ein Bestimmungsbuch mit eingeschränktem räumlichen Bezug ist für frühe Einsteiger sicher die beste Wahl. Doch schon nach wenigen Monaten kann es sinnvoll sein, sich ein umfassendes Werk zuzulegen. Denn das enthält nicht nur die ganze Vielfalt der Arten, sondern auch die Vielfalt der Kleider. In der Regel werden in guten Büchern Männchen, Weibchen und Jungvögel abgebildet, Flugbilder geboten und die Vögel nicht nur in den auffälligen Prachtkleidern (Brutkleidern) dargestellt, sondern auch die Ruhekleider (und manchmal sogar Zwischenstadien) abgebildet.
Die oben geschilderte Erfahrung des jungen Vogelbeobachters macht deutlich, dass es ein fortgeschrittenes Buch braucht, um selbst fortschreiten zu können.

Allerdings gibt es eine Weisheit, die gerade Einsteiger berücksichtigen sollten: Manche Vogelbeobachter neigen dazu, alles zu sehen, was in ihrem Bestimmungsbuch abgebildet ist. Statt des wahrscheinlichen Mauerseglers wird dann der unwahrscheinliche Fahlsegler und manche wahrscheinliche, junge Wiesenweihe geht als unwahrscheinliche Steppenweihe in die Tagebücher ein. Man sollte sich immer wieder klar machen, dass Seltenheiten so heißen, weil sie selten sind und es sehr unwahrscheinlich ist, sie zu sehen.

Einsteiger sollten sich also ein Buch mit guten Zeichnungen zulegen, das zumindest den Raum Zentraleuropas berücksichtigt. Neben den bereits genannten Vogelzeichnern ist ein weiteres Buch zu nennen, das ganz besonders für Einsteiger geeignet ist. Es ist die Neuauflage des Klassikers „Was fliegt denn da?" von

Zwei sehr brauchbare Bestimmungsbücher für den etwas anspruchsvolleren Einsteiger, der bei den gängigen Gartenvögeln keine Hilfe mehr benötigt. Beide decken Europa ab und verwirren nicht mit seltensten Ausnahmeerscheinungen.

Peter H. Barthel. Es bietet alle Vögel Europas, verwirrt den Einsteiger aber nicht durch all zu viele äußerst rare Irrgäste. Zudem informiert es sehr gut über Vogelstimmen und ist das erste Bestimmungsbuch, das wie dieses Buch die neue Systematik anwendet (siehe Kapitel 6). Es ist ein echter **Feldführer**, denn es passt auch in eine Jackentasche und bietet sich hervorragend dazu an, für erste Einschätzungen und Bestimmungen mit hinausgenommen zu werden. Zu Hause kann man sich auf der Grundlage der aus dem dünnen Feldführer gewonnenen Erkenntnisse den vertiefenden Informationen der dickeren Bestimmungsbücher widmen. Dazu dienen auch die Handbücher (siehe unten).

Gebietsführer sind in Deutschland noch relativ selten. In Großbritannien, dem Mutterland des modernen Birdwatching gibt es kaum einen Landstrich, dessen Vogelwelt nicht gesondert in einem Buch (oder Büchlein) dargestellt würde. Im Gegensatz zu den mehr wissenschaftlich ausgerichteten Avifaunen bieten die Gebietsführer praxisnahe Tipps zum Beobachten und geben oft genaue Orts- und Zeitangaben zur Beobachtung bestimmter Vogelarten. Sicher werden auch in Deutschland in den nächsten Jahren zunehmend Gebietsführer auf den Markt kommen, die der englischen Fragestellung „Where to watch birds in …" entsprechen. Die drei Bände vom Kosmos-Verlag „Vögel beobachten in Süddeutschland/Norddeutschland/Ostdeutschland" von Moning/Wagner beziehungsweise Moning/Weiß sind hervorragende Hilfen, um in Deutschland bestimmte Vogelarten zu finden oder einen Überblick über gute Beobachtungsgebiete zu gewinnen.

Natürlich sollte man sich vor einem Urlaub einen Gebietsführer seines Ziellandes besorgen; wenn man Glück hat, war schon ein Brite da und hat ein Buch darüber geschrieben.

Wer tiefere Erkenntnisse über die Vogelwelt eines bestimmten Gebietes erlangen will, kommt um eine richtige Avifauna nicht herum. In einer **„Avifauna"** sollen alle verwertbaren und wesentlichen Daten über sämtliche Vogelarten eines eindeutig abgegrenzten Gebietes gesammelt sein. Natürlich gibt es viele Avifaunen, die einem solch weitgehenden Anspruch nicht gerecht werden. Viele dieser Bücher beziehen sich nur auf die Brutvogelwelt und lassen Daten zu Durchzüglern und Ausnahmegästen weg. Oder es werden nur die Daten, die innerhalb eines definierten Zeitraumes erhoben wurden, zusammengestellt. Es gibt auch Bücher, die einen saisonalen Bezug haben und zum Beispiel „nur" die Wintervogelwelt einer Region vorstellen. Für Einsteiger eignen sich Avifaunen, wenn sie sich sicher sind, dass sie die regionale Vogelwelt erforschen wollen. Überblicke über solche Bücher verschafft man sich am besten in den Katalogen von Spezialbuchversendern.

Handbücher, vor allem das immer noch richtungsweisende „Handbuch der Vögel Mitteleuropas", sind für Einsteiger wenig geeignet. Aber wer nach einigen Jahren feststellt, dass sich viele Fragen nicht durch einen Blick in die Bestimmungsliteratur, Gebietsführer und Avifaunen klären lassen, wird früher oder später ein Handbuch oder ein Kompendium zurate ziehen. Hier wird die Biologie, zum Beispiel Mauserablauf, Brutgeschehen, Verhalten und Wanderungen der Vögel dargestellt. Auch Monographien, die sich nur auf eine Vogelart beziehen, beantworten diese Fragen.

Bei so illustren und ästhetischen Lebewesen wie den Vögeln ist es klar, dass es eine große Fülle an **Bildbänden** gibt. Vor allem große, attraktive Vögel wie zum Beispiel Kraniche oder Adler werden oft fotografiert und dargestellt. Andere Bildbände stellen die Vögel eines bestimmten Gebietes vor. Vor allem die Bildbände, die Vögel dokumentieren, die man selbst nur selten sieht, können die Bestimmungsfähigkeit steigern und das Auge schulen.

Andere weiterführende Literatur, die die Grundlage für eine kleine vogelkundliche Bibliothek bilden kann, könnte sich zum Beispiel mit den Namen der Vögel beschäftigen oder die Rolle der Vögel in der Volkskunde behandeln.

Zum Nachschlagen über die Biologie der Vögel, die man bestimmt hat, sollte man sich nach und nach Handbücher und Kompendien anschaffen.

Zeitschriften

Einige der wissenschaftlich arbeitenden ornithologischen Verbände oder Gesellschaften geben regelmäßig erscheinende Zeitschriften heraus, wie zum Beispiel die Nordrhein-Westfälische Ornithologengesellschaft den „Charadrius" oder die Bayerische Gesellschaft für Ornithologie den „Ornithologischen Anzeiger". Auch überregional erscheinen Zeitschriften wie das Journal für Ornithologie (in englischer Sprache) der Deutschen Ornithologen-Gesellschaft (DO-G). Für Einsteiger ist das alles wenig brauchbar, wenngleich manche regionale Zeitschrift zumindest hin und wieder Beiträge enthält, die dem Gelegenheitsbeobachter lohnende Hinweise geben. Dazu zählt „DIE VOGELWELT", die auch praxisnahe Untersuchungen dokumentiert. Im Zweifelfall gilt: Probeexemplar anfordern! Diesen Rat sollte man auch bei den beiden populären Zeitschriften „DER FALKE" und „VÖGEL" beherzigen. Sie sind unterschiedlich ausgerichtet und haben unterschiedliche Zielgruppen.

CD, DVD und Multimedia

Natürlich haben auch die Hersteller von multimedialen Medien längst die Vogelbeobachter als Kundenkreis entdeckt. Und das ist auch gut so. Es ist schon ein riesiger Unterschied, ob ich einen unbekannten Vogel als gute Zeichnung im Buch ansehe oder in einem guten Film mit Ton auf einer CD/DVD im Fernseher oder am PC-Bildschirm.

Sicher können auch in den Zeiten von Schallplatten und Musikkassetten sogenannte Tonträger, heute MP3-Daten auf CD, USB-Stick oder direkt aus dem Internet das Erlernen von Vogelstimmen erleichtern (siehe Kapitel 7).

Letztlich werden Bestimmungsbücher fürs Handy oder den Laptop in Zukunft verfügbar werden. Wie auch immer, man muss sich gut überlegen, was vom Beobachten und Naturgenuss ablenkt und was tatsächlich hilft, einen Vogel zu bestimmen. Im Zweifel ist das batterie- und kabellose Bestimmungsbuch im Rucksack immer noch die beste Wahl.

3.3 Internet

Die Informationsfülle und die Schnelligkeit der Kommunikation des Internets hat auch in der Vogelbeobachtung vieles verändert. Die Beobachtung so „flüchtiger" Objekte, wie es Vögel nun mal sind, bedarf häufig schneller Reaktionen oder gründlicher Vorbereitung. Das wird durch die Möglichkeiten des Internets erheblich vereinfacht. Auf der anderen Seite muss sich mancher Vogelbeobachter erst daran gewöhnen, dass er nach der Veröffentlichung einer Seltenheitenbeobachtung in entsprechenden Mailinglisten oder Webseiten nicht mehr allein den Vogel genießen kann, sondern in einem Pulk zugereister Birder oder Twitcher steht.

Schon seit 1996 gibt es das GermanBirdNet (GBN) in Deutschland. Es entstand als lockerer Austausch von E-Mail-Adressen befreundeter Beobachter. Bald wuchs die Zahl der Teilnehmer so stark an, dass eine rein private Organisation zu aufwendig wurde. Nach einer Zwischenrast auf dem Server einer Universität bedient sich das GBN heute des Internet-Dienstleisters Yahoo und wird dort als „Yahoo-Group" weitergeführt. Das GBN dient dem schnellen Austausch über Beobachtungen, auch alltäglicher Art, Tendenzen und der Vermittlung von Informationen nach Anfragen. Wer nach „guten Plätzen" auf Kreta fragt, wird dort genauso Antworten bekommen wie der, der sich für Bestimmungsliteratur für die Vogelwelt Costa Ricas interessiert. Das Beispiel GBN hat Schule gemacht. Mittlerweile gibt es eine Vielzahl weiterer meist regionaler E-Mail-Listen. Sie funktionieren alle nach dem gleichen Prinzip des Schneeballsystems. Eine an den Server gesendete Nachricht wird von dort an alle Teilnehmer weitergeleitet, und das in Minuten-, meist sogar Sekundenschnelle.

Ein Ausschnitt aus der Titelseite des GermanBirdNets, der Mutter aller Mailinglisten für deutsche Vogelgucker.

Einige dieser Listen und weitere lokale oder regionale Webseiten sind über www.birdnet.de zu erreichen. Die dort gepflegte Linksammlung spiegelt die deutsche Vogelbeobachterszene in ihrer ganzen Vielfalt. Birdnet.de ist aus dem GBN erwachsen und diente als zentrales Archiv der dort ausgetauschten E-Mails. Es ist die älteste Internetplattform für Vogelbeobachter im deutschsprachigen Raum und bietet seit 1998 seine Dienste an. Mittlerweile spiegelt und archiviert es nicht mehr die Beobachtungsmeldungen des GBN, sondern liefert neueste Nachrichten aus allen Bereichen der Vogelbeobachtung und arbeitet eng mit www.naturgucker.de zusammen.

Seit 1998 am Ball und damit die älteste Vogelgucker-Webseite in Deutschland. Birdnet.de hat sich ständig weiterentwickelt.

Birdnet.de hat heute die Funktion eines Internet-Magazins mit Kleinanzeigen, Reiseberichten, Leserbriefen, Rezensionen, langen und kurzen Artikeln sowie Nachrichten aus vielerlei Bereichen der Vogelkunde und Vogelbeobachtung. Darüber hinaus bietet eine Galerie nützliche Fotos, ein gepflegtes Forum Austausch und Unterhaltung.

Ähnlich sind weitere Webseiten aufgebaut, die sich anderen Schwerpunkten widmen. Webseiten mit internationalem Anspruch sind größtenteils über die Linklisten der deutschen Angebote zu erreichen. Eine Webseite mit kaum zu überbietender Informationsfülle über die Internationale der Vogelbeobachter ist www.fatbirder.com aus Großbritannien.

Relativ neu ist www.naturgucker.de oder www.vogelgucker.de. Hier kann jeder, der sich registriert, kostenlos seine Beobachtungen eintragen, Gebiete „anlegen" und die Beobachtungen zeit- und raumbezogen auswerten, sie auf den eigenen Rechner laden und vieles mehr. Natürlich geht das Ganze auch auf dem passiven Weg: Informationen über neueste Beobachtungen abrufen, Fotos und Arten-Lexikon studieren. Schon im ersten Jahr des 2008 ans Netz gegangenen Angebotes wurden einige zehntausend Beobachtungen eingetippt und Tausende Gebiete angelegt. Weitere Details dazu werden im Kapitel 10 aufgeführt.

Für Birder und Twitcher aus Deutschland ist das etwas speziellere Angebot vom deutschen Club300 (www.club300.de) gedacht. Gleichwohl lohnt auch ein Blick in das dort geführte Forum, da sich diese Plattform nicht nur mit dem Austausch über Beobachtungen von Seltenheiten befasst, sondern auch Bestimmungsprobleme diskutiert und gute, hilfreiche Fotos bereithält.

vogelgucker.de oder naturgucker.de sind Internet-Datenbanken für Naturbeobachtungen, Fotos und andere Daten. Sie bieten Auswertungen und Listen auf Knopfdruck.

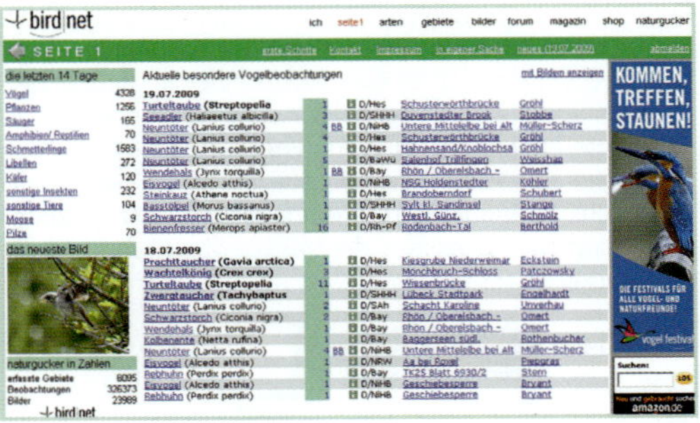

Das Internet hat nicht nur dazu beigetragen, dass mehr Vogelbeobachter schneller in den Genuss von seltenen Vögeln kommen. Sehr viel positiver ist zu bewerten, dass durch die Fülle an Fotos und Bestimmungsartikeln, Reiseberichten und kritischen Diskussionen das Wissen über die Vogelwelt enorm weit verbreitet und vertieft wird. Keine europäische Vogelart, die nicht mit mehreren Fotos im Internet zu recherchieren ist. War man früher auf mühsam zu besorgende Spezialliteratur angewiesen, um zum Beispiel einen Irrgast bestimmen zu können, so reicht heute oft schon ein Blick ins Internet. Auch die Vorbereitung vogelkundlicher Reisen ist durch das Internet enorm vereinfacht (siehe Kapitel 9). Damit ist nicht das Buchen von Hotels und Autos gemeint, sondern das Zusammenstellen der wichtigsten Beobachtungsorte und das Recherchieren der Wege dorthin. Heute sind genaueste Wegbeschreibungen zu heiß ersehnten Beobachtungen meist nur einige Mausklicks entfernt. www.travellingbirder.com bietet die meisten Reiseberichte weltweit und verlinkt den Internetbenutzer mit Reiseberichten aus dem gesamten World Wide Web. Einen weiteren Vorteil bietet die weltweite Vernetzung: Auch wenn darüber geklagt wird, dass die zwischenmenschliche Kommunikation durch das Internet leide, ermöglicht es dennoch den Kontakt zu Vogelbeobachtern in aller Welt und fördert den Austausch über nicht nur Fachliches.

„Wir kennen uns doch aus dem Internet!“, dieser freudige Ausruf zwischen Vogelbeobachtern, die sich zufällig an einem der prominenten Beobachtungsplätze der Welt treffen, ist keine Seltenheit mehr.

3.4 Notizen, Skizzen, Listen, Kalender

Dass ein Bestimmungsbuch unbedingt zur Feldausrüstung der Vogelbeobachter gehört, versteht sich von selbst. Auch wer meint, alle Arten des Beobachtungsgebietes im Griff zu haben, sollte sich für willkommene Überraschungen wappnen. Sehr hilfreich ist es, sich draußen bereits Notizen zu machen, vor allem dann, wenn man sich einer Bestimmung nicht sicher ist und zu Hause weitere Literatur, das Internet oder den Rat erfahrener Kollegen in Anspruch nehmen möchte. Es ist eine alte Erfahrung, dass man, so sehr man sich auch sicher war, den Vogel genau studiert zu haben, zu Hause dann doch die entscheidenden Details nicht wiedergeben kann. Zudem schult das Beschreiben eines Vogels die Beobachtungsgabe enorm und man lernt, auf die wichtigen Einzelheiten zu achten.

Notizen haben aber nicht nur den Sinn, eine Bestimmung nachträglich überprüfen zu können, sondern sie können wertvolle Aufzeichnungen sein, die sich vor allem, wenn sie über Jahre hinweg geführt werden, sinnvoll auswerten lassen. So kann man die Verschiebung von Erstfeststellungen durch den Klimawandel oder andere Einflüsse durch lange Reihen von aufgezeichneten Beobachtungen auch für sein persönliches Beobachtungsgebiet nachweisen. Ebenso lassen sich Zu- und Abnahmen von Vogelbeständen, Bruterfolge oder Misserfolge, neue Ansiedlungen und vieles mehr aus den Notizbüchern von Vogelbeobachtern erschließen.
Für die Benutzung draußen empfehlen sich kleine Notizhefte, die nicht auftragen und flexibel genug sind, einen weniger sanften Umgang zu ertragen. Als Schreibwerkzeug eignen sich besonders Bleistifte. Sie schreiben auch bei Frost und laufen bei sommerlicher Hitze nicht aus, wie es Kugelschreiber tun. Druckstifte haben den Vorteil, dass man sie nicht anspitzen muss. Ideal sind Kombinationen aus Bleistift und Ansteckclip, der in seinem Inneren Anspitzer und Radiergummi birgt. So ist man für alle Fälle gerüstet und kann mit dieser Ausrüstung auch noch mehr anfangen.

Heft und Bleistift werden vielen Vogelbeobachtern im Laufe der Jahre immer wichtiger. Ganz anders als mit der Kamera werden Bedingungen, Befindlichkeiten und Ergebnisse festgehalten.

Hat sich als sehr brauchbar erwiesen: eine Kombination aus Bleistift, Radiergummi, Anspitzer und Festklemmkappe. Leider preislich nicht gerade günstig.

Skizzen lassen sich mit der Kombination von Notizheft und Bleistift mit Radiergummi ebenfalls leicht anfertigen. Dabei geht es natürlich nicht um künstlerisch hochwertige Zeichnungen. Oft genügt es, Details wie etwa die Zeichnung der Schirmfederränder oder der Flügelspitzen, festzuhalten.

Skizzieren von Vögeln

von Friedhelm Weick aus „Feldornithologisches Handbuch"

Die Skizze von unbekannten oder nicht sicher bestimmbaren Vögeln, aber auch die Dokumentation einer interessanten Verhaltensweise oder das Festhalten eines Details, spielt trotz der gewaltig verbesserten Möglichkeit der Fotografie immer noch (oder wieder) eine wichtige Rolle in der hohen Kunst des Vogelbeobachtens. Auch wenn man kein Künstler ist: Der Zeichenstift kann manches besser festhalten als eine Beschreibung.
Feldskizzen sind eine hervorragende Ergänzung zum Eintrag von Vogelbeobachtungen ins Notizbuch. Ob es sich um seltene oder gar unbekannte Vögel handelt oder um die Beobachtung eines interessant erscheinenden Verhaltens, die Skizze unterstützt anschaulich das geschriebene Wort. Mit einer aussagekräftigen Skizze gelingt meist die nachträgliche Bestimmung des Vogels. Man sollte daher das Zeichnen im Freien auch dann nicht unterlassen, wenn man nicht geübt ist oder glaubt, kein Zeichentalent zu besitzen. Feldskizzen benötigen keinen Künstler, sondern einen geduldigen Beobachter, der mit seinen zeichnerischen Mitteln und einem guten Vorstellungsvermögen das Gesehene auf dem Papier festhalten kann. Oft ist die schnelle und präzise Skizze die einzige Beleghilfe. Dies wird z. B. beim Durchsehen der Seltenheitslisten ornithologischer Zeitschriften wie Limicola oder British Birds deutlich, die recht gekonnte Skizzen veröffentlichen.

Das Handwerkszeug

Feldskizzen lassen sich meist nur mit der Sehhilfe eines guten Fernglases durchführen, da man bei zu nahem Abstand zum Vogel ja meist schnell zum Störfaktor wird. Ferner benötigt man einen Skizzenblock (nicht zu glattes Papier) oder lose Blätter mit fester Unterlage und einer Klemmvorrichtung. Ein weicher Bleistift (B bis 8B) vervollständigt die Ausrüstung. Hier hat sich der Minenhalter mit einsetzbarer Mine, die sich bei Abnutzung einfach nachschieben lässt, bewährt. Einen Radiergummi benötigt man nicht – beim Verzeichnen wird durch Überzeichnen korrigiert oder man beginnt daneben die Skizze einfach von neuem.

Das Handwerkszeug: Skizzenblock mit Notizen und TK-Minenhalter.

Wie geht man beim Skizzieren vor?
Berühmte Feldskizzierer wie E. Ennion oder C. H. Tunnicliffe versahen zeitweilig ihr Skizzenpapier mit einem feinen quadratischen Gitternetz, was ohne Zweifel der besseren Erfassung der Proportionen zugutekommt. Die allerwichtigste Grundvoraussetzung des Zeichnens hat Tunnicliffe wie folgt umrissen:
„Man kann keine Pose zeichnen, wenn sie das Modell nicht länger als ein paar Sekunden beibehält. Wie kann man dann Zeichnungen von einem sich schnell bewegenden Vogel anfertigen? Ich kenne nur einen Weg und der heißt beobachten, beobachten und nochmals beobachten. Versuche niemals zu zeichnen, solange du den Vogel im Blick hast, sondern versuche, dir einen genauen Eindruck zu verschaffen, sodass du dich, wenn der Vogel schließlich verschwindet, an die Arbeit in deinem Skizzenbuch machen und diese Eindrücke sofort zu Papier bringen kannst."

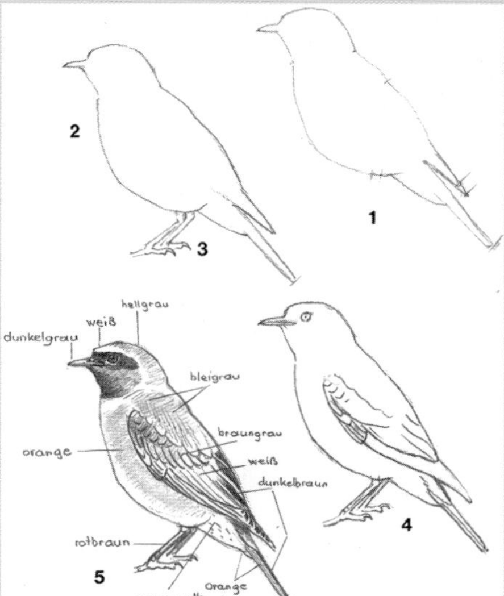

Die Entwicklung einer Vogelzeichnung: vom Umriss (1) zur fertigen Skizze (5).

Dem wäre eigentlich nur wenig hinzuzufügen. Wenn man einen Vogel in Ruhehaltung (Sonnen, Dösen, Schlafen) antrifft, gibt es keinen Grund, nicht sofort zum Stift zu greifen. Auch die Gefiederpflege lässt sich manchmal über einen größeren Zeitraum beobachten und lädt zum sofortigen Zeichnen direkt ein. Grundsätzlich aber muss das durchgehende Beobachten zunächst Vorrang haben. Zu viele wichtige Dinge entgehen einem, wenn man sich immer wieder seinem Blatt zuwendet. Die nachfolgend aufgeführten Punkte sollten beim Skizzieren ebenfalls beachtet werden. Zuerst skizziert man den Umriss; da man häufig nur die Silhouette erkennen kann, sollte man versuchen, diese so genau wie möglich zu erfassen. Farbe und Gefiedermerkmale, die wesentliche

Faktoren zum Ansprechen einer Art sind, kann man oft nicht erkennen (z. B. Beobachtung bei Gegenlicht). Umso mehr Wert sollte man auf die trotzdem erkennbaren Details legen. Beginnen wir beim Schnabel, dessen Form auch als Umriss schon sehr viel aussagt. Kopfform, Halslänge, Schwanzlänge und Überstand der Flügelspitzen erkennt man genau. Der Umriss sollte zügig gezeichnet werden, auf alle kleinlichen und verunsichernden Kritzeleien ist zu verzichten. Wenn möglich zeichnen wir den Vogel gleich in seiner typischen Haltung. Um bei der Umrisszeichnung die Proportionen besser abschätzen und somit zeichnen zu können, versucht man, den Vogel in entsprechende Zonen zu unterteilen, die sich so besser miteinander vergleichen lassen:
Singvogel: Schnabel/Kopf, Hals, Rumpf, Schwanz, Handschwingenprojektion, Flügelüberstand, Beine.
Schwimmvogel: Schnabel/Kopf, Hals, Rumpf, Schwanz, Lage im Wasser (z. B. tief wie Seetaucher).
Schreitvögel, Limikolen, usw.: Schnabel, Kopf/Hals, Rumpf, Schwanz, Beine, wobei man ein besonderes Augenmerk auf die Halsform und die Rumpfhaltung (Winkel zu den Beinen) haben sollte.
Dies ließe sich natürlich noch beliebig fortsetzen, kann aber von jedem selbst nach Belieben erweitert und variiert werden.

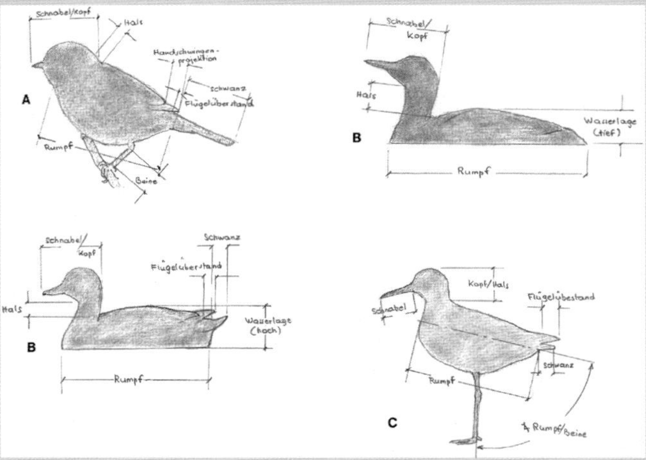

Silhouetten und „Zerlegen" in vergleichbare Zonen. A – Singvogel. B – Schwimmvogel. C – Schreitvogel/Limikole.

Etwas anderes sind die Proportionshilfen, welche man sich beim fliegenden Vogel merken sollte:
Singvogel: u. a. Flügel- und Schwanzform, Verlauf der Flugbahn, Flügelschlagfrequenz.
Schreitvogel: Vergleich Länge/Breite, Kopf- und Halslänge, Halsform, Rumpflänge, Beinlänge im Verhältnis zum Schwanz. Ganz entscheidend ist hier wieder die Flügelform.

Greifvögel: Zum Ansprechen der Greifvögel sollte man zusätzlich zur üblicherweise skizzierten Silhouette immer versuchen, das Flugprofil des Vogels zu erfassen. Anstellwinkel der Flügel, Knick im Carpalgelenk und Fingerung können bekanntlich beim Vergleich sehr ähnlicher Arten häufig das ausschlaggebende Merkmal sein. Auch hier dürfte ein Gitter oder kariertes Papier für den Neuling von großer Hilfe sein. Ist man mit dem Umriss zufrieden, bei dem man als Letztes die Beine einzeichnet (dabei auf richtige Lage zum Körperschwerpunkt achten!), zeichnet man Auge und Flügel ein. Bei Letzterem sollte grob die Unterteilung in Flügeldecken, Armschwingen und Handschwingen erkennbar sein. Jetzt erst überlegt man, welche sonstigen signifikanten Kennzeichen zu erkennen waren, z. B. Zügelstreif, Ohrfleck, Rückenstreifung, Flügel- oder Schwanzbinde, usw. Bei Verhaltensskizzen kann auf solche Details zunächst verzichtet werden; sie spielen aber dann wieder eine wichtige Rolle, wenn diese bei Balz oder agonistischem Verhalten präsentiert werden (z. B. durch Plustern, Flügel- oder Schwanzspreizen, usw.). Beim Bestimmen der Größe eines Vogels kann manchmal der Vergleich mit einem Gegenstand in der Nähe (Blatt, Blüte, Frucht, usw.) recht hilfreich sein. Kehrt man mit seinen Skizzen nach Hause zurück, sollte man nun das Gezeichnete nochmals in Ruhe durchschauen. Jetzt hat man den nötigen Abstand, trotzdem ist das Gesehene noch in frischer Erinnerung. Bei aufkommenden Zweifeln auf frischem Blatt gleich eine Korrekturskizze anfertigen. Die Skizze aus dem Notizbuch sollte eigentlich in erster Linie Ausgangsmaterial für weitere verbesserte Skizzenfolgen sein. In diesem Zusammenhang sei auch darauf hingewiesen, dass vor allem das Skizzieren von perspektivischen Verkürzungen oder das Zeichnen mancher Haltung zu Anfang seine Tücken birgt. Hier bringt nur beständiges Üben den Erfolg.

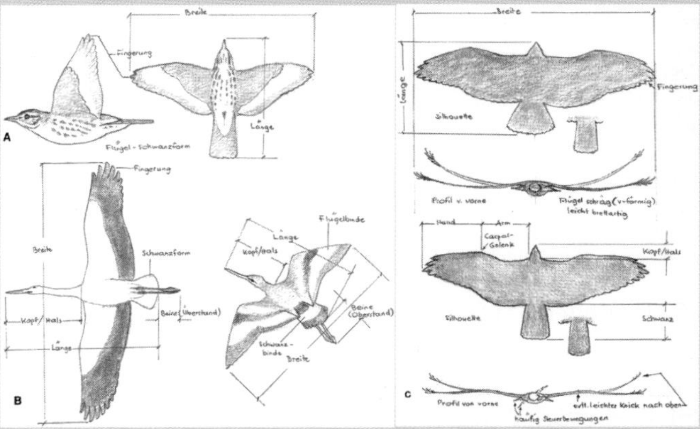

Silhouetten fliegender Vögel. A – Singvogel. B – Schreitvogel/Limikole. C – Greifvogel.

Viele Vogelbeobachter führen Artenlisten, in denen sie die beobachteten Arten abhaken („Twitcher"). Auf welchen Raum sich diese Listen beziehen, ist sehr unterschiedlich. Mancher führt mehrere Listen und ist bestrebt, so viele Arten wie möglich in und über seinem Garten zu sehen, führt für jeden Urlaub eine eigene Liste und ist bemüht in seiner Deutschlandliste möglichst schnell mehr als dreihundert Arten abzuhaken, um zum Kreis der Club300-Mitglieder zu gehören. Neben der Deutschland-Liste (das gilt entsprechend für andere Länder) ist die „WP-Liste" ebenfalls Standard. Mit WP wird West-Paläarktis abgekürzt. Das bezeichnet ein Gebiet, das Europa, Nordafrika, den Nahen Osten und Asien bis etwa zum Ural umfasst und sich als Bezugsgebiet in vielen Standardwerken durchgesetzt hat. Natürlich können solche Listen, auch wenn sie nur qualitative Angaben enthalten (Feldlerche: ja oder nein?), später ebenfalls sinnvoll ausgewertet werden. Wertvoller sind jedoch Aufzeichnungen, die auch quantitative Daten (wie viele Feldlerchen?) enthalten.

Für den Beobachter selbst werden Aufzeichnungen, die das Beobachtungserlebnis wiedergeben, am wertvollsten sein. Fragen, die man sich bei der Beobachtung stellen sollte, sind zum Beispiel:

- Was macht der Vogel?
- Was genau frisst er und wie findet er seine Nahrung?
- Ist er in Gesellschaft und wie verhält er sich anderen Vögeln gegenüber?
- Lassen sich seine Bewegungen beschreiben?

Die Notiz „200 Ringeltauben, rastend" ist wenig aussagekräftig. Besser wäre: „200 Ringeltauben, in einem Feldgehölz, nur in den obersten Ästen, sehr aufmerksam". Das ist eine völlig andere Beobachtung als „200 Ringeltauben auf einem frisch abgeernteten Rapsacker, picken eifrig".

Wer detailliert schreibt, lernt am meisten über das Verhalten der Vögel in den Jahreszeiten und kann Voraussagen treffen und Besonderheiten schneller erkennen.

Statt eines Notizheftes kann ein flexibel eingebundener Kalender hilfreich sein. Spezielle Ornithologen-Kalender wie der FALKE-Taschenkalender enthalten viele nützliche Informationen und ähneln eher einem Almanach. Es finden sich meist tabellarische Darstellungen der Hauptzugzeiten, ein Tidenkalender für die Nordsee und natürlich astronomische Angaben wie Sonnenauf- und untergänge. Andererseits enthalten sie viele Informationen, die man genauso gut zu Hause lassen könnte. Kalender als Notizheft – das ist eine Frage des persönlichen Geschmacks.

3.5 Überleben am Stausee: Rucksack, Müsliriegel und Co.

Fernglas, Spektiv und Stativ, Bestimmungsbuch, Notizheft und Schreibgerät, vielleicht auch noch eine Kamera. Wer dies alles mit sich tragen und noch Platzreserven für viele andere nützliche Dinge (siehe S. 36) haben will, braucht einen Rucksack. Im Prinzip eignen sich alle Wanderrucksäcke auch für den Vogelbeobachter, aber die meisten sind eben doch nicht ideal. Zunehmend gestalten die Hersteller dieser praktischen Umhängetaschen auch Wanderrucksäcke so wie Rettungsinseln für die Seefahrt oder Arbeitswesten von Straßenarbeitern sein sollten: grellbunt. Aber grellbunte Rucksäcke fallen nicht nur unseren menschlichen Augen auf, sondern auch Vögeln. Man sollte also auf gedeckte Farben achten, am besten sind Braun oder Grün. Es empfiehlt sich, vor dem Kauf auch darauf zu achten, ob der neue tarnfarbene Rucksack nicht mit breiten Reflexionsstreifen ausgerüstet ist, die zwar das Wandern auf der Autobahn sicherer machen würden, aber deren Lichtspiegelung viele Vögel verunsichern wird.

Ansonsten gelten sehr ähnliche Anforderungen wie man sie an einen Wanderrucksack stellt. Große Außentaschen sind praktisch, dann muss man nicht im Rucksack kramen, nur weil man zum Bestimmungsbuch greifen oder ein Foto machen möchte. Die Schulterriemen sollten breit gepolstert und verstellbar sein und ein Leibriemen Schaukeln und Verrutschen verhindern. Gut sind Rucksäcke, in denen man Spektiv oder Stativ, vielleicht sogar beides, verstauen kann.

Wenn der Rucksack beim Stehen hinter dem Spektiv zu schwer wird, hängt man ihn einfach an die Feststellschraube. So wird das Stativ auch schwerer und damit windstabiler.

Macht bereits vielen Vogelbeobachtern das Leben beziehungsweise das Tragen leichter. Ein Kreuzgurt entlastet den Nacken und hindert das Fernglas am Herumschwingen vor Brust und Bauch.

Was gehört hinein in den Vogelbeobachter-Rucksack? Die folgende kleine Aufzählung ist nicht abschließend, sondern soll eher Ideen liefern:

- Taschenmesser
- Regenschutz
- Lupe
- Sitzkissen oder kleine Isomatte
- Feuerzeug oder Streichhölzer
- Pflaster
- verschließbare Plastikbeutel unterschiedlicher Größe zum Sammeln von Federn, Gewöllen etc.
- Holzzahnstocher
- Papiertaschentücher
- Zeckenzange
- Handschuhe, Kapuze
- Sonnenschutz und Mückenschutzmittel
- Sonnenbrille
- Ersatzlesebrille
- Ersatzakku für die Kamera und eine zweite Speicherkarte
- Müsliriegel oder harte Schokolade

Ein beliebtes Zubehör in baltischen und skandinavischen Ländern ist diese Fernglasstütze. So kann man auch mit dem Fernglas lange Zeit beobachten, ohne dass die Arme ermüden. Die Stütze stellt mancher auch auf den Hosengürtel.

Immer häufiger sieht man in den letzten Jahren „Sitz-Rucksäcke". Sie kombinieren den Stauraum eines normalen Rucksacks mit den Bequemlichkeiten eines kleinen Klappsitzes. Da viele Beobachter längere Zeit an einem Ort verharren, um zum Beispiel mit einem Spektiv größere Flächen oder Vogelschwärme abzusuchen, kann das eine sinnvolle Anschaffung sein. So vermeidet man, dass Rückenschmerzen oder „dicke Beine" dem Beobachten zu schnell ein Ende setzen, und kann entspannt seiner Leidenschaft nachgehen.

3.6 Kleidung, Schuhe, GPS und Handy

Auch was die Kleidung betrifft, können sich Vogelbeobachter getrost an den Ansprüchen von Wanderern orientieren. Allerdings gilt hier wie schon bei den Rucksäcken ausgeführt: Grelle Farben – vor allem Gelb, Orange und Rot – sollten vermieden werden und reflektierende Stellen an Jacken und Hosen tabu sein.

Obschon man die Kleidung im Vergleich zur Ausrüstung mit Fernglas oder Spektiv als Kleinigkeit abtun möchte, hat sich doch schon mancher Neuling, der im knallgelben Ostfriesennerz („Schreckschuss-Jacke") oder mit langen flatternden Schals am Beobachtungsort erschien, in Beobachtungsgruppen unbeliebt gemacht. Spielt eine solche (Ver-)Kleidung an stark besuchten, touristischen Orten kaum eine Rolle, kann sie in der freien Landschaft einen nervösen Gänseschwarm zur Flucht bewegen und viele Vögel schon verscheuchen, ehe man sie selbst wahrgenommen hat.

Ein weiterer wichtiger Punkt bei der Auswahl von Kleidung wird häufig beim Anprobieren im Outdoorshop nicht bedacht: der Lärm, den Jacken und Hosen verursachen. Wer schon einmal auf der Suche nach Bergpiepern in der Feuchtwiese neben einem raschelnden und schabenden Zeitgenossen gepirscht ist, der eine 500 Euro teure, „garantiert regen- und wasserdichte Wanderjacke aus selbstatmenden, modernsten Textilfasern" auswählte, weiß einen weichen Lodenmantel zu schätzen. Es ist wirklich erstaunlich, wie laut manche Menschen angezogen sind. Hosen schaben, Jacken rascheln, Schuhe poltern, Rucksäcke quietschen, Schlüsselbunde klingeln in der Hosentasche, Ferngläser schlagen gegen Gürtelschnallen … Rief der Pieper dort gerade „ist" oder „sie"? Ich konnte es nicht hören!

Wer davon träumt den Aufenthaltsort des seltenen Laubsängers oder des leicht zu übersehenden Mornellregenpfeifers per GPS-Datei in seinen „Pfadfinder" aus dem Auto laden zu können, muss sich noch gedulden. Noch ist es nicht so weit, dass das wirklich funktionieren würde. Manche Internetplattformen wie www.club300.de, www.otus-bayern.de, www.naturgucker.de und www.vogelgucker.de bieten den Service, aktuelle Beobachtungen interessanter Arten auf Google Maps darzustellen. Man kann die entsprechenden Koordinaten oder Straßen dann händisch in sein Navigationsgerät eingeben.

Man muss nicht wie ein Oberförster herumlaufen, aber kontrastreiche Kleidung, gelbe oder hellweiße Jacken sind nicht geeignet.

Das Global Positioning System, auch **Globales Positionssystem (GPS)**, ist ein satellitengestütztes Navigationssystem. Ursprünglich war es Bestandteil militärischer Frühwarnsysteme. Dazu mag es heute noch dienen, doch hat seine zivile Nutzung in den vergangenen zehn Jahren einen richtigen Boom erlebt. Überall, wo man sich orientieren muss, setzt man heute GPS-gestützte Systeme ein, in der Seefahrt ebenso wie in der Luftfahrt, beim „Navi" im Auto ebenso wie beim Wandern zu Fuß oder mit dem Rad. GPS ist satellitengestützt. Der Empfang der Signale von drei oder vier Satelliten reicht aus, um die eigene Position zu berechnen. Intelligente Software kann auf dieser Grundlage den richtigen Weg zu einem vorgegebenen Ziel errechnen.

GPS spielt sicher beim Wandern oder Radwandern schon eine Rolle und kann helfen, den richtigen Weg einzuschlagen. Das könnte es sicher auch bei manchen Vogelbeobachtungen tun, aber die letzten entscheidenden Meter muss man doch noch selbst suchen. Und es ist durchaus wichtig, in den richtigen Baum zu schauen, wenn man den Goldhähnchenlaubsänger entdecken will. Da ist eine hilfreiche Ortsbeschreibung per Handy schon realistischer, vorausgesetzt allerdings der Beschreibende beherrscht die grundlegenden Prinzipien der Zielansprache (siehe Kapitel 4).

Möglicherweise reicht in Zukunft ein Handy aus, um viele Aufgaben zu übernehmen. Als Funkgerät zum Austausch mit anderen anwesenden Beobachtern, als Pfadfinder mit GPS-Modul, als Kamera zur Dokumentation und als E-Mail-Zentrale zur Meldung an die lokale Webseite.

Als „Kommunikationsnotnagel" ist ein Mobiltelefon sicher heute schon sehr nützlich. Wer würde sich nicht ärgern, wenn man die Beobachtung eines Kollegen, der am Nachbarteich die Zwergralle beobachtet, nur wegen eines fehlenden Handys nicht nachvollziehen konnte? Besonders in der Twitcherszene ist das Handy zum unentbehrlichen Hilfsmittel geworden. So kann man sich beispielsweise über den Club300 aktuelle Seltenheiten per SMS aufs Handy schicken lassen.

4. Die Grundlagen der Vogelbestimmung

Wie bestimmt man eigentlich Vögel? Es gibt eine ganz einfache Antwort auf diese Frage. Man geht raus in die Natur, in die Stadt, in den Park oder wo auch immer man Vögel vermutet, sieht sie sich genau an, und wenn man sie nicht sofort erkennt, blättert man zu Hause in einem Buch nach. Das ist eine ganz einfache Antwort, aber sie ist wie alle einfachen Antworten unbefriedigend.

Wie lernt man wirklich Vögel zu bestimmen?

Über Bestimmungsbücher wird im Kapitel 3.2 berichtet. Es gibt immer mehr von ihnen, das könnte schon ein Zeichen dafür sein, dass es doch nicht so einfach ist, Vögel zu bestimmen, wie es die einfache Antwort nahelegen würde. In fast allen Vogelbestimmungsbüchern gibt es vor der Behandlung der Vogelarten mit Zeichnungen oder Fotos einen Vorspann, in dem versucht wird, in die Vogelbestimmung einzuführen. Nicht immer, aber oft sind diese Bücher von wirklichen Kennern geschrieben, die nützliche Hinweise geben.

Umso erstaunlicher ist es, dass die meisten Einsteiger in die Vogelbeobachtung diese einführenden Hinweise und Tipps offensichtlich nicht lesen. Sie schlagen das Buch auf und sagen erfreut: „Oh, diesen Vogel gibt es bei mir im Garten!“, zeigen auf eine Erddrossel – aus der sibirischen Taiga! – und freuen sich über das gute Buch, das ihnen schnelle und sichere Bestimmungen ermöglicht. Eine Viertelstunde später sind sie mit Glück von einem erfahreneren Beobachter vielleicht von dieser sicheren Bestimmung abgebracht und glauben dann unter Umständen, dass es sich doch eher um eine Singdrossel handeln dürfte.

Manchmal sind Vögel da, wo wir sie nicht erwarten. Unsere Erwartungshaltung prägt auch die Bestimmungsleistung. Im Bild eine junge Sperbergrasmücke, die auf dem Zug auch abseits der bekannten Brutgebiete auftauchen und dann leicht mit einer Gartengrasmücke verwechselt werden kann.

Manchmal sehen wir auch Dinge, weil wir sie sehen wollen. Ein anderes Beispiel, eine andere Sichtweise: Vom Stausee sind Samtenten gemeldet worden. Da kann es Einsteigern passieren, dass sie Enten, die sie lange und gut beobachten können, das heißt von Nahem, in gutem Licht, ohne Störung, für Samtenten halten, die sie ohne die Erwartungshaltung vielleicht richtiger als Schellenten bestimmt hätten. Das gibt es immer wieder. Und das ist auch ganz natürlich.

Es geht auch andersherum. Vom Schilfsaum des Sees sind wir nun auf unserer Wanderung im Feuchtwiesengürtel angelangt. Einer der absoluten Einsteiger, die mich begleiten, ist vorausgeeilt und kommt nun zurück und behauptet einen Schilfrohrsänger, so wie wir einen zusammen vor wenigen Minuten am See gesehen haben, sänge in der spärlichen Vegetation zwischen Weidengebüsch und Straßengraben etwa hundert Meter vor uns. „Nein, das kann nicht sein. Bestimmt ein Sumpfrohrsänger, der passt da hin!", wehrt der erfahrenere Beobachter ab. Nach zweihundert Metern treffen wir auf einen eifrig singenden Schilfrohrsänger, der statt im Schilfmeer im Rohrglanzgras singt und dort seine Singflüge veranstaltet. Manchmal ist es schwierig das zu sehen, was wir nicht erwarten.

Was lehren uns die Beispiele? Erstens, dass Vogelbestimmungsbücher nicht nur aus Farbtafeln und kurzen Arttexten bestehen, sondern zur Gänze, am besten immer und immer wieder gelesen werden sollten. Noch wichtiger ist aber eine andere Erkenntnis, die in den obigen Beispielen enthalten ist. Ich will sie mit einer weiteren Anekdote erklären.

In sehr jungen Jahren erwarb ich ein Bestimmungsbuch; es gab nur dieses von Hans Frieling. „Was fliegt denn da?" hieß es und Nachfolger dieses Standardbuches haben heute noch den gleichen Titel. Ich bestimmte nach den Farbtafeln einen kleinen braun-grau-grünlichen Vogel, der Ende März in einem

Für Anfänger nicht so einfach zu bestimmen: ein immaturer Zwergschnäpper ohne rote Kehle.

Weidenbusch herumhüpfte und fliegende Insekten fing als jungen Zwergschnäpper. Kurze Zeit später traf ich einen älteren Herrn, der mit einem riesigen Fernglas bewaffnet durch die Flussaue wanderte, alle paar Meter das Fernglas hob und anschließend die Brille in die Stirn schob, um etwas in ein Notizbuch zu schreiben.

Unsere Wege kreuzten sich, er sprach mich an, ich berichtete von meinen Beobachtungen und dem wahrscheinlichen jungen Zwergschnäpper. Der Mann, der von da an mein Lehrmeister war und dem ich viel verdanke, brachte mich pädagogisch geschickt und ohne mich zu beschämen, auf die Idee, dass es sich doch eher um einen Zilpzalp handeln würde. Obwohl der Vogel in der Salweide eher dem Zwergschnäpper im Buch ähnelte, glaubte ich schließlich, dass junge Zwergschnäpper im März unwahrscheinlich und in Westdeutschland schon erst recht nicht zu erwarten seien. Und dann der Ruf! Als wir zusammen noch weitere Zilpzalpe sahen, hatte ich eine Menge gelernt! Ohne diese Tipps, hätte ich vermutlich ein weiteres Jahr gebraucht um einen Zilpzalp zu bestimmen, aber trotzdem Hunderte gesehen.

Allein, in Gruppen oder Schwärmen?

Es ist ungeheuer hilfreich für einen Einsteiger in die Vogelbeobachtung, wenn er sich an Beobachtern mit etwas mehr Erfahrung orientieren kann. Obwohl sich die Vogelwelt in unseren Breiten gut mit der Kenntnis von rund 200 Arten beschreiben lässt, verliert man als Anfänger bei der Fülle an Kleidern, Mauserstadien und Ausdrucksformen doch leicht den Überblick. Zudem sind nicht alle Vögel so eindeutig wie Pirol, Schwarzspecht, Eisvogel oder Rotkehlchen gefärbt.

Außerdem, und das ist entscheidend, weiß ein guter „Lehrer" mehr als nur den Namen des Vogels, den er zeigt. Es gibt eine Unzahl von Informationen und Reimen, die den Gesang leichter merken lassen, wie zum Beispiel volkstümliche Namen oder Details zum Vorkommen. Angereichert mit diesem Informationsfleisch ist der Knochen der reinen Bestimmung viel besser verdaulich. Aber dann ist es wichtig, das so neu gewonnene Wissen auch alleine anwenden zu können.

Wem einmal eine Samtente im Binnenland gezeigt wurde, der hat von da an ein Suchbild. Er weiß in etwa, was er erwarten kann, wonach er suchen soll, wenn er die Art selbstständig finden möchte.

Heutzutage ist es längst nicht mehr so schwierig, Mitbeobachter zu finden. Es gibt Volkshochschulen, die vogelkundliche Kurse anbieten. Es gibt ein nahezu flächendeckendes Netz von Kreisgruppen und Stadtverbänden des Naturschutzbundes Deutschlands (NABU), des Landesbundes für Vogelschutz in Bayern (LBV) oder des Bundes für Umwelt- und Naturschutz Deutschland (BUND). Bei vielen steht der Vogelschutz auf der Tagesordnung, weil es nun mal die populärste Tiergruppe ist. Ein Großteil der lokalen Gruppen und Vereine bietet vogelkundliche Spaziergänge, meist „Exkursionen" genannt, an.

Auch manche ornithologische Vereinigung hat erkannt, dass ohne Nachwuchs die eigene Existenz auf dem Spiel steht, und öffnet sich Einsteigern und Neulingen.

Niemand sollte sich scheuen Vogelbeobachter, die er draußen antrifft, anzusprechen. Mittlerweile ist der Ton auch in Deutschland freundlicher geworden, wenngleich man hier den Standard der holländischen oder britischen Vogel-

Wer Glück hat, findet eine Volkshochschule oder eine ähnliche Einrichtung, die Kurse für Vogelbeobachter anbietet.

beobachter noch nicht erreicht hat. Aber „wie man in den Wald hineinruft, so schallt es heraus“ – eine freundliche Ansprache und echtes Interesse werden fast immer informative Antworten zum Ergebnis haben.

Schließlich gibt es noch vogelkundliche Reisen. Wir werden auf dieses Thema noch ausführlich zurückkommen, aber in diesem Zusammenhang können sie nicht vernachlässigt werden. Die intensive Beschäftigung mit Vögeln auch für nur wenige Tage kann den Horizont und das Wissen ganz entscheidend erweitern. Das Beobachten in einer Gruppe ist äußerst ergiebig und meist genussvoller als alleine: Man sieht einfach mehr!

Ein Kurzurlaub in einem vogelkundlich interessanten Gebiet kostet nicht viel und kann die Bestimmungsfertigkeit von Anfängern stark verbessern. Dazu kommt eine Fülle von Anregungen über die Ausrüstung bis hin zu lohnenden Gebieten, „Geheimtipps“ werden ausgetauscht und manche Freundschaft ist auf solchen vogelkundlichen Trips geschlossen worden.

Neugierde lernen

Wenn das Beobachten und vor allem Bestimmen von Vögeln in einer Gruppe für Einsteiger ein idealer Anstoß ist und viele Unklarheiten und Missverständnisse ausräumt, so ist doch das Beobachten, wenn der Einsteiger alleine unterwegs ist, die eigentliche Nagelprobe. Schnell merkt der Einsteiger, dass er zunächst nur einen Bruchteil der Vögel sieht, die er sonst gezeigt bekommen hat. Nicht nur, dass das Bestimmen, das Ansprechen der Vögel schwerer fällt, alleine schon das einfache Feststellen der Vögel ist eine Herausforderung.

Wer einmal mit einem echten Profi, der von der Vogelbeobachtung lebt und jeden Tag für mehrere Stunden draußen ist, in einem vogelkundlich attraktiven Gebiet unterwegs war und nach einigen Tagen Pause wieder in seinem heimatlichen Beobachtungsgebiet unterwegs ist, wird zunächst enttäuscht sein. Es vergeht manchmal eine Viertelstunde ohne den Anblick eines Vogels.

Was ist los? Sind die Vögel plötzlich ausgestorben? Stimmt es womöglich gar nicht, dass man Vögel überall und immer beobachten kann? Hatte der Profi ein Geheimnis?

Das Geheimnis heißt Konzentration, offene Augen und wache Sinne. Man sollte Suchbilder entwickeln. Natürlich gibt es auch Tricks, jeder Reiseleiter kennt sie. Aber ohne eine gehörige Portion Neugier, im wahrsten Sinne des Wortes, wird es tatsächlich schwierig. Während wir zu den Tricks noch kommen, ist hier der Punkt um einige grundlegende, vielleicht vielen als selbstverständlich erscheinende Verhaltensweisen aufzuführen.

- Im Gegensatz zu Freunden der Botanik heben Vogelbeobachter den Kopf, trödeln nicht vor sich hin, sondern beobachten aufmerksam die Umgebung.
- Es ist wichtig, jede Bewegung zu ergründen, die man wahrnimmt, vor allem wenn sie sich in Büschen, Bäumen und Baumkronen abspielt.
- Vogelbeobachter haben den Himmel im Blick und suchen den Horizont immer wieder ab. Das geht nach einiger Zeit in Fleisch und Blut über.
- Sie denken, es ist selbstverständlich, dass man sein Fernglas dabei hat? Das stimmt, aber man sollte es auch benutzen, bei jeder Bewegung nachsehen und auch vermeintlich vertraute Vogelgestalten kritisch anschauen.
- Ohren auf! Viele Vögel hört man zuerst und sieht sie nur, wenn man sie sucht. Das gilt erstaunlicherweise auch für viele fliegende Vögel.

Es gibt sie aber trotzdem, die schlechten Tage, die fast vogelleere Landschaft im Winter oder im Hochsommer, da können auch Profis nichts ausrichten. Trotzdem ist der Unterschied alleine in der Quantität der Beobachtungen schon frappierend. Schlechte Augen und Ohren sind übrigens keine gute Begründung; fehlende Sinnesschärfe wird oft genug durch Aufmerksamkeit wettgemacht. Erstaunlich, wie viele gute Beobachter mit dicken Brillen unterwegs sind. Ich kannte einen guten, aber leider gehörgeschädigten Ornithologen, mit dem man sich draußen nur mit Gebrüll verständigen konnte, was manchen Spaziergänger verschreckte.

Kahle Baumwipfel oder einzelne kahle Äste sollte man immer absuchen. Hier ist ein Baumfalke versteckt, flöge der Höckerschwan nicht vorbei, wäre er vielleicht unentdeckt geblieben.

Sehen und fokussieren lernen

Kurz zu den Tricks, die ich natürlich nicht verraten kann – jedenfalls nicht alle. Aber „Sehen lernen" heißt im Zusammenhang mit der Vogelbeobachtung, die Landschaft nach Strukturen zu durchsuchen, die Vögel mögen. Und da sind wir schon bei den Tricks angelangt. Vier möchte ich im Folgenden preisgeben:

1. Suchen Sie grundsätzlich alle Zaunpfahlreihen ab! Auf Draht und Pfosten stehen gerne Würger, Ammern, Pieper, Stelzen, Braun- und Schwarzkehlchen, Steinschmätzer, Hausrotschwänze auf dem Zug, Falken, Bussarde und sogar Schnepfenvögel wie Bekassinen oder Uferschnepfen, Rotschenkel oder ein Steinkauz.
2. Das Gleiche gilt für Strommasten, Telefonleitungen, kahle Bäume, Scheunen und andere Aufbauten. Hier rasten Stare, allerlei Krähenvögel und vor allem Greifvögel sowie Tauben.
3. An Gewässern nicht nur auf das Wasser schauen! Oft sitzen kleine Entenarten, Rallen oder Eisvögel unter und im Ufergebüsch. Dort könnten auch kleine Reiherarten und Limikolen entlangschleichen.
4. Achten Sie auf das Verhalten der Vögel und versuchen Sie es zu interpretieren. Klatschend auffliegende Ringeltauben und „mobbende" Krähen, Letztere vor allem, wenn sie den hölzern klingenden Warnruf ertönen lassen, können Habicht oder Wanderfalke ankündigen. Warnende Amseln und andere Kleinvögel können einen Sperber verraten oder den Waldkauz in der Fichte.

Wer darauf wartet, dass sich die Vögel von alleine in den Weg stellen, wird weniger sehen als der, der in der Landschaft bestimmte Strukturen fokussiert und Vögel sucht. Das macht einen Großteil des Erfolgs erfahrener Vogelbeobachter aus.

Rabenkrähen machen oft durch einen hölzern klingenden „Ärgernisruf" auf Greifvögel aufmerksam. Hier „mobben" sie einen Turmfalken.

Reportieren und Lokalisieren lernen

Dann ist es soweit. Er hat alles richtig gemacht: Die Konzentration stimmte, alle potenziellen Sitzwarten für Vögel im Gelände wurden abgesucht, kein Telegrafenmast blieb unbesehen, jeder Bewegung wurde hinterhergeschaut, jedem Pieps nachgehört. Da singt nun die Sperbergrasmücke im Schlehenbusch, den sie Sekunden vorher flach über der Grasnarbe fliegend von unten geentert hat. Deutlich sind die gelben Augen zwischen Astgewirr und Blättern zu sehen – aber viel mehr auch nicht.

Wer zeigt, sollte von den anderen gesehen werden!

Lokalisieren

Beim halblauten, aber wichtig klingenden Ausruf „Sperbergrasmücke!" bleibt die kleine Beobachtergruppe stehen; die heimische Grasmücke steht bei einigen ganz oben auf der Wunschliste.

Aber nun passiert etwas Sonderbares: Keiner außer dem glücklichen Entdecker sieht den Vogel. Es entwickelt sich ein Wortwechsel, der leider noch fast typisch ist:

B: „Wo ist sie denn?"
C: „Was hat er gesehen?"
B: „Da soll eine Sperbergrasmücke sein?"
C: „Wo ist sie denn!?"
A: „Da vorne! Man sieht deutlich die Augen und den Schnabel!"
B: „Wo da vorne? Mein Gott …"
D: „Was hat er denn gesehen?"
B: „Eine Sperbergrasmücke! Aber ich sehe sie nicht. Wo ist sie denn?"

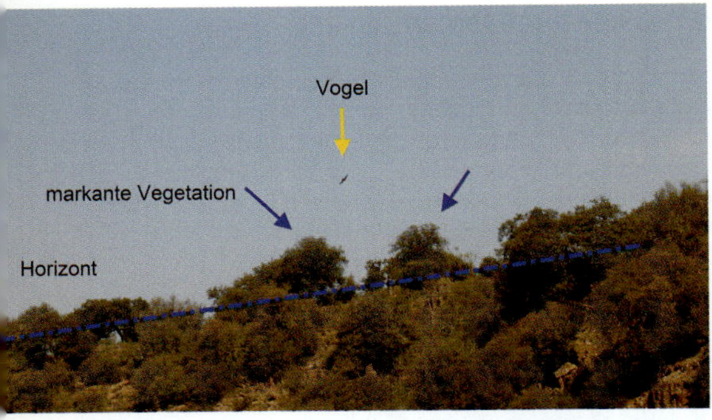

Wie würden Sie den Habichtsadler, der dort fliegt, lokalisieren? Wo fliegt er gerade zum Zeitpunkt der Aufnahme? Dieses Foto bietet genügend Anhaltspunkte, das ist im „Ernstfall" nicht immer so!

D: „Ach, eine Sperbergrasmücke, die gibt es hier?"
A: „Sie singt doch dort in der Schlehe. Ihr müsst auch mal ruhig sein! Wirklich gut zu sehen!"
B: „Aber wo denn, verdammt!"
A.: „In der Schlehe vor uns, rechte Hälfte, links neben dem gelben Blatt, in der Verlängerung 50 Zentimeter unter dem trockenen Ast. Jetzt fliegt sie weg …"

Dieser Text ist nicht, wie man zu Recht meinen könnte, einem Sketch von Loriot entnommen. Er gibt die Realität wider, wie sie sich wahrscheinlich an jedem Wochenende dutzendfach in Deutschland protokollieren ließe.

Spätestens jetzt begreift man, warum es nicht reicht, einem Einsteiger ein Fernglas und ein Bestimmungsbuch in die Hand zu drücken. Zum befriedigenden Beobachten gehört noch mehr! Dazu zählen Kenntnisse und Fertigkeiten, die den meisten von uns leider nicht in die Wiege gelegt oder in der Kinderstube beigebracht wurden. Es lohnt sich über diese Kommunikation nachzudenken, denn es gibt für engagierte, leidenschaftliche Vogelbeobachter wenig Ärgerlicheres, als bei der Beobachtung eines seltenen oder schwierigen Vogels dabei zu sein und den Vogel nicht zu sehen, weil die Beobachter nicht in der Lage sind, den Standort zu beschreiben.

Reportieren

Im Grunde geht es dabei um zwei Fähigkeiten, die sich leicht lernen lassen und mit ein wenig Übung aus einem guten Beobachter einen beliebten Beobachter machen. Es geht um das verbale Lokalisieren und um das Reportieren. Ersteres kommt vor allem bei Beobachtungen infrage, bei denen es um stehende oder sich langsam bewegende Vögel geht, wie bei der Sperbergrasmücke in dem oben beschriebenen Beispiel. Beim Reportieren dagegen wird die Bewegung, also der sich permanent ändernde Standort des Vogels den Mitbeobachtern mitgeteilt.

Dazu ein Beispiel, das in einer sehr schwierigen Landschaft spielt, nämlich in der nahezu baum- und strauchlosen ungarischen Puszta. Dort sind wir mit Janos unterwegs und wollen endlich Kaiseradler beobachten. Die Gruppe läuft als auseinander gezogener Haufen durch das Grasland als Janos mit einem halblauten „Ochtung! Odlerr!" ein Aufrücken eines Teils der Gruppe verursacht. Man rückt zusammen und bleibt gespannt stehen. Während einige sich fragend ansehen, heben andere das Fernglas und suchen den Horizont ab, Spektive werden aufgebaut. Einige erfahrenere Beobachter suchen die Nähe von Janos, blicken in die Richtung, in die er sieht und warten auf weitere Informationen. Der große Greifvogel ist weit weg, Janos beobachtet ihn durchs Spektiv, das er in einem günstigen Augenblick wegen der besseren deutschsprachigen Ausdrucksmöglichkeiten dem Co-Reiseleiter überlässt.

Die Beschreibung der Flugbahn eines Vogels ist, vor allem wenn außer viel Himmel kaum landschaftliche Anhaltspunkte vorhanden sind, sehr schwierig. Das ist in der Steppe, in Wüsten, an großen Seen oder am Meer häufig der Fall. Da wird es problematisch, denn zum einen muss der Aufenthaltsort des Vogels trotzdem beschrieben werden und zum anderen muss diese Beschreibung fortlaufend erfolgen, man muss also wie ein Sportreporter im Radio „reportieren". Das klingt idealerweise etwa so:

Beim Reportieren sollte man dicht zusammenstehen, da ansonsten die Bezugspunkte des Reporters mit denen der Einzuweisenden nicht übereinstimmen.

„Der Adler fliegt sehr weit weg nach rechts. Stellt euch hinter mich, damit wir die gleiche Richtung haben! Jetzt kreuzt eine nähere Krähe seine Bahn. Jetzt kommt ein Kondensstreifen. Jetzt wieder im Blauen. Jetzt gleitet er. Unter ihm jetzt weißer Dunst, er verliert an Höhe, jetzt im Weißen. Rechts von ihm hohe Pappel, jetzt über der Pappel, weiter runter. Von der Flügelhaltung her auf jeden Fall kein Seeadler und auch kein Steinadler. Jetzt fliegt er in die weiße Wolke. Die Wolke mit dem Loch im oberen Drittel. Jetzt kommt er näher. Über dem Ziehbrunnen. Nur noch ein Spektivbilddurchmesser über dem Horizont. Dreht bei. Jetzt links von der Drei-Pappel-Gruppe. Hat ihn jemand noch nicht?"

Alle haben ihn gesehen, vor allem deshalb, weil er tatsächlich nach einem Flug von sicher fünf Kilometern direkt über uns flog, als wolle er uns betrachten.

Wichtig ist beim Reportieren, dass die Beobachter sehr dicht zusammenstehen. Der beste Platz ist direkt hinter dem Reporter oder wenn er zu groß ist, direkt daneben. Man spart Zeit, wenn man die eigene Blickrichtung an der des Reporters ausrichtet. Dieser sollte das Fernglas nicht absetzen oder seine Augen nicht vom Okular des Spektives lösen, denn möglicherweise findet er den kleinen Punkt am Himmel dann nicht mehr wieder. Dieser Umstand führt aber dazu, dass er nur einen kleinen Ausschnitt der Welt beschreiben kann und vielleicht nicht hilfreiche Anhaltspunkte am Horizont wie Gebäude, Bäume, Gebüsch oder Hochspannungsleitungen sieht.

Die Ziffernblattmethode

Beim Reportieren ist eine gute Orientierung, wie sie beim Lokalisieren eingesetzt werden kann, kaum zu gebrauchen: die Uhr. Hält sich ein Vogel in einem definierbaren Baum oder Busch auf und bewegt sich nicht großräumig, so kann man dem Gewächs quasi als Transparenzfolie ein Ziffernblatt überlegen. Die Achse der Zeiger kommt in die Mitte. Ist der Vogel rechts oben im Baum, gibt man als Lokalisierungshilfe zum Beispiel „14 Uhr" an. Unter Umständen sind Angaben „auf die Viertelstunde" genau möglich. Wichtig ist, dass man einen gemeinsamen Achsenpunkt findet und das imaginäre Ziffernblatt nicht in sein eigenes Gesichtsfeld integriert. Ein Vogel, der auf mich zufliegt, kommt für mich vielleicht „aus Richtung 12 Uhr", für meinen schräg stehenden Nachbarn kann das aber auch „15 Uhr" sein. Eine Beschreibung wie „15 Uhr in der Wolke" oder „von mir aus halb zehn" ist da schon besser.

Wenn der gelbe Punkt im Baum ein Vogel wäre, könnte man seine Position als „zehn vor vier, außen, am unteren Rand der Laublücke" beschreiben.

Merke: Der Bezugspunkt muss relativ zum Objekt sein, aber absolut zu den Beobachtern!

Ist es albern, wenn man Reportieren und Lokalisieren in weniger stressbehafteten Situationen übt? Es ist sicher so albern, wie das Beobachten von Vögeln überhaupt. Gute Beobachter sollten es können und sollten es natürlich üben, damit der Uhu in der Felswand nicht ein einsames Vergnügen bleibt, sondern auch von den anderen genossen werden kann.

Beim Üben wird man merken, dass es den Wortschatz trainiert und unter Umständen die Persönlichkeit weiterentwickelt. Man kann hier, wenn man möchte, Präsentationstechniken und das Sprechen vor einer Gruppe trainieren und wird schnell mit der Akzeptanz in der Gruppe und dem Genuss des Teilens belohnt. Vogelbeobachtung als Lebenshilfe. Probieren Sie es mal im Garten oder Park bei den Amseln, beim fliegenden Taubenschwarm oder beim segelnden Bussard.

Die Methoden des Lokalisierens und Reportierens müssen dem Landschaftstyp, in dem beobachtet wird, angepasst werden. Dazu gibt es weitere Hinweise in Kapitel 8.

In dem Baum da!

Es ist ein Unterschied, ob ein Vogel in einer Pappel oder in einer Weide zu suchen ist. Das ist vor allem dann ein Unterschied, wenn mehrere Baumarten beieinanderstehen und der Lokalisierungsversuch „In dem Baum da!" wenig hilfreich erscheint. Vogelbeobachter sollten die wichtigsten Baumarten Mitteleuropas kennen und sich außerdem mit der Bezeichnung der Strukturen, der meist landwirtschaftlichen geprägten Landschaft Mitteleuropas einigermaßen auskennen. Hier eine kleine, nicht abschließende Liste von wichtigen Begriffen und ihre pragmatische Deutung:

Baum	höher als etwa vier Meter
Stamm	Hauptast des Baumes, trägt die Krone
Ast	dicker Zweig
Zweig	Ast dritter Kategorie (Stamm – Ast – Zweig – Blattstiel – Blatt)
Blatt	kleinstes Element vom Laub
Rinde	Borke
Astloch	ausgefaulter ehemaliger Sitz des Astes am Stamm
Wipfel	oberster, manchmal herausragender Bereich der Baumkrone
Gebüsch	unter vier Metern, meist keine klare Trennung in Stamm und Krone möglich
Acker	bewirtschaftetes Stück Land, in den Zuständen gepflügt, geeggt, abgeerntet und als *Feld*
Feld	Acker mit hohem Aufwuchs, „Weizenfeld", man sieht kaum noch Ackerboden, deshalb auch „Rüben*acker*"
Wiese	Dauergrünland, hier wächst Gras
Rasen	kurzgeschnittene Wiese
Weide	beweidete Wiese
Pfahl	daran wird der Zaundraht aufgehängt, meist aus Holz oder Beton, auch Schilderpfahl – oft synonym mit Pfosten
Pfosten	meist Bestandteil eines tragenden Rahmens, daran werden Zäune befestigt, steht aber auch alleine, „Randpfosten"
Mast	hoher Pfosten, „Laternenpfahl", Telefonmasten, Elektromast, Gittermast

Bei **Wasserflächen** könnte man unterscheiden zwischen See, Stausee (eigentlich ein Fließgewässer), Weiher (natürlich), Teich (künstlich), Tümpel (temporär), Blänke (temporär und sehr flach, typisch in einer Feuchtwiese) sowie den Fließgewässern Fluss, Bach, Graben (fließt meist temporär), Rinnsal.

Beschreiben lernen

Viele der Fertigkeiten und Kenntnisse, die Einsteiger in die Vogelbeobachtung lernen können, verdanken wir den manchmal geringschätzig „Vogelsportlern" genannten, enthusiastischen Hobbybeobachtern, die den Ehrgeiz haben, möglichst viele seltene Vogelarten zu sehen. Sie haben die Bestimmungstechnik erheblich verfeinert und dadurch mitgeholfen, die Kenntnisse über unsere Vogelwelt zu erweitern. Einige Vogelarten, die früher für absolute Seltenheiten gehalten wurden, werden heute alljährlich festgestellt, weil man weiß, wie man sie schnell und sicher bestimmen kann. Beispiele sind Graubruststrandläufer, Gelbbrauenlaubsänger, Rotfußfalke und Gelbschnabeltaucher.

Ähnlich aber unterschiedlich. Zu welchen Vogelarten gehören jeweils Kopf mit Schnabel?* Können Sie die Unterschiede benennen?

Wenn man nun weiß, dass es zum Beispiel die Zeichnung der Schirmfedern ist, die den seltenen vom gewöhnlichen Vogel unterscheidet, muss man wissen, wo man die Schirmfeder zu suchen hat. Oder dass die Beschreibung „der hat am Kopf was Helles" wenig hilfreich ist, wenn man kleine braune Vögel beschreiben und unterscheiden möchte. Handelt es sich um einen Augenstreif oder um den Augenring, erstreckt sich ein Zügelstreif zwischen Auge und Schnabelbasis oder krönt ein Scheitelstreif die Kopfoberseite? Ist bei der kleinen Limikole der Bürzel im Flug weiß, die Oberschwanzdecken oder der Rücken und blitzt im Flügel eine Flügelbinde auf oder ist es vielmehr ein Flügelstreif? Wo sind rote Federn zu sehen? Auf den Kleinen Armdecken, den Großen Armdecken oder den Mantelfedern? Ist der Unterschied zwischen Brust- und Bauchfedern auch wichtig?

Fast kommt man sich wie im Schulunterricht beim Thema Bildbeschreibung vor. Aber wer Details erkennen will, muss wissen, wo er sie zu suchen hat und dass wiederum kann er am besten, wenn er die Topographie des Vogels gut kennt und anzuwenden weiß.

Das hört sich leichter an, als es ist. In unserem Alltagsleben kommen genaue Beschreibungen kaum vor. Zudem ist die Morphologie der Vögel uns ebenfalls zweibeinigen Wirbeltieren zwar ähnlich, jedoch viel weniger als bei anderen Säugetieren oder Reptilien und Amphibien. Vorderbeine sind bei den Vögeln Flügel, das Knie kaum sichtbar, es gibt keine Mimik, meist nur drei Zehen. Alles, was durch Federn gebildet wird, müssen wir uns einprägen, weil wir es von uns nicht kennen. Zum Glück gibt es heute in allen Bestimmungsbüchern Skizzen,

* links Kleines Sumpfhuhn, rechts Tüpfelsumpfhuhn

die uns die Topographie des Vogels näherbringen. In guten Büchern werden sogar Vertreter verschiedener Ordnungen skizziert und auch der Vogel im Flug abgebildet und bezeichnet.

Wer es noch nicht kann, sollte diese Topographien immer wieder ansehen und versuchen, die Bezeichnungen aus dem Artbeschreibungsteil in ihnen zu finden. Als nächsten Schritt sollte man umgekehrt vorgehen und die Zeichnungen oder Fotos mit Mitteln der Topographie beschreiben. Das mag mühsam sein, wird aber belohnt. Denn es ist die Voraussetzung dafür, dass man auch die unterschiedlichen Mauserzustände der Vögel erkennt und benennen kann. Das wiederum ist für die Bestimmung vieler Vögel wichtig – man denke nur an Möwen, Adler und Limikolen.

Spätestens jetzt werden zwei Dinge klar: Gute Augen sind hilfreich für die Vogelbestimmung, aber nicht „hinreichend", und wer ein guter Vogelbestimmer werden möchte, muss zunächst ein guter Vogelbeobachter sein.

Was man nicht aus Büchern lernt

„Bücherweisheit" nennt man Kenntnisse, die im „wirklichen Leben" nicht ohne Weiteres anzuwenden sind. Der Abstraktionsgrad, den schriftliche Beschreibungen notgedrungen haben müssen, verzerrt die Bilder, die bei der Lektüre in unserem Kopf entstehen im Gegensatz zu den Bildern, die wir draußen tatsächlich sehen. Ich kann mir eine Samtente so oft im Bestimmungsbuch ansehen, dass ich sie auswendig kenne. Filmaufnahmen im Internet oder auf DVD können diesen Eindruck von einem mir noch unbekannten Vogel ergänzen, aber ich kann mir noch lange nicht vorstellen, „wie es ist, ihn zu sehen". Ich finde Beschreibungen und Bilder im Buch, aber nur wenige Informationen darüber, „wie man eine Samtente" im Binnenland sucht. Wo schaue ich hin? Sind Samtenten immer an der tiefsten Stelle des Sees oder lieber im flachen Wasser? Fallen sie in einem Schwarm von Blässhühnern auf? Auf was sollte ich achten? Auf den Kopf, auf die Größe, auf die Art zu schwimmen?
Hier sind Beobachtungstipps, wie man sie zwischen Kollegen oder Freunden austauscht, meist sehr hilfreich. „Wir haben hier fast immer nur weibchenfarbige, wahrscheinlich junge Samtenten. Also auf große, dunkle Enten mit helleren Flecken am Kopf achten. Meist eifrig am Tauchen". Diese Information hilft mir zumindest, ein auf Beschreibungen aufbauendes Suchbild zu entwickeln. Dabei sind Vergleiche mit bekannten Arten eine hervorragende Suchhilfe.

Es kann sehr hilfreich sein, sich mit anderen Beobachtern darüber zu unterhalten, „wie" man die Vögel sieht und auf was man achten soll. Aus Büchern kann man das kaum lernen, weil viele Tipps ortsbezogen sind.

Referenzarten kennen

Ein wichtiger Rat an alle Einsteiger ist, Referenzen kennenzulernen. Referenzarten sind die Vogelarten, die man auch als Einsteiger gut kennen lernen kann, da sie weit verbreitet und nicht besonders schwierig zu entdecken sind. An ihnen kann man sehr viel plastischer Merkmale wie Größe, Bewegungsabläufe, Stimme und Farben erklären.

Typische Referenzarten		
Schwan Graugans Stockente Reiher- und Tafelente Fasan Storch / Reiher Mäusebussard	Sperber Turmfalke Alpenstrandläufer Silbermöwe Ringeltaube Mauersegler Rabenkrähe	Kohlmeise Feldlerche Mehlschwalbe Wintergoldhähnchen Star Hausspatz Buchfink

Ja, klar! Ein Mäusebussard. Zur Referenzart wird er, wenn wir ihn gründlich anschauen und nicht achtlos weitergehen.
Wie alt mag er sein?
Wie ist sein Gefiederzustand?
Leerer oder voller Kropf?
Wo fliegt er hin?

Je mehr Referenzarten man kennt, desto besser! Aber wie lernt man Referenzarten kennen?

Referenzarten sollte ich so gut erkennen, dass ich sie zuverlässig ansprechen kann. Ich sollte nicht erst überlegen und mir die Kennzeichen zurechtlegen müssen, sondern Referenzarten kennt man so gut wie seinen besten Freund.

Für diese Art einen Vogel oder einen Menschen, ein Auto, oder ein Flugzeug sehr schnell bestimmen zu können, gibt es den englischen Begriff „gizz" (sprich: „jiss"). Das ist die Abkürzung für „general impression, size and shape", also allgemeiner Eindruck, Größe und Umriss. Für „gizz" könnte man auch das schöne deutsche Wort „Anmutung" verwenden.

Wir sollten als Einsteiger nicht einen kurzen Blick auf den kreisenden Bussard werfen und nach der schnellen Diagnose „Mäusebussard" weitergehen. Wir sollten ihn durchs Fernglas anschauen und versuchen das Alter zu bestimmen, die sichtbaren Handschwingen zählen und die Binden im Schwanz. Vielleicht werden wir ihn in den nächsten Tagen wiedersehen und an bestimmten Details der Färbung erkennen können. Wir verfolgen ihn idealerweise mit dem Fernglas, bis er als kleiner Punkt am Horizont verschwindet oder in den Wald stürzt.

Manchmal braucht man erstaunlich wenig, um einen Vogel bestimmen zu können (siehe nächste Seite) …

Den „gizz" trainieren kann man mit den manchmal verwackelten, manchmal unscharfen, manchmal auch hervorragenden Rätselvideos auf www.birdquiz.de

Dasselbe gilt für die vielen anderen Vögel, die wir tagtäglich sehen und die sich als Referenzarten anbieten und dazu, einen bestimmten „gizz", eine bestimmte Anmutung, ein inneres Bild, zu entwickeln. Wer mehrere Tausend Mäusebussarde gesehen hat, wird den Wespenbussard schneller bestimmen oder überhaupt erst entdecken können. Wir sollten versuchen, die Vögel, die uns im Alltag begleiten, wirklich gut zu kennen und die in unserer täglichen Nähe sogar „persönlich".Das Beobachten wird genussvoller, wir wissen mehr und sind innerlich bereichert.

Sind alle Vögel bestimmbar?

Gerade unter Einsteigern findet man immer wieder Vogelbeobachter, die mit der Feststellung seltener Arten glänzen wollen. Es reicht dann offenbar nicht, einen Mauersegler gut und gründlich in seinem beeindruckendem Flug genossen zu haben, es muss „wahrscheinlich ein Fahlsegler" gewesen sein. Oder bei der Bestimmung eines unbekannten Vogels wird nicht die wahrscheinlichere Lösung in den Fokus genommen, sondern die unwahrscheinlichere seltenere Alternative. Es ist sicher wahrscheinlicher in unseren Breiten einen Raubwürger zu sehen als einen Schwarzstirnwürger. Es ist wahrscheinlicher eine Wiesenweihe im Sommer zu sehen als eine Steppenweihe und es ist sicher wahrscheinlicher, dass man es mit einem jungen Kampfläufer zu tun hat als mit einem Bindenstrandläufer aus Amerika.

Natürlich ist es erstaunlich, wie die Zahl der seltenen Vogelarten, die jährlich bei uns festgestellt werden, immer mehr ansteigt. Daher ist es ebenso verständlich, dass auch Einsteiger seltene Vogelarten, Irrgäste, Besonderheiten sehen wollen. Aber seltene Vögel sind nun mal seltene Vögel! Dass sie in den Bestimmungsbüchern oft neben den zu erwartenden Arten stehen und erst im Text ihre Seltenheit klar wird, ist verführerisch. In manchen Büchern werden sie deshalb auf speziellen Seiten zusammengefasst.

Dass die tatsächlich „bemerkenswerten Beobachtungen" so viele und oft erstaunliche Feststellungen von seltenen und seltensten Arten enthalten, hat seinen Grund. Dahinter stecken erfahrene Vogelbeobachter, oft mit Spezialwissen und viel Zeit ausgestattet, oder Vogelsportler, deren große Leidenschaft darin besteht, seltene und eben nicht alltägliche Vogelarten zu entdecken.

Manchmal reicht es, dass der Vogel sich umdreht …

Solche Seltenheitensammler (siehe www.club300.de) investieren viel Geld, Zeit und Kommunikation in ihre Spezialisierung. Sicher werden auch Gelegenheitsbeobachter mal einen seltenen Vogel sehen, aber eben selten.

Können wir einen Vogel nach Prüfen aller Kleider und Altersstadien den im Bestimmungsbuch angebotenen Arten nicht zuordnen, dann ist es ehrenhaft ihn als „nicht bestimmbar" im Notizbuch zu kennzeichnen und zu hoffen, ihn später mithilfe der Beschreibung in den Aufzeichnungen bestimmen zu können. Der zögernde Beobachter, der seine Zweifel zu Protokoll gibt, ist wertvoll und kann dazu beitragen, dass eine Bestimmung sicherer wird oder eben unterbleibt. Jeder gute Beobachter wird von eklatanten eigenen Fehlbestimmungen berichten können. Er wird Verständnis für Fehlbestimmungen anderer haben und erst recht den Hut vor jemanden ziehen, der bei Zweifeln einen Rätselvogel unbestimmt ziehen lässt oder um Rat fragt.

Rätselvögel und Exoten

Es gibt sie also, die Rätselvögel. Manche Webseite von Beobachtern bietet Fotos von unbestimmbar gebliebenen Vögeln an, die tatsächlich Rätsel aufgeben. Zu den schwer bestimmbaren Vögeln kommen vor allem in den Ballungsgebieten der Menschen oft Vögel dazu, die wir im Bestimmungsbuch nicht finden können. Exoten, die aus Gefangenschaftshaltung entkommen sind, auf Schiffen Ozeane überwunden haben oder auch Vögel, die absichtlich bei uns frei gelassen wurden.

Beispiele von Vogelarten, die aus Gefangenschaft entflohen sind und mittlerweile zu unserer Vogelwelt gehören und sich erfolgreich fortpflanzen, finden sich vor allem unter den Wasservögeln: Trauerschwan, Kanadagans, Nilgans, Mandarinente oder Chileflamingo. Nicht zu den Wasservögeln gehören Halsband- und Alexandersittich, die in einigen warmen Gegenden die Vogelwelt bereichern. Die Arten unter den Exoten, die sich bei uns erfolgreich eingebürgert haben, finden sich nach einiger Zeit in den meisten Bestimmungsbüchern wieder. Immer wieder werden aber auch Vögel beobachtet, die nur mit Bestimmungsliteratur aus fremden Kontinenten bestimmt werden können. Wer von uns Gelegenheitsbeobachtern könnte einen Textorweber im Ruhrgebiet bestimmen, einen entflogenen Rotschwanzbussard in Brandenburg sicher ansprechen oder eine wunderschöne Gabelracke in Bayern als solche erkennen?

Es gibt also viele Gründe, einen Vogel nicht bestimmen zu können und es ist sicher weise, darin eher eine Herausforderung als eine Entmutigung zu sehen.

5. Wichtig: Vogelverhalten

Während die Passion der Twitcher oder Vogelsportler darin besteht, möglichst viele Vogelarten, aber dann oft nur einmal im Leben zu sehen, erforschen Vogelbeobachter und erst recht Ornithologen das Verhalten der Gefiederten, so lautet zumindest ein gängiges Vorurteil.

Dass diese Behauptung mehr als eine These ist, lässt sich an der Entwicklung der Bestimmungsliteratur „ablesen". Die ersten Nachkriegsausgaben des Klassikers „Was fliegt denn da?" zeigten Vogelgestalten in Seitenansicht, höchstens in zwei verschiedenen Kleidern und in einer flächigen Darstellung, die das Erkennen von einzelnen Federn nicht erlaubte. Knappe Hinweise zum Vorkommen und zur Stimme in tabellarischer Form ergänzten das karge Bildangebot. Moderne Bestimmungsbücher zeigen nicht nur eine Fülle von Abbildungen der einen Vogelart, sondern fast alle geben auch mehr oder weniger ausführliche Hinweise zum Verhalten, wie etwa zur Flugweise, zu auffälligem Balzverhalten oder zur Art und Weise der Nahrungssuche. So ist die Beobachtung des Verhaltens für Vogelbeobachter nicht nur eine Quelle der Freude, sondern auch eine Quelle von Bestimmungshinweisen.

Ein Großteil der Faszination, die Vögel auf Menschen ausüben, liegt neben der Freude über die Eleganz ihrer Erscheinung sicher auch in ihrem Verhalten begründet. Ohne große Anstrengung können wir den Alltag mit ihnen teilen. Nehmen wir einmal die Amseln im Garten oder der nächsten Grünfläche als Beispiel.

Die Amsel-Seifenoper

Schon im Spätwinter erinnert uns der Gesang, der erst nur unregelmäßig und dann mit zunehmender Tageslänge regelmäßig und besonders auffällig morgens und abends zu hören ist, an die warme Jahreszeit. Die Amselmännchen grenzen nun ihre Reviere ab, präsentieren sich und stellen den Weibchen nach. Auseinandersetzungen zwischen den Männchen können nach stundenlangen Verfolgungsjagden in erbitterten Kämpfen münden, bei denen die Kontrahenten

Amselmännchen streiten manchmal tagelang anscheinend unerbittlich um Reviergrenzen. Eine gute Gelegenheit sie kennenzulernen.

scheinbar jede Scheu vor den Menschen verlieren und erst voneinander lassen, wenn man direkt neben ihnen steht. Paare kann man daran erkennen, dass sie Eindringlinge gemeinsam vertreiben. Balz und Paarung der Amseln sind nicht sehr auffällig und vor allem kopulierende Amseln sind selten zu sehen. Manchmal hat man Glück und kann den imponierenden Amselhahn dabei beobachten, wie er mit schleifenden Flügeln, fast wie eine Auerhahn, aufrecht und erhobenen Hauptes in kleinen Schritten das Weibchen umkreist.

Dann geht es mit dem Nestbau los. Man sieht Amselweibchen mit riesigen Schnurrbärten aus Nistmaterial wie Halmen oder altem Laub vom Ufer des Gartenteiches im Gebüsch verschwinden. Zunehmend aggressiver werden Elster, Eichhörnchen und Nachbars Katze angegriffen und auch vor Menschen wird intensiv gewarnt. Dabei unterscheiden die Amseln sehr wohl, ob man sie nicht beachtet, dann sammeln sie weiter Baumaterial, oder intensiv anschaut, dann verschwinden sie leise warnend. Die Zeit des Brütens beginnt. Das Männchen ist in der Nähe des Nestes und wacht; wir können notieren, wie oft und wann sich die Eltern beim Brutgeschäft ablösen. Wenn die ersten Würmer angeschleppt werden, ist es mit der Ruhe vorbei. Immer wieder kommen die Eltern angeflogen, füttern die Jungen und entsorgen den „Abfall"; die Abwehr von Feinden und Artgenossen wird noch aggressiver. Manchmal passieren auch Tragödien, eine Elster räumt das Nest leer, die Eltern werden von einer Katze gefressen oder kommen durch einen Unfall um. Oder wir finden das Nest verlassen vor und sehen einige Tage keine Amseln mehr im Garten.

Ein gutes Anzeichen für eine erfolgreiche Brut ist ein mit Futter überladener Altvogel.

Falls die Jungen aber Glück haben, sehen wir sie die Eltern hüpfend und bettelnd über den Rasen verfolgen. Irgendwann, vielleicht erst nach der zweiten oder dritten Brut, fällt uns auf wie mitgenommen die Erwachsenen aussehen. Der Sommer ist fast um, von Amselgesang ist nichts mehr zu hören. Wir müssen uns Mühe geben, sie überhaupt noch zu sehen. Aus den stark gefleckten Jungvögeln sind fast erwachsene Amseln geworden – allerdings fehlt den jungen Männchen noch der gelbe Schnabel –, und die Altvögel sind plötzlich wieder da. Die Zeit der Mauser ist vorüber und sie präsentieren sich im frischen Federkleid. Manchmal tauchen im Herbst im Garten „neue Amseln" auf. Sie sind scheuer und, wenn wir genau beobachten, sehen wir, dass sie Fremde sind, denn sie kennen die Flugwege nicht so sicher wie „unsere Amseln" und meist flüchten sie eher und halten mehr Distanz zu Menschen. Es sind Durchzügler auf dem Weg ins Winter-

Ein junges Amselmännchen in seinem ersten Herbst. Die Flügelfedern stammen noch aus dem Jugendkleid, der Schnabel ist noch nicht gelb.

quartier, denn während unsere Gartenamseln den Winter fast vollständig bei uns verbringen, ziehen nördliche und östliche Amselpopulationen durchaus noch nach Süden.

Im Winter weichen die Reviergrenzen sichtbar auf, Streitigkeiten wie im Frühling sind selten und meist entbrennen sie an den Äpfeln, die wir den Vögeln bei Frost auf die Wiese legen. Je kälter es wird, desto erbitterter werden einzelne Äpfel von einer Amsel bewacht und verteidigt. Die Schnäbel der jungen Männchen werden langsam gelb und irgendwann Ende Januar erklingt vom Dachgiebel der vertraute Gesang „unseres" Amselmännchens.

So können wir vom Zimmerfenster aus Verhaltensstudien treiben und durch diese „Soap-Opera im Vorgarten" am Alltag der Vögel teilhaben. Besonders interessant ist dies, wenn wir einzelne Vögel individuell erkennen können. Bei dem Weibchen steht vielleicht eine Schwanzfeder etwas schief oder der Schnabel ist besonders gelb. Männchen haben bei genauerem Hinsehen keinen reingelben Schnabel. Fast alle zeigen schwarze Flecken, meist an der Schnabelbasis, die sie individuell erkennbar machen. Notiert man sich diese Schnabelmarken, kann man die erstaunliche Entdeckung machen, dass nicht ein Männchen, sondern gleich mehrere regelmäßig den Garten besuchen. Jetzt wird es interessant! Wer brütet mit wem, wer muss wem weichen und wie könnte eine Rangfolge aussehen? Da es nicht nur Amseln im Garten gibt, weiten wir unser Beobachtungen aus und versuchen auch Elstern, Heckenbraunellen, Blau- und Kohlmeisen, Zaunkönig und Rotkehlchen „persönlich" kennenzulernen.

Je mehr wir über das Verhalten der Vögel in unserer Umgebung lernen, desto lebendiger erscheint uns unsere Umwelt. Wir werden vertraut mit den Gefiederten, erkennen alte Bekannte wieder und lernen, dass verschiedene Arten auch verschiedenes Verhalten zeigen. Rotkehlchen singen nicht vom Hausdach, Amseln fangen keine Beute im Flug, Kohlmeisen hüpfen mitunter im alten Laub umher, Blaumeisen machen dies jedoch nicht. Je vertrauter wir mit den Vogelarten unseres vogelkundlichen Alltags werden, desto schneller können wir sie ansprechen. Wir kennen sie einfach – von „Bestimmung" kann keine Rede mehr sein. Wir müssen nicht mehr lange überlegen, sondern wissen, dass es eine Singdrossel ist.

Vogelflug: in Keilen, Ketten, Bändern, Haufen

Besonders bei fliegenden Vögeln haben Einsteiger Probleme, sie mithilfe eines Bestimmungsbuches sicher zu bestimmen. Die Bewegung eines Vogels, seine Geschwindigkeit und Flügelschlagfrequenz, die Kurve oder der Bogen seines Fluges wird selten in einem Buch erschöpfend bearbeitet und lässt sich kaum in wenigen Worten beschreiben oder mit ein paar Strichen abbilden. Dennoch sind manche Flugbilder so charakteristisch, dass es sich lohnt, sie zu notieren und sich zu merken.

Immer wieder werden von Einsteigern frühe oder späte Kraniche gemeldet, manchmal sogar aus Gegenden, die nicht zum Zugkorridor der Kraniche auf ihrem Weg nach Südwesten oder zurück nach Nordosten gehören. Bei Nachfragen stellt sich heraus, dass man die Vögel anhand ihrer Flugformation „bestimmt" hat. Aber längst nicht alle Vögel, die eine V-Figur bilden, sind Kraniche. Viel öfter sehen wir seit einigen Jahren Kormorane auf dem Weg zum oder vom Schlafplatz in dieser Formation fliegen. Es lohnt sich also eine Tabelle anzulegen oder sich Notizen in das Bestimmungsbuch zu machen, um auffällige Gesellschaftsflugweisen bestimmten Vogelarten zuweisen zu können.

Natürlich erkennen Experten auch viele Kleinvögel an ihrer spezifischen Truppbildung beim Fliegen, aber hier kann man wohl nicht von Formationen sprechen. Es sind vor allem große Vögel, die in klar strukturierten und über mehrere Minuten konstanten Schwarmfiguren fliegen. Offenbar wird erst ab

	Keile, „1" oder „V"	Ketten, Bänder, Linien	dichte Trupps	Mischformen/ Bemerkungen
Schwäne	X	X		
Gänse	X	X auch Brand-, Rostgans		
Enten	manchmal: Säger	manchmal: Spieß-, Pfeif-, Samtente	Eider-, Trauerente: „Kaulquappentrupp" – mit langem Schwanz	
Flamingos	X	X		
Pelikane	X	X		
Kormorane	X	X		
Ibisse	Waldrapp X Sichler X Löffler X	X X X		
Reiher	vor allem die großen Arten	X		
Störche	nie!	nie!		Thermiksegler
Kraniche	typisch!			
Trappen	nie!	nie!		
Watvögel	seltener	Austernfischer Goldregenpfeifer Pfuhlschnepfen Brachvögel	Knutts Alpenstrandläufer	
Möwen	X	X		

Kiebitze sind an der Flugweise und an der Schwarmform oft auf weite Entfernung zu erkennen.

einer gewissen Größe, die zwischen Lachmöwe und Goldregenpfeifer beginnt, durch das Fliegen in Formationen ein Energie- oder Sicherheitsgewinn erzielt.

Wer auf diese Formationen achtet, kann, ohne weitere Details zu sehen, oft schon auf große Entfernungen eine recht sichere Artdiagnose stellen.

Erfahrene Vogelzugbeobachter können bei fast allen am Tag ziehenden Arten durch die Beobachtung der Geschwindigkeit, der Truppgröße und -form sowie der Flugbewegung der Individuen sichere Artdiagnosen stellen, ohne die Stimme zu hören oder Gefiedermerkmale zu sehen. Wenn wir erst beim Aufbau eines solchen langjährigen Erfahrungsschatzes stehen, helfen uns Bestimmungsbücher bislang kaum weiter. Hier hilft es Einsteigern, „alte Hasen" zu begleiten und den Mut zu haben, immer wieder zu fragen.

Auffälliges Verhalten

Ein kleiner Greifvogel, der über einer Wiese oder einem Feld rüttelt, wird in unseren Breiten fast immer ein Turmfalke sein. Es gibt noch sehr viele Vögel, die typische Verhaltensweisen zeigen, an denen man sie auf Artniveau bestimmen oder zumindest die Zahl der infrage kommenden Arten stark einschränken kann.

Die folgende Übersicht ist keineswegs abschließend, sondern soll dazu anregen, sich selbst Notizen zu machen und beim Beobachten der Vögel auf stereotype Bewegungsabfolgen zu achten.

Schau: Balzflüge und Singflüge

Natürlich werden Verhaltensweisen, die die Aufmerksamkeit der Geschlechtspartner von Vögeln erregen sollen, auch uns Menschen nicht verborgen bleiben. Kein Wunder also, dass die meisten auffälligen Verhaltensweisen der Balz und Revierabgrenzung zuzuschreiben sind.

Hier sind die Bewegungsabläufe häufig so typisch, dass sich die Vogelarten daran oft sicher bestimmen lassen. Während bei den sogenannten Balzflügen der optische Eindruck überwiegt, weshalb man besser von Schauflügen sprechen sollte, kommt bei den Singflügen noch der akustische Ausdruck hinzu.

An ihrem Singflug lassen sich Lerchen zumindest bis auf Familienebene gut bestimmen. Dann wird es komplizierter. Im Bild eine Feldlerche.

Typische **Schauflüge** vollführen die flügelklatschenden Ringeltauben. Auch die anderen heimischen Taubenarten zeigen allesamt Balzflüge, bei der Turteltaube sind sie jedoch weit weniger häufig zu beobachten als bei der Türken- oder Hohltaube. Gemeinsam ist diesen Flugdemonstrationen, dass sie körperliche Kondition, oder menschlich interpretiert „Mut", demonstrieren. Die waghalsigen Flugmanöver des Kiebitzes, die kraftmeierischen Ruderflüge mancher Greifvögel, wie die des Wespenbussards oder des Steinadlers, bei denen die Flügel betont langsam und mit hoher Amplitude geschlagen werden, die gewagten seitlichen Überschläge der Blauracke, die ihr den englischen Namen „Roller" eingebracht haben, sind allesamt typisch. Sie sollten bei der Bestimmung von Vogelarten sehr viel mehr ins Kalkül gezogen werden, als es die gängigen Bestimmungsbücher nahelegen.

Es lohnt sich, bei der Suche nach bestimmten Vogelarten vorher diese typischen Verhaltensweisen zu recherchieren. Sie werden oft schneller zum Ziel führen, als das mühsame „Merken" von subtilen Gefiedermerkmalen, die unter widrigen Umständen doch nicht zu erkennen sind. Schauflüge sind nicht nur darauf ausgerichtet, das andere Geschlecht zu beeindrucken oder innerartliche Konkurrenz auszuschalten. Sie demonstrieren Kraft, Kondition, Entschlossenheit, auch gegenüber anderen Vogelarten oder Lebewesen überhaupt. So demonstrieren Steinadler den revieranzeigenden, auf und ab führenden „Girlandenflug" und den Kraft kostenden, übertriebenen „Ruderflug" durchaus auch bei Grenzverletzungen ihrer Reviere durch „Paragleiter" und andere Fluggeräte.

Wir Alltags-Vogelgucker können ein ähnliches Verhalten bei Krähen beobachten, wenn sie „mutig" und manchmal akrobatisch den harmlosen Mäusebussard verjagen oder sich sogar an einen Habicht heranwagen. Oder wenn ein Höckerschwan mit der gleichen Körperhaltung (gebogener „dicker" Hals, abgewinkelte Flügel, Bugwelle) seiner potenziellen Partnerin imponieren will, mit der er auch einen Rivalen verjagt oder einen vorwitzigen Dackel vom Teichrand vertreibt.

Bei **Singflügen** kommt, wie der Name schon sagt, der Gesang hinzu. Streng genommen ist der oben erwähnte Balzflug des Kiebitzes, der nie stumm erfolgt, auch ein Singflug. Singflüge sind für viele Singvogelarten typisch, aber meist nur während der Gesangsperiode im Frühjahr zu beobachten. Das ist übrigens ein weiterer Unterschied gegenüber den Balzflügen, die meist einen breiteren Bedeutungshorizont haben und nicht nur dem Fortpflanzungsgeschäft dienen.

Bekannt sind die auffälligen Singflüge der Lerchen und Pieper, die ihre Kondition damit unter Beweis stellen, dass sie im anstrengenden Steigflug sogar noch aus voller Kehle singen können. In ihren Lebensräumen fehlen meist gute Singwarten und so steigen sie über Acker, Steppe, Wiese, Sumpf, Moor oder Kahlschlag in die Lüfte auf. Übergänge zu mehr „vertikal strukturierten Lebensräumen", also Wald, zeigen die Pieper. In unseren Breiten singen Baum- und Bergpieper auch in Bäumen; auf den Steigflug verzichten sie dennoch nicht und gleiten zum Entzücken der Beobachter fallschirmartig zurück auf eine Singwarte oder auf den Boden. Selbst mitten im Wald können wir Singflüge beobachten; Waldlaubsänger zeigen es, wenn sie niedrig über den Boden im unterholzarmen Hallenwald von Zweig zu Zweig schweben und dabei ihr schneller werdendes Schwirren („Waldschwirrvogel") hören lassen. In den Übergangsbereichen mit höherer Vegetation freuen wir uns über Singflüge von Schilfrohrsänger und Sperbergrasmücke, Girlitz, Grünling sowie Dorngrasmücke, und auch die Klappergrasmücke kann das, allerdings mehr geradeaus und nicht nach oben. Sogar die Blaumeise zeigt in hoher Erregung einen kraftmeierischen „Fledermausflug" mit langsamen Flügelschlägen, der sehr an den Singflug des Girlitzes erinnert.

Doch zurück zu den offenen Landschaften, in denen Schau- und Singflüge besonders eindrucksvoll wirken können. Sumpfohreulen klatschen bei ihrem Schauflug bisweilen mit den Flügeln und fast alle Limikolenarten, die in den Wiesen und Sumpflandschaften brüten, erfreuen uns mit eindrucksvollen Singflügen. Manchmal hört man „singfliegende" Limikolen, die gar nicht bei uns brüten, und ist verwirrt. Das kann zum Beispiel bei Bruchwasserläufern oder Alpenstrandläufern auf dem Frühlingsdurchzug bei schönem Wetter passieren. Bei der Bekassine erleben wir eine Besonderheit, denn sie singt nicht beim Balzflug, wenngleich sie Töne äußert (mehr dazu im Kapitel 8)! Rohr-, Wiesen- und Kornweihen zeigen auffällige Flugspiele mit ausgedehnten Schauflügen meist des Männchens. Fast alle anderen Greifvögel zeigen teilweise sehr beeindruckende Revierflüge. Zu diesem Zweck kommen auch Habicht und Sperber aus der Deckung und man könnte stundenlang den Girlandenflügen, atemberaubenden Verfolgungsflügen und Schauflügen mit im Zeitlupentempo geschlagenen Flügeln zusehen.

Manche Vögel „singfliegen" auch nachts, was merkwürdig anmutet, denn gesehen werden sie dann kaum. Deshalb sind ihre Flüge auch immer mit Geräuschen verbunden wie das „Puitzen" und „Quorren" der Waldschnepfe oder das Schnurren mit „Peitschenknall" des Ziegenmelkers. Dazu kommt das selten zu hörende und wohl wenig erforschte nächtliche „Herumfliegen" des Teichhuhns mit Rufen oder das im nächtlichen Flug vorgetragene „Pickwerdick" der Wachtel. Beide Arten sind keine guten Flieger und meiden bei Tage den Luftraum.

Sprinten, Rütteln, Luftwarten …

Auch Beuteflüge können artspezifisch sein und bei der Bestimmung entscheidend helfen. Der Turmfalke wurde bereits angeführt. Mit seinen oft lange andauernden Rüttelflügen ist er in Mitteleuropa fast hundertprozentig sicher zu bestimmen. Der kleinere Raubwürger ist ebenfalls ein talentierter Rüttler und Falken, besonders wenn sie niedrig über dem Boden rütteln, könnten auch Rotfußfalken sein. Aber ich habe auch schon in der ungarischen Puszta Würgfalken sehr langsam rüttelnd beim Anwarten im Gegenwind gesehen. Das sind jedoch Ausnahmen, die das Beobachten spannend machen können.

Ein rüttelnder Turmfalke ist in Mitteleuropa kaum mit einer anderen Vogelart zu verwechseln.

Das langsame Kreisen mit wenigen Flügelschlägen und V-förmig gehaltenen Flügeln ist das Kennzeichen eines Bussards. Der entgegen der Laienmeinung sehr viel leichter mit einem Steinadler zu verwechseln ist als mit Habicht, Milan oder Weihe. Ein Bussard, der rüttelt, sollte immer einen zweiten Blick wert sein. Auf jeden Fall im Winter, wenn die nordischen Raufußbussarde aus der Tundra und den Fjäll-Landschaften des Nordens bei uns zu Gast sind.

Auch viele Singvögel rütteln: Hausrotschwanz, Gartenrotschwanz, alle Fliegenschnäpper, die beiden Goldhähnchen sehr ausgeprägt ebenso wie die seltenen Irrgäste Goldhähnchen- und Gelbbrauenlaubsänger. Auch Zilpzalpe und Fitise rütteln gelegentlich. Generell lässt sich sagen, dass das Rütteln bei der Nahrungssuche kleinerer Vögel nicht selten ist. Schließlich kommt es bei sehr vielen Vogelarten vor, die stoßtauchend im Wasser nach Fischen jagen. Möwen, Seeschwalben, Fisch- und selbst der Seeadler zeigen es ebenso wie die Eisvogelarten; Sturmtaucher und Tölpel dagegen nicht.

Manche Vögel verfolgen ihre Beute im Flug und durchjagen dabei den offenen Luftraum. Wer sich etwas „einsieht" wird schon in der ersten Saison die drei verbreitetsten Luftjäger an ihrer Flugweise unterscheiden können: Mauersegler, Mehlschwalbe und Rauchschwalbe. Wanderfalken bei der Jagd sind wie Sperber und Habicht meist ein kurzes Vergnügen. Sie fliegen einfach zu schnell und nur selten kann man den rasenden Sturzflug eines Wanderfalken über manchmal viele Kilometer verfolgen, da die Sicht meist schnell durch Bäume, Gebäude oder Hügel und Berge verstellt ist. Baumfalken bieten uns den ganz besonderen Genuss ihre Flugakrobatik bewundern zu können, wenn sie über Gewässern nach Libellen jagen. Rast ein Greif hinter einem Vogel

her, handelt es sich meist um einen Sperber. Sehen wir dieses Schauspiel aber in der offenen Landschaft, etwa über einem Acker oder einer Wiese, kann es sich auch um einen Merlin handeln. Die beiden Arten werden gerade von Einsteigern leicht verwechselt.
Andere Greifvögel und andere große Vögel halten aus der Luft Ausschau nach Nahrung. Beim Segeln und Gleiten legen sie große Entfernungen zurück und können so erhebliche Flächen kontrollieren. Bekannt ist das von Geiern, aber auch Adler, Bussarde und Milane regieren ihr Reich häufig aus der Luft. Nicht nur wegen des Genusses empfiehlt es sich, kreisende Greifvögel so häufig und so lange wie möglich zu beobachten. Je vertrauter Einsteiger mit den häufigen Vögeln werden, desto eher sind sie gewappnet, seltene Arten zu erkennen. Diesen Zusammenhang haben wir schon erläutert. Es ist wichtig, Referenzarten für Vergleiche gemerkt zu haben. Das geht nur mit Erfahrung.

Ein Einsteiger, der einen Raufußbussard sicher bestimmt haben will und noch keine hundert Mäusebussarde bestimmt hat, wird auf manche Nachfragen keine Antworten finden.

Aber nicht nur große und kleine Greifvögel kreisen am Himmel. Störche, Möwen, Pelikane, selbst Kraniche, Löffler, Saatkrähen und Reiher tun das. Sie verschaffen sich so einen Überblick über die Ressourcen ihres Reviers oder gewinnen Höhe, um große Distanzen kraftsparend gleitend zu überwinden und vielleicht macht es ihnen auch einfach „Spaß" …

Aber nicht nur das Warten, Ansitzen, Lauern, Kontrollieren in der Luft können arttypisch sein. Auch mit ruhenden Flügeln, im Stehen auf Bäumen, Zaunpfählen, Kabelleitungen, Hausfirsten oder Felsbrocken kann das Revier energiesparend kontrolliert werden. Dabei haben sich arttypische Verhaltensweisen entwickelt, die wir zur Vogelbestimmung gut gebrauchen können. Übrigens sitzen Vögel nur ganz selten einmal. So sagt man zwar oft „auf der Leitung sitzt ein Vogel", doch steht er natürlich darauf.

Vielleicht gehören Sie auch zu den Menschen, die selbst beim Autofahren Zäune, Hecken, Baumspitzen, Strommasten, Kabelleitungen nach Klumpen, Punkten, Silhouetten absuchen. Manchen Raubwürger, manches Schwarzkehlchen, manchen Kauz und manche Blauracke habe ich nur gesehen, weil mir dieses Suchverhalten in Fleisch und Blut übergegangen ist.

Auf Zaunpfählen stehen nicht nur langweilige Mäusebussarde und Turmfalken, sondern auch Braun- und Schwarzkehlchen, Steinschmätzer, Steinkäuze, Neuntöter und andere. Etwas höhere Etagen bevorzugen Blauracken, viele Würgerarten, Blauelstern, Gleitaare, Würgfalken, Rotfußfalken, Schlangenadler oder Adlerbussarde, die offensichtlich einen etwas größeren Überblick bevorzugen.

In der obersten Etage von Hecken singen die Goldammern, mitten im Busch dagegen die Gartengrasmücke. Rohrammern kann man im obersten Fünftel von Schilfstängeln erwarten, Rohrsänger meist darunter, und nur wenn sie in Fahrt kommen, klettern sie nach und nach höher. Girlitze singen typischerweise von Antennen oder trockenen Ästen aus, Buchfinken mehr aus der Deckung und Grünlinge, wenn nicht im Singflug (siehe oben), dann von der Spitze eines halbhohen Baumes. Sicher gibt es überall Ausnahmen, aber im Laufe der Zeit erkennen wir Muster und erwarten keine Heckenbraunelle auf dem Dachfirst und keinen Hausrotschwanz im Staudendickicht am Graben, keine Feldlerche im Wald und keinen Bluthänfling auf der Wiese.

Rollen, Stolzieren, Latschen …

Schließlich kommen wir auf dem Boden an. Fluss- und Sandregenpfeifer rollen über den Boden, so schnell bewegen sie die Beine, das können auch die Sanderlinge sehr gut. „Wie der Storch im Salat" schreiten viele Schreitvögel, also Ibisse, Reiher und Störche mit ihren langen Beinen durch Sumpf und Seichtwasser.

Bachstelzen bewegen sich sehr typisch kopfnickend, was Menschen häufig als „eifrig" interpretieren.

Amseln hüpfen, Stare gehen, Bachstelzen rennen, Rotschenkel schreiten, Heckenbraunellen zucken mit einer Mischung aus Hüpfen und Trippeln („Springprozession") über das Gras. Rotkehlchen dagegen hüpfen, Trappen haben etwas von Joggern, Kraniche von vorsichtigen Prozessionsanführern. Auch bei Vögeln auf dem Boden lohnt es sich genau hinzusehen und sich die Bewegungsmuster einzuprägen.

Gemeinsamkeiten, wie etwa bei allen Regenpfeifern und dem Kiebitz, stellen sich heraus. Pieper und Stelzen können ihre Verwandtschaft nicht verleugnen, Gänse latschen ebenso wie Enten.

Versuchen Sie die freien Felder der folgenden Tabelle auszufüllen:

Bewegung	**Wo?**	**Beispiel**
Hüpfen	Wald	Rotkehlchen
Laufen	Wiese	Bachstelze
Schreiten	Ufer	Graureiher

Bewegung	Wo?	Beispiel
Rollen	Strand	Sanderling
Watscheln/ Latschen	Wiese/Feld	Graugans
Stop and go	Acker / Brache / Heide	Kiebitz

Zu guter Letzt noch ein Blick auf das Wasser. Da schwimmen, kreiseln, dümpeln, gründeln und tauchen sie, korkenleicht oder halb versunken wie ein U-Boot, Kopf nach oben, unten oder geradeaus? Sie sehen, auch hier lassen sich schnell anhand der Bewegung und der Haltung „Bestimmungsbilder" ausmachen und wertvolle Zeit durch das Ausschließen einer Fülle von Arten gewinnen. Glücklicherweise ist die Artenzahl der offen auf dem Wasser schwimmenden Vögel überschaubar.

Seetaucher liegen meist tief im Wasser, oft schauen sie nach Beute und stecken den Kopf ins Wasser („Fischluken"), sie tauchen ohne Sprung nach vorne unter und bleiben manchmal beängstigend lange verschwunden. An der Kopfhaltung kann man Pracht-/Sterntaucher und Eis-/Gelbschnabeltaucher zumindest voraussagen.

Lappentaucher liegen höher auf dem Wasser, der Haubentaucher von allen am niedrigsten. Die kleinen Arten verschwinden plötzlich und gleiten nicht wie Haubentaucher ins Wasser, sondern sind nach einer heftigen Kopf-Hals-Bewegung wie bei einer Rolle vorwärts verschwunden. Zwergtaucher bleiben manchmal „verschwunden", weil sie in dichter Schwimmvegetation auftauchen und nur den Schnabel herausstrecken; daher der Spitznahme „Zwerg-und-weg-Taucher".

Kormorane liegen ähnlich tief im Wasser wie Seetaucher. Mitunter sind nur Hals und Kopf zu sehen. Manchmal wird geschrieben, man könne Krähenscharben und Kormorane am Tauchvorgang unterscheiden: „Sprungtauchen" bei der Krähenscharbe, „Gleittauchen" beim Kormoran. Meine eigenen Erfahrungen können das nicht bestätigen; beide Arten können „Sprungtauchen".

Die anderen Fischfresser, **Mittel- und Gänsesäger**, liegen ebenfalls tief im Wasser und stecken auch den Kopf ins Wasser, um nach Beute zu suchen.

Zwergsäger ähneln im Verhalten und auch in der Gestalt mehr den **Tauchenten**. Diese tauchen komplett unter, nur selten sieht man sie schnatternd das Wasser durchseihen. Bergenten halten sich manchmal in typischen dichten, bandförmigen Schwärmen vor der Küste auf. Zwergsäger können zu mehreren Hundert im dichten Trupp auf Fischfang gehen.

Zwerge unter sich. Schon anhand der Form lassen sich Zwergtaucher und Zwergsäger auf weite Entfernung sicher unterscheiden.

Gründelenten (Schwimmenten) dagegen zeigen das im Kinderlied beschriebene Verhalten „Köpfchen in das Wasser, Schwänzchen in die Höh'", schnattern das Oberflächenwasser durch oder stecken wie Schwäne nur den Hals ins Wasser und weiden Wasserpflanzen ab. Enten, die in Trupps in schnellen Bewegungen auf Wiesen in Ufernähe weiden, sind meist Pfeifenten. Krickenten durchschnattern wie Brandgänse oft den Schlamm in Ufernähe.

Zum typischen Schwarmverhalten der **Meeresenten** (Eider-, Trauer-, Samtente) wurde oben schon etwas geschrieben. Eisenten, die auch dazu gehören, sind mit ihren dunklen, einfarbigen Flügeln nahezu unverkennbar, wenn sie fliegen. Sie kommen in riesigen Trupps vor, allerdings nicht dort, wo wir sie am liebsten sehen: im Binnenland. Hier sind sie selten und meist allein. Wenn kleine Vögel hastig auf dem Wasser schwimmen und wie Korken wirken, sollte man an **Wassertreter** denken, vor allem Odinshühnchen fallen dadurch auf.

Bis auf Bläss- und Teichhuhn schwimmen nur wenige **Rallenarten** längere Strecken durchs offene Wasser. Ähnlich korkenleicht wie Wassertreter können Blässhühner wirken, die sich offensichtlich anstrengen müssen, um überhaupt mit einem Sprung unter Wasser zu kommen. Am Ende des kurzen Tauchgangs schießen sie wie ein Korken an die Oberfläche. Noch auffälliger als sie nicken Teichhühner beim Schwimmen mit dem Kopf.

Beim Beobachten von rätselhaften schwimmenden Vögeln sollten Einsteiger immer daran denken, dass im seichten Wasser auch Grünschenkel und Dunkler Wasserläufer regelmäßig schwimmen gehen.

6. Ordnung muss sein: Systematik und Taxonomie

von Daniel Lingenhöhl

Warum stehen im Bestimmungsbuch die Taucher ganz vorne und Ammern hinten? Warum finden sich Eulen und Greifvögel nicht nebeneinander, obwohl sie sich ähneln? Das sind Fragen der Systematik – ein Fachgebiet der Biologie, das Tieren, Pflanzen wie Pilzen ihren Namen gibt, sie eindeutig identifiziert und ordnet. Sie geht zurück auf den schwedischen Naturwissenschaftler Carl von Linné, der das bis heute gültige System 1753 für Pflanzen und 1759 für Tiere erstmals veröffentlichte.

Die Hunds- oder Heckenrose etwa, die heute kurz und knackig als *Rosa canina* in den Bestimmungsbüchern steht, hieß damals je nach Botaniker *Rosa sylvestris inodora seu canina* oder *Rosa sylvestris alba cum rubore, folio glabro*.

Ein Beispiel aus der Vogelwelt verdanken wir Viktor Wember, der sich um die Erforschung der Vogelnamen verdient gemacht hat („Die Namen der Vögel Europas", AULA-Verlag). Der Mittelsäger *Mergus serrator* hieß zuvor *Anas longirostra* (wörtlich = langschnäblige Ente) und *Mergus cirrhatus fuscus* (wörtlich = kraushaariger, dunkler Taucher).

Namen leiteten sich häufig von einer rein äußerlichen Beschreibung ab, in die man möglichst viele Merkmale packte. Arten wurden immer wieder doppelt beschrieben, weil die Benennungen nicht eindeutig waren, und jeder konnte einen Artnamen jederzeit verändern. Erst Linnés Erfindung lichtete das Chaos der Namensgebung.

Was ist eine Art?

Bevor ein Vogel benannt werden kann, muss erst geklärt werden, ob es sich tatsächlich um eine eigenständige Art handelt. Das klingt einfacher, als es in Wirklichkeit ist: So stimmt wohl jeder zu, dass Mäusebussard, Grünspecht und Amsel so unterschiedlich aussehen, rufen und sich verhalten, dass sie jeweils eine selbstständige Art bilden. Wie sieht es aber mit Ringdrossel und Amsel, Mäuse- und Raufußbussard oder Fitis und Zilpzalp aus? Sie ähneln sich – und bisweilen können wir sie erst am Gesang eindeutig unterscheiden.

Es ist wichtig sich klar zu machen, dass eine Art ein vom Menschen erdachtes Konzept ist, mit dem Ziel sie in seine Umwelt einzuordnen. Die **Art** oder **Spezies** (von lat. „species" = die Art) ist die Grundeinheit der biologischen Systematik. Eine allgemeine Definition der Art oder Spezies, die die theoretischen und praktischen Anforderungen aller biologischen Teildisziplinen gleichermaßen erfüllt, ist bislang nicht gelungen. Vielmehr existieren in der Biologie verschiedene Art-Konzepte, die sich überschneiden, aber nicht zu identischen Klassifikationen führen.

In der ursprünglichen Definition bezeichnet die Art eine Gruppe von Organismen, die so viele unverwechselbare morphologische bzw. physiologische Merkmale gemeinsam hat, dass sie anhand der Kombination dieser

Erst in jüngster Zeit wurden viele frühere Unterarten der Schafstelze zu echten Arten „geadelt". Die frühere Schafstelze, *Motacilla flava*, heißt nun Wiesenschafstelze.

Merkmale gegenüber jeder anderen so definierten Gruppe als abgrenzbar gilt. Diese Definition beruht also allein auf äußerlichen Merkmalen. Dieser aus Logik und Mengenlehre entlehnten Vorstellung, von der Art als abstrakte Klasse von Objekten mit gemeinsamen Merkmalen, stehen moderne Konzepte gegenüber. Bei diesen werden Arten als eine jeweils geschlossene Fortpflanzungs- und Abstammungsgemeinschaft verstanden, die eine genetische, ökologische und evolutive Einheit bildet. Im Wesentlichen haben zwei Artkonzepte Bedeutung.

Biologisches oder populationsgenetisches Artkonzept

Gegen Ende des 19., Anfang des 20. Jahrhunderts begann sich in der Biologie allmählich das Populationsdenken durchzusetzen, was Konsequenzen für den Artbegriff mit sich brachte. Weil die Klassifizierung nach äußerlich erkennbaren Erscheinungsbildern die realen Verhältnisse in der Natur nicht oder nur unzureichend abzubilden vermochte, erwuchs für die biologische Systematik die Notwendigkeit einen neuen Artbegriff zu entwickeln, der nicht auf abstrakter Unterschiedlichkeit oder subjektiver Einschätzung basiert, sondern auf objektiven Kriterien. Der neue Begriff stützte sich auf zwei Beobachtungen: Zum einen setzen sich Arten aus Populationen zusammen und zum anderen existieren zwischen Populationen unterschiedlicher Arten biologische Fortpflanzungsbarrieren. Die Fortpflanzungsfähigkeit bildet den Kern des biologischen Artbegriffs. Demnach wird eine Art als eine Gruppe definiert, die aus sich tatsächlich oder potenziell kreuzenden (Kreuzung) Individuen (Populationen) besteht, die fruchtbare Nachkommen hervorbringen.

Phylogenetisches (evolutionäres) Artkonzept

Das phylogenetische Artkonzept vereinfacht lediglich die Betrachtung zwischen zwei Artaufspaltungen, indem alle Populationen dieser Zeitspanne zu einer Art zusammengefasst werden. Eine Art ist eine Abstammungsgemeinschaft aus einer bis zu vielen Populationen in einer bestimmten Zeitspanne. Eine Art beginnt nach einer Artspaltung und endet, wenn alle Individuen dieser Art, ohne Nachkommen

Die Nebelkrähe bildet mit der Rabenkrähe eine klassische, relativ schmale Hybridzone, die eine deutliche Genflussbarriere anzeigt. Raben- und Nebelkrähe werden deshalb als Semi-Spezies behandelt und nicht mehr unter dem Begriff Aaskrähe als Art bezeichnet.

zu hinterlassen, aussterben oder wenn aus dieser Art durch Aufspaltung zwei neue Arten entstehen. Bei diesem seit einigen Jahren verfolgten Artkonzept besteht die Schwierigkeit festzulegen, wann sich aus einer Art zwei gebildet haben. Ein Beispiel: Mitunter kommen Teilpopulationen, die etwa durch eine Eiszeit getrennt wurden wieder in Kontakt. Halsband- und Trauerschnäpper beispielsweise. Ihr Gefieder unterscheidet sich bereits, sie bringen aber auch noch gemeinsamen gesunden und fruchtbaren Nachwuchs hervor. Treten wie in diesem Fall die Hybriden (Mischlinge) nur in einer engen Übergangszone auf und bleiben eine seltene Ausnahme, gelten beide Elternarten dennoch als eigenständig – die beiden Schnäpper etwa pflanzen sich nur in einem schmalen Band in Mitteleuropa miteinander fort. Sie gelten als Arten, obwohl sie fruchtbare Nachkommen zeugen können. Mit zunehmendem Wissen werden fortlaufend Arten abgegrenzt, die zuvor als Unterarten einer Art galten.

Mit der **Genetik** haben die Zoologen in neuerer Zeit ein sehr wirkungsvolles Werkzeug in die Hand bekommen. Anhand markanter Unterschiede im Erbgut lassen sich Arten eindeutig ausweisen und trennen – selbst wenn sie bislang nicht als solche erkannt worden waren, weil sie für das menschliche Auge nahezu identisch sind. Mit ihrer Hilfe lassen sich Verwandtschaftsverhältnisse und die stammesgeschichtliche Entwicklung – die Evolution – besser verstehen und aufschlüsseln.

Die Genetik hat in den letzten Jahren viel dazu beigetragen, die Artlisten der Vogelwelt zu erneuern – zur Freude, manchmal aber auch zum Leid der Artensammler unter den Vogelbeobachtern (Twitcher, S. 2). Die Listen der Sammler wachsen, ohne dass die Beobachter im Gelände einen neuen Vogel erspäht haben – durch den sogenannten „Armchair Tick**"**. Dieses Häkchen lässt sich bequem im Korbstuhl auf der Vogelliste machen, wenn eine Art offiziell in zwei oder mehr neue Spezies aufgespalten wurde (im Englischen **„Splitting"**). Auch der umgekehrte Fall kann eintreten und separate Arten werden wieder zusammengefasst: das **„Lumping"**.

Beides sorgt dafür, dass die Listen im stetigen Fluss sind, viele neue Arten auftauchen und einige alte wieder vereint werden. Folglich wächst die Vielfalt der Vögel noch durch das Splitten und seltener durch Expeditionen in die letzten

Erst Gelbfüßige Silbermöwe, dann Mittelmeer-Silbermöwe, dann Weißkopfmöwe und jetzt Mittelmeermöwe, *Larus michahellis*. Bei der Einordnung der Großmöwen ist noch immer vieles im Fluss.

entlegenen Winkel der Erde. Man muss sich nur im Klaren darüber sein, dass der durch Splitting erzeugte Wandel lediglich auf den Listen erfolgt und auf den neuesten wissenschaftlichen Erkenntnissen beruht, nicht aber zwangsläufig mit der Wirklichkeit in der Vogelwelt übereinstimmt. In der Natur gibt es alle Übergänge von einer Art zu einer Unterart, menschengemachte Definitionen stoßen hier an Grenzen.

Wer heißt wie und warum?

Linnés Revolution bestand darin, jeder dieser Arten eine latinisierte wissenschaftliche Bezeichnung zuzuweisen, die weltweit gültig ist. Sie kann überall sicher identifiziert werden. Das illustriert trefflich *Pyrrhula pyrrhula*: Schon in Deutschland gibt es womöglich Verwirrung, wenn sich drei Vogelbeobachter über diesen hübschen Finken unterhalten. Je nach Ort heißt er Gimpel, Dompfaff oder auch Blutfink. Blickt man über die Grenzen, wird es noch komplizierter: Im Englischen nennt man ihn „Bullfinch" (Bullenfink), im Spanischen „Camachuelo Común" (Gewöhnlicher Gimpel) und im Französischen „Bouvreuil Pivoine", was den Ausdruck Pfingstrose („pivoine") enthält. *Pyrrhula pyrrhula* ist dagegen eindeutig und führt in jedem Bestimmungsbuch zum Ziel.

Der erste Teil des Namens bezeichnet die **Gattung**; er beginnt immer mit einem Großbuchstaben. In einer Gattung werden die nächsten Verwandten einer Art zusammengefasst – im Falle des Dompfaffs noch der Azorengimpel (*Pyrrhula murina*) von der Azoreninsel São Miguel sowie sieben weitere asiatische Arten. Sie heben sich durch den zweiten Teil des Namens voneinander ab – den eigentlichen **Artnamen**, der beim Dompfaff *pyrrhula* lautet und beim Azorengimpel *murina*. Er wird stets klein und wie der Gattungsname kursiv geschrieben. Man nennt dieses System **binäre Nomenklatur**.

Unterarten kennzeichnet man mit einem weiteren Namenszusatz. Unser Dompfaff heißt vollständig *Pyrrhula pyrrhula europoea*, der aus Skandinavien *Pyrrhula pyrrhula pyrrhula*. Je nach Standpunkt unterscheiden die Biologen zwischen Spanien und Ostasien sieben bis neun Unterarten. Das zeigt, wie wenig sich manche Dompfaff-Populationen unterscheiden und wie vage die Einteilung auf der Unterartenebene ist.

Ein Italiensperling, *Passer italiae*, unterscheidet sich vom Haussperling durch den kastanienbraunen Scheitel und meistens auch einen dickeren Schnabel. Der Status dieses hauptsächlich auf Italien beschränkten Taxons ist unklar. Unterart des Haussperlings, des Weidensperlings oder „stabile" Mischform aus beiden?

Einfacher ist es dagegen auf der nächsthöheren Verwandtschaftsstufe, in der man einander nahestehende Gattungen zu **Familien** zusammenfasst: in unserem Beispiel die Gimpel unter anderem mit den Kreuzschnäbeln, Zeisigen und Finken zu den Finken – auf lateinisch Fringillidae. Diese höheren Hierarchien schreibt man nicht mehr kursiv.

Fringillidae gehört wiederum zur **Ordnung** der Singvögel, den Passeriformes, die rund die Hälfte aller Arten der **Klasse** Aves (Vögel) ausmachen. Die andere Hälfte verteilt sich auf die Nichtsingvögel, die Nonpasseriformes – etwa 30 weitere Ordnungen (zum Beispiel Greifvögel, Accipitriformes, oder Spechte, Piciformes). Zusammen mit den Säugetieren, Amphibien, Insekten oder Würmern gehören die Vögel zum **Reich** der Tiere – der obersten Stufe.

Wer steht wo?

Die Kenntnis über die Verwandtschaftsverhältnisse und Entstehungsgeschichte der einzelnen Vogelarten und -familien gibt schließlich vor, in welcher Reihenfolge sie in üblichen Bestimmungsbüchern auftauchen – etwa im „Kosmos Vogelführer" von Lars Svensson und seinen Kollegen. Sie orientieren sich an der **biologischen Systematik**. Wie bereits kurz erwähnt, teilen sich die Vögel grob in zwei Hälften: die Singvögel und die Nichtsingvögel, mit Letzteren beginnen klassische Vogelbücher stets. Auf den ersten Seiten finden sich deshalb die stammesgeschichtlich „alten" Familien dieser Ordnung wie Taucher, Röhrennasen (Albatros, Sturmvögel), Reiher, Enten und Hühnervögel. Sie entstanden früh in der Entwicklungsgeschichte der Vögel und haben bis heute überdauert. Ihnen folgen dann immer „jüngere" Nichtsingvogelfamilien bis hin zu den Seglern, Racken und Spechten, die als sich erst jüngst entwickelte Nichtsingvögel angesehen werden müssen.

Dieses Muster gilt ebenso für die Singvögel. Ihr Reigen beginnt mit den ursprünglicheren Lerchen und Schwalben und endet bei den Finken und Ammern. Verwandte Arten, Gattungen und Familien stehen in der Regel eng zusammen – je weiter auseinander die Familien präsentiert werden, desto geringer ist auch ihre stammesgeschichtliche Beziehung. Vorsicht ist allerdings geboten: Um Bücher übersichtlicher und sich ähnelnde Arten leichter vergleichbar zu

Der Mittelmeerraubwürger, hier die Unterart *aucheri* mit schwarzer Stirn, wurde lange Zeit zum Raubwürger gezählt. Erst in neuerer Zeit fasst man die südlichen Populationen zu einer eigenen Art zusammen. Ein bequemer Listen-Neuzugang („Armchair Tick") für viele, die dieses Taxon zuvor im Süden beobachten konnten.

machen, ergeben sich bisweilen leichte Verschiebungen, die nichts mit der Biologie der Tiere zu tun haben.

Der Vogelstammbaum wird derzeit radikal umgewälzt: So legen Ähnlichkeiten und Differenzen im Erbgut nahe, dass die tagaktiven Kolibris mit den nachtaktiven Ziegenmelkern verwandt sind, während Falken nichts mit Adlern und Habichtsartigen zu tun haben. Zu den nächsten Verwandten der Singvögel zählen nach den neuen Erkenntnissen Papageien und Falken, Spechte und Eulen – trotz der markanten äußerlichen Unterschiede. Es bleibt also spannend in der Vogelkunde nicht nur draußen, sondern auch in den Studierstuben. Die Taxonomie ist kein steifes Gebilde, sondern wird stets nach den neuesten Erkenntnissen angepasst.

7. Hören lernen: Vogelgesang und Vogelrufe

Dass es sich wohl um Rabenvögel handelt, erkennen wir sofort. Die großen schwarzen Vögel, die in einem kleinen Trupp im Oktober durch die Flussaue ziehen, sind deutlich größer als Stare oder Drosseln. Aber zu welcher Art mögen sie zählen? Theoretisch kommen eigentlich nur vier Arten in Betracht: Dohlen, Raben-, Saatkrähen und Kolkraben. Wenn wir genauer hinsehen, erkennen wir in den bandförmigen Schwärmen der vorbeiziehenden Vögel auch kleinere Individuen, die schneller mit den Flügeln schlagen. Sie scheinen auch eher geradeaus zu fliegen, während der Flug der anderen größeren Vögel ein Auf und Ab nachzeichnet, ein Fallen und Hochgleiten. Erfahrene Vogelbeobachter müssen gar nicht das Fernglas heben, um die Vögel zu bestimmen, sie erkennen schon an der Kombination von Schwarmgröße, Jahreszeit und Flugweise die beiden Arten. „Die Kleinen sind Dohlen und die Großen sind Saatkrähen!“, sagt der Führer der kleinen Beobachtergruppe. „Wieso denn das?“, bekommt er zur Antwort. „Man kann doch den unbefiederten Schnabelgrund gar nicht erkennen!“ Das stimmt, aber auch Einsteiger können diese Vögel erkennen, ohne Gefiederdetails sehen zu können, denn „wer Ohren hat zu hören, der höre!“

Nur selten komme ich in die Verlegenheit, Saatkrähen tatsächlich an ihrem kennzeichnenden „unbefiederten Schnabelgrund“ bestimmen zu müssen. Meist reicht es schon, das weiche „grah, grah“ zu hören, das sie begleitet. Die Dohlen sind ebenfalls alles andere als mundfaul: „kjak“ rufen sie oft im Flug und hell „kju, kju“ manchmal gereiht. Das klingt ganz anders als das härtere „krah“ der Raben- und Nebelkrähen und das „kropp, kropp, kropp“ der Kolkraben.

Dohlen kann man sehr häufig schon am Ruf bestimmen.

Viele Einsteiger in die Vogelbeobachtung denken bei Vogelgesang und Vogelrufen an einen warmen Maimorgen. Von den Giebeln flöten Amseln und von den Baumwipfeln Singdrosseln, aus den Bäumen schmettern Buchfink und Fitis, leiern Zilpzalpe, schmieden Kohlmeisen mit feinen Hämmerchen auf kleinen Ambossen das Eisen, träumen Rotkehlchen dem Tag entgegen, hasten Heckenbraunellen durch die Vogel-Tonleiter, klirren Girlitze von den Antennen und quetscht mühsam der Hausrotschwanz seine einfache Weise in die Welt.

Man denkt an Vogelstimmenwanderungen, die morgens um vier schon helfen wollen, dem staunenden Naturfreund die Kakofonie der singenden Vögel zu entwirren.

Allgemein gilt die Nachtigall als bester Sänger in der heimischen Vogelwelt. Nachtigallen beherrschen bis zu 300 verschiedene Strophentypen, die sie auswendig kennen und in wechselnder Reihenfolge wiederholen.

So berechtigt diese Assoziationen sind, so wenig werden sie der Wirklichkeit gerecht, denn Vogelstimmen sind immer und überall.

Bei uns in Mitteleuropa ist die Zeit des Vogelgesangs recht begrenzt. Manche Vögel singen nur wenige Wochen. Kaum hat man sich in den „schwierigen Gesang" von Gelbspötter und Sumpfrohrsänger hineingehört, sind sie schon wieder verstummt. Manchmal hat man nur rund drei Wochen, ihren spottenden Vortrag zu genießen. Doch auch im langen Winterhalbjahr hört man Vögel und kann sie bestimmen.

Gut 50 Prozent der Vögel, die ich feststelle, höre ich zuerst oder ausschließlich und bei denen, die ich auch sehe, spielt bei sehr vielen Arten die Akustik bei der Artdiagnose eine wichtige Rolle. Das mag erklären, warum wir davon sprechen, dass „Vogelbeobachter mit den Ohren sehen".

Schon jetzt haben wir über Vogelstimmen gelernt,

- dass man sie zur zuverlässigen Bestimmung der Vogelarten gut gebrauchen kann
- dass es schwierig ist, sie zu beschreiben, denn „grah" und „krah" hören sich deutlich unterschiedlich an, aber unterscheiden sich in der Schreibweise nur durch einen Buchstaben
- dass sie Emotionen, meist angenehme, bei Menschen auslösen
- dass es mitunter schwierig ist, sie auseinanderzuhalten
- dass es nicht nur Frühlingsgesänge gibt, sondern auch Rufe

Rufe und Gesänge

Vielleicht ist es hilfreich, sich nochmals über die Begrifflichkeiten klar zu werden. Viele Menschen meinen, ausschließlich Singvögel sängen und der Rest der Vogelwelt sei stumm, zu Krächzen und Schnattern fähig und würde ansonsten „rufen".

Wir reden hier von Gesang und unterscheiden ihn nicht anhand ästhetischer Kriterien vom Ruf, sondern schauen auf die Funktion. Sicher werden wir dabei Überschneidungen feststellen, aber hilfreich ist eine Unterscheidung auf jeden Fall. So sind das einfache kurze „hu" der Waldohreule oder die tiefen, dumpfen Töne der Rohrdommel keine Rufe, sondern Gesänge.

Gesänge haben immer etwas mit der Fortpflanzung zu tun, denn sie dienen der Revierabgrenzung, der Demonstration von (genetischer) Fitness und können so Geschlechtspartner anlocken, Nebenbuhler abschrecken und die Partnerbindung (Duettgesang) festigen. Sie können aber auch Fortpflanzungsgemeinschaften (Arten) voneinander abgrenzen und so zur Bildung neuer Arten beitragen. Neuerdings gewinnt der Demonstrationscharakter des Vogelgesangs in der Wahrnehmung der Wissenschaft an Bedeutung. Die menschlich gefärbte Interpretation der „Revierverteidigung" tritt etwas in den Hintergrund (siehe Handicap-Prinzip), zumal viele Vögel keine Reviere abgrenzen und dennoch singen.

Handicap-Prinzip

Das Handicap-Prinzip ist eine von den israelischen Biologen Amotz und Avishag Zahavi in den Siebziger-Jahren aufgestellte Theorie, die sich in der Verhaltens- und Evolutionsbiologie weitgehend durchgesetzt hat, allerdings in der praktischen Vogelkunde bislang wenig angewandt wird. Die beiden Forscher verbanden Überlegungen aus der Evolutionsforschung und empirische Befunde aus der Verhaltensforschung zu einem faszinierenden Erklärungsansatz für manche bislang den Menschen „unsinnig" erscheinende Verhaltensweise oder körperliche Erscheinung. Als Paradebeispiel kann der männliche Pfau herangezogen werden.

Anhand des fast monströsen Pfauenschwanzes lässt sich das Handicap-Prinzip gut erklären.

Da die langen Schwanzfedern den männlichen Pfau offenbar stark beim Fliegen oder Flüchten zu Fuß behindern, galt die Entwicklung des Pfauenschwanzes lange als Indiz für die sogenannte Sackgassen-Theorie. Man ging davon aus, dass die Art keine große Zukunft mehr habe, weil irgendwann der Wettbewerb um die längsten Schwanzfedern die Pfaue in eine Sackgasse der Evolution führen würde. Pfauenweibchen bevorzugen Männchen mit schillernden und langen Schwanzfedern und die Männchen tun alles, vor allem „Rad schlagen", damit diese Pracht auch zur Geltung kommt. Nach der Handicap-Theorie ist es gerade dieser augenfällige Nachteil, das Handicap, der die Eignung als Sexualpartner für das umworbene Weibchen glaubwürdig macht.

Die Botschaft könnte in Menschensprache so lauten: „Sieh her, ich bin so fit, dass ich diese wunderschönen Schwanzfedern produzieren kann. Zudem bin ich so stark, dass ich trotz dieser Behinderung bisher allen Feinden entkommen bin und meine Rivalen in die Flucht schlagen kann!"

Vergleiche mit Hirschen (Geweih behindert bei der Flucht im Wald), Rauchschwalben (lange Schwanzfedern machen attraktiv), aber auch singenden Vögeln liegen auf der Hand.

Auf Wikipedia.de (Oktober 2009) findet sich eine kurze und verständliche Definition für das Handicap-Prinzip:

„Das Handicap-Prinzip beschreibt den Umstand, dass derjenige, der sich ein Handicap (einen Nachteil) leisten kann und dennoch den Wettbewerb mit seinen Artgenossen (und Konkurrenten) erfolgreich übersteht, von seiner Umwelt als besonders lebenstüchtig, potent und insofern (vor allem auch sexuell) attraktiv wahrgenommen wird."

Nach Amotz und Avishag Zahavi bemessen viele Lebewesen die Ernsthaftigkeit und Zuverlässigkeit von sozialen Signalen an den Kosten, die sie dem Sender verursachen. So lässt sich Fitness zum Beispiel dadurch demonstrieren, dass man Kraft und Energie verschwendet.

Auf unser Thema Gesang bezogen heißt dies, dass eine Lerche mit stundenlangem, aufwendigem Fluggesang eine Verschwendung von Energie demonstriert oder Spötter mit dem Nachahmen anderer Vögel demonstrieren, dass sie es nicht nötig haben, mit einfachen Weisen ihre Fitness unter Beweis zu stellen, sondern stundenlang Energie mit fremden Strophen verschwenden. Auch das manchmal nervtötende, stundenlange Vortragen einer Buchfinkstrophe im Garten, bei der wir uns fragen, ob der Buchfink denn nie ausruhen und was fressen muss, findet hier seine Erklärung. Wer so fit ist, über Stunden Gesang vorzutragen, ohne zu trinken, ohne zu essen und das Ganze noch leicht angreifbar auf der Fichtenspitze zelebriert, muss ein idealer Geschlechtspartner sein.

Gesänge können sehr differenziert gegliedert sein. Man spricht von Elementen, die sich zu Phrasen gruppieren, die wiederum Strophen formen. Das hört sich einfach an, wird aber komplizierter, wenn man weiß, dass Vögel durchaus mehrere (bis zu hundert) verschiedene Strophentypen beherrschen können, dass es regionale Dialekte gibt und nicht wenige Vögel den Gesang und die Rufe anderer Vögel nachahmen.

Fitis und Zilpzalp gelten als Zwillingsarten und lassen sich am besten unterscheiden, wenn sie singen. Der Fitis auf dem Foto zeigt aber auch typische Merkmale, wie helle Beine und einen ausgeprägten Überaugenstreif.

Die demonstrative Funktion des Vogelgesangs erleben wir nicht nur bei Singvögeln. Wenngleich diese bedingt durch den Bau eines komplizierten Stimmapparates in der Lage sind, besonders eindrucksvolle und komplexe Gesänge vorzutragen. Der Grünspecht macht durch Gesang auf sich aufmerksam, der Waldkauz singt seine heulende Strophe in der Nacht und auch das rhythmische Schnarren des Wachtelkönigs, das man einer Maschine zuschreiben könnte, ist Gesang. Leichter fällt es uns sicher das „guugu" des Kuckucks, das Trillern des Brachvogels oder die im Balzflug vorgetragene Strophe mancher Watvögel als Gesang zu bezeichnen.

Wenn der Gesang unter anderem dafür sorgt, dass sich Vögel nahe verwandter Arten unterscheiden können und nicht „miteinander sprechen", so nutzen wir Vogelbeobachter dieses Unterscheidungsmerkmal erst recht. Gerade bei den sogenannten Zwillingsarten spielt die Kenntnis von Rufen und Gesängen eine entscheidende Rolle.

Beispiele für „Zwillingsarten"		
Zilpzalp	Fitis	Gesang
Gartenbaumläufer	Waldbaumläufer	Gesang
Weidenmeise	Sumpfmeise	Gesang, Ruf
Sumpfrohrsänger	Teichrohrsänger	Gesang
Feldrohrsänger	Sumpfrohrsänger	Gesang, Ruf
Buschrohrsänger und andere Rohrsänger		Gesang
Wintergoldhähnchen	Sommergoldhähnchen	Gesang
Sprosser	Nachtigall	Gesang, Ruf
Trauerschnäpper	Halsbandschnäpper	Gesang, Ruf
Gelbspötter	Orpheusspötter	Gesang
Grünspecht	Grauspecht	Gesang

Wenn das Handy aus der Fichte klingelt …

Als ob es nicht schwierig genug wäre, die Gesänge auch der häufigeren Arten auseinanderzuhalten, kommen zur weiteren Verwirrung noch die Imitationstalente der gefiederten Welt hinzu. Da glaubt man, die Sumpfmeise endlich per Ohr bestimmt zu haben, schon entpuppt sie sich als spottende Kohlmeise. Das Schlimme ist, dass sehr viel mehr Vögel andere Vögel nachahmen, als das die gängigen Bestimmungsbücher uns ahnen lassen.

Zu den häufigen und ausdauernden Spottvögeln gehören in unseren Breiten der Gelbspötter, der Sumpfrohrsänger und der Star. Sie imitieren längst nicht nur andere Vogelstimmen, die sie oft verfremdet, nämlich schneller, tiefer oder höher, wiedergeben, sondern sie ahmen auch technische Geräusche wie Martinshörner, Fabriksirenen, Handy-Klingeltöne oder den nach seinem Hund pfeifenden Nachbarn nach.

Ein hervorragender Spötter ist der Gelbspötter, der nicht nur Vogelstimmen, sondern auch Umgebungsgeräusche imitiert.

Ein Star auf unserem Hausgiebel überraschte mich mit Pferdegewieher und Hahnengeschrei. Ob es eine abschließende Liste von spottenden Vogelarten Mitteleuropas gibt? Ich glaube nicht. Die folgende Liste mag Anhaltspunkte geben und die Fähigkeit zur Selbstkritik der „Ohrbestimmer" steigern.

Spottvögel in Mitteleuropa:		
Neuntöter	Eichelhäher	Kohlmeise
Feld- und Haubenlerche	Gelb- und Orpheusspötter	Sumpfrohrsänger
Mönchsgrasmücke	Star	Singdrossel
Blaukehlchen	Braunkehlchen	Schwarzkehlchen
Gartenrotschwanz	Baumpieper	Amsel

Wer ruft?

Rufe haben in der Welt der Vögel eine andere Funktion als Gesänge. Sie sind sehr viel weniger komplex und bestehen in der Regel aus einem Element. Ihre andere Funktion erklärt auch, dass sie das ganze Jahr über, also auch außerhalb der Fortpflanzungszeit, zu vernehmen sind. Ihre geringere Komplexität macht sie zu idealen Kurzbotschaften. Das heißt aber nicht, dass es uns die Rufe leichter machen, als die Gesänge, denn manche Vögel haben eine Vielzahl verschiedener Rufe auf Lager, mit denen sie uns verwirren können, und auch Rufe werden imitiert.

Eichelhäher alarmieren mit ihrem Warnruf den ganzen Wald – so lautet jedenfalls eine gängige Volksweisheit.

Von ihrer Botschaft her können wir Alarm-, Lock-, Kontakt- (Bindungs-) und Drohrufe unterscheiden. Manche Rufe hören wir nur oder vor allem im Flug wie das „düb" des Buchfinken, das „psiiii" des Rotkehlpiepers, das „zii" der Rotdrossel, das sie von der Singdrossel, die kurz „zip" ruft, unterscheidet. Es ließen sich noch viele Beispiele aufführen.

Für uns ist sehr interessant, dass manche Rufe interspezifisch, also zwischen den Arten verstanden werden. Ein Beispiel, das früher zum Allgemeinwissen gehörte, ist das Rätschen des Eichelhähers. Wenn der „Markward", so benennt ihn ein alter volkstümlicher Name, rätscht, weiß angeblich der ganze Wald, dass der Jäger kommt. Auch das hohe, kaum zu verortende „siih" der Drosseln und Meisen, das Zetern der Amseln und das Alarmtrillern der Blaumeise werden auch von anderen Vogelarten durch Aufmerken oder Flucht gedeutet.

Wer nicht nur die Vögel an ihren Rufen und Gesängen unterscheiden will, sondern die Sprache der Vögel verstehen möchte, wird versuchen, den Rufen eine Bedeutung zuzuordnen. Bald schon wird er einige Sätze der Vogelsprache verstehen lernen und impulsiv zum Himmel schauen, wenn der Habichtsruf der Rabenkrähen zu hören ist oder das „duk, duk" der Amseln eine Katze oder einen Marder ankündigt.

Manchmal findet sich eine kopfstarke zeternde Meute von Kleinvögeln zusammen, die aus vielen verschiedenen Arten bestehen kann. Gerade zur Brutzeit kann eine einzelne „suchende" Elster, eine Katze oder eine im Tagesversteck entdeckte Eule Kleinvögel von weither anlocken. Mit lauten Warnlauten „mobben" sie den Feind oder das Tier, das sie dafür halten, und machen ein unbemerktes Anschleichen damit unmöglich. Natürlich kann das auch der Vogelbeobachter ausnutzen: So manche Eule im Tagesversteck habe ich entdeckt, indem ich dem Alarmgeschrei der Kleinvögel nachging.

Der Naturgenuss wird durch das Verstehenlernen der Vogelsprache ungemein gesteigert. Wer durch das beständige und aufgeregte Warnen der Rauch- und Mehlschwalben über dem Dorf auf den jagenden Baumfalken oder den „harmlos" lauernden Sperber aufmerksam gemacht wird, fühlt sich ein bisschen in die Gemeinschaft der Gefiederten aufgenommen.

Auch das noch: Dialekte

Wer nun meint es reiche, sich mit den Vogelgesängen seiner Heimat vertraut zu machen, um überall im Verbreitungsgebiet einer Vogelart diese zuverlässig erkennen zu können, hat noch nichts von den Dialekten gehört.

Dialekte beim Singen und Rufen sind mittlerweile von über 60 Singvogelarten bekannt. Schon Adam Freiherr von Pernau (1660–1733), ein Klassiker in der Erforschung der Vogelgesänge, schrieb im Jahre 1702: „Merckwürdig

Den vielen lokalen Dialekten der Goldammer ist sogar eine eigene Webseite gewidmet: www.goldammerdialekt.de

ist, dass fast alle 5. und 6. Meilen die Gesänger der Fincken in denen Wäldern und Gärten sich verändern, so, dass wann man reiset, die Gesänge, die man einen Tag zuvor gehöret, theils gantz und gar aufhören und sich hingegen neue hören lassen."

Gut untersucht sind Dialekte bei Goldammer, Ortolan und beim Buchfink. Hans-Heiner Bergmann hat in der Nachfolge Pernaus sehr kleinräumig die Dialektbildung beim Buchfink am sogenannten „Regenruf" untersucht. Der Regenruf, so genannt, weil eine seiner Varianten wie „trüb" klingt, wird nur von den Männchen während der Brutzeit vorgetragen. Buchfinken lernen vom Gesang ihrer Väter – eine Voraussetzung für die Ausbildung von Dialekten. Bergmann fand heraus, dass im Stadtzentrum der Ruf wie „huit" klingt. Im Osten Osnabrücks klang es „wrüd", im Süden „flip", im Westen und Norden „dschäd" und im Südwesten auf einer kleinen Fläche „hiid" – fünf verschiedene Regenrufdialekte im Umkreis weniger Kilometer. Der Schweizer Ornithologe Schwarz stellte sogar das Aussterben eines Dialektes fest. Das „digitt" aus dem Baseler Raum verschwand Ende der Dreißigerjahre, man könnte auch sagen: Es kam aus der Mode. Untersuchungen aus Amerika an der Dachsammer scheinen nämlich zu belegen, dass deren Weibchen die jeweils neuesten Gesangsvarianten, und damit auch die Sänger, attraktiver fanden als Minnesänger mit alten Weisen.

Wie differenziert die Lautäußerungen der Vögel sein können und wie wenig wir Vogelbeobachter darüber wissen, wenn wir nur die knappen Angaben in den Bestimmungsbüchern zugrunde legen und nicht zu Handbüchern und anderer weiterführender Literatur greifen, macht das Beispiel Kolkrabe klar. Dieser „gefiederte Primat" verfügt nach einer Analyse in der Region Bern neben etlichen lokalen Dialekten über achtzig verschiedene Rufe, die eine differenzierte Kommunikation unter den Raben erlauben. Paare verfügen über ein eigenes Repertoire, mit dem sie sich erkennen und verständigen.

Die differenzierte Form der akustischen Kommunikation vieler Vogelarten, die sich zum großen Teil im Hörbereich des Menschen abspielt, macht sie uns neben ihrer weitgehend optischen Orientierung so „wesensverwandt" und erklärt auch ihre Popularität.

Wie lernt man Vogelstimmen?

Führer von Vogelstimmenwanderungen erreichen manchmal nach den vielen Jahren ihrer frühmorgendlichen Frühlingsaktivitäten fast einen Guru-Status. Sie kennen die Geheimnisse der Vogelsprache, heben die Hand und wenn daraufhin alle Menschen verstummen, sezieren sie mit sicherem Ohr die morgendliche Kakofonie der Gefiederten im frühlingsgrünen Wald. Sie können etwas, was zumindest den Zuhörern, die zwar immerhin alljährlich, aber immer nur einmal pro Jahr mitlaufen und mitgenießen, wie eine hohe, möglicherweise geheime, Kunst erscheinen muss. Dabei ist es beim Erkennen der Vogelstimmen mit dem Ohr ähnlich wie beim schnellen Erkennen der Vögel im Vorbeiflug mit dem Auge: Übung macht den Meister!

Anfänger werden im ersten Jahr ihrer Bemühungen noch überrollt von einer Woge unterschiedlichster Töne und sind vielleicht nach dem ersten Frühjahr in der Lage zwei Handvoll Sänger zu unterscheiden. Im nächsten Frühjahr müssen diese Kenntnisse allerdings erst wieder aufgefrischt werden und dann kommen die schwierigen Arten wie unsere Grasmücken, Rohrsänger, Pieper und mache Laubsänger hinzu. Nach vier oder fünf erlebten Frühlingen sollte man die meisten dieser Standardsänger kennen und in der Lage sein, seltenere Sänger oder für das Lernrevier außergewöhnliche Gesänge wahrzunehmen. Wer das Standardrepertoire schließlich kennt, wird stutzen, wenn er ein Blaukehlchen hört. Er wird sehr viel besser in der Lage sein, den neu wahrgenommen Gesang beschreiben und zu Hause nachschlagen oder nachhören zu können. „Irgendwie zwischen Nachtigall und Rotkehlchen, viele Imitationen, merkwürdiges Zirpen und tiefes Schnarren …" (siehe auch Referenzarten S. 52). Auf der Grundlage eigener Erfahrungen ergeben sich Vergleichsmöglichkeiten und Strukturierungen, die die Einordnung leichter machen.

An jahrelanger Übung führt also kein Weg vorbei. Da viele Vögel bei uns nur kurze Zeit singen, wie Gartengrasmücke, Sumpfrohrsänger und andere ausgesprochene Sommervögel, muss man sich jedes Jahr vergewissern, dass man richtig liegt mit der Erinnerung an den Gesang im vorigen Jahr.

Wie kann man nun als Anfänger Vogelstimmen „lernen"? Unsere Überzeugung ist es, dass dies nur durch eigenes Erleben gelingen kann. Wenn man eine unbekannte Vogelstimme hört, muss man ihr nachgehen oder verweilen, um den Sänger zu sehen. Wenn man ihn bestimmt, ist es leichter, sich die Kombination aus Gesang und Sänger zu merken.

Sehr viel schneller und leichter geht es, wenn man geübte Vogelbeobachter begleiten darf und zudem das Glück hat, dass diese geduldig und gesprächig zugleich sind.

Eine gute Gelegenheit zum Erlernen von Vogelstimmen bieten organisierte vogelkundliche Exkursionen von Naturschutzvereinen oder Volkshochschulen.

Gibt es Hilfsmittel?

Eine sehr häufig gestellte Frage lautet: „Was ist von Vogelstimmen-CDs zu halten?" Allerdings ist das eine Frage, die sich nicht lapidar mit „empfehlenswert" oder „abzulehnen" beantworten lässt. Es ist sicher so, dass man CD und auch DVD gut nutzen kann, um sich auf bislang unbekannte Vogelstimmen in neuen Reisegebieten vorzubereiten. Man kann jedoch nicht grundsätzlich Vogelstimmen alleine von Tonträgern lernen.

In dem Beispiel mit dem Blaukehlchengesang wird auch deutlich, dass man auf der Grundlage eigener Erfahrungen, sowohl Literatur als auch Tonträger nutzen kann, um seine Bestimmung abzusichern. Tonträger können dazu beitragen mehr Übung zu erlangen; es gibt sogar einen „Vogelstimmentrainer", mit dem man sich testen kann. Um die eigene Praxis kommt man nicht herum – aber wer will das schon?

Uralt aber trotzdem ein heißer Tipp: Volksmundverse

Viele Führer von Vogelstimmenwanderungen begeistern ihr Publikum mit Sprüchen wie: „‚Spinne dick, Spinne dick' – so ruft die Kohlmeise da im Busch!" oder „‚He da, Sie da! Gehen Sie mal weg!' – hören Sie die Dorngrasmücke in der Brombeere?" Es gibt Hunderte dieser Volksmundverse, die die Hunderttausende Jahre lange Nachbarschaft von Menschen und Vögeln hervorgebracht hat.

Wenn man diese Verse mit dem einen Ohr hört, während man mit dem anderen Ohr dem Vogel lauscht, so kann sich eine sehr hilfreiche und lang andauernde Verbindung im Gehirn ergeben. Diese Verse helfen vor allem, die Rhythmik der Gesänge in Erinnerung zu behalten. Es kann durchaus sinnvoll sein, sich zu unbekannten Gesängen eigene Verse zu bilden, um sich beim Nachlesen so besser an den Gesang draußen in der Natur erinnern zu können.

Es gibt ein sehr hilfreiches Büchlein, das sich mit den Volksmundversen beschäftigt und auch sonst viele Hinweise gibt, die den Studenten der Vogelstimmen hilfreich sein können:
Klaus Philipp (2004): Vogelstimmen nach Volksmundversen erkannt. 3. veränd. Aufl. Fauna Verlag, Karlsfeld.

8. Vögel finden … Stadt, Land, Fluss

Vögel haben den großen Vorzug, dass sie fast immer und fast überall zu sehen sind. Trotzdem wird sicher gerade der Einsteiger nach kurzer Zeit der Einarbeitung überlegen, wo man mehr und andere Vogelarten sehen kann. Wenn im häuslichen Umfeld Amsel und Kohlmeise, Mauersegler und Ringeltaube zu vertrauten Erscheinungen geworden sind, reizt es natürlich seinen Erfahrungshorizont auszudehnen und neue Arten kennenzulernen. Eine besondere Herausforderung stellen dabei Reisen dar. Vor allem, wenn sie uns in noch unbekannte Regionen führen und Lebensgemeinschaften präsentieren, die mit den unsrigen nur wenig gemein haben. Aber dazu mehr in Kapitel 9.

Hier soll es darum gehen, Tipps und Hinweise zu geben, was vogelkundliche Einsteiger in den verschiedenen Lebensräumen, die wir grob zusammenfassen wollen, beachten sollten und wie man seinen Vogelbeobachter-Alltag sinn- und reizvoll gestalten kann.

Wo und wann am besten?

Analysiert man die Beobachtungsmeldungen, die wir zum Beispiel im Internet in den verschiedenen Mailinggruppen finden, so können wir Rückschlüsse auf die bevorzugten Landschaftstypen und Zeiten ziehen, die von Vogelfreunden zur Vogelbeobachtung genutzt werden. Wir schätzen, dass rund 80 Prozent der Beobachtungen in Wasserlebensräumen gemacht werden. Seen, Flüsse, Staubecken, Sümpfe, Moore, auch wenn sie nicht intakt sind, Rieselfelder oder die Meeresküste üben eine große Faszination aus und bieten auch allerhand. Was die Be-

In Wäldern zu beobachten ist – zumindest im Gebirge und Mittelgebirge – oft anstrengend. Das Beobachten selbst ist wegen der dichten Vegetation nicht einfach und viele Gebirgswälder sind zudem arten- und individuenarm.

obachtungszeiten betrifft, schätzen wir, dass gut 60 Prozent der Beobachtungen am Wochenende erfolgen. Das ist kein Wunder und früher, als der Rentneranteil noch geringer war, war dies sicher noch ausgeprägter. Seltenheiten werden meist an Wochenenden und Feiertagen nachgewiesen und das liegt sicher nicht daran, dass sie „Sonntagsvögel" sind.

Wälder, vor allem in Gebirgen, gehören wohl zu den Landschaftstypen, die von Vogelbeobachtern am wenigsten aufgesucht werden. Hat man alle Waldvögel kennengelernt oder abgehakt, widmet man sich eher dem komfortablen Beobachten in der sumpfigen Ebene – so das Vorurteil. Tatsächlich ist es aber so, dass die Vogelgemeinschaften Mitteleuropas ihre höchste Vielfalt eben nicht in den bei uns vorkommenden, forstlich genutzten Wäldern zeigen, sondern in vielfältig genutzten, offenen Landschaftstypen.

Einsteiger sollten nicht im Mai „einsteigen". Dann ist die Vielfalt oft erschlagend und nur mithilfe eines erfahrenen Vogelbeobachters zu sortieren.

Eine Auswertung nach Monaten ergibt Aktivitätsgipfel zu den beiden Zugzeiten im Herbst und im Frühjahr. April/Mai und Oktober sind die attraktivsten Monate mit den meisten Meldungen. Im Mai treffen durchziehende Langstreckenzieher auf die bereits seit Wochen anwesenden und singenden Standvögel und Kurzstreckenzieher. Die Fülle ist enorm und für Einsteiger vielleicht sogar zu verwirrend. Im Oktober ist es ähnlich. Große Schwärme von Wintergästen vereinigen sich mit den durchziehenden Langstreckenziehern und den durch die sommerliche Jungenaufzucht vermehrten Standvögeln zu einem interessanten Angebot, das oftmals die gesuchten Besonderheiten einschließt. Die größte Fülle an Individuen und Arten trifft man von Mitte April bis Mitte Mai und von Mitte September bis Mitte Oktober an. Die vom Dachverband Deutscher Avifaunisten organisierten „Birdraces", bei denen die Mannschaft gewinnt, die innerhalb von 24 Stunden die meisten Brutvogelarten feststellt, finden nicht zufällig am ersten Maiwochenende statt. Der „World Birdwatch Day" wird international am ersten Wochenende im Oktober begangen.

Die Empfehlung für Einsteiger ist gerade nicht an diesen Wochenenden voller Vorfreude, aber wenig Erfahrung ins Grüne zu schwärmen. Die Vielfalt kann verwirrend sein, allein der Chor der Vogelstimmen ist zum Beispiel im Mai kaum zu sortieren und im Oktober mausern viele Vögel bereits in das Winterkleid und zeigen möglicherweise Federkleider, die das Bestimmungsbuch nicht kennt. Wer also die Zeit der Entfaltung seiner vogelkundlichen Praxis wählen kann, sollte andere Monate wählen. Am besten geeignet ist der Winter. Das mag sich paradox anhören, gilt doch der Winter als die Jahreszeit der Stille, des Rückzugs der Natur, ja vielleicht sogar der Eintönigkeit. Aber es spricht tatsächlich einiges dafür.

Im Winter ist die Zahl der Vogelarten für vogelkundliche Anfänger überschaubar. Die Zeit der Mauser ist vorbei und bei gutem Wetter beginnen etwa ab Januar schon viele Standvögel mit Gesang, Partnersuche und Reviergründung. Die Bäume haben ihr Blätterkleid verloren, die Vögel sind leichter zu entdecken. Gerade die Wasservögel sind jetzt zahlreich und leicht zu beobachten. Vermehrt durch viele Wintergäste aus dem Norden bevölkern jetzt große Scharen an Enten, Schwänen und Gänsen die Flussauen oder Seen. Alle Enten haben im Winter in ihr Prachtkleid gemausert und lassen sich auf den offenen Wasserflächen, vor allem mit einem Spektiv, gut beobachten.

Meine Vogelroute

Vogelbeobachter im Heimatland des Birdwatching haben zwei schöne Bezeichnungen gefunden: „local birdingpath" und „home range". Mit „home range" wird nicht nur das Vogelrevier bezeichnet, sondern auch das Revier des Vogelbeobachters rund um seine Wohnung. Mit „local birdingpath" bezeichnen sie die alltägliche oder regelmäßig begangene Route, auf der man Vögel beobachtet und das tun wir Vogelgucker ja eigentlich immer.

Beobachtungen im „Hausgebiet" und auf der „persönlichen Vogelroute", um zwei deutsche Begriffe zu verwenden, können für Einsteiger, aber auch fortgeschrittene Vogelbeobachter eine Quelle von Freude und Erkenntnis sein. Vor allem, wenn die Beobachtungsergebnisse systematisch aufgezeichnet und möglicherweise ausgewertet werden. So weiß man nach kurzer Zeit Bescheid in „seiner persönlichen Vogelwelt". Über die Jahre ergeben sich Muster des jahreszeitlichen Auftretens, ein kleiner Blick in die Populationsdynamik wird möglich, wenn Reviere oder Brutpaare gezählt oder einfach nur Beobachtungszahlen festgehalten werden. Es kann interessant sein, bei jedem Gang die Zahl der Elstern oder Rabenkrähen festzuhalten oder die Sänger im Vogelchor zu bestimmen. Sind die Hausrotschwänze schon da, haben die Amseln schon Junge, gibt es noch Zilpzalpe im Dezember zu sehen, wann kommen die Möwen wieder in die Stadt? Die Zahl der

Wer tagein, tagaus die selben Beobachtungsgebiete aufsucht, kann im Laufe der Zeit auswertbare Beobachtungsdaten sammeln, wenn er sie denn notiert.

Fragestellungen scheint unendlich. Ihre Beantwortung führt nicht nur zu mehr avifaunistischem Wissen, sondern bringt automatisch eine bessere Vertrautheit mit den beobachteten Arten mit sich. Wer auf jede Amsel achtet, weil er sie zählen will, wird mehr Amseln und überhaupt mehr Vögel sehen und hören, als der Beobachter, der ohne diese Aufmerksamkeit in seinem Wohnbereich beobachtet oder seine regelmäßige Vogelroute begeht. Für diese Aufzeichnungen bietet sich wegen der Möglichkeiten der Auswertung und des Vergleichs die Internetdatenbank www.vogelgucker.de an (siehe Kapitel 3.2).

Ähnliche Wirkungen hat ein Dokumentieren der Beobachtungen an Lieblingsplätzen, die nicht regelmäßig aufgesucht werden. Die Bergspitze auf Mallorca, die Mole im Wattenmeer, die große Lichtung mit der einzelnen Eiche, der Ausguck am Stausee – auch wenn Jahre bis zum nächsten Besuch vergehen, geben sie Orientierung und lassen uns an Entwicklungen der Natur teilhaben.

In der Stadt

Städte sind mittlerweile oft bessere und artenreichere Beobachtungsgebiete als die sie umgebenden landwirtschaftlich genutzten Flächen. Manche Vogelarten haben in den Städten ihre Hauptverbreitung. Besonders gute Plätze zur Vogelbeobachtung sind Friedhöfe, Parkanlagen, Gartensiedlungen, Uferpromenaden und in den vorgelagerten Industriezonen auch Kläranlagen, Abfalldeponien und Industriebrachen.

Hausrotschwänze sind typisch fürs Hochgebirge und für Städte. Hier gelingt es ihnen oft auch zu überwintern.

Friedhöfe und Parkanlagen sind wegen der großen Rasen- und Wiesenflächen sowie der alten Bäume interessant. Viele Waldvögel lassen sich hier beobachten, das geht lokal sehr unterschiedlich hin bis zu Uhu und Schwarzspecht, Habicht und Halsbandschnäpper. Die Beobachtungsbedingungen sind meist erstklassig. Ein dichtes Wegenetz hat die meisten Vögel recht vertraut mit den menschlichen Besuchern werden lassen und erlaubt es den Vogelguckern, ohne zu stören aus der Nähe zu beobachten. Parkteiche können gute Beobachtungsstellen sein, wenn die Vögel sie zum Baden und Trinken aufsuchen, außerdem trifft man hier oft eine bunte Schar an Wassergeflügel. Wenngleich es leider noch nicht überall solche Seltenheiten zu sehen gibt, wie die seit 2005 am Max-Eyth-See in Stuttgart brütenden Nachtreiher. Diese brüten übrigens am Rande einer Graureiherkolonie, die wahrscheinlich die Ansiedlung von Kormoranen ermöglicht hat, denn Koloniebrüter wie Kormorane oder Nachtreiher schätzen die Sicherheit, die das Brüten in einer Kolonie bietet.

In den Gartensiedlungen entscheidet das Alter der Anlagen über die Vielfalt der Vogelwelt. Je älter und je größer, desto mehr Vögel, könnte die Faustformel lauten. Seit 2005 veranstaltet der NABU in Deutschland jeweils im Mai die Aktion „Die Stunde der Gartenvögel". Eine Stunde lang zählen Natur- und Vogelfreunde alle Vögel, die sich im Garten aufhalten oder ihn überfliegen. 2008 nahmen 45 000 Vogelfreunde an dieser Aktion teil und meldeten fast eine Million Vögeln aus insgesamt 26 371 Gärten. Dabei ist für uns interessant, dass die Artenzahl zwischen 40 und 50 Vogelarten liegt. Das ist eine ganze Menge und unterstreicht die Bedeutung, die innerstädtische Grünzonen mittlerweile haben.

Laienwissenschaft

Für alle, die mehr als nur den Namen der Vögel wissen wollen, die sie im Garten beobachten, hat Wolfgang Dreyer ein schönes Buch geschrieben: „Vögel rund ums Haus", erschienen bei Kosmos. Noch ausführlicher gehen Anita und Norbert Schäffer auf die Gartenvögel ein. In ihrem Buch „Gartenvögel – Naturbeobachtungen vor der eigenen Haustür" aus dem AULA-Verlag gehen sie auch auf die Fragestellungen ein, die sich durch intensives und methodisches Beobachten vor der Haustür oder durch das Wohnzimmerfenster beantworten lassen. Die Aktion „Die Stunde der Gartenvögel" bemüht sich ebenfalls durch „citizen science", die wissenschaftlich auswertbare Beobachtungstätigkeit von Laien, grundsätzliche Erkenntnisse zu gewinnen. Ein Blick auf die Webseite www.stunde-der-gartenvögel.de zeigt eindrucksvoll, dass dies tatsächlich gelingt.

Zu den typischen Gartenvögeln können auch Sperber und Waldkauz gehören, im Winter kommen nicht nur wegen der Vogelfütterungen Wintergäste oder Durchzügler wie Bergfinken, Erlenzeisige, Wacholderdrosseln oder sogar Seidenschwänze dazu. Die Beobachtungsmöglichkeiten sind allerdings sehr eingeschränkt. Privatgrundstücke, die durch Zäune, Hecken oder Mauern eingefriedet sind, wollen respektiert werden und es kann vorkommen, dass ein aufmerksam beobachtender Fernglasträger nicht überall willkommen ist.

Anders ist das bei Uferpromenaden, überhaupt Flussläufen oder Seen in der Stadt. Sie sind vor allem zur Zugzeit gute Beobachtungsorte. Selbst in großen Städten lassen sich zum Beispiel durchziehende Möwen, manchmal sogar Limikolen sehen. Schwalben und Segler sind ebenfalls regelmäßig auf dem Zug zu beobachten; Enten, Kormorane, Milane oder der Fischadler ziehen die Flussläufe entlang.

Industriebrachflächen können Flussregenpfeifer als Brutvögel bieten. Leider gilt das für Steinschmätzer und Schwarzkehlchen nur selten, mit denen ist jedoch als Durchzügler noch überall zu rechnen. Dazu können an Gebäuden Hausrotschwänze, Dohlen, Turmfalken bei Nistkastenangebot auch Wanderfalken kommen, Stelzen suchen die freien Flächen zur Nahrungssuche auf. In

Industriegebiete, vor allem wenn sie außerhalb liegen, können für ein paar Jahre interessant für Pionierarten wie Flussregenpfeifer, Dorngrasmücke oder Mehlschwalbe sein.

bebauten Gewerbeparks lassen sich mitunter sogar im Winter Seidenschwänze beobachten, die dort die Beeren abernten. Die typische dichte, heckenartige Bepflanzung vieler Grundstücksgrenzen ist auch für Grasmücken attraktiv, in den westlichen Bundesländern Deutschlands lohnt sich genau hier ein offenes Ohr für den Orpheusspötter zu haben, wie Beobachtungen zum Beispiel aus dem Saarland, Baden-Württemberg und Hessen zeigen.

Flüsse und Seen

Wasserflächen sind bevorzugte Tummelfelder der Vogelbeobachter. Die offenen Wasserflächen bieten sehr gute Beobachtungsbedingungen und sind gerade im Winter, wegen der dort überwinternden Wasservögel attraktive Beobachtungsorte. Manche Entenarten, wie Krick-, Pfeif- oder Spießenten, die man kaum jemals am Brutplatz beobachten kann, sind im Winter wenig heimlich und leicht zu studieren. Anders ist die Lage an schilfgesäumten Wasserflächen, ohne Beobachtungsturm oder -hügel ist der Vogelbeobachter hier aufgeschmissen und muss sich mit Rohrsängern und Weihen begnügen. Sehr frühe Morgenstunden und die Abenddämmerung können Chancen auf Rohrdommeln bieten und eignen sich für Fortgeschrittene zum Verhören von heimlichen Sumpfhühnern.

Im Mai werden an vielen Seen durchziehende Seeschwalben gesehen, manchmal tauchen die sonst seltenen Weißflügel- und Weißbartseeschwalben geradezu invasionsartig auf. Durch das Studium der entsprechenden Internetquellen kann man sich auf solche Einflüge vorbereiten.

Beobachter an Seen erhöhen ihren Genuss deutlich, wenn sie ein Spektiv einsetzen. Die oft weiten Entfernungen und die großen, gut einsehbaren Wasserflächen sind ideale Einsatzgebiete für die Teleskope.

Vor allem an den Flüssen lohnt es sich, zu den Zugzeiten Position zu beziehen und längere Zeit an günstigen Übersichtspunkten den Himmel im Auge zu behalten. Diese Art von Beobachtung kann sehr spannend sein, was Einsteiger wahrscheinlich nicht vermuten. Aber vorbeifliegende Vögel zu bestimmen,

Gerade für Einsteiger haben die vogelreichen Wasserflächen mancher Seen viel zu bieten. Wasservögel lassen sich in aller Ruhe beobachten und bestimmen.

ist erstens nicht ganz einfach und zweitens manchmal eine Sache weniger Sekunden. Einsteiger sollten also nicht zu schnell aufgeben, sondern sich erfahreneren Beobachtern anschließen. Für Möwenfreunde können große Ströme (Rhein, Elbe, Oder) gerade nach Stürmen auf dem Atlantik eine Menge Überraschungen bieten, wie beispielsweise Dreizehenmöwen, die den Fluss aufwärtsfliegen, oder sogar Raubmöwen oder Sturmschwalben.

Durchziehende Möwen sollten immer einen prüfenden Blick wert sein. Im Bild eine Steppenmöwe.

Immer interessant sind Flüsse und Seen für die Beobachtung von Möwen und Seeschwalben. Gerade die Möwen erfreuen sich zunehmenden Interesses, seitdem Binnenlandnachweise attraktiver Großmöwen stark zugenommen haben und die Bestimmungsmöglichkeiten durch eine bessere Ausstattung mit Literatur „etwas einfacher" geworden sind. In Ballungsräumen wie dem Ruhrgebiet kann man oft auf sechs oder mehr Möwenarten bei einem Beobachtungsgang kommen.

Gewitter bringen Vögel

Manche Vögel, darunter viele Wasservögel, ziehen in großer Höhe von ihren nordeuropäischen oder nordasiatischen Brutgebieten über das mitteleuropäische Binnenland. Man bekommt sie deshalb nur selten zu sehen. Raubmöwen, Heringsmöwen oder Küstenseeschwalben sind Beispiele für diese Arten. Gewittern weichen die Zugvögel aus oder sie warten die Unwetter am Boden ab. Erfahrene Vogelbeobachter suchen nach ergiebigen Gewittern die Wasserflächen nach seltenen Zugvögeln ab.

Sümpfe und Moore

Wer zum ersten Mal ein lebendiges Hochmoor besucht und dort Vögel beobachten will, wird enttäuscht sein. Es gibt einen scheinbaren Widerspruch zwischen der oft von Naturschutzseite betonten ökologischen Hochwertigkeit dieses Lebensraumes und der festzustellenden Vogelarmut. Tatsächlich sind die wenigen Hochmoorreste meist zu klein, als dass sie typische Moor-Vogelgemeinschaften beherbergen könnten. Goldregenpfeifer, Birkhühner, Kraniche, selbst Raubwürger sucht man in ihnen oft vergeblich. Niedermoore, die weniger durch Nährstoffarmut geprägt sind, sind oft fruchtbarere Beobachtungsorte und „Sümpfe", wie Verlandungszonen und Feuchtwiesenbereiche erst recht.

In Mooren, Niedermooren und Sümpfen kann man viele Insekten erwarten. Dies kann einerseits zu schönen Beobachtungen von insektenfressenden Offenlandvögeln wie Braun- und Schwarzkehlchen, Steinschmätzer, Heidelerche, Wiesenpieper und auch Baumfalken führen, macht andererseits meist einen Mückenschutz nötig. Das Betreten der Flächen in den meist geschützten Landschaftsteilen ist verboten und sollte auch dort unterbleiben, wo es das nicht ist. Bodenbrüter reagieren empfindlich auf Störungen und meist sieht man von den Wegen und Beobachtungstürmen sowieso mehr.

An der Küste

Natürlich kann man an unseren Küsten vor allem Seevögel beobachten. Viele Küsten bilden zudem Leitlinien für den Zug vieler anderer Vögel. An den Küsten wie im Hochgebirge spielt das Wetter eine entscheidende Rolle. Während schlechtes Wetter im Gebirge für die Beobachter gefährlich werden kann, spielen Windrichtung und Großwetterlagen an der Küste entscheidende Rollen. Wer schon mal hoffnungsvoll zur Beobachtung von ziehenden Meeresvögeln einen berühmten Beobachtungspunkt aufgesucht und sonnenverwöhnte, windstille Herbsttage erlebt hat, jedoch von den erhofften Meeresvögeln so gut wie keine beobachten konnte, weiß um den Einfluss von bestimmten Wetterlagen. Stürme

Am Meer Seevögel zu beobachten, ist nicht einfach und manchmal frustrierend. Mit etwas Übung und guten Wetterbedingungen kann es aber ein unvergessliches Erlebnis werden. Nur schade, dass die Beobachtungschancen dann besser werden, wenn die Windstärke zunimmt. Windschutz ist also wichtig.

sind, vor allem kurz nachdem sie abgeebbt haben, gute Wetterlagen! Manchmal auch, wenn sie weit weg stattgefunden haben. Wirbelstürme in der Karibik können an deutschen Küsten verdriftete Meeresvögel „anspülen", die dort sichtbar erschöpft einige Tage rasten und neue Kräfte sammeln müssen. Nicht jeder Vogel, dessen Schicksal als Seltenheit und Bereicherung der Lifelist die Twitcher erfreut, überlebt diese Naturgewalt.

Tagelanger Ostwind im Oktober kann auf Helgoland und an anderen Stellen an der Küste hervorragende Beobachtungsbedingungen mit Tausenden Drosseln, Rotkehlchen, Goldhähnchen, Piepern und weiteren Zugvögeln bringen. Kommt der Wind aus dem Westen, besteht die Gefahr, dass die wertvollen Urlaubstage an der Küste zur großen Enttäuschung werden. Aber dieser Wechsel von Euphorie auslösender Fülle und frustrierender Vogelarmut gehört eben dazu und macht die Augenblicke der erfüllenden Beobachtung erst recht wertvoll.

Meeresbeobachtung

Eine Spezialität der Küste ist die Meeresbeobachtung („Seawatching"). Was für manchen Vogelbeobachter die hohe Kunst der Vogelbestimmung und eine spannende und erfüllende Beobachtungsweise darstellt, kann für Einsteiger (siehe auch unter „*Fluss*", S. 88) eine Riesenfrustration sein. Die Vorstellung, von einem bequemen Campingstuhl am Meeresstrand aus vorbeifliegende oder gar verweilende seltene Meeresvögel zu sehen, mag reizvoll sein, hat aber leider mit der Wirklichkeit nichts zu tun. Wenn diese Vorstellung regelmäßig eintreffen würde, hätte die Meeresbeobachtung auch viel von ihrem Reiz verloren.

Die Chance auf seltene Seevögel hat Dutzende von Birdwatchern an die irische Westküste gelockt. Die erste Reihe ist schnell gefüllt …

Die Wirklichkeit kann vielleicht so aussehen: Kalter, böiger Wind aus Nordwest, manchmal von Schauern begleitet, bewegte See, statt Campingstuhl nur ein Seezeichen zum Anlehnen oder ein Sitzkissen auf dem Strand. Und die Vögel? Weit draußen meist mehr als einige Hundert Meter entfernt, ziehen sie vorbei und sind nur sekundenlang zu sehen, bevor sie in das nächste Wellental eintauchen. Wie soll man da die Zeichnung der Schirmfedern erkennen können, um junge Möwen zu unterscheiden? Ehrlich gesagt, manchmal ist es noch schrecklicher und Einsteiger schaffen es nicht, Lummen von Enten, Möwen von Basstölpeln, Raubmöwen und Sturmtauchern zu trennen. Kein Wunder!

Meeresbeobachtung kann absolut spannend und euphorisierend sein. Meeresbeobachtung kann aber auch zu einer nervtötenden, mühevollen Angelegenheit werden. Manchmal ist es einfach nur langweilig, wenn die spiegelglatte See in einer Stunde nur von einer Handvoll Silbermöwen und einer vorbeifliegenden Stockente belebt wird.

Ein paar Hinweise, die es Einsteigern vielleicht leichter machen, in Gesellschaft das Meer und seine Vögel zu beobachten:

- Grundsätzlich hat man etwas mehr von einem entdeckten Vogel, wenn man ihn so früh wie möglich, das heißt an der Küste so weit wie möglich entfernt, entdeckt. Dazu ist es hilfreich, mit dem Spektiv entgegen der Zugrichtung zu schwenken. Man schwenkt auf die Vögel zu und nicht hinter ihnen her. Wenn man sie erfasst hat, schwenkt man mit ihnen mit.
- Obschon es Beobachter gibt, die mit großem Erfolg nur mit einem zehnfachen Fernglas entspannt aufgestützt beobachten, ist es ratsam und verbreitete Praxis, mit einem Spektiv zu beobachten. Dabei nutzt man nicht die größtmögliche Vergrößerung, sondern eher eine geringe oder maximal mittlere. Sehr gut geeignet sind Weitwinkelokulare; sie sind meist lichtstärker und ihr größeres Sehfeld ermöglicht besser das Wiederfinden von ziehenden Vögeln, die gerade in einem Wellental verschwunden sind.

Problem: Wie beschreibe ich den Aufenthaltsort eines vorbeifliegenden Vogels, wenn es keine Bezugspunkte gibt?

- Windstille Tage sind keine guten Zugtage für Hochseevögel. Erst ab Windstärke 6 wird es richtig interessant. Das bedeutet, dass starker Wind oder sogar Sturm das Beobachten erschwert. Der Winddruck bringt das Stativ und damit auch das Spektiv zum Zittern. Manchmal kann man besser mit dem Fernglas beobachten, sofern man sich aufstützen kann. Um den Winddruck geringer zu halten, sollte man in der Hocke oder im Sitzen beobachten oder im Windschatten stehen. Davon gibt es allerdings am Strand nicht viel, was die Beliebtheit von Strandpromenaden, etwa auf Wangerooge oder die Kurpromenade von Westerland auf Sylt, erklärt.
- Wenn man in einer Gruppe beobachtet, was unbedingt empfehlenswert ist, kommt es darauf an, sehr schnell den Vogel zu finden, den ein anderer sieht. Deshalb ist es sinnvoll, sich auf absolute Orientierungshilfen zu einigen. Absolute Punkte sind alle Seezeichen oder andere unbewegliche Punkte, wie Leuchttürme, Halbinseln, Klippen, vor Anker liegende Schiffe. Das „reportierende Beobachten" ist hier, wie auch bei Ortsbeschreibungen an Land, sehr hilfreich (siehe in Kapitel 4, „Reportieren und Lokalisieren lernen"). Sind keine unbeweglichen Bezugspunkte vorhanden, nimmt man ein imaginäres

Ziffernblatt, bei dem die Zeigerstellung 12 Uhr direkt vor dem Beobachter ist. Allerdings kann das zu Ungenauigkeiten führen, wenn man in einer Reihe beobachtet und das 12 Uhr des einen das 14:15 Uhr des anderen ist. Im Auto oder im Schiff ist das leichter, weil alle in die gleiche Richtung, nach vorne, schauen und dort 12 Uhr ist. Man sollte sich also einigen, wo 12 Uhr ist.
- Der frühe Morgen ist die beste Zeit für Vogelzugbeobachtungen. Das gilt auch für Meeresbeobachtungen. Gegen 10 Uhr lässt der Zug meist spürbar nach, was aber nicht heißt, dass es nicht doch noch ziehende Vögel gibt. Am späten Nachmittag frischt das Zuggeschehen wieder etwas auf. Sturm bietet jedoch zu jeder Tageszeit die Option auf Hochseevögel.

Wo denn?

Meeresbeobachtungen können außerordentlich ergiebig sein. Es kann passieren, dass an einem Tag mehr als zehntausend Seetaucher eine Zählstelle passieren, wie vor einigen Jahren den holländischen „Trektelpost Camperduin" nicht weit von Alkmaar in Nordholland. In Deutschland gibt es berühmte Meeresbeobachtungsstellen an der Kugelbake in Cuxhaven westlich der Hafenmole, an den bereits erwähnten Sonderstandorten wie der Strandpromenade auf Wangerooge, der Kurpromenade von Westerland auf Sylt und Punkten in der Wesermündung und auf den anderen ostfriesischen Inseln (Seeseite!).

Auch Helgoland bietet immer wieder Beobachtungen von vorbeiziehenden Hochseevögeln (Pelagen). Am besten ist es jedoch, die dort brütenden Hochseevögel zu beobachten: Eissturmvogel, Dreizehenmöwe, Tordalk, Trottellumme, Basstölpel sind sensationell gut an ihren Brutfelsen von Mitte April bis Mitte Juli zu sehen.

Erfahrene Meeresbeobachter folgen den Vögeln auf das Wasser. Von Fähren und Fischerbooten oder auf eigens dafür konzipierten Schifffahrten („boat trips" oder „pleagic trips") an dafür geeigneten Küstenabschnitten, wo sehr schnell der Festlandsockel verlassen wird, versuchen sie Hochseevögel wie Sturmschwalben, Sturmtaucher, Sturmvögel, Tölpel und Albatrosse zu beobachten. Für Einsteiger ist das nur bedingt zu empfehlen.

Im Wald

Auch im Wald sollte man früh am Morgen, wenn die Vögel am aktivsten sind, sein Glück versuchen. Ganz anders als am Meer ist es im Wald sehr viel mehr das Ohr als das Auge, das das bestimmende Wahrnehmungsorgan ist. Da sich die Waldvögel untereinander sehr viel mehr akustisch als durch visuelle Reize (Balzflüge, aufwendige Farbtrachten) verständigen, ist es gut, die Vogelstimmen der Waldvögel zu kennen (siehe in Kapitel 7, „Wie lernt man Vogelstimmen?"). Hinzu kommt die simple Erfahrung, dass man im Blättermeer des Waldes einen singenden Vogel einfacher finden wird, als einen futtersuchenden. Da die Vögel am Morgen mehr singen und mehr mit der Revierabgrenzung und mit der Balz beschäftigt sind, ist das die Zeit für die Vogelbeobachtung. Singende Vögel sind nicht nur besser zu orten, sondern viele Sänger bevorzugen es, von einer Singwarte ihr Lied vorzutragen, sind also zumindest einige Minuten an einem Ort zu finden. Das erleichtert die Beobachtung sehr. Wenn man den Sänger nicht sofort zu Gesicht bekommt, kann es lohnend sein, bevorzugte Singwarten abzusuchen. Man sucht also mit dem Fernglas die Baumwipfel, die höchsten oder trockene Äste ab.

Trockene Zweige, die aus der Krone herausragen, werden häufig von singenden Vögeln genutzt. Wenn man sie sucht, sollte man solche exponierten Singwarten zuerst absuchen.

Wälder können zu bestimmten Zeiten regelrecht vogelleer wirken. Spätsommerliche Beobachtungsgänge können sehr frustrierend sein, wenn man nur ein paar junge Meisen vor das Fernglas bekommt. Das ist umso verblüffender, als dass der Wald jetzt voller Vögel ist! Die Zahl der Frühlingsvögel hat sich mindestens verdoppelt wenn nicht sogar verdreifacht, weil zu der Zahl der Altvögel die Zahl der Jungvögel kommt. Warum sieht man trotzdem kaum etwas? Die Jungvögel sind sehr diskret, Reviere haben sie nicht zu verteidigen, balzen kommt auch noch

Beobachtungen im Wald eignen sich nicht für große Gruppen und man sollte Gruppenanschluss suchen, um nichts zu verpassen.

nicht in Betracht und zudem müssen sie vorsichtig sein, um die ersten Wochen zu überleben. Die Altvögel dagegen haben die anstrengende Zeit der Reproduktion hinter sich und viele Arten nutzen den Nahrungsreichtum und die Tatsache, „dass die Kinder aus dem Haus sind" zur Mauser, um mit einem frischen Federkleid in den Süden zu fliegen.

Aber gleichgültig zu welcher Jahreszeit ist der frühe Morgen für Waldbeobachter die beste Zeit. Vogelbeobachtung im Wald eignet sich nicht für große Gruppen. Noch mehr als im Offenland können Nebengeräusche wie scharrende Füße, schabende Regenjacken, Schnaufen und Plappern das „hörende Beobachten" unmöglich machen. Dazu kommt der Platz. Waldpfade sind meist eng; wenn man hintereinander läuft, kann eine Gruppe von zehn Leuten gut 15 bis 20 Meter lang sein. Was die beiden Ersten noch sehen, ist beim Letzten möglicherweise schon weggeflogen.

Trotzdem sind morgendliche Vogelstimmenexkursionen fast überall der Hit und oft überlaufen. Da ist es oft sinnvoll, sie nicht im Wald, sondern im Park zu veranstalten.

Wie denn? Zwei Taktiken ...

Im Wald bieten sich vor allem zwei Beobachtungstaktiken an: das Pirschen und das Ansitzen.

Pirschen heißt, sich mit wachen Sinnen langsam durch den Wald zu bewegen, ab und zu stehen zu bleiben, zu lauschen, die Umgebung auch mit den Augen abzusuchen und an lohnenden Plätzen vielleicht etwas zu verweilen. Dabei ist ein Spektiv meist nicht nur unnötig, sondern auch lästig. Ein Fernglas mit einer guten Naheinstellungsdistanz, vier Meter ist das mindeste, sollte uns begleiten.

Durch Ansitzen, ebenfalls eine Jägertaktik, kann man sehr gute Ergebnisse erzielen, vor allem was den Genuss von Beobachtungen angeht. In einem versteckten Ansitz verschmilzt man mit dem Wald und kann, wenn man sich vorsichtig bewegt und optimaler Weise sein Gesicht verdeckt, intimste Beobachtungen machen.

Im Gebirge

Vögel beobachten im Gebirge kann sehr anstrengend sein, weil es mehr mit Klettern und Wandern zu tun hat als mit Beobachten. Grundsätzlich bieten sich auch hier die beiden für den Wald beschriebenen Methoden, Pirschen und Ansitzen, an. Hat man die Baumgrenze hinter sich gelassen, sollte man regelmäßig und oft den Horizont mit dem Fernglas absuchen. So hat man gute Chancen Adler, Raben und Geier zu entdecken, die sonst als kleine Punkte dem Auge entgangen wären. Auch lohnt es sich analog zum Offenland exponierte Sitzwarten abzusuchen. Kein kahler Baum, keine Felsnase, keine Klippe sollte unkontrolliert bleiben. Beobachtungen von Weißrücken- und Dreizehenspecht, Steinrötel, Ringdrossel, Bergpieper, Steinschmätzer, Rotschwanz, Alpenbraunelle und von Greifvögeln könnten die Belohnung sein.

Außerhalb des Waldes können Beobachtungen in der Kulisse hoher Alpenberge eindrucksvolle Erlebnisse sein.

Gerade scheint noch die Sonne, doch in wenigen Minuten kann man unter Umständen kaum noch den Wandersteig erkennen! Das Wetter kann sich in den Bergen innerhalb weniger Augenblicke ändern.

Wer Zeit sparen will, sollte nicht den Ehrgeiz haben, unbedingt durch die Bergwälder zu Fuß aufzusteigen. Die Arten, die Bergwälder zu attraktiven Vogelbeobachtungsplätzen machen, sind beim anstrengenden Aufstieg, beim zügigen Wandern kaum zu entdecken, sondern müssen gezielt angegangen und „ersessen" werden. Gemeint sind Haselhühner, Dreizehen- und Weißrückenspecht oder Zwergschnäpper, Auerhuhn und Sperlingskauz. Manche guten Beobachtungsgebiete sind leicht mit einem Lift zu erreichen.

Vogelzug lässt sich nicht nur am Meer beobachten, sondern auch im Gebirge, denn nicht wenige Zugvögel überqueren die Alpen. Deshalb kann es sehr fruchtbar sein, an günstigen Plätzen wie Pässen, auf die Täler in Nord-Süd-Richtung zu laufen, um speziell Zugvogelbeobachtungen zu machen. Es gibt in den Alpen eine sehr bekannte Forschungsstation am Col de Bretolet, die belegt, wie stark der Zug über die Alpen ist. Hier in den Walliser Alpen werden durch die schweizerische Vogelwarte Sempach seit 1958 langfristige Studien über den herbstlichen Vogelzug über die Alpen angestellt. Jährlich werden auf dem Col de Bretolet 10 000–20 000 Vögel von mehr als 100 Arten beringt. Bei ungünstigem Wetter stauen sich die Zugvögel vor den

Alpen und können dann sehr gut aus der Nähe beobachtet werden, wenn man Gärten, Heckenstrukturen und Waldränder absucht.

Bei Beobachtungen im Gebirge ist abzuwägen, ob sich ein Spektiv lohnt. Bei stationären Vogelzugbeobachtungen ist sicher ein Fernrohr hilfreich, wie bei allen Beobachtungszielen, bei denen hauptsächlich die Taktik „Ansitzen" angewandt wird. Bei längeren Wanderungen indes wird man Spektiv und Stativ schnell verfluchen. Eine Lösung könnte sein, auf das Stativ zu verzichten und das Spektiv im Rucksack mitzuführen. Gerade im Gebirge wird man oft „Anstrichmöglichkeiten" finden. „Anstreichen" kommt aus der Jägersprache und meint das Auflegen oder Anlehnen des Gewehres beziehungsweise Fernrohrs an Bäumen, Felsen oder einfach auf den auf dem Boden stehenden Rucksack, vor dem der Beobachter auf dem Bauch liegt. Heutzutage scheint aber ein gutes Fernglas diese Umstände, außer bei speziellen Anlässen wie dem Zählen von Birkhähnen, überflüssig zu machen.

Höhenrisiko

Jeder Aufenthalt im Gebirge bringt Risiken mit sich. Diese lapidare Feststellung unterscheidet das Vogelbeobachten in den Alpen zum Beispiel gewaltig von den vogelkundlichen Spaziergängen im Flachland oder dem Meeresbeobachten.

Stolpern und Umknicken sowie Herz-Kreislauf-Erkrankungen sind nach Erkenntnissen des Deutschen Alpenvereins die häufigsten Unfallursachen beim Bergwandern. Unabhängig von der aktuellen Wetterlage gehört warme Kleidung in jeden Rucksack. Dabei gilt der „Zwiebel-Grundsatz" – viele dünnere Häute schützen besser als eine dicke und machen eine Anpassung an die jeweilige Wetterlage möglich. Mit zunehmender Höhe steigt die Belastung des Organismus durch UV-Strahlung. Sonnenschutz mit hohem Lichtschutzfaktor sowie Kopfbedeckung und Sonnenbrille sind nötig, erst recht, wenn man Schneefelder überquert. Bergschuhe, die die Gelenke stützen und vor Regen und Kälte schützen, sind ein Muss.

Grashänge und Schneefelder sehen harmlos aus und haben schon viele Bergwanderer zu Abkürzungen verführt. Aber die steilen Grashänge sind rutschig und bei Nässe lebensgefährlich und deshalb unbedingt zu meiden! Abkürzungen sind verführerisch, aber meistens sind sie keine und können gefährlich sein. Viele Unfälle passieren, weil trotzdem weitergegangen wird, auch wenn das Gelände schwierig wird. Meistens kommt dann die Situation, in der es kein Vor noch ein Zurück gibt. Es gibt gute Gründe für ausgewiesene Wanderwege!

Vor Beginn einer Bergtour muss man sich eingehend über die lokale (!) Wettervorhersage, insbesondere die Gewittergefahr informieren. Von einem Gewitter überrascht, gilt: weg von Bäumen, weg vom Wasser und weg von allen metallischen Gegenständen, die beispielsweise im Rucksack mitgeführt werden oder als Stativ dabei sind. Blitzen sollte man möglichst wenig Angriffsfläche bieten und sich so klein wie möglich machen. Also: Auf dem Boden zusammenkauern, Arme über den Kopf. Um im Notfall Hilfe rufen zu können, gehört ein geladenes Handy zur Grundausrüstung.

9. Über den Tellerrand: Der Vogelbeobachter auf Reisen

„Die beste Bildung findet ein gescheiter Mensch auf Reisen", soll Johann Wolfgang von Goethe geschrieben haben. Der Volksmund kann es kürzer: „Reisen bildet!" Zitate zum Thema Reisen gibt es viele, auch welche, die das Gegenteil ausdrücken. Aber wie sieht es mit dem Reisen beim Thema Vogelbeobachtung aus? Ist das Reisen zu den Vögeln auch für Einsteiger in die Vogelbeobachtung ratsam? Was sollte man beachten? Soll man sein Glück alleine versuchen oder sich einer Gruppe anschließen? Wo findet man Informationen über Reiseziele?

Grundsätzlich gilt sicher, dass „Reisen bildet". Das heißt aber im Umkehrschluss nicht, dass alle diejenigen, die nicht reisen, aus welchem Grund auch immer, ungebildet seien. Hier folgt immer der Hinweis auf den Philosophen Immanuel Kant, der seine Heimatstadt Königsberg angeblich nie verlassen hat und dennoch als weiser Mann in die Geschichte eingegangen ist. Die Frage nach dem Pro und Kontra zu Reisen stellen sich sicher nur wenige, die Frage nach dem „Wie" schon viel mehr Menschen.

Wer einmal in Afrika einen Zwergstrandläufer im Winterkleid gesehen hat, wird ihn vermutlich auf den ersten Blick für einen anderen Vogel gehalten haben. In Mitteleuropa ist der kleine Strandläufer nur sehr selten im durchgefärbten Winterkleid zu sehen. Wer einmal an der Mittelmeerküste den Massenzug von Schwalben über das Meer beobachten durfte, in Südschweden den beeindruckenden Durchzug von Wespenbussarden und Mäusebussarden oder den von Rotdrosseln auf Helgoland, kann ermessen, welche Macht und Faszination hinter dem Phänomen Vogelzug steckt. Er wird sicher den kleinen Zugvogeltrupp in seinem heimatlichen Beobachtungsgebiet mit anderen Augen sehen. Wer weiter reist und in Gebiete kommt, in denen Vogelfamilien vorkommen, die in Europa nicht vertreten sind, wird manche Analogie erkennen, etwa die sehr ähnliche Jagdweise unserer Würger und der amerikanischen Tyrannen oder die fast gleichen Bewegungsmuster bei den afrikanischen Halmsängern und unseren Grasmücken und Rohrsängern. Reisen erweitert den Horizont der Vogelbeobachter ganz erheblich, und wer seinen Horizont erweitert, sieht die Welt mit anderen Augen. Manches relativiert sich und manches Problem, das man weit weg wähnte, erscheint plötzlich dringender und näher.

Ganz pragmatisch gesehen ist es sicher so, dass die Wahrscheinlichkeit, einen seltenen oder besonderen Vogel im heimatlichen Beobachtungsgebiete zu sehen, mit der Erfahrung aus den Auslandsbeobachtungen steigt. Insgesamt nimmt durch das Beobachten zunächst unbekannter Arten die Artenkenntnis generell zu. Weniger durch den Effekt der größeren Zahl auf der „Lifelist", sondern eher durch das Bewusstsein der Fülle und Vielfalt, die die Vogelwelt noch immer auszeichnet.

Was haben Einsteiger davon? „Gründeln" wir auf der Suche nach der Antwort etwas tiefer: Ganz ohne Zweifel profitieren nicht nur Einsteiger von einer gut geführten ornithologischen Exkursion oder einem vogelkundlichen Spaziergang, wie es zutreffender heißen sollte. Man sieht nicht nur in einer Gruppe mehr, sondern man bekommt die Vogelarten gezeigt und erhält Hin-

Wer den afrikanischen Habichtsadler gut gesehen hat, wird sich bei der Bestimmung des europäischen leichter tun – und umgekehrt.

weise zu ihrer Bestimmung, zu ihrer Lebensweise und zu ihrem Vorkommen in der besuchten Region. Manche Vogelarten, die man in seiner Heimat kaum sieht, weil sie dort nicht brüten und auf dem Zug nicht rasten, kann man in anderen Gegenden zu Tausenden beobachten.

Süddeutsche Vogelbeobachter haben allgemein das Problem, dass sie wenig Chancen haben, die Referenzart Alpenstrandläufer zu bilden. Dazu kommt diese Limikole dort einfach zu wenig vor und die Lebensräume, in denen sie regelmäßig zu beobachten sein könnte, sind zu selten. Eine Fahrt an das Wattenmeer schafft hier Abhilfe. Norddeutsche Beobachter werden, um eine Zaunammer sehen zu können, dagegen nach Süden fahren müssen. Bei Zippammer und Orpheusspötter, Alpensegler und Steinadler sieht es ähnlich aus. Horizonterweiterung durch Reisen – so verkehrt ist diese Aussage nicht!

Informationen finden

Erste Hinweise darauf, wohin sich Reisen lohnen oder welche Vogelarten in einer bestimmten Region zu sehen sein könnten, geben uns die Verbreitungskarten in den Bestimmungsbüchern. Wahrscheinlich wird die erste Reise von Einsteigern zunächst zu einem Ziel in Mitteleuropa führen.

Oder der Familienurlaub wird um den Aspekt Vogelbeobachtung erweitert. Doch Vorsicht! Das stundenlange Gekurve durch Mallorcas Berge auf der Suche nach Mönchsgeiern, muss nicht die Vorstellung von Urlaub sein, die der Rest der Familie teilt. Das Geheimnis könnte „Zeitmanagement" heißen, auch wenn dieser Begriff aus dem Berufsalltag nicht zu einem Erholungsurlaub passen mag. Wir verraten hier das Erfolgsrezept von Bill Oddie, dem bekannten britischen Vogelbeobachter und Autor. Er verlässt die Familie im Urlaub an manchen Tagen frühmorgens zu einem Vogelbeobachtungsgang, was sich in südlichen Ländern wegen der im Tagesverlauf ansteigenden Hitze ohnehin empfiehlt, und ist zum späten Frühstück wieder am Familientisch im Hotel oder in der Ferienwohnung. Auch der späte Nachmittag nach der Siesta eignet sich gut für eine Familienabstinenz und nach ein paar Tagen, ist sicher auch ein Tagesausflug zu den Vögeln möglich. Wenn jemand anderes, etwa die Ehefrau in Oddies Beispiel,

Ähnliches vorhat oder sich einen gemeinsamen ganzen Tag wünscht, sei es nur fair, das möglich zu machen. Bill Oddie schreibt: „Ich habe eine Riesenmenge Vögel bei Familienurlauben nebenbei gesehen, und ich bin immer noch glücklich verheiratet. Es kann funktionieren." (Introduction to Birdwatching, London 2002).

Doch zurück zu den Vorbereitungen. Neben den Verbreitungskarten in Büchern (siehe Kapitel 10) und Multimedia-Angeboten gibt es nämlich eine ganze Menge weiterer Informationsquellen. Sie lassen sich in zwei Kategorien teilen: Reiseführer und Reiseberichte – manchmal auch kombiniert.

Leider haben wir im deutschsprachigen Raum noch nicht die Fülle an gedruckten Reiseführern, wie sie englisch sprechenden Vogelbeobachtern zur Verfügung steht. Es fing dort in den sechziger Jahren mit dem ersten „Where to watch Birds in Britain and Europe" von John Gooders an und endet heute noch lange nicht. Es gibt wohl kaum ein Land auf der Erde, das nicht mittlerweile mit einem „Where to watch birds" versehen wurde. Und in manchen Ländern, wie zum Beispiel in Großbritannien, hat man schon längst die Provinz- und Stadträume erreicht. John Gooders wurde abgelöst von Dave Gosney, der eine reiche Reihe an Broschüren mit dem Titel „Findig birds ..." herausbringt, die Hefte werden regelmäßig auf den neuesten Stand gebracht und neue Daten können im Internet heruntergeladen werden. Daneben gibt es eine attraktive Reihe von Filmen, die alle mit dem Titel „Birding in ..." anfangen. Diese Angebote finden sich unter www.birdguides.com.

Für das Beobachten von Vögeln in Afrika oder sonst wo auf der Welt gelten grundsätzlich die gleichen Regeln: Ohren und Augen auf!

Alle Vogelbeobachter, die lieber Reisehinweise in deutscher Sprache lesen wollen, sind sehr benachteiligt. Allerdings nicht, was Deutschland selbst betrifft! Im folgenden Kapitel gibt es speziell Tipps zu Deutschland.

Für die Schweiz gibt es einen Führer „Vögel beobachten in der Schweiz". Vergleichbares über Österreich existiert leider noch nicht. Birdlife Österreich gibt aber auf seiner Webseite einige Informationen, man findet dort auch viele Reiseberichte in aller Herren Länder – nicht jedoch über Österreich. Ähnlich sind die Informationen bei der Plattform für Ornis in Österreich: www.bird.at.

Zum Thema Reiseberichte bietet das Internet eine Fülle von Recherchemöglichkeiten. Grundsätzlich ist es empfehlenswert, sich diese Webseite ein-

Nur erfahrene oder sehr gut vorbereitete Beobachter sehen ohne lokalen Führer mehr als alleine. Die Vorteile der Beobachtung in der Gruppe gelten in unbekannten Ländern erst recht: Man sieht mehr.

mal anzuschauen: www.fatbirder.com. Hier lassen sich unter „trip reports" Hunderte von Reiseberichten auf anderen Webseiten einsehen, die sowohl alle bekannten Urlaubsgebiete als auch die berühmten „birdingsites" erfassen. Schneller geht es, wenn man sofort zu www.travellingbirder.com surft, fatbirder.com aber bietet die beste Übersicht über alles, was Vogelbeobachter suchen – allerdings in englischer Sprache.

In Deutschland bieten sich drei weitere Internet-Recherchequellen an. Für einige deutsche Ziele ist die Seite www.birdinggermany.de empfehlenswert. Allerdings sind deren Inhalte durch die drei erschienenen Bücher überholt. Für weitere deutsche und internationale Ziele ist www.birdnet.de zu empfehlen. Viele der Reiseberichte dort, oft mit Fotos, werden als PDF angeboten und lassen sich gut ausdrucken und mitnehmen. Des Weiteren bietet www.bavarianbirds.de eine Reihe von Reiseberichten und einige nützliche Links an.

Über viele Länder, die man besuchen will, gibt es Übersichten im Internet, die weitere Informationen geben. Oft findet man den Link auf den nationalen Club300-Seiten und sucht zum Beispiel nach „club300 poland", um die entsprechenden polnischen Angaben zu finden. Vielfach hat hier allerdings der nicht sprachkundige Vogelbeobachter Pech, denn nur wenige Webseiten nationaler Organisationen sind auf Englisch zu lesen.

Es lohnt sich meist auch, die bekannten spezialisierten Reiseunternehmen anzusteuern und dort nach Reiseberichten und Reisebeschreibungen zu suchen. Sie enthalten eine Vielzahl von Tipps und Hinweisen.

Alleine oder organisiert?

Wer als Einsteiger nicht den Familienurlaub fürs Vogelbeobachten nutzen will, sondern eine eigenständige Vogel-Reise plant, der ist am besten bedient, wenn er eine solche Spezialreise bucht. Eine geführte Gruppenreise ist sicher der rationellste und vergleichsweise preiswerteste Weg, möglichst gut und viel zu beobachten.

Den Beobachtern raubt nicht nur der Aufstieg auf die Binnendüne in der Wüste Namib und der überwältigende landschaftliche Anblick den Atem. Dutzende neue Vogelarten kommen noch hinzu.

Man verschwendet keine Zeit mit Suchen nach Quartier, Transport und schließlich den Vögeln, sondern hat in den ortskundigen Führern meist hervorragende Vogelbeobachter, die gerne Tricks und „Profi-Hinweise" zum Bestimmen und Beobachten von Vögeln geben. Auch Mitreisende können wertvolle Informationen beisteuern, sie kennen möglicherweise Pflanzen und Insekten, geben Tipps zum Fotografieren oder sind selbst gute Beobachter, die helfen und unterstützen können. Schließlich sieht man in einer engagierten Gruppe immer mehr als alleine oder zu zweit.

Es gibt natürlich Ausnahmen, wo eine Gruppenreise nicht geeignet ist. Wer in einer bestimmten Region nur wenige oder sogar nur eine bestimmte Vogelart sehen will, sollte dieses Ansinnen einer Gruppe nicht antun. Nicht jeder versteht unter genussvoller Vogelbeobachtung das Abhaken von Seltenheiten. Solche Interessen sind gegensätzlich und führen zu Enttäuschungen auf beiden Seiten. Für Einsteiger sind Gruppenreisen dagegen unbedingt empfehlenswert, der Lerneffekt ist enorm.

Am meisten profitieren diejenigen Einsteiger in die Vogelbeobachtung von geführten Gruppenreisen ins Ausland, die bereits einige Erfahrungen mit den Vogelarten ihrer Heimat sammeln konnten. Gänzlich unerfahrene Beobachter werden nicht nur oft von der Fülle des gefiederten Angebotes erschlagen, sondern finden sich schnell immer an einer bestimmten Stelle der Gruppe wieder: in der letzten Reihe. Oft halten sie die Gruppe auf mit Beobachtungen von Vogelarten, die sie ebenso so gut zu Hause hätten sehen können. Mancher, der viel Geld ausgibt, um Vogelarten zu sehen, die er hierzulande nicht vor das Fernglas bekommt, hat wenig Verständnis für Allerweltsarten kostbare Tageszeit zu „verschwenden".

Schmätzer oder Flughuhn?

Es kann zu irritierenden Situationen kommen, wenn Teilnehmer einer vogelkundlichen Reise ins Ausland Vögel, die sie ebenso gut zu Hause sehen können, so attraktiv finden, dass sie den ganzen Betrieb aufhalten. Wie einmal in der extremadurischen Steppe (Spanien), in der wir auf der Suche nach Spieß- und Sandflughühnern unterwegs waren. Wir folgten lange einem steinigen Sandweg und schauten angestrengt alle paar Hundert Meter stehen bleibend links und recht in die hügelige Landschaft, um vielleicht eine Bewegung der scheuen Flughühner zu erhaschen. Dabei blickte man ab und zu auch zurück und da stand ein Mitglied unserer Gruppe und starrte engagiert durch sein Spektiv in die Steppe.

Er merkte sehr schnell, dass wir ihn aus etwa 500 Meter Entfernung beobachteten, und begann aufgeregt zu winken, allerdings in Kniehöhe, so wie man es vielleicht macht, wenn man einen Vogel nicht damit erschrecken will. Er musste also etwas Besonderes gesehen haben! Vielleicht einen Triel, eine Zwergtrappe oder endlich die Flughühner? Wir machten kehrt und eilten zu ihm, Spektive, Kameras, Ferngläser krampfhaft festhaltend. Als wir keuchend, mit roten Köpfen ankamen, zischte er nur: „Jetzt habt ihr es verjagt! Schade! Ein Schwarzkehlchen, Männchen, völlig frei auf der Distel dort!"

Wir sprachen an dem Vormittag kein Wort mehr mit ihm …

Ein Schwarzkehlchen ist ein herrlicher Vogel, aber nicht unbedingt einer, für den man den Weg nach Spanien macht.

Wenn Sie sich über die Angebote von Spezialreiseanbietern informiert haben, schauen Sie auch nach, ob es schon Reiseberichte über das gewünschte Ziel zu lesen gibt. Tauchen die Arten, die Sie sehen wollen, dort auf? Machen die Berichte einen ehrlichen Eindruck? Werden auch Fehlanzeigen angegeben, wenn eine der typischen Arten nicht gesehen wurde? Trauen Sie sich, mit dem Unternehmen oder vielleicht dem Reiseleiter direkt in Kontakt zu treten und Ihre Wünsche zu äußern!

10. Wenn nicht hier, wo sonst: Wie findet man Orte, an denen es gute Chancen auf Vögel gibt?

von Daniel Lingenhöhl

Bücher: der Überblick

Deutsche Hobbyornithologen haben es schwer, denn die Auswahl an guten Reiseführern für den Vogelbeobachter ist hierzulande sehr beschränkt. Aber immerhin gibt es seit einigen Jahren die Reihe **„Vögel beobachten in …"** von Christoph Moning und Christian Wagner beziehungsweise Felix Weiss, die in drei Bänden die besten Beobachtungsgebiete Nord-, Süd- und Ostdeutschlands vorbildlich beschreiben. Detailliert weisen sie den Weg beispielsweise zu den Bienenfressern am südbadischen Kaiserstuhl, den überwinternden Gänseschwärmen am Niederrhein oder den Adlern von Mecklenburg-Vorpommern.

Das wünscht man sich überall; doch so gut wie in Holland haben es noch längst nicht alle Vogelbeobachter in Mitteleuropa.

Jedes Ziel wird mit guten Karten angezeigt und die Anfahrt mit dem eigenen Auto oder öffentlichen Verkehrsmitteln beschrieben. Viele der Routen sind für Wanderer geeignet, auch wenn ihre Darstellung nicht mit traditionellem Kartenmaterial mithalten kann. Dafür sind markante Punkte aufgeführt, an denen der Vogelbeobachter besonders auf die gesuchten Arten achten soll oder an denen Beobachtungsstände zu längeren Aufenthalten einladen und Ausblicke auf besonders scheue Arten erlauben. Die Autoren erwähnen, wann welche Arten im Zielgebiet gesehen werden können, welche Jahreszeiten besonders lohnenswert sind und welche Seltenheiten den Besucher bisweilen überraschen.

Wer in Deutschland in Sachen Vögel reist, sollte also diese drei Bücher auf alle Fälle nach geeigneten Zielen durchstöbern: Sie gehören neben Fernglas und Bestimmungsliteratur ins Reisegepäck.

Einige Jahre älter und mit ähnlichem Inhalt sind die Bücher **„Vogelparadiese"** von Michael Lohmann und Knut Haarmann beziehungsweise Erich Ruschke, die ebenfalls zahlreiche ornithologisch lukrative Ziele in Nord-, Süd- und Ostdeutschland beschreiben. Über den normalen Buchhandel dürften sie allerdings nur noch schwer erhältlich sein, wohl aber über Antiquariate oder das Internet.

Schwieriger wird es für den, der für kleinere Regionen Bücher sucht – etwa Bayern, Nordrhein-Westfalen, Mecklenburg-Vorpommern oder gar einzelne Nationalparks und andere Schutzgebiete. Hier helfen vorerst nur die genannten Bücher weiter, da sie als Einzige ohne Weiteres im Handel erhältlich sind. Ausnahmen bilden bislang die Werke

- **„Vögel beobachten im Nationalpark Niedersächsisches Wattenmeer"** von Jochen Dierschke, Reno Lottmann und Petra Potel von Noetzel,
- **„Vögel beobachten im Müritz-Nationalpark"** vom Förderverein Müritz Nationalpark,
- **„Von Reiher, Specht und Wiedehopf. Vögel und ihre Lebensräume in Baden-Württemberg"** von Klaus Ruge, Caroline Heidinger, Peter Havelka und Rainer Steinmetz
- **„Vögel zwischen Rhein und Weser. So wird Vogelbeobachtung zum Erlebnis"** von Goetz Rheinwald und Michael Schmitz.

Ansonsten lohnt sich zumindest das Ausweichen auf regionale **Naturführer** wie jenen für Schleswig-Holstein von Jochen Brumloop („einzigartig. Naturführer durch Schleswig-Holstein") oder **„Bayerische Alpen"** von Thomas Grüner. Diese Bücher richten sich zwar an den Naturliebhaber allgemein, doch decken sich deren Ziele oft mit jenen der Vogelgucker – sie bieten also immerhin eine regionale Alternative.

Eine ergiebige Quelle sind schließlich noch die beiden Zeitschriften **„DER FALKE"** und **„VÖGEL"**. Beide bieten eine eigene Rubrik zu guten Beobachtungsgebieten, sei es zu speziellen Arten oder vogelreichen Regionen generell. Die Ziele werden dabei ähnlich beschrieben wie jene in den erstgenannten Büchern.

Das Internet: lokal und aktuell

Wer es noch genauer wissen will und vor allem auf zeitnahe Beobachtungsdaten setzt, kommt am Internet nicht vorbei: Eine Vielzahl an Seiten widmet sich der örtlichen Ornithologie und vermerkt, wer wann und wo welche Vogelart gesehen hat. Beispiele sind die Seite der Außenzentrale des Landesbundes für Vogelschutz am Altmühlsee südlich von Nürnberg (www.muhramsee.lbv.de/beobachtungen) oder www.asamvoegel.foren-city.de für Beobachtungen im nordbayerischen Landkreis Amberg-Sulzbach.

Es dürfte allerdings etwas mühselig sein, als außenstehender Reisender in Sachen Vogelbeobachtung all diese Seiten im Vorfeld einer Exkursion so ohne Weiteres ausfindig zu machen. Als Alternative für Deutschland hat sich deshalb in letzter Zeit die Seite www.naturgucker.de etabliert: eine Plattform und ein Forum für alle Arten der Naturbeobachtung – von der Vogelwelt über Schmetterlinge bis hin zu Pflanzen. Im Oktober 2009 hatten Naturliebhaber bereits über 400 000 Beobachtungen aus 9100 Gebieten eingetragen.

Im Netz steht dazu eine Art reich bebildertes Lexikon der europäischen Pflanzen, Säugetiere, Vögel, Amphibien/Reptilien, Tagfalter und Libellen: Artkennzeichen, Biologie und Verbreitung sind verknüpft mit lokalen Informationen wie Biotope oder Karten, in denen die Arten auftreten. Diese ortsgenauen Informationen liefern wiederum die privaten „Gucker" – die eigentlichen Leistungsträger der Seite. Sie füllen das Portal mit Leben und ihren Beobachtungen. Die jeweils Aktuellen davon stehen stets auf der Eingangsseite.

Wer es vor allem auf Seltenheiten und Irrgäste abgesehen hat, die es oft nur in Ausnahmefällen nach Deutschland verschlägt, findet brandheiße Meldungen auf der Seite www.club300.de. Für 15 Euro im Jahr haben Beobachter die Möglichkeit, sich schnell und genau über einfliegende zentralasiatische Laubsänger, Gänsegeier oder mediterrane Grasmücken informieren zu lassen.

Vor Ort: Verstecke, Türme, Ansitze

Er ist die große Attraktion im Nationalpark Hainich im Westen Thüringens: der **Baumkronenpfad**, der durch die Wipfel des örtlichen Buchenwalds führt. Von oben gewinnt der Besucher einen Einblick ins Leben von Fledermäusen oder Spechten, der ihm vom Waldboden aus meist verwehrt bleibt. Für den passionierten Vogelbeobachter, der hofft, hier oben einen Grünlaubsänger, Zwergschnäpper, Grau- oder Mittelspecht zu sehen, dürfte allerdings zu viel Rummel herrschen. Doch immerhin: Wege durch das Blätterdach wie im Hainich, im Biosphärenreservat Pfälzerwald in Fischbach bei Dahn oder in Waldkirch bei Freiburg gewähren Aussichten, wie sie sonst nur Vögel genießen können.

Viel los ist an schönen Tagen auch auf der **Beobachtungsplattform** der sogenannten Vogelinsel im Altmühlsee, wo sich neben passionierten Ornis mit ihren Spektiven auch Tagesausflügler drängen – neben der Aussicht über das mittelfränkische Naturschutzgebiet interessiert sie vielleicht auch ein Seitenblick auf dieses spezielle Wesen namens Vogelgucker. Dass das Nebeneinander der beiden Besuchergruppen nicht stört, zeigen die Sichtmeldungen auf der LBV-Seite (siehe S. 105) – die meisten Beobachtungen stammen von diesem Ausguck.

Viele Naturschutzgebiete und andere für Vogelfreunde attraktive Ziele haben heutzutage derartige Türme oder **Beobachtungshütten**, von denen man einen guten Blick über Wasserflächen hat, ohne die Vögel zu stören – etwa am Südufer des Chiemsees, im Wollmatinger Ried bei Konstanz oder am Beltringharder Koog in Nordfriesland. Ihre Lage, und wie man zu ihnen gelangt, ist oft in den Büchern „Vögel beobachten in …" oder den beiden genannten Magazinen zu finden.

Einen beispielhaften Service hält der Naturschutzbund in Brandenburg bereit. Für alle Vogelbeobachter hält der NABU eine Karte mit den schönsten Beobachtungstürmen in Brandenburg bereit. Anforderungen an: NABU Brandenburg, Haus der Natur, Lindenstraße 34, 14467 Potsdam. Bitte einen mit 90 Cent frankierten und adressierten Rückumschlag (Format: DIN-lang) beilegen. Info: www.NABUbrandenburg.de

Gute Auskünfte erhält man zudem in den Informationszentren der Nationalparks beziehungsweise – sofern vorhanden – in lokalen Naturschutzzentren wie jenen des NABU, des LBV und anderer Organisationen. Ein ganzes Netz von Naturschutzzentren betreibt beispielsweise der NABU. Sie sind über die Seite www.nabu.de/naturerleben/zentren/ zu finden. Hat man sich für ein Ziel

Eine Beobachtungsstation am Lauwersmeer in Holland. Holländer, Briten und Schweden sind führend im Schaffen und Einrichten von Beobachtungspunkten. Das können Hütten, Türme, Hügel oder einfach Schilfwände sein.

entschieden, lohnt es sich auf alle Fälle, vorher im Internet Erkundigungen zu Öffnungszeiten und der vorhandenen Infrastruktur einzuholen.

Wo, wenn nicht hier: Schutzgebiete

Vom Wattenmeer bis zum Berchtesgadener Land, von Rügen bis zum Hochschwarzwald: Ein Netz aus Nationalparks, Naturschutzgebieten, Biosphärenreservaten und anderen Zonen mit unterschiedlich strikter Auslegung des Natur- und Landschaftsschutzes überzieht die Bundesrepublik. Nicht alle davon hatten als erstes Ziel, die darin lebenden Vögel zu bewahren, doch bilden tatsächlich viele auch Zufluchtsgebiete für unsere gefiederten Freunde – seien es nun rastende Gänse und Watvögel in schier unvorstellbarer Zahl im Nationalpark Wattenmeer, die seltenen Käuze und Spechte des Bayerischen Waldes, Steinkäuze auf alten Kopfweiden südlich von Düsseldorf oder Seggenrohrsänger an der Oder.

Einen guten Überblick über die großen Naturlandschaften Deutschlands liefert die Seite www.nationale-naturlandschaften.de, die alle Naturparks, Biosphärenreservate und Nationalparks der Republik kurz vorstellt. Einen ähnlichen Ansatz verfolgt www.bundesverband-naturwacht.de/gsg.htm. Auch verschiedene Naturschutzorganisationen besitzen eigene Reservate, die für Besucher zugänglich sind. Neben dem bereits erwähnten NABU sind vor allem die Gebiete der Heinz-Sielmann-Stiftung erwähnenswert (www.sielmann-stiftung.de). Dort lockt beispielsweise das Naturparkzentrum Wanninchen südöstlich von Luckau in Brandenburg, wo sich im Herbst zahlreiche rastende Kraniche

Wenn man als Gruppe einen Beobachtungsturm benutzt, sollte man die Rucksäcke ablegen, so gewinnt man Platz. Außerdem gilt: Behutsam auftreten, sonst wackelt das Bild in den Spektiven.

oder im Frühling der Wiedehopf beobachten lassen. Weitere bedeutende Reservate, die der Stiftung gehören, sind die Döberitzer Heide und die Groß Schauener Seen – in allen darf sich Wildnis neu entfalten, was die Artenvielfalt fördert.

Vergessen Sie aber stets eines nicht: Man muss nicht immer quer durch die Republik reisen, auch in der eigenen Nachbarschaft gibt es immer wieder lohnende Entdeckungen, wie wohl jeder erfahrene Vogelbeobachter berichten kann. Halten Sie also stets die Augen offen und das Fernglas griffbereit.

11. Gefiederte Jahreszeiten – das Vogeljahr und seine Chancen

Die „richtige" Jahreszeit für den Einstieg in die Vogelbeobachtung haben wir bereits empfohlen (siehe Kapitel 8). Es wurde klar, dass sich die Zusammensetzung der Vogelwelt eines Gebietes im Jahresverlauf erheblich ändert. Das ist im Gebirge vielleicht weniger drastisch als im Wattenmeer. Vögel fliegen nach Süden, um den Winter zu verbringen, sie fliegen nach Norden, um zu brüten, sie leben versteckter, wenn sie mausern, und sind nicht zu übersehen, wenn sie singen und balzen. Wer aber meint, das finde jeweils zu bestimmten Jahreszeiten statt, wird irgendwann merken, dass er es sich zu leicht gemacht hat. Manche Arten ziehen schon wieder weg, wenn andere gerade ankommen, um zu brüten. So sind weibliche Waldwasserläufer schon wieder auf dem Weg nach Süden, wenn Neuntöter und Ziegenmelker gerade heimkommen.

Wenn die Sumpfrohrsänger angekommen sind, ist der Frühlingszug fast vorbei.

Während einige Arten noch im Winterquartier Speck ansetzen, sind andere schon über sie hinweg nach Norden, nach Hause, gezogen. Wenn Waldkauz und Mäusebussard balzen, jagt der Baumfalke Heuschrecken in der afrikanischen Savanne oder lauert der Steppen-Mäusebussard (*B. b. vulpinus*) noch in der Kalahari auf Eidechsen.

Es gibt Orte, die im Sommer fast überquellen von Vögeln und im Winter gespenstisch verlassen wirken. Ebenso gibt es Beobachtungspunkte, an denen sind in allen Monaten Dutzende Vogelarten zu sehen, allerdings in den Jahreszeiten mit wechselnd starken Anteilen.

Im Folgenden wird versucht, jeweils zu den einzelnen Jahreszeiten Tipps und Hinweise für Einsteiger zu geben. Dabei ist klar, dass „Mitte März" in der „deutschen Arktis" in Nordost-Deutschland nicht zu vergleichen ist mit „Mitte März" am Bodensee. Zwischen West, atlantisch geprägt, und Ost, mehr kontinental gefärbt, gibt es ebenso große Unterschiede. Und was in zehn Jahren der „Klimawandel" aus jahreszeitlichen Festlegungen machen wird, kann kein Mensch verlässlich vorhersagen.

Frühjahr

Mitte März, April und Mai wollen wir als Frühjahr zusammenfassen. Das Hauptereignis ist das Eintreffen der Sommervögel aus den Winterquartieren im Süden Europas oder in Afrika. Die emotionale Betroffenheit der Vogelbeobachter macht sich jedes Jahr mit einer Flut von E-Mails und Datenbankeintragungen bemerkbar: „Die erste Rauchschwalbe am Oberrhein", „Erster Kuckuck am Dümmer" oder „Weißflügelseeschwalbe in Sachsen". Zilpzalp, Schwarzkehlchen, Rauchschwalbe gehören zu den Ersten; sie sind schon da, wenn die Äste der Bäume noch kahl sind. Dann kommen fast täglich neue Vogelarten an: Kuckuck, Fitis und Mehlschwalben und ab Mitte April die Mauersegler. Die über den Balkan anreisenden Störche kommen erst an, wenn die Spanien-Heimkehrer schon brüten. Das Einreiseaufkommen mit Arten wie dem Wespenbussard steigert sich bis in die erste Maiwoche und klingt dann mit dem Eintreffen von Neuntöter, Gelbspötter, Turteltaube und Bienenfresser aus. Als Letzter trudelt der Karmingimpel ein – es ist ein langer Weg von Indien zum Steinhuder Meer.

Futtertragende Vögel sind ein sicheres Indiz für eine erfolgreiche Brut. Das Amselmännchen bringt gleich mehrere Regenwürmer zum Nest.

Der besondere Reiz des deutschen Frühlings ist das Nebeneinander von Wintergästen, die noch ausharren, Durchzüglern, die nach Norden stürmen, ersten Sommervögeln, die zu uns kommen und den Standvögeln, die den Winter bei uns verbracht haben und meist schon die erste Brut bettelnd durch die Bäume führen, wenn andere erst beginnen Reviere aufzubauen.

Und dann noch die Seltenheiten! Die Mailingsysteme laufen heiß, wenn WFSS und WBSS über den Seen gaukeln – mit den Abkürzungen sind Weißflügelseeschwalbe und Weißbartseeschwalbe gemeint. Oder wenn es ein „Update" für den Schlangenadler bei Köln und die Zwergohreule in der Pfalz gibt. Besondere Wetterbedingungen bringen oft Seltenheiten aus dem Süden zu uns, während es im Herbst eher die Raritäten aus dem Osten und Nordosten sind, die die Herzen höher schlagen lassen. Drängt sich ein Hochdruckgebiet zur richtigen Zeit von Süden oder Südwesten nach Mitteleuropa, bringt es mitunter südliche Grasmücken, Schlangenadler, Alpensegler und andere Südländer zu uns. Sie schießen über ihr eigentliches Ziel in Spanien, Frankreich oder Italien hinaus und fliegen mit den mediterranen Strömungen zu uns. Bei ähnlichen Wetterlagen aus dem Südosten kann es Sprosser, Buschrohrsänger oder Schlagschwirle nach Westen verschlagen.

Gerade der Mai ist ein wahrer Wonnemonat für alle Vogelbeobachter.

Abgesehen vom Zuggeschehen bietet sich der Frühling für eigene Untersuchungen der Vogelwelt an. Reviere lassen sich jetzt bei vielen Vogelarten relativ leicht feststellen und kartieren. Die singenden Männchen, futtertragenden Altvögel und bettelnden Jungvögel sind untrügliche Beweise für Brutversuche und erfolgreiche Bruten. Zählen Sie doch mal die singenden Amselmännchen in Ihrem Viertel!

Sommer

Juni, Juli und der halbe August werden zum Sommer zusammengefasst. Nun verebbt der Strom der Zugvögel und im Juli wird auch die Zahl der Sänger spürbar kleiner. Im Juni ist „Familienzeit". Überall sind jetzt Vogelfamilien unterwegs. Junge Amseln hopsen über den Rasen und lassen sich füttern. Wer ganzjährig eine Futterstelle beschickt, hat das Vergnügen, dass nun zum Beispiel Grünlinge, Spatzen und Kohlmeisen ihre flügge Brut an den von Menschenhand gedeckten Tisch mitbringen.

Höckerschwäne mit den grauen Wollknäueln im Schlepptau schwimmen über den Teich. Achten Sie auf die Farbe der Jungen! Immer öfter sieht man unter den grauen auch schneeweiße Jungvögel. Dann sollte man auf die Fußfarbe der Altvögel achten. Meistens ist es das Weibchen, das wie die weißen Jungen zur Farbvariante *„immutabilis"* gehört. Man vermutet, dass diese Variante einstmals gezüchtet wurde, in Zeiten, in denen Schwanenhäute gehandelt wurden und man so die Häute von nicht geschlechtsreifen Schwänen verkaufen konnte und ein Jahr Zeit bei der Aufzucht sparte. Ausgewachsene „Immutabilis"-Schwäne haben hellgraue bis fleischfarbene Beine.

Fünf normale und zwei „Immutabilis"-Jungvögel hat diese Schwanenfamilie. Wenn sie erwachsen sind, fällt die weiße Farbe natürlich nicht mehr auf, dann muss man auf die Füße sehen.

Kann es Schöneres geben? Eine leichte Brise weht, der Blick schweift weit in das sommerlich blühende Land …

Manche Vögel, die jetzt schon erwachsene Junge haben, wie etwa Kiebitze, Brachvögel, Stare oder Graureiher formieren sich zu Trupps. Bei den Staren sind Jungstar-Trupps, die heiser rufend und nervös die frisch gemähten Wiesen nach Nahrung absuchen, typisch für Ende Juni.

Wer Federn sammeln will, wird jetzt vor allem an Parkteichen fündig, an denen Grau- und Kanadagänse vorkommen und ihre großen, attraktiven Schwungfedern verlieren. Auch die Enten mausern jetzt heftig, die bunten Erpel der Stockente verwandeln sich im Laufe des Juli in weibchenähnliche Wesen, behalten aber ihren gelben Schnabel, woran der Kenner sie weiterhin als Männchen bestimmen kann. Abenteuerlich sehen manche männlichen Löffelenten aus, die weiß-braun gescheckt umherschwimmen. Gänse und Enten werden, wenn sie die Handschwingen komplett mausern, für ein paar Wochen flugunfähig und ziehen sich an geschützte Orte zurück. Das Leben auf den Wasserflächen wird also ärmer, aber dafür tauchen die Möwen und Seeschwalben auf, deren Brutkolonien sich bereits wieder auflösen.

Der Sommer ist die große Zeit des Federwechsels. Manche Jungvögel mausern jetzt bereits einige Federpartien ins Erwachsenenkleid und vor allem junge Stare sehen dann richtig gescheckt aus. Die meisten Kleinvögel machen vor dem Flug ins Winterquartier und nach den Strapazen der Jungenaufzucht eine Sommerpause, in der sie sehr zurückgezogen leben und nur selten zu sehen sind.

Während im Juni kaum Vogelzug zu bemerken ist, frischt das Geschehen im Juli deutlich auf. Ende des Monats ziehen bereits Mauersegler ab, die ihre Brut beendet haben. An den Küsten vor allem sind jetzt Watvögel aus dem hohen Norden zu sehen, die bereits den Herbstzug begonnen haben. Meist handelt es sich um Altvögel, die entweder ihre Brut verloren haben und keine Zeit mehr in der Tundra „verschwenden" wollen, oder um Weibchen der Arten, bei denen allein die Männchen die Jungvögel führen. Dunkler Wasserläufer, Sichelstrandläufer und Kampfläufer bilden jetzt schon große Trupps. Erst im August folgen die Jungen der Watvögel, die entgegen einer alten Annahme ihren Weg nach Süden nicht von den Altvögeln lernen müssen.

Frühherbst

Zum Frühherbst fassen wir die Monate August und September zusammen. August und September unterscheiden sich in vielen Phänomenen so stark vom Juli einerseits und Oktober andererseits, dass es berechtigt erscheint, sie zu einer „Zwischen-Jahreszeit" zusammenzufassen.

Der August ist vielerorts der stillste Vogelmonat. Selbst das „Srie"-Geschrei der Mauersegler in den Städten ist jetzt verstummt, und die meisten der schnellen Vögel sind bereits auf dem Weg nach Südafrika. Auch andere Weitstreckenzieher, die über den Äquator hinaus nach Süden wandern, sind jetzt auf dem Weg, selbst wenn es viel weniger spektakulär erscheint und weniger auffällt als das Fehlen der hell schrillenden Mauersegler über den Städten. So sind Pirol und Gelbspötter, Fitis und Waldlaubsänger Ende des Monats schon weitgehend abgezogen.

Die Schwärme mancher Vogelarten des offenen Landes wie Kiebitze und Stare haben nochmals zugelegt. Spektakulär sind die Schlafplatzflüge der Stare, die in dichten, sich ständig verändernden Wolken über dem Schlafplatz wogen. Auch Schwalben sammeln sich zu Tausenden zum Beispiel über Schilfgebieten, um gemeinsam zu übernachten. Bachstelzen tun es ihnen gleich.

An den Küsten wird es schon wieder voll: Zugvögel wie die nordischen Watvögel ziehen jetzt bereits in Massen wieder ins Wattenmeer zum Fettwerden für den langen Flug ins Winterquartier.

Das kurze Gastspiel der Mauersegler in Mitteleuropa ist spätestens Mitte August zu Ende.

Massen von Schnepfenvögeln, Möwen, Löfflern, Enten und Gänsen versammeln sich jetzt im Frühherbst in manchen küstennahen Feuchtgebieten.

Holunderbeeren locken viele Vögel an. Vogelbeobachter sollten die wichtigsten beerentragenden Bäume und Sträucher kennen.

Auf den abgeernteten Feldern, vor allem, wenn sie noch nicht geeggt sind, kann man mit sehr viel Glück neben den Kiebitzschwärmen auch mancherorts Mornellregenpfeifer sehen, die die übersichtlichen Flächen zur Rast aufsuchen, manchmal auch in Trupps von 20 bis 30 Vögeln! Überhaupt ist jetzt in den Ackerwüsten mehr zu sehen, als zur eigentlichen Brutzeit. Steinschmätzer aus dem Norden ziehen durch, Braunkehlchen wandern am Rand der Maisfelder entlang, Distelfinken besuchen die fruchtenden Kratzdisteln, Bluthänflinge und Girlitze kann man am Ackerrain nach Samen suchen sehen. Manchmal huscht eine der letzten Rebhuhnfamilien über den Feldweg. Durchziehende Wiesenweihen (aufgepasst auf junge Steppenweihen!) und die ersten Merline können für Aufregung sorgen. Im August tauchen regelmäßig irgendwo in Mitteleuropa Rotfußfalken, meist Jungvögel, auf.

Im September zieht das Zuggeschehen nochmals stark an. Jetzt sind die Watvogelschwärme am größten. Limikolen-Jungvögel ziehen nun ebenfalls durch oder machen Rast, um sich den nötigen „Treibstoff" für den langen Flug nach Afrika anzufressen.

Holunder, Weißdorn, Liguster, Heckenkirschen und viele andere Sträucher locken jetzt mit Beeren die Kleinvögel an. Auch Insektenfresser werden nun zu Vegetariern! Es macht Spaß an einem Traubenholunder anzusitzen und zu beobachten, wie Mönchs-, Klapper-, Dorn- und Gartengrasmücken ganze Beeren herunterwürgen. Auch Ringeltauben balancieren auf den dünnen Zweigen und machen die Hälse lang, um an die Energiebatterien zu kommen. Am Meer überraschen uns blaue und rote Kleckser neben den weißen Kotflecken und entlarven Möwen als weitere Beerenköstler.

Hecken sind jetzt ideale Beobachtungsorte, die manchmal Überraschungen bereithalten. Denn wasserliebende Kleinvögel wie Schwirle und Rohrsänger, aber auch Gartenrotschwanz und Trauerschnäpper ziehen durchs Binnenland. Sie nutzen die bandförmigen Hecken als Raststätten, in denen diese Nachtzieher sich auch tagsüber oft weiter in Zugrichtung bewegen können. Viele der jetzt zahlreich durchziehenden Laubsänger und Grasmücken haben schon ins Schlichtkleid gemausert oder befinden sich, was für den Einsteiger noch schwieriger ist, in einem Zwischenstadium mit bereits vermauserten und alten Federn. Deshalb ist es wichtig, auch auf die Färbung der unbefiederten Körperteile zu achten und sich das Verhalten zu merken. Schwanzzucken, Schwanzstelzen, Rufe, Flügelzucken und Flügelschlagen können wichtige Hinweise für die Artbestimmung geben.

Spätherbst und Frühwinter

Unter diesem Titel behandeln wir den Oktober, November und Dezember.

Der Oktober ist der Monat, dem viele leidenschaftliche Birder und Twitcher (siehe Kapitel 1) entgegenfiebern. Wenn man jetzt keine Urlaubstage aufgespart hat, verpasst man mit Sicherheit neue Arten für die „Lifelist". Der Oktober ist der Monat des Vogelzugs; es ist auch der Monat der Seltenheiten und der ausgebuchten Hotels und Pensionen auf Helgoland.

Helgoland ist eines der bekanntesten vogelkundlichen Ziele in Deutschland. Tatsächlich kann man hier im Herbst bei entsprechender Wetterlage (Wind aus Ost) erstaunliche Beobachtungen machen.

Für Einsteiger ist es der Monat des Herbstgesangs. Durchziehende Zilpzalpe lassen bei gutem Wetter ihr „Zip-zap" erklingen, Goldammern singen noch, Rotkehlchen, Zaunkönig und Hausrotschwanz wieder. Jetzt schlägt die Stunde der großen Schwärme. Während die Mehrheit der Nachtzieher schon im Frühherbst das Land verlassen hat, ziehen jetzt die Tagzieher über den Herbsthimmel. An manchen Tagen und bei bestimmten Wettersituationen können wir einen überwältigenden Vogelzug erleben, vor allem an der Küste, dort besonders auf Inseln und am besten auf der einzigen deutschen Hochseeinsel, auf Helgoland.

Rotdrosseln, die letzten Schwalbenschwärme, Wacholderdrosseln, Buchfinken, Stare, Pieper, Krähen, Gänse, Ringeltauben – es ist überwältigend! Es lohnt sich unbedingt, sich im Oktober auf den Weg zu machen und ein paar Tage an der Ostsee (Fehmarn, Fischland, Müritz) oder an der Nordsee (besonders alle Inseln, die Köge in Schleswig-Holstein) zu verbringen. Der Vogelzug ist ein gigantisches Schauspiel und eine machtvolle Demonstration einer Naturgewalt.

Immer wieder erscheinen im Oktober auch Seltenheiten aus den Weiten Sibiriens an der deutschen Küste und werden sehr oft nur auf Helgoland gesehen, weil die Insel übersichtlich ist und sich dort traditionell viele, vielleicht Hunderte Vogelbeobachter aufhalten. Allerdings ist die Jagd nach seltenen kleinen Vögeln nicht jedermanns Sache, und mancher hat kopfschüttelnd das Eiland verlassen. Mit etwas weniger Seltenheiten und weniger seltsamen Vogelbeobachtern lässt sich die Wucht des Vogelzugs auch andernorts erleben.

Eine der regelmäßig auftretenden Seltenheiten auf Helgoland ist der Gelbbrauenlaubsänger aus dem fernen Sibirien.

Im November kommen, vor allem wenn der erste Bodenfrost in den seichten Boddengewässern für kalte Füße sorgt, die Kraniche in Wellen durch Deutschland gezogen. Wer das Pech hat, außerhalb der Zugschneise zu wohnen, sollte unbedingt einen der großen Rastplätze (Darß/Zingst, Havelland, Linum/Rhinluch, Müritz, Diepholzer Moorniederung) besuchen. Es ist grandios!

Auf der westeuropäischen Route ziehen inzwischen etwa 150 000 Kraniche nach Südwesten. Der Zugkorridor der westziehenden Population ist nur rund 300 Kilometer breit. Von den ostdeutschen Rastplätzen ziehen die trompetenden Keile meistens über das Rhein-Main-Gebiet zunächst bis Frankreich. Es kann bei günstiger Witterung zu ungewöhnlichen Massen kommen. So zogen am 3. November 2006 mehr als 80 000 Kraniche durch Hessen.

Weibchenfarbene Trauerenten sind nicht leicht in den Scharen der überwinternden Enten auf Binnenseen zu entdecken.

Im November fällt in unseren Breiten das meiste Laub von den Bäumen und Kleinvögel sind nun wieder besser zu sehen. Meisen bilden gemischte Trupps, oft begleitet sie ein Bunt- oder Kleinspecht durch den Wald oder es schließen sich Kleiber an. Die Krähenschlafplätze werden wieder gut besucht.

Auf den Gewässern stellen sich Wintergäste wie Gänse- und Zwergsäger ein. Manchmal überraschen Samt- und seltener Trauerenten die Vogelbeobachter. Seetaucher sind ab November an großen Binnenseen oder tiefen Kiesgruben zu erwarten und auch die kleineren Lappentaucher verdienen jetzt einen zweiten Blick. Ob nicht doch mal ein Rothalstaucher oder gar ein Ohrentaucher darunter ist? Oft kündigen sich Seidenschwanzeinflüge bereits im November an. In der Feldflur können Raufußbussarde, vor allem im Osten oder in Küstennähe oder Kornweihen auftauchen.

Massendurchzug der Kraniche! In manchen Jahren konzentriert sich der Durchzug auf nur wenige Tage und ist grandios und unvergesslich!

Der Dezember ist ein relativ ruhiger Monat. Der Vogelzug der großen Zahlen ist vorbei. Je nach Witterung tauchen in den Städten Möwen auf. Bei Kälte an der Küste können im Binnenland auch seltenere Arten wie Mantel-, Mittelmeer-, Steppen-, Silber- oder Sturmmöwen auftauchen. An der Küste kann man sich das Vergnügen machen und auf Eis- und Polarmöwen achten. Mit den futtersuchenden Kleinvögeln, die die Futterstellen in den Gärten bevölkern, kommen Sperber in die Stadt und lassen sich jetzt am besten beobachten.

Winter

Die kältesten Monate Januar, Februar und der frühe März werden hier als Winter behandelt.

Schon werden die Tage wieder länger und wahrscheinlich haben wir in der Stadt bereits die erste Amsel singen gehört. Aber der Frühling ist noch nicht in Sicht!

Wenn wir bibbernd das Fernglas hochhalten, können wir uns kaum vorstellen, dass der deutsche Winter für viele nordische Vögel das ist, was für viele deutsche Rentner im Winter Mallorca bedeutet: eine angenehm milde Veranstaltung.

Weißwangengänse, auch Nonnengänse genannt, sind vor allem in küstennahen Gebieten wie in Friesland zu sehen. Ihre Schwärme sind oft spektakulär.

Bläss-, Saat- und Ringelgänse verbringen bei uns den frostigen Teil des Winters. Vor allem die weiten Wiesenlandschaften an der Küste, hauptsächlich in den Flusstälern und am Niederrhein, an der Elbe und an der Oder, sind gut gefüllte Winterquartiere für die Grasfresser. Spannend kann es sein, die riesigen Schwärme nach Seltenheiten wie Zwerg-, Rothals- oder Kurzschnabelgänsen zu durchsuchen. Bei dieser Gelegenheit kann man etwas für die Wissenschaft tun und Markierungen ablesen. Bei den Markierungen kann es sich um farbige Fußringe, Halsmanschetten oder Flügelmarken handeln. Sie abzulesen und zu melden, ist ein wichtiger Beitrag zur Erforschung und vielleicht zum Schutz der Zugwege von Gänsen und Schwänen. Die Markierungen oder besser die abgelesenen Ziffern und Buchstaben-Kombinationen, meldet man entweder an spezielle Webseiten (zum Beispiel www.euring.org) oder man meldet sie einfach der nächsten Vogelwarte (siehe S. 128). Meist wird man mit der Mitteilung belohnt, wo und wann der Vogel von anderen Beobachtern bereits festgestellt wurde oder kann diese Angaben mit Karte direkt am Computer ablesen.

Es kann sehr spannend sein, markierte Gänse und andere Vögel an die zuständigen Stellen zu melden, da man meist mit der Lebensgeschichte des Vogels belohnt wird. Manche Vogelbeobachter machen sich im Winter daraus ein richtiges Hobby und suchen gezielt nach markierten Wasservögeln.

Im Februar werden die Tage schon spürbar länger, man kann bis abends beobachten und muss nicht schon um vier Uhr nachmittags das Fernglas einpacken. Die Waldkäuze, die bereits im Januar mit schaurigem Heulen geheiratet haben, sitzen jetzt schon auf den Eiern. Aus den Parks und Gehölzen kann man die ersten Buntspechte trommeln hören. Doch der Frühling hat noch nicht gewonnen!

Die Zahl der Vogelarten ist noch gering. Lohnenswert sind jetzt Besuche von Brachflächen, zum Beispiel in Industriegebieten oder am Rande von Großbaustellen, in der Kommunalpolitik „Gewerbeparks" genannt. Wo viele samentragende Stauden stehen, kann man nach Berghänflingen, überwinternden Bluthänflingen und Distelfinken suchen. Gewerbeparks haben in den Ballungsgebieten die Rolle von Heckenlandschaften übernommen. Feuerdorn, Kartoffelrose und Kirschlorbeer sind vielen Naturschützern ein Dorn im Auge, bieten dennoch zumindest einige Beeren für hungrige Vögel.

Samentragende Birken, Lärchen und Erlen können Schwärme von Erlenzeisigen ernähren, und mit Glück entdeckt man auch Birkenzeisige in den Bäumen.

Obstgärten, in denen Äpfel und Birnen „am Stamm geblieben" sind, lohnen ebenfalls einen Blick. Mitunter sammeln sich hier Wacholderdrosseln in Schwärmen, eine überwinternde Misteldrossel pickt an einem faulen Apfel oder es fallen gar Seidenschwänze über das Fallobst her.

Die laublose Zeit in Wäldchen, Parks und Forsten kann der ambitionierte Vogelbeobachter nutzen, um sich einen Überblick über die Greifvögel seines Reviers zu machen. Jetzt lassen sich deren Nester, von Jägern „Horste" genannt, gut entdecken. Wenn man sie kartiert, möglichst über Jahre, kann man einen Einblick in die Bestandsdynamik der Greifvögel gewinnen. Viele ornithologische Gesellschaften haben spezielle Arbeitsgemeinschaften, die sich mit Greifvögeln beschäftigen, Anleitung geben und dankbar Ergebnisse abnehmen.

Anfang März kann man mit Kranichen rechnen, die wieder „nach Hause" ziehen. Manche kleine Schwärme versuchen den Heimzug sogar schon im Januar. Die ersten Kurzstreckenzieher finden wieder zurück, die Zahl der Sänger vermehrt sich hörbar. Amsel, Misteldrossel, in Nordwestdeutschland auch Sing-

Erlenzeisige kann man bei uns am besten im Winter sehen. Im Sommerhalbjahr sind die unsteten kleinen Finken kaum irgendwo verlässlich zu sehen.

drossel, Rotkehlchen, Heckenbraunelle, Zaunkönig und der erste Zilpzalp singen in günstigen Regionen, während an der Ostsee noch bittere Kälte herrscht und das „auulie" der Eisenten zu hören ist.

Wenn die erste Rauchschwalbe den Oberrhein passiert, ist das Vogeljahr einmal herum. Jetzt können auch Realisten wieder von Vogelkonzerten und bettelnden Amselküken träumen.*

---

* Wer es genauer wissen will und den Verlauf der Jahreszeiten ausführlicher nachlesen möchte, dem sei das Buch „Gefiederte Jahreszeiten" von Thomas Griesohn-Pflieger, erschienen bei Kosmos, empfohlen.

12. Naturschutz in Deutschland – Viel erlebt und nichts begriffen?

von Daniel Lingenhöhl und Thomas Griesohn-Pflieger

Wattenmeer, Bayerischer Wald, Berchtesgadener Land – das sind vielleicht die drei berühmtesten deutschen Nationalparks, und sie haben dem Vogelbeobachter viel zu bieten: von riesigen Watvogelschwärmen über seltene Spechte und Eulen uriger Wälder bis hin zu den Besonderheiten des Hochgebirges. Dabei gehören strikte Schutzgebiete selbst zu den Raritäten Deutschlands. Nach Angaben des Bundesamtes für Naturschutz nahmen Naturreservate Ende 2007 nur 3,5 Prozent der bundesdeutschen Landesfläche ein. Die Mehrheit dieser Gebiete unterschreitet eine Größe, die sie ausreichend gegen Einflüsse von außen schützen könnte. Vielfach sind sogar innerhalb der Nationalparks noch Nutzungsformen wie Wald- und Landwirtschaft oder Jagd erlaubt, was eigentlich ihrem Zweck zuwiderläuft. Mit Fug und Recht lässt sich also behaupten, dass der Naturschutz in Deutschland immer noch ein stiefmütterliches Dasein führt.

Manche Naturschutzgebiete in Deutschland sind das Blech nicht wert, mit dem auf sie hingewiesen wird.

Dies zeigt sich auch in den beständig wachsenden Roten Listen gefährdeter Tier- und Pflanzenarten – einzelnen Erfolgen zum Trotz. Zwar nahmen dank umfangreicher Schutzmaßnahmen, Jagdverbote und auch privaten Engagements tatendurstiger Naturschützer die Bestände von Wanderfalken, See- und Fischadlern, Schwarzstörchen und anderen Großvögeln wieder so stark zu, dass sie die Roten Listen vorerst verlassen konnten. Dagegen geht es den heimischen Vögeln der Kulturlandschaft wie Feldlerchen, Kiebitzen und selbst den Feldsperlingen zunehmend schlechter: Ihre Zahlen sind vielerorts im freien Fall, weil die industrialisierte Landwirtschaft ihnen Nahrung, Deckung und Brutplätze raubt. Mit der Flurbereinigung verschwanden artenreiche Hecken und Raine. Schnell wachsende Hochleistungssorten, Überdüngung, Pestizide und rasche Mahd dezimieren Insekten und verhindern, dass Bodenbrüter ihren Nachwuchs unbeschadet großziehen können. Es ist daher wenig verwunderlich, wenn das „flache Land" an Arten verarmt, während sich viele Tiere neu in den Städten ansiedeln: Dort werden sie nicht bejagt, finden abwechslungsreiche Lebensräume und dank der Menschen einen reich gedeckten Tisch.

Natur wird unberührbar

Aus der Kritik darf man jedoch auch private und staatliche Naturschützer nicht entlassen, wie der Münchner Zoologe Josef Reichholf in seinem Buch „Die Zukunft der Arten" schildert. Sie sind seiner Meinung nach zu oft auf eine Art „heile Naturwelt" aus, in der „Wunden" sofort verarztet werden müssten – Kahlschläge in Wäldern beispielsweise oder Sand- und Kiesgruben. Viel zu oft würden diese schnell wieder aufgeforstet oder verfüllt, um die Lücken zu schließen. Dies ist aber ein Irrtum, denn Störungen gehören zur Natur und erhöhen tatsächlich die Artenvielfalt: Lichtungen im Wald können durch Sturmschäden und nachfolgenden Borkenkäferbefall entstehen. Sie öffnen den schattigen Wald und schaffen Wärmeinseln, auf denen sich Blumen, Insekten und Reptilien einfinden. Kiesgruben schaffen sonnige, nährstoffarme Freiflächen, auf denen sich mediterrane Arten wie Bienenfresser wohlfühlen, und in deren spontan entstehenden Tümpeln sich seltene Amphibien ansiedeln. In großen Ökosystemen entstehen solche Störstellen ganz von alleine durch Erdrutsche, Uferabbrüche, Überschwemmungen, Flussbettverlagerungen, Stürme, Frost und Schnee sowie Insektenkalamitäten. Die „heile Natur", die in manchen Köpfen von Naturschützern in ihrer Gleichmäßigkeit noch eine Idealvorstellung zu sein scheint, gibt es so nicht. Genauso wenig wie irgendeine Form von „Gleichgewicht", das es „wiederherzustellen" gilt.

Wie gut die Natur mit Störstellen aus zweiter Hand, also von Menschen gemachten, zurechtkommt und wie sehr diese zur Vielfalt beitragen, lässt sich etwa in den aufgegebenen ostdeutschen Braunkohlegruben beobachten, die von der Heinz-Sielmann-Stiftung aufgekauft wurden und sich nun natürlich entwickeln: Sie bilden ein Refugium für seltene Vögel wie Wiedehopf, Steinschmätzer oder Braun- und Schwarzkehlchen. Ein anderes Beispiel sind aufgelichtete Kronendächer durch große Windwurf- und Borkenkäferflächen beispielsweise im Schwarz- und Bayerischen Wald, die sich nun zügig mit hoher

Der private Naturschutz leistet Erstaunliches. Aber er allein wird es nicht schaffen können, zumindest einen Rest von „Wildnis" in Deutschland zu erhalten.

Einladen statt aussperren. Wenn Natur mehr Freunde gewinnen soll, darf sie nicht zur Unberührbaren mutieren.

Artenvielfalt erholen und echte Wildnis schaffen. Wie wichtig die vermeintlichen Katastrophen für die Natur sind, zeigt sich zudem auf großen Truppenübungsplätzen wie jenem bei Grafenwöhr in der Oberpfalz – wahrscheinlich eines von Bayerns artenreichsten Gebieten: Immer wieder brechen Feuer durch Schießübungen aus und durchwühlen Panzer den Boden. Diese Freiflächen nutzen licht- und wärmeliebende Tiere und Pflanzen. Der Gefechtslärm stört dagegen kaum, denn die Tiere haben sich daran gewöhnt, dass er nicht ihnen gilt. Hier brüten die meisten See- und Fischadler Bayerns, die bislang einzigen Kraniche Bayerns und auch Fischotter fühlen sich hier wohl. Es kommt nicht von ungefähr, dass sich die ersten Wölfe Deutschlands nicht etwa in Großschutzgebieten, sondern auf den großen, relativ ungestörten Truppenübungsplätzen der Lausitz wieder angesiedelt haben. Die bundesweit höchsten Ziegenmelkerdichten werden auf Bombenabwurf- und Artillerieplätzen erreicht.

Der Trend zur Natur, als Ort von Sport und Erlebnis, wird noch stark zunehmen. Man könnte ihn nutzen für mehr Naturschutz, wenn man die touristischen Einnahmequellen mit Ausgaben für Tabuzonen und gute Touristenlenkung nutzt.

Außerhalb der militärischen Sperrgebiete gelingt es dagegen kaum, die Jäger zu verbannen, die selbst in Gänseschutzgebieten schießen dürfen – zwar nicht auf die Gänse, jedoch auf Rehe, was die Vögel dennoch aufschreckt. Die Tiere bleiben scheu und so entgeht den Naturfreunden jenes Spektakel, das sich ihnen auf Galapagos, in amerikanischen Nationalparks oder der Serengeti bietet: Naturgenuss aus nächster Nähe, weil der Mensch dort schon seit Langem nicht mehr als Feind gilt. Stattdessen erschwert man den Naturliebhabern hierzulande sogar noch dieses Erlebnis, weil man sie strikt aus Schutzgebieten ausschließt, wo

Angler durchs Schilf trampeln dürfen, und sie mit widersinnigen Verboten traktiert – etwa, dass sie offiziell keine Federn sammeln dürfen. Kein Wunder, dass hierzulande das Interesse „an der Welt da draußen" schwindet, wenn man Kindern verbietet, Schmetterlinge oder Frösche zu fangen. Wie in anderen Lebensbereichen auch bringt in manchen Fällen eine überbordende Bürokratie genau das Gegenteil von dem zustande, was eigentlich ihr Ziel sein sollte.

Vorbild: Wildnisgebiete

Ein Blick über die Grenze in die Niederlande zeigt, wie man es besser machen könnte: Im Großschutzgebiet Oostvaardersplassen zählte man bislang rund 250 Vogelarten, die in der reich strukturierten Landschaft optimale Lebensbedingungen finden. Verschiedene Großtiere wie Rothirsche, Koniks – eine urtümliche Pferderasse – und Heckrinder (eine Rückzüchtung hin zum Auerochsen) halten das Gelände offen. Verendete Tiere werden nicht sofort entsorgt, sondern bieten Aasfressern Nahrung. Sogar umherstreifende Geier aus Südeuropa fanden sich hier bereits ein. Für Besucher gibt es Beobachtungshütten und Wanderwege, Führungen und ein Naturzentrum. All dies erhöht die Attraktivität und zieht Naturtouristen an, da man sie nicht aussperrt. Die „Wildnisgebiete", so heißen die großen Schutzgebiete bei unseren Nachbarn, zeigen deutlich, wie erfolgreich Naturschutz sein kann, wenn man den Mut hat, auch punktuelle Zerstörungen durch Verbiss und Beweidung zuzulassen.

Dass sich eine solche Entwicklung auch in Deutschland in absehbarer Zukunft durchsetzt, kann man nur hoffen. Aber leider ist eher Skepsis angebracht. Naturschutz hat im Land von Hermann Löns und Ernst Haeckel stark an Bedeutung verloren. Seine politische Bedeutung tendiert gegen null. Gerade die

In vielen Naturschutzgebieten Hollands haben große Säugetiere, hier „Wildpferde" (Koniks) die Pflege übernommen. Artenreiche Wildnis stellt sich ein.

ornithologischen Fachverbände und Gesellschaften sollten die Faszination einer vielfältigen Vogelwelt besser nutzen und durch populäre Aktionen mit dafür sorgen, dass die Zahl der organisierten Vogelbeobachter zunimmt. Auch ihre eigene Bedeutung würde davon profitieren. Politik entscheidet nur selten nach sachlichen Argumenten, der Blick auf die nächste Wahl ist oft entscheidender und deshalb ist es wichtig, für die Durchsetzungskraft des Vogel- und Naturschutzes die Macht der großen Zahl zu nutzen.

Anstandsregeln

Das Beobachten von Vögeln ist ein Hobby, von dem Mensch und Natur profitieren: Man ist viel draußen, bewegt sich, trifft Gleichgesinnte und zeigt, dass einem eine vielfältige Umwelt am Herzen liegt. Wie bei jeder Aktivität gilt aber, auf seine Mitmenschen und gerade auch auf die Natur Rücksicht zu nehmen – andere wollen schließlich ebenso in deren Genuss kommen. Einige wenige Regeln sollten Sie daher stets beachten:

- **An erster Stelle steht das Leben der Vögel:** Ihr Wohlergehen geht über die Befriedigung unseres Interesses. Vermeiden Sie daher, ihren Lebensraum zu zerstören, sie am Nest, an Ruheplätzen oder bei der Nahrungsaufnahme aufzuschrecken.
- **Schweigen ist manchmal Gold**: So schön es ist, sein Wissen mit Gleichgesinnten zu teilen – der letzte Brutplatz des Rotstirnwürgers in Deutschland sollte dennoch nicht unbedingt mit exakten GPS-Daten ins Internet gestellt werden. Je mehr Menschen davon wissen, desto größer ist die Gefahr, dass die Tiere für immer vertrieben werden. Naturschutzverbände sind für

Auf den Wegen bleiben! Das gilt natürlich auch für Vogelbeobachter.

diese Tipps jedoch dankbar, da sie mitunter für passende Schutzmaßnahmen sorgen können.

- **Vermeiden Sie unnötige Störungen:** Die großen Gänseschwärme, die am Niederrhein überwintern, lassen sich am Besten aus dem Auto beobachten – Aussteigen ist unnötig und könnte die Tiere aufschrecken. Auch Vögel benötigen Ruhe für sich und ihren Nachwuchs.
- **Respektieren Sie die Gesetze und Regeln:** Auch wenn die Rohrdommel lockt – fahren Sie bitte nicht mit dem Boot ins Schilf und bleiben Sie in Schutzgebieten auf den ausgewiesenen Wegen. Selbstredend sollte gelten: Wir lassen in der Natur nichts zurück außer unseren Fußabdrücken.
- **Respektieren Sie Privateigentum:** Niemand möchte, dass plötzlich eine wildfremde Person im eigenen Garten auf der eigenen Liege ruht. Berücksichtigen Sie also bitte die Interessen von Landwirten, Förstern oder Teichbesitzern, wenn Sie im Gelände unterwegs sind.
- **Stecken Sie andere mit Ihrer Begeisterung an:** Vogelbeobachter stoßen hierzulande immer noch oft auf Erstaunen und werden von Spaziergängern bisweilen mit Fragen bestürmt. Seien Sie freundlich, antworten Sie auch auf vielleicht banale Fragen und teilen Sie, wenn nötig, ihr Fernglas mit anderen. Schon mancher hat dadurch plötzlich sein Interesse an der Vogelwelt entdeckt. Und das hilft uns, unserem Hobby und den Vögeln.
- **Teilen Sie Ihre Daten:** Naturschutzverbände und Wissenschaftler freuen sich immer über akkurate Informationen – Hobby-Ornithologen haben schon häufig die Forschung vorangebracht und liefern wichtige Daten etwa zum Vogelzug oder Bestandszahlen. Es gibt bequem zu bedienende Datenbanken im Internet.
- **Im Ausland:** Beachten Sie bitte gerade auch dort diese wenigen und einfachen Regeln! Gehen Sie mit gutem Beispiel voran – damit Vögel und Vogelgucker dort weiterhin willkommen sind.

Geben Sie Ihr Wissen weiter! Viele Schulen und Kindergärten sind dankbar für diese wichtige Unterstützung.

Praktischer Vogelschutz für Jedermann

Früher oder später fragt sich wohl ein jeder Vogelbeobachter, was er selbst tun kann, um das Leben der Tiere zu verbessern – und das ist nicht wenig. Diese Eigeninitiative zahlt sich meist nicht nur mit einem guten Gewissen, sondern oft ebenso mit guten Beobachtungen aus.

- **Gestalten Sie Ihren Garten vogelfreundlich:** Pflanzen Sie einheimische Blumen, Sträucher und Bäume, die Deckung bieten, Insekten anlocken oder mit Beeren den Tieren über den Winter helfen. Ein Gartenteich bietet eine willkommene Vogeltränke und ein erfrischendes Bad. Mangelt es an Platz, hilft auch eine flache Tonschale. Torf gehört dagegen nicht in den Garten, da dafür wertvolle Moore zerstört werden. Auch Pestizide sollten tabu sein. Hervorragende Tipps gibt es unter www.wildvogelhilfe.org/garten/garten.html.
- **Hängen Sie Nistkästen auf:** Selbst gebaut oder im Handel erworben – mittlerweile gibt es eine Vielzahl unterschiedlicher Bruthilfen, die für Meisen, Gartenrotschwänze oder gar Eulen keine Wünsche offen lassen. Gute Tipps und Bauanleitungen bietet das Buch „Nisthilfen für Vögel" von Klaus Richarz und Martin Hormann.
- **Füttern erlaubt:** Selbstverständlich dürfen Sie Vögel (nicht nur) im Winter füttern. Achten Sie aber bitte auf eine ausgewogene Futtermischung (im Fachhandel oder bei Naturschutzorganisationen erhältlich), saubere Futterplätze und vermeiden Sie Risiken wie Vogelschlag oder Attacken durch Katzen. Das Futterhäuschen sollte frei stehen, sodass sich Räuber nicht anschleichen können und die Vögel nicht in Panik gegen Glasscheiben fliegen.
- **Das vogelsichere Haus:** Große Glasfassaden haben schon viele Vögel das Leben gekostet, dabei lässt sich dies einfach durch Vorhänge vermeiden. Schwarze Greifvogelsilhouetten nützen dagegen wenig – besser sind weiße Versionen, die unbedingt außen am Glas angebracht werden sollten. Noch kräftiger wirken sie, wenn sie mit Sonnencreme bestrichen werden: Diese reflektiert kurzwelliges Sonnenlicht, das Vögel gut erkennen.
- **Busse, Bahn und Fahrrad:** Nutzen Sie öffentliche Verkehrsmittel oder das Fahrrad, wenn Sie zum Vogelbeobachten wollen und die Ziele damit erreichbar sind. Bücher wie „Vögel beobachten in …" von Christoph Moning, Christian Wagner und Felix Weiß bieten Hinweise für eine autofreie Anfahrt zu ausgewählten Gebieten.
- **Kaufen Sie wenn möglich Bioware:** Fleisch von Weiderindern, Saft von Streuobst oder Wein aus ökologischem Anbau – Lebensmittel wie diese helfen, eine vielfältig strukturierte Landschaft mit ihrem Artenreichtum zu erhalten. Auch bei importierten Genussmitteln wie Kaffee oder Bananen können Sie der Vogelwelt helfen: Der Landesbund für Vogelschutz bietet einen „vogelfreundlichen" Kaffee an, der umweltfreundlich unter Schattenbäumen wächst und Zugvögeln zumindest eine Ersatzheimat bietet.
- **Vogelschutzorganisationen:** Werden Sie Mitglied beim NABU, dem Landesbund für Vogelschutz (LBV), dem BUND oder einer anderen Gruppe, die sich aktiv für den Schutz der Vögel einsetzt. Mit Ihrem Mitgliedsbeitrag können sie Biotope kaufen, gegen den Vogelfang kämpfen oder Artenschutzprogramme finanzieren. Mitgliedszeitschriften halten Sie über die Aktivitäten auf dem Laufenden und in Ortsgruppen können Sie Gleichgesinnte treffen.

Wer hilft, wenn ...

Immer wieder kommt es vor, dass Vögel in Not geraten. Wir sagen Ihnen wie Sie helfen können oder professionelle Hilfe finden.

- **Ein Jungvogel ist aus dem Nest gefallen:** Es ist ein Märchen, dass Vögel ihre Jungen nicht mehr annehmen, wenn Menschen sie berührt haben. Ein Küken, das aus dem Nest gefallen ist – und keine schweren Verletzungen aufweist – kann also vorsichtig wieder ins Nest zurückgesetzt werden. Oft handelt es sich bei den vermeintlichen Waisen allerdings um fast flugfähige Jungvögel, die noch von den Eltern versorgt werden. Diese Tiere sollte man in Ruhe lassen oder allenfalls an einen geschützten Ort in der Nähe bringen.
- **Ein Vogel hat sich verletzt:** Vögel, die gegen eine Fensterscheibe geflogen sind und keine sichtbaren Verletzungen aufweisen, sollten in Ruhe gelassen oder an einem sicheren Platz in eine gepolsterte Schachtel gesetzt werden. Bisweilen erholen sie sich wieder. Finden Sie tatsächlich einen Vogel mit gebrochenem Flügel oder Fuß, sollten Sie ihn in professionelle Obhut übergeben. Eine Liste mit Auffangstationen für Wildvögel finden Sie im Internet unter www.wildvogelhilfe.org/aufzucht/auffangstationen.html. Auskunft geben können Ihnen auch lokale Tierheime oder Naturschutzgruppen.
- **Ein toter Vogel mit Ring wird gefunden:** Ringfunde leisten einen wertvollen Beitrag zur Forschung. Sie sollten also die Ringe von toten Vögeln entfernen und diese an eine Beringungszentrale senden. Neben der Ringnummer befindet sich dazu auf jedem Ring eine Kurzanschrift. Befindet sich die Beringungszentrale im Ausland, genügt es, den Ring an eine deutsche Vogelwarte zu senden. Über die Internetseite www.ring.ac kann man Funde auch komfortabel online melden. Der NABU listet die deutschen Vogelwarten auf: www.nabu.de/tiereundpflanzen/voegel/tippsfuerdiepraxis/02645.html#1.
- **Ein toter Greifvogel liegt neben seiner Beute oder in einer Falle:** Viel spricht für ein Verbrechen, denn die Bejagung von Greifvögeln ist illegal. Sie sollten also die Polizei informieren oder zumindest das Bonner Komitee gegen Vogelmord einschalten (www.komitee.de, Telefon: 0228-665521).
- **Ein toter Großvogel liegt unter einer Stromleitung:** Bis 2012 müssen alle Stromleitungen hierzulande gegen Stromschläge von Vögeln gesichert werden – noch ist es aber nicht so weit. Immer wieder sterben daher unnötig Seeadler oder Störche an Masten. Informieren Sie also die Ortsgruppe von LBV oder NABU oder das Komitee gegen Vogelmord. Diese wenden sich dann meist an die Stromversorger und dringen auf die Sicherung der Masten und Leitungen.
- **Auf einem Gewässer schwimmen mehrere tote Enten:** Es könnte sich um Vogelgrippe oder das Botulinumtoxin handeln – eine Vergiftung durch Algen. Verständigen Sie in diesem Fall die Polizei, Feuerwehr (aber bitte **nicht** über die Telefonnummer „112“) oder das örtliche Veterinäramt (Liste: www.catterys.de/veterinaer/kgvl.pl). Sie kümmern sich um die Entsorgung und Analyse der Kadaver.
- **Sie beobachten illegale Aktivitäten wie wilde Müllentsorgung, Klettern an gesperrten Brutfelsen oder Singvogeljagd:** Schreiten Sie nicht selbst ein, sondern beobachten Sie die Tat nur. Anschließend sollten Sie die Polizei sowie lokale Naturschutzgruppen informieren. Wenn Sie Fallen finden, die der Jagd auf Vögel dienen, machen Sie bitte auch Meldung an das Komitee gegen Vogelmord.

- **Sie beobachten eine absolute Seltenheit:** Der Traum eines jeden Vogelguckers – er entdeckt eine Rarität. Dokumentieren Sie diese möglichst genau: Wo und wann gesehen, Gefiederdetails, welche Aktivitäten etc., am besten mit Foto. Melden können Sie diese Funde zum einen den Naturschutzorganisationen, den Vogelwarten und dem Dachverband Deutscher Avifaunisten, die verschiedene Monitoring-Programme unterhalten (www.dda-web.de). Extreme Raritäten müssen zudem von der Deutschen Seltenheitenkommission bestätigt werden – entsprechende Informationen finden Sie bei den Avifaunistischen Kommissionen und Ornithologischen Gesellschaften der einzelnen Bundesländer www.do-g.de für Deutschland).
- **Allgemeine Frage:** Eine sehr gute Informationsseite unterhält die Wildvogelhilfe unter www.wildvogelhilfe.org. Ansprechpartner vor Ort können die beiden großen Naturschutzorganisationen NABU (www.nabu.de) und Landesbund für Vogelschutz in Bayern (www.lbv.de) nennen.

Wichtige Adressen:

Naturschutzbund Deutschland (NABU)
10108 Berlin
Tel.: 030-2849840
E-Mail: nabu@nabu.de

Landesbund für Vogelschutz (LBV)
Eisvogelweg 1
91161 Hilpoltstein
Tel.: 09174 -47750
E-Mail: info@lbv.de

Komitee gegen den Vogelmord
Auf dem Dransdorferberg 98
53121 Bonn
Tel.: 0228-665521
E-Mail: info@komitee.de

Vogelwarte Radolfzell
am Max-Planck-Institut für Ornithologie
Schlossallee 2
78315 Radolfzell
Tel.: 07732-15010

Institut für Vogelforschung
„Vogelwarte Helgoland"
An der Vogelwarte 21
26386 Wilhelmshaven
Tel.: 04421-96890
Fax: 04421-968955
E-Mail: ifv@ifv.terramare.de

Dachverband Deutscher Avifaunisten (DDA) e.V.
Geschäftsstelle
Zerbster Str. 7
39264 Steckby
Tel.: 039244-940918
E-Mail: info@dda-web.de

13. Einführung in die mitteleuropäischen Vogelfamilien und ihre Vertreter

Gerade für Einsteiger in die Vogelbeobachtung ist die Vielfalt der Vogelwelt erstaunlich, aber auch ein erstes Hindernis bei der Bestimmung der Vogelarten. Wer entschlossen ist, sich intensiver mit der Vogelwelt Mitteleuropas zu beschäftigen, wird schnell feststellen, dass es nicht immer einfach ist, eine beobachtete Art richtig „anzusprechen", wie der Fachmann sagt. So wird er bei seiner Suche in einem Bestimmungsbuch beispielsweise feststellen, dass es nicht nur einen graugrün gefärbten Laubsänger gibt, sondern unter Umständen bis zu fünf Arten infrage kommen können. Zuvor ist die Hürde zu nehmen, den Laubsänger von den ähnlich aussehenden Spöttern, Rohrsängern, Schwirlen und Grasmücken zu unterscheiden!

Ein Blick in ein gängiges Bestimmungsbuch der Vögel Europas macht das Dilemma deutlich: Eine überwältigende Zahl von Arten und Kleidern, Unterarten und Mauserzuständen macht das Bild sehr unübersichtlich. In den Standardwerken werden bis zu 750 Vogelarten Europas, Nordafrikas und Vorderasiens mit all ihren Variationen vorgestellt. So manche der dargestellten Vogelarten wird ein Einsteiger in der Regel nicht zu sehen bekommen. Oft ist es hilfreich, einen Blick auf die Verbreitungskarte zu werfen, um abzuschätzen, ob es sich tatsächlich um den gleichen Vogel wie im Bestimmungsbuch handeln kann: Wie wahrscheinlich ist es zum Beispiel, einen Vogel, der in den Wäldern des Balkans brütet, an der Nordsee zu beobachten? Weitere Hinweise und Tipps zum Umgang mit Bestimmungsbüchern finden Sie im Kapitel 3.

Ein entscheidender erster Schritt zur erfolgreichen Bestimmung ist es, sich zunächst mit der Systematik der Vogelwelt vertraut zu machen und einen Überblick über Familien und Gruppen zu gewinnen. So erhalten wir nicht nur eine Übersicht über die Vielfalt der Vogelformen, sondern lernen schon den beobachteten Vogel grob einzuordnen.

Wenn wir anhand von familientypischen Merkmalen eine gute „Vorsortierung" erreichen, reduziert sich die große Palette der infrage kommenden Arten im Bestimmungsbuch auf eine mehr oder weniger kleine Auswahl. Jetzt ist der Blick in das Bestimmungsbuch sehr viel gezielter: Aus einem ahnungslosen Blättern wird ein Aufsuchen der vermuteten Familie und meistens, wenn wir den Vogel gut beobachten konnten, eine schlüssige Artbestimmung. Nur so kann ein Bestimmungsbuch wirklich effizient eingesetzt werden.

Oft genügen wenige beobachtete Merkmale, um einen Vogel in eine Familie einordnen zu können. Bei diesem ersten Schritt, der sehr schnell zu Erfolgen führt, geht es darum, einen „Blick" für Vögel zu bekommen. Es gilt ein Gefühl für Proportionen, Gestalt und Gesamteindruck zu entwickeln.

Die folgenden Kapitel stellen die heimischen Vogelfamilien vor, zeigen ihre wichtigsten Merkmale auf und weisen auf solche Unterschiede zu anderen Familien und Vogelgruppen hin, die für die Einordnung besonders bedeutsam sind. Dabei werden auch handfeste Lösungen für regelmäßige Bestimmungsprobleme und Verwechslungsmöglichkeiten gegeben. Im Rahmen dieses

Ein kleiner braungrauer Vogel. Bevor ich feststellen kann, ob ich etwas Besonderes vor mir habe, muss ich wissen, wo ich im Bestimmungsbuch suchen muss. Handelt es sich um einen Rohrsänger, Spötter oder Laubsänger? Die wuseligen kleinen braunen Vertreter unserer heimischen Vogelwelt, lassen uns oft nicht viel Zeit, Details zu erkennen. Achten Sie auf Kopfzeichnung, Schnabelform und -länge, Handschwingenprojektion, Beinfarbe und Form des Schwanzes. Gibt es Muster im Flügel? Am Ende der folgenden Kapitel sollten Sie in der Lage sein, diesen Vogel zumindest einer Familie zuordnen zu können.

Buches ist es nicht das Ziel, alle in Mitteleuropa vorkommenden Arten vorzustellen. Wir konzentrieren uns auf Vögel, die häufig bis regelmäßig bei uns beobachtet werden können und die auch dem Einsteiger auffallen könnten. Es handelt sich also um eine Auswahl „exemplarischer" Arten, die man in Zukunft sicherer und schneller bestimmen können sollte. „Nebenbei" wollen wir den Blick für Unterschiede zwischen den Artengruppen schärfen, sodass der Nutzer dieses Buches danach mit größerer Freude sein anspruchsvolles Bestimmungsbuch einsetzen wird.

Entenverwandte – *Anatidae*

Die Vertreter dieser nur aus der Familie der Entenvögel bestehenden Ordnung sind der Inbegriff des Wasservogels. Die Arten haben recht kurze Beine, was das typische Bild der watschelnden Ente verursacht. Zwischen den Vorderzehen befinden sich Schwimmhäute. Bei uns trifft man vor allem auf zwei Unterfamilien: die Schwäne und Gänse (*Anserinae*) und die Enten (*Anatinae*).

Die Schnäbel der Entenvögel, hier eine Graugans, sind meistens kurz und kräftig, aber auch breit und abgeflacht. Die Basis des Gänseschnabels ist hoch, um entsprechenden Druck für das Abzupfen der pflanzlichen Nahrung erzeugen zu können. Die Oberschnabelspitze besteht aus einem hornigen Nagel, dessen Färbung bei Gänsen das Alter verrät. Alte graue Gänse wie dieser Vogel haben einen hellen Nagel, junge Gänse hingegen einen dunklen. Ober- und Unterschnabel sind mit je zwei Lamellenreihen besetzt. Diese funktionieren bei Enten in Verbindung mit der zu einem Saugstempel ausgebildeten Zunge wie ein Seihapparat zum Ausfiltern von Nahrungsteilchen aus dem Wasser. Bei Gänsen ist die äußere Lamellenreihe so grob, dass sie beim Gras abzupfen hilfreich ist.

Besonders Gänse und Schwäne, in diesem Fall eine Graugans, werden gerne beringt, da sie im Freiland leicht abgelesen werden können. Große, gut ablesbare farbige Plastikringe weisen auf Forschungsprojekte hin. Aluminiumringe werden von Züchtern verwendet, aber auch zu Forschungszwecken. Wenn man seine Beobachtung an die entsprechende Stelle weiterleitet (Infos unter www.cr-birding.be), erfährt man oft Faszinierendes über den beobachteten Vogel. Bei Entenvögeln wird auch der lange Hals zur Anbringung von Farbringen genutzt.

Bei männlichen Enten der Gattung *Aythya* verrät die Färbung des Nagels und des umgebenden Schnabels die Artzugehörigkeit. So besitzt die Reiherente einen an der Spitze breit schwarz gefärbten Schnabel. Dies ist bei der Bestimmung von Hybriden wichtig, die in dieser Gattung mannigfaltig entstehen.

Schwäne sind ausgesprochen langhalsig, das ermöglicht es ihnen, tiefer wachsende Wasserpflanzen abzuweiden, als es Enten und Rallen tun.

Schwäne, Gänse und Enten ernähren sich überwiegend vegetarisch, nicht jedoch die Säger wie dieser Gänsesäger. Gänsesäger ernähren sich von Fischen und Wirbellosen wie etwa Wasserinsekten, nach denen sie tauchend jagen. Dazu machen sie geschickt von ihrem schlanken langen Schnabel Gebrauch, an dem die Lamellenreihen zu Hornzähnen umgebildet sind, um die Beute besser packen zu können.

Die meisten Arten sind gesellig und auf der Rast oder dem Zug oft in großen Ansammlungen zu beobachten. Dabei lohnt es sich, die Trupps genau durchzumustern. Hier versteckt sich eine bei uns seltene Moorente zwischen Tafelenten.

Einige Entenvogelarten, wie die aus Fernost stammende Mandarinente, wurden als Zier- und Parkvögel eingeführt und haben sich bei uns fest etabliert. Diese Arten, die auch unabsichtlich verbreitet worden sein können, bezeichnet man als Neozoen. Gelegentlich trifft man auf nicht etablierte, scheinbare Ausnahmegäste, die oftmals aus Gefangenschaft stammen. Die Mandarinente gehört zu der bei uns ursprünglich nicht heimischen Gruppe der Baumenten und brütet wie auch die Schellente oder der Gänsesäger in Baumhöhlen. Die Jungen verlassen kurze Zeit nach dem Schlüpfen ihre Behausung durch einen Sprung aus der Höhe, denn fliegen können sie noch nicht. Dann folgen sie der Mutter auf das nächstgelegene Gewässer.

Die meisten Entenvögel sind Bodenbrüter. Das Nest wird mit dem Bauchgefieder des Weibchens ausgepolstert. Besonders die Eiderente hat gut ausgepolsterte Nester. Ihre Dunen wurden früher abgesammelt, um damit Kissen zu füllen. Die meisten Gelege sind sehr groß, ebenso sind die oft ungezeichneten Eier verhältnismäßig groß. Hier das Gelege einer Stockente.

Die Jungen der *Anatidae* sind Nestflüchter, und Dunenjunge führende Weibchen sind ein typischer Frühjahrsanblick. Manche Arten, wie die Brandgans, neigen dazu, fremde Junge zu adoptieren, sodass man im Sommer regelrechte Kindergärten mit Jungen verschiedenen Alters bei einem Altvogel findet. Im Bild ein Stockentenküken.

Nahezu alle Arten der Entenverwandten werfen im Sommerhalbjahr während einer Vollmauser das komplette Großgefieder gleichzeitig ab. Je nach Größe werden sie dreieinhalb bis sieben Wochen flugunfähig. Die meisten Arten suchen bei dieser Gelegenheit in einem Mauserzug ein Mauserquartier auf. Bei der hier abgebildeten Graugans sieht man im Handflügel deutlich, wie die Federn aus den Federscheiden, die auch Blutkiele genannt werden, heraustreten.

Die Gattungsgruppe der Ruderenten ist im südlichen Europa durch die weltweit gefährdete Weißkopfruderente vertreten. Bei uns trifft man gelegentlich die in den 1950er Jahren in England eingebürgerte und hier abgebildete Schwarzkopfruderente. Sie stammt ursprünglich aus Nordamerika und breitet sich derzeit in Mitteleuropa aus. Durch die Gefahr der Hybridisierung und Verdrängung stellt sie eine ernsthafte Bedrohung für die nahe verwandte Weißkopfruderente dar. Zum Schutz dieser in Europa ursprünglich einzigen Ruderentenart werden daher in Portugal, Spanien, Frankreich und Großbritannien Maßnahmen zur Bestandsregulierung beziehungsweise -eliminierung wild lebender Schwarzkopfruderenten durchgeführt („Culling"). In Großbritannien hat dieses drastische Vorgehen zu einer umfangreichen öffentlichen Debatte über Tier- und Naturschutz geführt. Durch den eigentümlichen, an der Wurzel breiten und hohen und vorn schaufelförmig nach oben gebogenen Schnabel, an dem der Nagel an der Schnabelspitze hakenförmig nach unten gekrümmt ist, sind Ruderenten kaum mit anderen Entenvögeln zu verwechseln. Charakteristisch ist der keilförmige, aus achtzehn stiftförmigen Federn bestehende Schwanz, der beim Schwimmen oft nahezu senkrecht aufgestellt wird. Männchen und Weibchen sind bei den meisten Arten unterschiedlich gefärbt. Ruderenten sind ausgesprochen gute Taucher.

Bei den Schwänen sehen die Geschlechter nahezu gleich aus. Nur bei den Männchen des Höckerschwans lässt sich ein gegenüber dem Weibchen stärkerer Schnabelhöcker ausmachen. Daneben entlarven das „Angeberverhalten“ und ein dickerer Hals das Geschlecht.
Auch bei den gelbschnabeligen Schwanenarten ist es wichtig, auf den Schnabel zu sehen, um die Arten zu bestimmen.

Schwäne, hier ein adulter Höckerschwan, gehören zu den schwersten flugfähigen Vögeln. Ein adultes Männchen bringt es auf bis zu 15 kg! Sie benötigen lange Anlaufstrecken, um sich in die Luft zu erheben. Durch den enormen, auf den Schwingen lastenden Druck entsteht ein typisches pfeifendes Fluggeräusch.

Die aus Nordamerika bei uns eingeführte Kanadagans (links) und die Weißwangengans (rechts) gehören zur Gattung Branta, zu der auch die Ringelgans und die Rothalsgans zählen. Kanada- und Weißwangengans sehen sich oberflächlich ähnlich. Neben den bedeutenden strukturellen Unterschieden – die Kanadagans ist im Gegensatz zur zarteren Weißwangengans eine große, kräftige, langhalsige Gans – ergeben sich mannigfaltige Färbungsunterschiede. Betrachten Sie die Bilder und achten Sie auf die Schnabel-, Gesicht-, Brust-, Rücken- und Grundfärbung. Die Kanadagans trifft man ganzjährig in vielen Parks aber auch im Freiland an, während die Weißwangengans in großer Zahl an der Küste überwintert. Im Sommer brütet die Weißwangengans in der Tundra. In den letzten Jahrzehnten etablierte sich eine kontinuierlich zunehmende Population im Ostseeraum und auch an der Küste Schleswig-Holsteins nimmt der kleine Brutbestand stetig zu.

Nordische Weitstreckenzieher neben einem Kurzstreckenzieher. Die in der Tundra brütende Blässgans, hier die bei uns überwinternde Unterart *albifrons*, hat als Altvogel einen zartrosa Schnabel, der neben dem dicken „Karottenschnabel" der bei uns brütenden Graugans-Unterart *anser* sehr zierlich wirkt. Auch die Saatgans und die bei uns viel seltenere Kurzschnabelgans brüten im hohen Norden und ziehen im Herbst zu uns in den milden Süden.

Nordische Gänse, hier Bläss- und Weißwangengänse, bevölkern im Winter die Agrar- und Feuchtgebiete der Norddeutschen Tiefebene in teils dichten Scharen. Dabei rasten sie in traditionellen Gebieten wie dem Gülper See in Brandenburg oder am Niederrhein in Nordrhein-Westfalen. Im Streckenflug nehmen die Trupps die typische Keilformation ein.

Die farbenprächtig gefärbte Rothalsgans ist bei uns ein alljährlich in kleiner Zahl erscheinender Ausnahmegast. Besonders in den großen Gänserastgebieten Nord- und Ostdeutschlands hat man Chancen, eine Rothalsgans zu entdecken. Die meisten Rothalsgänse überwintern am Schwarzen Meer und weiter östlich. Zuweilen schließen sich einzelne Tiere anderen Gänsearten, insbesondere Bläss- und Weißwangengänsen an, die sie in die weiter westlich gelegenen Überwinterungsgebiete führen. Trotz der auffälligen Färbung ist es nicht immer einfach, Rothalsgänse in einem Gänseschwarm, wie hier zwischen Weißwangengänsen, auszumachen. Es lohnt sich daher immer, Gänseschwärme mehrfach durchzumustern.

Praxistipp: Altersbestimmung bei grauen Gänsen

Zu Beginn der Überwinterung lassen sich junge von alten Gänsen im Freiland noch recht gut unterscheiden. So kann der aufmerksame Beobachter am Anteil der jungen Gänse feststellen, ob es ein gutes oder ein eher schlechtes Gänsejahr war. Der Familienverband bleibt anfangs noch erhalten, sodass man oft zwei Altvögel zusammen mit einem oder mehreren Jungvögeln sieht. Durch das genaue Beobachten wird man die begehrten selteneren Arten auch sehr viel leichter aus dem Gewimmel herausfinden können. Die Jungvögel durchlaufen im Winterquartier eine Mauser des Kleingefieders. Auch einige Schwungfedern werden gewechselt. Dadurch lassen sie sich zum Winterende hin kaum noch von den Altvögeln unterscheiden.

Bei der adulten Graugans sind die breiten dunklen Flankenfedern breit hell gerandet, sodass sich ein sanft geschwungenes Wellenmuster ergibt. Jungvögel zeigen hier durch schmalere, stark gerundete Federn eine eng geschuppt wirkende Textur. Die Armdecken, Schulter- und Mantelfedern haben gerade abgeschnittene Spitzen. Deren helle Ränder ziehen sich als regelmäßige Linien über den Rücken. Bei Jungvögeln ist dieses Muster dichter, wellenförmig und unscharf. Die Federn am Hals sind lanzettförmig und in Längsrichtung angeordnet, wodurch ein auffälliges Riffelmuster entsteht. Diese Struktur ist beim Jungvogel viel schwächer ausgeprägt. Schließlich ist der Nagel des Altvogels weißlich, während der des Jungvogels schwärzlich ist.

Junge und alte Gänse der Gattung *Anser* sind auf Seite 142–144 dargestellt. Neben den in der Abb. auf S. 142 grundsätzlich genannten Merkmalen lässt sich Folgendes erkennen: Bei der Saatgans ist der Jungvogel am Hals etwas heller als der Altvogel. Ebenso wirken Oberseite und Flanken schuppiger mit mehr braunen als weißen Federrändern. Am Schnabelgrund fehlt jegliches Weiß, das bei Altvögeln regelmäßig in geringem Maße auftritt. Bei der Blässgans fehlt dem Jungvogel zunächst noch die Blässe am Schnabelgrund und auf der Stirn, ebenso wie die typische schwarze Bauchbänderung. Juvenile Blässgänse sehen noch schuppiger aus als die übrigen Arten der Gattung. Der dunkle Nagel tritt beim Jungvogel deutlich hervor. Ebenso ist die Beinfarbe matter. Neben den in der Abb. auf S. 144 dargestellten Unterschieden fehlt der jungen Graugans die leichte Bauchfleckung, die bei Altvögeln regelmäßig auftritt.

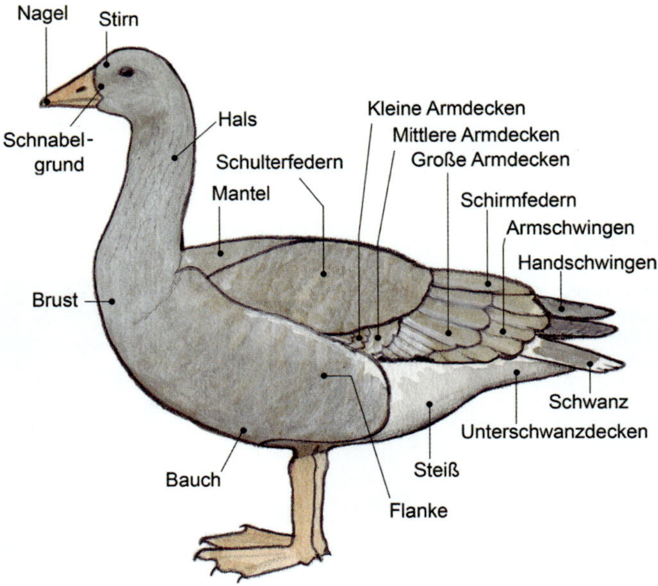

Topographie einer Gans.

Blässgänse brechen auf. Bei den Altvögeln ist die starke Stirnblässe und die weiße Schnabelgrundbefiederung ebenso wie die breite schwarze Bauchfleckung gut zu erkennen. Ein Jungvogel (rechts Mitte) zeigt uns seine typischen Merkmale: fehlende Stirnblässe und Bauchbänderung, vergleichsweise heller Kopf und Hals, dazu kontrastierend die dunkle Schnabelgrundbefiederung. Das letztgenannte Merkmal unterscheidet ihn von gleichaltrigen Saatgänsen.

Die Unterscheidung der grauen Gänse bereitet dem Anfänger oft Schwierigkeiten. Hinzu kommt, dass die Schnabel- und Beinfarbe mitunter schwer einschätzbar sein können. Die Bestimmung anhand der Größe ist keinesfalls ausreichend. Folgende Tabelle soll eine Übersicht über die drei bei uns am häufigsten zu beobachtenden Arten beziehungsweise Unterarten geben: Blässgans (Unterart *albifrons*), Saatgans (Unterart *rossicus*) und Graugans (Unterarten *anser* und *rubrirostris*). Daneben erscheinen in Deutschland als Ausnahmegäste die weltweit bedrohte Zwerggans, die der Blässgans sehr ähnelt und die Kurzschnabelgans, die auf dem Zug nur in Küstennähe regelmäßig zu beobachten ist.

Unterscheidung der häufigsten grauen Gänse

Merkmale	**Blässgans (Unterart *albifrons*)**	**Saatgans (Unterart *rossicus*)**	**Graugans (*anser* und *rubrirostris*)**
Gestalt	mittelgroß und kompakt	mittelgroß bis groß, eher kurzhalsig, langflügelig	groß, massig, dickhalsig mit großem Kopf mit großem keilförmigen Schnabel, breitflügelig
Grundfärbung	Kontrast zwischen dunklem Kopf und Hals zu heller Brust und Bauch	sehr dunkel, Kontrast zwischen dunklem Kopf und Hals zu heller Brust und Bauch	einfarbig graubraun, Kopf und Hals recht hell
Schnabel	rosa, schlank, mittelkräftig	kurz, durch dicken Unterschnabel an der Basis recht hoch und kräftig; dunkel mit meistens schmaler aber immer orangener Schnabelbinde	dick und keilförmig, rosa (*rubrirostris*) bis orange (*anser*)
Kopffärbung	ab erstem Winter auffälliges weißes Feld am Schnabelgrund, das bis auf die Stirn reicht	adulte regelmäßig mit schmal weißer Schnabelbasis	nur vereinzelt weiße Federn am Schnabelgrund
Flügelfärbung	ober- und unterseits ± einheitlich dunkel	ober- und unterseits ± einheitlich dunkel	ober- und unterseits deutlich zweifarbig; große Teile der Flügeldecken hellgrau mit starkem Kontrast zum dunklen Mantel; unterseits hellgraue kleine Decken und Achselfedern kontrastieren zum schwärzlichen Restflügel
Schirmfedern	einfarbig	hell gerandet	hell gerandet
Bauchfärbung	bei adulten auffällig quer gefleckt	einfarbig	bei adulten meistens kleine schwarze Bauchflecken
Beinfarbe	orange	orange	rosa
Schwanzfärbung	breit weiße Endbinde	schmal weiße Endbinde	sehr breite weiße Endbinde und hellgraue Bürzelregion

Saatgans, *rossicus*

Blässgans, *albifrons*
weiße Blesse
rosa
adult
helle Ränder undeutlich
Querbänder
breit weiß
noch dunkel
orange
hell
juvenil
ungefleckt

Praxistipp: Gänsebeobachtung im Freiland

Gänse sind durch die Bejagung in vielen Teilen Europas sehr scheu geworden, was sie gegenüber Störungen sehr empfindlich macht. Individuen, die oft aufgescheucht werden, haben nicht genügend Zeit zum Fressen. Sie kehren in schlechter Verfassung in die Brutgebiete zurück, was sich negativ auf den Bruterfolg auswirkt. Zum Wohl der Gänse und für gute Beobachtungen – wer beobachtet schon gerne abfliegende Gänse – sind daher einige Hinweise zu beachten. Wenn möglich, sollte man sich den Vögeln nicht zu Fuß oder mit dem Fahrrad nähern. Die geringste Scheu besteht vor Autos oder Beobachtungshütten. Gerade das Auto ist ideal zur Gänsebeobachtung, denn Autos werden nicht als Gefahr wahrgenommen. Wenn die Vögel die Köpfe vermehrt in die Höhe strecken und weggehen, ist man zu nah. Die Fensterscheiben sollte man schon vor der Annäherung herunterkurbeln, den Motor lässt man am besten noch eine Weile laufen, bis sich die Tiere an das Auto gewöhnt haben. Auf keinen Fall darf man aussteigen oder sich aus dem Fenster lehnen. An regelmäßig befahrenen Straßen haben sich die Gänse an vorüberfahrende Fahrzeuge gewöhnt und kommen zum Teil nahe an den Verkehr heran. Hält man jedoch unmittelbar bei diesen Trupps an, fliehen sie meistens sofort. In solch einer Situation empfiehlt es sich, zunächst die Gänse zu passieren, in gebührendem Abstand zu wenden und sie aus größerer Distanz zu beobachten.

Im Flug ist die Graugans von ihren nahen Verwandten leicht zu unterscheiden. Die beiden adulten Saatgänse (rechts) zeigen im Gegensatz zur Graugans (oben) einen ganz einfarbig dunklen Unterflügel. Auch der Kontrast zwischen hellem Bauch und dunklem Kopf und Hals bei der Saatgans ist gut zu erkennen. Graugänse weisen hingegen eine einheitliche Grundfärbung des Körpergefieders auf.

Die Tafelente – hier ein Männchen im Prachtkleid – gehört in die vielfarbige Gruppe der Enten (Gattung *Anas*). Die Art verdankt ihren Namen tatsächlich dem Umstand, dass ihr wohlschmeckendes Fleisch so manche Tafel bereicherte. Die Geschlechter der meisten Entenarten sind deutlich verschieden. Die Männchen im Prachtkleid gehören zu den schönsten Erscheinungen in der Vogelwelt. Zur Mauserzeit zwischen Sommer und Herbst tragen bei den meisten Arten die Männchen ein Schlichtkleid, das denen der Weibchen sehr ähnelt. Diese sowie im Jugendkleid befindlichen und weibchenfarbenen Enten führen immer wieder zu Bestimmungsproblemen.

Die meisten Enten lassen sich der Art ihres Nahrungserwerbs entweder den Gründelenten oder den Tauchenten zuordnen. Die hier abgebildete Spießente gehört offensichtlich in die Gruppe der Gründelenten: Köpfchen in das Wasser, Schwänzchen in die Höh'! Gründelenten gründeln im Flachwasser, seihen an der Wasseroberfläche oder zupfen Gras am Ufer und tauchen mit Ausnahme der Löffelente nur im äußersten Notfall.

Gründelenten starten von der Wasseroberfläche direkt und steil nach oben. Tauchenten benötigen hierfür einen längeren und platschenden Anlauf.

Viele Gattungen der Entenvögel und besonders die Gründelenten, wie die hier abgebildete Stockente, besitzen eine auffällige Armflügelzeichnung, die man aufgrund der oft glänzenden Färbungsanteile als „Spiegel" bezeichnet. Der Spiegel ist bei jeder Art anders und wird aus einem meistens weißlichen Flügelhinterrand, einem oft farbig glänzenden Basisteil der Armschwingen und hellen großen Armdecken gebildet. Anders als bei den meisten Tauchenten ist er bei Gründelenten auch beim schwimmenden oder stehenden Vogel zu erkennen und dient als Bestimmungsmerkmal. Die Spiegelfärbung ändert sich auch im Schlichtkleid nicht.

Die Brandgans gehört in die Gruppe der Halbgänse, deren Vertreter eine gänseartige Gestalt besitzen, durch bunte Färbung und ihr Verhalten jedoch an Enten erinnern. In der Tat handelt es sich um sehr große, gänseartige Enten. Die Brandgans brütet in Erdhöhlen und ist hauptsächlich entlang der Küste verbreitet, nimmt aber stetig im Binnenland entlang großer Flüsse zu. Der hier abgebildete Vogel ist an dem schwachen Schnabelhöcker leicht als ein Weibchen zu erkennen.

Die sehr hübsche Kolbenente kann man bei uns vor allem am Bodensee, in Südbayern und auf Fehmarn beobachten. Nahrungsökologisch steht sie den Gründelenten näher als den Tauchenten, obwohl sie sehr gut tauchen kann. Sie lässt sich nur schwer einer der beiden Gruppen zuordnen. Sie ernährt sich hauptsächlich von Armleuchteralgen (Characeen), die nur im klaren Wasser gedeihen.

Tafelente x Moorenten-Hybriden sind typische Tauchentenhybriden, die stets in gleicher Weise Merkmale beider Elternarten zeigen. Die Merkmale entstehen also nicht zufällig neu. Sie erinnern recht stark an die bei uns seltene Moorente, zeigen jedoch einen stärkeren Kontrast zwischen dunkler Brust und hellen Flanken.

Welche Entenart ist das denn? So möchte man denken. Derartige Hybriden resultieren aus der Verpaarung von Hausentenrassen mit Stockenten und treten im Freiland regelmäßig auf.

Zum Verwechseln ähnlich: Gründelentenweibchen

Während Männchen im Prachtkleid zu den am einfachsten zu bestimmenden Vögeln überhaupt gehören, sollte man Männchen im Schlichtkleid und weibchenfarbene Gründelenten sorgfältig anschauen. Um hier schnell bestimmen zu können, muss man viel Erfahrung haben. Doch lassen Sie sich nicht abschrecken! Die Gefiedermuster der Weibchen sind oft viel komplexer als die der Männchen und faszinieren erst auf den zweiten Blick. Gerade hier kommt man über das einfache Bestimmen nach Farbmustern hinaus und kann viel über Struktur und „Gizz" (S. 52) lernen.

An dieser Stelle sollen die häufigsten heimischen Schwimmentenweibchen vorgestellt werden. Doch machen Sie sich bewusst, dass auch Männchen wie dieser Stockentenerpel im Sommer in ein Schlichtkleid wechseln, das dem Weibchenkleid sehr ähnlich ist. Sie tragen es zu der Zeit, in der sie ihre Schwungfedern mausern, somit kurzfristig flugunfähig sind und besonderer Tarnung bedürfen.

Schnatterente (rechts) und Stockente (links) sind ein häufig verwechseltes Artenpaar. Neben der allgegenwärtigen Stockente ist die Schnatterente bei uns ein spärlicher bis mäßig häufiger (im Süden) Brutvogel und kann auf der Rast nahezu auf jedem Süßgewässer erwartet werden. Folgende Tabelle zeigt die wichtigsten Unterschiede auf:

Merkmale	Schnatterente	Stockente
Gestalt	klein und schlank, eckiges Kopfprofil, Schnabel kurz und schmal; Stirn steil	schwere Gründelente, Kopf rundlich, langer Schnabel geht weich in Kopfprofil über
Schnabel	orange entlang der Schneidekante, First schwarz, sauber abgesetzt	variabel, meistens vor der Spitze und an der Basis orange, etwas unsauberes Muster
Färbung	insgesamt grauer als Stockente, Kopf auffällig grau abgesetzt, Kehle weißlich	bräunlicher als Schnatterente, oft leicht abgesetzte Kopffärbung, Kehle beige
Spiegel (oft sichtbar)	weiß	blau schimmernd
Schwanz	nur Schwanzseiten weißlich	insgesamt sehr hell
Schirmfedern	dunkel	heller

Spießenten sind bei uns regelmäßige bis häufige Durchzügler. Ihre Gestalt ist schlank, lang und spitz. Auch bei Weibchen überragt der spitze Schwanz die Flügel deutlich. Der Hals ist lang und schlank. Auch der Schnabel wirkt lang, der kleine Kopf hingegen wohlgeformt rundlich.

Die dem Stockentenweibchen ähnlichen Weibchen unterscheiden sich neben der charakteristischen Gestalt unter anderem durch einen einfarbig grauen Schnabel und einen fast einfarbig hellbraunen Kopf, der sich vom grauen Körper absetzt.

Die eher plump und kurzhalsig wirkende Löffelente ist etwa um ein Viertel kleiner als die Stockente. Die an Land orange leuchtenden Beine dienen im Wasser nicht als Bestimmungsmerkmal. Sie ist aber in allen Kleidern an ihrem löffelartig verbreiterten langen Schnabel zu erkennen. Mit ihm durchseiht sie das Oberflächenwasser nach kleinen Nahrungspartikeln. Durch den oft eingezogenen Hals liegt der schwere Schnabel scheinbar auf der Brust, was den kompakten Eindruck verstärkt.

Die Krickente ist eine sehr kleine, kurzhalsige Gründelente mit einem zierlichen, schmalen Schnabel. Man findet sie lebhaft und hektisch oft nahe dichter Ufervegetation schwimmend. Im rasenden Flug sieht sie mit ihrem schnellen und agilen Flug auf schmalen, spitzen Flügeln Limikolen (S. 223) ähnlich. Von Weitem gehört sie zu den Vogelarten, die man aufgrund fehlender Merkmale erkennt. Sie wirkt sehr einfarbig graubraun, auch am Kopf. Nur die der Knäkente fehlenden weißen Streifen auf den äußeren Unterschwanzdecken scheinen heraus. Der grüne Spiegel ist nicht immer so gut zu erkennen wie auf dem Bild.

Die Knäkente ist wenig größer als die ähnliche Krickente. Sie wirkt schwerer, länger und langschnäbeliger als die Krickente. Der Schnabel zeigt kein Orange, wie es regelmäßig bei der Krickente beobachtet werden kann. Die Kopfseiten wirken durch den dunklen Wangen- und Augenstreif und hellen Zügelfleck stärker gestreift. Der helle Längsstrich an der Schwanzbasis fehlt. Der Armflügelhinterrand ist deutlich weiß.

Die Knäkente überwintert in Afrika und ist somit der einzige Langstreckenzieher unter unseren Enten.

Die Stockente, hier ein Weibchen, hat knallig orangene Beine; ein Merkmal, das sie nur mit der Löffelente teilt.

Nur auf den ersten Blick zum Verwechseln ähnlich: Reiher- und Bergente

Die Reiherente ist besonders im Binnenland oftmals die häufigste Tauchente. Die Bergente überwintert hingegen an unseren Küsten und hier besonders an der Ostsee. Nur selten verschlägt es sie ins Binnenland. Im Winter können beide Arten zuweilen nebeneinander beobachtet werden.

Männchen im Prachtkleid können bei beiden Arten leicht bestimmt werden. Der Silberrücken enttarnt die Bergente sofort. Sie wirkt deutlich größer und massiger als die Reiherente. Der Schnabel ist lang und breit. Insbesondere der Hinterkopf ist wohl gerundet und ohne den Ansatz des für die Reiherente so typischen Schopfes. Die Reiherente wirkt hingegen deutlich gedrungener, mit schlankem Hals, dem namensgebenden Federschopf, der an einem zugespitzten Scheitel ansetzt, sowie mit hoher, steiler Stirn und kürzerem Schnabel.

Die Weibchen der beiden Arten sind deutlich ähnlicher gefärbt als die Männchen. Zwar zeigt das Bergentenweibchen auch einen fein hell melierten Rücken, jedoch nicht so auffällig wie das Männchen. Typisch sind hingegen der breit weiße Schnabelgrund und der helle Ohrseitenfleck. Vorsicht ist bei Reiherentenweibchen geboten, die wie auf dem Foto ebenfalls einen breit weißen Schnabelgrund zeigen können. Ihnen fehlt jedoch der helle Ohrseitenfleck, die typisch rundliche Kopfform sowie der hell überhauchte Rücken. Dafür besitzen sie immer zumindest den Ansatz eines Federschopfes.

Weit draußen: Meeresenten

Das Spektivbild verwackelt unter der frischen Brise und die 30-fache Vergrößerung ist das höchste der Gefühle. Über der grauen, aufgewühlten Nordsee fliegt ein Schwarm schwärzlicher Vögel in unordentlicher Formation knapp über der Wasseroberfläche am Horizont entlang. An ihrer Spitze bildet sich ein Knäuel, dem eine Kette weiterer Vögel folgt. Dem ambitionierten Beobachter fällt die Eingrenzung auf die Gruppe leicht: Meeresenten. Dann fangen die Schwierigkeiten mit der Artbestimmung an. In der recht inhomogenen Gruppe der Meeresenten sind einige kleine bis große tauchende Entenarten zusammengefasst, die sich zumindest außerhalb der Brutzeit überwiegend auf dem Meer aufhalten. Ihre typischsten und weitaus häufigsten Vertreter sind bei uns die Eiderente und die Eisente, die man hierzulande vor allem im Winterhalbjahr auf der Ostsee findet, sowie die Trauer- und Samtente. Letztere sind mittelgroße schwärzliche Enten, von denen die meisten die Brutzeit in Skandinavien verbringen und außerhalb der Brutzeit unsere Küsten aufsuchen. Diese beiden Arten, aber auch Eiderenten bilden die anfangs beschriebene Flugformation. Auf die große Entfernung bleiben nicht viele Merkmale, die eine Bestimmung auf Artniveau ermöglichen.

Eiderenten, hier ein Männchen im Schlichtkleid, können im Jugendkleid, Weibchenkleid oder als Männchen im Schlichtkleid sehr düster wirken. Ihr Körperbau ist sehr grob mit dickem, kurzem Hals und großem Kopf sowie dem markant keilförmigen Kopfprofil. Im schnellen Flug mit kräftigen tiefen Flügelschlägen blitzen zuweilen die hellen Unterflügeldecken auf, was sie von den nahezu ganz schwarz erscheinenden Trauerenten unterscheidet.

Samtenten können aus der Entfernung recht schmalflügelig wirken. Ein Eindruck, der durch die weißen Handschwingen entsteht, die im Gegenlicht stark mit dem Hintergrund verschwimmen können.

Rastende Meeresententrupps enthüllen dem geduldigen Beobachter ihre Artzusammensetzung auch auf große Distanz. Immer wieder verschwinden die Tiere in den Wellentälern, weshalb man sich bei der Meeresentenbeobachtung nicht zu tief stellen sollte. Einige Tiere putzen sich, worauf regelmäßig Flügelschlagen folgt. Dabei verbeugt sich die Trauerente, während die Samtente den Kopf aufrecht hält. Die Samtente taucht im Gegensatz zur Trauerente ohne Sprung und mit leicht geöffneten Flügeln. So muss man keine wesentlichen Gefiedermerkmale erkannt haben, um die Arten auf große Distanz zu unterscheiden.

Gänsesäger versus Mittelsäger

Gänsesäger, Männchen im Prachtkleid.

Gänse- und Mittelsägermännchen im Prachtkleid zählen zu den herrlichsten Anblicken, die unsere Vogelwelt zu bieten hat. Männchen im Schlichtkleid und weibchenfarbene Vögel hingegen bieten ein gutes Beispiel, wie man Vogelarten an ihrer Struktur unterscheidet.

Vergleicht man den Mittelsäger (links, Männchen im Schlichtkleid) mit dem Gänsesäger (rechts, Weibchen), so wirkt die Kopfpartie des größeren und schwereren Gänsesägers deutlich massiger, was vor allem durch den fülligen Schopf und den dicken Hals unterstrichen wird. Der Mittelsäger wirkt hingegen kleiner, schlanker und dünnhalsiger. Sein dünner, struppiger Schopf bildet meistens zwei Büschel am Hinterkopf. Der Schnabel des Mittelsägers ist proportional länger und hauptsächlich an der Basis dünner. Ein Blick auf den Hals deckt weitere Unterschiede auf: Der rotbraune Hals des Gänsesägers ist von der weißen Brust scharf abgegrenzt. Beim Mittelsäger ist der mattere Braunton nur unscharf gegen die Brust abgesetzt, sodass der Hals eher einfarbig erscheint. Zudem zeigt der Gänsesäger einen klar abgegrenzten weißen Kehlfleck, der bei seinem Vetter verwaschen bräunlich wirkt. Die Gefiedergrundfärbung des Gänsesägers ist reingrau, die des Mittelsägers braun überhaucht.

Glatt- und Raufußhühner – *Phasanidae*

Ein Fasan ist der klassische Prototyp eines Hühnervogels. Als Bodenbewohner hat er kräftige Beine. Der Schnabel ist kurz, derb und leicht hakenförmig. Damit pickt er Samen und Pflanzenteile auf. Nur für die Küken sind Insekten eine wichtige Nahrungsquelle. Nackte Gesichtspartien sind ganz typisch, besonders für männliche Hühnervögel, und haben eine wichtige Funktion bei der Balz. Der Fasan ist wie die meisten Hühnervögel ein ausgesprochener Standvogel.

Hühnergelege sind oft recht groß, was sich der Mensch schon früh zu Nutze gemacht hat. Ein Fasanengelege kann acht bis zwölf Eier enthalten. Die Jungen sind typische Nestflüchter und können dank eines raschen Schwingenwachstums nach ein bis zwei Wochen kurze Strecken fliegen. Sie werden vom Weibchen betreut. Im Bild ein Fasanenküken.

Glatt- und Raufußhühner sind in einer Hühnerfamilie, den *Phasianiden*, zusammengefasst. In ihr sind nahezu alle mitteleuropäischen Vertreter der Hühnervögel vertreten. Namensgebend für die beiden Unterfamilien ist der Unterschied in der Befiederung der Beine. Raufußhühner, hier durch einen jungen Birkhahn dargestellt, haben als Anpassung an Kälte und Schnee vollständig befiederte Beine. Die Zehenseiten sind mit Reihen stiftartiger Hornausbildungen („Balzstifte") verbreitert und fungieren zusammen mit den Federn als Schneeschuhe. Zudem fehlt ihnen der für Glattfußhühner typische Sporn.

Eine weitere Anpassung an ihren im Winter unwirtlichen Lebensraum sind die befiederten Nasenlöcher der Raufußhühner. Die besonders bei den Männchen während der Balz geschwollenen, nackten, roten Hautpartien über den Augen werden „Rosen" genannt, und sind bei dem hier abgebildeten Auerhahn gut zu erkennen.

Viele Hühnerarten sind ausgesprochen dimorph, das heißt, die Geschlechter sind sich sehr unähnlich, wobei die Männchen oft sehr auffällig gefärbt sind, während die Weibchen eher tarnfarben sind. Dies ist besonders bei Arten der Fall, die entweder polygam leben, also ein Männchen paart sich mit mehreren Weibchen, oder bei Arten, die auf dem Balzplatz um die Weibchen buhlen. Zu den Ersteren zählt der Fasan und zu den Letzteren die abgebildeten Arten Auerhuhn (links) und Birkhuhn (rechts).
Raufußhühner balzen in auffälliger, ritualisierter Weise, was die Menschen schon immer fasziniert hat. Birk- und Auerhühner versammeln sich auf traditionellen Balzplätzen, wo die Männchen in einer Gruppenbalz durch auffälliges Gehabe und eigentümliche Laute um die Weibchen werben. Der Balztanz der Birkhähne soll als Vorbild für den bayrischen Schuhplattler gedient haben.

Schneehühner leben zwar polygam, vertrauen dennoch auf ihr perfekt tarnendes Gefieder, weshalb sich die Geschlechter stark ähneln. Die Männchen des Alpenschneehuhns (hier abgebildet) tragen im Sommer ein schiefergraues und die Weibchen ein warmbraun-meliertes Gefieder. Im Winter legen beide Geschlechter ein reinweißes Gefieder an. Die Männchen unterscheiden sich dann durch den schwarzen Zügelstreif von den Weibchen. Alpenschneehühner sind vollkommen an ihre lebensfeindliche Umwelt, die alpinen Hochlagen, angepasst. Im Winter graben sie sich im Schnee eine Schlafmulde oder gar eine Schlafhöhle. Ab März lassen die Hähne ein karrendes, weittragendes Balzgeräusch hören. Der alpine Wanderer wird die Art meistens nur vor seinen Füßen abfliegend beobachten können.

Kaum eine Art verhält sich derart kryptisch wie das Haselhuhn, weshalb es bei vielen Beobachtern ganz oben auf der Wunschliste steht. Es kommt in unterholzreichen, strukturreichen Wäldern mit vielseitiger Artenzusammensetzung in den Mittelgebirgen und im Alpenraum vor. Gerne sucht es sandige Wege und Böschungen zum Staubbad auf. Leider fliegt es oft lange bevor man es sieht ab, was man dann an dem burrenden Flügelgeräusch bemerkt. Das Haselhuhn lässt sich gerne in einer erhöhten Position beispielsweise auf einen Querast nieder, wo es dann geschickt balancierend auf den ahnungslosen Wanderer herabschaut. Der abgebildete Vogel lässt sich durch seine schwarze Kehle leicht als ein Männchen bestimmen. Weibchen haben eine braungrau gebänderte Kehle.

Neben dem Fasan ist das Rebhuhn der Hühnervogel, dem man am häufigsten in der strukturreichen Feldflur begegnen wird. Rebhühner sind Einzelgänger oder leben in einer Partnerschaft und sind sehr territorial. Dieses kontaktscheue Verhalten hat in der deckungsarmen, ausgeräumten Agrarlandschaft dazu geführt, dass die Abstände zwischen den einzelnen Familiengruppen sehr viel größer und somit die Siedlungsdichte niedriger wurde. Hinzu kommt das Verschwinden von Kleinstrukturen, die totale Ernte von großen Ackerflächen in wenigen Tagen, die maschinelle Bearbeitung des Bodens und viele andere Folgen der modernen Landwirtschaft, die das Nahrungsangebot schmälern und Möglichkeiten für eine gut geschützte Anlage des Nestes verringern. In vielen Gegenden ist dieser einstmals häufige Vogel nun selten geworden oder gar verschwunden.

Die Wachtel ist der einzige Zugvogel unter unseren Hühnervögeln. Sie macht durch ihren schlagenden Ruf, der wie „pick-werwick" (erste Silbe am stärksten betont) klingt, meist vier bis sieben Mal wiederholt wird und von Weitem an einen tropfenden Wasserhahn erinnert, auf sich aufmerksam. Das ist oft alles, was man von der Wachtel mitbekommt, den Vogel selbst sieht man nur äußerst selten. Wachteln lassen Menschen gelegentlich sehr nahe an sich heran und fliegen nur auf, wenn es keinen Ausweg mehr gibt. Im Normalfall schleicht sich die Wachtel geduckt durch die Vegetation davon. Man findet den kleinen Hühnervogel auf Feld- und Wiesenflächen mit hoher, Deckung gebender Krautschicht, in Wintergetreide, Brachen, Luzerne- und Kleefeldern, auch in Wiesen und auf Hackfruchtäckern, auf die sich die Wachteln im Laufe des Sommers gerne verlagern.

Flamingos – *Phoenicopteridae*

Flamingos sind eine nur aus einer Familie bestehende Ordnung. Als große, auffällig rosa gefärbte Vögel mit extrem langen Hälsen und Beinen repräsentieren sie Kitsch und Schönheit zugleich. Sie nehmen in flachem Salz- und Brackwasser mikroskopisch kleine Krebs- und Wassertiere, Plankton und Mollusken mithilfe des zu einem Seihapparat entwickelten Schnabels auf. Neben einer etablierten Kolonie in Westdeutschland zum größten Teil aus Gefangenschaftsflüchtlingen kommt der Rosaflamingo in Südeuropa auch natürlicherweise vor.

Extrem lange Beine, der lange Hals und der merkwürdig dicke, nach unten gebogene Schnabel geben den Flamingos ein bizarr-schönes Aussehen. Im Flug sind die Vögel sehr auffallend. Der lange, ausgestreckte Hals in Kombination mit den rosa bis rot und schwarz gefärbten Flügeln bietet ein unverwechselbares Bild. Die intensive Rosafärbung kommt durch karotinhaltige Pigmente zustande, die in der Nahrung enthalten sind.

Flamingos ernähren sich vor allem von mikroskopisch kleinen Blau- und Kieselalgen, die sie mit ihrem Seihschnabel aufnehmen. Dabei funktioniert die Zunge wie eine Pumpe und die mit Lamellen ausgestatteten Schnabelränder wie ein Filter. Der zu unterst ins Wasser gehaltene Oberschnabel ist beweglich – das ist einmalig im Tierreich! Der gräulich gefärbte Jungvogel wirkt im Vergleich zu dem farbenprächtigen Altvogel eher düster.

Die typische Rosafärbung kommt erst im Alter von zwei bis drei Jahren vollständig zustande. Sie spielt im Balzverhalten eine wichtige Rolle, weshalb Flamingos in Gefangenschaft auch mit Karotin versetzte Nahrung benötigen, um sich erfolgreich fortzupflanzen. Die Schwarzverteilung am Schnabel kennzeichnet die Artzugehörigkeit; in diesem Fall handelt es sich um einen Rosaflamingo (links) und einen Kubaflamingo (vorige Seite). Der Schnabel ist anfangs gerade und verwächst sich erst in den ersten Wochen zu dem charakteristischen Knick.

Zwar lässt sich in Mitteleuropa nicht das Farbspektakel von Millionen Flamingos bestaunen, wie man es etwa in Ostafrika erleben kann. Doch bietet die kleine Kolonie im Zwillbrocker Venn an der Grenze zu Holland bei Vreden, die Möglichkeit frei lebende Rosa- und Chileflamingos zu beobachten. Den Winter verbringen die Tiere am niederländischen IJsselmeer und im niederländischen Rheindelta.

Rosaflamingo

Chileflamingo

Beim Rosaflamingo ist nur die Schnabelspitze schwarz, beim Chileflamingo hingegen der halbe Schnabel. Zudem sind die Beine beim Rosaflamingo durchgehend rosa, während sie beim Chileflamingo grau sind. Nur die Kniegelenke sind rosarot und heben sich somit gut ab.

Lappentaucher – *Podicipedidae*

Lappentaucher sind kleine bis entengroße Schwimmvögel mit weit hinten ansetzenden Beinen. Die schmalen, mittellangen Schnäbel sind nicht übermäßig kräftig. Ihre kleinen Schwanzfedern bleiben unter oft flauschig aufgebauschten Schwanzdecken verborgen, sodass sie schwanzlos erscheinen, was ihrem Hinterende häufig ein gerundetes Aussehen gibt.

Lappentaucher tauchen im Gegensatz zu Alken (S. 294) mit geschlossenen Flügeln und im Gegensatz zu Seetauchern (S. 164) mit einem kleinen Tauchsprung – nicht jedoch der Haubentaucher! Mit Ausnahme des Zwergtauchers sind Lappentaucher außerhalb der Brutzeit allgemein schweigsam.

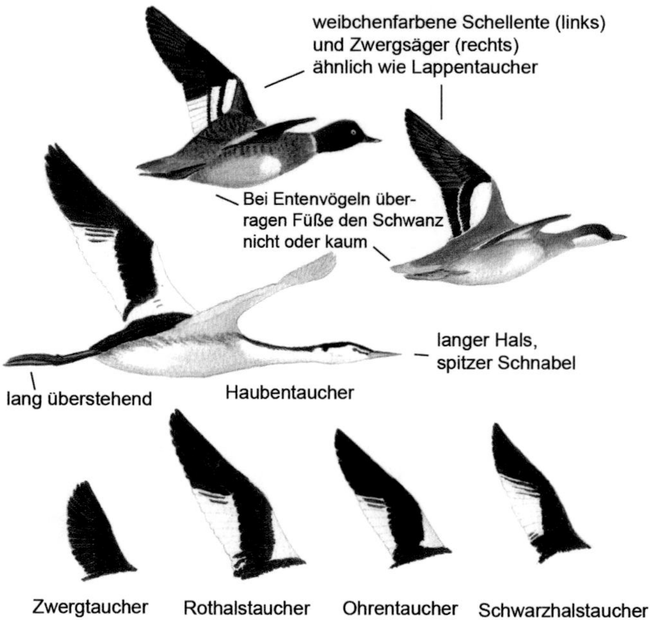

Lappentaucher fliegen nicht so kräftig wie Seetaucher, sondern wirken eher angestrengt. Der Kopf wird unter die Körperebene gehalten und die großen Füße überragen weit das Hinterende. Bis auf den Zwergtaucher, der einen einfarbig dunklen Flügel aufweist, zeigen alle Arten auffällige Weißanteile im Armflügel. Dies unterscheidet sie unter anderem von den teilweise viel größeren Seetauchern und Kormoranen. Sie können aber mit anderen fliegenden Wasservögeln mit auffälligem weiß-dunklen Flügelmuster verwechselt werden. Zum Beispiel mit weibchenfarbenen Zwergsägern, die zudem ein helles Ohrfeld zeigen, wie es auch für Ohren-, Schwarzhals-, Hauben- und Rothalstaucher im Schlichtkleid typisch ist. Hier gilt es genau hinzuschauen: Welche Flügelpartien sind weiß? Wie ist die genaue Farbverteilung? Auch die Schnabelform und ob die Füße das Hinterende überragen hilft bei der Bestimmung.

Das braune Gefieder des Zwergtauchers macht diese Art im Schlichtkleid unverwechselbar.

Fünf Arten kommen bei uns regelmäßig vor. Der Zwergtaucher ist eine häufige Art, die man oft an vegetationsreichen Gewässern findet. Auch der Haubentaucher ist ganzjährig häufig. Der Ohrentaucher erscheint bei uns als Wintergast ab Oktober in geringer Zahl an der Küste, vor allem der Ostseeküste und selten im Binnenland. Vögel im Prachtkleid, die ab April/Mai beobachtet werden können, sind meistens Durchzügler.

Der dem Ohrentaucher im Schlichtkleid recht ähnliche Schwarzhalstaucher brütet bei uns oft in Lachmöwenkolonien. Die aggressiven Möwen liefern ihm unbewusst Unterstützung bei seiner eigenen Feindabwehr.

Rothalstaucher findet man brütend vor allem im Nordosten auf vegetationsreichen Gewässern. Er, wie auch der Schwarzhalstaucher, sind regelmäßige Durchzügler im April/Mai und August/September. Vereinzelt überwintert der Rothalstaucher sowohl im Binnenland als auch an der Küste.

Im Prachtkleid sind die Arten leicht zu identifizieren und gehören mit zu den schönsten unserer heimischen Vögel. Schwieriger wird es im Schlichtkleid. Während Hauben-, Ohren-, Schwarzhals- und Rothalstaucher im Winter ein mehr oder weniger schwarz-weiß oder dunkelgrau-hellgrau gefärbtes Gefieder aufweisen, zeigt sich der Zwergtaucher in einem braun-beige getönten Schlichtkleid. So ist er leicht von dem krickentengroßen Ohren- und dem etwas kleineren Schwarzhalstaucher zu unterscheiden. Die beiden letztgenannten Arten sind sich im Schlichtkleid hingegen sehr ähnlich. Bei diesem Artenpaar helfen vor allem Gestalt, Form von Kopf und Schnabel sowie die Schwarz-Weiß-Verteilung bei der Bestimmung.

Der Rothalstaucher ist dem Haubentaucher im Schlichtkleid ähnlich. Jedoch ist er kleiner, kurz- und dickhalsiger, kompakter und wirkt insgesamt düsterer gefärbt. Ein gutes Unterscheidungsmerkmal zum Haubentaucher ist der kürzere und dolchförmigere, an der Basis gelbe Schnabel. Besonders im Jugend- und ersten Winterkleid ist der Unterschnabel beim Rothalstaucher fast bis zur Spitz gelb. Haubentaucher haben im Schlichtkleid hingegen einen rosa Schnabel. Die Kopfseiten sind verwaschen dunkel und gehen in die schwarze Kappe über. Der Haubentaucher hat eine ganz klar abgesetzte schwarze Kappe, die einen

Lappentaucher haben Dunenjunge mit stark gezeichnetem Kopfgefieder, das sie in ihrer Umgebung kryptisch erscheinen lassen soll und gleichzeitig als Auslöser für das Fütterverhalten der Altvögel dient. Oft werden die jungen im Rückengefieder getragen. Hier ein Schwarzhalstaucher mit seinen Jungen.

weißen Bereich über dem Zügel „freilässt“, der dem Rothalstaucher fehlt. Einen wichtigen Hinweis gibt der Hals: Beim Rothalstaucher ist der Hals rundherum dunkelgrau, während er beim Haubentaucher mit Ausnahme eines Streifens auf der Rückseite hell ist.

Schwierig aber lösbar: die Unterscheidung von Schwarzhals- und Ohrentaucher im Schlichtkleid

Merkmale	Schwarzhalstaucher	Ohrentaucher
Lage im Wasser – struktureller Eindruck	Oft zwergtaucherartig zum Heck hin aufgeplustert. Der Hals ist proportional dünner und der Körper gestauchter als beim Ohrentaucher. Der graue Hals kontrastiert zum Weiß von Gesicht und Brust. Weniger kontrastreich gezeichnet als der Ohrentaucher. Doch Vorsicht: Die Art kann bei grellem Licht oder aus größerer Entfernung ebenfalls kontrastreich wirken.	Flach; erinnert etwas an einen kleinen Haubentaucher, wenn auch der Hals nie so lang erscheint, die Oberseite dunkler ist, der Schnabel nicht rosafarben und über dem Zügel kein weißer Streifen liegt. Insgesamt kontrastreicher und sauberer schwarz-weiß gezeichnet als der Schwarzhalstaucher.
Stirn und Scheitel – Kopfprofil	Stirn steil, sodass der höchste Punkt des Kopfprofils über oder kurz hinter dem Auge liegt. Der Hinterkopf ist rundlich und nicht kantig.	Flach, sodass der höchste Punkt im kantigen Kopfprofil hinter dem Auge liegt.
Kopfseiten	Die oft etwas unscharf begrenzte schwarze Kappe zieht sich bis unter das Auge. Fleck oberhalb des Zügels schwach oder fehlend.	Eine scharfe Trennungslinie verläuft zwischen den leuchtend weißen und bis auf den Hinterkopf reichenden Kopfseiten und der schwarzen Kopfkappe durch das bei beiden Arten leuchtend rote Auge. Adulte Vögel zeigen oberhalb des im Gegensatz zum Schwarzhalstaucher fleischfarbenen bis roten Zügels meistens einen auffälligen hellen Fleck.
Schnabel	Schnabel dünn und dunkel. Unterschnabel in der Regel aufgeworfen.	Gerader und kräftiger Schnabel mit heller Spitze.
Hinterkopf	 Spitzer Scheitel. Breiter schwarzer Steg trennt Weiß der Kopfseiten.	 Flacher Scheitel. Weiß der Kopfseiten stößt im Nacken fast zusammen

Lappentaucher im Schlichtkleid bestimmen

Haubentaucher

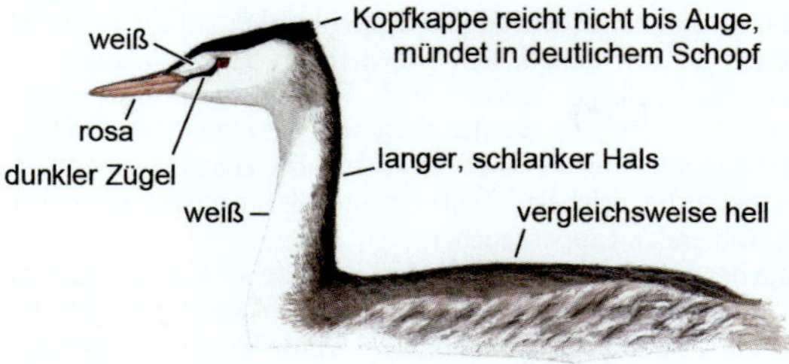

Rothalstaucher

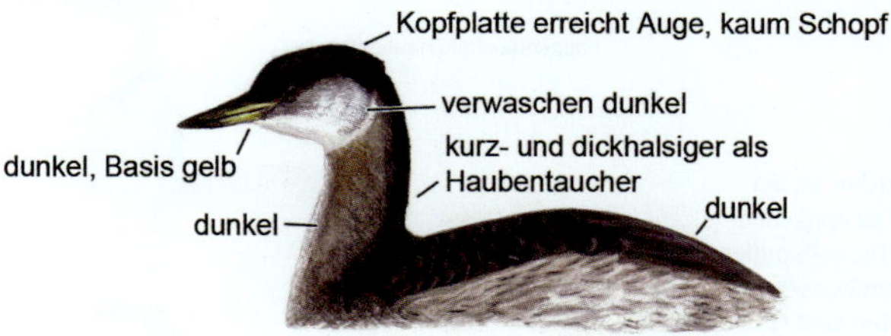

Ohrentaucher

Schwarzhalstaucher

Seetaucher – *Gaviidae*

Seetaucher sind große, lang gestreckte und perfekt an das Wasser angepasste Fischjäger. Sie haben richtige Ruderfüße mit durchgehenden Schwimmhäuten zwischen den Zehen, ähnlich wie die Enten. Das ist ein morphologischer Unterschied zu den nicht näher verwandten Lappentauchern, die nur mit lappenartigen Hautgebilden an den Zehen, den sogenannten Schwimmlappen, ausgerüstet sind. Allerdings ist dies ein Unterschied, der zum Bestimmen nicht viel taugt, denn die Füße sieht man nur ausnahmsweise. Aber eine Verwechselung zwischen den Angehörigen beider Familien ist auch leicht auszuschließen: Die lang gestreckten Seetaucher erscheinen viel eleganter als die meistens eher flauschig und pummelig wirkenden Lappentaucher.

Seetaucher zeigen in den ersten drei Kalenderjahren (Gelbschnabeltaucher sogar bis zum vierten Jahr) ein Kleid, das sich von dem Schlichtkleid der Alttiere unterscheidet. Allgemein zeigen jüngere Seetaucher ein Wellenmuster auf dem Rücken, das durch die hellen Ränder der Rückenfedern entsteht.

Seetaucher im Vergleich zu ähnlichen Wasservogelfamilien auf dem Wasser. Zu beachten sind Größe, Schnabelform und -länge, Länge und Dicke des Halses sowie die Lage im Wasser. Seetaucher liegen ähnlich flach im Wasser wie Kormorane (S. 172). Von ihnen unterscheiden sie sich durch ihren pfriem- bis dolchförmigen Schnabel und den kurzen Schwanz. Von den Sägern (S. 153) können sie durch die Schnabelform und den längeren Hals unterschieden werden. Lappentaucher weisen einen kürzeren Rumpf und ein steiler in das Wasser fallendes Hinterende auf.

Die adulten Vögel mausern jedes Jahr zur Brutzeit von dem winterlichen Schlichtkleid zu einem auffälligen Prachtkleid. Bei den Lappentauchern unterscheidet sich dagegen das Jugendkleid nur zwei Jahre lang von dem Schlichtkleid der adulten Tiere.

Weitere wichtige Unterscheidungsmerkmale der Seetaucher zu den Lappentauchern sind ihre Größe und der dickere Hals. Seetaucher zeigen beim Flug keine weißen Felder auf der Oberseite der Flügel. Ihr Flug ist rasch, gerade und kraftvoll mit regelmäßigen, nicht schwirrenden Flügelschlägen. Sie fliegen ausdauernder als Lappentaucher, wobei der Hals und die weit hinten ansetzenden und somit den Schwanz weit überragenden Füße im Flug gestreckt gehalten werden. Der tief gehaltene Kopf verleiht den Seetauchern dabei oft eine etwas buckelige Gestalt.

Im Winter, wenn man am ehesten Seetaucher in Mitteleuropa beobachten kann, sind nur noch Prachtkleidreste zu erkennen, wenn überhaupt. Die im Winter getragenen Kleider sehen sich oberflächlich ähnlich, doch unter guten Beobachtungsbedingungen ist eine Unterscheidung der Arten meist möglich, wenn folgende Merkmale (auf die Sie in Ihrem Bestimmungsbuch besonders achten sollten) berücksichtigt werden:

- Schnabelgröße, -form und -farbe
- genaue Kopfzeichnung und -form sowie die Verteilung heller Partien an Kopf, Hals und Flanken
- Kontrast zwischen Hals und Mantel
- Zeichnungsmuster der Oberseite, auch ein wichtiges Indiz bei der Altersbestimmung

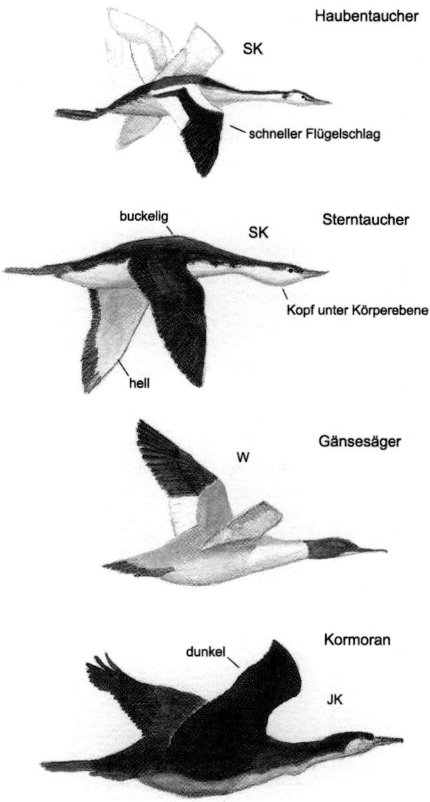

Seetaucher im Vergleich zu ähnlichen Wasservogelfamilien im Flug. Zu beachten sind Flügelschlagfrequenz, Haltung des Halses zum Körper, Flügelfelder, Überstehende Füße und die Schwanzlänge.

Ein junger Eistaucher. Neben dem für die Art typischen mächtigen, dolchförmigen Schnabel ist deutlich das das Alter kennzeichnende Wellenmuster auf dem Rücken zu erkennen.

Die gelegentlich bei uns im Winter zu hörenden lauten Gesänge der Seetaucher gehören zu den eindrucksvollsten Vogelstimmen Europas.

Regelmäßig sind nur vier Vertreter dieser Familie in Mitteleuropa zu sehen und davon zwei Arten in verschwindend geringer Anzahl. Eis- und Gelbschnabeltaucher sind bei uns nur selten oder ausnahmsweise zu beobachten, regelmäßiger stößt man auf Stern- und Prachttaucher.

Gute Stellen zur Seetaucherbeobachtung sind die Küsten und die Voralpenseen wie beispielsweise der Bodensee zwischen Münsterlingen und Romannshorn in der Schweiz oder der Starnberger See bei Seeshaupt.

Familientypisch: Das Tauchverhalten der Seetaucher

Seetaucher sind beachtliche Taucher. Vor einem Tauchgang wird das Gesicht unter Wasser gehalten, um nach Fischen Ausschau zu halten. Man nennt dieses Verhalten, das man beispielsweise auch bei Kormoranen beobachten kann, „Schnorcheln" oder „Fischluken". Ein Tauchgang beginnt mit einer sanften Rollbewegung nach vorne – ohne einen Sprung wie bei den Kormoranen oder den kleineren Lappentaucherarten. Große Seetaucherarten bleiben bis zu zehn Minuten unter Wasser, legen dabei große Entfernungen zurück und erreichen bis zu siebzig Meter Tiefe. Wer einen solchen Tauchgang zum ersten Mal erlebt, glaubt schnell, der Vogel habe sich unter Wasser verfangen und sei ertrunken. Wer den Seetaucher wieder sehen will, muss daher die Wasserfläche sorgfältig und großräumig absuchen. Am besten arbeiten dabei mehrere Beobachter zusammen, denn ein jagender Seetaucher schöpft oft nur schnell Luft und ist nach wenigen Sekunden wieder im Wasser verschwunden.

Röhrennasen – *Procellariiformes*

Zu dieser faszinierenden und weltweit verbreiteten Ordnung gehören die Familien der Südsturmschwalben (*Oceanitidae*), der Sturmschwalben (*Hydrobatidae*), der Albatrosse (*Diomedeidae*) und der Sturmvögel (*Procellariidae*). Die Geschlechter sind bei dieser Ordnung nahezu durchgehend gleich gefärbt und juvenile wie auch immature Vögel unterscheiden sich nur unwesentlich von den Altvögeln. Die bei vielen Arten nur nachts aufgesuchten Brutstätten liegen in Erdlöchern oder Felsspalten auf Felsinseln oder an Steilküsten. Da es sich um ausgeprägte Hochseevögel handelt, hat man es bei uns lediglich an der Nordsee mit ihnen und hier leider nur mit dem Eissturmvogel regelmäßig zu tun. Die Art ähnelt oberflächlich einer Möwe, zeigt aber keine schwarzen Abzeichen im Flügel.

Eine typische Eissturmvogelbeobachtung wie man sie beispielsweise um Helgoland, wo die Art auch brütet, erleben kann, verläuft ungefähr so: Bei einem frischen Wind gerät ein heller Vogel in Sicht. Zunächst denkt man an eine Silbermöwe, doch bewegt der Vogel seine steif gehaltenen Flügel fast nicht und wenn doch, dann nur mit wenigen flachen Flügelschlägen. In hohen Bögen wirft er sich aus den Wellentälern in den Gegenwind, um dann auf dem Zenit seiner Bahn auf die Seite abzukippen und wieder hinter den Wellenkämmen zu verschwinden. Dieses Verhalten ist typisch für alle größeren Röhrennasenarten.

Das Kopfprofil eines Eissturmvogels. Der Name Röhrennase rührt von den hornigen Nasenröhren her, die sich auf dem Schnabelfirst befinden und zur Ausscheidung des mit dem Meerwasser getrunkenen Salzes dienen. Der hakenförmige Oberschnabel hilft bei der Aufnahme der glitschigen Nahrung, die von der Oberfläche abgesammelt oder durch Stoßtauchen und kurze Tauchgänge erbeutet wird. Das kräftig ausgeprägte Gonyseck am Unterschnabel stellt die dafür notwendigen Hebelkräfte zur Verfügung.

Pelikane – *Pelecanidae*

In mitteleuropäischen Breiten sieht man Pelikane nur ausnahmsweise. Die nächstgelegenen Vorkommen befinden sich in Südosteuropa. Hier brüten der weltweit gefährdete Krauskopfpelikan und der weit verbreitete Rosapelikan.

Die gedrungene und kurzschwänzige Gestalt mit dem langen Hals, großem Kopf mit kontrastreich gezeichneter, nackter Gesichtshaut und riesigem Schnabel mit dem charakteristischen, dehnbaren Kehlsack gibt den Vertretern dieser Familie ihr typisches Aussehen. Sie sind vor allem in wärmeren Gebieten verbreitet und ernähren sich von Fisch, den sie gerne in gemeinschaftlicher Jagd fangen. Nur der in Amerika verbreitete Braune Pelikan gelangt durch Stoßtauchen an seine Nahrung. Die Unterschnabeläste der Pelikane sind sehr biegsam. Wenn sie mit geöffnetem Schnabel nach Fischen tauchen, biegen sich die Unterschnabelseiten durch den Wasserdruck nach außen und bilden einen weiten Kescher, dabei verhindert der Oberschnabel das Entweichen der gefangenen Fische.

Die Flügel aller Pelikane sind lang und breit und eignen sich hervorragend zum Gleiten und Segeln. Dabei werden die Flügel leicht nach unten gebogen gehalten. Die einzelnen Flügelschläge sind schwer und kraftvoll. Der Kopf wird beim Fliegen eingezogen, sodass nur der Schnabel über den Rumpf hinausragt. Gerne fliegen Pelikane in langen Ketten, manchmal Hunderte Kilometer an einem Tag. Auf größere Entfernung können sie mit dem Weißstorch verwechselt werden, den man auf kurze Distanz jedoch am ausgestreckten Hals und den langen, den Schwanz überragenden Beinen erkennen kann.

Tölpel – *Sulidae*

Tölpel sind große Seevögel, die man vorwiegend an Küstengewässern findet. Allgemeingültige Merkmale dieser Familie sind die sehr langen und spitzen Flügel, der lange und spitz endende Schwanz, ein langer und vergleichsweise dicker Hals sowie ein kräftig ausgeprägter, dolchförmiger Schnabel, der die Kopfpartie aus der Entfernung im Vergleich zu Möwen und Sturmtauchern viel wuchtiger erscheinen lässt. Kein anderer Seevogel zeigt eine vorne und hinten vergleichbar zugespitzte spindelartige Körperform.

Junge Basstölpel erscheinen besonders aus der Ferne sehr dunkel und können mit Großmöwen und Sturmtauchern verwechselt werden, was bei Beachtung ihrer typischen Silhouette und ihres Verhaltens aber nahezu ausgeschlossen werden kann.

Bei der Meeresbeobachtung (S. 91) gehören Basstölpel zu den Arten, die man auch auf große Distanz leicht identifizieren kann. Oft fliegen die Vögel in lockerem Verband in einer Linie mit typischen kräftigen, tiefen Flügelschlägen, die ihren spindelförmigen Körper geradlinig und zügig voranbringen. Eingeschaltet werden Gleitstrecken mit waagerecht gehaltenen Flügeln. Bei starkem Wind lassen sich Basstölpel gleiten und kippen dabei ähnlich wie Sturmtaucher über die Seite ab.

Nackte Hautflächen im Gesicht sowie an Kinn und Kehle verleihen vielen Tölpelarten einen einmaligen Gesichtsausdruck.

Basstölpel sind nicht scheu, sodass sich ihre exzellenten Flugkünste an den Kolonien, wie hier auf Helgoland, aus nächster Nähe beobachten lassen.

Mithilfe der Füße erheben sich Tölpel laut platschend vom Wasser. An Land, wo man Basstölpel meistens nur in teilweise riesigen Kolonien auf Felsklippen antrifft, bewegen sie sich unbeholfen und im wahrsten Sinne des Wortes tölpelhaft fort. Auch die Landung gleicht zuweilen einem kontrollierten Absturz. Da die Flügel nicht für langsames Fliegen geeignet sind, muss der letzte halbe Meter im freien Fall erfolgen.

Fisch, der die Hauptnahrung darstellt, wird durch Stoßtauchen erbeutet. Basstölpel stoßen aus 30 m Höhe fast senkrecht herab. Dabei werden die Flügel kurz vor dem Eintauchen weit nach hinten gehalten. Spezielle Luftkissen unter der Haut funktionieren wie ein Airbag und mindern die Wucht des Aufpralls.

Junge Basstölpel können auf große Distanz mit Möwen verwechselt werden. Sie bewegen sich jedoch mit viel elastischeren Flügelschlägen und legen lange Gleitphasen ein. Auch der lange Hals fällt auf den zweiten Blick auf. Bei Starkwinden kann auf große Distanz der Eindruck eines Sturmtauchers entstehen, da auch Basstölpel sich geschickt mit langen Gleitphasen im Wind bewegen. Spätestens wenn Basstölpel mit den Flügeln schlagen, wird der Unterschied jedoch deutlich: Große Sturmtaucher schlagen nur selten mit den Flügeln und wenn führen sie mit steifen Flügeln flache Schläge aus.

Kormorane – *Phalacrocoracidae*

Kormorane sind mittelgroße bis große, perfekt an das Wasser angepasste Vögel. Sie schlagen beim Tauchen nicht mit den Flügeln, sondern bewegen sich durch ihre kräftigen Füße voran. Diese setzen sehr weit hinten am Körper an, sodass Kormorane sich nur unbeholfen an Land bewegen können, dafür ist ihre Tauchtechnik umso effizienter. Die Knochen sind weniger luftgefüllt als bei anderen Vögeln, was die Kormorane zwar schwerer, aber auch tauchfähiger werden lässt.

Die Gesichtshaut der meisten Kormoranarten ist auffallend bunt gefärbt. Die Geschlechter sind ähnlich, die Männchen lediglich etwas größer als die Weibchen. Die meisten Kormoranarten sind sehr gesellig und können gelegentlich bei der gemeinschaftlichen Jagd beobachtet werden. Kormorane brüten in teilweise sehr großen Kolonien mit bis zu einigen Tausend Paaren, oft zusammen mit Reihern, mit denen sie sich zu Beginn der Brutzeit um Nistmaterial streiten. Wie die Reiher bauen Kormorane Nester in Bäumen, die häufig aufgrund des ätzenden Kotes im Laufe der Jahre absterben. Verwandte Arten wie die Krähenscharbe brüten auf Meeresklippen.

Kormoranfedern saugen sich im Gegensatz zu den Federn anderer Wasservögel mit Wasser voll, was das spezifische Gewicht deutlich reduziert und das Tauchen energieeffizienter macht. Dabei werden die Vögel nicht bis auf die Haut nass, sondern bleiben von einer isolierenden Luftschicht vor der Kälte des Wassers geschützt. Das geringe spezifische Gewicht lässt Kormorane charakteristisch tief im Wasser liegen. Dabei sieht man den Rücken nur flach über das Wasser ragen, der Schwanz lieg ganz im Wasser und der lange Hals ragt mit dem oft schräg nach oben gehaltenen Kopf weit über das Wasser. Aufgrund dieser Silhouette können Kormorane auch auf große Distanz bestimmt werden. Junge Kormorane besitzen mindestens ein Jahr lang eine weißliche Unterseite und können somit leicht von ihren adulten Artgenossen unterschieden werden.

Die Anpassungen an die Unterwasserjagd werden mit dem zeitaufwendigen Trocknen des Großgefieders erkauft. So sieht man Kormorane regelmäßig am Ufer oder auf niedrigen Zweigen sitzen und die Flügel weit von sich gestreckt, mit leichten Fächelbewegungen – auch im Winter.

Die Körperform unseres Kormorans ist charakteristisch: beim Altvogel, wie hier, dichtes nahezu vollständig schwarzes Gefieder, der Rücken und Mantel mit grünlich-purpurn schillernden, schuppig erscheinenden Federn, langer Körper, Schwanz und Hals. Letzterer ist mit kräftiger Muskulatur ausgestattet und kann den Kopf harpunenschnell an die Beutefische heranführen. Die glitschige Beute wird mit dem hakenförmigen Nagel des Oberschnabels festgehalten und Kopf voran als Ganzes verschluckt.

Bei uns kommt der Kormoran, nachdem er nahezu ausgerottet war, wieder flächendeckend an allen Küsten und Binnengewässern mehr oder weniger häufig vor. Daneben gelangen nur zwei Arten randlich nach Mitteleuropa. Dies ist zum einen die nur 70 cm kleine Zwergscharbe, die dank erfreulicher Bestandszunahmen Mitteleuropa von Südosten her erreicht. Sie ist bei uns derzeit noch weitgehend als Ausnahmegast und dann oft zusammen mit Kormoranen. Die zweite Art, die Krähenscharbe, ist ein reiner Küstenvogel, der beispielsweise häufig an der felsigen Atlantikküste Europas beobachtet werden kann. Bei uns besucht er jedoch nur Helgoland regelmäßig. Wer sein Glück versuchen möchte, sollte es auf der Nordostmole probieren, die vom Oberland aus an der Langen Anna mit dem Spektiv abgesucht werden kann. Hier halten sich ganzjährig oft mehrere Krähenscharben zwischen Kormoranen auf.

Die nur blässhuhngroße Zwergscharbe ist durch einen dicken und kurzen Schnabel gekennzeichnet, der ihr einen dem Kindchenschema entsprechenden Gesichtsausdruck verleiht. Der Hals ist kurz und dick, beim Schwimmen oft hochgereckt, das Gefieder schwärzlich mit braunem und grünem Glanz. Im Prachtkleid bekommen Zwergscharben feine weiße Strichel auf dem braunen Kopf, am Hals und auf der Unterseite. Das Jugendkleid ist matter braun, die Unterseite heller bräunlich, die Kopf- und Bruststrichelung nur schwach. Der abgebildete Vogel zeigt bräunliche Handschwingen, die vom inneren Handflügel her durch schwarze, neue Federn ersetzt werden. Dieses Merkmal weist das Tier als einen zweijährigen Vogel aus, der die letzten verbliebenen Federn aus dem Jugendkleid, die Handschwingen, vermausert. Dieses Merkmal hilft auch bei der Altersbestimmung anderer überwiegend schwarzer Vögel wie etwa Amselmännchen.

Auch wenn Kormorane sich mit Wasser vollsaugendes Großgefieder haben, so sind sie doch ausgesprochen gute Flieger. Oft sieht man sie im keilförmigen oder kettenartigen Formationsflug über längere Strecken ziehen. Die Flügel sind sehr lang, die Flügelschläge kraftvoll. Der Hals wird charakteristisch geknickt, der Kopf vorgestreckt. Die Kombination aus langem Körper, langem keilförmigen Schwanz und Flügeln und die einfarbige Erscheinung hat fliegenden Kormoranen die Bezeichnung „Himmelskreuz" eingebracht.

Ibisse – *Threskiornithidae*

Zu der in Mitteleuropa mit nur wenigen Arten vertretenen Familie der Ibisse gehören die Sichler und die Löffler. Es handelt sich um mittelgroße bis große, langflügelige Schreitvögel mit langen Beinen sowie langem Hals und Schnabel. Generell sind es gesellige Vögel. Sie bewohnen Sümpfe und andere Feuchtgebiete. Der Flug ist kraftvoll mit schnellen Flügelschlägen, die sich mit längeren Gleitphasen abwechseln. Auf diese Weise entsteht das typisch wellenförmig schwingende Flugbild von Ibis- und Löfflertrupps. Auf große Entfernung können Löffler auch mit anderen großen Vögeln verwechselt werden. Im Gegensatz zu Reihern fliegen sie mit ausgestrecktem Hals. Ebenso fehlen dem Löffler als dem größten heimischen Vertreter der Gruppe die gefingerten Handschwingen der Störche.

Die etwa storchengroßen Löffler brüten vor allem in wärmeren Gebieten Europas. Derzeit nimmt er von Holland aus auch in den Küstengebieten an der Nordsee zu. Vor allem im Spätsommer kann man ihn beispielsweise am Dollart, an der Leybucht oder auf Borkum beobachten. Der an der Spitze breite Löffelschnabel macht die Art unverwechselbar, besonders da es in Europa nur eine Löfflerart gibt. Sie brüten in Kolonien gerne zusammen mit Reihern und meistens im Schilf. Junge Löffler können bis ins zweite Kalenderjahr an ihren schwarzen Handschwingenspitzen erkannt werden.

Schlafende Löffler (rechts) unterscheiden sich von schlafenden Silberreihern (links) durch die waagerechte Körperhaltung.

Futtersuchen durch Tasten

Löffler suchen ihre Nahrung tastend, indem sie ihren Schnabel in Bögen und leicht geöffnet durch das Wasser hin und her schwenken. Sobald er eine potenzielle Nahrung berührt, klappt der Schnabel in einem Sekundenbruchteil zu. Es handelt sich um einen der schnellsten Reflexe, der bei Wirbeltieren festgestellt wurde. Diese Art der Tastjagd wird durch Tastsinnzellen ermöglicht, die sich unter der Hornschicht des Schnabels befinden. Der große Vorteil dieser Technik ist, dass sie auch in trübem Wasser und bei Nacht eingesetzt werden kann.

Der Sichler ist ein etwa hühnergroßer, relativ langbeiniger Vogel mit kräftigem, lang gebogenem Schnabel und einfarbigem, aus der Entfernung schwarzbraun wirkendem Gefieder, das aus der Nähe bronzefarben schimmert. Er ist bei uns ein Ausnahmegast und die einzige in Europa (Südosteuropa) noch heimische Sichlerart.

Der im 17. Jahrhundert noch bis in den nördlichen Alpenraum verbreitete Waldrapp kann nur noch in Marokko und Syrien in einer ursprünglich frei lebenden Population beobachtet werden. Die urtümlichen Vögel werden derzeit in Oberösterreich wieder ausgewildert und können in vielleicht nicht allzu ferner Zukunft im oberbayerischen Raum wieder regelmäßig beobachtet werden. Im Gegensatz zum Sichler sucht der Waldrapp seine Nahrung, die vor allem aus bodenlebenden Insekten und Würmern besteht, auf dem Trockenen.

Reiher – *Ardeidae*

Reiher sind eine Familie mittelgroßer oder sehr großer, häufig im Wasser watender Vögel mit charakteristisch langen Beinen, langem Hals und langem Schnabel. Der Körper ist schlank, der Schwanz kurz, unauffällig und unterseits fast vollständig von langen Unterschwanzdecken verdeckt. Manche Arten tragen zur Brutzeit Schmuckfedern an Kopf, Rücken und Brust.

Die Flügel der Reiher sind lang, breit und gerundet. Die Flugweise ist unverwechselbar; die Flügel werden nach unten gebogen und in einer nach unten gewölbten Form gehalten. Die gleichmäßigen Flügelschläge sind fördernd und bei großen Arten langsam. Der Hals wird im Gegensatz zu Störchen, Sichlern, Löfflern und Kranichen nicht gerade gehalten, sondern zu einem vorstehenden Bug eingeknickt. Der hier abgebildete Silberreiher war noch vor zehn Jahren ein seltener Gast in Mitteleuropa. Heute trifft man Silberreiher vor allem im Winterhalbjahr an, in Ost- und Südostdeutschland auch in größerer Zahl. Sie haben im Schlichtkleid einen leuchtend gelben Schnabel, während der bei uns viel seltenere Seidenreiher einen dunklen Schnabel hat. Auch im Prachtkleid des Silberreihers, das man bei uns selten zu Gesicht bekommt, in dem die Vögel dunkle Schnäbel und lange Schmuckfedern auf Rücken und Brust tragen, sind die beiden Arten leicht durch ihre Größe zu unterscheiden. Silberreiher sind so groß wie Graureiher, während Seidenreiher um ein Drittel kleiner sind. Ihr Schnabel ist zudem schlank und nie so kräftig und dolchförmig wie der des Silberreihers. Außerdem haben Seidenreiher im Gegensatz zum Silberreiher gelbe Zehen. Auf dem Bild ist an den durchscheinenden Federn schön zu sehen, wie lang Arm- und Handschwingen bei Vögeln sind; sie setzen direkt an den Flügelknochen an.

Die Nahrung der meisten Arten besteht vorwiegend aus Fischen, Amphibien und großen Wirbellosen, aber auch Kleinsäugern, Vögeln und Reptilien. Nicht selten sieht man Grau- oder Silberreiher auf Wiesen oder Äckern stehen und nach Mäusen Ausschau halten. Reiher verharren bei der Nahrungssuche bewegungslos, oft am oder im Wasser, schreiten jedoch auch langsam nach Nahrung suchend. Besonders der hier abgebildete Seidenreiher scheucht seine Beutetiere durch Umherlaufen und Bewegungen der Füße oder Flügel auf. Die Beute wird mit dem spitzen Schnabel ergriffen oder regelrecht harpuniert.

Während viele Reiher offen jagen, halten sich Dommeln wie die hier abgebildete Rohrdommel in der Regel in der Nähe dichter Vegetation auf. Sie sind daher meist nur kurz im Flug über dem Röhricht zu sehen, bevor sie erneut in der Deckung verschwinden. Am ehesten wird man durch die tiefen, dumpfen Rufreihen auf die Rohrdommel aufmerksam. Diesen Gesang hört man im Frühjahr und vor allem in den Schilfgebieten Nordostdeutschlands, wo die Rohrdommel wegen des eigentümlichen Gesangs den Namen „Moorochse" trägt.

Graureiher in einer Kolonie. Alle Arten außer den Dommeln brüten in oft gemischten Kolonien in Schilfgebieten, Gebüschen oder auf Bäumen. Wiederum mit Ausnahme der Dommeln sind Reiher an Schlafplätzen oder auf dem Zug gesellig. Die meisten Arten geben raue und krächzende Rufe von sich; die Dommeln besitzen hingegen ausgeprägte Reviergesänge.

Die Geschlechter der Reiher sind mit Ausnahme einiger kleiner Dommelarten gleich gefärbt und es gibt keine oder nur eine geringe jahreszeitliche Variation. Bei den meisten Arten ähneln die Jungvögel den Altvögeln sehr. Junge Graureiher sind jedoch mit etwas Übung leicht von den Altvögeln zu unterscheiden. Sie besitzen im Gegensatz zu den älteren Vögeln einen dunklen und keinen weißen Scheitel, dunkelgraue und nicht hellgraue Halsseiten und die hellen Schmuckfedern auf dem Rücken der Altvögel fehlen.

Der Kuhreiher ist in den Tropen und Subtropen eine weit verbreitete Art. Viele Mitteleuropäer kennen die kleinen weißen Reiher mit ihren charakteristischen kurzen gelben Schnäbeln aus dem Urlaub beispielsweise am Mittelmeer. Dort suchen Kuhreiher die Nähe von Vieh, weil sie auf vom Vieh aufgescheuchte Beutetiere wie etwa Heuschrecken hoffen.

Nachtreiher sind wie die Kuhreiher Vertreter wärmerer Gebiete. Sie nehmen in den letzten Jahren bei uns vor allem in Süddeutschland zu. Nachtreiher sind, wie der Name bereits andeutet, vor allem nacht- und dämmerungsaktiv und halten sich gerne in dichter Vegetation auf. Der hier abgebildete Jungvogel unterscheidet sich völlig von den Altvögeln, die gelbe Beine, ein blaugraues Grundgefieder mit schwarzem Rücken und Scheitel sowie mit weißen Schmuckfedern am Scheitel zeigen.

rechts: Grau- (oben) und Purpurreiher (unten) im Flug. Aus der Entfernung wirken Purpurreiher sehr dunkel. Der Oberflügel des Purpurreihers ist weniger kontrastreich, die Unterflügel sind lehmfarben bis rostbraun und somit dunkler als beim Graureiher. Der Hals hängt tiefer herab, wirkt oft kantig, steht somit eckiger hervor und erscheint wie ein Rammbock. Die gelblich-orangefarbenen Beine und insbesondere die Zehen sind länger, überragen den Schwanz weit, wobei vor allem die Hinterzehe deutlich hervorsteht. Der sehr lange, gleichmäßig schmale Schnabel wirkt wie ein Bajonett und nicht so dolchartig wie beim Graureiher; er geht scheinbar übergangslos in den kleineren Kopf über. Die Basen der Handdecken treten bei beiden Arten deutlich hervor, sind jedoch beim Purpurreiher beige-bräunlich und beim Graureiher reinweiß. Purpurreiher zeigen eine ausgeprägtere Körperbewegung beim Flügelschlag, die oft etwas ruckartiger wirkt.

Graureiher
Zehen
mittellang
runder Bug
weiß

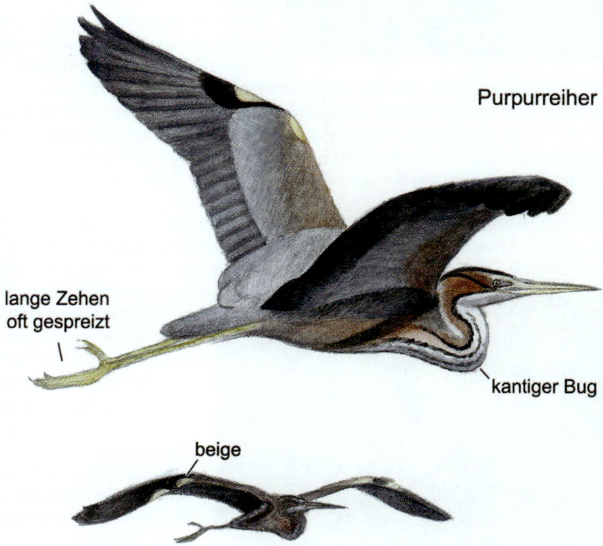
Purpurreiher
lange Zehen
oft gespreizt
kantiger Bug
beige

Störche – *Ciconiidae*

Der allseits bekannte und tief in der christlichen und islamischen Kultur verankerte Weißstorch ist der Inbegriff eines Schreitvogels. Charakteristisch sind lange Beine, Hals und Schnabel kombiniert mit der aufrechten Körperhaltung und dem schreitenden Gang. Bei uns kommen nur zwei Arten dieser vor allem in warmen Gegenden verbreiteten Familie vor: Weiß- und Schwarzstorch.

Der Weißstorch sucht in offener Landschaft nach Nahrung. Sowohl er wie auch der Schwarzstorch erbeuten Amphibien, kleine Nagetiere und große Wirbellose. Weißstörche brüten einzeln oder in lockeren Kolonien auf großen unordentlichen Nestern, welche die Paare alljährlich schnabelklappernd besetzten. Diese werden vom Weißstorch gerne auch in menschlicher Nähe, beispielsweise auf Dächern und Schornsteinen, errichtet. Die Jungen werden von beiden Elternteilen großgezogen. Bei guten Lebensraumbedingungen kann man der Art durch künstliche Nisthilfen wie Wagenrädern auf Dächern helfen. Die Geschlechter sind beim Weiß- und Schwarzstorch gleich gefärbt. Der Weißstorch hat in den letzten Jahrzehnten leider stark abgenommen. Hauptursachen sind die Hochspannungsleitungen und sich verschlechternde Nahrungsbedingungen durch Lebensraumverlust. Neben der Trockenlegung von Feuchtgebieten spielen der Rückgang der Weidewirtschaft – in Afrika folgt er den großen Wildtierherden – und die Eutrophierung der Landschaft eine wichtige Rolle.

Im Gegensatz zum Weißstorch ist der Schwarzstorch ein scheuer Walbewohner, der bei uns vor allem Baumhorste bezieht. Besonders in Südeuropa brütet er auch in Felswänden. Er sucht in feuchten Waldgebieten nach Nahrung, sodass man ihn zur Brutzeit kaum sieht. Der Schwarzstorch ist mit Ausnahme einer großen spanischen Population eine vor allem in Osteuropa verbreitete Art, die man bei uns hauptsächlich in der Osthälfte Mitteleuropas findet. Glücklicherweise hat der Schwarzstorchbestand durch konsequenten Horstschutz und fehlende Bejagung in den letzten Jahrzehnten stetig zugenommen.

Störche besitzen lange, breite, rechteckige und stark gefingerte Flügel. Ihre Flügelschläge sind langsam und kraftvoll. Weiß- (links) und Schwarzstorch (rechts) sind perfekte Thermikflieger und ziehen die Aufwinde nutzend oft in großen Gruppen bis ins südliche Afrika. Sie meiden den aktiven Flug, weshalb sie sich an Meerengen wie Gibraltar, dem Bosporus oder dem Sinai konzentrieren. Dabei bilden sie im Unterschied zu Kranichen, mit denen sie zuweilen im Flug verwechselt werden, keine Flugformation. Im Gegensatz zu Reihern ziehen sie ihren Hals im Flug nicht ein. Im Flug unterscheidet sich der Schwarzstorch neben schwarzem Kopf, Hals und Brust, die in der Sonne grünmetallisch glänzen, unter anderem durch die schwarzen Unterflügeldecken vom Weißstorch. Nur die Achselfedern und einige Armdecken bilden einen kleinen weißen Keil im schwarzen Unterflügel.

Neue Entwicklungen im Zugverhalten der Weißstörche

Da Störche als Thermikflieger bestimmte Meerengen ansteuern, fliegen sie auf regelrechten „Zugstraßen". Man kann ihren Zug damit teilweise als Schmalfrontzug bezeichnen, während beispielsweise viele Kleinvögel Europa im Breitfrontzug verlassen. Die bei uns lebenden Störche nutzen entweder die Südwestroute über Gibraltar oder die Südostroute über den Bosporus und den Golf von Iskendrum im Nordosten des Mittelmeeres, weiter über Syrien ins Jordantal und weiter über den Golf von Suez in das Niltal. Somit zieht sich eine Zugscheide in einer breiten Mischzone durch Deutschland, die vom Alpennordrand über Lech, Regnitz, Kyffhäuser, Harz bis zum IJsselmeer reicht. In dieser Mischzone ist ein Abzug in beide Richtungen zu beobachten, wobei sich sogar einzelne Paare in verschiedene Richtungen auftrennen.

Seit einigen Jahren zieht ein Teil der Population nur noch einen Teil der Strecke oder gar nicht mehr. Dies wurde wohl unter anderem durch die Ansiedelung lange in Gefangenschaft gehaltener Tiere, die Fütterung von Störchen durch den Winter und milde Winter ausgelöst. Inwieweit sich diese Entwicklung auf die gesamte Population auswirkt, bleibt abzuwarten. Immerhin sind die Verluste der hier verbleibenden Tiere geringer als die der ziehenden Artgenossen.

Greifvögel – *Accipitriformes*

Greifvögel sind eine allgemein bekannte Vogelgruppe. Alle ihre Vertreter sind mit einem typischen Hakenschnabel und kräftigen Füßen mit dolchartigen Krallen ausgestattet. Die relativ großen, nach vorne gerichteten Augen liegen weit vorne am Kopf und ermöglichen ein hervorragendes räumliches Sehen. Mit Ausnahme der Geier erlegen sie ihre tierische Beute selbst. Die Geschlechter sind sich im Gefieder oft ähnlich. Die Weibchen sind jedoch häufig deutlich größer. Insgesamt handelt es sich um eine sehr komplexe Ordnung tagaktiver, vorwiegend fleischfressender Vögel, die sich auf zwei Familien aufteilt. Die größte Familie sind die *Accipitridae*, zu denen die Habichte, Bussarde, Adler, Milane, Geier und Weihen zählen. Viele von ihnen besitzen relativ breite und „gefingerte" Flügel, die zum Segelflug besonders gut geeignet sind. Die *Pandionidae* umfassen nur eine Art, den Fischadler. Kein anderer Greifvogel ist so auf das Jagen von Fischen spezialisiert wie er. Oft sieht man ihn über dem Wasser rütteln, um dann nach einem rasanten Sturzflug einen Fisch zu erbeuten.

Greifvogeltopographie am Beispiel eines stehenden Bussards.

Raubvögel oder Greifvögel?

Jahrhunderte lang wurden Greifvögel als Konkurrenten der Jäger angesehen und werden es trotz aller Aufklärung zum Teil noch heute. Auch durch die Jagd sind die Bestände einiger Greifvögel zurückgegangen, mancherorts gar zusammengebrochen. Im Greifvogelschutz wird das Wort „Greifvögel" im Gegensatz zum Wort „Raubvögel" beworben, da es weniger negativ besetzt ist und von der einseitigen Sicht des Jägers ablenkt. Gerade in unserer Gesellschaft des Überflusses besteht kein Grund, einen neid- und hassbesetzten Begriff für eine völlig wertfrei handelnde Gruppe von Lebewesen zu verwenden.

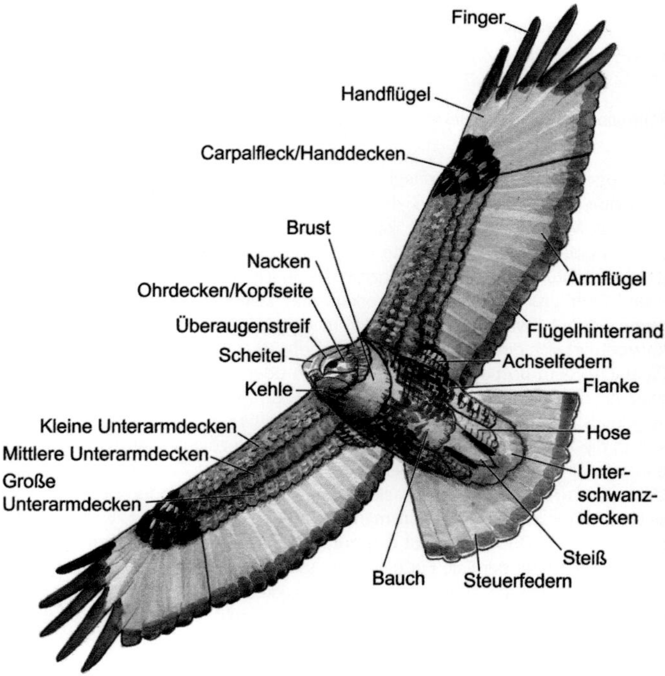

Greifvogeltopographie am Beispiel eines fliegenden Bussards.

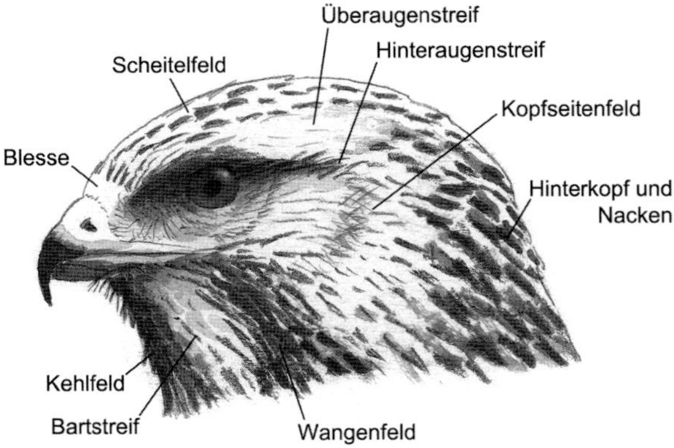

Kopftopographie am Beispiel eines Raufußbussards.

Greifvögel sind Energiesparflieger. Sie meiden wie alle Vögel unnötig Kraft raubende Situationen. Jeder, der einen Sperber im mühsamen Wellenflug über das Meer kommen sieht, kann die Erleichterung nachvollziehen, mit der er sich in die nächste Dünenkette fallen lässt. Dieses Wissen kann man sich für die Beobachtung von Greifvögeln zunutze machen. Wasserflächen bieten aufgrund ihrer großen Wärmespeicherkapazität keinen Aufwind. Greifvögel, die gerne jeden Aufwind kreisend nutzen, meiden Wasserflächen demnach. Darum konzentriert sich der Greifvogelzug an Landbrücken wie beispielsweise Gibraltar (Spanien), dem Bosporus (Nordwest-Türkei) oder Falsterbo (Schweden). Landmassen, die besonders weit in das Meer ragen, werden zuweilen von Greifvögeln als „Sprungbretter" genutzt. Hier haben sie noch einmal die Gelegenheit sich in die Höhe zu schrauben. Manche Individuen zögern hier gar und fliegen entlang der Wasserkante, zeitweise sogar entgegen der Zugrichtung und lange Umwege in Kauf nehmend, bis sie eine entsprechende Landbrücke finden. An solchen „Brückenköpfen" kann man Greifvögel besonders gut, weil ausgiebig beobachten. In Deutschland ist dies zum Beispiel am Darßer Ort auf dem Darß oder auf Fehmarn der Fall. Für die Greifvogelbeobachtung muss man nicht früh aufstehen. Aufwinde bilden sich in Abhängigkeit von der Sonneneinstrahlung meistens erst am späten Vormittag. Erfahrungsgemäß ist die Zeit zwischen dem späten Vormittag und dem frühen Nachmittag die beste Zeit für Greifvögel. In reliefreicher Landschaft wie im Gebirge nutzen viele Greifvögel Hangaufwinde. Am Leichtesten erspäht man sie hier vom Tal aus, denn der Kontrast eines fliegenden Vogels gegen den Himmel ist deutlich größer als gegen das Gelände.

Greifvögel bereiten besonders dem Anfänger im Freiland Bestimmungsprobleme. Oft sieht man die Vögel nur in großer Entfernung. Der Himmel bietet dabei wenig Anhaltspunkte, um das sich noch dazu bewegende Objekt mit dem Fernglas oder gar mit dem Spektiv zu finden. Hier gilt wie oft: Übung macht den Meister! Es gibt aber ein paar Regeln, die das Beobachten am Himmel erleichtern: Anfänger, aber auch Experten mit ihnen unvertrauter Optik versuchen

Zwei Mäusebussarde vor einer Gebirgskulisse. Gegen den Himmel lässt der stärkere Kontrast den linken Vogel deutlich hervortreten.

im Freiland ein Objekt zu finden, indem sie eine bestimmte Geländestruktur verfolgen. Sie zeichnen mit den Augen den Horizont, eine Felskante oder einen Stamm nach, um das Objekt der Begierde zu finden. Dies funktioniert meistens nicht am Himmel oder im dichten Blättergewirr der Baumkronen. Versuchen Sie stattdessen den Punkt mit den Augen zu fixieren, dann das Fernglas vor die Augen zu heben, ohne den Blick von dem Punkt zu lösen. Mit etwas Übung sollte man so schnell zur Beobachtung kommen.

Greifvögel nutzen vielfältige Jagdtechniken. Baumfalken (1) fangen im rasanten Jagdflug Libellen, die sie noch im Flug verspeisen. Der Mäusebussard (2) ist ein ausdauernder Ansitzjäger, während die Rohrweihe (3) im flachen Gleitflug über dem Schilf patrouilliert. Eine ganze Reihe Techniken verwendet der Fischadler bei der Fischjagd. Hoch über dem Wasser kreisend hält er energiesparend Ausschau nach Beute (4). Hat er einen Fisch erspäht, verharrt er im Rüttelflug auf der Stelle (5). Erst wenn er sich gute Chancen ausrechnet, stürzt er im rasanten Sturzflug herab (6). Im letzten Moment bilden seine Fänge einen weit nach vorne gestreckten Fangkorb.

Eine allseits bekannte Greifvogelgruppe stellen die Altweltgeier dar. Zu diesen zählt der hier abgebildete Gänsegeier. Sie umfassen die größten Greifvögel überhaupt. Insgesamt ähneln sie im Flugbild sehr den großen Adlern. Da sie, bis auf den Bartgeier, im Flug wie die Reiher ihre langen Hälse einziehen, fehlt ihnen der hervorstehende Kopf der Adler. Die meisten Arten haben einen kurzen Schwanz und breite Flügel mit ausgeprägt gefingerten Spitzen. Ein Hinweis auf die Fähigkeit, lange Strecken auf der Suche nach Aas segelnd zurückzulegen. In der Tat ist die Flugmuskulatur nur schwach ausgebildet, sodass längere Strecken nicht im aktiven Flug zurückgelegt werden können. Da Geier ihre Beute größtenteils nicht selbst erlegen, sind die Krallen nur schwach ausgeprägt. Der nackte Hals ist eine Anpassung an die Art der Nahrungsaufnahme, bei der das Halsgefieder leicht verschmutzt und somit Hort von Krankheiten wäre und zudem seine Funktion rasch verlieren würde. Bei uns treten nur Bart- und Gänsegeier regelmäßig in kleiner Zahl auf. In den letzten Jahren häufen sich die Beobachtungen jedoch. Gänsegeier können überall in Mitteleuropa erwartet werden, während sich Bartgeier auf den Alpenraum konzentrieren. Die Bartgeier stammen aus einem alpenweiten Auswilderungsprojekt, während die Gänsegeier vor allem im Spätsommer vom Balkan in den Alpenraum einfliegen. Bei Gänsegeiern wurden zuletzt auch spektakuläre Einflüge nach Mitteleuropa beobachtet. Dies hängt damit zusammen, dass in Südwesteuropa im Freien verendete Haustiere einer EU-Verordnung folgend seit wenigen Jahren abgeräumt werden mussten und nicht wie ehemals üblich den Geiern überlassen werden konnten. Die hungrigen Tiere unternahmen deshalb weite Streifzüge, die sie Tausende Kilometer abseits der Brutgebiete führten. Seit Kurzem wurde diese Verordnung wieder gelockert. In Südeuropa wird man vor allem in Spanien öfter auf den Gänsegeier und auch auf den mächtigen Mönchsgeier und den kleineren Schmutzgeier treffen können.

Der Bartgeier, hier ein adulter Vogel, ist eine mächtige Erscheinung. Der ihn hassende Kolkrabe hat immerhin eine Spannweite von 1,2 m. Im Erscheinungsbild weicht er durch seinen gestreckt gehaltenen Hals und das Fehlen nackter Gesichtspartien von den Altweltgeiern ab, denen er verwandtschaftlich nahesteht. Das Flugbild ähnelt einem riesigen Falken, während seine Bewegungen sehr an einen übergroßen Adler erinnern.

Der Gänsegeier ist europaweit die häufigste Geierart und stellt den klassischen Geier dar. Man sieht ihn vor allem in den Bergregionen des Mittelmeerraumes, wo er offene trockene Täler oder Hochebenen oft in lockeren Trupps nach Aas absucht. Er brütet in Kolonien auf Felskanten an steilen Hängen.

Lassen Sie die Vögel Greifvögel für sich finden

Die herausragende Aufmerksamkeit und das scharfe Augenlicht der Vögel können dem Vogelbeobachter helfen. Die Warnrufe der Drosseln, Meisen, Eichelhäher oder Schwalben sind oft der erste Hinweis auf die Anwesenheit eines Greifvogels. Lernen Sie diese Rufe und folgen Sie ihnen. Auch die plötzliche Fluchtreaktion vieler Kleinvögel kann auf einen Greifvogel zurückzuführen sein. Wenn alle Vögel an Ihrem Futterhaus unter hohen Warnrufen flüchten und die Szene wie ausgestorben hinterlassen, können Sie sicher sein, dass sich gerade ein Greifvogel hat blicken lassen. Eine vorsichtige Nachsuche auf möglichen Ansitzwarten kann Ihnen auf diese Weise eine Greifvogelbeobachtung ermöglichen. Die Angewohnheit sich bei diesen Warnrufen schnell umzuschauen, wird Ihnen in Zukunft so manche Sperber- oder Habichtbeobachtung ermöglichen. Anhaltende schimpfende Warnrufe beispielsweise von Wacholderdrosseln oder Kleibern in Ihrem Garten oder im Wald lassen Sie Eulen finden. Achten Sie auch auf Wasservögel, die auffällig gen Himmel schielen. Versuchen Sie herauszufinden, was die Aufmerksamkeit des Vogels auf sich gezogen hat und Sie werden regelmäßig fliegende Greifvögel beobachten können. Auch ein Starenschwarm, der plötzlich einen dichten, wild umherwabernden Ball bildet, ist ein untrügliches Zeichen für einen angreifenden Greifvogel.

Ein Grünschenkel schaut gen Himmel. Was hat seine Aufmerksamkeit erregt?

Mönchsgeier

Gänsegeier

Der sehr große Mönchsgeier kommt in Südeuropa neben dem Gänsegeier vor. Die beiden Arten können auf große Distanz voneinander unterschieden werden. Der Mönchsgeier (oben) kreist und gleitet auf waagerechten Flügeln, wobei die Handflügel oft stark hängen gelassen werden und die gewaltigen Handschwingen sich zu einem mächtigen sogenannten „Besen" auffächern. Der Gänsegeier (unten) kreist und gleitet hingegen auf leicht angehobenen Flügeln, die zusammen mit dem leicht hängenden Handflügel jeweils ein flaches auf dem Kopf stehendes V bilden. Der Besen ist im Vergleich weniger prominent.

Die größeren Greifvogelarten mausern kontinuierlich, der Zyklus wird nicht innerhalb eines Jahres beendet. Bei den Schwungfedern können sogar zwei oder mehr Mauserzyklen gleichzeitig ablaufen. Dies führt dazu, dass das Gefieder von Altvögeln zugleich aus alten und aus neuen Federn besteht, was älteren Individuen unter anderem einen unebenen Flügelhinterrand verleiht. So sieht man hier einen adulten Schelladler (links) und einen juvenilen Schreiadler (rechts) nebeneinander. Obwohl sich beide Arten sehr ähneln, kann auch der Laie erkennen, dass der linke Vogel nicht mehr im Jugendkleid ist. Der juvenile Schreiadler sieht hingegen tadellos aus. Sein Flügelhinterrand ist ebenförmig. Dieses Merkmal ist bei der Bestimmung dieser komplexen Gruppe der braunen Adler sehr hilfreich.

Schelladler, adult

Schreiadler, juvenil

Adler sind große, schwere, meist dunkle Greifvögel mit langen, breiten Flügeln, langem Handflügel und ausgeprägt gefingerten Flügelspitzen. Sie unterscheiden sich von den kleineren Greifvögeln durch ihr imposantes majestätisches Aussehen. Neben dem Fischadler, der wie bereits erwähnt in eine eigene Familie gestellt wird, sind bei uns aus der Gattung *Haliaetus* der Seeadler und aus der Gattung *Aquila* der Stein- und der Schreiadler heimisch. Daneben gibt es eine Reihe von Arten, die vor allem in Südeuropa verbreitet sind und bei uns nur ausnahmsweise auftreten. Zu ihnen zählen der Zwerg- und der Schlangenadler.

Schreiadler (S. 190) sind selten und können nur ganz im Nordosten Deutschlands wirklich regelmäßig beobachtet werden. Seeadler haben auch dank intensiver Schutzbemühungen wieder zugenommen und können wie der Fischadler besonders leicht in den neuen Bundesländern beobachtet werden. Der Steinadler ist bei uns nahezu ausschließlich auf den Alpenraum beschränkt, wo alleine in Deutschland rund fünfzig Paare brüten.

Der Fischadler unterscheidet sich von allen anderen Greifvögeln durch seine gedrungenen, kräftigen, stark geschuppten Beine, die rauen Fußsohlen und eine zurückziehbare Hinterkralle, die ihm hilft, die glitschige Beute zu fassen. Dies sind die Gründe dafür, dass der Fischadler als einziger Vertreter in eine eigene monotypische Familie gestellt wird. Feldornithologisch machen ihn sein kontrastreiches Gefieder und die großmöwenartige Flugsilhouette unverwechselbar.

Der hier abgebildete junge Steinadler ist schon durch seine Färbung unverwechselbar: Der Schwanz ist an der Basis weiß mit einer breit schwarzen Endbinde. An der Handflügelbasis leuchtet ein breites weißes Feld. Auch in der Kontur gleicht ihm kein Greifvogel. Der Armflügel ist in der Mitte verbreitert und an der körpernahen Basis schmal. Dies und der lange Schwanz charakterisieren ebenfalls die einheitlicher dunkelbraun gefärbten Altvögel. Der Steinadler nutzt die Reliefenergie im Gebirge auf effektive Weise. Sein Horst liegt entgegen der weitläufigen Meinung stets in mittleren Hanglagen, nicht weit oben. Auf diese Weise kann er seine oft schwere Beute von den hochgelegenen Jagdgründen im Gleitflug bergab transportieren, ohne viel Energie zu verbrauchen. Den Weg nach oben bewerkstelligt er wieder über die Hangaufwinde. Auf diese Weise sieht man den Adler in der Brutzeit immer wieder zwischen dem Horst und den alpinen Matten pendeln. Man muss also nicht hoch hinaus, um diesen majestätischen Vogel zu Gesicht zu bekommen.

Die großen Adler erreichen erst nach vier bis sieben Jahren ihr Adultkleid und können bis dahin genau altersbestimmt werden. Sie sind ein gutes Beispiel dafür, wie Gefiederabnutzung und -ausbleichung sowie der Gefiederwechsel das Aussehen eines Vogels beeinflussen können. Auf Seite 193 wird dies am Beispiel des Seeadlers erläutert. Im Feld sind Seeadler leicht zu bestimmen. Durch ihre Größe und die langen Serien langer, entspannter und recht flacher Flügelschläge wirkt diese Art in Verbindung mit den breiten und stark gefingerten Flügeln und dem stumpf keilförmigen Schwanz sowie dem langen Hals und dem äußerst kräftigen Schnabel sehr mächtig.

Der nur bussardgroße Zwergadler ist ein Bewohner warmer Regionen, wo er Wälder mit angrenzenden offenen Flächen im Hügel- und Bergland bewohnt. Dort ernährt sich der Zwergadler von Kleinsäugern, Reptilien und Vögeln, die er im rasanten Sturzflug in Bodennähe schlägt. Die hier abgebildete helle Morphe ist leichter zu bestimmen als die dem Schwarzmilan ähnliche dunkle Morphe. Arttypisch sind der gerade abgeschnittene Schwanz und bei der hellen Morphe das helle Kleingefieder (Brust und Augenpartei dunkler), zu dem die dunklen Schwungfedern kontrastieren. Die inneren drei Handschwingen sind meist heller und gebändert. Die meisten Individuen zeigen an der Flügelbasis der Vorderflügelkante einen reinweißen Fleck, der gerne als „Positionslicht" bezeichnet wird.

Der Schlangenadler, hier ein adultes Individuum, bewohnt in Südeuropa offenes, trockenes Gelände mit Bergen und Wald, wo er sich von Reptilien aller Art ernährt. In Deutschland kommt er alljährlich als seltener Sommergast vor. Die Altvögel sind durch die grobe Bänderung von Bauch und Flügeln unverwechselbar. Junge Schlangenadler verleiten durch ihr zum Teil einfarbig helles Gefieder zur Verwechslung mit hellen Bussarden. Neben der mächtigen Gestalt mit den langen und breiten Flügeln und dem breiten, eulenartigen Kopf unterscheiden sich Schlangenadler von Bussarden unter anderem durch das Fehlen von dunklen Abzeichen auf den Handflügeldecken.

Greifvögel deponieren aufgenommene Nahrung in ihren Kropf, bevor sie diese portionsweise in den Magen verlagern. Wenn der Kropf gefüllt ist, man spricht von einem vollgekröpften Zustand, verändert sich die Kontur des Greifvogels. Dieser Mäusebussard wirkt vollgekröpft stark vorderlastig.

erstes Kalenderjahr

Ein juveniler Seeadler im ersten Kalenderjahr. Alle Schwungfedern sind gleichförmig, weil gleich alt. Zudem sind sie sehr spitz, was dem Flügelhinterrand ein gezacktes Aussehen verleiht. Der Kopf bleibt immer dunkel und wird erst im Adultkleid hell. Die Steuerfedern sind kräftig dunkel umrandet. Die Oberseite wirkt einheitlich dunkel- bis cremefarben braun.

Sommer zweites Kalenderjahr

Im Sommer des zweiten Kalenderjahres beginnt der Seeadler mit der ersten Mauser des Großgefieders. Deutlich sind die Mauserlücken an den inneren Handschwingen zu erkennen und auch am mittlerweile stark abgenutzten Schwanz ist eine erste Lücke entstanden. Teile der Armschwingen und der Großteil des Kleingefieders sind stark ausgeblichen. Es handelt sich noch überwiegend um die Federn aus dem Jugendkleid. Teile des Mantels und der Schulterfedern sind jedoch erneuert und durch weißliche Federzentren kenntlich.

Bei der zweiten Mauser im Sommer des dritten Kalenderjahres stehen schon drei Federgenerationen nebeneinander. Denn die Mauser wird nicht jeweils innerhalb eines Mauserzyklus abgeschlossen, sondern zwischen Herbst und Frühjahr unterbrochen. So stammen beispielsweise die jeweils äußersten drei mittlerweile stark abgenutzten Handschwingen noch aus dem Jugendkleid, während die mittleren neu sind und die innersten Handschwingen aus der ersten Mauser stammen. Im Armflügel sind jeweils zwei Mauserzentren zu erkennen, ein untrügliches Anzeichen dafür, dass der Vogel älter als zwei Jahre ist. Der Schnabel bekommt schon einen gelblichen Ton. Die großen Armdecken bilden ein dunkles Band und die übrigen ausgeblichenen Decken ein helles Feld. Der Schwanz ist sehr dunkel, noch dunkler als im Jugendkleid. Einzelne ältere Federn geben Mantel, Decken und Rücken ein geschecktes Aussehen.

Sommer drittes Kalenderjahr

adult

Das Adultkleid wird von Vögeln getragen, die fünf bis sieben Jahre oder älter sind. Erst jetzt zeigen sich der weiße Schwanz, der gelbe Schnabel sowie die hellbraunen Decken und Körpergefieder. In diesem Kleid stehen immer alte neben neuen Federn.

Weihen (Gattung *Circus*) weisen eine sehr charakteristische Gestalt und Flugweise auf. Sie patrouillieren niedrig über offenem Gelände. Dabei werden die Flügel nach einer Reihe von Flügelschlägen in einem Flachen V über den Rücken gehalten (1). Weihen dienen in den Bestimmungsbüchern daher gerne als Referenzgestalt, mit Sätzen wie „die Flügel werden weihenartig gehalten". Dabei ist es immer wieder erstaunlich, wie sich die Gestalt dieser schmalflügeligen, langschwänzigen, mittelgroßen Greifvögel in Anpassung an die Flugsituation verändert, beispielsweise im flachen (2) oder steilen (3) Gleitflug.

Rohrweihen sind bei uns die häufigsten Vertreter aus der Gattung *Circus*. Man findet sie über Schilfflächen und seit einigen Jahren auch über Getreidefeldern patrouillierend. Die meisten Rohrweihen überwintern in Afrika. Die Männchen (links) sind durch die Kombination von rostbraunem Bauch, hellgrauen Flügeln mit breit schwarzen Flügelspitzen unverkennbar. Auf dem Rücken kontrastiert das dunkelkastanienbraune Kleingefieder zu den hellgrauen Schwingen, Bürzel und Schwanz. Die Weibchen, hier ein jüngeres Tier (rechts), sind einheitlich dunkelbraun mit hell cremefarbener Kehle und Kopfplatte. In fortgeschrittenem Alter werden auch die Flügelvorderränder cremefarben und ein helles Brustband bildet sich heraus.

Neben der Rohrweihe sind die Weihen bei uns durch Korn- und Wiesenweihe vertreten. Die Männchen dieser Arten sind hellgrau gefärbt, während bei den Weibchen braune Farbtöne dominieren. Bei Weibchen und Jungvögeln kontrastiert der strahlend weiße Bürzel zum Restgefieder, weshalb diese Vögel im Englischen den Namen „Ringtail Harrier" bekamen. Wiesenweihen sind lokal in Ackerlandschaften oft mit guten Böden (Bördelandschaften) verbreitet. Diese findet man zum Beispiel in der Hellwegbörde bei Soest (NRW) und nordöstlich von Würzburg (Bayern). Auch in den Kögen an der Küste hat die Art zugenommen. Im Winter zieht die Wiesenweihe nach Afrika. Die Kornweihe ist in erster Linie ein Wintergast in offenen Landschaften wie Wiesen, Mooren oder Ackerlandschaften. Nur auf den Ostfriesischen Inseln brütet sie regelmäßig. Beide Arten sehen sich in ihren Kleidern relativ ähnlich, was leicht zu Bestimmungsproblemen führen kann.

Kornweihe, Männchen adult
stumpf
breit schwarz
dunkler Hinterrand
rein weiß

Kornweihe, Weibchen adult
breit gestrichelt
grob gestrichelt
grob gebändert
gleichmäßig gebändert,
kein Kontrast zwischen
Hand- und Armflügel
stumpf

Wiesenweihe, Männchen adult
grobe Bänderung
viel Schwarz

Wiesenweihe, Weibchen adult
spitz
dunkles Band
Flügeldecken deutlich gebändert
weißer Brürzel bei beiden Arten
ungezeichnet

Kornweihe, Jugendkleid
stumpf
rostgelbe
Brust gestrichelt
dunkel, Armflügel breit

Wiesenweihe, Jugendkleid
spitz
einheitlich rotbraun
dunkle Armschwingen,
typisch für Jungvögel
beider Arten
Brust ungestrichelt
Armflügel schlank

Die weltweit verbreitete Gattung *Accipiter* ist bei uns durch Habicht und Sperber vertreten. Dabei handelt es sich in erster Linie um Greifvögel bewaldeter Lebensräume mit kurzen runden Flügeln und einem langen Schwanz, der zackiges Manövrieren erlaubt. Hauptbeute sind Vögel, die im niedrigen Beuteflug in oft wagemutiger Flugweise erjagt werden.

Heimliche Jäger im Dickicht: die Unterscheidung von Sperber und Habicht

Sperber und Habicht bereiten immer wieder Bestimmungsprobleme. Darum ist es wichtig, schon vor einer Beobachtung im Kopf zu haben, **worauf man achten muss**. Sichtbeobachtungen dieser beiden Arten verlaufen oft kurz, da Sperber und Habicht heimliche Jäger sind, die sich nur selten offen zeigen. Daher sollte man versuchen, sich auf möglichst viele folgender Unterscheidungsmerkmale zu konzentrieren: Größeneindruck und Körperform, Flügelschlagfrequenz und Flugweise, Proportionen des Armflügels, Ausprägung der Flügelspitzen, Ausprägung der Schwanzbasis und Unterschwanzdecken, Form des Flügelhinterrandes und des Schwanzendes, Größe des Kopfes und Gesichtsfärbung.

Ein juveniler Sperber mit der arttypischen Silhouette, die durch relativ breite, stumpf endende Flügel, die schmale Hüftregion, den langen schmalen Schwanz mit vergleichsweise scharfen Ecken sowie einen schlanken brustlastigen Körper gekennzeichnet ist. Alterskennzeichen sind die grobe Bänderung auf Brust und Unterflügeldecken, die auf der Brust ein unregelmäßiges Muster bildet, die hellgelbe Iris sowie der auffällige Überaugenstreif.

Wo und wann: Sperber und Habicht sind bei uns ganzjährig zu beobachten. Der Sperber ist häufiger und dringt auch bis in Siedlungen vor, während der Habicht dichte Wälder mit großen Lichtungen und angrenzender offener Landschaft bevorzugt. Beide Arten sind zur Brutzeit sehr heimlich und selten zu sehen. Im Winter erhalten die mitteleuropäischen Sperber Zuzug aus nordöstlichen Populationen. Zur Zugzeit kann man diese Art auch an untypischen Stellen wie zum Beispiel an Küsten und zwischen Dünen beobachten.

Besonders der Sperber ruft intensive Kleinvogelreaktionen hervor. Wenn man aufmerksam auf das hohe Fiepen der Kleinvögel achtet, wird man regelmäßig beide Arten im Vorbeihuschen beobachten können (S. 189).

Wie die Arten unterschieden werden können: Obwohl die Einschätzung der Größe am freien Himmel aufgrund fehlender Größenvergleiche schwierig sein kann, sollte man versuchen, sich eine Vorstellung von den Ausmaßen des beobachteten Vogels zu machen. Habichtweibchen erreichen Bussardgröße, während kleine Habichtmännchen kaum größer als große Sperberweibchen

Bei stehenden Sperbern können gelegentlich die ausgeprägt schlanken Tarsi (Fußwurzeln) betrachtet werden. Die grobe Brust- und Bauchbänderung, der auffällige Überaugenstreif und die braunen Feder–ränder des Mantels und der Flügeldecken sowie die rotbraune Nackenpartie kennzeichnen einen Jungvogel.

Adulte Sperbermännchen sind leicht an der feinen rostroten Bänderung und der blaugrauen Oberseite zu erkennen.

sind. Bei Auseinandersetzungen mit Krähen ist das Habichtmännchen jedoch immer größer und das Sperberweibchen immer kleiner als die Krähen. Die Flugweise hilft ebenfalls bei der Einschätzung der Größe. Der Habicht zeigt gewöhnlich langsamere, entspanntere und kraftvollere, aber flachere Flügelschläge mit längeren Gleitphasen als der Sperber. Dadurch erscheint der Flug des Habichts direkter als der des Sperbers, was noch dadurch unterstützt wird, dass der Habicht, im Gegensatz zum Sperber, zwischen den Gleitphasen nicht absinkt. Doch Vorsicht: Der Sperber fliegt im Balzflug betont langsam, was zu einer falschen Größeneinschätzung führen kann!

Habichte sehen nicht einfach wie große Sperber aus. Der Rumpf des Habichts erscheint kräftig und ist von der Brust bis zum Bauch massiger als beim Sperber, was ein wenig an eine Ringeltaube erinnern kann. Diese Assoziation hat man beim Sperber aufgrund des schlankeren Körpers fast nie.

Die Schwanzbasis ist beim Habicht deutlich breiter als beim Sperber, wodurch der Habicht im Segelflug vergleichsweise breithüftig erscheint. Die Unterschwanzdecken sind beim Habicht bauschig und blendend weiß gefärbt, was der Sperber nicht in dieser Ausprägung zeigt.

Juveniler Habicht. Durch die Strichelung der Körperunterseite und der Flügeldecken auf rotbraunem Grund zusammen mit der Schwanz- und Schwingenbänderung ist dieses Kleid unverwechselbar. Sperber sind hingegen in jedem Kleid gebändert. Die Flügelspitzen sind weniger gerundet als beim Sperber und der Flügelhinterrand ist stark geschwungen. Das Schwanzende ist im Gegensatz zum Sperber eher gerundet abgeschnitten. Die Hüfte ist durch flauschige Unterschwanzdecken deutlich breiter als beim Sperber. Weitere Unterschiede zum Sperber sind der kräftige Schnabel und der kürzere Schwanz.

Stehende Habichtartige verdecken die Beine häufig durch ihr Körpergefieder, weshalb dieses artspezifische Merkmal nicht zu erkennen ist. Die charakteristische Strichelung junger Habichte macht die Artbestimmung in diesem Alter jedoch leicht. Auch zu beachten sind der kräftige Schnabel und die im Verhältnis zum langen Schwanz kurzen Flügel. Der rötliche Grundton hat dem jungen Habicht zu der volkstümlichen Bezeichnung „Rothabicht" verholfen.

Habichte haben im Vergleich zum Sperber längere und breitere Armflügel, eine spitzere und etwas kürzere Handschwingenpartie und einen, besonders im Gleitflug gut sichtbaren S-förmig geschwungenen Flügelhinterrand. Der Schwanz ist beim Habicht proportional kürzer und an den Ecken mehr gerundet als beim Sperber. Der Kopf des Habichts steht wie beim Wespenbussard deutlich hervor, sitzt auf einem dicken Hals und ist proportional kleiner als beim Sperber. Ohrdecken- und Scheitelbereich sind beim adulten Habicht sehr dunkel gefärbt und kontrastieren zum Mantel. Dadurch tritt der proportional breitere Überaugenstreif stärker als beim adulten Sperber hervor. Diese klare Gesichtszeichnung zeigt der Sperber kaum.

Im Sitzen erscheint der Tarsus (Fußwurzel) und Fuß des Habichts deutlich kräftiger als der des Sperbers. Zudem zeigt der Sperber einen proportional kleineren Schnabel und einen schlankeren Hinterkörper.

Adulte Habichte sind unterseits fein auf weißem Grund gebändert und haben eine sauber erscheinende Kopfzeichnung mit breitem Überaugenstreif, der die dunkle Kopfplatte von den ebenso dunklen Ohrdecken trennt. Im Gegensatz zum Sperber wirken Habichte bauchlastig.

Die Gattung *Milvus* (Milane) ist bei uns durch den Rot- und durch den Schwarzmilan vertreten. Milane halten die Flügel im Flug gebogen (Armflügel hoch, Handflügel runter), während der gegabelte Schwanz besonders beim Rotmilan zum Manövrieren fortlaufend gedreht und gewendet wird.

Den Schwarzmilan findet man bei uns in zunehmender Tendenz vor allem im Südwesten, während der Rotmilan im Osten häufiger ist. Der Schwarzmilan ist in verschiedenen Unterarten überall in der Alten Welt verbreitet, nicht jedoch der Rotmilan. Dieser besiedelt im Wesentlichen nur das westliche Mitteleuropa, hier leben weit über sechzig Prozent der Population in Zentraleuropa. Somit hat Deutschland eine herausragende Bedeutung für den Schutz dieser Art.

Während der Schwarzmilan Deutschland im Winter verlässt, überwintert der Rotmilan in kleinen Gruppen unter anderem in verschiedenen Teilen Mitteleuropas. Die beiden Arten werden im Freiland immer wieder verwechselt.

Der Rotmilan ist ein auffälliger und leicht erkennbarer Greifvogel. Die Flügel sind lang und recht schmal. Der Handflügel hängt etwas herab und wird etwas zurückgebogen. Der Rotmilan macht dadurch immer einen etwas hängenden Eindruck. Die Flügel werden tief und elastisch durchgeschlagen. Insgesamt ist dieser Greifvogel eine schlaksige, aber nicht unelegante Erscheinung. Der rötliche Schwanz ist lang und tief gegabelt, weshalb der Rotmilan im Volksmund auch „Gabelweihe" genannt wird. Die Schwanzkerbe wird beim gespreizten Schwanz zwar flacher, verschwindet aber nie ganz. Das Gefieder ist tief rostrot mit auffallend hellgrauem Kopf. Das große weiße Flügelfeld auf den inneren und den Basen der äußeren Handschwingen ist sehr auffällig. Oberseits zeichnet sich auf den Mittleren Armdecken ein helles Band ab.

In Gestalt und Flugbild ist der Schwarzmilan seinem roten Vetter recht ähnlich. Jedoch wirkt er kleiner und kompakter, also insgesamt weniger eindrucksvoll und nicht so schlaksig. Die ebenfalls schlanken, insgesamt aber kürzeren Flügel werden ähnlich wie beim Rotmilan gehalten. Der etwas kürzere und braun getönte Schwanz ist weniger tief eingekerbt und im gespreizten Zustand nahezu gerade abgeschnitten. Das Gefieder ist wesentlich dunkler braun als beim Rotmilan, jedoch oft mit einem rostrotem Anflug auf Brust und Bauch. Der Kopf ist grau, das Handschwingenfeld dunkler und weniger kontrastreich als beim Rotmilan. Auch beim Schwarzmilan zeichnet sich auf den Mittleren Armdecken ein, wenn auch weniger ausgeprägtes, helles Band ab.

Achtung Verwechslungsgefahr: Rohrweihe – Schwarzmilan – Zwergadler

Ein solcher Vogel könnte einen Einsteiger leicht in die Irre führen. Der Schwanz erscheint gerade abgeschnitten wie bei Rohrweihe und Zwergadler. Ein Trugschluss, denn dieser Effekt entsteht bei diesem Vogel durch Mauser und den gespreizten Schwanz. Zudem ist er gebändert und der Kopf ist nur verwaschen hell. Keine klar gezeichnete dunkle Maske wie bei der Rohrweihe. Allerdings sind Teile des Handflügels hell. Also doch Zwergadler? Nein, denn bei diesem sind die inneren Handschwingen hell, nicht die Handschwingenbasen wie bei diesem Vogel. Außerdem fehlen die weißen „Positionslichter" an der Flügelbasis. Also ein klarer Fall: Es handelt sich um einen Schwarzmilan.

Während die Unterscheidung von Rot- und Schwarzmilan nach einiger Übung keine größeren Schwierigkeiten bereiten sollte, können hochfliegende weibliche oder immature Rohrweihen als Schwarzmilan bestimmt werden. Die Rohrweihe hält jedoch wie alle Weihen (S. 194), aber im Gegensatz zum Schwarzmilan, die Flügel flach V-förmig. Gerade im aktiven Streckenflug, der auch in größeren Höhen vollzogen wird, können die Flügel jedoch flach wirken. Erschwerend kommen bei der Rohrweihe ganz dunkle Farbvarianten vor und bei Weibchen und Jungvögeln können die Basen der Handschwingen leicht aufgehellt sein. Bei Männchen im ersten Sommer können graue Federpartien für den hellen Handflügelfleck des Schwarzmilans gehalten werden. Bei hochfliegenden Schwarzmilanen sollte man, um Rohrweihen sicher auszuschließen, auf folgende Merkmale achten:

- der gegabelte Schwanz ist meistens sichtbar und nur im gespreizten Zustand gerade abgeschnitten (Achtung bei Mauserlücken im Schwanzzentrum der Rohrweihe und an den Schwanzrändern des Schwarzmilans!)
- tiefe elastische und geschmeidige Flügelschläge
- der Schwanz wird im Segelflug häufig geschwenkt
- im Gleiten und Segeln werden die Flügel flach gehalten oder leicht zurückgebogen
- heller Fleck auf den inneren Basen der äußeren Handschwingen
- wenn der Vogel Kurven fliegt, sollte das helle Band auf den Mittleren Oberarmdecken sichtbar sein

Besonders in Südeuropa kann es zur Verwechslung mit der dunklen Morphe des Zwergadlers (S. 192) kommen. Dieser hat jedoch einen eckigen, gerade abgeschnittenen Schwanz sowie einen hellen Keil auf der Unterseite der inneren (beim Schwarzmilan auf den äußeren) Handschwingen und kleine weiße „Positionslichter" an der Vorderkante der Flügelbasis. Die Positionslichter können ausnahmsweise auch bei der Rohrweihe erscheinen.

Der Mäusebussard ist der wohl häufigste Greifvogel, den wir in der Feldflur vor die Linse bekommen. Im Winter bekommt er besonders in Norddeutschland Gesellschaft von dem aus Skandinavien einfliegenden Raufußbussard, der dann meistens in kleiner Zahl beobachtet werden kann. Die beiden Arten sehen sich zuweilen recht ähnlich.

Tafel rechte Seite:

1. **Mäusebussard im Jugendkleid. Derart helle Individuen kommen beim Raufußbussard nicht vor und die kommaförmigen Carpalflecken (Handdecken) sind sichere Merkmale eines Mäusebussards. Alterskennzeichnend sind der verwaschen dunkel gezeichnete Flügelhinterrand und das Fehlen einer deutlichen Subterminalbinde (Binde kurz vor dem Ende des Schwanzes) in den Steuerfedern. Alle Binden sind mehr oder weniger gleich breit.**
2. **Mäusebussard, adult. Das Großgefieder mausernde Mäusebussarde sind ab April ein üblicher Anblick. Die bei uns nur im Winter und Frühjahr auftretenden Raufußbussarde haben keine Mauserlücken oder nachwachsenden Federn, da der Mauserzyklus in der Regel im Oktober abgeschlossen ist. Der dunkle Flügelhinterrand ist kontrastreicher abgesetzt als bei Jungvögeln.**
3. **Raufußbussard im Jugendkleid. Junge Raufußbussarde sind unterseits auffallend hell gezeichnet. Die Schwingen sind im Gegensatz zu den Altvögeln kaum oder nicht gebändert und innerhalb des Flügels sticht der dunkle Carpalfleck deutlich hervor. Die dunkelgrauen Subterminalbinden am Flügelhinterrand und Schwanz sind diffus begrenzt. Die Bauchpartie ist solide dunkelbraun gezeichnet, wobei der braune Farbton heller als bei Altvögeln ist.**
4. **Raufußbussard, adultes Weibchen. Der gleichmäßig braunschwarze Bauchschild ist dunkler als der Kopf-, Kehl- und obere Brustbereich. Bei adulten Männchen ist der Kontrast in der Regel umgekehrt. Die weniger gezeichneten Unterflügeldecken, welche die dunklen Carpalflecken besonders betonen und die einzelne dunkle Schwanzbinde kennzeichnen ein Weibchen.**

1. Mäusebussard JK hell
2. Mäusebussard adult hell
3. Raufußbussard JK
4. Raufußbussard Weibchen ad.

Tafel rechts:

5. Raufußbussard im Jugendkleid. Während der Armflügel im Gleitflug angehoben wird, wird der Handflügel waagerecht bzw. leicht gesenkt gehalten. Dadurch entsteht ein deutlicher Bugknick, der zusammen mit dem weißen Flügelvorderrand einen ganz arttypischen Eindruck bewirkt.
6. Mäusebussard, adult. Die dunkle Bänderung des Großgefieders ist bei adulten Mäusebussarden variabel, tendenziell aber viel ausgeprägter als bei Raufußbussarden gleichen Alters. Die vergleichsweise feine Bänderung des Körpergefieders kennzeichnet wie auch die breiten schwarzen Endbinden das Großgefieder eines Altvogels.
7. Raufußbussard, adultes Männchen. Bei dunklen Individuen beschränken sich die Aufhellungen im Körpergefieder meist auf ein helles Brustband und im Zentrum des Bauchschildes eingestreute weiße Gefiederpartien. Die für Männchen typischen dunklen Unterflügeldecken lassen die Carpalflecken weniger hervortreten. Die inneren Hand- und alle Armschwingen sind deutlich und regelmäßig gebändert.
8. Mäusebussard im Jugendkleid. Neben der hellen Iris und der gleichmäßigen Schwanzbänderung gibt die gestrichelte Körperunterseite ohne Andeutung einer Flankenbänderung wichtige Hinweise zum Alter. Junge Raufußbussarde zeigen immer einen einheitlich dunklen Bauchschild und eine andere Schwanz- und Kopfzeichnung.
9. Raufußbussard, adultes Männchen. Stehende Vögel sind schwieriger zu bestimmen als fliegende, da viele Schlüsselmerkmale verborgen bleiben. Typisch für adulte Männchen sind die hellen und oft auch rostfarbenen Federbasen der Schulterfedern, die dem Rücken ein dreifarbiges Aussehen verleihen. Auch der dunkle Kehl- und obere Brustbereich spricht für ein Männchen, bei denen die Bauchzeichnung sehr dunkel ist, sodass sich, ähnlich wie beim Mäusebussard, nur noch ein hell gezeichnetes Brustband abhebt. Die weiße Flügelvorderkante ist arttypisch.

Der Mäusebussard (links) hält im Gegensatz zum Wespenbussard (rechts) die Flügel beim Kreisen leicht angehoben.

5. Raufußbussard JK
6. Mäusebussard ad.
7. Raufußbussard Männchen ad.
8. Mäusebussard
9. Raufußbussard Männchen

Im Sommer kommt eine weitere Bussardart hinzu: der Wespenbussard. Obwohl er nicht näher mit dem Mäusebussard verwandt ist, sieht er ihm recht ähnlich. Stellt man die beiden gegenüber, fallen doch einige Unterschiede auf.

Junge Mäusebussarde (oben) sind unter anderem an der verwaschenen, dichten Schwanz- und Flügelbänderung zu erkennen, ohne die auffällig breit schwarze Endbinde der Altvögel. Adulte männliche Wespenbussarde (unten) unterscheiden sich von adulten Weibchen durch die spärlich grobe Bänderung der Hand- und Armschwingen sowie durch die nur an der Flügelspitze scharf abgegrenzten, schwarzen Handschwingen. Weibchen zeigen eher verwaschene, breit schwarze Flügelspitzen.

Wie der Name schon sagt, gräbt der Wespenbussard Wespennester auf, um an die Larven zu gelangen. Daneben zählen auch Reptilien, Amphibien und Nestlinge von Kleinvögeln zu seinem Nahrungsspektrum. Der Wespenbussard zieht im Gegensatz zum Mäusebussard, der Kurzstreckenzieher ist, im Winter ins tropische Afrika.

Falken – *Falconidae*

Falken sind aus der schon im Mittelalter traditionell betriebenen Falknerei allgemein bekannt. Sie bilden eine verhältnismäßig einheitliche Gruppe, die durch einen hakig nach unten gebogenen Oberschnabel mit einem sogenannten Falkenzahn, einer im vorderen Teil des Oberschnabels liegenden Zacke, gekennzeichnet sind. Diese Ausformung unterstützt den Biss in den Nacken beziehungsweise den Hinterschädel des Beutetieres, durch den dieses getötet wird. Die Augen sind relativ groß, obwohl Falken tagaktiv sind. Die Iris ist meistens dunkel. Wie bei den meisten Greifvögeln ist die Befiederung der Unterschenkel zu sogenannten „Hosen" verlängert. Mit ihren fünfzehn Halswirbeln können Falken ihren Kopf um 180° drehen, das Blickfeld des Falken beträgt damit etwa 220°, ohne dass der Körper bewegt werden muss. Charakteristisch ist ein tränenartiger, dunkler, waagerechter Streif unter dem Auge, den fast alle Arten in unterschiedlicher Ausprägung aufweisen.

Falken sind weltweit verbreitet. In Mitteleuropa kommen Turmfalke, Rotfußfalke, Merlin, Baumfalke, Wanderfalke und Sakerfalke regelmäßig vor. Der dem Turmfalken ähnliche Rötelfalke, den man lokal noch häufig in einigen Mittelmeerländern findet, ist nach dem Erlöschen der letzten Population in der Steiermark in Mitteleuropa ausgestorben.

Falken haben charakteristische spitze und lange Flügel, die sie zu rasanten Verfolgungs- und Sturzflügen befähigen. Den Turmfalken, hier ein Weibchen, sieht man hingegen oft rüttelnd über dem offenen Land in der Luft stehen. Er wird daher im Volksmund „Rüttelfalke" genannt. An ihm zeigt sich schön, wie die Umweltsituation eine Verhaltensweise beeinflussen kann: Wenn sich kein Lüftchen regt, steht er fast senkrecht in der Luft. Die Flügelbewegungen sind tief ausholend und oft bricht der Vogel die kraftraubende Aktivität nach kurzer Zeit ab. Bei stärkerem Wind legt er sich schräg gegen den Wind. Sein Rütteln wird von kurzen Gleitphasen unterbrochen. Oft hält er so recht lange von seiner Luftwarte aus Ausschau. Bei kräftigem Wind schließlich kann der Turmfalke scheinbar mühelos minutenlang in der Luft stehen. Dabei werden unregelmäßige Luftströmungen durch leichte Flügel- und Schwanzbewegungen sowie durch den ungewöhnlich großen Vorflügel ausgeglichen. Der Körper wird fast waagerecht gehalten. Besonders häufig ist das Rütteln in offenem Gelände mit wenigen oder fehlenden erhöhten Sitzgelegenheiten zu beobachten.

Unter den Falken befinden sich obligatorische Zugvögel und Standvögel. Zu Ersteren zählt der Rotfußfalke, der beispielsweise in den Steppengebieten Ungarns kolonieartig brütet und bei uns in kleiner und wechselnder Zahl auf dem Durchzug von Afrika in die osteuropäischen Brutgebiete vor allem im April/Mai beobachtet werden kann. Bei den dunkelblaugrauen Männchen (links) fällt die rostrote Befiederung der roten Beine besonders auf. Bei den Weibchen (rechts) kontrastiert das dunkle Obergefieder mit dem orangebraunen Kopf und Untergefieder.
Vor allem junge Rotfußfalken können leicht mit jungen Baumfalken verwechselt werden. Beim juvenilen Baumfalken sind Kopf und die Gesichtsmaske dunkel, fast schwarz und nicht braun wie beim Rotfußfalken. Die Wachshaut und die Augenringe sind auffällig blaugrau und nicht gelb. Die mittleren Steuerfedern des Baumfalken sind einfarbig dunkelgrau und weisen nicht die Bänderung des Rotfußfalken auf. Zudem zeigt der juvenile Rotfußfalke unterseits einen auffälligen schwärzlichen Flügelhinterrand, der dem jungen Baumfalken fehlt.

Der Baumfalke zählt zu den Weitstreckenziehern. Er überwintert südlich der Sahara und ist bei uns zwischen April und September anzutreffen. Falken sind Breitfrontzieher, die in breiter Linie von Gibraltar bis Arabien quer über das Mittelmeer nach Afrika ziehen. Mit ihrem kräftigen Ruderflug können sie auch große Wasserflächen überwinden.
Der Baumfalke ist ein kleiner schnittig-eleganter Falke, dessen auffälligstes Merkmal seine rostroten „Hosen" sind. Baumfalken brüten spärlich in offenen, insektenreichen Landschaften, beispielsweise am Rand von Hochmooren oder in lichten Kiefernwäldern in Krähennestern, wo sie Jagd auf Vögel und Fluginsekten machen.

Im Unterschied zu anderen Greifvögeln bauen Falken keine Nester. Sie brüten vielmehr in Nestern anderer Vogelarten oder in einfachen Mulden an Felswänden, Gebäuden oder auf Bäumen.

Neben der Ansitzjagd schlagen die meisten Falkenarten ihre Beute im aktiven Flug. Das Ziel wird über weite Strecken angeflogen und verfolgt. Zur natürlichen Beute von Falken gehören je nach Größe und besonderer Anpassung der Art Säugetiere, Vögel, Reptilien, Amphibien und größere Insekten. Die Füße dienen, anders als bei Habichtartigen, nur zum Fang und Halten der Beute. Bei dem hier abgebildeten Wanderfalken können die angegriffenen Vögel nach einem Sturzflug jedoch so hart mit den Füßen und Krallen getroffen sein, dass sie bereits durch die Wucht des Aufpralls verenden.
Der Wanderfalke gehört zu den wenigen Vogelarten, die fast den gesamten Globus besiedeln. Sie sind in erster Linie Felsbrüter und bewohnen vor allem gebirgige Landschaften aller Art sowie Steilküsten. In den letzten Jahrzehnten hat die Art, nachdem sie sehr selten geworden war, in vielen Teilen des Verbreitungsgebietes auch Städte und Industrieanlagen mit ihren zahlreichen „Kunstfelsen" besiedelt. Wanderfalken sind hoch spezialisierte Vogeljäger; ihre Nahrung besteht fast ausschließlich aus kleinen bis mittelgroßen Vögeln, die im freien Luftraum erjagt werden. Die spektakulären Sturzflüge aus großen Höhen bei der Jagd und die dabei erreichten hohen Geschwindigkeiten (bis zu 140 km/h sind belegt!), der durch das Insektizid DDT verursachte Bestandseinbruch und die anschließende Bestandserholung mit der Ansiedlung in vielen Städten haben den Wanderfalken zu einer der weltweit bekanntesten Vogelarten gemacht.
Verwechslungsmöglichkeiten bestehen vor allem mit anderen Großfalken, die bei uns jedoch sehr selten und oft Gefangenschaftsflüchtlinge sind (siehe S. 212). Für den Wanderfalken typisch sind der kräftige, fördernde Flug und die kompakte Gestalt mit dem kurzen abgerundeten Schwanz, den breiten Armschwingenbasen und dem kräftig gebauten Körper.

Vögel der Götter und Gehilfen des Menschen

Falken nehmen in der Mythologie vieler Völker einen festen Platz ein. In der ägyptischen Mythologie hat der Sonnengott Horus, der die finsteren Mächte besiegt, den Kopf eines Falken. Auch in der slawischen Mythologie ist der Falke (Sokol) eine Gestalt der Sonne und des Lichtes. In der nordischen Mythologie trägt die Göttin Freya ein Falkengewand, mit dem sie je nach Lesart wie ein Falke durch die Lüfte gleitet oder sich gar in einen solchen verwandelt. Bei den Kelten ist der Falke der Übermittler zwischen Diesseits und Jenseits. Die Helden in russischen Märchen verwandeln sich gerne in Falken, um schwierige Aufgaben zu bewältigen.

Falken werden seit alters her als sehr gute Jäger für die Beizjagd eingesetzt. Besonders geschätzte Arten sind der Gerfalke als die größte Falkenart und der hier abgebildete Sakerfalke, der sich besonders für die Jagd auf Bodenbeute eignet. In Nordamerika kommt vor allem der Präriefalke zum Einsatz, da er als besonders aggressiver Jäger gilt. Die Beizjagd hat in früherer Zeit und teilweise auch heute noch wesentlich zur Bestandsgefährdung der Falken beigetragen, da viele der für die Beizjagd genutzten Vögel der Natur entnommen wurden. Besonders in arabischen Ländern ist der Besitz ausgefallener Falken nach wie vor ein Statussymbol. In Deutschland unterliegt die Beizjagd strengen Vorschriften. So benötigt man zur Ausführung einen Jagd- und Falknerschein.

Ein Sakerfalke bei der Beizjagd.

Um Falken mit besonders günstigen Jagdeigenschaften zu züchten, werden Großfalkenarten untereinander gekreuzt (künstliche Besamung), sodass Hybridfalken entstehen. Zu den beliebtesten Kreuzungsvarianten zählt die Hierofalkengruppe, Gerfalke gekreuzt mit Lannerfalke, aber auch Saker- gekreuzt mit Wanderfalkenhybriden. Entkommt ein Hybridvogel aus der menschlichen Obhut, kann er das Balz- und Brutgeschehen von Wildvögeln massiv stören. Auch wenn viele Hybriden steril sind, so können Hybriden bestimmter Großfalkenarten doch fortpflanzungsfähig sein. Somit entsteht eine unerwünschte Faunenverfälschung. In Mitteleuropa steht man Hybridfalken deshalb auch auf Falknerseite mittlerweile sehr kritisch gegenüber. Manche der Hybridfalken sind kaum mehr von artreinen Individuen zu unterscheiden, und so muss die Bestimmung so mancher interessanter Großfalken mit dem Status „Großfalke spec." enden. Zuweilen lassen sich entflohene Falken an ihrem Geschirr wie zum Beispiel Lederbändern an den Füßen erkennen.

Merline sind kleine, kompakte Vogeljäger aus dem hohen Norden, die bei uns meistens in geringer Zahl überwintern. Die Art bewohnt offene und halboffene Landschaften in weiten Teilen der nördlichen Nordhalbkugel (Holarktis). Die deutsche Bezeichnung Merlin leitet sich aus dem mittelhochdeutschen „Smirlin" bzw. aus dem lateinischen Begriff „smerillus" ab, was Zwergfalke bedeutet. Auf Isländisch und Französisch heißt er noch „Smyrill" beziehungsweise „Smyril". Das Männchen ist mit einer Körperlänge von 25 bis 30 cm und einer Spannweite von etwa 60 cm nur wenig größer als eine Misteldrossel. Das Männchen, im Bild ein Männchen im zweiten Kalenderjahr, ist oberseits schiefergrau, der Nacken roströtlich. Die Unterseite ist hingegen hell isabell- bis rostfarben und weist eine dunkle Längsfleckung auf. Der graue Schwanz hat eine schwarze Endbinde. Weibchen sind wie bei allen Falken deutlich größer als die Männchen und erreichen knapp 70 cm Spannweite. Oberseits sind Weibchen dunkelbraun, während die Unterseite weiß mit dunklen Längsflecken ist. Der Schwanz ist kräftig dunkel gebändert.

Merline können am ehesten mit Sperbern verwechselt werden, denen sie in Größe und oberflächlicher Erscheinung ähneln. Jedoch hat der Merlin die spitzflügelige kompakte Falkenform, die ihn vom Sperber auch auf große Distanz unterscheidet. Hoch kreisende Merline kann man mit Wanderfalken verwechseln, beide ähneln sich in ihrer Kompaktheit.

Kraniche – *Gruidae*

Die elegante Gestalt der Kranichvögel ist vielen vertraut. Ihr kurzer, wenn auch kräftiger Schnabel unterscheidet sie von den Störchen, denen sie im Habitus ähneln. Kraniche besitzen zu Schmuckfedern umgewandelte Schirmfedern. Die langbeinigen und langhalsigen Bodenvögel bewohnen in erster Linie Sümpfe und Steppen. Bei den meisten Arten werden die Bodennester in nassen Gebieten angelegt. Die Altvögel sind äußerlich kaum zu unterscheiden, die Männchen sind oft etwas größer. Die Küken sind Nestflüchter und werden in der Regel von beiden Elternteilen, die meistens lebenslang zusammen bleiben, über Wochen betreut. Die Familienverbände ziehen sogar gemeinsam in die Winterquartiere. Weltweit gibt es fünfzehn Arten, von denen in Mitteleuropa die Kranich genannte Art stellenweise häufig ist. Die Nahrung ist vielseitig und besteht im Sommer zu einem großen Anteil aus tierischer Nahrung. Im Winter hingegen konzentrieren sich Kraniche dort, wo sie Erntereste, Oliven oder Eicheln finden.

Kraniche überwinden große Distanzen im Formationsflug. Charakteristisch sind die lang gestreckten Hälse und die den Schwanz weit überragenden Füße. Diese Flugweise spart Energie, da der Flügelschlag Luftwirbel erzeugt, die folgende Vögel ausnutzen können. Diese legen längere Gleitphasen ein. Innerhalb einer Kette wird die kraftraubende Führungsposition regelmäßig gewechselt. Der Formationsflug ermöglicht zudem Sichtkontakt, die Vögel können lautstark miteinander kommunizieren und so die optimale Reisegeschwindigkeit für die Gruppe finden. Kraniche reisen im Gegensatz zu Störchen und Greifvögeln im aktiven Flug, oft auch nachts. Deutlich sind die braunköpfigen Jungvögel rechts auf dem Bild zu erkennen. Kraniche ziehen im Familienverband, der sich erst im Frühjahr auflöst. Die Jungvögel können im Flug durch ihre hell fiependen Rufe von den trompetenden Altvögeln unterschieden werden.

Die verlängerte Luftröhre in Verbindung mit luftgefüllten Hohlräumen im Brustbein ist Grundlage für den schmetternden, weittragenden Klang der Kranichrufe.

Kraniche beobachten

In Europa brüten über 75 000 Kranichpaare, 5400 davon in Deutschland, Tendenz steigend. Die größten Populationen liegen in Mecklenburg-Vorpommern und Brandenburg. Ab Mitte Februar kehren die einheimischen Kraniche aus den Winterquartieren an die Brutplätze zurück. Bis zum Brutbeginn im März/Anfang April lassen sie sich auf den Äsungsflächen bei ihren fantastischen Balztänzen beobachten. In der Regel bleibt ein Kranichpaar lebenslang zusammen. Die Jungvögel, die Anfang/Mitte Mai schlüpfen, sind Nestflüchter und ab Ende Juli flügge. Anfang August füllen sich die Sammelplätze zuerst mit einheimischen und ab September mit nordischen und weiter östlich brütenden Kranichen.

Kranich, charismatischer Vogel des Glücks.

Der bedeutendste Kranichrastplatz in Mitteleuropa befindet sich in der Rügen-Bock-Region. Von September bis Ende November fliegen Zehntausende Kraniche die drei Hauptschlafplätze Werder-Inseln, Insel Kirr und Udarser Wiek an. Die abendlichen und morgendlichen Schlafplatzflüge, an denen sich Mitte Oktober maximal 70 000 Individuen beteiligen, sind eines der eindrucksvollsten Naturschauspiele Mitteleuropas. Tagsüber suchen die Kraniche in kleineren Gruppen in einem Umkreis von bis zu 30 km Ernterückstände auf Mais- und Getreidefeldern. Bei gutem Nahrungsangebot versammeln sich auch tagsüber Hunderte bis Tausende Kraniche auf den Äckern. Um landwirtschaftliche Schäden zu verhindern, wurde ein System von Ablenkfütterungen geschaffen. Auf diesen wird zusätzlich zu den Ernterückständen Getreide aufgebracht. Im November zieht ein Großteil der Kraniche nach Westspanien in die Extremadura. Im Frühjahr kehren sie ab Mitte Februar zurück. Da der Heimzug (Mitte März) zielstrebiger ist als der Herbstzug, liegen die maximalen Bestände bei 10 000 Individuen.

Kraniche sind sehr scheue Vögel, die Fluchtdistanzen liegen bei mehr als 200 m. Man beobachtet sie deswegen am besten aus dem Auto heraus. Die Fluchtdistanzen verringern sich dadurch deutlich. Wenn die Kraniche ihre Köpfe heben, zeigen sie, dass sie sich stark gestört fühlen. Bei weiterer Annäherung werden sie auffliegen. Freilaufende Hunde lösen Panik aus.

Kraniche haben sich inzwischen in ganz Nordostdeutschland zu einem Besuchermagneten entwickelt. Sie sind nicht nur Gegenstand des Naturschutzes, sondern auch wichtiger Wirtschaftsfaktor. Für die Tourismusbetriebe der Region ermöglichen die Kraniche eine Saisonverlängerung um mehrere Wochen. Neben Groß Mohrdorf südlich der Halbinsel Zingst existieren bedeutende Kranichrastplätze auch in den Bereichen Darß und Zingst, Rügen, Müritz, Linumer Teiche und Oberes Rhinluch, Unteres Odertal, Gülper See, Helmestausee Berga-Kelbra und seit einigen Jahren besonders in der Diepholzer Moorniederung.

Trappen – *Otidae*

Trappen sind kleine bis sehr große Bodenvögel offener, trockener Landschaften. Ihre Färbung ist meistens unauffällig. Die Männchen der meisten Arten haben Schmuckfedern an Scheitel, Nacken, Wangen, Kehle oder Hals. Rumpf, Hals und Beine sind kräftig. Charakteristisch sind kräftige Füße mit jeweils drei dicken, relativ kurzen Zehen, die hohle breite Krallen zieren. Die Hinterzehe fehlt. Trappen besitzen keine Bürzeldrüse, verfügen jedoch über rosa gefärbte Puderdunen und auch die Basen der Konturfedern sind rosa und sondern Puder ab. Dieser Puder ersetzt den Talg der Bürzeldrüse. Der Hals ist bei allen Arten lang, beim Männchen oft verdickt. Viele Arten zeigen eine spektakuläre Balz. Während der Paarungszeit wird zumindest bei der Balz durch Aufpumpen eines Teils der Speiseröhre oder zusätzlich noch eines Kehlsacks weiteres Halsvolumen beschafft. Die Männchen sind oft deutlich größer als die Weibchen, bei den großen Arten zum Teil doppelt oder dreimal so schwer wie die Weibchen. In der Regel ziehen die Weibchen die Jungen alleine groß. Die größte Trappenvielfalt, die Familien umfasst insgesamt 26 Arten, findet sich in Afrika.

Die Großtrappe

Balzende Großtrappen.

Der „märkische Strauß" ist ursprünglich ein Bewohner offener Steppen und wanderte im Mittelalter nach Deutschland ein. Zu dieser Zeit rodete der Mensch die Wälder und bewirtschaftete die Flächen in Dreifelderwirtschaft. Die vielen ruhigen Brachen sagten den Großtrappen zu und so breitete sich die Art über weite Teile Europas bis nach England und Südschweden aus. Großtrappen sind Kulturfolger. 1753 erhielten die Bauern von Friedrich II. sogar zeitweilig die Genehmigung zur Jagd auf die Großtrappe. Um 1940 lebten vor allem in Brandenburg, Mecklenburg, Sachsen-Anhalt und Sachsen etwa 4000 Großtrappen. Während des Zweiten Weltkriegs verringerten sich die Bestände auf rund 2000 Tiere und in der zweiten Hälfte des 20. Jahrhunderts verschwanden in Deutschland die meisten Großtrappengruppen. 1997/98 wurden nur noch 50 bis 55 Individuen erfasst. Mittlerweile (2007) sind es wieder 110 Tiere. Aktuell gibt es drei Gruppen mit regelmäßiger Fortpflanzung: im Havelländischen Luch, in den Belziger Landschaftswiesen und im Fiener Bruch.

Nach bisherigen Erfahrungen ist für die Beobachtung von Großtrappen das Havelländische Luch besonders gut geeignet. Seit 1979 werden von Menschenhand großgezogene Trappen ausgewildert und stützen die Population. Zur Balzzeit von Mitte März bis Mitte Mai konzentrieren sich die scheuen Tiere im Zentrum des Gebiets. Dann sind sie sehr gut von den beiden Beobachtungstürmen aus zu sehen. Um die spektakuläre Balz genießen zu können, sollte man ein Spektiv nutzen und morgens oder abends beobachten. Die Sommermonate sind zur Großtrappenbeobachtung ungünstig, weil die Tiere dann sehr heimlich leben und trotz ihrer Größe in der hohen Vegetation kaum zu sehen sind. Im Winter halten sich die Trappen in kleinen Gruppen vor allem auf Rapsäckern auf. Am besten wendet man sich dann an den Förderverein Großtrappenschutz e.V.: Staatliche Vogelschutzwarte, Dorfstraße 34, 14715 Buckow bei Nennhausen, Tel.: 033878/60257, bustard@t-online.de, www.grosstrappe.de

Rallen – *Rallidae*

Rallen sind Uferbewohner in Sümpfen und an Seen. Die meisten Arten laufen bei der Nahrungssuche über das schlammige Ufer oder auf der schwimmenden Pflanzendecke. Alle Rallen haben recht lange Beine und Zehen. Die Zehen sind ohne Schwimmhäute und dienen dem Umklammern von Halmbüscheln beim Umherklettern. Der Schwanz ist kurz und unauffällig und wird beim Laufen oder Schwimmen meist gestelzt, wobei die auffälligen Unterschwanzdecken zur Geltung kommen.

Rallen bewegen sich geschickt durch ihre aquatische Umgebung. Wendig schlüpfen sie durch eng stehende Halme, bewegen sich dabei oft geduckt und scheinbar recht vorsichtig. Alle Rallen sind gute Schwimmer, auch wenn man dies außer bei Teich- und Blässhühnern kaum einmal zu Gesicht bekommt.

Die meisten Rallen können aufgrund ihrer kurzen Flügel nicht auf Anhieb aus dem Wasser starten; sie benötigen Anlauf. Bei dieser Gelegenheit sieht man beim Blässhuhn den weißlichen Flügelhinterrand, der beim schwimmenden Vogel kaum auffällt. Rallen haben recht breite, runde Flügel, die Flugweise wirkt flatternd und angestrengt. Der Streckenflug, den man nur selten beobachten kann, ist hingegen zügig und ausdauernd, wobei die Zehen weit über den kurzen Schwanz ragen.

Die meisten Rallen sind Allesfresser und nehmen verschiedene Wirbellose, Pflanzenteile und Aas zu sich. Einige größere Arten wie das Blässhuhn ernähren sich überwiegend vegetarisch. Die hier abgebildete Wasserralle erbeutet hingegen regelmäßig Amphibien, kleine Nagetiere und sogar Kleinvögel.

Die Lautäußerungen von Rallen sind häufig quiekend, pfeifend, trillernd, ratternd oder grunzend. Der Ruf der Wasserralle ähnelt dem eines Schweins. Bläss- und Teichhühner äußern laute, oft hohl oder metallisch klingende krächzende, trompetende oder brummende Laute.

Die meisten Rallenarten sind Einzelgänger. Allerdings bildet das Blässhuhn außerhalb der Brutzeit oft größere Trupps.

Hühner, die keine sind

Der Name Blässhuhn kann irreführend sein, da es sich nicht um ein Huhn, sondern um eine Ralle handelt. Auch für das zierlichere Teichhuhn trifft dies zu. Neben dem gelb-roten Schnabel unterscheidet es sich durch einen braunen Rücken vom grau-schwarz befiederten Blässhuhn.

Teichhuhn

Weiterhin hat das heimlichere Teichhuhn eine gebrochene weiße Flankenlinie. Die weißen Seiten des Unterschwanzes verraten es in der dichten Vegetation, wo es ständig mit dem aufgestellten Schwanz zuckt. Beide Arten sind gut an das Leben im Wasser angepasst. Man sieht sie meistens schwimmend, weshalb man sie auch als „Schwimmrallen" bezeichnen könnte. Dies zeichnet übrigens alle Rallen aus, von der aber nur Bläss- und Teichhuhn ausgiebig Gebrauch machen. Blässhühner haben sogar regelrechte Schwimmlappen an den Füßen.

Blässhuhn

Das Nest der meisten Rallenarten befindet sich am Boden, auf schwimmenden, an Wasserpflanzen befestigten Pflanzenhügeln, wie hier beim Blässhuhn.

Einige Rallenarten wie das hier abgebildete Tüpfelsumpfhuhn oder Zwerg- und Kleines Sumpfhuhn (bei uns am ehesten das Kleine Sumpfhuhn, dieses aber selten) sind sehr schwer zu beobachten. Sie sind am frühen Morgen und Abend am aktivsten. Am leichtesten findet man die Sommergäste durch geduldiges Absuchen offener Schlammflächen an Schilfrändern. Als kleine unauffällig gefärbte Vögel sind sie leicht zu übersehen, wenn sie kurz über die freie Fläche zur nächsten Deckung rennen.

Vom amphibischen Lebensraum der Verlandungszone haben Rallen Vorstöße sowohl in Richtung Wasser (Bläss- und Teichhuhn) als auch in Richtung Land unternommen. Der Wachtelkönig ist die für das Land bestimmende Anpassungsform der Rallen. Trotz seines wachtelähnlichen Aussehens hat diese auch mit dem wenig gebräuchlichen Namen „Wiesenralle" bezeichnete Ralle die Eigenschaften der Rallen bewahrt. Wachtelkönigmännchen sind sehr territorial und äußern ihre krächzenden Strophen im Mai und Juni vorwiegend in der Dämmerung und Dunkelheit. Allerdings wird man den Wachtelkönig in den dichten Feuchtwiesen, die er besiedelt, kaum zu Gesicht bekommen. Selbst wenn man den Vogel unmittelbar vor sich rufend glaubt, kann man kaum einen Grashalm wackeln sehen, so geschickt bewegt sich der Wachtelkönig durch Gras. In weiten Teilen Europas ist der Bestand dieser hübschen Ralle unter anderem durch die Intensivierung der Landwirtschaft stark zurückgegangen.

Wat-, Alken- und Möwenvögel – *Charadriiformes*

Die Familien dieser bei uns sehr artenreich vertretenen und vielgestaltigen Ordnung werden aus Übersichtsgründen hier zusammenfassend dargestellt. Die Ordnung *Charadriiformes* umfasst die Familien der Triele (*Burhinidae*), der Austernfischer (*Haematopodidae*), der Säbelschnäblerverwandten (*Recurvirostridae*) sowie die großen Familien der Regenpfeiferverwandten (*Charadriidae*) und der Schnepfenverwandten (*Scolopacidae*). Diese Familien werden zusammen als Limikolen bezeichnet. Hinzu kommen die Möwen und möwenähnliche Familien. Zu ihnen zählen Brachschwalbenverwandte (*Glareolidae*), Raubmöwen (*Stercorariidae*), Alken (*Alcidae*), Möwen (*Laridae*) und Seeschwalben (*Sternidae*).

Limikolen sind meist langbeinige Vögel der Feuchtgebiete, nur wenige sind an trockene Lebensräume angepasst. Zur Zugzeit und im Winter findet man Limikolen in großen und dichten Trupps auf Wattflächen, an den Küsten und in binnenländischen Feuchtgebieten. Besonders an der Nordsee bilden sich riesige Schwärme, im Bild Alpenstrandläufer. Limikolen ernähren sich von Würmern, Schnecken und Muscheln, Insekten und deren Larven, Krebstieren, Kleinfischen und in geringerem Umfang auch von Pflanzen.

Limikolen dient eine einfache Nistmulde als Nistplatz. In diese werden bei den meisten Arten vier Eier gelegt, die durch ihre Sprenkelung perfekt getarnt sind. Die Küken schlüpfen in der Dunkelheit und verlassen das Nest sofort. Sie suchen bei fast allen Arten selbstständig nach Nahrung und werden von den Eltern lediglich beaufsichtigt und gewärmt; es handelt sich also um klassische Nestflüchter. Das Dunengefieder der Jungvögel, wie hier beim Flussregenpfeifer, ist nicht weniger gut getarnt als das Muster der Eier. Zwischen den wie bei allen Vögeln in Reihen angeordneten Federn liegen schwarze Hautpartien, die der Wärmeaufnahme dienen.

Eine Pfuhlschnepfe auf dem Zug. Limikolen vollbringen beeindruckende Zugleistungen. Bekannt wurde eine beringte Pfuhlschnepfe, die mit einem Satellitensender ausgestattet 11 500 Kilometer von Alaska nach Neuseeland ohne Zwischenlandung zurücklegte. Viele Arten brüten in Nordeuropa und Sibirien in offenem Gelände und arktischer Tundra. Sie sind im übrigen Europa nur zu den Zugzeiten und im Winter in großen Trupps an Küsten und Sümpfen zu sehen.

Goldregenpfeifer Sichelstrandläufer

Regenpfeifer wie der Goldregenpfeifer (Mitte) und Strandläufer wie der Sichelstrandläufer (unten) unterscheiden sich in der Art ihrer Nahrungsaufnahme grundsätzlich und haben dementsprechend angepasste Schnäbel. Regenpfeifer erfassen ihre Beute visuell und akustisch. Sie laufen schnell ein kurzes Stück, verharren und picken, um dann den Ablauf zu wiederholen. Strandläufer und Schnepfen erfassen ihre Beute hingegen mit dem Tastsinn. Sie dringen mit ihren Schnäbeln tief in den Schlamm ein, um Weichtiere mit der tastempfindlichen Schnabelspitze zu finden. Dabei vollführt der Kopf ruckartige Auf- und Abwärtsbewegungen.

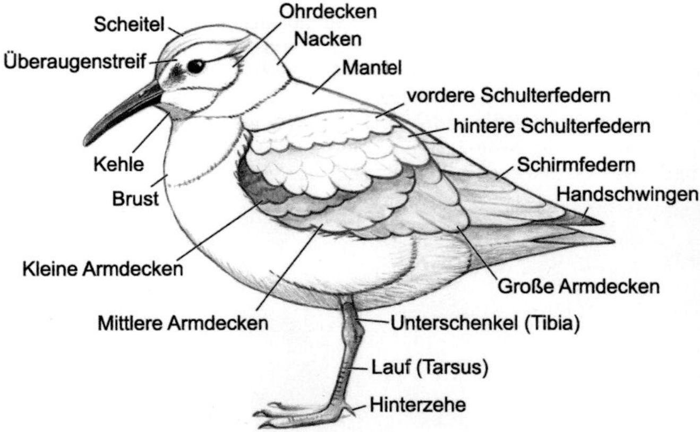

Zum Lernen der genauen Lage der in dieser Zeichnung dargestellten Federpartien, sollte man versuchen sie auf Buchabbildungen oder noch besser am lebenden Vogel zu erkennen.

Limikolen bereiten dem Anfänger regelmäßig Schwierigkeiten bei der Artbestimmung: Viele Arten sehen im Jugend-, Schlicht- und Prachtkleid sowie in den dazwischen liegenden Mauserstadien sehr verschieden aus und besonders im Schlichtkleid können sich die Arten verwirrend ähneln. Da sie ferner oft nur aus großer Distanz zu sehen sind, macht dies das Erkennen von Details unmöglich. Die Kleider werden nicht alle zur selben Jahreszeit getragen, wodurch die Bestimmung weniger schwierig ist, als sie im ersten Moment erscheint. Nur die zu den entsprechenden Zeiten wirklich getragenen Kleider müssen bei der Bestimmung berücksichtigt werden.

Entdeckt man in einer Limikolengruppe eine anders aussehende Limikole, handelt es sich in den allermeisten Fällen um eine weitere, aber gleichfalls häufige Art oder sogar um die gleiche Art in einem anderen Kleid. Seltenheiten sind, wie der Name schon sagt, nur ausnahmsweise zu beobachten. Solange man die Bestimmung häufiger Arten nicht beherrscht, kann man die geringe Wahrscheinlichkeit, eine Seltenheit entdeckt zu haben, ignorieren. Besonders Kampfläufer sollte man sehr genau kennen, denn sie können so variabel aussehen, dass vor allem Einsteiger verwirrt werden. Zwar sind einige Arten wie Rotschenkel oder Austernfischer leicht zu erkennen, doch muss man sich mit den meisten Arten aus der Nähe vertraut machen, bevor man sie in der Ferne sicher bestimmen kann. Im günstigsten Fall betrachtet man gemischte Ansammlungen aus einem Beobachtungsversteck mit einem Spektiv, das für die ernsthafte Beschäftigung mit Watvögeln ohnehin Voraussetzung ist.

Watvögel können in der Regel an der Kombination von Merkmalen, besonders Größe, Schnabelform und -länge, Gefiederfärbung und -musterung, Stimme und Verhalten, bestimmt werden. Dabei gilt es zu bedenken, dass sich ruhende Limikolen bei kaltem Wetter aufplustern und den eventuell langen

Hals zwischen die Schultern ziehen. Dadurch wird eine bei der Nahrungssuche lang gestreckte Gestalt zu einer runden, kompakten und kurzbeinigen.

Wer Freude an der Limikolenbestimmung findet, kann sich weiteren Herausforderungen stellen, und versuchen die Geschlechter oder die Unterart zu bestimmen. Dazu bedarf es der richtigen Ansprache der Kleider, deren Übergangszustände und der Gefiederpartien sowie der Kenntnis von Mauserabläufen. Der Spätsommer ist die beste Zeit zum Limikolenstudium, da man Alt- und Jungvögel sowie verschiedene Mauserstadien nebeneinander sehen kann.

Ein diesjähriger Alpenstrandläufer im Herbst. Das Gefieder junger Limikolen ist insgesamt frisch und sauber gemustert, anders als das um diese Zeit abgenutzte und ungleichmäßig gemusterte oder einfarbige Gefieder der Altvögel. Im Gegensatz zu Altvögeln führen Jungvögel im Herbst, hauptsächlich zwischen September und November, nur eine Teilmauser durch. Am Ende dieser Jugendmauser steht das erste Winterkleid, in dem einige Federn aus dem Jugendkleid erhalten bleiben. Bei dem abgebildeten Alpenstrandläufer, der noch vorwiegend im Jugendkleid ist, sind deutlich einige einfarbig graue Federn des ersten Winterkleides in den Schulterfedern sichtbar. Ab dem zweiten Kalenderjahr entspricht ihr Mauserzyklus dem der Altvögel.
Altvögel mausern zweimal pro Jahr. Das erste Mal vor der Brutzeit ins Prachtkleid, indem Federn auf Kopf, Körper und ein variabler Anteil der inneren Flügeldecken vermausert werden. Im August bis November findet dann die zweite Mauser statt, diese schließt auch das Großgefieder mit ein, ist also eine Komplettmauser. Das Schlichtkleid der Altvögel besteht demnach aus komplett neuen Federn. Bei den meisten Arten findet die Mauser im Winterquartier oder dessen Nähe statt, wobei die Jugendmauser bald nach der Ankunft beginnt und die Mauser ins Pracht- oder erste Sommerkleid vor Antritt des Heimzuges abgeschlossen wird. Bei den meisten Arten ist das Schlichtkleid einfarbiger, weniger bunt und oft grau, also deutlich verschieden vom Jugend- und Prachtkleid.

Der Triel ist eine der neun Arten der Gattung *Burhinus*, die als Einzige die Familie der Triele (*Burhinidae*) innerhalb der Ordnung der Regenpfeiferartigen (*Charadriiformes*) bildet. In Mitteleuropa kommt nur eine Art vor: der Triel. Hier ist er ein sehr seltener und in einigen Ländern vom Aussterben bedrohter Brutvogel.
Der Triel ist kompakt, hochbeinig und etwas über taubengroß. Die Grundfärbung des Gefieders ist sandfarben mit einer dunklen, besonders auf Hals und Brust auffälligen Strichelung. Die Unterseite des Vogels ist hell, zuweilen fast weiß. Der Kopf ist groß, ebenso die Augen mit auffallend gelber Iris. Der gelbe, massive Schnabel endet in einer schwarzen Spitze. Auffallend sind auch die kräftigen gelblichen Beine mit deutlich verdickten Fersengelenken, die der Art den englischen Namen „Thick-knee" eingetragen haben. Die Geschlechter unterscheiden sich weder in der Größe noch in der Gefiederfärbung. Auch das Jugendgefieder gleicht dem ausgefärbter Vögel sehr. Ebenso besteht kein Unterschied zwischen Ruhe- und Schlichtkleid. Im Flug wirkt der Triel mit den schwarzen Handschwingen mit einzelnen weißen Einschlüssen von oben sehr kontrastreich. Insgesamt ist die Art gut bestimmbar und kaum zu verwechseln.
Der Triel ist ein Bewohner trockener, steiniger Gebiete mit nur geringer oder sehr niedriger Vegetation. In Europa sind das vor allem Brachland, Küstendünen, sandige, sehr lichte Wälder, Trockenrasengebiete sowie Kies- und Schotterbänke an Flussufern. Der Großteil Deutschlands, Skandinaviens sowie das Baltikum sind nicht besiedelt. In Zentraleuropa war die Art stets selten und ist heute nur noch in sehr wenigen Restvorkommen vorhanden. In Deutschland wird der Triel zurzeit nicht mehr zu den regelmäßigen Brutvögeln gezählt; in Österreich bestehen sehr kleine Restvorkommen.
Der Triel ist dämmerungs- bzw. nachtaktiv. Nur an sehr trüben Tagen sowie während der Jungenaufzucht wurden länger andauernde Aktivitätsphasen während des Tages festgestellt. Der Aktivitätsbeginn wird auch außerhalb der Brutzeit meist mit Rufen eingeleitet, deren größte Intensität jedoch erst kurz vor Anbruch der Morgendämmerung erreicht wird. Den Tag verbringt die Art flach an den Boden gedrückt in guter Deckung. Häufig stehen Triele längere Zeit fast unbeweglich mit hoch erhobener Körperhaltung. Aufgrund ihrer Tarnfärbung sind sie auch in dieser Position schwer zu entdecken. Bei Störungen fliegt der Triel nur selten auf, stattdessen versucht er sich mit geducktem Körper und vorgestrecktem Hals schleichend oder laufend aus dem Gefahrenbereich zu entfernen. Auch vor ernsten Bedrohungen rennt er äußerst schnell und in raschen Richtungswechseln davon.

Der Austernfischer ist einer der charakteristischsten Vögel der Nordseeküste. Er gehört zur gleichnamigen Familie innerhalb der Ordnung der Wat-, Möwen- und Alkenvögel (*Charadriiformes*). Seine größte Verbreitung in Europa hat er im Wattenmeer und dem küstennahen Binnenland der Nordsee, wo er auch die scherzhafte Bezeichnung „Halligstorch" trägt. Zum unverwechselbaren Erscheinungsbild des Austernfischers tragen vor allem der lange orangerote, seitlich etwas abgeflachte Schnabel und das schwarz-weiße Körpergefieder bei. Die Beine und Füße sowie die Augen des Austernfischers sind rot.

Im Flug kennzeichnen den Austernfischer der weiße Hinterrücken, die breiten weißen Flügelbänder und die breite schwarze Endbinde am Schwanz.

Austernfischer sind sehr ruffreudige Vögel. Das laute und schrille „quiéwiehp" ist der für sie typische Kontaktruf. Am Brutplatz lassen sie außerdem ein gellendes „qui qui qui qui" erklingen. Dies steigert sich gelegentlich zu einem lärmenden, schrillen Trillern, das auf- und abschwillt. Es wird auch als „Pfeif-„ oder „Trillerzeremonie" bezeichnet und tritt besonders häufig auf, wenn sich Nachbarn oder revierlose Austernfischer zu sehr den Grenzen des Brutreviers nähern. Dabei gehen einer oder beide Brutvögel dem eindringenden Vogel mit gesenkten und leicht geöffneten Schnäbeln entgegen, währenddessen trillern und pfeifen sie in hohen Tönen und wirken sehr erregt. An der Küste ernähren sich die Austernfischer in erster Linie von Muscheln, Borstenwürmern, Krebsen und Insekten. Im Binnenland stellt der Regenwurm die Hauptnahrung dar. Im Gegensatz zu vielen Küstenvögeln ist der Muskelmagen der Austernfischer nur wenig ausgebildet. Aufgrund der Technik beim Öffnen der Nahrung erübrigt sich ein Zerdrücken der Schalentiere im Muskelmagen.

Während ein Austernfischer kleine Muscheln vollständig verschlucken kann, öffnet er bei größeren Muscheln die Schale, um an das Fleisch zu gelangen. Dabei werden zwei unterschiedliche Techniken angewendet. Hämmert der Vogel die Muschel auf, werden fest geschlossene Muscheln zunächst auf eine mitunter mehrere Meter weit entfernte und mehrmals hintereinander aufgesuchte feste Unterlage gebracht und dort mit der flachen Seite nach oben abgelegt. Dann wird mit fest verankerten Füßen, steifem Hals, senkrecht und mit geschlossen gehaltenem Schnabel, im Hüftgelenk wippend so lange auf die Muschel eingehämmert, bis ein Stück Schale herausbricht. Mit dem Aufhämmern wird der hintere Schließmuskel der Molluske durchtrennt. Das Öffnen und Entleeren einer Miesmuschel dauert selten länger als 10 bis 15 Sekunden. Harte Muscheln werden gelegentlich aus mehreren Metern Höhe auf einen harten Untergrund fallen gelassen, um sie so zu öffnen. Bei der zweiten verwendeten Technik wird der Schnabel zwischen die Schalenhälften geschoben, um den Schließmuskel zu verletzen. Bei beiden Techniken wird das Muschelfleisch systematisch herausgemeißelt und freigeschüttelt, sobald die Muschel offen ist. Ein einzelner Vogel verwendet dabei immer nur eine der beiden Techniken. Sie wird von den Elternvögeln erlernt und durch Übung vervollkommnet. Die Verwendung der jeweiligen Technik führt zu unterschiedlichen Formen der Schnabelspitze, so ist die Spitze des Schnabels bei den Anhängern der ersten Technik eher stumpf, bei den Anhängern der zweiten Technik ist die Schnabelspitze spitzer. Mit etwas Übung ist dies auch im Gelände erkennbar.

Die Säbelschnäblerverwandten (*Recurvirostridae*) sind eine kleine, aber markante Familie in der Ordnung der Regenpfeiferartigen (*Charadriiformes*). Sie sind fast weltweit in den tropischen und gemäßigten Zonen verbreitet.
Säbelschnäbler sind große, auffallend schwarz-weiß gefiederte Watvögel mit einem langen Hals und sehr langen Beinen. Bei allen Arten ist der Schnabel sehr lang und schlank. Er ist entweder gerade oder deutlich nach oben gekrümmt.
Mit seinem schwarz-weißen Gefieder zählt der Säbelschnäbler zu den auffälligsten Limikolen. Im Wattenmeer der Nordsee ist er häufig zu beobachten.
Die Nahrung der Jung- und Altvögel besteht überwiegend aus Wirbellosen des feinschlickigen Sediments der Uferzone und des Flachwassers. Sie wird durch das arttypische Säbeln, eine mähende Seitwärtsbewegung des Schnabels im Sediment oder Flachwasser ertastet. Tiefere Wasserschichten können durch eine gründelnde Form der Nahrungssuche unter der Wasseroberfläche genutzt werden.

Der Stelzenläufer ist ebenfalls eine Vogelart aus der Familie der Säbelschnäblerverwandten. Auffälligste Merkmale sind seine extrem langen, roten Beine und der schwarze, nadelfeine, gerade und lange Schnabel. Kopf, Nacken, Unterseite und Oberschwanzdecken sind weiß, der obere Rücken und die Flügelunter- sowie Oberseite sind schwarz. Der Rücken und die Schultern haben bei adulten Männchen einen grünlichen, bei Weibchen einen bräunlichen Glanz. Bei den Weibchen entsteht so ein deutlicher Kontrast zu den schwarzen Flügeln. Die teilweise schwarze Färbung des Kopfes ist bei Männchen ausgeprägter, jedoch kein zuverlässiges Merkmal zur Geschlechtsbestimmung, da es Überschneidungen in der Ausprägung zwischen den Geschlechtern gibt. Meist haben die Altvögel einen grau angehauchten oder deutlich schwarzen Fleck hinter dem Auge, zudem können der Hinterkopf und hintere Hals schwarz sein. Im Jugendkleid ist dieser Fleck nicht ausgeprägt, der Hinterkopf ist grau übergehaucht. Die Beine der Jungvögel sind fleischfarben, der Rücken ist deutlich bräunlich und die Schwungfedern haben helle Spitzen, wodurch ein heller Hinterrand auf den Flügeln entsteht.
Der Stelzenläufer lebt in Flachwasserzonen mit Süß-, Brack- oder Salzwasser in Lagunen, Salinen und Steppenseen. Seine langen Beine ermöglichen die Nahrungssuche in tiefem Wasser. In Europa ist er im Mittelmeerraum häufig. Teilweise stößt er zur Brut auch in den Norden Mitteleuropas vor. Der Stelzenläufer ist ein Langstreckenzieher und überwintert in Afrika.

Regenpfeiferverwandte

Die Regenpfeifer (*Charadriidae*) sind eine Familie aus der Ordnung der Regenpfeiferartigen (*Charadriiformes*). Zu dieser Familie gehören kleine bis mittelgroße Watvögel, deren Beine meist relativ kurz oder höchstens mittellang sind. Kennzeichnend für Arten aus dieser Familie ist, dass bei ihnen der Schnabel meist deutlich kürzer als die Kopflänge ist. An der Spitze ist er oft etwas verdickt. Ihre Nahrung picken sie meist von der Oberfläche ab. Regenpfeifer bewegen sich typisch rasch trippelnd. Die größten Arten dieser Familie gehören alle zur Unterfamilie der Kiebitze.

Sand- und Seeregenpfeifer brüten hauptsächlich in der Nähe von Meeresküsten. Der Flussregenpfeifer brütet dagegen im Binnenland, man findet sein Nest auf Sand- und Kiesbänken an Seen und Flüssen. Viel größer als diese Arten werden Kiebitz- und Goldregenpfeifer. Sie brüten in Mooren und in der Tundra (Kiebitzregenpfeifer nur hier), also im hohen Norden. In Mitteleuropa sind sie auf dem Zug regelmäßig zu beobachten. Kiebitze waren einst vor allem in Feuchtgrünländern verbreitet, mittlerweile findet man sie auf Äckern, oft auf ehemaligen Feuchtgrünländern. Vertreter dieser Familie lassen sich besonders gut im Wattenmeer der Nordsee beobachten.

Innerhalb der Limikolen stellen die Regenpfeifer, zu denen der hier abgebildete Sandregenpfeifer gehört, eine gut gekennzeichnete Gruppe dar. Sie sind kompakt, rundlich, kurzschnäbelig und kurzhalsig.

Goldregenpfeifer im Jugend- und Schlichtkleid ähneln Kiebitzregenpfeifern im Schlichtkleid. Während man den Kiebitzregenpfeifer bei uns auf der Rast auf Sand- und Schlickflächen meist einzeln beobachten kann, findet man den Goldregenpfeifer auch in beachtlichen Trupps auf Grünländern, besonders in Küstennähe. Wichtige Unterscheidungsmerkmale des Goldregenpfeifers zum Kiebitzregenpfeifer sind ein schmaler statt eines breiten weißen Flügelstreifs, ein kontrastloser, dicht goldgelb-schwarz gebänderter statt kontrastierend weißer Bürzel, helle statt dunkler Achselfedern, ein schmächtigerer Schnabel und eine gebänderte statt gestrichelter Brustzeichnung im Jugendkleid.

Der Kiebitz hat eine derart kennzeichnende Erscheinung, dass er kaum mit anderen Vögeln verwechselt werden kann. Der Flug ist fördernd, wirkt jedoch durch die breit stumpfen Flügel flapsig, deshalb wird er im Englischen „Lapwing" genannt. Kiebitze gehörten einst zu den Allerweltsarten, haben jedoch in den letzten Jahrzehnten massive Bestandseinbrüche erlitten, in erster Linie durch die Intensivierung der Landwirtschaft. Dazu kommt der Fang und Abschuss von Zehntausenden Vögeln in Frankreich und anderen Ländern mit Vogeljagd.

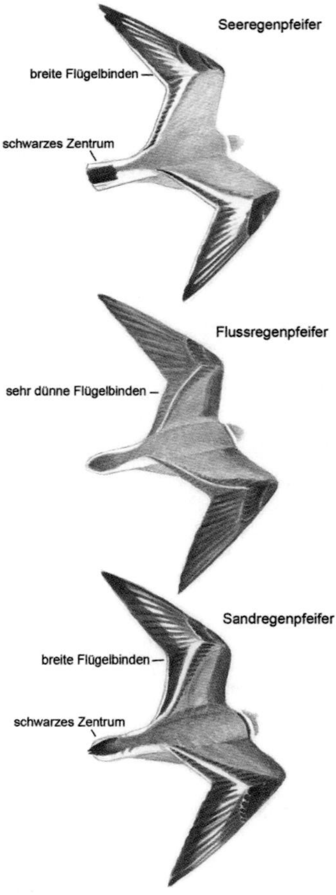

Die heimischen kleineren Regenpfeifer lassen sich gut im Flug unterscheiden.

rechts: Die kleineren Regenpfeifer der Gattung *Charadrius* stellen den Anfänger immer wieder vor Bestimmungsprobleme. Doch wie die Abbildungen verdeutlichen, ist jede Art charakteristisch gekennzeichnet und mit etwas Übung auch im Schlicht- und Jugendkleid zu unterscheiden. Der Flussregenpfeifer hat im Gegensatz zu den Vergleichsarten einen spitz auslaufenden dunklen Ohrfleck. Dieser ist bei den anderen Arten gerundet.

Sandregenpfeifer, Jugendkleid
Überaugenstreif deutlich, kein Lidring
kräftig
Handschwingen-
projektion
groß
gerundet
Brustseitenfleck
breit dunkel
kurze Beine

Flussregenpfeifer, Jugendkleid
Überaugenstreif undeutlich, schmaler Lidring
lange Schirmfedern,
Handschwingenprojektion
gering
langbeinig

Seeregenpfeifer, erster Winter
rotbraun
Handschwingen-
projektion kurz
dünn
Hinterende kurz
Brustseitenfleck
klein und hell
hochbeinig

Trotz Farbenpracht schwer zu entdecken: Mornellregenpfeifer

Ein Mornellregenpfeifer im Jugendkleid. Deutlich erkennbar ist das aus hellen Federrändern gebildete Schuppenmuster auf dem Rücken.

Mornellregenpfeifer im abgetragenen Prachtkleid.

Der Mornellregenpfeifer brütet in den Tundren Eurasiens. In Südwest- und Südeuropa sowie im Alpenbereich bestehen individuenarme Reliktvorkommen. Der Mornell, wie er verkürzt genannt wird, gehört zu den mittelgroßen Regenpfeifern; er ist deutlich größer als der Flussregenpfeifer, aber kleiner als der Kiebitz.

Im Brutkleid ist die Art unverkennbar, die Geschlechtsbestimmung ist jedoch nicht ganz einfach. Wichtigstes Kennzeichen im bunten Prachtkleid ist der breite, bis in den Nacken verlaufende weiße Überaugenstreif. Diese Überaugenstreifen laufen auf dem Hinterkopf zusammen und bilden dort ein V. Der Scheitel ist schwarz, die Kehle weiß. Markant ist ein weißes, dünnes, dunkel eingefasstes Brustband, das den schiefergrauen Hals und Nacken vom leuchtend rostroten, ins Schwärzliche verlaufenden Bauch trennt. Rücken und Flügel sind braun mit deutlich helleren Einfassungen der einzelnen Federpartien. Der im Flugbild runde Unterschwanz ist weiß. Das Weibchen ist etwas intensiver und kontrastreicher gefärbt. Im Schlichtkleid verblassen alle Farben, insbesondere die des Bauches, der dann gelblich bis weiß gefärbt ist. Auch der Brustring ist nicht mehr deutlich erkennbar. Das Federkleid von Jungvögeln ähnelt sehr stark dem Schlichtkleid der Altvögel.

Der Mornell ist kein sehr scheuer Vogel. In seinem subarktischen Lebensraum ist seine Fluchtdistanz vor dem Menschen – insbesondere während der Brutzeit – sogar auffallend gering. Während der Brutzeit ist ein Mornellpaar streng territorial, außerhalb dieser Zeit leben die Vögel jedoch in kleinen, oft in nach Altersklassen oder Geschlechtern getrennten Gruppen gesellig zusammen. Beim Mornell besteht in einigen Verhaltensweisen, besonders im

Sexual- und Aggressionsbereich eine Rollenumkehr: Verhaltensweisen, die im Allgemeinen vom Männchen erwartet werden, werden bei den Mornellregenpfeifern stärker vom Weibchen praktiziert.

Der Mornell ist in seinem gesamten Verbreitungsgebiet ein Zugvogel, mit einem im Verhältnis zu seinem riesigen Verbreitungsgebiet relativ kleinen Überwinterungsgebiet im nördlichen Afrika sowie im Nahen Osten. Von Ende Juli an werden die Brutplätze geräumt, wobei die Weibchen etwa drei Wochen vor den Männchen und Jungvögeln abziehen. Der Zug erfolgt auf traditionellen Zugrouten in breiter Front meist in kleinen Trupps oder Gruppen von 20 bis 30 Individuen. Traditionelle Rast- und Mauserplätze (zum Beispiel auf dem Cassonsgrat in den Bündner Alpen oder dem Chasseral im Berner Jura) werden über Jahrzehnte hinweg immer wieder aufgesucht. In Mitteleuropa bevorzugt der Mornell auf der Rast Berge mit sanften Rücken und weitflächigen Plateaus. Viele der europäischen Vögel scheinen jedoch ihr Winterquartier in einem Nonstopflug zu erreichen. Insgesamt erfolgen der Wegzug und – in noch größerem Maße – der Heimzug sehr heimlich. So werden Mornellregenpfeifer auf ihrem Zuge selten gesehen und eher für Irrgäste gehalten werden als für reguläre Zugvögel. Die wesentlichsten Überwinterungsgebiete für die Mehrzahl der europäischen Vögel liegen im nordwestlichen Afrika, insbesondere im Atlasgebiet.

Der schwedische Naturfotograf und Schriftsteller Bengt Berg widmete dem Mornellregenpfeifer das Buch „Mein Freund, der Regenpfeifer" (1925), in dem er seine Erlebnisse im schwedischen Fjäll beschreibt. Berg vermenschlichte systematisch die Verhaltensweisen des „Láhol" (Name des Mornellregenpfeifers in der samischen Sprache), um die Identifikation des Lesers mit dem Tier zu fördern. Das Buch trug im deutschsprachigen Raum erheblich zur Popularisierung eines romantisch geprägten Naturkunde- und Naturschutzgedankens bei.

Schnepfenverwandte

Schnepfenvögel bilden eine charakteristische Untergruppe der Limikolen. Sie leben an Ufern, Küsten und in Feuchtgebieten, wenige Arten sind an trockenere Lebensräume angepasst. Kennzeichen sind im Allgemeinen recht lange Beine und oft mittellange bis lange Schnäbel, mit denen die Vögel im Watt, Schlamm, Seetang oder unter Steinen nach Nahrung suchen. Sie ernähren sich von Würmern, Mollusken, Krebstieren, kleinen Fischen, Insekten und Insektenlarven sowie teilweise von Pflanzen.

Viele Arten brüten in offenem Gelände und in der arktischen Tundra der Nordhalbkugel; sie sind im Rest Europas nur zur Zugzeit und im Winter in dichten Schwärmen an Küsten und in Feuchtgebieten anzutreffen. Die meisten Arten legen ihre Eier in eine Bodenmulde, wo sie durch ihre Sprenkelung gut getarnt sind. Die Jungen verlassen sehr schnell das Nest und suchen selbstständig nach Nahrung, wobei sie von einem oder beiden Elternteilen beaufsichtigt und gewärmt werden. Viele Schnepfenvögel überwintern in Afrika, manche auch in Südeuropa oder Asien. Manche Arten sind regelmäßig im Winter an der Nordseeküste zu sehen.

Die Schnepfenvögel stellen die größte Limikolenfamilie dar. Ein typischer Vertreter ist der hier abgebildete Alpenstrandläufer. Die Familie ist untergliedert in die Gattungen Strand- und Wasserläufer, Schnepfen, Brachvögel und Wassertreter.

Großer Brachvogel (links) und Regenbrachvogel (rechts) unterscheiden sich in erster Linie durch Gesichtszeichnung und Schnabellänge. Beide Arten sind große Limikolen; der Regenbrachvogel ist etwas kleiner als der Große Brachvogel mit proportional kürzerem Schnabel. Die Männchen des Großen Brachvogels können jedoch auch recht kurzschnäbelig sein. Regenbrachvögel haben einen dunklen Scheitelseitenstreifen und dunkle Zügelstreifen, deutlichere, helle Überaugenstreifen und einen von vorne sichtbaren, schmalen, hellen Scheitelstreif. Der Große Brachvogel weist hingegen eine einheitlich gestrichelte Kopfzeichnung auf.
Große Brachvögel brüten in Marschen, Mooren, Feuchtwiesen und auch auf Feldern, oft auf ehemaligem Niedermoorgrünland. Sie rasten auf dem Zug im März/April und von Juni bis Oktober an Küsten und auf Wiesen. Der Regenbrachvogel brütet hingegen in Taigamooren und in der Tundra. Auf dem Zug, hauptsächlich im Mai und Juli/August, findet man ihn einzeln und in kleinen Gruppen an Küsten und auf Wiesen, an der Küste gerne in Krähenbeerenbeständen abseits des Wassers. Regenbrachvögel überwintern an der afrikanischen Küste.

Uferschnepfe, Schlichtkleid

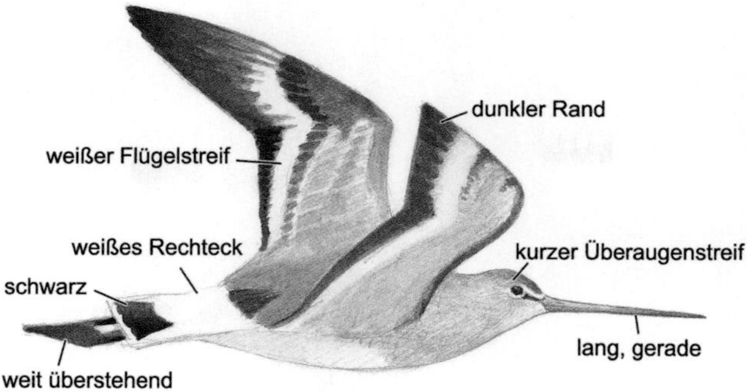

Pfuhlschnepfe, Schlichtkleid

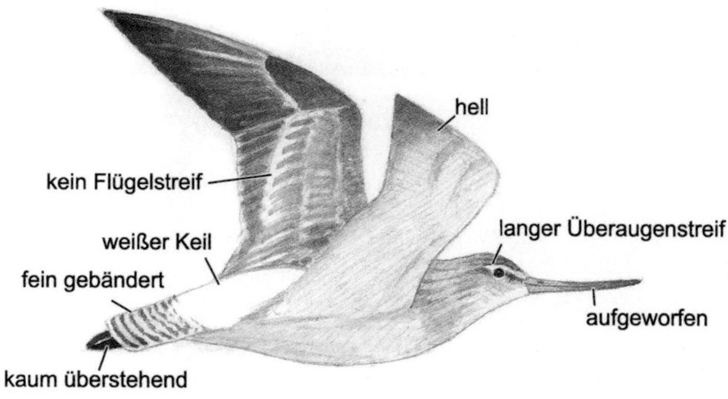

Ufer- und Pfuhlschnepfe ähneln sich im Schlichtkleid, lassen sich jedoch anhand der hier herausgestellten Merkmale leicht unterscheiden. Die Uferschnepfe brütet bei uns in abnehmender Zahl in Feuchtwiesen und Niedermooren, besonders in Norddeutschland. Zur Zugzeit findet man sie in ähnlichen Gebieten, außerdem an Küsten und flachen Binnengewässern. Die Pfuhlschnepfe ist hingegen ein Brutvogel der Tundra und Moore der nördlichen Taiga. Sie zieht bei uns im Mai und im August/September vor allem an den Küsten durch, wo man sie an schlickigen Stellen findet. Sie überwintert von Westeuropa bis Westafrika.

Neben den Färbungsunterschieden lassen sich Pfuhl- und Uferschnepfe vor allem an strukturellen Unterschieden bestimmen. Die Uferschnepfe erscheint storchenähnlich mit sehr langem Schnabel, Hals und Beinen, insbesondere mit langen Unterschenkeln. Die Pfuhlschnepfe wirkt hingegen kompakter und der Hals ist kürzer, ebenso die Unterschenkel. Der immer noch beeindruckend lange Schnabel ist nicht ganz so lang wie bei der Uferschnepfe und zur Spitze hin aufgeworfen.

Unter den heimischen Schnepfenarten zeigen Waldschnepfe (links) und Bekassine (rechts) im Frühjahr sehr charakteristische Flugbalzvorführungen: die Bekassine tagsüber und in der Dämmerung über feuchten Wiesen und Mooren, die Waldschnepfe nur in der Dämmerung und einsetzenden Dunkelheit an Waldrändern und -schneisen. Wie die Bekassine ihr merkwürdiges Meckern zustande bringt, war lange Zeit umstritten. Heute ist bekannt, dass die Männchen (seltener die Weibchen) sich auf dem Ausdrucksflug in eine schräge Flugbahn begeben und diese mit ausgebreiteten Flügeln und Schwanz hinabgleiten. Die beiden äußersten Schwanzfedern können so weit abgespreizt werden, dass sie keinen Kontakt zu den Nachbarfedern haben. In dem schnellen Luftstrom beim Herabgleiten geraten sie in Schwingungen, die ab einer bestimmten Geschwindigkeit hörbar werden. Das meckernde Geräusch der im Volksmund „Himmelsziege" genannten Bekassine ist also ein Instrumentallaut (siehe Kapitel 7). Die Flügel kontrollieren den Luftstrom, damit die feine Federfahne nicht zerreißt, sodass das Meckern an- und abschwillt.
Der Balzflug der Waldschnepfe wird „Schnepfenstrich" genannt. Dabei markiert das Männchen durch einen weit hörbaren, peitschenden, kurzen Pfiff gefolgt von einer quakenden, weniger weit hörbaren Lautfolge sein Gebiet. Gleichzeitig zeigt sich das Männchen den Weibchen, die sich bei Bedarf bemerkbar machen. Echte Reviere werden nicht verteidigt. Vielmehr werden vielversprechende Habitate auf stets den gleichen Bahnen abgeflogen. Der Schnepfenstrich lässt sich zu Beginn des Durchzuges im Februar/März bis weit in den Sommer beobachten.

Die Zwergschnepfe brütet spärlich in nassen Mooren und Sümpfen der Taiga. Zur Zugzeit und im Winter rastet sie an Tümpeln, Grabenrändern und nassen Wiesen, wo sie wegen ihrer heimlichen Lebensweise oft übersehen wird. Sie hält sich in der Vegetation versteckt auf und duckt sich bei Gefahr an den Boden. Die Fluchtdistanz an Rastplätzen und auf dem Gelege beträgt meist nur ein bis zwei Meter, manchmal sogar weniger als einen Meter. Zwergschnepfen fliegen in raschem, fledermausähnlichem Flug stumm auf und landen nach kurzer Strecke wieder, Bekassinen fliegen hingegen rufend im Zickzackflug weitstreichend ab.

Farbenpracht und Rollentausch: Wassertreter

Die Wassertreter (*Phalaropus*) sind eine Gattung arktischer Schnepfenvögel. Zwei Arten sind gelegentlich während ihres Zuges an der deutschen Nordseeküste zu beobachten, selten im Binnenland: das Thorshühnchen und das Odinshühnchen.

Odinshühnchen, Männchen im Prachtkleid.

Thorshühnchen, Weibchen im Prachtkleid.

Im Vergleich zu den meisten anderen Vogelarten ist bei den Wassertretern die Rolle der Geschlechter vertauscht. Das Gefieder der Weibchen ist farbenprächtiger als das der Männchen, die Weibchen verteidigen das Revier und balzen, die Männchen ziehen die Küken auf.

In der Gestalt ähneln Wassertreter den Strandläufern. Sie sind aber nicht so plump gebaut und wirken insgesamt zierlicher. Im Gegensatz zu vielen anderen Limikolen sieht man Wassertreter selten beim Waten, sondern meistens schwimmend. Besonders im Winter sind sie ausgesprochene Hochseevögel, die überhaupt keinen Kontakt zum Land benötigen. Sie liegen beim Schwimmen sehr hoch im Wasser und bewegen sich mit rhythmischen Bewegungen der Füße fort; jedes Ausschlagen der Beine ist von einer Nickbewegung des Kopfes begleitet. Die Füße haben in Anpassung an die schwimmende Lebensweise Hautlappen an den Seiten der Vorderzehen ausgebildet, wie man sie beim Blässhuhn findet. Diese Ähnlichkeit hat zu dem wissenschaftlichen Namen *Phalaropus* geführt (von griechisch „phalaris" = Blässhuhn und „pous" = Fuß). Hiervon leitet sich auch der englische Name „phalarope" ab.

Bei Wassertretern unterscheiden sich Pracht- und Schlichtkleid sehr voneinander. Im winterlichen Schlichtkleid sehen Weibchen und Männchen identisch aus. Zum Sommer hin ändert sich das Aussehen, beide Geschlechter bekommen ein farbiges Prachtkleid. Die Farbgebung ist bei Männchen und Weibchen grundsätzlich identisch oder zumindest sehr ähnlich; die Weibchen haben jedoch ein deutlich leuchtenderes Gefieder, während es bei den Männchen stumpf und blass wirkt.

In ihrem jeweiligen Prachtkleid sind die zwei Arten der Wassertreter einfach voneinander zu unterscheiden. Die Grundfarbe des Gefieders des Thorshühnchens ist Rot. Die Kopfseiten sind weiß. Das Weibchen trägt eine schwarzbraune, das Männchen eine hellbraune Kopfkappe. Der Schnabel ist gelb mit schwarzer Spitze, wobei die Gelbanteile beim Weibchen größer sind. Die Grundfarbe des Odinshühnchens im Prachtkleid ist dagegen Grau, wobei dies beim Weibchen ein Schiefergrau und beim Männchen Graubraun ist. Die Unterseite und die Kehle sind weiß. Auffällig ist ein Fleck auf dem Vorderhals, der bis zu den Wangen hinaufreicht und beim Weibchen orangerot, beim Männchen orangebraun und kleiner ist.

Im Schlichtkleid ähneln sich die beiden Arten sehr. Sie unterscheiden sich jedoch immer in folgenden Merkmalen:

- Der Schnabel des Thorshühnchens ist kürzer und deutlich kräftiger als der des Odinshühnchens.
- Die Oberseite ist beim Thorshühnchen in beiden Kleidern einfarbiger. Beim Odinshühnchen dominieren deutliche Längsstreifen (gelbbraun im Jugendkleid, weiß im Schlichtkleid).
- Der im Flug sichtbare Flügelstreif ist beim Odinshühnchen viel deutlicher ausgeprägt als beim Thorshühnchen.

Flussuferläufer
deutlicher
Flügelstreif

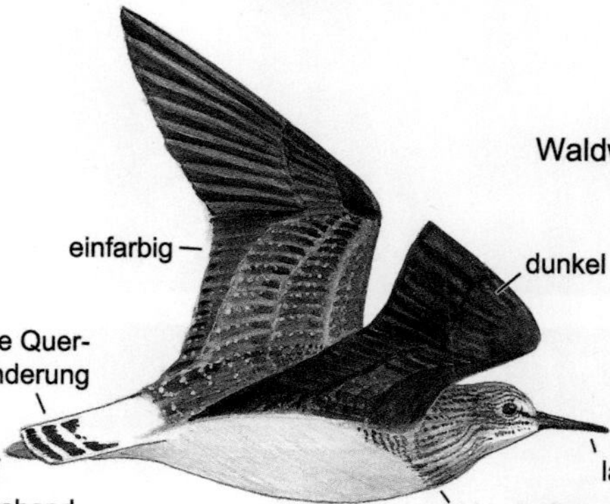
Waldwasserläufer
einfarbig
dunkel
grobe Quer-
bänderung
knapp
überstehend
lang
scharfe Grenze

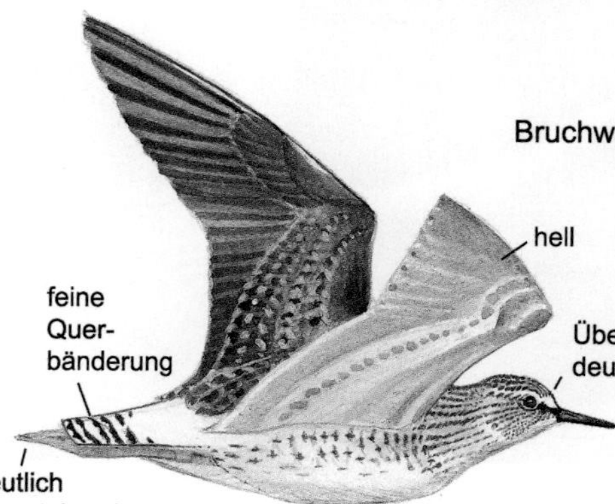
Bruchwasserläufer
hell
feine
Quer-
bänderung
Überaugenstreif
deutlich
deutlich
überstehend

Bruchwasserläufer, Prachtkleid
Überaugenstreif hinter Auge deutlich
grob gefleckt
verwaschen gefleckt
schmal gebändert
gelblich

Waldwasserläufer, Prachtkleid
Überaugenstreif hinter Auge schwach
dunkel, fein gesprenkelt
breit gebändert
scharf abgesetzt
graugrün

links und oben: Bruchwasserläufer, Waldwasserläufer und Flussuferläufer zählen zu den auf dem Durchzug auch im Binnenland häufiger rastenden Limikolenarten. Sie bereiten dem Anfänger aufgrund ihrer Ähnlichkeit regelmäßig Bestimmungsprobleme.
Der Bruchwasserläufer ist ein Brutvogel nordeuropäischer Moore und Sümpfe. Er zieht nach Afrika und rastet oft in kleinen Gruppen an Küsten und binnenländischen Feuchtgebieten. Der Waldwasserläufer brütet in feuchten Wäldern, an baumbestandenen Ufern und Moorrändern, auch in Deutschland. Als Ausnahme unter den Limikolen brütet er nicht am Boden, sondern in Bäumen, meistens in alten Drosselnestern. Er überwintert in Mittel-, häufiger jedoch in Südeuropa und Afrika. Auf dem Durchzug findet man ihn an Gräben und kleinen Tümpeln, seltener auf offenen Schlammflächen, oft einzeln und kaum in größeren Gruppen. Der Flussuferläufer bevorzugt steinige Flüsse und Bäche, auch in Wäldern, an Seen und Küsten. Er überwintert von Südeuropa bis Afrika und zieht einzeln oder in kleinen Gruppen.
Der Bruchwasserläufer ist von ähnlicher Gestalt wie der Rotschenkel, jedoch erheblich kleiner und kurzschnäbeliger, mehr dem Waldwasserläufer ähnelnd. Dieser ist allerdings kräftiger, kurzbeiniger und wirkt untersetzter. Der Flussuferläufer ist meistens an Verhalten und Gestalt bestimmbar, noch bevor Gefiederdetails zu erkennen sind. Diese mittelgroße Limikole hat eine horizontale, leicht kauernde Körperhaltung mit kurzem Hals, aber langem Schwanz und eher kurzen Beinen. Der Hinterkörper wippt ständig, besonders nach schnellen Bewegungen oder nach der Landung. Der Flug führt mit schnellen Flügelschlägen niedrig über die Wasseroberfläche, unterbrochen von kurzen Gleitstrecken auf steif nach unten gebogenen Flügeln.

Die Gattung *Tringa* besteht aus einer ganzen Reihe langbeiniger und langschnäbeliger, eher großer Wasserläufer, die an den Küsten und regelmäßig im Binnenland beobachtet werden können, zumindest auf dem Durchzug. Nur der Teichwasserläufer ist selten, hingegen zählen Rotschenkel, Dunkler Wasserläufer und Grünschenkel zu den häufigeren Limikolen unter den rastenden Watvögeln. Im Prachtkleid sind die Arten relativ leicht voneinander zu unterscheiden. Ein kurzer Blick ins Bestimmungsbuch genügt. Etwas genauer muss man bei den Schlicht- und Jugendkleidern hinsehen.

Der Rotschenkel brütet in Feuchtwiesen, Marschen und verschiedensten Sumpfgebieten. Bei uns findet man ihn vor allem entlang der Küsten. Rotschenkel rasten auf Watt- und Schlickflächen, oft einzeln oder in kleinen stimmfreudigen Gruppen. Der Dunkle Wasserläufer brütet in der arktischen Tundra in Mooren und Sümpfen und überwintert in Südeuropa und Afrika. Während des Zuges rastet er oft in kleinen Gruppen auf Schlickflächen. Der Grünschenkel brütet gerne auf trockenem Untergrund in alten Nadelwäldern des Nordens in der Nähe von Feuchtgebieten. Er rastet auf dem Zug nach Afrika in lockeren Gruppen oder einzeln im flachen Wasser, wo man ihn zuweilen flink rennend bei der Kleinfischjagd beobachten kann. Der Teichwasserläufer brütet in nassen Niederungswiesen und Sümpfen in der Steppe und Taiga. Er rastet auf dem Zug nach Afrika selten bei uns und ist dann leicht mit dem Grünschenkel zu verwechseln.

Der Dunkle Wasserläufer ähnelt im Schlichtkleid dem Rotschenkel im Schlichtkleid. Er wirkt jedoch schlanker, eleganter und hochbeiniger. Sein Schnabel ist länger, schmaler und an der Spitze abwärts gebogen; nur die Unterschnabelbasis ist rot-orange. Der weiße Überaugenstreif ist schärfer begrenzt und durch den schwarzen Zügel besonders markant. Die Kopfseiten und Vorderbrust sind schmutzig weiß, der Rotschenkel ist hier viel brauner. Bei der Nahrungssuche sucht der Dunkle Wasserläufer tieferes Wasser als der Rotschenkel auf, außerdem gründelt und schwimmt er auch. Im kräftigen, zielgerichteten Flug fallen die dunklen Oberflügel und ein weißes lang-ovales Feld auf Bürzel und Rücken auf.

Im Jugendkleid ist der Dunkle Wasserläufer unterseits gleichmäßig dunkel gebändert, der Rotschenkel hingegen auf der Brust gestrichelt und auf dem Bauch weiß. Auch in diesem Kleid sind die strukturellen Unterschiede wichtig bei der Unterscheidung von Dunklem Wasserläufer und Rotschenkel.

Im Jugendkleid zeigt der Rotschenkel oberseits auffällige, zunächst beige, später weißliche (ausgeblichene) Randflecken, wodurch die gesamte Oberseite kontrastreich wirkt. Bei fast allen Limikolen zeigen die Jungvögel oberseits helle Federränder, wodurch oft Schuppen- oder Streifenmuster entstehen. Die Beine und die Schnabelbasis sind noch gelborange, nicht rot wie beim Altvogel. Die rötliche Schnabelbasis ist ein Merkmal, das der Rotschenkel nur mit dem Dunkeln Wasserläufer und einigen Kampfläufern teilt.

Im Schlichtkleid ist der Rotschenkel eine recht einfarbige Erscheinung. Im Flug und in jedem Kleid kennzeichnend ist der breit weiße Flügelhinterrand. Der Rücken ist im Gegensatz zum Dunklen Wasserläufer nicht mit einem ovalen weißen Feld, sondern mit einem weißen Keil gezeichnet.

Ein Teichwasserläufer im Schlichtkleid. Das Bild wurde in der Abendsonne aufgenommen und ist ein gutes Beispiel dafür, wie die Lichtverhältnisse die Erscheinung eines Vogels verändern können. Die Farbgebung ist sehr ähnlich wie die eines Grünschenkels im Schlichtkleid, also eher von kalten Grau- und Weißtönen geprägt. Die Abendsonne wirft hingegen ein weißgelbes Licht auf den Vogel. Der Bestimmung tut dies kein Abbruch, denn Teichwasserläufer unterscheiden sich vor allem strukturell vom Grünschenkel. Im Gegensatz zum Letzteren hat der Teichwasserläufer einen langen, geraden, nadelfeinen Schnabel und einen schlanken Körper, vor allem am Hals. Zudem wirken die Beine proportional sehr lang und dünn; er erinnert so an den Stelzenläufer.

Grünschenkel sind etwas größerer und kräftiger als Rotschenkel. Kennzeichnend ist der lange, kräftige, oft deutlich aufgeworfene Schnabel. Im kraftvollen Flug zeigen sich die im Gegensatz zum Rotschenkel einfarbig dunklen Flügel, der sehr helle Schwanz und ein weit auf den Rücken reichender weißer Keil. Im Prachtkleid weist der Grünschenkel auf dem Rücken eine variable Anzahl Federn mit dunklen Zentren auf. Beim Teichwasserläufer sind diese Zentren im Prachtkleid nicht schwarz, sondern mit ankerförmigen Flecken gefüllt.

Kampfläufer – mit vielen Arten zu verwechseln und doch charakteristisch

Kampfläufermännchen auf der Balzarena in Norwegen.

Kampfläufermännchen im Prachtkleid.

Kampfläufer, die nicht im Prachtkleid sind, können mit vielen Limikolen verwechselt werden und sind ein häufiger Fallstrick für den Anfänger. Dies liegt in der Variabilität der Art begründet. Obwohl der Kampfläufer als Brutvogel in Mitteleuropa weitgehend ausgestorben ist, kann man Durchzügler regelmäßig und stellenweise auch im Binnenland beobachten. Kampfläufer brüten auf nordeuropäischen Feuchtwiesen, in Sümpfen, Taigamooren sowie in der Tundra und überwintern in Afrika. Auf dem Zug rasten Kampfläufer in kleinen bis großen Trupps auf Schlammflächen, Feuchtwiesen und an Gewässerrändern.

Die Männchen besitzen im Prachtkleid, das voll ausgeprägt nur im Mai/Juni erscheint, eine überdimensionierte Federkrause, deren Färbung den Status des Individuums am Balzplatz widerspiegelt. Hellere Männchen sind untergeordnet, verteidigen auf den Gemeinschaftsbalzplätzen oft keine eigenen Reviere, sondern halten sich als sogenannte Satelliten am Rand der Balzarenen auf, um dort Weibchen abzufangen. Die dunkelsten Männchen sind prinzipiell die ältesten und erfahrensten. Sie besetzen die Zentren der Balzarenen und sind unter den Weibchen besonders begehrt. Die stumme Gruppenbalz vollzieht sich auf traditionell besuchten, spärlich bewachsenen Grasflächen, auf denen sich fünf bis zwanzig Männchen treffen. Die Balzterritorien werden in etwa einem Meter Abstand voneinander durch Flügelflattern, kurze Sprünge, hockendes Verharren, gespreizten Kragen und kurze Attacken mit dem Schnabel verteidigt.

Es gibt einige konstante Merkmale, welche die Kampfläuferbestimmung ermöglichen. Die Männchen sind deutlich größer als die Weibchen, wodurch Kampfläufer kräftig wie Rotschenkel beziehungsweise schmächtig wie Strandläufer erscheinen können. Der Gesamteindruck ermöglicht mit einiger Erfahrung oft schon die Bestimmung: kleiner Kopf, kräftiger Körper, langer Hals (oft eingezogen) und mittellanger, im Gegensatz zu einigen ähnlichen Arten leicht abwärts gebogener Schnabel. Die Beinfarbe ist altersabhängig und reicht von grünlich über gelblich bis rötlich. So erscheinen die Beine bei manchen Männchen im Schlichtkleid leuchtend orange und auch der Schnabelgrund ist hellorange, was insgesamt an einen Rotschenkel erinnern kann. Jedoch ist die Kampfläuferoberseite überwiegend geschuppt statt größtenteils einfarbig. Typisch für Kampfläufer im Schlichtkleid und Weibchen im Prachtkleid ist eine weißliche Befiederung am Schnabelgrund. Die langen Mantelfedern werden oft vom Wind kammartig aufgerichtet, das kann man sonst nur bei der Uferschnepfe beobachten. Der Flug geht locker mit tiefen Flügelschlägen vonstatten. Vor dem Landen erfolgen oft lange Gleitstrecken. Im Flug ist der Flügelstreif dünn und undeutlich, jedoch strahlen zwei weiße Felder auf den Seiten der Oberschwanzdecken.

Der Steinwälzer ist in Mitteleuropa vor allem ein Wintergast, den man an felsigen Küstenabschnitten findet sowie hin und wieder auf Watt- und Schlickflächen. Im Binnenland sind Steinwälzer selten. Sie wenden mit dem Schnabel geschickt Steine und Seetang, um an die tierische Nahrung zu gelangen. Charakteristisch ist die mittelgroße, kräftige Gestalt mit kurzem, derbem Schnabel und kurzen orangefarbenen Beinen sowie einem markanten Flugmuster.

Steinwälzer fliegen zusammen mit Meerstrandläufern. Im Flug fällt bei den Steinwälzern das typisch kontrastreiche Muster mit der kräftigen weißen Flügelbinde auf.

Ein weiterer Wintergast begleitet den Steinwälzer in kleiner Zahl an unseren Felsküsten: der Meerstrandläufer. Er brütet in felsiger Tundra und bevorzugt im Winter Steinmolen. Der dicke Körper und die kurzen Beine lassen den Meerstrandläufer pummelig erscheinen. Der Schwanz überragt die Flügelspitzen. Die Färbung von Kopf und Rücken ist einfarbig braungrau. Beine und Schnabelbasis sind hellsenfgelb.

Sanderling, Alpenstrandläufer, Sichelstrandläufer, Temminckstrandläufer und Zwergstrandläufer bilden zusammen eine Gruppe kleiner kompakter Strandläufer, die dem Anfänger besonders durch ähnliche Schlicht- und Jugendkleider Bestimmungsschwierigkeiten bereiten. Man kann die Artbestimmung oft durch den Rastlebensraum und den Zeitpunkt des Auftretens eingrenzen. Die Tabelle auf S. 254 bietet hierzu eine Übersicht.

Im Schlichtkleid ist der Sanderling unverwechselbar. In der Größe entspricht er einem Alpenstrandläufer, wirkt durch den kurzen, kräftigen Schnabel jedoch kompakter. Er leuchtet auffallend hell aus den Limikolentrupps heraus. Der charakteristische schwarze Flügelbug ist oft durch das Brustgefieder verdeckt.

Der Knutt reiht sich nahtlos in die Reihe der kompakten, pummeligen Strandläufer ein. Knutts brüten in der arktischen Küstentundra und überwintern in großen Trupps an westeuropäischen Küsten, die Durchzugsmaxima werden im Mai und August erreicht. Nur selten verschlägt es Knutts ins Binnenland. Wichtige Merkmale sind der eher plump-kompakte Körper und ein dicker, kurzer Schnabel, der nur ganz schwach abwärts gebogen ist. Im Jugend- und Schlichtkleid ist der Knutt am besten durch Gestalt, grauen Gesamteindruck, deutlichen, hellen Überaugenstreif und die kurzen graugrünen Beine zu erkennen.

Rasthabitat, Auftreten und Durchzugszeiträume der kleinen Strandläufer

Art	Rasthabitat und Auftreten	Hauptdurchzug
Sanderling	Sandstrände, Watt. Auf Schlammflächen im Binnenland selten. An Sandstränden stetig mit der Brandung auf- und ablaufend.	An der Küste zahlreich, kurz und konzentriert im Mai, Wegzug ab August. An der Küste ganzjährig, einzelne auch im Winter.
Alpenstrandläufer	Watt, Spülsaum und Schlammflächen. Im Watt gewaltige Trupps. Im Binnenland in kleinerer Zahl.	März bis Mai und zahlreicher Juli bis Oktober, an der Küste ganzjährig.
Sichelstrandläufer	Flache, schlammige Küsten und Ufer von Binnengewässern, oft mit Alpenstrandläufern vergesellschaftet. Meistens spärlich.	Mai und zahlreicher im Juli/August.
Temminckstrandläufer	Durchzug hauptsächlich im Binnenland. Rastet gern auf bewachsenen Schlammflächen, oft in kleinen artreinen Trupps. Bedächtige Bewegungsweise.	Ende April und weniger zahlreich Ende Juli/Anfang August
Zwergstrandläufer	Gleichermaßen an Küsten und auf binnenländischen unbewachsenen Schlammflächen.	Mai, Ende Juli bis September

Ein Sanderling im Jugendkleid vor einem Alpenstrandläufer im Jugendkleid. Der Sanderling wirkt auch im Jugendkleid schwarz-weiß gezeichnet. Nur auf Scheitel und Brustseiten lässt sich eine gelbliche Grundierung erkennen. Oberseits ist der Sanderling im Jugendkleid auf den Mantel- und Schulterfedern weiß gefleckt, statt hell geschuppt, wodurch ein kontrastreiches Muster entsteht. Die für andere Strandläufer in diesem Alter typische weiße V-Zeichnung auf dem Rücken fehlt.

Der Durchzug des Sanderlings läuft im Frühjahr sehr konzentriert ab, sodass man das Prachtkleid bei uns nur kurze Zeit zu Gesicht bekommt. Charakteristisch ist das scharf begrenzte rotbraune und graue Brustband. Oberseits dominieren schwärzliche Federn mit rotbraunen und weißlichen Rändern. Im Laufe des Sommers werden Brust, Kopf und Oberseite kräftig rostfarben.

Der Alpenstrandläufer ist in Mitteleuropa als Brutvogel nahezu ausgestorben, auf dem Durchzug jedoch eine der häufigsten Limikolenarten. Die Kenntnis aller seiner Variationen und Kleider ist die Voraussetzung zur richtigen Bestimmung seltenerer Arten. Alpenstrandläufer sind starengroß mit variabler Schnabellänge. Im Extremfall kann der Schnabel klein und gerade wie bei den anderen kleinen Strandläufern oder lang und gebogen wie beim Sichelstrandläufer sein.

Eine dem Alpenstrandläufer ähnliche Art ist der Sichelstrandläufer. Er ist etwas größer, mit längerem, gleichmäßiger abwärts gebogenem Schnabel mit dünner Spitze. Hals und Beine, besonders die Unterschenkel, sind länger.

Im Schlichtkleid, das man beim Sichelstrandläufer bei uns kaum sieht, unterscheiden sich die beiden Arten vor allem strukturell. Der Sichelstrandläufer wirkt eleganter, langschnäbeliger und ist oberseits heller grau mit vor dem Auge deutlicherem Überaugenstreif. Bei dem abgebildeten Alpenstrandläufer im Schlichtkleid verweisen einzelne Pracht- oder Jugendkleidfedern auf dem Rücken auf eine noch nicht voll abgeschlossene Mauser. Im vollständigen Schlichtkleid erscheinen beide Arten oberseits einfarbig grau. Im Prachtkleid sind Alpen- und Sichelstrandläufer unverwechselbar.

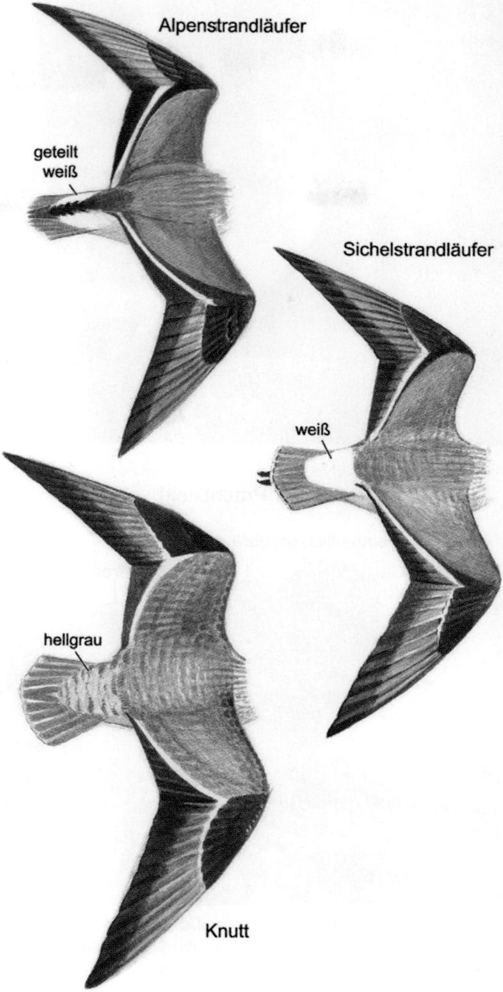

Knutt, Sichelstrandläufer und Alpenstrandläufer lassen sich im Flug zuverlässig unterscheiden, denn der Sichelstrandläufer hat einen einfarbig weißen und der Knutt einen grauen Bürzel. Beim Alpenstrandläufer trennt ein dunkler Balken die weißen Bürzelseiten. Ein Merkmal, das er mit Sanderling, Meerstrandläufer, Temminckstrandläufer und Zwergstrandläufer teilt.

Der Temminckstrandläufer hat eine ähnlich schlanke Figur wie der Zwergstrandläufer. Jedoch wirkt er etwas lang gestreckter, der Schwanz überragt die Flügelspitzen, die Beine sind kürzer und hell. Der etwas abwärts gebogene Schnabel wirkt klein und schmächtig. Insgesamt ist der Temminckstrandläufer eine unauffällige Erscheinung. Oft sieht man ihn mit eingeknickten Beinen mit niedriger Pickrate über Schlammflächen „kriechen". Häufig werden Zwergstrandläufer im Schlichtkleid für Temminckstrandläufer gehalten. Auch Zwergstrandläufer können bei angelegtem Gefieder schlank wirken. Besonders wenn Schlamm die dunklen Beine hell färbt, und helles Sonnenlicht die Schwanzaußenkanten weiß statt grau erscheinen lässt, ist eine Verwechslung möglich. Jedoch zeigt der Zwergstrandläufer immer ein weißliches Gesicht mit deutlichem Überaugenstreif sowie eine hellgraue Brust, die nicht so scharf abgesetzt ist wie typischerweise beim Temminckstrandläufer.

Im Prachtkleid ähnelt der Zwergstrandläufer dem im direkten Vergleich deutlich größeren Sanderling. Jedoch hat der Zwergstrandläufer auch im Prachtkleid eine helle Brust, während der Sanderling eine gegen den Bauch scharf abgesetzte, durchgehend rotbraun-graue Brust hat. Zudem ist die Oberseite des Sanderlings im Prachtkleid durch ein grob gewürfeltes Muster charakterisiert, das dem Zwergstrandläufer fehlt.

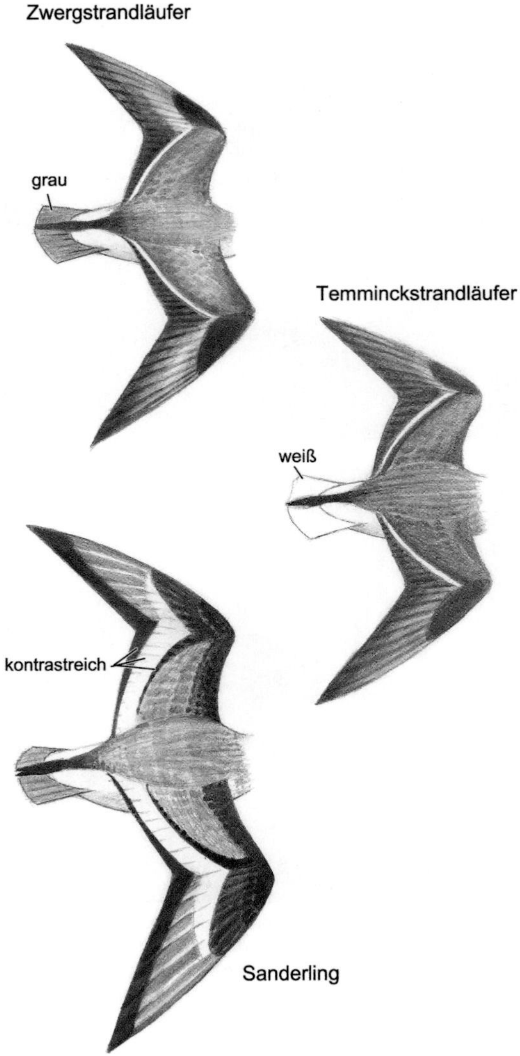

Sanderling, Temminck- und Zwergstrandläufer lassen sich ebenfalls zuverlässig im Flug unterscheiden. Während der Zwergstrandläufer graue Steuerfedern hat, besitzt der Temminckstrandläufer weiße. Die kontrastreiche Flügelfärbung des Sanderlings mit einem breit weißen von schwarzen Bändern umrahmten Flügelstreif ist unverwechselbar.

Möwen

Möwen sind eine Gruppe mittelgroßer bis großer Wasservögel, viele von ihnen zumindest im Alterskleid mit vorwiegend weißem Gefieder. Kennzeichnend sind lange, schmale, spitze Flügel sowie Rumpfgestalten, die von schlank, grazil, fast seeschwalbenartig bis hin zu gedrungen und kräftig reichen. Die Schnäbel können schlank und spitz, aber auch ziemlich stumpf sein, oft jedoch mit deutlichem Gonyseck, einer kantigen Ausbuchtung am Unterschnabel. Der Möwenschwanz ist tendenziell eher kurz, breit und im gespreizten Zustand gerundet, wirkt aber sonst wie abgeschnitten. Im Gegensatz zu einigen anderen Seevögeln bewegen sich Möwen an Land geschickt laufend vorwärts. Der Flug ist kräftig und wendig mit langsamen und flachen Flügelschlägen. Möwen können auch gut gleiten, segeln und kreisend Thermiken ausnutzen.

Kleinere Möwenarten sind in ihrer Nahrungswahl oft wählerischer als Großmöwen. Sie picken die Nahrung von der Wasseroberfläche, tauchen kurz und flach ins Wasser, um Fische zu fangen, oder jagen im Sommer in großen Trupps hochfliegende Ameisen. Auf viele Arten, wie zum Beispiel die Sturmmöwe, üben frisch gepflügte Äcker und frisch gemähte Wiesen eine große Anziehungskraft aus, da sie hier leicht an Würmer und Insekten gelangen.

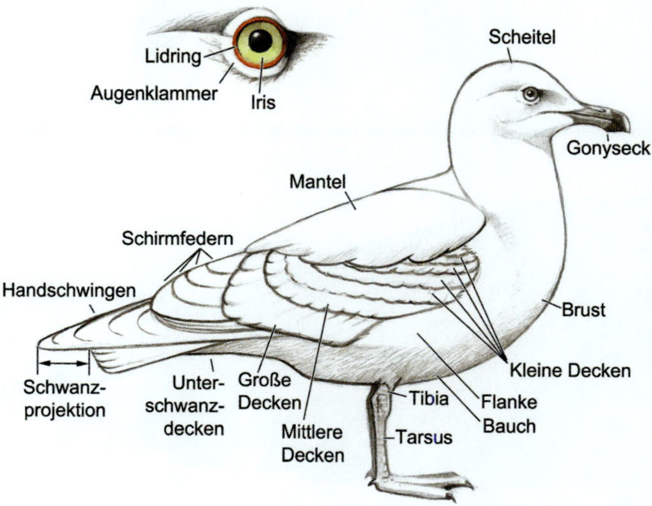

Topographie einer stehenden Möwe.

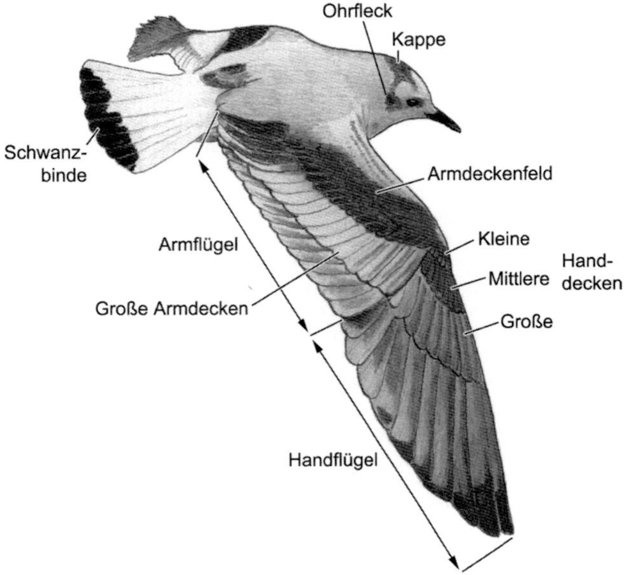

Topographie einer fliegenden Möwe am Beispiel einer Zwergmöwe im ersten Winterkleid.

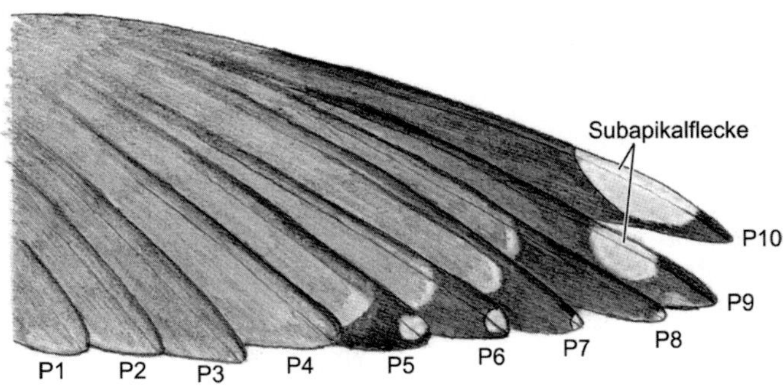

Bezeichnungen an einem Möwen-Handflügel. Die Handschwingen werden einzeln von innen nach außen P1 bis P10 genannt. Die Ausdehnung der grauen Bereiche in den Handschwingenspitzen sowie die Größe, Form und Lage der Subapikalflecken helfen bei der Bestimmung von Großmöwen, insbesondere von adulten Mittelmeer-, Steppen-, Herings- und Silbermöwen.

Möwen ernähren sich vorwiegend fischend oder sie jagen an Land nach Insekten und kleinen Wirbeltieren, daneben nehmen sie auch Aas auf. So war es für viele Möwenarten ein kleiner Schritt, auch menschliche Abfälle als Nahrungsquelle zu entdecken. Auf Deponien, auch im Binnenland, lassen sich teilweise gewaltige Möwenansammlungen beobachten. Infolgedessen nahmen die Bestände vieler Arten stark zu. In den letzten Jahren wurden jedoch zahlreiche Deponien in Mitteleuropa geschlossen, sodass sich die vor allem im Winter hohen Bestände vieler Möwenarten wieder reduziert haben. Auf dem Foto sieht man Mantelmöwen und eine Silbermöwe an Fischabfällen. Da sich Möwen an die Nähe des Menschen gewöhnt haben, lassen sie sich stellenweise aus nächster Nähe studieren.

Besonders außerhalb der Brutzeit halten sich einige Arten, wie die hier abgebildeten Lach- und Silbermöwen, häufig im Binnenland auf, wo sie große, artenübergreifende Schlafplatzgemeinschaften an geschützten Gewässern bilden. Zwischen Nahrungs- und Schlafplatz legen sie bis zu 100 km zurück. Dabei ziehen die Möwentrupps morgens und abends häufig in linien- oder V-förmiger Formation und in großer Höhe.

Eine junge Dreizehenmöwe mit Ölflecken. Ölverschmutzungen treten bei Meeresvögeln leider regelmäßig auf und erzeugen verwirrende Dunkelfärbungen sonst heller Gefiederpartien.

Möwen nisten am Boden, gewöhnlich in Kolonien, gerne auf ungestörten Inseln oder Küstenabschnitten, aber auch an Binnengewässern. Das Nest wird aus Zweigen und anderem Pflanzenmaterial am kahlen Boden oder in niedriger Vegetation gebaut. Die Geschlechter der Möwen sehen in der Regel gleich aus, Männchen sind jedoch im Durchschnitt größer, was oft nur im direkten Vergleich auffällt. Die meisten Arten haben eine geringe jahreszeitliche Gefiedervariation. Jungvögel sind von Altvögeln deutlich unterscheidbar. Das Alterskleid wird je nach Art erst nach zwei bis vier Jahren angelegt. Die größeren Arten erreichen das Alterskleid erst im vierten Lebensjahr. Aufgrund der Vielfalt der teilweise verwirrend ähnlichen Kleider und deren Zwischenstufen entstehen vielfältige Bestimmungsprobleme. Im Gegensatz zu Greifvögeln ist die Bestimmung adulter Möwen einfacher als die von juvenilen. Adulte Möwen weisen eine kennzeichnende Kombination aus Größe, Oberseitenfärbung, Flügelmuster sowie Schnabel- und Beinfarbe auf. Die Gefieder der immaturen Vögel sind eintöniger braun oder braunfleckig. Auch Schnabel und Beine zeigen noch nicht ihre endgültige Färbung. Viele große Arten sind nahe miteinander verwandt und hybridisieren untereinander, was die Bestimmung weiter erschwert. Die Artbildung ist bei einigen Formen noch nicht abgeschlossen.

Grundsätzlich erreichen die kleinen Möwenarten die Geschlechtsreife im zweiten oder dritten Winter, die großen Arten erst im vierten Winter, weshalb diese auch eine größere Zahl intermediärer Kleider zeigen. Die Kenntnis der Gefiederabfolge ist eine nützliche Bestimmungshilfe. Jede Art ist entweder eine Zwei-, Drei- oder Vierjahresmöwe: Das sind die Zeiträume, die benötigt werden, bis das volle Adultkleid erreicht wird.

Die Lachmöwe ist eine typische Zweijahresmöwe. Zu dieser Kategorie gehören die meisten kleineren Arten. Sie werden bereits im zweiten Kalenderjahr adult, also wenn sie gerade etwas mehr als ein Jahr alt sind. Die meiste Zeit des Jahres lassen sich nur zwei Altersstufen unterscheiden: einjährige Lachmöwen im Jugendkleid, ersten Winter- oder im ersten Sommerkleid und adulte im Schlicht- oder Prachtkleid. Im Spätsommer bis Frühherbst können jedoch vier Kleider unterschieden werden: die kürzlich flügge gewordenen Vögel im Jugendkleid, die etwas über ein Jahr alten Vögel im ersten Sommer und die Altvögel, die entweder noch im Prachtkleid oder schon im Schlichtkleid sind.

Lachmöwe, erster Sommer
dunkel
Braunanteil variabel
dunkle Binde
dunkelrot mit schwarzer Spitze
Flügel- und Steuerfedern juvenil, verschlissen

Lachmöwe , adult Prachtkleid
dunkel-schokoladenbraun
reinweiß
einfarbig rot
rot

Dreijahresmöwen sind mittelgroße Arten, wie zum Beispiel die auf den folgenden Seiten abgebildeten Sturmmöwen. Sie werden im dritten Kalenderjahr adult, wenn sie etwas über zwei Jahre alt sind. Fast das ganze Jahr lassen sich drei Altersstufen unterscheiden: Einjährige im Jugend-, ersten Winter- oder ersten Sommerkleid, zweijährige im zweiten Sommer- oder Winterkleid und adulte im Pracht- oder Schlichtkleid. Von Juli bis August kommen die kürzlich flügge gewordenen Möwen im Jugendkleid zu den vorjährig geschlüpften im ersten Sommerkleid, den zweijährigen im zweiten Sommerkleid und den adulten im Prachtkleid hinzu.

Sturmmöwe, erster Winter

Sturmmöwe, zweiter Winter
weißer Spiegel normalerweise klein, diesem Vogel wachsen gerade die adulttypischen großfleckigen Handschwingen
kräftig gestrichelt
bläulich-grüngrau, breite Binde
bläulich grüngrau

Sturmmöwe, adult Schlichtkleid
gestrichelt, runder Kopf
gelb-grün mit variabler schlanker Binde
einfarbig grau
breit weiß
gelbgrün
großer weißer Spiegel

Alle Großmöwen, wie die auf den folgenden Seiten abgebildeten Silbermöwen, zählen zu den Vierjahresmöwen. Wenn sie im vierten Kalenderjahr etwas mehr als drei Jahre alt sind, werden sie adult. Die meiste Zeit des Jahres lassen sich vier Altersstufen unterscheiden: Einjährige im Jugend-, ersten Winter- oder ersten Sommerkleid, zweijährige im Winter- oder zweiten Sommerkleid, dreijährige im Winter- oder dritten Sommerkleid und adulte im Pracht- oder Schlichtkleid. Von Juli bis August kommen die kürzlich flügge gewordenen im Jugendkleid zu den vorjährigen im ersten Sommerkleid, den zweijährigen im zweiten Sommerkleid, den dreijährigen im dritten Sommerkleid und den adulten im Prachtkleid hinzu.

Silbermöwen lassen sich auf kurze Distanz beobachten und sind insbesondere an Nord- und Ostsee sehr häufig. Hier abgebildet sind die Winterkleider der Silbermöwe, die sich einfach unterscheiden lassen. Es ist eine gute Übung, in einem winterlichen Hafen einmal zu versuchen, die Kleider der einzelnen Silber-

Eine Silbermöwe im ersten Winter. Die Flügel und Schwanzfedern sind einschließlich der Schirmfedern und Decken noch aus dem Jugendkleid. Der Mantel und das übrige Kleingefieder sind frisch vermausert. Im Gegensatz zu Zwei- und Dreijahresmöwen ist der Mantel bei Vierjahresmöwen noch dem Jugendkleid ähnlich mit vielen Ankerabzeichen und braungrauen Melierungen.

Im zweiten Winter sind Groß- und Kleingefieder komplett erneuert. Dies ist auch an den runden Handschwingenspitzen zu erkennen. Zuvor sind Silbermöwen im ersten Sommer durch die völlig zerschlissenen und ausgeblichenen Federn des Jugendkleides gekennzeichnet. Die jetzt im zweiten Winter neu angelegten Decken und Schirmfedern sind abermals dem Jugendkleid ähnlich. Der Anteil der grauen Federn auf dem Mantel ist variabel. Schon einzelne hellgraue Federn deuten auf einen Vogel im zweiten Winterkleid hin. Die Schnabelbasis wird zunehmend hell, aber auch dieses Merkmal ist variabel.

Im dritten Winter sind Silbermöwen schon eine eher grauweiße Erscheinung. Der Mantel ist überwiegend hellgrau, ebenso die Decken auf dem Flügel. Die Iris hellt auf und der Schnabel bekommt ein differenziertes Muster mit heller, leicht gelblicher Basis und angedeutetem roten Fleck auf dem Gonyseck. Einzelne braune Federn auf Decken und Mantel sowie die braunen Schirmfedern verraten, dass der Vogel noch nicht adult ist. Das dunkle Schwanzmuster wirkt durchbrochener und wird mehr durch eine feine dunkle Melierung gebildet.

Nicht selten, besonders im Sommer, sieht man untypische Möwen, hier eine Silbermöwe. Dies sind Individuen mit besonders abgenutztem Gefieder, bei denen dunkle Gefiederteile hellbraun werden, manchmal sogar völlig bräunlich-weiß. Die weißen Handschwingenspitzen sind völlig verschwunden und die sonst deutliche Musterung auf den Flügeldecken ist zu einem hellen, undifferenzierten Muster ohne Struktur ausgeblichen.

Abgesehen von der winterlichen, dunklen Kopfstrichelung sind adulte Vögel im Körpergefieder reinweiß und einfarbig hellgrau auf Mantel, Schirmfedern und Decken. Der Schwanz ist reinweiß. Die Iris ist hell und sticht aus dem im Schlichtkleid kräftig dunkel gestricheltem Kopf hervor, was der Silbermöwe einen charakteristischen Gesichtsausdruck verleiht („Silbermöwenblick"). Der Schnabel ist gelb mit rotem Punkt auf dem Gonyseck. Im Flügel hat sich das jeweils artkennzeichnende Flügelmuster mit großen weißen Flecken herausgebildet.

möwen auseinanderzuhalten. Die Winterkleider der Silbermöwe weisen, wie bei vielen Großmöwen, eine starke Kopfstrichelung auf. Im Sommer sind zumindest die Köpfe der Altvögel reinweiß.

Die Verwechslung von Möwen mit anderen Vogelgruppen stellt kein größeres Problem dar. Jedoch können entfernt segelnde immature Möwen, vor allem Großmöwen, für segelnde Greifvögel gehalten werden. Auf große Entfernung ist auch eine Verwechslung mit Raubmöwen nicht ausgeschlossen. Kleine Möwenarten können auf größere Distanz mit Seeschwalben verwechselt werden.

Die Schwarzkopfmöwe brütet in West- und Südeuropa in kleinen Kolonien, gerne mit Lachmöwen zusammen. In Deutschland ist sie nur lokal verbreitet, sodass man sie als Durchzügler und Gast in kleiner Zahl und im Winter nur selten findet.
Oberflächlich ähneln adulte Schwarzkopfmöwen Lachmöwen. Jedoch haben sie einen kürzeren, dickeren und stumpferen Schnabel, der ebenso wie die Beine schon aus der Ferne scharlachrot leuchtet. Die etwas kürzeren, weniger spitzen Flügel sind beim Altvogel reinweiß. Die Oberseite ist sehr hellgrau. Der Kopf weist eine schwärzliche Kapuze auf, die sich im Winter auf eine schwarze „Maske" reduziert.

rechts oben:
Die Schwarzkopfmöwe ist im Gegensatz zur Lachmöwe eine Dreijahresmöwe (S. 269). Im ersten Winter und ersten Sommer ähneln Schwarzkopfmöwen jungen Sturmmöwen. Sie unterscheiden sich jedoch durch reinweiße Flügelunterseiten, ein heller graues mittleres Flügelfeld, eine etwas schmalere schwarze Endbinde, einen dunklen Schnabel mit roter Basis oder ganz dunkel sowie eine dunkle „Maske".

rechts unten:
Am Ende des zweiten Winters und im darauffolgenden zweiten Sommer sehen Schwarzkopfmöwen meistens wie adulte Vögel aus. Nur die schwarzen Flügelspitzen erinnern an das jugendliche Alter. Der Schnabel ist meistens scharlachrot, nur gelegentlich orange-gelb wie bei dem abgebildeten Vogel.

Schwarzkopfmöwe, erster Sommer
hellgrau
schmale Endbinde
kräftig
schwarz

Schwarzkopfmöwe, Ende zweiter Winter
kräftig mit dunkler Spitze, orange-gelb oder scharlach-rot
Spitzen schwarz

Noch bis vor wenigen Jahrzehnten fasste man unter dem Begriff Silbermöwe einen ganzen Artkomplex zusammen, aus dem in Mitteleuropa regelmäßig Silbermöwen, Steppenmöwen und Mittelmeermöwen beobachtet werden können. Steppenmöwen brüten am Nordrand des Schwarzen Meeres und von dort aus weiter östlich bis nach Zentralasien. Teile der Steppenmöwenpopulationen verbringen den Winter in Mitteleuropa. Die Mittelmeermöwe brütete ursprünglich, wie der Name in diesem Fall korrekt bezeichnet, rund um das Mittelmeer. In den letzten Jahrzehnten hat sie sich auch in Süddeutschland ausgebreitet. Silber-, Mittelmeer- und Steppenmöwe sehen sich recht ähnlich, sodass viele Anfänger und so mancher Fortgeschrittene Schwierigkeiten mit der Bestimmung haben. Typische Altvögel lassen sich dennoch recht gut bestimmen.

Die Mittelmeermöwe ist als Altvogel durch einen etwas dunkler grauen Mantel, als ihn die Silbermöwe zeigt, einen kräftigen, nicht übermäßig langen, sattgelben Schnabel mit kräftigem Gonyseck sowie durch nur kleine weiße Flecken in den Handschwingenspitzen und sattgelbe Beine gekennzeichnet.

Die Steppenmöwe unterscheidet sich vor allem strukturell von der ähnlichen Mittelmeermöwe. Die Stirn ist typischerweise flach, der Schnabel lang, das Gonyseck oft schwach. Typische Vögel haben eine dunkle Iris. Auch im Winter ist der Kopf nahezu ungestrichelt weiß.

Mantel- und Heringsmöwe sind die beiden dunkelmanteligen Arten, die in Mitteleuropa regelmäßig beobachtet werden können. Die Heringsmöwe brütet in Mitteleuropa vor allem an der Küste. Nord- und osteuropäische Heringsmöwen (*fuscus*) können einen ebenso dunklen Mantel besitzen wie Mantelmöwen. Sie sind Langstreckenzieher und ziehen nach Afrika. Westeuropäische Brutvögel sind Kurzstreckenzieher. Nur wenige überwintern an der Nordsee. Die Mantelfärbung der westeuropäischen Heringsmöwen (Unterarten *graelsii* und *intermedius*) ist ein helles, wenngleich sehr variables Dunkelgrau. Auch die Mantelmöwe brütet an nord- und westeuropäischen Küsten. Sie ist Standvogel oder Kurzstreckenzieher und kann ganzjährig an mitteleuropäischen Küsten beobachtet werden.

Mantelmöwe im ersten Sommer und Heringsmöwe im Jugendkleid nebeneinander. Hier werden neben den Färbungsunterschieden die Strukturunterschiede deutlich. Die abgebildete Mantelmöwe ist rund ein Jahr älter als die Heringsmöwe. Im Jugendkleid hat die Mantelmöwe, wie die Heringsmöwe, Mantelfedern mit dunklen Zentren und auch der Kopf ist deutlich dunkler als bei Vögeln im ersten Sommer. Junge Heringsmöwen sind jedoch generell dunkler gefärbt als junge Mantelmöwen. Schmächtige, dunkle immature Großmöwen erweisen sich oft als Heringsmöwen.

Herings- und Mantelmöwe unterscheiden sich in erster Linie strukturell. Die Heringsmöwe ist kleiner, schlanker, lang- und spitzflügeliger und hat einem längeren und schwächeren Schnabel.

Zwerg- und Dreizehenmöwe ähneln sich im Jugend- und ersten Winterkleid. Die Zwergmöwe brütet in kleinen Kolonien an Süßwasserseen in Nordosteuropa und überwintert in Westeuropa und im Mittelmeerraum. Sie zieht im April/Mai und von August bis Oktober entlang der Küste oder entlang großer Flüsse. Im Winter bleiben nur einzelne Individuen in Mitteleuropa. Die Zwergmöwe pickt seeschwalbenartig Nahrung von der Wasseroberfläche und jagt Insekten im Flug. Die Dreizehenmöwe ist im Binnenland sehr selten. Sie ist ein Hochseevogel und brütet in großen Kolonien auf Felsklippen. Die einzige deutsche Kolonie befindet sich auf Helgoland.

oben: Neben Färbungsunterschieden lässt sich die Dreizehenmöwe, hier im Jugend- / ersten Winterkleid, durch steife, schnelle Flügelschläge und schmale Handflügel von anderen Möwen unterscheiden. Im ersten Winterkleid ist die Dreizehenmöwe oberseits dunkler grau als die in diesem Kleid ähnliche Zwergmöwe, mit klarer abgesetztem, großem, weißem Flügelkeil und ohne dunkle Kappe.

links: Sowohl Zwerg- als auch Dreizehenmöwe haben ein schwärzliches Zickzackmuster auf der Flügeloberseite. Die hier abgebildete Zwergmöwe im ersten Winterkleid unterscheidet sich durch graue statt weißer Armschwingen, einen zierlicheren Schnabel und eine schwarze Kopfplatte von der Dreizehenmöwe im entsprechenden Alter.

Zwergmöwen im zweiten Winter haben keine reinweißen Flügelspitzen wie die adulten, sondern zeigen etwas schwarz in den Handschwingen. Die Zwergmöwe ist also eine Dreijahresmöwe. Neben der charakteristischen Färbung der adulten Vögel, die man bei uns meistens in dem hier abgebildeten Schlichtkleid sieht, sind schnelle Flügelschläge und eine leicht pendelnde Flugweise typisch. Der weiße, die ganze Flügelspitze umrahmende Flügelhinterrand lässt die Flügelspitze rund erscheinen.

Bei der adulten Dreizehenmöwe ist die Flügelspitze einfarbig schwarz. Die dunkelgraue Oberseite ist zur Flügelspitze hin aufgehellt weiß. Dadurch wirkt der Flügel dreifarbig.

Raubmöwen

Raubmöwen bilden eine eigene Gruppe innerhalb der *Charadriiformes*. Es sind mittelgroße, möwenähnliche Vögel, die an Küsten brüten und außerhalb der Brutzeit vor allem auf dem Meer leben. Sie brüten in kalten Regionen, in Nordeuropa in küstennahen Mooren und vorgelagerten Inseln. Die meisten Arten sind ausgesprochene Zugvögel, die den Winter im nördlichen Indischen Ozean, vor den Küsten Westafrikas, Südamerikas und des südlichen Nordamerikas verbringen. Zu diesen fliegen sie entlang der Küsten und weniger ausgeprägt übers Land, weshalb man Raubmöwen in Mitteleuropa relativ selten sieht. Vier Arten kommen bei uns regelmäßig vor: Falkenraubmöwe (selten, vor allem im Spätsommer und Frühherbst), Schmarotzerraubmöwe (in kleiner Zahl vor allem April/Mai und Juni bis November), Spatelraubmöwe (selten, vor allem Juli bis Oktober) und Skua (selten, vor allem August bis November).

Während der Brutzeit ernähren sich Raubmöwen von Lemmingen, Eiern, Jungvögeln, Fischen, Insekten und Beeren. Außerhalb der Brutzeit bilden Fische, andere kleinere Meereslebewesen, Aas und Abfälle die Hauptnahrung. Die Fische werden in der Regel anderen Vögeln abgejagt. Im Gegensatz zu den Möwen

Eine junge Schmarotzerraubmöwe zeigt die familientypischen Merkmale: dunkle Gestalt und helle Handschwingenbasen. Die gebänderten Unterflügeldecken weisen auf einen Jungvogel hin.

haben sie einen ausgeprägten Hakenschnabel und scharfe, gebogene Krallen, die ihnen bei der Jagd helfen. Die Verfolgungsjagden auf Möwen, Seeschwalben und andere Seevögel werden in schnellen, wendigen Flugmanövern ausgeführt. Die Opfer werden so lange in engem unerbittlichem Kontakt verfolgt bis Kropf- und Mageninhalte ausgewürgt und von den Raubmöwen im Flug aufgefangen werden. Möwen und Seeschwalben weichen Raubmöwen deshalb aus.

Raubmöwen sehen sich ähnlich und die verschiedenen Alterskleider führen zu einer verwirrenden Variation von Braun- und Grautönen. Dies und die Tatsache, dass sich Raubmöwen oft nur auf große Distanz zeigen, sowie die wenigen Möglichkeiten Erfahrungen mit Raubmöwen zu sammeln, machen die Bestimmung der Arten dieser Vogelgruppe recht schwer. Es bedarf einiger Erfahrung, bis die Artbestimmung sicher erfolgen kann.

Alle Arten zeigen an den Handschwingenbasen helle Partien. Bei einigen Arten kommen dunkle, helle und intermediäre Morphen vor. Die Geschlechter sind gleich gefärbt. Die Altvögel der kleineren Arten haben typisch geformte Schwanzspieße. Die meisten Raubmöwen, einschließlich der juvenilen und Vögel der hellen Morphen, erscheinen im Freiland noch dunkler als juvenile Möwen, die bei Beobachtungsentfernungen von einem Kilometer und mehr oft zu Verwechslungen führen. Im Gegensatz zu Raubmöwen haben junge Möwen einen helleren Kopf und Mantel, einen auffällig hellen Bürzel und meistens helle innere Handschwingen. Strukturell unterscheiden sich Raubmöwen zu dunklen Möwen durch spitzere Handflügel (nicht jedoch die breitflügelige Skua, eine weitere Raubmöwenart), eine schnellere, elegantere Flugweise und im entspannten Flug flachere und gleichmäßigere Flügelschläge. Ihre Flugweise wirkt insgesamt entschlossener im Vergleich zu dem bedächtigen, fast trägen und entspannteren Flug der tiefer ausholenden Möwen.

Bei stürmischen Winden zeigen Raubmöwen eine sturmtaucherähnliche Flugweise, bei der sie entlang der Wellen schnell gleiten, in starker Seitenlage steil in den Wind kurven, um erneut niedrig vor dem Wind über die Wellen zu gleiten. Raubmöwen geben sich in dem Moment, in dem sie mit den Flügeln schlagen, zu erkennen: Sie fliegen falkenähnlich lebhaft und athletisch mit recht langsamen, flachen Flügelschlägen, während Sturmtaucher mit ihren schmaleren und gerade gehaltenen Flügeln schnelle Flügelschläge ausführen.

Besonders schwer sind immature Schmarotzer-, Spatel- und Falkenraubmöwen zu unterscheiden. Hier muss gute Bestimmungsliteratur zurate gezogen werden (S. 21). Folgende Hinweise mögen helfen: Weit draußen auf dem Meer ist die Größe immer schwer einzuschätzen. Das dunkle Gefieder der Raubmöwen wirkt vor hellem Himmel größer als weiße Vögel. Umgekehrt erscheinen die dunklen Vögel vor dunkler See oft kleiner als sehr helle Vögel, vor allem bei grellem Licht. Besonders wichtig sind die Proportionen und die Flugweise. Man sollte auf Schwanzspieße und helle Gefiederpartien achten. Die Ausprägung heller Handschwingenbasen, die Schnabelgröße und -färbung sowie die Form der Schwanzspieße liefern wichtige Hinweise zur Artbestimmung. Bei Raubmöwen gilt wie für andere schwer zu bestimmende Gruppen: Auch Experten lassen so manchen Vogel unbestimmt weiterziehen.

Seeschwalben

Seeschwalben sind besonders elegante, stromlinienförmige Vögel der Meere und Feuchtgebiete. Die meisten Seeschwalbenarten sind Küstenvögel. Sumpfseeschwalben (Gattung *Chlidonias*) sind hingegen fast ganz an Süßwasser gebunden. Andere Arten wie die Flussseeschwalbe kommen sowohl an Küsten als auch an Flüssen im Binnenland vor.

Die Geschlechter lassen sich kaum unterscheiden. Die Männchen sind durchschnittlich etwas größer. Die meisten Arten sind lautstark und haben raue, weit tragende krächzende Stimmen. Kleinere Arten sind weniger stimmfreudig.

Die Brandseeschwalbe ist eine sehr typische Art der Gattung *Sterna*, zu der die meisten typischen weißen, vor allem an der Küste lebenden Seeschwalben gehören. Seeschwalben sind gekennzeichnet durch relativ lange, spitze Schnäbel, kurze Beine mit Schwimmhäuten, einen kurzen Hals und lange, spitz zulaufende Flügel. Die *Sterna*-Arten weisen einen tief gegabelten Schwanz auf, bei Altvögeln oft mit verlängerten äußeren Steuerfedern. Die Mehrzahl der Seeschwalben hat einen schwarzen Scheitel, eine weiße Unterseite und graue Oberseite. Nach der Brutzeit wird, wie bei dem abgebildeten Vogel, der Vorderscheitel weiß und die Schnabelfärbung generell matter oder bei den rot- und gelbschnäbeligen Arten sogar ganz schwarz. Vollentwickelte Schlichtkleider bekommt man bei uns kaum zu Gesicht, da Seeschwalben zum Teil gewaltige Distanzen bis auf die Südhalbkugel zurücklegen, um dort den Südsommer zu verbringen. Bei vielen Arten bleiben die immaturen Vögel während des ersten Sommers in den Winterquartieren.

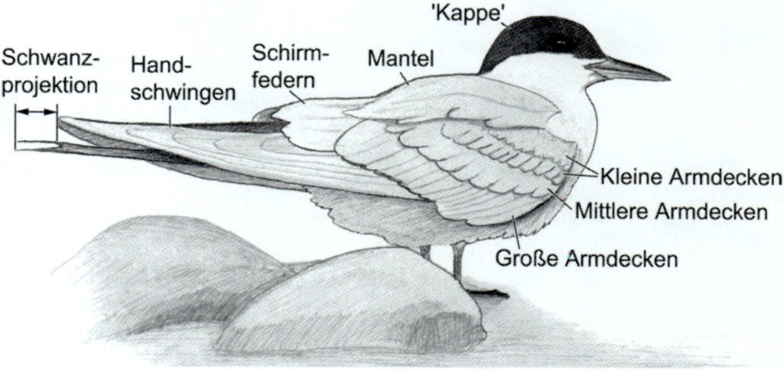

Topographie einer Küstenseeschwalbe.

Seeschwalben sind gesellige Vögel, die am Strand, auf Sandbänken oder kleinen Inseln oft in gemischten Trupps ruhen und brüten. Nur selten sieht man Seeschwalben schwimmend. Hier dargestellt sind die in Mitteleuropa regelmäßig vorkommenden *Sterna*-Arten im Prachtkleid.

Gerade flügge gewordene Jungvögel, wie die hier abgebildete Küstenseeschwalbe, haben stumpfere Flügelspitzen, etwas kürzere, stumpfe Schnäbel und sind kurzschwänziger als Altvögel. Die volle Flügel- und Schnabellänge wird erst im Herbst erreicht. Im frischen Jugendkleid ist bei allen Arten auf dem Mantel ein mehr oder weniger auffälliges Schuppenmuster zu erkennen, das im Laufe des Herbstes durch Abnutzung der Federsäume immer verwaschener wirkt.

Seeschwalben, wie die hier abgebildeten Brandseeschwalben, nisten wie einige Möwen gemeinschaftlich in dicht gedrängten Kolonien. Das Ei wird einfach in eine flache Bodenmulde gelegt. Die Kolonie bietet Schutz vor Fressfeinden, die gemeinsam aggressiv angegriffen werden. Die vor allem aus kleinen Fischen bestehende Nahrung wird im Schnabel zu den Jungen transportiert. Der Lärm einer Nistkolonie ist nahezu ohrenbetäubend.

Sterna-Seeschwalben im Prachtkleid: Unterscheidungsmerkmale stehender Vögel

Art	Status in Mitteleuropa	Kopfzeichnung	Schnabel	Beinfarbe	Schwanzspieße überragen Flügel
Küstenseeschwalbe	lokal häufig an der Küste	schwarze Kappe ohne Schopf, weiße Wange kontrastiert nicht zu Halsseiten	dunkelrot ohne Schwarz	rot, kurz	ja
Flussseeschwalbe	häufig an der Küste, lokal im Binnenland	schwarze Kappe ohne Schopf, weiße Wange kontrastiert zu dunkleren Halsseiten	orangerot, Spitze meist schwarz	rot, länger	nein
Raubseeschwalbe	seltener Durchzügler an der Küste und im Binnenland	schwarze Kappe, angedeuteter Schopf	sehr groß, leuchtend rot, Spitze immer schwarz	schwarz	nein
Brandseeschwalbe	lokal häufig an der Küste	schwarze Kappe, deutlicher Schopf	lang, schlank, schwarz, Spitze gelb	schwarz	nein
Zwergseeschwalbe	lokal an der Küste, selten im Binnenland	schwarze Kappe ohne Schopf, weiße Stirn, schwarzer Zügel	gelb, Spitze schwarz	orangerot	nein

Außer mit kleinen Möwen sind Seeschwalben kaum mit Mitgliedern aus anderen Vogelgruppen zu verwechseln. Die größten Seeschwalben wie Raubseeschwalben können mit ihren mächtigen Schnäbeln an mittelgroße bis große Möwen erinnern. Generell lassen sich andere Vogelgruppen schnell durch den spitz zulaufenden Schnabel, die schwarze Kappe, schmale und spitze Flügel sowie den gegabelten Schwanz ausschließen.

Innerhalb der Seeschwalben gibt es jedoch viele ähnliche Arten, die mit jeweils verschiedenen Kleidern, in Verbindung mit Mauserstadium und individueller Variation, zu vielfältigen Bestimmungsproblemen führen. Hier hilft nur der genaue Blick ins Bestimmungsbuch. Generell sollte man auf Schnabelfärbung und -länge, Beinfärbung und -länge, Intensität des Grautones auf der Oberseite, graue oder weiße Bürzelfärbung, Grad der Einbuchtung der Schwanzgabel, Auffälligkeit des dunklen Hinterrandes der Handschwingenunterseite und Vorhandensein oder Fehlen eines dunklen Armflügel-Vorderrandes achten.
Dem Anfänger und so manchem Fortgeschrittenen bereitet die Unterscheidung von Fluss- und Küstenseeschwalben zu Recht Schwierigkeiten. Die Flussseeschwalbe brütet in Kolonien an Küsten- und Binnengewässern. Die Küstenseeschwalbe brütet in Mitteleuropa an der Küste und zieht entlang der Meeresküsten im Winter in die Meere der Südhalbkugel. Sie hat einen der längsten Zugwege überhaupt. Besonders im Frühjahr kann man sie sehr vereinzelt auch im Binnenland beobachten. Auch die Flussseeschwalbe überwintert von West- bis Südafrika. Beide Arten können bei uns von April bis Oktober beobachtet werden.

Unterscheidung von Küsten- und Flussseeschwalbe

Merkmale	Küstenseeschwalbe	Flussseeschwalbe
Struktur	Geringere Größe, kürzerer Schnabel, kürzeres Kopf-Hals-Profil, längerer Schwanz, der am stehenden Vogel die Flügelspitzen deutlich überragt. Flügel wirken im Flug etwas vor Körpermitte versetzt, Beine sehr kurz.	Etwas größer, Schnabel oft leicht abwärts gebogen, Kopf und Beine länger, im Flug Hals-Kopf-Profil länger, Flügel etwas breiter und etwa die Körpermitte bildend, am stehenden Vogel überragen die Schwanzspieße die Flügelspitze nicht.
Verhalten	Fliegt elastischer und schwungvoller. Sturzflug vor Eintauchen oft von stufenweisem, kurzem Rütteln unterbrochen. Gelegentliches Abpicken von Nahrung von der Wasseroberfläche.	Rüttelt und taucht im direkten Stoß nach Fischen.
Flügelfärbung	Oberflügel einfarbig hellgrau ohne dunklen Keil am Handflügel. Unterseits alle Schwungfedern weiß durchscheinend, schmaler, scharf abgegrenzter schwarzer Hinterrand des äußeren Handflügels.	Äußere 4–6 dunklere Handschwingen formen oberseits einen dunklen Flügelkeil (im Frühjahr oft schwach), besonders ab Mittsommer durch Abnutzung ausgeprägt. Unterseits Handschwingen mit verwaschen dunkler Hinterkante. Innere Handschwingen besonders transparent durchscheinend.
Prachtkleid	Schnabel dunkelrot ohne schwarze Spitze. Untere Kehle, Brust und Bauch verwaschen grau und zum Weiß von Kehle und Wangen leicht kontrastierend.	Schnabel rot, in der Regel mit schwarzer Spitze. Unterseite hellgrau ohne deutlichen Kontrast zur weißen Wange.
Jugendkleid	Bugstreif bei stehenden Vögeln kleiner, meistens verdeckt und schwächer. Armschwingen weißlich, nicht grau überhaucht, im Flug am Hinterflügel oft weißes Dreieck sichtbar. Schnabel dunkel, anfänglich mit roter Basis, ab Spätsommer ganz schwarz. Stirn weiß und schärfer abgegrenzt.	Dunkler Bugstreif bei stehenden Vögeln meist sichtbar. Rechteckiges helles Feld zwischen schmalem grauem Armschwingenhinterrand und auffälligerem dunklem Armflügelvorderrand. Etwas Orange an Schnabelbasis. Deutlich ingwerbraune Tönung von Stirn und Oberseite bei frisch flüggen Vögeln.

Die drei mitteleuropäischen Sumpfseeschwalbenarten Trauer- (oben), Weißflügel- (Mitte) und Weißbartseeschwalbe (unten) fliegen über ihrem Bruthabitat. Alle drei Arten brüten hauptsächlich im Binnenland und sind im Brutkleid im Gegensatz zu den *Sterna*-Seeschwalben vorwiegend dunkel. Sumpfseeschwalben ziehen ihre Jungen auf flach überschwemmten Auengrünländern oder flachen Seen auf schwimmenden Unterlagen auf. Bevorzugt werden Teichrosen angenommen. Mancherorts konnte man die Bruterfolge durch künstliche Nisthilfen steigern. Die Trauerseeschwalbe ist die bei uns am weitesten verbreitete Art. Man findet sie vereinzelt in ganz Norddeutschland. Weißflügel- und Weißbartseeschwalben sind sehr seltene Brutvögel beispielsweise im Unteren Peenetal bei Anklam oder in manchen Jahren im Nationalpark Unteres Odertal. Besonders im Frühjahr trifft man die Arten auf dem Durchzug an. Weißbartseeschwalben tauchen am wahrscheinlichsten in Süddeutschland auf, während der Durchzug der Weißflügelseeschwalben von Jahr zu Jahr deutlich variiert und sich auf die östlichen Landesteile konzentriert. Sumpfseeschwalben stoßtauchen wenig, sondern stoßen zur Wasseroberfläche herab und fangen sich ab, um Fressbares aufzupicken.

Flussseeschwalbe, Prachtkleid
breit verwaschen
innere Handschwingen transparent
schwarze Spitze

Flussseeschwalbe, Prachtkleid
dunkler Keil
schwarze Spitze
Kopf-Hals-Profil lang, wenig Kontrast von Wange zu Hals

Küstenseeschwalbe, Prachtkleid
Flügel vor Körpermitte
lange Schwanzspieße
rot, kürzer
weiß kontras-
tierend
Handflügel hellgrau

Küstenseeschwalbe, Prachtkleid
schmaler,
deutlich
abgesetzter
Flügelhinter-
rand
rot,
ohne schwarze
Spitze
lang
Arm- und Handschwingen
durchscheinend

Alke

Alke bilden eine sehr charakteristische Untergruppe innerhalb der *Charadriiformes*. Es handelt sich um kleine bis mittelgroße Seevögel mit gedrungenem Rumpf, kräftigem Hals und kurzem Schwanz. Besonders die Lummen erinnern oberflächlich an die Pinguine der Südozeane, ein Eindruck, der an Land durch die aufrechte Haltung noch verstärkt wird. Die perfekte Anpassung ans Leben im Meer führt dazu, dass die Beine an Land von geringem Wert sind, weil sie sehr weit hinten ansetzen, um im Wasser möglichst stromlinienförmig anzuliegen. Alke laufen wenig, sondern sitzen viel auf den Beinen.

Alke, hier ein Tordalk, öffnen in einem Satz beim Abtauchen die Flügel. Unter Wasser bewegen sie sich sehr elegant in charakteristischen schnellen Wendungen. Die Vögel schwimmen tief im Wasser mit eingezogenem Hals. Ihre Flügel befördern sie in kräftigen Schlägen blitzschnell durchs Wasser.

Alle Alkenarten, wie die hier abgebildeten Trottellummen, brüten in großen Kolonien auf Inseln und entlegenen Klippen der kälteren nördlichen Meere. Sie legen ein oder zwei Eier auf Felsbänder (Trottellumme und Tordalk), in Höhlungen oder in Erdbaue (Papageitaucher). Die Eier der auf Felsbändern brütenden Arten sind in ihrer Form derart kegelförmig, dass sie stets im Kreis rollen und nicht vom Fels fallen. Die Jungen der klippenbrütenden Arten verlassen den Nistplatz noch im Dunenkleid, also im nicht flugfähigen Zustand, durch einen Sprung ins Meer.

Ein typischer Alkentrupp aus Trottellummen und einem Tordalk (2. von links) zieht mit schwirrenden schnellen Flügelschlägen dicht über das Wasser. Der Rumpf wirkt lang, plump und torpedoförmig, die relativ schmalen, kurzen, spitzen Flügel lassen Alke ganz anders aussehen als andere Seevögel.

Die nördlichen Populationen einiger Arten wandern in großen Scharen südwärts und bilden dann die Masse der auf hoher See lebenden Vögel an den Küsten Nordwesteuropas. Da sie besonders anfällig gegen Ölverschmutzungen sind, werden nach Tankerhavarien besonders viele Alke tot an die Küsten gespült.

Kleine Lummen, die gerade vom Fels gesprungen sind, können leicht mit dem hier abgebildeten Krabbentaucher verwechselt werden. Die Junglummen werden jedoch in der Regel von den Altvögeln begleitet, bis sie im Herbst ihre volle Größe erreicht haben. Der drosselgroße Krabbentaucher brütet in gewaltigen arktischen Kolonien und kann bei uns nur selten in der Nordsee, vor allem bei Starkwindsituationen im Herbst, beispielsweise auf Helgoland in kleiner Zahl beobachtet werden.

Alke sind kaum mit anderen Vogelgruppen zu verwechseln, jedoch zeigen weibliche oder, wie hier abgebildet, immature Eisenten sowohl schwimmend als auch im Flug einen alkenähnlichen Habitus. Bei der Alkenbestimmung, insbesondere zur Unterscheidung von Tordalk und Trottellumme, sollte man auf Gesamtgröße und -gestalt, Gesichtsmusterung, Schnabelform und -färbung sowie die Lage der weißen Gefiederpartien achten.

Tauben – *Columbidae*

Tauben sind vielen Menschen ein vertrauter Anblick. Zum einen, weil Straßentauben unsere Städte bevölkern und zum anderen, weil Ringel- und Türkentauben sich gerne in unseren Gärten zur Brut einfinden. Generell sind Tauben kompakte Vögel mit kräftiger Flugmuskulatur, die sich in der charakteristisch gewölbten Brust und einem schnellen, geradlinigen Flug ausdrückt. Beobachtet man Tauben beim Trinken, erkennt man, dass der gesamte Schnabel ins Wasser getaucht wird. Das lässt darauf schließen, dass Tauben saugend trinken. Eine Eigenschaft, die sie mit Flughühnern gemein haben, sie jedoch von anderen Vögeln unterscheidet. Tauben ziehen ihre Jungen anfangs mit einer Kropfmilch groß, wobei der Jungvogelkopf fast vollständig im Schlund des Altvogels verschwindet.

Viele Arten fliegen mit lautem Flügelklatschen davon, das bei einigen auch Teil der Flugbalz ist. Die Geschlechter sind bei den meisten Arten gleich gefärbt.

Vergessene Wilde? Straßentauben

Der Ursprung unserer heutigen Straßentaube liegt in Ägypten vor 3000 Jahren. Damals begann die Domestizierung der Felsentaube. Die Taube, von jeher wegen ihres Fleisches geschätzt, war wegen ihrer Ortstreue leicht in Schlägen zu halten. Bereits die Römer nutzten ihr Heimfindevermögen. Die Verwendung als Brieftaube und letztlich als Sporttaube nahm hier ihren Anfang. Stadttauben gingen und gehen aus domestizierten Tauben hervor, die sich aus den Taubenschlägen in die Städte verirren oder flüchten. In den Metropolen, wo sich die mühsam herausgezüchteten Formen wild miteinander mischen und zu dem vielfältigen Erscheinungsbild der Stadt beitragen, bangt so manche Stadtverwaltung wegen der „Taubenplage" um den Erhalt ihrer Kulturgüter – und will so manchem Rentner das Taubenfüttern mit Geldbußen abgewöhnen. Doch nicht zuletzt die Straßentauben sind die Basis für den Vormarsch des Wanderfalken in unseren Städten.

Die Gattung *Columba* ist durch größere, gedrungen gebaute Arten gekennzeichnet. Sie ist bei uns durch die Ringeltaube (oben) und die Hohltaube (unten) vertreten. Ringeltauben bilden außerhalb der Brutzeit oft große Schwärme, wie man sie beispielsweise in Westfalen regelmäßig beobachten kann. Darunter lassen sich gelegentlich auch Hohltauben finden. Diese treten im Binnenland vor allem dort als Brutvögel auf, wo sie ein entsprechendes Höhlenangebot finden. Beispielsweise in alten Buchenwäldern, wo sie Schwarzspechthöhlen nutzen, oder in alten Parks, wo sie in Astlöchern alter Bäume (oft Platanen) brüten. Die Ringeltaube errichtet eine unordentliche Nestplattform in allen möglichen Gebüschen, Hecken und Bäumen. Auf diese Nestplattform legt sie ihre zwei Eier, die von unten oft durchscheinen. Die Ringeltaube ist bei uns deutlich häufiger als die Hohltaube.

Ringeltaube

Hohltaube

Die Hohltaube wirkt im Vergleich zur großen, schweren, relativ langschwänzigen Ringeltaube deutlich kleiner, kompakter und gedrungener. Die Ringeltaube zeigt im Flug stets weiße Abzeichen im Flügel, die der Hohltaube fehlen. Zudem zeigt die kompaktere Hohltaube im Armflügel eine kurze schwarze Armbinde. Das Grau auf dem Flügel reicht bei der Hohltaube weiter in den Handflügel, die dunklen Schwingen bilden im Gegensatz zur Ringeltaube einen gleichmäßigen schwarzen Flügelrand.

Türkentaube (oben) und Turteltaube (unten) sind Vertreter der Gattung *Streptopelia*. Es handelt sich um mittelgroße, eher zierlich gebaute, langschwänzige Tauben. Die Türkentaube ist erst im Laufe des letzten Jahrhunderts bei uns aus Südosteuropa eingewandert. Allerdings ist das exponentielle Populationswachstum der letzten Jahrzehnte mittlerweile zum Stillstand gekommen. In Gebieten mit harten Wintern und ungünstigen Nahrungsbedingungen geht der Bestand sogar leicht zurück. Man findet die Türkentaube ganzjährig in der Nähe menschlicher Siedlungen, in Dörfern und Stadtgebieten.
Die Turteltaube ist ein Langstreckenzieher und überwintert südlich der Sahara. Sie kommt daher erst im Mai zurück. Man findet sie bei uns vorzugsweise in Tiefländern, wo sie in der halboffenen Kulturlandschaft in warmen und trockenen Gebieten brütet.

Kuckuck, Sperber und die langschwänzigen Türkentauben sehen sich im Flug bei oberflächlicher Betrachtung recht ähnlich, insbesondere wenn man sie im rasanten Flug sieht. Diese Ähnlichkeit führt nicht nur zu Fehlbestimmungen durch den unbedarften Beobachter, sondern auch dazu, dass Singvögel oftmals Alarm auslösen und in den Büschen verschwinden, wenn eine Türkentaube vorbeifliegt.

Papageien – *Psittacidae*

Die Gruppe der Papageien ist allseits bekannt; sie umfasst 352 Arten und ist in erster Linie in den Tropen und Subtropen beheimatet. Die Körpergrößen reichen von Kleinvogel- bis Fasanengröße. Allen gemein ist ein relativ großer Kopf, ein kurzer Hals sowie ein gekrümmter und meist kräftiger Schnabel, in dem eine komplexe Zungen- und Kiefermuskulatur arbeiten. Der vergrößerte Oberschnabel ist durch ein Gelenk nach oben beweglich. Die Beine sind kurz, die vierte Zehe zeigt nach hinten und wirkt zusammen mit der dritten, der ersten und zweiten entgegen (Zygodactylie), ähnlich wie die Finger zum Daumen. Mit dieser Zange lässt es sich gut klettern, wozu auch der Schnabel eingesetzt wird.

Bis auf wenige Ausnahmen handelt es sich um Höhlenbrüter; in der Regel brütet nur das Weibchen. Die nesthockenden Jungen werden aus dem Kropf gefüttert. Die Mehrzahl der Arten ist sehr gesellig.

Papageien in Süddeutschland

Ob man es nun als Faunenverfälschung, als farbenprächtige Bereicherung der heimischen Avifauna oder als Kennzeichen zunehmender Urbanisierung ansieht: Papageien gehören in einigen klimatisch begünstigten deutschen Städten zum festen Bestandteil der Vogelwelt.

Halsbandsittich

Der Halsbandsittich ist in Deutschland die am weitesten verbreitete Art. Größere Populationen existieren in Düsseldorf, Köln, Bonn, Mainz, Wiesbaden, Worms, Ludwigshafen, Mannheim, Neckarhausen und Heidelberg. 2005 wurde der deutschlandweite Brutbestand auf 650–880 Paare geschätzt. Alle Halsbandsittiche, bis auf die brütenden Vögel, übernachten jeweils an einem gemeinsamen Schlafplatz, der oft über Jahre konstant ist. In Ludwigshafen liegt er an der Brunckstraße, die am BASF-Gelände entlang führt, zwischen dem Tor 5 der BASF und dem ALDI in der Eschenbachstraße (dort Parkmöglichkeit; Straßenbahnhaltestelle in unmittelbarer Nähe; Stand Sommer 2008). Der Bestand umfasst Hunderte Tiere. Die Halsbandsittiche treffen in der Dämmerung ein, je nach Jahreszeit leicht unterschiedlich. Im Winter rund fünfzehn Minuten nach, im Sommer circa dreißig Minuten vor Sonnenuntergang. Als Langschläfer verlassen sie den Schlafplatz oft erst eine Stunde nach Sonnenaufgang. Halsbandsittiche ruhen um den Mittag bis weit in den Nachmittag hinein und sind dann nur schwer zu finden.
Weitere sehr gute Beobachtungsplätze sind das Freigelände des Zoos in Köln und der Rheinpark in Köln-Deutz, der Schlosspark Biebrich in Wiesbaden (an beiden Stellen auch Große Alexandersittiche), der zeitweise über tausend Tiere umfassende Schlafplatz am Hafen von Schierstein, der kostenfreie Teil des Luisenparks in Mannheim und das Altenheim an der Mönchshofstraße in Heidelberg (Nistkästen, Fassadenbruten).

In Köln und Mainz/Wiesbaden haben sich zwei Populationen des sehr ähnlichen Großen Alexandersittichs etabliert, die zusammen einige Hundert Tiere umfassen dürften.

In Stuttgart gibt es seit 1984 frei lebende Gelbstirnamazonen. Ein Tier unbekannter Herkunft suchte im Stuttgarter Zoo „Wilhelma" Kontakt zu den im Käfig gehaltenen Artgenossen und wurde daraufhin von Tierpflegern gefüttert. Diese ließen im Frühsommer 1985 einen Partner für das einsame Tier frei. Heute leben über vierzig „wilde" Gelbstirnamazonen unter anderem auf dem Zoogelände und im angrenzenden Rosensteinpark. Sie brüten in Asthöhlen von Platanen beispielsweise im Zoo und in der beeindruckenden Platanenallee der unteren Anlagen des Rosensteinparks. Gelbstirnamazonen verhalten sich sehr heimlich und können daher nur schwer im Laub erspäht werden.

Kuckucke – *Cuculidae*

Kuckucke sind eine weltweit verbreitete Familie, die man bei uns mit der einzigen heimischen Art, dem Kuckuck, assoziiert. Allgemein handelt es sich um meist mittelgroße Vögel mit leicht gebogenem, schwachem Schnabel, kurzen Beinen und relativ langem, breiten, gestuften Schwanz. Die meisten Arten sind ausgeprägte Zugvögel, die sich als Insektenfresser hauptsächlich von behaarten Raupen ernähren. Alle Arten haben typische Lautäußerungen, die nur während der Brutzeit zu hören sind. Vor allem beim Singen sitzen Kuckucke auffällig auf Leitungsdrähten, auf toten Ästen in Baumkronen oder in Büschen.

Unser Kuckuck gehört zu der Gattung *Cuculus*, deren Vertreter ihre Eier wie die der Gattung *Clamator* (Häherkuckuck) meist einzeln in die Nester von Singvögeln legen. Wie Greifvögel und Eulen werden Kuckucke gelegentlich von anderen Vögeln angegriffen, man spricht auch von „hassen".

Die Geschlechter sind einander sehr ähnlich, zudem gibt es keine jahreszeitliche Variation, Jungvögel sind von den Altvögeln stets unterscheidbar. Der Kuckuck erinnert in Körperbau und Färbung an einen Sperber, hat jedoch spitzere Flügel und einen kleineren Kopf mit einem dünnen, nicht hakenförmigen Schnabel (siehe auch Abb. S. 300).

Das Kuckucksnest …

… gibt es nicht. Das ist allgemein bekannt, denn der Kuckuck ist der einzige Vogel unserer Fauna, der als Brutparasit bei der Aufzucht der Jungen auf die Hilfe anderer Vogelarten angewiesen ist. Das Weibchen postiert sich in die Nähe potenzieller Wirtsvögel und beobachtet deren Verhalten. Noch bevor die Bebrütung des Geleges begonnen hat, lenkt das Männchen die Wirtsvögel ab, denn Kuckucke werden von ihren Wirtsvögeln tätlich angegriffen, während das Weibchen innerhalb weniger Sekunden ein Ei aus dem Gelege entfernt und ein eigenes hinzufügt. Das entführte Ei verzehrt es nach dem Tausch oder wirft es weg. So kann das Kuckucksweibchen bei Bedarf Nährstoffe für die eigene Eibildung zu sich nehmen. Die Kuckuckseier sind auffällig klein, aber sehr dickschalig. In der Färbung sind sie extrem variabel und gleichen denen der Wirtsvögel. Ein Kuckucksweibchen legt sein Leben lang nur einen Eiertyp. Die Entwicklungsdauer des Kuckuckskükens ist auffällig kurz. Dies wird dadurch erreicht, dass die Entwicklung des Embryos bereits im Körper des Weibchens beginnt. Auf diese Weise schlüpft der Kuckuck als Erster im Wirtsnest. Schon im Alter von acht bis zehn Stunden fängt der noch blinde Jungkuckuck an, Eier und kleine bereits geschlüpfte Nestgeschwister an den Nestrand zu drängen. Zu diesem Zweck besitzt er auf dem Rücken eine besonders tastempfindliche Grube. Eier werden darauf mithilfe der nach oben gereckten Flügelstummel ausbalanciert und an den Nestrand gestemmt, wo er sich ihrer mit einer ruckartigen Stoßbewegung entledigt. Diese Arbeit muss in drei bis vier Tagen erledigt sein, denn sonst steht sein eigenes Überleben infrage. Die Konkurrenz um das Futter, das die Pflegeeltern herbeibringen, wäre zu groß: Schon nach kurzer Zeit ist der Jungkuckuck deutlich größer als seine Zieheltern, sodass er die gesamte herbeigeschaffte Nahrung benötigt.

Ein Grauschnäpper füttert einen jungen Kuckuck.

Die Wirtsvögel des Kuckucks dürfen nicht zu selten und müssen für das Kuckucksweibchen gut auffindbar sein. Boden-, Gebüsch-, Röhricht- und Gebäudebrüter sind daher besonders prädestiniert. Höhlenbrüter kommen wegen des unzugänglichen Neststandortes nicht infrage. Weiterhin müssen die Wirte relativ unempfindlich gegenüber dem Austausch von Eiern sein und schließlich sollten sie eine für den Jungkuckuck verdauliche Nahrung füttern. Bei mehr als hundert europäischen Vogelarten hat man schon Kuckuckseier gefunden. Allerdings konnte bei nur rund 45 Arten eine erfolgreiche Aufzucht beobachtet werden und nur bei 23 Arten fand man herangewachsene Nestlinge. Typische Kuckuckswirte sind Teichrohrsänger, Bachstelze, Rotkehlchen, Heckenbraunelle und Hausrotschwanz.

Eulen – *Strigiformes*

Zu dieser Ordnung gehören die beiden Familien der Schleiereulen (*Tytonidae*) und der Ohreulen und Käuze (*Strigidae*). Da sie allgemein als Eulen verstanden werden, werden sie hier zusammenfassend dargestellt. Der charakteristische Körperbau und die spezielle nacht- und dämmerungsaktive Lebensweise haben Menschen seit jeher fasziniert. Charakteristisch für diese beutegreifenden Vögel sind der kurze Schwanz, die rundlichen Flügel, der große runde Kopf, der bei manchen Arten Federohren aufweist, und die großen ausdrucksvollen Augen im abgeflachten, mit menschlichen Gesichtszügen ausgestatteten Gesicht, aus dem ein klein erscheinender Schnabel ragt. Der Schnabel ist größtenteils durch die Federn des Schleiers bedeckt. Als Schleier werden die strahlenförmig um die Augen angeordneten Gesichtsfedern bezeichnet. Der Hals wirkt kurz. Die Füße sind groß, kräftig und bei den meisten Arten bis zu den Krallen befiedert. Die Krallen sind stark und gekrümmt.

Der Uhu ist unsere größte heimische Eule. Er wurde durch unmittelbare und lang anhaltende Verfolgung bei uns an den Rand des Aussterbens gebracht. Man nahm systematisch die Nestlinge aus, um sie später bei der Hüttenjagd zu verwenden. Dabei diente der Uhu als Lockvogel. Uhus galten wie alle „Krummschnäbel" als Schädlinge. Um 1935 gab es auf dem Gebiet der heutigen Bundesrepublik nur noch 35 bis 40 Uhupaare. Erst ab den 70er Jahren kam es, dank konsequenter Horstbewachung, Auswilderung und Informationsarbeit wieder zu Bestandszunahmen. Ende der 90er Jahre brüteten wieder 660 bis 780 Paare in Deutschland. Die Lebensbedingungen des Uhus sind heute nicht besser geworden: Ein Teil des Nachwuchses verendet an Drahtleitungen oder im Verkehr und Brutplätze werden durch Freizeitaktivitäten gestört. Die meisten Uhus brüten an Felswänden oder Steilhängen, in felsenfreien Gebieten auch am Boden. Die Federohren sind verlängerte Federn am Rande des Gesichtsschleiers. Sie dienen nicht als Ohren, sondern der mimischen Kommunikation zwischen den Vögeln. Der breite Gesichtsschleier hilft selbst feinste Laute an die große Ohröffnung zu leiten. Eulen können den Kopf bis zu 270 Grad drehen, was eine außerordentlich gute Rundumsicht und Hörfähigkeit erzeugt. Das weiche, lockere Gefieder lässt sie größer erscheinen, als sie wirklich sind.

Das Gefieder der meisten Arten ist tarnfarben. Der Steinkauz scheint völlig mit der Mauer zu verschmelzen. Steinkäuze halten sich im Gegensatz zu vielen größeren Eulenarten regelmäßig in der Nähe menschlicher Siedlungen auf. Die kleine Eule ist in Deutschland schwerpunktmäßig in Baden-Württemberg und Westfalen verbreitet. Sie bewohnt vor allem Hochstamm-Obstwiesen mit einem reichhaltigen Angebot an Bruthöhlen, Tagesverstecken und Sitzwarten. Die extensiv genutzten Mähwiesen weisen gleichzeitig ein vielseitiges Nahrungsangebot auf. Steinkäuze sonnen sich im Vorfrühling gerne nahe ihrer Bruthöhle im Freien und sind zur Brutzeit teilweise tagaktiv. Jedoch ist die Dämmerung normalerweise die Hauptaktivitätszeit. Der durchdringende Reviergesang, der im Herbst und besonders während der Hauptbalzzeit im Februar und März zu hören ist, verrät am ehesten ihre Anwesenheit.

Der Flug der Eulen, hier ein Waldkauz, ist geisterhaft geräuschlos. Grund ist eine sehr feine Zähnung der Außenkante der Handschwingen, die jegliche geräuschhaften Luftverwirbelungen unterbindet.

Eulen sind in Mitteleuropa besonders artenreich in Wäldern vertreten. Hier ist der Waldkauz die häufigste Art (oben). Man findet ihn außer in Wäldern auch in Parks mit alten Laubbäumen, in denen er Baumhöhlen zum Brüten findet, sowie in Gärten und Siedlungen. Die meisten Waldkäuze harren im Winter in den Brutgebieten aus. Sie jagen ihre Beute, die vor allem aus Mäusen und Insekten, zu einem variablen Teil auch aus Singvögeln besteht, vom Ansitz aus am Boden. Die Waldohreule (Mitte rechts) bevorzugt Waldränder. Sie bewohnt Wälder in der Nähe offener Flächen, Feldgehölze und große Parks, wo sie in verlassenen Nestern anderer Vögel, vor allem in Krähennestern brütet. Die Bettelrufe der Jungen, die man im Sommer nächtelang hören kann, sind hohe, zweisilbige, lang gezogene Pfiffe, die über einen Kilometer weit zu hören sind. Der aus der Baumhöhle blickende Raufußkauz ist ein Bewohner dichter Misch- und Nadelwälder, oft im Bergland, gern mit kleinen Lichtungen. In schlechten Mäusejahren fallen die meisten Bruten überregional aus und ein großer Teil der Population, vor allem Weibchen und Jungvögel, wandern ab. Der Raufußkauz (Mitte links) ist fast ausschließlich nachtaktiv und außerhalb des Nestbereichs schwer zu entdecken. Er brütet in Großhöhlen, insbesondere Schwarzspechthöhlen, aber auch Nistkästen werden angenommen. Der nur starengroße Sperlingskauz (unten) ist ebenfalls ein Vogel der Nadel- und Mischwälder. In Mitteleuropa findet man ihn vor allem in Bergwäldern, wo alte Fichten- und Tannenbestände an Jungbestände grenzen; dort brütet er gerne in Buntspecht- oder Dreizehenspechthöhlen. Der Sperlingskauz weicht in schlechten Mäusejahren weniger stark aus. Er ist dämmerungsaktiv und recht furchtlos. Die Nahrung besteht aus Mäusen und zu einem guten Teil auch aus Singvögeln, auf die er in schlechten Mäusejahren verstärkt ausweicht. Sperlingskäuze erlegen sogar Drosseln, die die eigene Körpergröße erreichenden.

Sumpfohreule (links) und Waldohreule (rechts) sehen sich recht ähnlich, unterscheiden sich jedoch in vielerlei Hinsicht (siehe Tabelle). Im Gegensatz zur Waldohreule findet man die Sumpfohreule auf Heideflächen, auf Wiesen und in Mooren. Bei uns brütete sie einst verbreitet. Heute ist sie in Mitteleuropa fast völlig auf die Ostfriesischen Inseln begrenzt. Sie ist Bodenbrüter und ernährt sich hauptsächlich von Mäusen, was zu starken Populationsschwankungen führt. Die nördlich brütenden Vögel überwintern weiter südlich und können dann bei uns auch am Tag in Offenländern aller Art, besonders Feuchtwiesen und Mooren, beobachtet werden.

Unterscheidung von Wald- und Sumpfohreule

Merkmale	Waldohreule	Sumpfohreule
Gefiedergrundfarbe	rötlichbraun, gleichmäßige Musterung	sandfarben, starke Kontraste
Oberflügelmuster	rötlichgelbes Handschwingenfeld weniger ausgedehnt, Flügelspitze gleichmäßig dunkel gebändert	einfarbig schwarze nur von einer hellen Binde unterbrochene Flügelspitze, rötlichgelbe Grundfärbung ausgedehnter als bei Waldohreule
Unterflügelmuster	unterseits Spitze schmal gebändert	unterseits Spitze stark gebändert
Armschwingen-Hinterrand	kein weißer Rand	weißer Rand
Körperunterseite	gleichmäßig gestreift	Kontrast zwischen gestreifter Brust und weitgehend ungestreiftem Bauch
Schwanz	diffus eng gebändert	grob gebändert
Iris	orange	gelb
Federohren	auffällig	wenig auffällig, oft angelegt
Gesicht	rotgelber Schleier, schwarze Augenumrandung weniger auffällig	fahl, rötlichbeige, auffällige schwarze äußere Augenumrandung

Die meisten Eulen legen Nahrungsreserven in der Bruthöhle an. Hier haben Habichtskäuze Maulwürfe zum späteren Verzehr neben ihre wenige Wochen alten Jungen gelegt. Das Weibchen beginnt mit dem Brüten bei dem ersten Ei und nicht erst bei Vollständigkeit des Geleges. Deshalb sind die Jungen einer Eulenbrut unterschiedlich groß. Das älteste Junge ist das größte und hat die besten Überlebenschancen. Zwar sterben auf diese Weise viele jüngere Geschwister an Nahrungsknappheit, doch hat zumindest ein Junges gute Chancen groß zu werden. Eulen verteilen somit die Überlebenswahrscheinlichkeit ungleichmäßig auf die Brut, eine Anpassung an sich während der Brutzeit gelegentlich verknappende Nahrungsressourcen.

Ästlinge

Viele junge Eulen verlassen die Bruthöhle, bevor sie flügge sind, und hocken dann auf Ästen, von denen sie mit eindringlich fiependen Geräuschen ihre Eltern auf ihren Appetit aufmerksam machen. Der wehrlose Eindruck der sich noch hilflos fortbewegenden Jungen täuscht. Mit ihren scharfen Krallen können sie so manchen gut gemeinten „Rettungsversuch" unbedarfter Tierfreunde erfolgreich vereiteln.

Ein junger Waldkauz, noch kaum flugfähig, hat die sichere Höhle bereits verlassen und wartet auf elterliche Bedienung. Sobald die letzten Spuren des Dunenkleides verschwunden sind, ähneln die Jungvögel sehr den Altvögeln.

Die Zwergohreule ist eine vor allem mediterran verbreitete Art. Sie besiedelt offene Laub- und Mischwälder, Buschwerk in der Kulturlandschaft, Alleen, Obstplantagen und größere Gärten. Bei uns ist die Art sehr selten.

Der Habichtskauz ist ein Bewohner alter Misch- und Nadelwälder Nord- und Osteuropas. In Deutschland existiert eine kleine, durch ein Auswilderungsprogramm begründete Population im Nationalpark Bayerischer Wald. Die Nahrung besteht in erster Linie aus Nagetieren, Vögeln, Amphibien und Insekten, die durch Ansitzjagd erbeutet werden. Der Habichtskauz brütet in verlassenen Greifvogelnestern, auf Baumstümpfen, aber auch in ausreichend großen Nistkästen. Mit knapp 60 cm Körperlänge ist er kaum mit dem deutlich kleineren Waldkauz zu verwechseln. Letzterer weist zudem einen kürzeren Schwanz auf.

Die Schleiereule ist der einzige Vertreter der *Tytonidae* in unserer Region. Sie unterscheidet sich durch den auffällig herzförmigen Schleier deutlich von den eigentlichen Eulen. Wie bei allen Eulen lassen sich die Geschlechter nicht oder kaum unterscheiden. Auch innerhalb des Jahres gibt es keine Gefiedervariation. Schleiereulen sind in Mitteleuropa weit verbreitet. Besonders häufig findet man sie auf guten Bodenstandorten (vor allem Bördelandschaften), wo sie eine gute Mäusepopulation vorfinden und gerne künstliche Nisthilfen in Scheunen und Hofgebäuden annehmen. In harten Wintern verhungert regelmäßig ein großer Teil lokaler Populationen.

Nachtschwalben – *Caprimulgidae*

Nachtschwalben, gelegentlich Schwalmvögel genannt, weisen eine eigentümliche Gestalt auf, die man aufgrund ihrer nächtlichen Lebensweise leider viel zu selten zu Gesicht bekommt. Es handelt sich um mittelgroße, insektenfressende Vögel. Der kleine Schnabel vor dem flachen, aber breiten Kopf umschließt einen sehr weiten Rachen, der wie ein Kescher zur Insektenjagd genutzt wird. Steife Borsten am Schnabelwinkel vergrößern den „Insektenkescher", der durch einen speziellen Mechanismus sowohl horizontal als auch vertikal geöffnet werden kann. Die seitlich ansetzenden Augen und Ohren sind in Anpassung an die nächtliche Lebensweise sehr groß. Die Augen sind sogar mit einer reflektierenden Oberfläche zur verbesserten Lichtaufnahme ausgestattet, einer Retina mit „Tapetum". Kein Wunder, dass Nachtschwalben tagsüber aufgrund des blendenden Tageslichtes die Augen nicht öffnen, was demnach nichts mit Langschläferei zu tun hat. Typisch sind der lange Schwanz sowie die langen spitzen Flügel. Alle Nachtschwalben haben ein vorwiegend grau oder braun gefärbtes, weiches Gefieder mit kräftiger Maserung. Es tarnt sie tagsüber perfekt und macht es fast unmöglich, eine Nachtschwalbe tagsüber zu entdecken. Nachtschwalben rasten am Tag in Bodennähe auf Ästen oder auf dem Boden sitzend. Sie haben weit hinten ansetzende Beine, die kaum zum Gehen geeignet sind. Sie bewegen sich meist nur fliegend. Insgesamt sind Nachtschwalben nicht sehr gesellig, aber während des Zuges oft in kleinen Trupps unterwegs.

In Mitteleuropa kommt nur eine Nachtschwalbenart vor: der Ziegenmelker. Da er sich von größeren Fluginsekten, in erster Linie Nachtfaltern ernährt, zieht er im Winter bis ins südliche Afrika und kehrt erst im Mai zurück. Der merkwürdige Name geht auf Plinius den Älteren zurück, der die Ziegenmelker als nächtliche Räuber bezeichnet, die an Ziegeneutern die Milch absaugen, wodurch die Ziegen erblinden und sterben würden. Die Anwesenheit der Vögel hat jedoch nichts mit der Milch des Weideviehs zu tun, sondern mit den blutsaugenden Insekten, die von dem Vieh angelockt werden.

Oft beginnen Ziegenmelker schon zu Beginn der Dämmerung mit der Jagd und Balz. Dann lassen sich die weißen Abzeichen des Männchens in Schwanz und Flügeln innerhalb der sonst schwarzen schlanken Kontur erkennen. Das Flugbild erinnert wie bei allen Nachtschwalben an das eines kleinen, langschwänzigen Falken, die elegante Flugweise mit den steifen Flügelschlägen, die mit langsamen, fast schwebenden Gleitphasen und Wendungen wechselt, jedoch eher an eine Weihe. Dieser Eindruck wird noch durch die leicht V-förmig gehaltenen Flügel verstärkt. Der Flug ist völlig lautlos, leicht, sehr agil und der Ziegenmelker folgt dabei seiner Beute mit abrupten Drehungen. Eine Verwechslung mit anderen Vögeln ist unwahrscheinlich, jedoch kann beim Aufscheuchen am Tage durch den schnellen, wendigen Flug der Eindruck eines Sperbers entstehen.

Der Ziegenmelker bewohnt trockene, wärmebegünstigte, offene Landschaften mit einem ausreichenden Angebot an Nachtfluginsekten. In Europa sind seine bevorzugten Lebensräume Heiden und entwässerte Moore sowie lichte, sandige Kiefernwälder mit großen Freiflächen, Kahlschläge und Windbruchgebiete. Ebenso besiedelt er, insbesondere in Süd- und Südosteuropa, steinige und sandige Freiflächen von Macchien, gelegentlich auch wenig bewachsene Dünenabschnitte. In Mitteleuropa zeigen Sekundärlebensräume wie Truppenübungsplätze oder stillgelegte Tagebauflächen die größten Bestandsdichten. Geschlossene Waldgebiete werden gemieden, reine, weitgehend vegetationslose Wüsten ebenso. Sofern die grundlegenden Anforderungen an den Brutstandort erfüllt sind, meidet der Ziegenmelker die Nähe des Menschen nicht. Randgebiete kleiner Siedlungen scheinen sogar, wahrscheinlich durch die von Tierhaltung und Lichtquellen angezogenen Insekten, eine besondere Attraktivität zu besitzen.

Der charakteristische Balzgesang, den man besonders in windstillen und milden Nächten im Mai und in der ersten Junihälfte hören kann, ist das markanteste Lebenszeichen des nächtlichen Jägers. Auf einer Singwarte, einem Baumstamm oder einer erhöhten Stelle auf einer Waldlichtung lässt das Männchen sein anhaltendes Schnurren hören. Einzelne Strophen können bis zu neun Minuten andauern. Mitunter hält das Schnurren über eine Stunde an. Lassen sich Weibchen sehen, verfolgen die Männchen die potenziellen Partnerinnen fliegend mit Rufen und auffälligem Flügelklatschen. Dabei wird ein Stück gleitend, mit hochgestellten Flügeln und aufgespreiztem Schwanz zurückgelegt, sodass die weißen Abzeichen in der Abenddämmerung aufleuchten.

Segler – *Apodidae*

Die schrillen Schreie der Mauerseglergruppen, die im Sommer durch Städte und Dörfer hallen, sind für viele Vogelfreunde untrennbar mit der heißen Jahreszeit verbunden. Mauersegler sind typische Vertreter der Segler, die sich als schnelle Dauerflieger durch sehr lange, spitze Flügel auszeichnen. Oberflächlich ähneln sie den Schwalben, mit denen sie aber nicht näher verwandt sind. Man nennt das ähnliche Aussehen einer Tiergruppe trotz fehlender Verwandtschaft „konvergente Evolution"; wobei sich das Aussehen aus der Anpassung an die Lebensumstände ergibt. Weiterhin typisch für Segler sind ein kurzer, meist gegabelter Schwanz und ein oft dunkles Gefieder. Der sehr kurze, breite Schnabel umrahmt einen weiten Rachen, der wie ein Kescher zur Aufnahme der fliegenden Beute dient. Segler besitzen kurze, kräftige Klammerfüße und sehr kurze Beine, die dem Halt an glatten Wänden dienen. Die Beine setzen so weit hinten an, dass die Vögel auf ebenem Grund mehr rutschen als laufen. Einmal, zuweilen geschwächt auf der Erde gelandet, können sie sich nicht mehr aus eigener Kraft in die Luft schwingen. Man kann die Tiere leicht aus ihrer misslichen Lage befreien, indem man sie in die Luft wirft. Alle Arten weisen eine stark entwickelte Speicheldrüse auf, die unter anderem zum Nestbau dient: Feste Materialien wie Halme, Blätter, Samen, Fasern und andere leicht schwebenden Materialien, die aus der Luft aufgenommen werden, werden mit klebrigem, rasch erhärtendem Speichel überzogen. Die nackt schlüpfenden Jungen sind extreme Nesthocker und werden mit Nahrungsballen versorgt. Bei Schlechtwetterperioden weichen die Altvögel teilweise Hunderte Kilometer aus und lassen die Nestlinge einstweilen zurück. In großen Scharen findet man sie dann über Wasserflächen nach Nahrung suchend. Ältere Nestlinge können bis zu zwei Wochen nahrungslos überbrücken, indem sie die Körpertemperatur nachts auf 1 bis 5 °C über die Umgebungstemperatur herabsenken und die Atmungsfrequenz verringern. Mauersegler übernachten während der Brutzeit am Nest, aber auch an Felswänden und bei ungünstiger Witterung im Laub von Bäumen, mitunter fliegend in hohen Luftschichten. Dies geschieht meistens in Gruppen. Zum Schlafen fliegen die Vögel laut rufend in engen Kreisen aufwärts und legen dann schlafend lange Gleitfasen ein.

Ein Mauersegler mit gefülltem Kropf. Der gesammelte Inhalt wird den Jungen als Speiseball tief in den Rachen gesteckt.

Elegante Flitzer aus dem Süden

Eine Besonderheit unserer Vogelwelt ist das lokale Vorkommen des baumfalkengroßen Alpenseglers im Süden Deutschlands. Der Alpensegler brütete 1955 erstmals an der Kirche St. Martin in Freiburg i. Br. Danach stieg der Bestand, auch dank intensiver Schutzbemühungen, kontinuierlich an. 2005 waren es deutschlandweit 120 bis 150 Paare. Die Vögel treffen schon Ende März ein und bleiben bis Anfang Oktober.

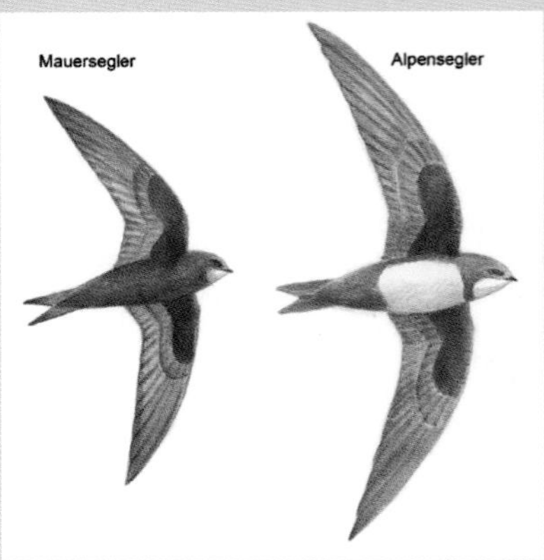

Alpensegler sind deutlich größer als Mauersegler, sie erinnern fast schon an kleine Falken. Im Gegensatz zum sehr auffälligen und weithin sichtbaren Bauchfleck fällt das braunere Gefieder des Alpenseglers als Unterscheidungsmerkmal zum Mauersegler kaum ins Gewicht. Im Brutgebiet wird man gelegentlich durch das weittragende Trillern auf Alpensegler aufmerksam. Es unterscheidet sich deutlich von den schrillen Schreien des Mauerseglers.

Zur Beobachtung des Alpenseglers in Freiburg eignen sich folgende Stellen:

- Kirche St. Martin in der Stadtmitte am Rathausplatz (Einflugöffnungen an den vier Ecken des Turmhelms)
- Hebelschule im Stadtteil Stühlinger westlich des Hauptbahnhofes (Engelbergerstr. 2)
- Personalhaus XII des Uniklinikums Lehener Straße 84 im nordwestlichen Stühlinger (Nistkästen im obersten Bereich der Fassade)
- Landespolizeidirektion Bissierstraße/Ecke Berliner Allee im Stadtteil Betzenhausen-Bischofslinde im Westen der Stadt

Seit 1990 hat die Art weitere Kolonien in Waldshut, Emmendingen, Lörrach, Tuttlingen und in Achern etabliert. Auch im bayerischen Landau am Bodensee brüten die herrlichen Vögel mittlerweile.

Racken – *Coraciidae*

Blauracken sind Höhlenbrüter. Sie nehmen alte Gebäude, Erdlöcher, aber auch Nistkästen an.

Racken sind mittelgroße, sehr farbenprächtige Vögel mit relativ großem Kopf, großem kräftigen, kurzen, breiten Schnabel, breiten Flügeln und krähenähnlicher Gestalt. Es sind Vögel offener Landschaften, die gerne auf exponierten Warten sitzen. Die meisten Arten der Familie leben in den Tropen Asiens und Afrikas; nur die Blauracke kommt auch in Mitteleuropa vor. Sie ist bei uns sehr selten und als Brutvogel ausgestorben. Die auffällige Färbung macht eine Verwechslung mit anderen Arten unwahrscheinlich. Die meisten Arten sind überwiegend blau gefärbt und haben auffallende Flügelmuster. Das Verhalten ähnelt dem der Würger (S. 328). Auch sie erbeuten Nahrungstiere von Sitzwarten aus am Boden. Die Flugweise der Racken ist kraftvoll und direkt, mit etwas hastigen, unregelmäßigen Flügelschlägen. Racken sind wie die verwandten Eisvögel und Bienenfresser Höhlenbrüter. Sie nehmen in erster Linie Höhlungen in Bäumen oder Mauern an.

Racken sind meistens als Einzeltiere unterwegs und nur wenig gesellig. Die Geschlechter sind gleich mit wenig jahreszeitlicher Variation.

Eisvögel – *Alcedinidae*

Trotz der großen Farbenpracht ist der Eisvogel im Schatten unter einem überhängenden Busch sitzend wenig auffällig. Die Farben kommen erst im Sonnenlicht richtig zur Geltung.

Eisvögel sind kleine bis mittelgroße, oft sehr bunte Vögel. Typisch ist die blaue Farbgebung, die durch Strukturfarben entsteht, die also nicht von Pigmenten, sondern durch Mikrostrukturen in der Feder und der dadurch erzeugten Lichtbrechung entstehen. Bei allen weltweit rund neunzig Arten ist der Kopf groß und mit einem im Verhältnis zum Körper mächtigen Schnabel ausgestattet. Die Beine sind sehr kurz, da sich Eisvögel fast nur fliegend fortbewegen. Die Füße sind „syndaktyl", was bedeutet, dass die vorderen Zehen nahezu auf ganzer Länge zusammengewachsen sind. Oft kann man die Geschlechter unterscheiden, so ist der Unterschnabel der einzigen bei uns heimischen Art, dem Eisvogel, beim Männchen schwarz und beim Weibchen rotorange. Eisvögel brüten in Höhlen, die sie meistens eigenständig in Erdwände graben. Nicht alle Eisvögel sind wie unser Eisvogel Fischjäger. Es gibt auch waldbewohnende Kleintierjäger. Die größte Vielfalt gibt es in Afrika, Asien und Australien.

Im Bild ein Eisvogelweibchen; Männchen haben einen ganz schwarzen Schnabel.

Spinte – *Meropidae*

Spinte sind farbenprächtige, mittelgroße Vögel von schlanker Gestalt mit langen, dünnen, leicht gebogenen Schnäbeln, verlängerten mittleren Steuerfedern und spitzen Flügeln. Die meisten Arten leben in den Tropen der Alten Welt. Alle Arten sind Insektenfresser, die Fluginsekten im Flug jagen, entweder in schwalbenähnlicher Manier oder durch Ansitzjagd von exponierten Warten.

Spinte sind Kolonie- und Höhlenbrüter, die selbstgegrabene Höhlen in Steilböschungen nutzen. Auch wenn Bienenfresser sehr hoch fliegen, verraten sie ihre charakteristischen Flugrufe. Die Geschlechter sind gleich gefärbt. Der schlanke Körperbau und die lebhaften Farben machen eine Verwechslung der Spinte mit anderen Vögeln unwahrscheinlich. Bei uns kommt nur eine Art vor: der Bienenfresser.

Bienenfresser beobachten

Dass man Bienenfresser in Deutschland beobachten kann, ist nicht selbstverständlich. Erst 1990 wurden Baden-Württemberg und Sachsen-Anhalt, nach einigen Anläufen in den Siebziger- und Anfang der Achtzigerjahre, wieder dauerhaft besiedelt. Bienenfresser sind klimatisch sehr anspruchsvoll und kommen in Deutschland nur in wärmebegünstigten Gegenden vor. So ist es nicht verwunderlich, dass neben dem Kaiserstuhl vor allem das im Regenschatten des Harzes liegende Saaletal vom Bienenfresser besiedelt wird. Man findet die bunten Vögel dort in einem schmalen Korridor von fast 120 km Länge und 20 km Breite. Besonders häufig sind Bienenfresser im Landkreis Salzland und im östlichen Saalekreis. Aus den wenigen Brutpaaren 1990 sind bis 2007 325 bis 350 Brutpaare geworden.

Bienenfresser erscheinen frühestens Anfang Mai, die meisten jedoch erst Ende Mai in den Brutgebieten Sachsen-Anhalts. Typische Brutorte sind nicht mehr genutzte Kiesgruben und ehemalige Tagebaugebiete. Wichtige Lebensraumbestandteile sind Brachflächen, kleine Feldgehölze, alte Obstbäume, Robiniengehölze sowie freie Sitzplätze auf Freileitungen und Drahtzäunen. Oft sind die Kolonien sehr klein mit durchschnittlich nur drei Brutpaaren. Die Eier werden nach dem Graben der bis zu zwei Meter langen Brutröhren Anfang bis Mitte Juni gelegt. Während der dreiwöchigen Brutzeit sind die Vögel sehr heimlich und nur frühmorgens einigermaßen zuverlässig zu beobachten. Erst ab der dritten Fütterungswoche werden die Bienenfresser wieder auffälliger. In der Hauptfütterungsperiode, Ende Juli, hat man zwischen 7 und 11 Uhr und ab 15 Uhr gute Chancen die Vögel zu sehen. Jedoch auch in dieser Zeit sind Fütterungspausen von einer Stunde nicht selten. Nach vier Wochen, Ende Juli/ Anfang August, fliegen die Jungen aus, verbleiben aber noch einige Tage in unmittelbarer Kolonienähe und werden intensiv gefüttert. Kurze Zeit später werden dann zentrale Sammelplätze aufgesucht. Mitte September haben die Bienenfresser Sachsen-Anhalt im Normalfall wieder verlassen.

Die beste Beobachtungszeit ist zwischen dem Beginn der intensiven Fütterungsaktivitäten ab Mitte Juli bis kurz nach dem Ausfliegen der Jungen Ende Juli bis Anfang August und dann Mitte August an den Sammelplätzen. Der Ruf, ein weich rollendes „prrüt“, ist sehr einprägsam und weit hörbar. Er wird typischerweise im Flug geäußert und hilft bei der Suche. Brutgebiete und Sammelplätze von Bienenfressern sind der Nordrand des Geiseltals und der Salzige See. Weiterhin kann es sich lohnen, im Landkreis Bernburg geeignete Strukturen abzusuchen. Einfacher zum Erfolg kommt man allerdings, wenn man an einer geführten Bienenfressertour teilnimmt (Martin Schulze, Gustav-Hertzberg-Str. 1, 06110 Halle, 03451-317585, schulze.martin@ addcom.de).

Zwei Arten fallen aus dem typischen Spechtschema: zum einen der krähengroße Schwarzspecht und zum anderen der bei uns leider immer seltenere, hier abgebildete Wendehals. Letzterer ist besonders auf Ameisen spezialisiert und bewohnt deshalb warme, nährstoffarme Gehölzränder und Gebüschlandschaften. Er hat keinen Stützschwanz, sondern recht lange Steuerfedern, weist ein Tarngefieder auf und zimmert seine Höhle nicht selbst. Zudem ist er als einziger unserer heimischen Spechte ein ausgesprochener Weitstreckenzieher.

Der Dreizehenspecht gilt als Charaktervogel fichtendominierter, totholzreicher Bergwälder. Er tritt bei mehr als 15 m³ Totholz je Hektar signifikant häufiger auf. Als Holzkäferspezialist sucht er Käferlarven und Käferpuppen bevorzugt an frisch absterbenden Fichten. Im Gegensatz zum häufigen Buntspecht zeigt der Dreizehenspecht kein Rot im Gefieder. Das Männchen (links) ziert eine gelbe Kopfplatte. Die Kopfplatte des Weibchens (rechts) ist dicht weiß gestrichelt. Der Rücken ist bei beiden Geschlechtern weiß. In unseren Bergwäldern ist demnach nicht jeder abfliegende „Weißrückenspecht" ein echter Weißrückenspecht.

Stämme, das als „Trommeln" bekannt ist. Die Arten lassen sich an Tempo, Dauer sowie Tempo- und Lautstärkenänderung des Trommelns unterscheiden. Alle Arten nisten in Baumhöhlen, die sie größtenteils selbst zimmern. Somit gehören sie zu den wichtigsten Baumeistern von Höhlen im Wald und sind für andere Höhlenbrüter wie Kleiber, Meisen oder Hohltauben ungemein wichtig.

Verwechslungen mit anderen Vogelfamilien sind sehr unwahrscheinlich. Zwar sind die Kleiberarten ebenfalls Stammkletterer, aber bis auf den Kleinspecht deutlich kleiner sowie oberseits und auf dem Scheitel grau gefärbt, außerdem fehlt ihnen das komplexe schwarz-weiße Muster aller kleinen Spechte. Eine Verwechslung mit Baumläufern, die ebenfalls Stammkletterer sind, ist wegen deren geringer Größe, Tarnfärbung und des schwach abwärts gekrümmten Schnabels sehr unwahrscheinlich.

Der Schwarzspecht ist unsere größte Spechtart. Das hier abgebildete Männchen unterscheidet sich vom Weibchen durch seine durchgehend rote Kopfplatte. Beim Weibchen beschränkt sich das Rot auf den Hinterscheitel. Dieses geschlechtsspezifische Merkmal ist bereits bei Jungvögeln ausgeprägt. Verwechslungsgefahr besteht höchstens mit Krähen, da der Schwarzspecht keinen wellenförmigen Flug zeigt wie die übrigen heimischen Spechte, sondern in gerader Linie mit ruhigen, tief ausholenden Flügelschlägen unterwegs ist. Auffällig ist jedoch der elfenbeinfarbene Schnabel. Der Schwarzspecht baut recht große Höhlen, die für Arten wie Hohltaube und Raufußkauz von Bedeutung sind.

Die heimischen Spechte lassen sich in zwei Gruppen untergliedern. vornehmlich schwarz-weiß gefärbte Arten mit kleineren Rot- oder Gelbanteilen (zum Beispiel Dreizehenspecht) und hauptsächlich grüngelblich gefärbte Arten. Letztere sind durch Grün- und Grauspecht vertreten, die insbesondere Ameisen am Boden suchen und deshalb auch als „Erdspechte“ bezeichnet werden.

Der Schwarzspecht bevorzugt älteren Laub- und Mischwald mit alten Buchen oder Nadelhochwald, meist in größeren Waldgebieten. In Mitteleuropa ist er weit verbreitet und oft nicht selten. Gelegentlich findet man im Wald an der Stammbasis länglich aufgemeißelte Fichten, die regelmäßig an Rotfäule leiden. Dies sind typische Fraßspuren des Schwarzspechtes, der Rossameisennester ausnimmt, die im Kernholz der Fichte siedeln.

Der Grauspecht ist eher selten und in Mitteleuropa vorwiegend im Süden zu finden. Er besiedelt Laub- und Nadelwälder, gerne mit vielen Lichtungen, Waldrändern, Auwald und Parks, außerhalb der Brutzeit auch Gärten und baumbestandene Riede, wo er zusammen mit dem Grünspecht vorkommt. Im Gebirge findet man ihn in größeren Höhen als den Grünspecht. Der weitverbreitete und häufigere Grünspecht bevorzugt tendenziell offenere Gehölzsituationen wie Waldränder und Lichtungen, Haine, Streuobstwiesen, Parks, große Gärten, offenes Gelände mit eingestreuten Bäumen oder Weinberge. Er bevorzugt allgemein Laubwald.

Grauspecht, adultes Männchen
nur Männchen rot
Iris rötlich
hell
schmal
ungebändert

Pirole – *Oriolidae*

Pirole sind eine vor allem in den Tropen Asiens und Afrikas verbreitete Familie mittelgroßer, drosselähnlicher, schlanker, oft sehr farbenprächtiger (gelb, schwarz, grün, braun, rot), waldbewohnender Vögel. Sie besitzen kurze, kräftige, leicht abwärts gebogene Schnäbel, kräftige Beine und lange, spitze Flügel. Weibchen sind weniger farbig gezeichnet als die Männchen und oft unterseits gestrichelt. Ihr Flug ist kräftig, fördernd und geht in langen Wellen vonstatten. Pirole ernähren sich vor allem von Früchten und Insekten. Ihre Gesänge sind vielfältig, pfeifend und kurz, während ihre Rufe krächzend klingen.

Der bei uns in Auwäldern brütende Pirol ist ein spät heimkehrender Langstreckenzieher, der den Winter in Afrika verbringt. Die Erstankunft liegt in Süddeutschland zwischen dem 3. und 8. Mai. Das Pirolnest wird kunstvoll in einer Astgabel aufgehängt und ausschließlich vom Weibchen gebaut. Die ersten Fäden werden mit Speichel angeklebt. Das Außennest besteht aus Bastfasern, Schnüren, Schafwolle, Gespinsten aller Art, Stofffetzen, Grashalmen, Birkenrinde oder Moos. Dieses Nistmaterial wird aus bis zu 2 km Entfernung eingeflogen. In einigen (Au)Waldgebieten sind die melodischen Pfiffe oft zu hören, die Urheber bekommt man trotz der auffälligen Färbung jedoch nur mit Mühe zu Gesicht.

Würger – *Laniidae*

Würger sind ungesellige, mittelgroße, kräftige Singvögel offener Landschaften. Die zum Teil sehr melodischen Gesänge hört man selten. Eher findet man sie prominent auf einem Pfahl oder einer Buschspitze sitzend und von dort über ihr Territorium wachend. Typisch sind der große Kopf und der lange Schwanz. Ihre kräftigen Schnäbel besitzen am Oberschnabel einen Haken, der zur Bearbeitung der tierischen Nahrung dient. Die kräftigen Füße sind klauenbewehrt und werden zum Festhalten der Beute genutzt. Ihre Unterseiten sind bis zur Kehle weißlich, was schon von Weitem auffällt und der energiesparenden Revierverteidigung dient. Typisch sind dunkle Federränder auf der Unterseite, die bei manchen Arten und Kleidern ein typisches Schuppenmuster bilden. Von ihren Ansitzen unternehmen sie Jagdflüge auf ihre Beute, welche die eigene Körpergröße erreichen kann und in erster Linie aus Mäusen, Kleinvögeln, Reptilien und Großinsekten besteht.

Der Flug der Würger ist oft niedrig, in langen Wellen mit Aufwärtsschwung auf die Sitzwarte, wobei die weißen Abzeichen in Flügel und Schwanz aufblitzen. Bei zu starker Annäherung lassen sich Würger senkrecht von ihrer Sitzwarte fallen, um dann niedrig über den Boden in langen Wellen fliegend zu entschwinden.

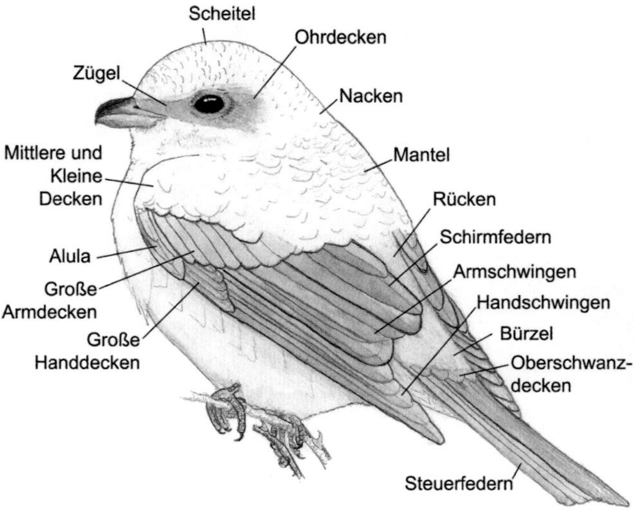

Topographie eines Würgers.

Würger, hier ein Neuntötermännchen, legen Nahrungsvorräte an, indem sie ihre Beutetiere auf Dornen oder Stacheldraht aufspießen. Eine Eigenschaft, die der Familie den wenig schmeichelhaften deutschen Namen eingebracht hat. Das Aufspießen erleichtert zudem die Bearbeitung der Beute, denn für größere Beute reicht die Kraft der Beine als Gegendruck nicht aus. Insekten werden erst dann aufgespießt, wenn der Vogel satt ist. Sie sind an Regentagen oder in den frühen Morgenstunden, wenn nur wenige Insekten aktiv sind, eine willkommene Nahrung. Das Aufspießverhalten ist angeboren, muss jedoch in den Feinheiten erst trainiert werden. Man hat junge Neuntöter beobachtet, die in ihrer Unerfahrenheit zarte Beute an den Dornen zerreißen oder sich in die Mundhöhle stechen. Erst nach dem 13. bis 19. Tag nach dem Ausfliegen haben die jungen Neuntöter das Aufspießen vollständig erlernt. Wegen des schwierigen Nahrungserwerbes werden junge Würger auffallend lange betreut.

Bei vielen Würgerarten sind die Geschlechter gleich gefärbt, nicht so jedoch bei der bei uns häufigsten Art, dem Neuntöter. Hier sind die Männchen deutlich klarer und mit kräftigeren Farben gezeichnet. Das Weibchen zeigt sich (links) hingegen eher in Brauntönen mit einer kräftig geschuppt wirkenden Unterseite.

Der einstmals weitverbreitete Raubwürger ist in vielen Gegenden nur noch ein Wintergast aus nördlicheren Regionen. Für seinen Rückgang sind keine klimatischen Ursachen verantwortlich zu machen, sondern ausschließlich Landschaftsveränderungen. Hierzu zählen Entwässerungen von Mooren, Verlust von Heiden beispielsweise durch Wiederaufforstung, Intensivierung der Grünlandnutzung, Umwandlung von Extensivgrünland in Ackerland und Ausräumung der Landschaft. Man findet den Raubwürger bei uns vorwiegend auf Moor- und Heideflächen mit Baumgruppen und in weiter Feldflur. Beim kräftig gebauten Raubwürger sind beide Geschlechter gleich. Die Art zeigt sich besonders bei sonnigem Wetter, bei dem die Tiere oft prominent auf einer Buschspitze sitzen und weiß von der Sonne angeleuchtet, ihr Revier allein durch ihre weithin strahlende Präsenz verteidigen.

Im Mittelmeerraum trifft man auf den hier vielerorts häufigen Rotkopfwürger. Einstmals brütete diese hübsche Art auch in Südwestdeutschland, verschwand jedoch aufgrund von Habitatzerstörung. Man fand ihn bei uns vor allem in Obstgärten, angrenzend an Offenland und bevorzugt in warmen Gegenden, wo es genügend Großinsekten gab.

Krähenverwandte – *Corvidae*

Krähenverwandte sind eine vielgestaltige Gruppe mittelgroßer bis sehr großer Singvögel. Der Kolkrabe ist der größte Singvogel überhaupt. Viele Arten sind sehr intelligent und anpassungsfähig. In unserer Region gibt es zwei Gruppen. Zum einen die mehrfarbigen Häher und Elstern und zum anderen die einheitlich schwärzlichen Arten der Gattungen *Corvus* und *Pyrrhocorax*. Allen Arten ist ein recht kräftiger, oft langer Schnabel gemeinsam, oft mit angedeutetem Hakenschnabel. Die Nasenlöcher sind bei den meisten Arten von borstigen Federn bedeckt. Der Flug ist oft kräftig, geradlinig und lässig mit bedächtigen Flügelschlägen. Alpendohlen sind beispielsweise wahre Flugakrobaten, während kurzflügelige Arten wie der Eichelhäher eher flapsig fliegen. Viele Arten sind Allesfresser, die sich sowohl von tierischer als auch pflanzlicher Kost ernähren. Einige Arten wie Kolkrabe, Raben- und Nebelkrähe verschmähen auch Aas und Abfälle nicht. Andere Krähenverwandte wie Eichel- und Tannenhäher sind an den Verzehr selbst gesammelter Nüsse angepasst. Viele Arten sind gesellig, besonders bei der Nahrungssuche und am Schlafplatz; zum Beispiel sind Saatkrähen und Dohlen Koloniebrüter. Rabenvögel sind monogam und oft lebenslang verpaart.

Kolkraben besiedeln große Waldgebiete, Gebirge und Küstenklippen, während man Rabenkrähen in Gehölzen, offener Kulturlandschaft, sonstigen offenen Landschaften, Dörfern, Parks und Städten findet. Saatkrähen suchen ihre Nahrung am Boden in der Kulturlandschaft. Im Gegensatz zum Kolkraben, der gerne auch auf Felsen nistet, und der Rabenkrähe, die einzelne Baumnester errichtet, brütet die Saatkrähe in großen Kolonien auf Baumnestern, gerne in menschlicher Nähe, aber nicht immer zur Freude der Anwohner. Generell bieten nur die schwarzen Rabenvögel Bestimmungsprobleme.

Die Rabenkrähe entspricht in der Größe etwa der Saatkrähe und ist somit deutlich kleiner als der Kolkrabe. Im Vergleich zu jungen Saatkrähen ist der Schnabel kräftiger, stumpfer und an der Spitze deutlich abwärts gebogen.

Rabenkrähen sehen Saatkrähen im Flug sehr ähnlich. Sie fliegen etwas lässiger, die Flügel sind ein wenig kürzer und breiter und zudem gleichmäßig breit. Das Schwanzende ist stumpf gerundet, nicht keilförmig. Der Kolkrabe wirkt deutlich langflügeliger und der Kopf steht bei der Rabenkrähe weniger hervor als beim Kolkraben.

Junge Rabenvögel haben einen etwas weniger kräftigen Schnabel als die Altvögel. Bei der hier abgebildeten jungen Rabenkrähe sind zudem noch der bei allen Jungvögeln vorhandene geschwollene Schnabelwinkel und die aufgehellte Iris zu erkennen.

Als Altvogel ist die Saatkrähe mit ihrer unbefiederten weißen Hautpartie am Schnabelgrund unverkennbar. Die Stirn ist oft steiler als bei der Rabenkrähe. Der Scheitel ist spitzer und der Nacken kürzer. Der weiße Schnabelgrund bildet sich erst im Februar bis Mai des zweiten Kalenderjahres heraus. Bis dahin sollte man den Krähen genau auf den Schnabel sehen: Der First ist gerade und gleichmäßiger verjüngt und die Schnabelspitze ist schlanker als bei der Rabenkrähe. Auch das heisere, hohe, lang gezogene „kraah" unterscheidet sich deutlich von dem hart rollenden, krächzenden „krra krra krra" der Rabenkrähe.

Die Flügelschläge der Saatkrähe sind tiefer und elastischer als die der Rabenkrähe, das Schwanzende ist mehr gerundet, fast keilförmig. Der Handflügel ist im Durchschnitt länger mit einer schmaleren Flügelspitze und der Flügelansatz ist schmaler als bei der Rabenkrähe.

Der Schnabel des Kolkraben ist sehr kräftig. Auffällig ist auch die zottig abstehende Kehlbefiederung, die aussieht, als wäre sie mit Haargel gestriegelt.

Der Kolkrabe hat eine sehr charakteristische Flugsilhouette. Die Flügel sind lang und im Handflügel eher schmal und lang. Die Halspartie steht weit hervor. Der kräftige Schnabel ist auch im Flug gut zu erkennen. Das Schwanzende ist keilförmig. Wird der Schwanz gespreizt, wie auf dem Bild, so wirkt er eher rund. Im Streckenflug sind die Flügelschläge entspannt, tief, elastisch und sehr fördernd. Dabei wird der Handflügel nach hinten abgewinkelt. Gleitend hält er die Flügel waagerecht oder leicht gesenkt. Dabei lässt er regelmäßig sein weit hallendes, raues, kehliges „krok-krok-krok" hören. Rabenvögel haben im Spätsommer sehr auffällige Mauserlücken, welche die Kontur völlig verändern können. Typisch ist, wie hier auf dem Bild, ein an der Basis eingeschnürt wirkender Handflügel, der dadurch entsteht, dass die Mauser am inneren Handflügel beginnt und sich zur Flügelspitze hin fortsetzt.

Die Dohle brütet gerne in unmittelbarer Nähe zum Menschen, in allen möglichen Höhlungen wie etwa Schornsteinen, Mauerlöchern, aber auch in Baumhöhlen alter Laubbäume. Oft sieht man sie paarweise beieinandersitzen, gerne auch in Gruppen. Im Winter mischen sie sich oft unter Saatkrähen. Die kleinere Größe, die gedrungene Gestalt, der graue Nacken, die helle Iris, der proportional kleinere Schnabel und die typischen „kjä"- oder „kjak"-Rufe unterscheiden sie von ihren größeren Verwandten.

Im Flug unterscheidet sich die Dohle von den Krähen durch schnellere, tiefere Flügelschläge und durch proportional etwas längere, schlankere Flügel. Der kurze Hals und der kurze Schnabel geben ihr ein sehr kompaktes Aussehen. In der Gruppe fliegt die Dohle dichter beieinander als die Rabenkrähe.

Die Alpendohle brütet nur in hohen unzugänglichen Lagen im Gebirge. Hier trifft man sie auf der Nahrungssuche an Skihütten, Gasthäusern und Almhütten, wo sie erstaunlich zutraulich ist und oft aus der Hand frisst. Alpendohlen sind sehr gesellig, rastlos und wirbeln häufig in dichten Trupps akrobatisch um die Gipfel. Ihr nahe verwandt ist die Alpenkrähe, adult durch einen langen roten Schnabel charakterisiert. Die Alpenkrähe kommt allerdings nicht in Mitteleuropa vor; im Gegensatz zur Alpendohle findet man sie auch in tiefen Lagen auf den Britischen Inseln und in Südeuropa.

Ihre besondere Intelligenz hilft Rabenvögeln versteckte Dinge wiederzufinden. Auf diese Weise können sie große Vorräte anlegen. Ein ganz besonderes Gedächtnistraining betreibt der Eichelhäher: Bis zu zwölf Eicheln kann er in seinem äußerst dehnbaren Kropf transportieren. Diese versteckt er in selbst gehackten Erdlöchern, die anschließend wieder mit Laub und Erde bedeckt werden. Dabei achtet er darauf, ungesehen zu bleiben, um das Versteck nicht zu verraten. So werden jeden Herbst Tausende Eicheln vergraben. Da er nicht alle Verstecke wieder ausfindig macht, trägt er somit zur Verjüngung der Eichenwälder bei.

Auch bei der Elster ist das Ortsgedächtnis besonders ausgeprägt. Elstern können sogar ihr Spiegelbild erkennen. In Versuchen fingen sie an, auf dem Spiegelbild entdeckte Verschmutzungen an sich zu beseitigen! Der abgebildete Vogel ist ein Jungtier; erkennbar ist dies am hellen Schnabelwinkel, blauen Ohrfleck und etwas subtiler, am kürzeren Schwanz und Schnabel als bei adulten Elstern.

Beutelmeisen – *Remizidae*

Diese weltweit nur zehn Arten umfassende Familie besteht aus sehr kleinen Vögeln mit kleinen, spitzen Schnäbeln. Die Nahrung wird gerne mit dem Fuß gehalten und zum Schnabel geführt. Auf der Nahrungssuche sieht man Beutelmeisen regelmäßig kopfüber hängend. Namensgebend für die Familie sind ihre auffälligen, großen, beutelartigen Nester aus filzigem Gewebe.

Die Beutelmeise ist der einzige Vertreter ihrer Familie in Europa. Meistens wird man durch ihren lang gezogenen, hauchfeinen, sehr hohen Ruf auf sie aufmerksam. Sie ist in Mitteleuropa lückenhaft verbreitet und meistens ein wenig häufiger Brut- und Sommervogel in Schilf- und Weidendickichten mit Erlen und Pappeln, gerne in der Nähe von Fluss- und Seeufern. Den Winter verbringt sie im nördlichen Teil des westlichen Mittelmeergebietes.

Neueinwanderer auf dem Rückzug: die Beutelmeise in Mitteleuropa

In Mitteleuropa war die Beutelmeise ursprünglich nur im Osten zu finden. Seit 1930 eroberte sie sich in mehreren, zum Teil sprunghaften Ausbreitungswellen auch das westliche Europa. Die Beutelmeise hat offensichtlich von der zunehmenden Eutrophierung der Landschaft mit erhöhtem Nahrungsangebot, beispielsweise durch die Förderung der Mehligen Pflaumenblattlaus in eutrophierten Röhrichten, profitiert. Daneben entstanden zunehmend verbuschte Strukturen in Grünländern an Gewässerrändern oder durch Übergangsbiotope wie Kiesgruben. Schließlich werden die neu erschlossenen Überwinterungsgebiete im Westen des Verbreitungsgebietes mit geringer Wintersterblichkeit als Ausgangspunkt für Neuansiedlungen angenommen.

Die Hauptschübe der Ausbreitung erfolgten nach Phasen hoher Produktivität, also nach warmen Sommern. Danach besiedelten umherstreifende Jungvögel und auf dem Zug „hängengebliebene" Altvögel neue Lebensräume.

Seit Anfang der 1990er Jahre bewirkte ein geringer Bruterfolg, dass die Brutbestände in Mitteleuropa wieder zurückgehen. Der geringe Bruterfolg wurde ausgelöst durch niederschlagsreiche Sommer und den Rückgang der Blattlausnahrung, eine reduzierte Einwanderung aus den Kerngebieten im östlichen Mitteleuropa, abnehmende Gewässereutrophierung durch verbesserte Klärung der Abwässer und zunehmende Ansiedlung in der Nähe der Überwinterungsgebiete in Südwesteuropa.

Das Nest wird von der Beutelmeise an den äußersten Zweigen von Weiden, Pappeln, Birken oder ähnlichen Laubbäumen, gerne über dem Wasser errichtet. Zunächst wickelt das Männchen Samenhaare von Pappeln und Weiden, aber auch Tierhaare und Bastfasern als Aufhängung um geeignete Äste. Anschließend wird die Aufhängung zu einem Ring verbunden und zum Henkelkorbstadium ausgebaut. Oft baut ein Männchen mehrere solche Nester, die es dann bebalzt. Findet sich schließlich eine Gemahlin ein, wird eines der Nester gemeinsam zum vollständig geschlossenen Beutel mit seitlichem Eingang ausgebaut. Zuweilen finden sich auch beide Partner gleichzeitig im Brutgebiet ein, was dem Männchen einigen Werbeaufwand erspart.

Meisen – *Paridae*

Meisen zählen zu den am leichtesten zugänglichen Arten, da einige Arten die häufigsten unserer Vogelwelt sind, sie um Haus und Hof regelmäßig brüten und nach Nahrung suchen und nicht zuletzt, weil sie fleißige und oft wenig scheue Futterstellenbesucher sind. Viele Meisen sind auffällig gefärbt und können leicht bestimmt werden. Die Familie besteht aus kleinen, agilen, keck wirkenden, großköpfigen Vögeln mit kurzen kräftigen Schnäbeln und Beinen. Viele Arten ernähren sich von Insekten, sind aber allgemein vielfältig und lernfähig, nutzen im Winter auch Samen, Nüsse und Beeren. Sie sind überwiegend Standvögel. Meisen bevorzugen Gehölze, worauf auch ihre kurzen runden Flügel hinweisen. Diese machen sie im Astwerk sehr manövrierfähig, eignen sich jedoch wenig für weite Zugstrecken. Ihre Flugweise ist etwas kraftlos, wenig fördernd, ruckartig, wellenförmig und besonders charakteristisch bei Blaumeisen ausgeprägt. Sie suchen gleichermaßen im Astwerk, an Stämmen, in Büschen und seltener am Boden nach Nahrung. Ihre kräftigen Beine machen sie zu geschickten Kletterern. Oft sieht man sie kopfüber an Ästen hängend oder auf ihre Nahrung einpickend, während sie sie in den Füßen festhalten.

Meisen sind sehr gesellig, oft in kleinen Familiengruppen unterwegs, im Winter in gemischten Trupps, denen sich andere nicht näher verwandte Arten wie Kleiber oder Kleinspecht anschließen. Meisengesänge kündigen schon im Spätwinter das Frühjahr an und sind sehr laut und weittragend, oft einfach strukturiert, aber bei einigen Arten wie der Kohlmeise sehr vielfältig.

Alle Meisen sind Höhlenbrüter und deshalb besonders häufig in alten Wäldern. Gerne werden auch Nistkästen angenommen. Nur wenige Arten wie die Weidenmeise sind in der Lage, sich in weichem Substrat angefangener Spechthöhlen oder morscher Baumstümpfe eigene Höhlen zu zimmern.

Die Geschlechter der meisten Meisenarten sind einander recht ähnlich und nur bei wenigen Arten einfach zu unterscheiden. Bei der Kohlmeise ist das am einfachsten, denn das Männchen (links) besitzt im Gegensatz zum Weibchen (rechts) einen breiten Bauchstreif. Es gibt keine jahreszeitliche Variation im Gefieder.

Die Tannenmeise gehört in den Nadelwäldern Mitteleuropas zu den häufigsten Vogelarten. Oberflächlich betrachtet ähnelt sie mit dem bleigrauen Mantel und der braunweißen Unterseite einer zierlicheren, ausgeblichenen Version der Kohlmeise. Das charakteristischste Feldkennzeichen ist neben der blassen Färbung der im Vergleich zur Kohlmeise deutlich größere weiße Nackenfleck. Oft wird man auf den kleinen Vogel erst durch sein hoch von den Baumwipfeln aus vorgetragenes „wize wize wize" aufmerksam.

Blaumeisen sind sehr gewandte Zweigturner, die gerne kopfüber hantieren. Kaum eine andere Meise geht auch die Meisenknödel derart konsequent hängend von unten an. Im Frühjahr, bevor die Insekten in größerer Masse erscheinen, behelfen sich Blaumeisen gerne mit Pollen und Nektar früh blühender Bäume wie der Weide hier im Bild. Sie können mit ihren winzigen Schnäbeln empfindlich zwicken, was jeder Vogelberinger bestätigen kann, und sich somit gegenüber gleich großen Konkurrenten erfolgreich durchsetzen. Gegenüber den größeren Kohlmeisen ziehen sie jedoch oft den Kürzeren. Deshalb treten sie nur bei reichlichem Höhlenangebot, wie in alten Wäldern, nachweisbar häufiger auf.

Die Haubenmeise ist in unseren Nadelwäldern häufig, macht aber oft nur durch ihren hohen, trillernden Ruf auf sich aufmerksam, da sie sich die meiste Zeit im Kronenraum der Nadelbäume aufhält.

Auf den zweiten Blick machbar: Die Unterscheidung von Sumpf- und Weidenmeise

Sumpf- (rechts) und Weidenmeise (links) sind verbreitete Jahresvögel, gerne in Laubwäldern und Weichholzauen, die Weidenmeise auch in den Bergwäldern. Beide Arten sind zwar von ihrer Gestalt her klassische Meisen, ihr Gefieder weicht aber sowohl hinsichtlich der graubraunen und cremefarbenen Tönung als auch im Fehlen jeglicher Zeichnung deutlich von Kohl-, Blau- und Tannenmeise ab. Nicht nur für den Anfänger sehen sich beide Arten sehr ähnlich. Es handelt sich um ein klassisches Zwillingsartpaar, das sich erst im Laufe der Eiszeiten herausgebildet hat, als zwei Populationen der gleichen Art durch die Vergletscherungen voneinander getrennt wurden. Das einfachste Unterscheidungsmerkmal ist die Stimme. Die Sumpfmeise ruft hoch und niesend „pitschu". Dagegen ruft die Weidenmeise laut, tief, lang gezogen und gequetscht scheltend „zi-däh-däh". Die Unterschiede im Gefieder sind weniger auffällig: Die Weidenmeise ist etwas großköpfiger, dickhalsiger, hat einen größeren schwarzen Kinnfleck, reineres Weiß an den Halsseiten und eine weiter auf den Nacken ausgedehnte, mattschwarze Kopfplatte. Bei der Sumpfmeise ist die Kopfplatte hingegen glänzend, reicht im Nacken nicht so weit hinunter und der schwarze Kehlfleck ist kleiner und scharf abgegrenzt. Das markanteste Unterscheidungsmerkmal der Weidenmeise zur Sumpfmeise sind die hellen Kanten der Armschwingen und Schirmfedern, die ein helles Feld bilden, das bei der Sumpfmeise höchstens im frischen Gefieder angedeutet ist. Zudem zeigt die Weidenmeise hellere Schwanzaußenkanten. Als Meisen machen sie es dem Beobachter mit ihrer steten Unrast nicht leicht, diese Merkmale in Ruhe festzustellen.

Lerchen – *Alaudidae*

Die Haubenlerche ist ein typischer Vertreter der Lerchen. Allgemein sind Lerchen kleine bis etwas größere, sich vor allem am Boden aufhaltende Vögel offener Landschaften. Sie suchen oft in geduckter Haltung am Boden nach Fressbarem. Ihre Nester legen sie am Boden an. Das oberflächlich betrachtet recht schlichte Gefieder ist bei vielen Arten überwiegend bräunlich und deutlich gestreift oder sandfarben und nur wenig gemustert. Wie Pieper und Stelzen haben Lerchen lange Schirmfedern, die im geschlossenen Flügel die Handschwingen vollständig bedecken. Nicht alle Arten zeigen eine so ausgeprägte Federhaube wie die Haubenlerche. Oftmals ist sie durch einen struppig aussehenden Hinterscheitel nur angedeutet. Aufgrund der Tarnfärbung und der häufig geduckten Haltung sind selbst große Lerchenansammlungen nur schwer am Boden zu entdecken. Die meisten Arten sind außerhalb der Brutzeit gesellig und bilden dann zuweilen große Schwärme, die auf Getreide- und Stoppelfeldern nach Nahrung suchen.

Die Geschlechter der Lerchen unterscheiden sich in der Gefiederfärbung nicht. Junge Lerchen, wie die hier abgebildete Heidelerche, sehen während der ersten Wochen eher geschuppt oder gefleckt aus, lassen sich jedoch nach der Herbstmauser kaum mehr von den Altvögeln unterscheiden.

Die unverkennbare Ohrenlerche brütet in Gebirgen oberhalb der Baumgrenze, auf alpinen Mooren und auf trockenem, steinigen Gelände in Skandinavien. Bei uns ist sie ausschließlich Wintergast und hier vor allem an den Küsten zu finden. Dort bevorzugt sie Salzwiesen, besonders Quellerbestände an der Nordsee.

Lerchen können am wahrscheinlichsten mit den ähnlich gefärbten Piepern verwechselt werden. Diese sind jedoch schlanker, langbeiniger, langschwänziger, haben einen dünnen Schnabel und keine Haube. Lerchen findet man deutlich seltener auf Bäumen oder Drähten als Pieper, jedoch nutzen manche Arten wie die Heidelerche Büsche und Bäume als Singwarten.

Im Flug wirken Lerchen recht breitflügelig und kurzschwänzig. Die Flugweise ist im Streckenflug etwas zögerlich und wellenförmig, aber durchaus fördernd. Im Gegensatz zu vielen anderen Singvögeln ziehen Lerchen sowohl tagsüber als auch nachts.
Die meisten Lerchen haben abwechslungsreiche, wohltönende Gesänge, die vorwiegend im Flug vorgetragen werden. Auch die Kontaktlaute sind deutlich und werden vor allem im Flug und beim Auffliegen geäußert.

Im Offenland machen zwei Sänger auf sich aufmerksam: der in den Mooren und an den Küsten Norddeutschlands noch häufige Wiesenpieper und die in vielen Kulturlandschaften noch häufige Feldlerche. Beide Arten steigen singend mehr oder weniger senkrecht vom Boden auf, doch lässt sich der Wiesenpieper in rund zehn bis zwanzig Metern Höhe wieder singend fallschirmartig in eine schräge Bahn fallen. Die Feldlerche singt zum Teil über viele Minuten lang und ausdauernd, in großer Höhe, scheinbar ohne Pause. Dabei steigt sie singend nahezu senkrecht auf und steht schließlich am Himmel.

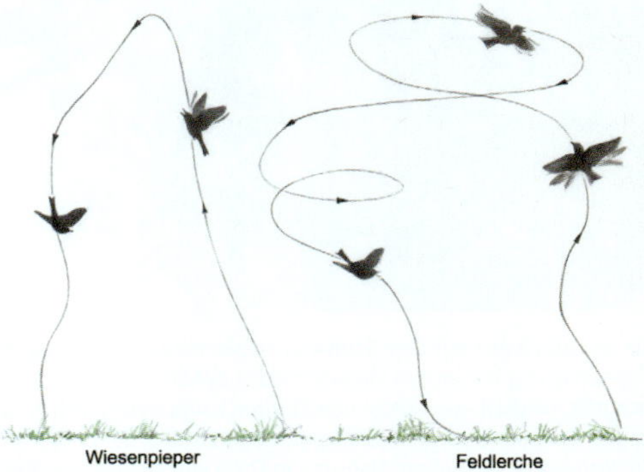

Schwalben – *Hirundidae*

Nur wenige Vogelgruppen dürften so in der Volksseele verankert sein wie die schnittigen, eleganten Schwalben, was nicht zuletzt darin begründet ist, dass die bei uns noch flächig verbreiteten Arten Rauch- und Mehlschwalbe menschliche Behausungen als Neststandorte wählen. Sie verbringen die meiste Zeit in der Luft, um fliegende oder windverblasene Insekten zu fangen. Ihre Körperform ist charakteristisch: Der Rumpf ist schmal, Hals und Schnabel sind kurz. Letzterer ist zum Zwecke der Insektenjagd breit und abgeflacht, sodass sich ein weiter Kescher bilden lässt. Die Beine sind sehr kurz, setzen weit hinten an und sind nicht dazu geeignet, lange Strecken zurückzulegen. Der Schwanz ist charakteristisch gegabelt, die äußersten Steuerfedern bei vielen Arten wie auch der Rauchschwalbe stark verlängert. Die Flügel sind lang und zugespitzt, um den schnellen, wendigen Flug zu ermöglichen. Im Gegensatz zu den Seglern (S. 313), denen sie aufgrund der Anpassung an ihre Lebensweise zwar ähneln, mit denen sie aber nicht näher verwandt sind, setzen sich Schwalben auch frei auf Drähte und andere exponierte Warten. Schwalben lassen sich durch ihre schlankere Gestalt, weniger sichelförmige Flügel, mehr flatternde, weniger kraftvolle Flugweise und im Falle von Rauch- und Rötelschwalbe, durch lange äußere Steuerfedern von Seglern unterscheiden. Schwalben singen recht gedämpft und wenig vielseitig, mit rauen und gequetschten Tönen, im Tempo teilweise zwitschernd und lebendig wie zum Beispiel die Rauchschwalbe.

Die meisten Schwalbenarten nisten in oder an Gebäuden, in Höhlen oder an Felswänden. Die Geschlechter sind bei Schwalben gleich. Rauch- und Mehlschwalben benötigen zum Bau ihrer Nester feuchten Lehm, den sie an Feldwegen mit dem Schnabel aufsammeln. Die Versiegelung der Böden durch Asphaltierung hat jedoch vielerorts dazu geführt, dass den Schwalben das Nistmaterial ausgeht, weshalb man sie in den Städten kaum noch antrifft. Rauchschwalben bevorzugen das Innere von Gebäuden, gerne Viehställe, die bei schlechtem Wetter auch zusätzlich leicht verfügbare Nahrung in Form von Fliegen bereithalten. Viele Stallungen sind jedoch heute geschlossen, sodass den Schwalben auch hier ein Mangel entsteht. Rauchschwalben mörteln nach oben offene Näpfe aus Lehm und Halmen, in denen sie zwei bis drei Mal im Jahr vier bis fünf Junge großziehen.

Auch die Mehlschwalbe mörtelt Nester an Hauswände, nutzt im Gegensatz zur Rauchschwalbe jedoch Außenwände, meistens unterhalb überhängender Dächer. Zudem sind die Nester bis auf ein Eingangsloch oben geschlossen. Oft findet man sie aneinandergereiht in Kolonien.

Die Uferschwalbe ist ebenfalls ein Koloniebrüter. Sie gräbt jedoch rund 30 bis 70 cm tiefe Röhren in sandige Wände, die sie ursprünglich an Steilküsten und an Flussufern fand. Dieser Lebensraum schwand jedoch im Zuge der Verbauung der Flüsse zusehends. Heute brüten viele Uferschwalben in Ton-, Sand- und Kiesgruben, die glücklicherweise weitverbreitet sind. Man kann der Uferschwalbe leicht helfen, indem geeignete Abbruchkanten von Zeit zu Zeit erneuert werden und indem keine Koloniestandorte zur Brutzeit abgebaut werden.

Eine Schwalbe macht noch keinen Sommer

Diese auf Äsop (6. Jh. v. Chr.) zurückgehende und von Aristoteles aufgegriffene Redensart warnt davor, erste Anzeichen für das Eintreten des Sommers oder anderer Begebenheiten zu nehmen. Der Heimzug der Rauchschwalben zieht sich in der Tat über mehrere Wochen hin, wobei sich Vögel aus den verschiedensten Regionen des riesigen Verbreitungsgebietes beobachten lassen. Selbst wenn die hiesigen Schwalben schon brüten, ziehen immer noch Vertreter nördlicher Populationen durch. Die lange Brutperiode der Schwalben führt immer wieder dazu, dass spät abziehende Trupps besonders im Alpenraum von Wintereinbrüchen überrascht werden. Die in der Folge entstehenden Bestandseinbrüche werden bald durch die hohe Reproduktionsrate wieder ausgeglichen. Viel dramatischer wirken sich intensive Massentierhaltung und fehlendes Brutmaterial sowie Nahrungsarmut in der ausgeräumten Landschaft aus.

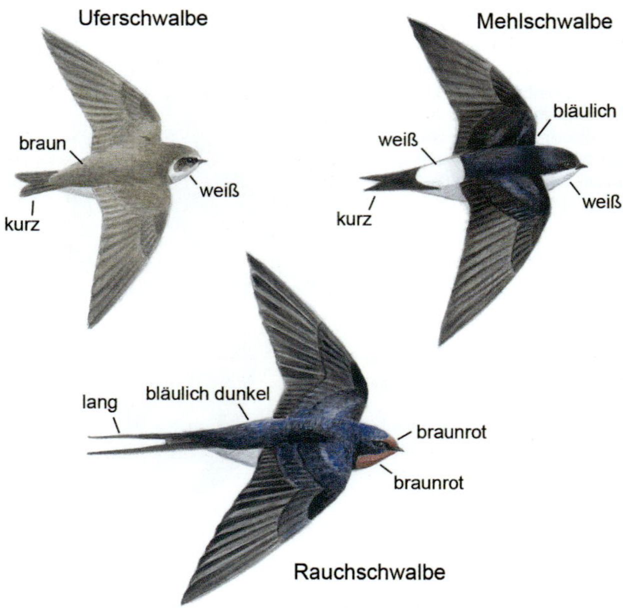

Die drei häufigsten Schwalbenarten unterscheiden sich durch Grundfärbung, Schwanzlänge, Bürzel-, Kehl- und Brustfärbung.

Schwalben, wie die hier abgebildeten Rauchschwalben, bilden kurz vor dem Wegzug und während des Zuges große Rastgemeinschaften. Besonders Oberlandleitungen sind bei allen Arten beliebt. Oft kann man bei solchen Rastansammlungen mehrere Arten beobachten, was hier auch bequem möglich ist, weil die einzelnen Schwalben wie zum Vergleich in Reih und Glied nebeneinander aufgereiht sind.

Bartmeisen – *Panuridae*

Die Geschlechter sind bei der Bartmeise sehr verschieden. Nur das hier abgebildete Männchen zeigt den charakteristischen Bart. Die Weibchen haben keinen blaugrauen, sondern einen braunen Kopf.

Die Bartmeise hat mit den zuvor beschriebenen echten Meisen bis auf ihre Bewegungsweise nicht viel gemeinsam. Sie ist der einzige Vertreter ihrer Familie. Bartmeisen sind sehr charakteristische kleine, gesellige Schilfbewohner mit kurzen Flügeln und langem Schwanz. Ihr Gefieder ist weich und flaumig, die einzelnen Federn sind kaum als solche zu erkennen. Der schwirrende, geradlinige Flug führt in der Gruppe knapp über die Schilfhalme hinweg. Bartmeisen sind stets gesellig und halten durch kurze, metallische Fühlungslaute in dem Halmgewirr miteinander Kontakt. Sie zu sehen, ist nicht immer einfach. Am besten man prägt sich zunächst die Rufe ein und versucht dann, in einem großen Schilfgebiet vom Weg aus die Rufe zu hören. Da Bartmeisen recht neugierig sind, verhilft das Klirren eines Schlüsselbundes zuweilen zur Sichtung der Schilfbewohner.

Bartmeisen bevorzugen große Schilfgebiete mit viel Altschilf, die ein Ausweichen bei Änderungen des Wasserstandes oder traditioneller Schilfmahd erlauben. Die quer liegenden Schilfhalme, die eine dichte Decke über dem Boden oder Wasser bilden, kommen der Wahl des Nistplatzes entgegen.

Bei hohen Siedlungsdichten und in harten Wintern weichen Bartmeisen in andere Schilfgebiete aus; eine Anpassung an den inselartig verteilten Lebensraum. In der Folge sind drastische Bestandsveränderungen mit sprunghaften Zunahmen und völligen Zusammenbrüchen in Abhängigkeit von Kältewintern und Bruterfolg typisch. Vor hundert Jahren waren in weiten Teilen Deutschlands und der Schweiz keine Brutnachweise bekannt. Erst im Laufe der 1950er Jahre etablierten sich in den neu entstandenen Polderschilfflächen in den Niederlanden sehr große Bartmeisenpopulationen, von denen jeweils im Herbst in der zweiten Hälfte des letzten Jahrhunderts Einflüge in die Schilfgebiete Mitteleuropas erfolgten. Zwar erloschen viele der neu gegründeten Populationen nach harten Wintern wieder, doch sind einige Gebiete wie die Schilfflächen des Bodensees seitdem kontinuierlich besiedelt.

Schwanzmeisen – *Aegithalidae*

Typisch für die Gruppe der Schwanzmeisen ist ein aufwendiger Nestbau. Das Nest wird außerordentlich stabil und sorgfältig gebaut und aus Spinnfäden, Flechten, Moos, dürren Grashalmen, Wolle und anderen feinen Materialen geflochten. Innen ist die Nestkugel mit einer dicken, mehrschichtigen Federpartie ausgekleidet. Bis zu 2000 Einzelfedern, insbesondere aus dem Kleingefieder, das besonders gut isoliert, werden verbaut. An dem perfekt wärmeisolierten Nest werkeln die Vögel bis zu drei Wochen.

Schwanzmeisen sind sehr kleine, langschwänzige, gesellige Arten. Sie sind Insektenfresser mit sehr hohem Energiebedarf. Bei Kälte wird eine Insektenmenge, die mehr als 80 % des Körpergewichts ausmacht, pro Tag vertilgt. In Europa ist nur eine Art beheimatet: die Schwanzmeise.

Schwanzmeisen suchen ihre Nahrung überwiegend an äußeren Zweigspitzen, wo ihr langer Schwanz ihnen gleich einer Balancierstange Gleichgewicht verleiht. Diese Region bleibt anderen Zweigsuchern unerschlossen, was der Schwanzmeise ihre Nahrungsressource sichert. Schwanzmeisen machen vor allem durch ihre Kontaktlaute auf sich aufmerksam. Außer zu Beginn der Brutzeit sind sie stets in kleinen Gruppen unterwegs, die sich gerne im Kronenraum aufhalten. Zwischen den Kronen wechseln sie im wenig fördernden, schwirrend ruckartigen Flug, bei dem sie wie Kugeln mit Stiel wirken.

Laubsänger – *Phylloscopidae*

Bei dieser Familie handelt es sich um sehr kleine, rastlose, meistens grünlich gefärbte, kurzschnäbelige Insektenfresser. Sie sind im Freiland schwer zu unterscheiden und stellen auch erfahrene Beobachter immer wieder vor Rätsel. Allerdings helfen die oftmals eindeutigen Gesänge und Rufe bei der Artbestimmung. Die Geschlechter sehen fast gleich aus. Die Nahrungssuche erfolgt im Kronenbereich und im äußeren Laubwerk, sodass man die kleinen Vögel oft kopfüber betrachten muss. Die Brut erfolgt in Bodennähe. Die Mehrzahl der über siebzig Arten brütet in Asien, sodass sich für Europa ein vergleichsweise übersichtliches Artenspektrum ergibt.

Die beiden häufigsten Arten sind Zilpzalp und Fitis. Der Gesang des Zilpzalps ist ab dem zeitigen Frühjahr überall zu hören und durch das einfältig und zuweilen etwas unregelmäßig zusammengesetzt wirkende „zilp zalp zalp zilp zalp zilp zilp zalp …" leicht zu merken. Dieser Meinung sind offenbar auch die Engländer, die dieser Art den Namen „Chiffchaff" gaben. Viel sprudelnder kommt der leicht wehmütige, buchfinkenähnlich beginnende, in hellen Tönen fließende und mit weichem, absterbendem Schnörkel endende Gesang des Fitis daher. Obwohl beide Arten auch nebeneinander vorkommen, bevorzugt der Fitis mehr lichtdurchflutete jüngere Gehölzstrukturen.

Brüten im Ofen

Perfekt getarnt: das Nest des Waldlaubsängers.

Zumindest die heimischen Laubsängerarten legen zur Jungenaufzucht in Bodennähe kugelige, nach oben geschlossene Nester mit Seiteneingang an, die immer wieder mit kleinen Backöfen verglichen werden. Die vier bis sechs Jungen der ersten Brut (die zweite Brut ist wie bei so vielen Singvögeln weniger umfangreich) werden mit kleinen Insekten, Insektenlarven und Spinnen versorgt. Obwohl sich zumindest der Zilpzalp im Frühjahr in Form von Pollen gerne an pflanzlicher Kost gütlich tut, halten sich die Laubsänger im Herbst, im Gegensatz zu den Drosselvögeln, weitgehend von Beerenfrüchten fern.

Zilpzalp und Fitis optisch zu unterscheiden, ist ein anspruchsvolleres, wenn auch bei Weitem nicht unmögliches Unterfangen. Die Hauptschwierigkeit liegt in dem Erkennen der Merkmale, was durch die wespenartige Umtriebigkeit dieser ständig durchs Blattwerk wuselnden Insektenfresser erschwert wird.

Häufiges Schwanzschlagen gibt einen ersten Hinweis, dass man einen Zilpzalp vor sich hat. Da der Fitis ein Langstreckenzieher ist, hat er eine deutlich längere Handschwingenprojektion als der Zilpzalp, der im Mittelmeerraum oder in milderen Wintern auch in Mitteleuropa überwintert. Die Beinfarbe ist beim Fitis heller und nicht schwarz oder dunkelbraun wie beim Zilpzalp. Im Durchschnitt hat der Fitis einen längeren und deutlich helleren Überaugenstreif sowie dazu kontrastierend dunklere Zügel und Augenstreife, sodass ein markanter Gesichtsausdruck entsteht. Direkt unter dem Auge ist das Gesicht eher hell statt gleich dunkel, wodurch die dunkle untere weiße Augenringhälfte beim Zilpzalp hervorgehoben wird. Besonders im Herbst im frischen Gefieder erscheint der Fitis mit sauberen, kräftigen Gelbtönen, während besonders junge Zilpzalpe mit unordentlich, dunkelolivgrünem Gefieder daherkommen. Wichtig ist, möglichst viele Merkmale zu erkennen, da die Einzelmerkmale nicht immer zur eindeutigen Bestimmung ausreichen. Die Rufe der beiden so ähnlichen Arten hören sich so ähnlich wie „huit" an und nach einiger Übung ist man auch in der Lage, die weichere zweisilbige Variante des Fitis herauszuhören.

Ab April macht der Waldlaubsänger im hochstämmigen, schattigen, aber trotzdem recht offenem Laub- und Mischwald, vorzugsweise in unterholzarmen Buchenwäldern, durch seinen im Nähmaschinentakt schwirrend vorgetragenen Gesang auf sich aufmerksam. Der Gesang besteht aus einzelnen „zipp"-Lauten, die in ein sich beschleunigendes, metallisches Schwirren übergehen. Daneben wird ein klagendes, lang gezogenes „Tüh" geäußert; regelmäßig auch in einer intensiver werdenden Serie. Gelingt es den Sänger, der sich oft im Kronenbereich aufhält, auszumachen, fällt die silberweiße Unterseite auf, die zur zitronengelben Kehle kontrastiert. Der Vogel hüpft gerne in etwas geduckter Haltung wie eine Gartengrasmücke durch das Geäst.. Die breiten Schultern zusammen mit dem breiten, kurzen Schwanz und der langen Handschwingenprojektion lassen die Art von unten dreieckig erscheinen. Von oben wirkt er satt grünlich. Der Überaugenstreif ist lang, kräftig zitronengelb, und kontrastiert zu einem markant graugrünen Augenstreif.

In der Alpenregion trifft man besonders in lichten Kiefernbeständen, auf sonnigen Hängen oder in schottrigen Flussauen auf den Berglaubsänger, der dem Waldlaubsänger etwas ähnlich sieht. Sein Gesang ist ein unauffälliger, stotternder, kurzer, etwas lustlos dahinplätschernder Triller „tji tji tji tji tji", der etwas an den Grünfinken- oder Zaunammergesang erinnert. Das markanteste Merkmal ist sein freundlich offener Gesichtsausdruck, der durch einen undeutlichen Überaugenstreif in Kombination mit einem blassen, hellen Zügel zustande kommt und in dessen blassem graubraunen Grundton die dunklen Knopfaugen deutlich hervortreten. Die Flügeldecken und Schwungfederränder bilden durch grüngelbe Ränder ein auffälliges Feld. Die Handschwingenprojektion ist eher kurz und die Grundfärbung hellbraun-grau, die Unterseite einschließlich der Kehle ist weißlich. Dazu kontrastiert der gelbliche Bürzelbereich. Die Beine sind hell wie beim Fitis.

Grassänger – *Megaluridae*

Diese Familie ist Mitteleuropa durch die Gattung der Schwirle (*Locustella*) vertreten. Es handelt sich um die am wenigsten bekannten, sehr heimlich lebenden und somit die am schwierigsten zu beobachtenden Zweigsänger unserer Region. Schwirle sind rohrsängerähnliche Insektenfresser mit breiten abgerundeten Schwänzen („Biberschwanz") und langen Unterschwanzdecken, die fast den gesamten Unterschwanz bedecken. Ihre Gesänge sind oft insektenartig und werden auch nachts vorgetragen. Sie leben in dichter Vegetation, wo sie sich häufig bodennah hüpfend oder wie Mäuse laufend gerne mit gestelztem Schwanz fortbewegen, nicht jedoch kletternd wie die ähnlichen Rohrsänger. Sogar Zweige und Halme werden eher laufend entlang marschiert. Die Geschlechter sind weitestgehend gleich gefärbt.

In unserer Region brüten drei Arten. Alle ziehen nachts nach Afrika südlich der Sahara. Wenn sie nicht singen, wird man sie höchstens einmal ein kurzes Stück flach auffliegend sehen, nachdem man fast auf sie getreten ist.

Der Feldschwirl ist die häufigste und am weitesten verbreitete Schwirlart. Er lebt in offenem Gelände mit dichter Krautschicht, wo er von höheren Warten seinen insektenartigen, oft über zehn Minuten vorgetragenen, schwirrenden Gesang hören lässt, besonders intensiv in der Morgen- und Abenddämmerung. Die etwas klappernden Elemente des Gesangs sind noch hörbar voneinander abgesetzt. Durch Wenden des Kopfes schwillt die Lautstärke an und ab. Während des scheinbar ununterbrochen vorgetragenen Gesanges, von dem schon Strophenlängen von 110 Minuten registriert wurden, macht der Schwirl im Durchschnitt alle halbe Minute eine winzige Atempause. Im Gegensatz zum Rohr- und Schlagschwirl ist er oberseits stark gestreift und gestrichelt. Bei der Nahrungssuche bewegt sich der Feldschwirl rallenartig laufend durch die Vegetation und pickt Kleintiere von den Pflanzen ab. Sogenanntes Fußtrillern hilft ihm, Kleintiere im Gras in Bewegung zu versetzen.

Der Rohrschwirl besiedelt dichte Schilfbestände mit Altschilf, das er als Singwarte benötigt. Sein Gesang besteht aus noch dichter als beim Feldschwirl gereihten Elementen, die ein tieferes, mechanisch, hart schnurrendes Geräusch erzeugen. Der Rohrschwirlgesang tönt auf „ö", während der Feldschwirlgesang auf „i" betont ist. Beim Rohrschwirl verschmelzen die Einzellaute zu einem Klangteppich, beim Feldschwirl kann man die einzelnen Töne noch heraushören. Man trifft den Rohrschwirl besonders regelmäßig in Ostdeutschland oder im Wollmatinger Ried am Bodensee an. Durch seine ungestreiftes Gefieder und die warmbraune Gefiederzeichnung sieht der Rohrschwirl einem Teichrohrsänger nicht unähnlich, unterscheidet sich jedoch durch seinen vollen, gerundeten Schwanz mit den langen Unterschwanzdecken, die dunkelbraunere Oberseitenfärbung und die braunolive Brusttönung. Zudem verraten ihn seine ruckartigen Bewegungen und die Neigung bei Beunruhigung im tiefen Schilf abzutauchen als Schwirl.

Der Schlagschwirl ist ein Bewohner dicht mit Ranken überwucherter Gebüsche, oft am Rand von Gewässern, gerne mit hohen Stauden, wo er durch seinen mechanisch, insektenartig vorgetragenen Gesang auffällt. Dabei sind die Einzelsilben deutlich voneinander getrennt, sodass der Gesang etwa wie „tze tze tze tze…" klingt. Bei der Balz geht das Männchen mit aufgerichtetem Körper um das Weibchen und präsentiert dabei Stängel oder Blättchen. Vom Aussehen her ähnelt der Schlagschwirl dem Rohrschwirl. Allerdings unterscheiden ihn die mit deutlichen hellen Säumen gebänderten Unterschwanzdecken sowie die mehr oder weniger graubraun gewölkt oder gefleckt gezeichnete Brust vom Rohrschwirl. Der Schlagschwirl ist eine östlich verbreitete Art, die man von Ostdeutschland ostwärts vermehrt beobachten kann.

Rohrsängerverwandte (syn. Zweigsänger) – *Acrocephalidae*

Die Familie der Rohrsängerverwandten gliedert sich in die Gruppe der Rohrsänger (Gattung *Acrocephalus*) und die der Spötter (Gattung *Hippolais*). Die meisten Arten der Rohrsänger besiedeln vegetationsreiche Habitate in Gewässernähe.

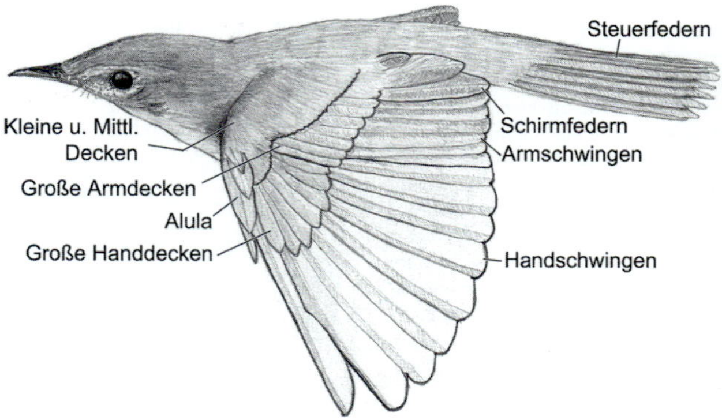

Topographie eines Zweigsängers am Beispiel des Teichrohrsängers.

Rohrsänger sind recht einheitlich braun mit relativ schmalem, auffälligem Schnabel, der bei den gestreiften Arten weniger ins Auge fällt. Rohrsängerschwänze sind rund oder leicht gestuft, recht lang, schlank und ohne Weiß in den äußeren Steuerfedern. Die Unterschwanzdecken sind lang und spitz, nicht jedoch so lang wie bei den Schwirlen (S. 350). Die meisten Arten haben einen deutlichen hellen Überaugenstreif. Die Geschlechter sind nach Gefiedermerkmalen nicht unterscheidbar. Rohrsänger hüpfen in geduckter Haltung durch die Vegetation. Sie verbergen sich nicht wie die Schwirle in Bodennähe. Die meisten Arten haben schwatzende, fürs menschliche Ohr ähnlich klingende Gesänge.

Besonders die ungestreiften kleineren Arten bereiten dem Aussehen nach große Bestimmungsschwierigkeiten. Jedoch sind die Gesänge so verschieden, dass man sie anhand dieser gut unterscheiden kann.

Der Schilfrohrsänger ist eine von zwei heimischen gestreiften Rohrsängerarten. Er sieht dem Seggenrohrsänger ähnlich, der noch mit einer winzigen Restpopulation im Nationalpark Unteres Odertal vertreten ist, wo er seggenreiche Nasswiesen besiedelt. Der Seggenrohrsänger unterscheidet sich vom Schilfrohrsänger durch einen schmalen gelbbeigen Scheitelstreif, der beim Schilfrohrsänger nur angedeutet ist, durch zwei deutlich gelbbeige Streifen auf den Mantelseiten sowie kräftigere schwarze Oberseitenstreifung und einen hellen Zügel. Insgesamt wirkt der Seggenrohrsänger heller und eher gelblichweiß. Im Mittelmeerraum und Südosteuropa brütet der ebenfalls ähnliche Mariskenrohrsänger in rohrkolbendurchsetzten Schilfbeständen. Dieser unterscheidet sich vom Schilfrohrsänger durch eine kurze Handschwingenprojektion, einen helleren Überaugenstreif, einen gleichmäßiger dunklen Scheitel und Ohrdeckenunterkanten mit angedeutetem schmalen, schwarzen Wangenstreif. Im frischen Gefieder wirkt er deutlich rotbrauner.

links: Die bei uns weitverbreiteten Rohrsängerarten besetzen in den Feuchtgebieten jede für sich ihre ökologische Nische und vermeiden somit Konkurrenz zwischen den Arten. Die größte Art, der Drosselrohrsänger, bevorzugt hohes, dichtes Schilf über dem Wasser. Hier findet man auch den bei uns häufigen Teichrohrsänger, der aber auch in nicht gefluteten Schilfbeständen vorkommt. Der mit dem starken Überaugenstreif am markantesten gezeichnete heimische Rohrsänger, der Schilfrohrsänger, besiedelt hingegen die landseitigen Schilfflächen, gerne mit eingesprengten Büschen und Kräutern. Man findet ihn ebenfalls in Binsenbeständen und in feuchtem Gebüsch in Kulturland sowie an Gräben mit üppigem Bestand von Kräutern, Gräsern und Schilf. Der dem Teichrohrsänger sehr ähnliche Sumpfrohrsänger ist schließlich die am wenigsten auf offenes Wasser angewiesene Art. Man findet ihn in üppiger, oft feuchter Hochstaudenvegetation mit Brennnessel, Mädesüß, Wasserdost und Wiesenkerbel. Solche Bedingungen findet er an feuchten Gräben oder Gewässerufern, jedoch auch beispielsweise in trockeneren kräuterreichen Brachflächen.

Teich- (links) und Sumpfrohrsänger (rechts) unterscheiden sich in erster Linie durch die Habitatwahl (s.o.) und den Gesang. Von den Gefiedermerkmalen her sind sie sich extrem ähnlich. Der Teichrohrsänger hat einen etwas längeren Schnabel und ein etwas kantigeres Kopfprofil. Im Frühjahr wirkt der Teichrohrsänger etwas rotbrauner, während der Sumpfrohrsänger besonders unterseits etwas mehr gelb getönt ist. Der Sumpfrohrsänger hat durchschnittlich eine etwas längere Handschwingenprojektion und deutlicher weiße Handschwingenspitzen. Beide Arten sind häufig und weitverbreitet.

Der Drosselrohrsänger gleicht in mehrerlei Hinsicht einer großen Version des Teichrohrsängers. Er ist ebenfalls rotbraun und unten beigeweiß. Er ist deutlich größer als der Teichrohrsänger mit etwas größerem Kopf und drosselartig langem, kräftigem Schnabel. Er zeigt einen dunklen Fleck auf der Unterschnabelspitze, der dem Teichrohrsänger fehlt. Zudem hat er einen etwas längeren Schwanz, eine etwas längere Handschwingenprojektion, einen oft etwas deutlicheren hellen Überaugenstreif und im Durchschnitt einen etwas dunkleren Zügel und Augenstreif. Am einfachsten ist er neben der Größe durch den rauen Gesang vom Teichrohrsänger zu unterscheiden.

Die zweite große Gruppe der Rohrsängerverwandten sind die Spötter, die in Mitteleuropa mit zwei Arten vertreten sind, dem Gelb- und dem Orpheusspötter. Sie erinnern in Gestalt, Größe und Gesang an Rohrsänger, woraus sich zahlreiche Bestimmungsprobleme ergeben. Bevor man eine Spötterart bestimmt, sollte man Vertreter anderer Gattungen sicher ausschließen. Besonders der Sumpfrohrsänger mit seiner matt olivfarbenen Oberseite und dem deutlich rosabraunen Schnabel ist spötterähnlich. Auch wenn sich Rohrsänger und Spötter in ihrer Habitatwahl unterscheiden, so können Vertreter beider Gruppen auf dem Zug in ähnlichen Habitaten auftreten, etwa in Gebüschen. Spötter unterscheiden sich von Rohrsängern generell durch einen gerade abgeschnittenen, nicht gerundeten oder gestuften Schwanz sowie durch weiße Schwanzaußenkanten, was im Feld nicht immer gut zu sehen ist. Im Verhältnis haben Spötter kürzere und mehr gerundete Unterschwanzdecken. Der dolchförmige Spötterschnabel besitzt eine breite Basis mit auffälligem rosaorangefarbenen Unterschnabel. Auch fehlen die rostbraunen Gefiedertöne mancher Rohrsängerarten. Das Spöttergesicht ist mit hellem Zügelbereich und kurzem Überaugenstreif nahezu zeichnungslos. Durch das Fehlen eines dunklen Augenstreifs ist das Auge sehr auffällig.

Schwarzkehlchen, Weibchen
Überaugenstreif schwach
einfarbig dunkel
dunkel
auffällig weiß

Schwarzkehlchen, Jugendkleid
Überaugenstreif unauffällig
helle Federspitzen
weißes Feld

Sprosser (oben) und Nachtigall (unten) sind Geschwisterarten, die sich erst im Laufe der letzten Eiszeiten gebildet haben. Die Nachtigall ist in Süd- und Mitteleuropa verbreitet, während der Sprosser in Nordosteuropa beheimatet ist. Deutschland liegt in der Übergangszone, wobei man den Sprosser bei uns nur nördlich der Linie Lübeck–Frankfurt/Oder zuverlässig finden kann. Beide Arten besiedeln Laubwälder, Gehölze, Parks und Gärten mit viel Unterholz, oft in Wassernähe, aber auch trockeneres Gelände. Dort wo beide Arten nebeneinander vorkommen, dominiert der Sprosser in den feuchten Bereichen, während die Nachtigall in den trockeneren Hanglagen zu finden ist. Die beiden Arten unterscheiden sich äußerlich wenig, lassen sich jedoch recht zuverlässig durch den Gesang unterscheiden.

Das Blaukehlchen ist der einzige heimische Vertreter der äußerst farbenprächtigen Gattung *Luscinia*. Einstmals vielerorts selten oder ausgestorben, hat es zahlreiche Flächen neu- und wiederbesiedelt. Der Bestandstrend ist anhaltend positiv. Die farbenprächtige Kehle bekommt man nicht immer zu sehen, denn *Luscinia*-Arten können sich ausgezeichnet verstecken. Abfliegende Blaukehlchen wirken braungrau, nur die rostroten Basen der äußeren Steuerfedern blitzen bei der Landung hervor.
Blaukehlchen besiedeln verschilfte Weidengebüsche an Gewässerufern, Grabenrändern, in versumpften Auwald, bewachsenen Kiesgruben oder ähnlichen Habitaten. Es handelt sich um einen Sommervogel, der bei uns von April bis September zu sehen ist und den Winter in Afrika und Südasien verbringt. Die eintreffenden Männchen singen ausdauernd, gerne an milden Frühjahrsabenden, bis in die beginnende Nacht und regelmäßig im Singflug. In den vielfältigen Gesängen sind zahlreiche Imitationen eingeflochten.

Ersatzfelsen in der Stadt

Der Hausrotschwanz gehört wie der Turmfalke und der Mauersegler zu den Vögeln, die Gebäude in den Städten als Ersatzlebensraum angenommen haben. Als ursprüngliche Felsbrüter haben sie die räumlich vertikal ausgerichteten Betonstrukturen als Ersatzbiotop übernommen und dadurch die Schranken ihres natürlichen Vorkommens überwunden. Mittlerweile ist der Hausrotschwanz ein so vertrautes Bild in unseren Orten, dass sich einige Menschen mehr über einen auf der Karwendelspitze singenden Hausrotschwanz wundern als über einen Vogel im 14. Stock eines Hochhauses.

Haus- und Gartenrotschwanz sind weitverbreitete Arten. Den Hausrotschwanz findet man nicht nur dem Namen nach häufig an Gebäuden, die er als Ersatz für die ursprünglich besiedelten Felsen angenommen hat (S. 387). Der Gartenrotschwanz bevorzugt Obstgärten, lichte alte Wälder, Parks und Gärten. Während der Hausrotschwanz zunehmend in Mitteleuropa überwintert, in der Masse jedoch als Kurzstreckenzieher von Dezember bis Februar abwesend ist, ist der Gartenrotschwanz ein Weitstreckenzieher. Er zieht von September bis April nach Afrika. Die Männchen der beiden Arten sind leicht zu unterscheiden, die Weibchen sehen sich hingegen ähnlich. Das Hausrotschwanzweibchen wirkt als Ganzes bis auf den Schwanz grau, während das Gartenrotschwanzweibchen deutlich wärmer gefärbt ist. Die Brust des Letzteren ist im Gegensatz zum Hausrotschwanz mit einem orangebraunen Ton überzogen.